滕捷 著

丝路·驼镇

 海豚出版社
DOLPHIN BOOKS
CIPG 中国国际出版集团

图书在版编目（CIP）数据

丝路·驼镇/滕捷著．—北京：海豚出版社，
2019.6

ISBN 978－7－5110－4566－9

Ⅰ.①丝… Ⅱ.①滕… Ⅲ.①长篇小说—中国—当代
Ⅳ.①I247.5

中国版本图书馆 CIP 数据核字（2019）第 006734 号

丝路·驼镇

滕捷　著

出　版　人	王　磊	
责任编辑	谭文雯　杨文建	
美术编辑	贺智敏	
责任印制	于浩杰　蔡　丽	
法律顾问	殷斌律师	

出　　版	海豚出版社
地　　址	北京市西城区百万庄大街 24 号
邮　　编	100037
电　　话	010－81528114（销售）　　010－68996147（总编室）
印　　刷	廊坊市海涛印刷有限公司
经　　销	全国新华书店及各大网络书店
开　　本	16 开（710 毫米×1000 毫米）
印　　张	26.5
字　　数	476 千
版　　次	2019 年 6 月第 1 版　2019 年 6 月第 1 次印刷
标准书号	ISBN 978－7－5110－4566－9
定　　价	78.00 元

题记：

丝路，掩埋了无数传奇往事与勇者的足迹。

丝路，镌刻了无尽神奇传说与灵魂的印记。

目录
CONTENTS

楔 子

公元七世纪，中国进入了一个强盛的时代，史称大唐。

丝绸之路——这条东起长安，西至罗马，穿越亚欧大陆、绵延七千余公里的贸易之路，也愈加繁荣。

与此同时，西域出现了一个强大的西突厥汗国，他们骁勇善战，对大唐的权威构成了威胁，在广袤的西域，战争频繁发生，丝绸之路时有中断。

一阵风沙掠过大唐疆域的版图，渐现出西域的辽阔景象，那一道道纵横的山脉与一条条河道分割出的戈壁、绿洲就像是雕刻在这亘古久远的大地上，有种苍凉而悲壮的意味。一阵烽烟掠过一片嶙峋突兀的山地，天上的太阳被升起的烟雾所遮蔽，刺目的阳光又顽强地穿透这黑色的烟雾，似利剑般刺破浑浊的烟尘直射大地。

烟尘落下，出现了一支突厥军队，突厥兵士身穿黑色铠甲，突厥将领手持狼头弯刀，突厥的战旗在风中飘舞，旗帜上是一只金色奔跑的狼。

对峙一方，出现了一支大唐军队，大唐兵士身穿银色铠甲，唐军将领手持唐样直刀，唐军的战旗在风中飘舞，旗帜上是一只金色飞翔的龙。

这里是西域的战场。

突厥将军挥刀向前，突厥军队吹响号角呐喊着向前冲去。

唐军将军高举令旗，大唐大军擂响战鼓呐喊着向前冲去。

大唐大军与突厥大军混战在一起……

喊杀声惊天动地，双方绞杀在一起，难分胜负……

唐军中一年轻校尉异常勇猛，他率领一队轻骑兵从侧翼突入突厥军阵，他挥舞着手中的刀径直冲向突厥的中军大帐。突厥兵迅速拥来将他围住，唐军校尉丝毫不惧，只见他时而纵马向前，时而俯身贴近马背，手中的刀上下翻飞，无人能够近身，冲上来的突厥兵在他的刀下如同被割草般纷纷倒下，跟随他的唐军骑兵也个个勇猛，一时间突厥兵不敢近前。

站在大帐前的突厥可汗古鲁斯看到有一队唐军骑兵冲入军阵，引发了混乱，竟无人可以阻挡，有些气恼，他立刻命身边的一个突厥将领前去迎敌，突厥将领提刀上马向那支唐军冲去。

唐军校尉越战越勇，他骑在马上左冲右突，斩杀了不计其数的突厥士兵，如入无人之境。这时，突厥将领挥刀冲了上来，唐军校尉举刀迎上，他们战在一起，引起了一阵旋风，旋风裹挟着他们旋即冲出人群。他们战了十几个回合后，依然难分胜负，突厥将领有些恼怒了，唐军校尉也有些气力不支。突厥将领缓过一口气，凶狠地看着眼前这个年轻的唐军校尉，唐军校尉也看着这个满脸有着黄色卷曲胡须的突厥将领，他们的目光碰在一起似乎能迸溅出火花。突厥将领一声怒吼，运足了气力横刀劈来，唐军校尉并不躲闪，当刀锋劈来之时，他仰身倒在马背躲过了凶狠的刀锋。突厥将领一刀劈空，坐在马上的身子有些失去平衡，当他收刀准备再战时已经晚了，唐军校尉从马背上挺身冲到了近前，他的刀锋直指突厥将领的脖颈，突厥将领大惊，连忙用刀抵挡。就在唐军校尉的坐骑与突厥将领的战马交错而过的一瞬间，唐军校尉的刀锋偏转迅速从突厥将领的脖颈处划过，突厥将领感到自己的脖子有些异样，用手一摸全是血污。突厥将领挺直腰身坐在马上，眼睛直视前方，忽然从马上摔落下来轰然倒在地上，引起一阵尘埃。

突厥士兵见状纷纷退后，唐军校尉指挥自己的骑兵继续向前冲去。突厥军阵脚大乱。

突厥可汗古鲁斯大惊，身边的人纷纷退缩，已无可调派的将领。这时，一个身材瘦小的人来到近前，他是突厥军的谋士，他命人立刻护送突厥可汗撤走，同时从军阵中调来一队弓弩手。

唐军校尉跃马向前与突厥兵混战在一起，突然，一声尖利的号角响起，唐军校尉发现前面一队突厥军的弓弩手正在弯弓搭箭，见已躲闪不及，他果断纵马挥刀向前冲去，身后紧跟着所剩无几的唐军骑兵。突厥谋士挥手，弓弩手射箭，乱箭飞来，混战在一起的唐军与突厥军都纷纷中箭倒下。唐军校尉身上多处中箭，他的坐骑也中了数箭，鲜血从唐军校尉的伤口涌了出来。终于，唐军校尉与他的坐骑倒了下去，鲜血染红了大地。

这时，唐军的战鼓再次擂响，唐军将领苏将军手挥令旗，大唐大军掩杀过来，突厥军失去可汗的统领即刻成为一片散沙，迅速崩溃。唐军将士个个骁勇，在唐军的强力攻击下，突厥军溃不成军，四散而逃。

唐军在西域大败突厥军。

西域的战场上一片狼藉，到处都是战死的将士尸体、马匹与兵器，大地上的血迹与泥土混合凝固，空气中弥漫着血腥的气味。

此时，太阳已经滑落到地平线，被血染红的大唐旗帜在晚霞中猎猎飘扬，漫天如同血色的霞光将大地涂抹成一片锈色。

第一章　长安

　　一阵云雾掠过大唐疆域的版图，渐现出富庶辽阔的关中平原，显现出了巍峨壮丽的长安城景象。

　　长安，取义长治久安，为大唐帝国的都城，位于关中千里平原之上，周围经流有八条河流，称为八水绕长安。这里土地肥沃、水源丰沛、风调雨顺、四季分明，是世界上规模最大、最繁华的城市，人口逾一百万。城市由外郭城、宫城和皇城三部分组成。长安城有三座宫殿，太极宫、大明宫、兴庆宫。宫殿建筑群落宏伟高大，体现了大唐帝国的辉煌气象。城的东南方向建有一座皇家园林——芙蓉园，其间曲江池水碧波荡漾，为这座威严宏伟的帝王都城增添了一些优雅与妩媚。长安城规模宏大，布局严谨，结构对称，排列齐整。长安城开有十二座城门，六条大街贯通十二座城门，纵贯南北的朱雀大道尤为宽阔雄伟，它衔接了宫城的承天门、皇宫的朱雀门和外城的明德门，把长安城分为了东西两部分，东部为万年县，西部为长安县，东西各有一商业区，称东市与西市。城内东西南北交错有二十五条大街，居民居住区划分为一百零八个坊，其形状犹如一个巨大的棋盘。

　　城内分布着中央官署和太庙，社稷与祭祀的建筑，还有众多的道观、佛寺、景教、祆教、摩尼教的建筑。长安城墙高耸壮阔，堞楼巍峨壮丽，街道整洁有序，城内百业兴旺。

　　长安西市距西面的开远门较近，这里商贾云集，邸店林立，物品琳琅满目，贸易极为繁荣，被称为金市。周围坊中居住了不少外地的客商，有来自中亚、南亚、东南亚及高丽、百济、新罗、日本等国的商人，尤以来自中亚波斯、大食的客商最多。西域商人带来了香料、药材、食物、动物、玉石玛瑙、奇珍异宝、羊毛织毯等卖给大唐之人，再从大唐长安采购丝绸、织锦、瓷器、茶叶、珠宝玉器、金银器皿、知识典籍等带回西域。唐人称西域人为胡人，胡人在长安受到唐人的尊重与礼遇。胡人在此也开设了自己的店铺，如西域珍奇、大食货栈、波斯酒楼等，散布在各处的西域酒肆中来自西域的高鼻深目、长相艳丽、能歌善舞的胡姬尤为受到大唐长安年轻人的喜欢和追捧。李白有诗句为证："五陵少年金市东，银鞍白马度春风，落花踏尽游何处？笑入胡姬酒肆中。"

盛唐时期，长安城人生活富足、多彩多姿、风流时尚、自信豪迈，可谓是"九天阊阖开宫殿，万国衣冠拜冕旒"。

这一天，长安城天气晴朗。朱雀大道上走来一队前来朝觐纳贡的各国使者。他们带来了西域的骆驼、骏马、麋鹿、羚羊，南亚的老虎、蟒蛇、孔雀、大象，还有各式各样的奇珍异宝。几峰骆驼走来，坐在骆驼上的西域乐手奏响了欢愉的乐曲，一群美艳的西域歌舞姬随着乐曲且行且舞……

对于唐时长安人来说，这样的情景并不少见，每当各国使者来到大唐都城长安朝觐唐皇之时，人们便会走出家门，站在宽阔的朱雀大道两侧，观望这些来自异域的使者和他们带来的稀罕物品。在大唐长安人的心目中，长安就是世界的中心，他们在对这些远道而来的使者表示尊敬友好的同时，心中也无不升起一种身为大唐长安人的自豪与优越。

围观的人群中有一个长相俊朗的年轻人张子瀚与一个长相朴实的年轻人秦子安，他们也目睹了这一热闹景象。

第一次前来长安朝觐的使者立刻被大唐都城瑰丽的建筑与恢弘的气象所折服。其中有一个长相文静的使者，他是来自西域疏勒国的太子嘉帕尔，跟随他身边的是仆人阿苏儿。

大唐芙蓉园里，曲江池水掩映着岸边的垂柳与牡丹花簇，一座白色石质的水榭亭台坐落在碧水池中，这时传来一阵鼓乐之声，乐手们正在那里演奏乐曲。伴随着美妙的音乐，一群身着丝绸华服的大唐舞女款款走来，她们个个面施粉黛、峨眉唇红，身着华美的长裙与轻盈的蝉衣翩翩起舞。乐手们演奏的乐曲优雅华丽，舞女们的舞姿优美舒展。领舞的女子名叫张子衿，她的长相秀美靓丽，面若含露桃花，身材婀娜轻盈。她的舞姿时而曼妙优雅，时而热烈奔放。这些大唐的舞女个个相貌靓丽、舞姿翩跹，犹如一群从天上下凡的仙女，引起许多朝觐者与长安人的驻足观看。

嘉帕尔也在人群中，他目不转睛地看着这个领舞的大唐女子。

长安城含元殿前的马球场上，一只马球被球杆击起，在马球场地不断翻滚着，球场里的两队人马立刻开始了角逐。一队人身穿白色圆领袍服骑白色马，另一队身着栗色圆领袍服骑栗色马，两队马球手在球场上奔驰角逐。马球场外各有一队人在击鼓呐喊助威。

张子瀚身穿白色袍服，骑在白马上挥舞球杆奋力争夺着马球，秦子安身穿栗色袍服骑在栗色马上努力追赶，场上的争夺十分激烈，两队人马各不相让。那只马球不断地被击起又落下，在场地上飞滚疾驰。马球手们个个都是动作娴熟、技艺精湛的高手，他们的坐骑也都奋力争先，球场上的马或奔驰或跃起，一时间场地上烟尘四起、热烈非凡，场外鼓声不断、旌旗招展。

张子瀚眼疾手快在空中挥杆截住马球，然后挥杆击起，马球在地上疾驰，张子瀚紧接着纵马向前追逐。秦子安打马斜冲过来争夺，张子瀚闪过秦子安，将马球向前带去，秦子安求胜心切，侧身在马上奋力扑救，不想身子失去平衡跌落马下。

张子瀚从地上挑起马球，顺势挥杆击球，一整套动作衔接流畅，马球在空中旋转着向前飞去应声入网，引起围观人们的一片欢呼声。张子瀚骑在马上得意地向人群挥手致意……

秦子安沮丧地坐在地上，张子瀚打马上前向秦子安伸出马球杆，秦子安拉着球杆顺势站了起来。

时辰已至黄昏，长安的一间丝绸织锦作坊里，一束温暖的阳光从窗外照射进来，丝绸作坊里热气弥漫，几个妇女正卷起衣袖在水槽边缫丝。她们有条不紊地把蚕茧煮熟，然后索绪、理绪、集绪、拈鞘、缫解，经过这些步骤，洁白的蚕丝带着晶莹的水珠挂在上面的竹竿上。

作坊里一派忙碌景象。一位面容慈善的妇人起身缓步走向了门口。

妇人来到作坊外的巷道，阳光很刺眼，她用手遮着刺目的阳光向远处张望着，她听到了由远而近驰来的马蹄声。

张子瀚与张子衿兄妹一起骑马驰来，他们看到了站在巷道等待他们的母亲，立刻下马。

"母亲。"张子瀚恭敬地叫道。

"母亲。"张子衿的脸上充盈着喜悦。

"子瀚，子衿，回来了。"张吴氏微笑地看着她的一双儿女。

张子衿下马娇嗔地扑进母亲的怀里。

张家坐落在长安西市附近坊中的一处院落，简朴的房舍建筑透出主人简朴的生活状态。院落中有一棵枣树，长得枝繁叶茂。时辰已至傍晚，从房屋的窗户中透出了温暖的灯光。

一盏油灯照亮了这所宽敞的房舍，看上去家境朴素殷实。张子瀚和张子衿与母亲一起吃着晚饭。

"子瀚，今天你去了哪里？"张吴氏和蔼地问道。

"今天长安城里来了不少从西域前来朝觐的使者，带来了许多没有见过的稀罕东西。之后，我与秦子安去打马球了。"张子瀚恭敬地回答。

自从父亲离世后，子瀚和子衿便与母亲相依为命，母亲张吴氏一生辛劳，不但要照顾儿女们的饮食起居、读书学业，还要操持家里的产业——丝绸作坊。

"子瀚，这些热闹看看便可，切不可心散误了学业，朝廷就要举行科试了，学子们的寒窗苦读就要有个结果了。"张吴氏缓缓地说道。

"母亲放心，子瀚一直在书坊潜心读书，只是今天才出去散散心，不会耽误学业的。"张子瀚恭谨地答道。

张子瀚知道，母亲的心愿就是让他好好读书考取功名。他的哥哥张子乾继承父业从军去了西域，母亲希望他能通过朝廷的科试，将来在朝廷谋个文职，也能为朝廷效力。

"子瀚，你若能得第朝廷俊士，便可更好地为国效力，也可告慰你父亲的在天之灵了。"张吴氏缓缓地说道，像是在跟张子瀚说，也像是在跟自己夫君的亡灵诉说。

张子瀚的父亲是唐军将领，为了大唐的江山战死于西域疆场，哥哥承继父业从军西征。一想到父亲与哥哥，他的胸中便升起一股热血豪情，他很敬仰羡慕自己的父亲与哥哥。他一直想像父亲与哥哥一样驰骋疆场为国效力。

母亲自然知道张子瀚的心思，对张子瀚说道："你父亲一生征战疆场，深知战争的无情与残酷。他更希望你能通晓史经、博涉诗赋，做个精于文韬武略之人，将来也好为朝廷有所建树，为张家光耀门庭，你可不要辜负你父亲的一片良苦用心啊。"张吴氏不疾不徐地说道。

"知道了，母亲。"张子瀚顺从地答道。

张吴氏的思绪这会儿已经到了很远的地方，她回忆起与夫君在一起为数不多的时日。张吴氏与夫君分别前夜时的情景仍历历在目。那是一个清冷的夜晚，夜已深，张吴氏为夫君张云鹏准备停当催促夫君早些歇息，夫妻二人熄灯后躺在卧榻之上。

张云鹏对身旁的张吴氏说道："西域战事频起，突厥人骁勇善战，已经攻下了我大唐疆域不少城池，我身为唐军将领，有责任去西域剿灭突厥匪患，平息战乱。"

张吴氏平静地说道："夫君一生戎马，为了大唐的江山，岁岁年年你的时日几乎都是在战场上度过的，为妻早已习惯了。"

"突厥人犯我疆界，并觊觎我大唐疆土，如不将其彻底击败，对我大唐的江山社稷就是莫大威胁，百姓也难以过上太平日子。"张云鹏继续说道。

"这我都懂，你带子乾前去西域战场要好生教诲，他还年轻，你要让他多加小心。"张吴氏有些不安地嘱咐道。

"放心吧，我们的子乾武功高强，人也聪明，没有人能轻易伤害到他。"张云鹏的口气很自信。

"我们的子瀚与子衿也都长大了，你对他们的今后有什么期望？"张吴氏的一双眼睛看着黑暗中的夫君轻声问道。

"子瀚这孩子，人很聪慧，虽然武功不及他哥哥子乾，可他从小性格内敛安静，喜好读书，我更希望他能通晓史经、博涉诗赋，做个精于文韬武略之人。将来也好为朝廷有所建树，为张家光耀门庭。"张云鹏的心里对自己的儿女早有了清晰的安排。他继续对妻子说道："毕竟战争不是长久之事，血腥杀戮也是不得已而为之，最终还要过上太平的日子。"

"嗯，为妻记下了。"张吴氏轻声答道。

"我们的女儿子衿虽然聪慧，但从小性格顽皮任性，不像个乖巧温婉的女子，就让她跟在你身边，学好丝绸作坊里的手艺，这样也能让她收收性子，做个贤良淑女，将来再给她找个好人家……"张云鹏说得很中肯。

"好的，为妻就按夫君期望的去做。"张吴氏轻声说道。此刻她只想让夫君能够安心出征，不再受家庭的琐事牵绊。

张吴氏说完话便依偎在丈夫张云鹏宽阔的胸前闭上了眼睛，她要享受这难得与夫君在一起的相聚时光。张云鹏也很心疼自己的女人，毕竟他常年在外征战，无法照料家中之事，一切都靠身边的这个女人独自操劳。看着自己的女人从如花似玉、青春靓丽到如今两鬓斑白、面容枯槁，心中不免有些触动。他一直没有给自己的女人带来锦衣玉食与舒适生活，而她却向来顺从、从无怨言，能娶到这样的女人也是他张家的福分。一想到此，这个铁骨铮铮的汉子忽然觉得鼻子一酸，眼睛潮湿，他从内心觉得有愧于自己的女人，有愧于自己的家。这时，张云鹏用有力的手臂将张吴氏揽入怀中……

"等着我，待我收复疆土，解甲归田，我们一家人在一起好好过太平日子。"这是张云鹏留下的最后话语。

"母亲，您这是怎么了？"张子衿看着母亲发愣的样子有些不解地问道。

张吴氏这会儿才缓过神来，思绪从很远的地方收了回来。

"哦，我刚才走神想起了你们的父亲。"张吴氏轻声说道，然后又看着张子衿问道："子衿，今天你去了哪里？"

"我今天与乐舞坊的伙伴们在芙蓉园排练舞蹈。"张子衿说道。

"哦，看来朝廷就要举行欢迎各国朝觐使者的盛世庆典了。如今子瀚与子衿都长大了，真是让人欣慰，你们的父亲若能看到这些该有多好啊。"张吴氏的脸上露出一丝笑意，接着眼睛又有些泪光盈盈。

天空高悬一轮明月，长安城中灯火通明。

从渭河畔的树林中传来一阵鸟的鸣叫声，天边渐渐亮了，太阳升起来，阳光穿透了晨雾，清晨的第一缕阳光越过了巍峨的城墙，照亮了壮观的长安城。

当太阳彻底普照到长安城时，长安西市上已是人头攒动、熙熙攘攘。来自西域的商贩在叫卖着地毯、香料、珊瑚、玉石、兽皮、石榴、葡萄……

长安的居民与来自各地的客商也已开始交易，市场上一派繁荣的商业景象。

张子衿与女伴穿梭在人群中，她对别的商品并不在意，只是穿梭在一个个摊档中挑选着自己中意的颜料。

这时，人群中出现了几个杂耍艺人，有耍蛇的天竺人、耍猴的大食人，还有表演吐火技艺的吐火罗人。人们围拢过来观瞧，杂耍艺人越发卖力表演，人群中不时发出阵阵叫好之声。

张子衿与女伴也来到这里，一个吐火罗人把一个燃烧的直把铁环交到张子衿的手上，然后口含烈酒朝铁环上的火焰喷去，顿时火焰喷涌。张子衿猝不及防，火光照亮了她的面容，张子衿毫无畏惧，拿着燃烧的铁环继续凑近那人，吐火罗人又一口烈酒喷出，火焰再次喷涌，火光变换着不同的颜色更加热烈奔放，张子衿的面庞在火光的映照下更显娇艳美丽。

人群爆发出一阵叫好声和掌声。

疏勒国太子嘉帕尔和仆人阿苏儿也来到人群中，他们看到了这个勇敢无畏、面带笑容的大唐女子。

嘉帕尔忽然想起在大唐芙蓉园里见到的那个领舞的女子，正是眼前这个美丽的姑娘，她的笑容如此灿烂动人，就像含春绽放的花朵。嘉帕尔不禁目不转睛地看着这个面容娇美、性格豪爽的大唐女子。

张子衿将手中的铁环交与那个吐火罗人，吐火罗人向张子衿躬身施礼，只见吐火罗人又变出了一朵娇艳的鲜花送给张子衿。张子衿接过了鲜花，屈身向吐火罗人施礼，她从锦袋中拿出了几枚铜钱给了吐火罗人，然后携女伴款款离去，身后洒下了一片笑声……

张子衿转身走去，就在与嘉帕尔擦身而过时回眸一笑，嘉帕尔立刻感到浑身一震，他不由自主地跟着张子衿向前走去……

白色的石牌坊上镌刻着"长安书院"几个描金的字。书院内的案几上摆放着一只香炉，香炉中燃着熏香，袅袅升起一炷白色的烟柱。书坊里凌空悬挂着许多书写着诗文佳句的丝帛条幅，周围摆放着一些书案，张子瀚、秦子安与众多年轻学子坐在草垫上围成一圈俯身书案铺纸研墨，然后直身坐定。

正中间的台座上，一位有着银丝白髯、精神矍铄的教书先生正襟危坐。

先生缓缓说道："高祖皇帝深感修史之重，曾曰，考论得失，究尽变通，所以裁成义类，惩恶劝善，多识前古，贻鉴将来。太宗皇帝认为，以铜为镜，可以正衣冠；以古为镜，可以知兴替；以人为镜，可以明得失。我大唐之所以强大兴盛，皆因从前朝汲取了经验教训，利者沿之，弊者革之，有损有益。尔等若想科举取士，切记要熟读历史，以史为鉴，方可为之……"

学子们恭敬地聆听着先生的教诲。

张子衿与女伴有说有笑地走在长安街道上，嘉帕尔在后面尾随着……

张子衿来到一个卖铜镜香包的摊位前挑选，无意中从铜镜里看到身后鬼鬼祟祟跟着一个长相怪异的胡人，张子衿向女伴使了个眼色，两人快步向前走去。嘉帕尔紧随其后。街道上人来人往，张子衿将手里的鲜花送给了一位路人，她与女伴闪身躲进一旁的店铺。嘉帕尔没有发现，径直向前走了过去。张子衿与女伴走出店铺，看着远去的嘉帕尔，然后转身朝另一方向走去。

嘉帕尔看到一个拿着鲜花的女人在摊档前买糖果，便走到跟前，只见那人回过身来，竟是一位中年妇人，嘉帕尔赶紧转身离去。

街道的另一边走来了四处张望的阿苏儿，他找不到自己的主人了。

在街道巷口，张子衿与女伴告别，走向不远处的丝绸作坊。作坊的门口悬挂着一个木质牌匾，上面镌刻着"长安张氏丝绸织锦"几个字。

作坊里张吴氏与妇人们正忙碌着……

张子衿走进作坊悄悄来到母亲身后，伸手将一只香包悬在母亲的眼前。张吴氏回过身来看到了满脸笑意的张子衿。

"都这么大了，怎么还像个孩子。"张吴氏说道。

"母亲，我就是您的孩子啊。"张子衿笑着说道。

"子衿，你一早去西市都买了些什么东西？"

"您看，我在西市买了一些颜料，有来自帕提亚的孔雀蓝、来自大宛的珊瑚红，还有波斯的黄晶沙……"

"嗯，有了这些颜料，你的织锦颜色就会更加好看了。"

嘉帕尔走进长安坊中的巷道，他有些迷路了，不知道该往哪里去。这时，他看到了院落门口上的牌匾，上面镌刻着"长安张氏丝绸织锦"几个字。

嘉帕尔上前敲门。

门开了，张子衿看到了站在门外的嘉帕尔，一愣。

嘉帕尔看到张子衿也愣住了。

张子衿说："你这个胡人，怎么这么无礼，竟然跟到这了？"

张子衿猛地关上了门，嘉帕尔赶紧用手挡住，不想手被门夹住，嘉帕尔惨叫一声，张子衿只好又打开了门。

这时，传来张吴氏的声音："子衿，是谁啊？"

张子衿边关门边对母亲说道："没，没有人。"

嘉帕尔立刻用手挡住了门喊道："有人，我是来自西域要买丝绸的客商。"

长安书坊里，手持书卷的先生一边踱步一边朗读："青海长云暗雪山，孤城遥望玉门关。黄沙百战穿金甲，不破楼兰终不还。"

张子瀚、秦子安与学子们俯身书案，用毛笔认真地书写着诗句……

书坊里安静极了，手持书卷的先生一边踱步一边继续朗读："葡萄美酒夜光杯，欲饮琵琶马上催。醉卧沙场君莫笑，古来征战几人回？"

张子瀚、秦子安与学子们俯身书案继续书写着。先生来到张子瀚的身边满意地看着，张子瀚是他认为最为聪慧的学生，他一直用心教诲，希望在不久的朝廷科试上他能够脱颖而出，将来有望成为国家的栋梁之材，这也是为师的骄傲。

作坊里，张吴氏热情地接待了嘉帕尔，让张子衿给嘉帕尔端来了上好的茶。张吴氏小声教导张子衿："上门来的都是客，客人就是我们的贵人，对待贵人不得无礼。"

张子衿争辩道："这个胡人才是无礼，看他长相就不是什么好人，在西市就一直尾随我们，现在竟然一直跟到了这里。"

嘉帕尔立刻上前施礼说道："是我不好，让这位姑娘受惊了，我叫嘉帕尔，来自西域的疏勒国，这次来长安是作为疏勒国的使者前来朝觐唐皇的。我……不是一个坏人。"

嘉帕尔的态度很诚恳，听到他那半生不熟有些结巴的话语，再看他那不知所措的表情，张子衿的气全消了。张子衿的性格就是这么简单，直来直去，气来得快，消得也快。她看着嘉帕尔有些胆怯无助的样子，不无戏谑地说道："你们西域的人怎么都长成这样，眉毛眼睛怎么都是黄的，头发胡子还都弯弯曲曲，你们那里是什么地方，是不是很贫瘠，你们吃的都是什么啊？"

面对张子衿伶牙俐齿的话语，嘉帕尔一时不知道该如何回答，站在那里有些慌乱……

张子衿继续说道："你们这些西域的胡人若是在我们长安多住上一些时日，吃了我们的大唐的食物，会不会就可以变成我们大唐人的样子？"

这时，张吴氏打断了张子衿的话："子衿，你怎可这样与客人说话，一点教养都没有。"然后又对嘉帕尔说道："这位客商，我这女儿性格从小就是这样子，说话没有轻重，请这位客商千万不要见怪。"

嘉帕尔这才缓过神来："没关系，没关系，我……我想说我的家乡在西域，西域很辽阔，物产也很丰富，虽然不及大唐富有，可我们那里也有很好吃的东西。"

"哦，知道了。"张子衿脱口而出，然后又问道："你刚才说你叫什么来着？"

"嘉帕尔。"嘉帕尔认真地答道。

"嘉帕尔，怎么这么绕口，你还有别的什么事吗？"张子衿有些咄咄逼人，她还有很多事要做，不想再与这个胡人纠缠下去了。

"我想在你们这里买些丝绸带回去。"嘉帕尔说道。

"子衿，你先带客人去看看吧。"张吴氏说道。

"好吧。"张子衿带着嘉帕尔参观丝绸作坊，嘉帕尔看过缫丝的过程，又看到丝绸的织造，几个妇女在织机旁织造着丝绸，轻薄柔软的丝绸在织机上缓缓织出，嘉帕尔看得目瞪口呆。

张子衿对嘉帕尔说，他可是第一个看到如何织造丝绸的胡人。嘉帕尔感到有些受宠若惊。张子衿又带嘉帕尔来到织锦作坊，那些色彩美丽的织锦更让嘉帕尔感到惊讶，他半张着嘴，脸上露出惊异的表情。这是一块在织机上还没有完成的织锦，上面是一只展翅欲飞的朱雀。

"这真是……太美了。"嘉帕尔由衷地赞叹道。

"嗯，我也觉得很美。"张子衿也用欣赏的口吻说道。

"这美丽的织锦……是谁做的？"嘉帕尔继续问道。

"是我做的。"张子衿不无自豪地答道。

"真的吗？"嘉帕尔有些不太相信地看着张子衿。

"当然是真的，难道你不相信是我做的？"张子衿看着嘉帕尔有些愠怒地说道。对于织锦手艺，张子衿很自信。

"不……不……我……我……"嘉帕尔竟一时结巴说不出话来。

"那你是什么意思？"张子衿不依不饶。

"我的意思是……太不可思议了，你还这么年轻，你的织锦就做得这么好，真是太神奇了。"嘉帕尔赶紧解释道。

"嗯，你可不要小看我的手艺。"张子衿的语气缓和下来。

"我……我想说，这些……我都要了……"嘉帕尔急切地说道，他看这些丝绸织锦时的眼睛熠熠发光。

"你说什么，你说这些你都要了？"张子衿有些不相信。

"是的，这些丝绸，还有这些织锦，我都要了。"嘉帕尔说得很认真。

"哦……"现在轮到张子衿有些吃惊了。

"是的，不仅是这些织锦，我想另外再定三十匹丝绸、五匹这样的织锦。"嘉帕尔说得很轻松。

"看你年纪轻轻，口气这么大，看来你一定是西域哪个国家的王公贵族了。"张子衿不无揶揄地说道。

"不，不，我只是一个普通的客商，我……来自疏勒国，我想……我有能力买下这些。"嘉帕尔说得有点结巴但很肯定。

嘉帕尔从身上摸出一个玉石饰物说道："这是我的承诺，明天，我就会把定金带来。"

"那就不必了，既然你这么说了，我便相信你了。"张子衿不知道怎么会说出这样的话，不过这时，她对这个年轻的胡人不太讨厌了。

张子衿这会儿才发现，眼前这个胡人长得虽有些怪异，但也不算难看，他身材匀称、皮肤白皙，脸上的轮廓分明，藏在眉毛下面的眼睛也很明亮，他的行为举止也算得体。

这时，张吴氏走了过来。张子衿告诉了母亲这个客商要定的货。

张吴氏有些为难地说道："这位客商，你要得这么多，恐怕我们一时难以完成，不如你再去别的丝绸作坊看看吧。"

嘉帕尔急切地说道："这是我见过的最美的丝绸和织锦，为了得到这世上最好的丝绸织锦，我愿意等。"

张子衿一听笑着说道："你这个人虽看上去长相怪异，倒是有几分懂得欣赏。"

嘉帕尔又不知该说什么好了……

"子衿，怎么跟客人说话呢？"张吴氏嗔怪地说道。

张子衿向母亲顽皮地做了个鬼脸。

来自西域疏勒国的太子嘉帕尔与大唐长安女子张子衿就这样在长安城的丝绸作坊里相识了，谁都不知道这将会改变他们今后的命运。

嘉帕尔从作坊出来时已近黄昏了，他的心情非常好，想起了父王这次让他来大唐见识一下，虽然一路之上经历了不少的艰难，可一走进大唐的都城，一切都令人兴奋不已。这不仅是由于长安城宏伟壮阔的大唐气象，更因为他见识到了世界上最繁华富庶的大唐都城，另外还有一件隐藏在他心中的秘密，那就是认识了这位大唐的女子，能与这位大唐女子再次相遇就像是冥冥之中神灵的指引，她的容貌举止如此摄人心魄，令他一见难忘。嘉帕尔觉得今天经历的一切都令人欣喜，他立刻做出了一个重要的决定。

嘉帕尔心情愉悦地走出巷道来到街上，在拐角处与一个人撞在一起，还把那个人撞倒在地上。嘉帕尔赶紧连声道歉，当他扶起那人一看，竟是阿苏儿。

阿苏儿看到是嘉帕尔赶紧说道："太子殿下，你怎么在这？我在长安城里到处找你，我的两条腿都走细了，我都快要急死了。"

"你又忘了我是怎么跟你交代的了，在这要叫主人。"嘉帕尔说道。

"是的，是的，请太子殿下恕罪。"阿苏儿越是紧张越出错。

"还有，我看你的腿并没有变细，你知道欺骗主人该受到什么惩罚吗？"嘉帕尔佯装生气。

"我错了，我只是随口一说，我再不敢撒谎了，请太子殿下……不，请主人恕罪。"阿苏儿真的有些害怕了。

"好的，我们走吧，我带你去个地方。"嘉帕尔这会儿还沉浸在刚才的美好邂逅中。

"大人宽恕小人了？"阿苏儿胆怯地看着嘉帕尔问道。

"暂且先饶了你。"嘉帕尔说道。

"主人，按照您父王的交代，我们明天参加完觐见唐皇的盛世庆典，在长安再玩上几天就可以启程回去了。"阿苏儿小心翼翼地说道。

"我们不走了，要在长安城住下来。"嘉帕尔说出了自己的决定。

"为什么？"阿苏儿有些不解。

"少废话，听我的就是。"嘉帕尔说完话便向前走去，阿苏儿赶紧跟上嘉帕尔的脚步。

时间已近黄昏，长安书坊里众学子还在温习功课。

先生说道："今天就到这里，大家回去好好温习今日所学功课。"

学子们起身躬身施礼："多谢先生。"

张子瀚与秦子安走在书坊外的巷道上。

"子瀚，再过两个月朝廷就要举行科试了，听说中书省派来了新的监考使。"秦子安说道。

"子安，这次咱们都需好好努力，一是朝廷此时正是用人之际，二也不枉我们这么多时日的寒窗苦读。"张子瀚说道。

"你一定可以，你的学识与功课都在我之上，我总是记不住，恐怕这次科试难以过关。"秦子安有些灰心，行走的脚步也慢了下来。

"先别说这丧气的话，只要我们努力精进学业，相信会有好的结果。"张子瀚宽慰着秦子安。

"虽说谋事在人，可成事还是在天。"秦子安并不领情。

"那就先把我们能谋到的事先谋到了再说。"张子瀚说道。

"好吧，好吧，其实我倒不在乎是不是能科试通过，我更在乎的是你我还能不能在一起。"秦子安说出了自己的心中所想。

"是啊，你我从小就在一起玩耍，将来若能在一起共事更好。"张子瀚心里也是这么想的。

"与其在朝廷谋个文职，做些抄写誊摹的差事，倒不如去疆场上为国效力来得痛快。"秦子安也有自己的想法。

"嗯……我也曾这样想过。"张子瀚想起了在疆场上为国捐躯的父亲和在西域从军的哥哥。

"那为何我们不去？"秦子安立刻来了精神。

"只是父亲不希望我再走这条路，我也只好作罢。"张子瀚想起了父亲的期望与母亲的嘱托。

"我知道，你家如今的境况需要你留下来帮助母亲、照顾妹妹。"秦子安表示了理解。

"是的。"张子瀚显得有些无奈。

"这样也好，你可以留在长安，不过也许我们将来就不能在一起了。"秦子安像是在安慰张子瀚，也像是对自己说，话语中有些悲凉的意味。

"如若你科试未能通过有何打算？"张子瀚试探地问道。

"我想去西域……"秦子安直接说出了心中的想法。

"真的？"张子瀚问道。

"是的，如果科试未能通过，我在长安便会无所事事，这样瞎混还不如去西域从军，你听听先生给我们教的那些诗句——葡萄美酒夜光杯，欲饮琵琶马上催，醉卧沙场君莫笑，古来征战几人回。想想就让人热血沸腾，也许到了那里，我也能有所作为，成就一番事业。"秦子安说道。

"说得有理，子安，要不要随我去家中一叙？"张子瀚忽然对秦子安肃然起敬，没想到秦子安已经有了自己的人生规划，这与平素只知嬉笑打闹的秦子安判若两人。

"不了，我带你去一个好去处。"秦子安拉着张子瀚加快了脚步。

"去哪儿？"张子瀚一边随秦子安走去一边问道。

"等到了你就知道了。"秦子安答道。

这时，天色已晚，长安的巷道上已有专职司灯火的人点着了灯笼并悬挂于灯杆之上。

秦子安与张子瀚来到长安西市，那里一片灯火辉煌。来自西域的胡人与居住长安的人们开始了一天的享乐生活，街道上人来人往、络绎不绝。

从远处飘来了一阵悦耳的西域乐曲声，秦子安与张子瀚循着乐声来到一处高大的建筑，门口的牌匾上镌刻着几个醒目的大字：长安波斯酒楼。人未进入已闻到一阵扑鼻的异香。

秦子安与张子瀚走进波斯酒楼，里面是另一番景象，大厅中人头攒动，有来自西域的客商，有来自东瀛的遣唐使，更多的是来自长安的市井平民。一层大厅中间有一个长形高台，两端各有一波斯样式的亭子，中间有一圆形舞台，台上面描绘着西域的图案。大厅周围是散座，摆放着波斯风格的几案靠椅，此时已有了不少宾客。悬空的天井上便是二楼，二楼有一排波斯风格的廊柱，廊柱之间悬挂着幔帐，幔帐的后面便是分隔好的包间。包间里坐着来自各地的富商、朝中的官宦，还有长安城中的纨绔子弟。

大厅中悬挂着一盏盏来自波斯的铜质吊灯，散发出柔和的光亮，身穿波斯服饰的侍女穿梭于大厅之中为各位宾客端来美酒、烤肉、坚果、水果等食物。

秦子安与张子瀚在侍女的引导下来到一楼的散座坐下。侍女送上了西域美酒与各色美食。这时，一阵欢快的乐曲响起，只见几位西域的乐手坐在亭子里演奏着来自西域的乐器。乐手们弹奏着琵琶、箜篌，吹奏着横笛，敲击着羊皮手鼓，欢快的音乐一会儿似旋风飞舞，一会儿如珍珠散落，与来自波斯的葡萄美酒一样沁人心脾，令人陶醉。

"子瀚，这是时下长安最为人们看好的去处。"秦子安大声说道。

"嗯……的确非同凡响，让人耳目一新。"张子瀚表示认同。

"一会儿还有让你意想不到的场面。"秦子安的脸上洋溢着得意的神采。

"看来你对这里已经很熟了？"张子瀚看着秦子安问道。

"来过两次，十分刺激。"秦子安喝着葡萄酒，眉飞色舞，与刚才沮丧的情绪相比就像换了个人似的。

这时，一阵富有节奏的鼓声奏响，大厅里响起一片掌声与喧哗声。

高台尽头的帷幔向上升起，几个上身穿着短小衣衫、露着肚脐、下身穿着长裙的波斯舞女伴随着音乐的节奏走了出来，她们个个长相艳丽、深目高鼻，棕色卷曲的长发，头上装饰着宝石珍珠。舞女们个个身材凹凸有致，腰间缠绕着一条银链，上面缀有一圈银铃，随着腰肢的扭动，银铃发出悦耳的音响。这些舞女且行且舞，引爆了看客们的所有感官，人群不断引发一阵又一阵的叫好声。舞女们的舞蹈热烈妖娆，不断灵活扭动的腰肢吸引了所有人的目光。人们大都忘了饮酒，不再交谈，目不转睛地看着这些妖艳舞女的热烈舞蹈。

舞女们也清楚这些看客的心理，她们来到近前愈加欢快地扭动腰肢，同时撒出了一片片花瓣。花瓣飘扬在空中，带着香味飘落到人们的身上，引起更大的反响。

乐曲渐渐弱去，舞女们妖娆的身姿走进高台尽头的帷幔，灯光映衬着她们姣好的身材，给人们留下了一阵异香与无尽的遐想。

这时看客们才醒过神来，开始饮酒交谈，品味着美酒，也回味着那些妖艳的美女。这是长安城夜晚最能销魂的地方，不仅是长安市民愿意到此娱乐，就是朝廷的达官显贵也会常来光顾。

这时，又一阵手鼓敲响，几个同样穿着暴露的波斯女子走了出来，她们的身材同样婀娜美妙，只是她们的身上都缠着一条花色斑斓的蟒蛇。这些女子穿梭在客人中间，不时将蟒蛇套在客人的脖子上。这些蟒蛇瞪着滚圆的小眼睛，不断吐着红色的信子，若是初来乍到没经历过这样场面的人，必定会受到惊吓大叫。这时那些女子再将蟒蛇收起，若那些受到惊吓的客人还没有缓过神来，波斯侍女便会微笑着送上一杯葡萄酒，人们也会报以善意的笑声。只要喝下一杯葡萄酒，那些胆小的人也会胆量陡增，再有蟒蛇缠身也不会恐惧了。

生活需要这样的放纵开怀与感官刺激，人们经过一天的辛劳，晚上在这里得到了身心的放松与情绪的宣泄。大唐长安城白天庄严肃穆、巍峨壮阔，晚上热情奔放、恣意随性。长安城用宽广的胸怀包容了不同地域的文化习俗，并使其兼容并蓄、融通光大，这就是长安城的魅力所在。

秦子安的脸色绯红，他扬手招呼侍女："再来上酒。"

张子瀚连忙挡住："子安，差不多了。"

秦子安已有醉意："今天我们难得来一次，就要畅饮一番，玩个尽兴。"

张子瀚怕喝多了，有些担心地劝道："再饮怕是会高了。"

秦子安满不在乎："放心，这点酒算不得什么，也算是我预祝你科试顺利，一举功成。来，再上酒来。"

波斯侍女答应着走去。

"子瀚，你这个人平日就是太小心严谨了，你看诗句有云：李白斗酒诗百篇，长安市上酒家眠。天子呼来不上船，自称臣是酒中仙。人生就得这样豪放洒脱，这可都是诗文大家所说。"秦子安摇头晃脑地说着。

"我等庶民怎能与这些诗文大家相提并论。"张子瀚不以为然。

"无论如何，今天你要听我的。"秦子安不想再与张子瀚争论下去。

张子瀚与秦子安在一起，若论诗书文采，都是张子瀚说了算；若是吃喝玩耍，自然要听秦子安的。秦子安知道朝廷的科试将近，以张子瀚的学识才华通过科试肯定没有问题，到那时，他们也许就要分道扬镳了。一想到此，他不免有些黯然伤心，他想借这个场合与张子瀚好好畅饮一番，也算是个告别。

这时，波斯侍女端着托盘向他们走来，托盘上有几只酒罐。侍女经过一群胡人的身旁，只见一个胡人站起身，一只大手从托盘上拿下了那几只酒罐，顺手将一把钱币扔在托盘上。

秦子安见状立刻走了过去，拍了拍那个胡人的肩膀说道："这位客人，这可是我们要的酒，你怎么拿去了？"

胡人站起身来，身材健壮，比秦子安高出半头。他看着眼前这个书生模样的年轻人，毫不示弱："谁说这是你的酒，我已交了钱，这酒就是我的。"

秦子安顿时火了，一把抓住胡人的衣领："你个野蛮胡人，到了我大唐地面，还敢不守规矩耍无赖不成？"

胡人也立刻抓住了秦子安的衣领："我就拿了，你能把我怎样？"

这时，旁边坐着的胡人也都站了起来。他们的动静惊动了酒楼中的人，许多长安人也都站了起来。气氛立时变得紧张。

秦子安试图将那胡人的手掰开，可那胡人力大无比无法掰动。这时，一个人冲了过来，拧住那胡人的手腕一使劲，胡人的手松开了。来人是张子瀚，胡人感到了此人手上的力道，但在自己的朋友面前有些没面子，他刚要上前动粗，只见一个人走到近前，那些胡人见到此人立刻都躬身施礼。此人就是嘉帕尔。

嘉帕尔对这几个胡人面带深沉地说着什么，那些胡人听了都纷纷低下了头。

嘉帕尔又转身对张子瀚与秦子安说道："二位公子，实在对不起，他们也是喝多了,一时莽撞,不懂规矩,多有得罪。还望二位公子不要与这等人一般计较,我在这里给二位公子赔礼了。"说着,嘉帕尔向张子瀚和秦子安躬身施礼。

张子瀚看着这个年轻的胡人说了几句话竟使一场危机突然有了如此转机,他一时愣住了。

嘉帕尔拿出一个钱袋放在张子瀚的手中:"还请二位公子原谅我等鲁莽,这是给二位公子的赔偿。"

张子瀚立刻将钱袋退了回去:"既然话已说开,这就不必了。"

这时,一队唐军巡防卫队走了进来,驻守大唐长安的御林军为了维护长安都城的治安秩序,建立了一支巡防卫队,专门负责维护长安城中各个集市及其他公共场所的治安。为首的巡防都尉有着一副浑圆矮胖的身材,瞪着一双滚圆的眼睛站在他们中间厉声问道:"你们这是要干什么?"

大家都不作声。

张子瀚走过来说道:"这位军爷,没有什么事,我们都是刚结识的朋友,要在一起喝上一杯。"

巡防都尉说道:"大唐皇帝就要举行大唐盛世庆典了,如有人胆敢在此期间寻衅滋事、打架斗殴、聚众赌博、扰乱治安,按大唐特别律令,一律严惩不贷。"

这时,酒楼的老板急匆匆走了过来。在长安的波斯酒楼皆为波斯人所开,但大都请一个在长安有势力的人作为后台老板,也好为他们摆平打点场面上的事,这样可以免去很多麻烦。

老板毕恭毕敬地说道:"大人请放心,到这里的人都是熟客,朝廷中也常有贵客来此照顾我这儿的生意,我这儿绝对不会出什么事。"老板说出这话既显得谦和有礼,也暗含一定分量。

巡防都尉听出了这话中的意思:"告诉你,最好别出什么让我难堪的事,要是让我吃不上皇粮了,你们也休想过上好日子。"

"我懂,我懂。"老板将巡防都尉拉到一旁,给他手里递上一个钱袋:"大人辛苦,这点意思不成敬意,还望大人笑纳。"

巡防都尉掂了掂手里的钱袋,突然从刀鞘中抽出了刀指着老板说道:"你这可是要贿赂本官,告诉你,按大唐律令,贿赂朝廷命官,罪加一等。"

"不敢,不敢,我等平民深知大人与弟兄们的辛苦,长安城能有今天的太平盛世,多亏了大人与兄弟们的辛劳勤勉,我略备了一些薄酒,烦请大人与兄弟们上楼歇息片刻,也好表示一下我等对大人与兄弟们的感谢。"老板微笑着说道。

巡防都尉瞪着一双圆眼看着老板,老板谦卑恭敬地微笑着。巡防都尉的目光柔和下来，将刀收入刀鞘，将钱袋收入怀中，点了点头，带着巡防卫队的人向楼上走去。

老板立刻击掌，乐曲再次奏响，酒楼里顿时又是一派祥和欢愉的气氛。

舞台上一群波斯舞女舒展腰肢开始了舞蹈，长安的看客们报以一片热烈的掌声与欢呼声……

张子瀚拉了一下秦子安的衣袖，两人穿过人群悄悄走了出去。

夜空中高悬着一轮明月，繁星闪烁。长安城西的开远门城楼上灯笼高悬，守卫都城的大唐御林军卫队更像是皇家仪仗队，他们的城防换岗交接仪式极为隆重，所有的御林军卫队身高一致，铠甲华丽，腰间的佩刀与手中的枪矛也极其精美，更多是为了装饰，因为他们代表国家的形象，是国家威严的象征。而在外戍边作战的唐军就不是这样，无论铠甲还是刀枪兵器皆为实用，因为战场上你死我活，来不得半点虚饰。

这时一个浑身尘土的唐军信使打马冲进了长安开远门。

远处不时随风飘来西域的乐曲声。张子瀚与秦子安从波斯酒楼出来时已经很晚了。

"子瀚，今晚未能让你尽兴，有些遗憾。"秦子安说道。

"哪里，今晚已让我见识了不少。"张子瀚说道。

"我们只有改日再聚。"秦子安想到今后他们之间已难得相聚了。

"一言为定，就此告别。"张子瀚深知秦子安的为人，他们早已将彼此视为知己，他们之间的感情亲如兄弟。

张子瀚与秦子安相互拱手告别，各自回家。

一匹马驰进了长安的巷道，寂静中传来了马蹄单调的声音，唐军信使在张家门前翻身下马，上前敲门。

刚刚进门的张子瀚打开了门，看到了唐军信使乌黑疲惫的面容。

"请问，这里可是唐军校尉张子乾的家？"唐军信使的嗓音有些沙哑。

"是的。"张子瀚答道。

"我从大唐安西都护府带来了一封给夫人的信函。"

张子瀚与唐军信使走进厅堂。张吴氏还未休息，见到来人立刻起身。

唐军信使从随身的皮质背囊中拿出一封信函双手奉上，只见信函上盖有安西都护府的大红官印："夫人，这是安西都护府苏将军的亲笔信函，这里还有令公子张子乾校尉的腰牌与配刀。"唐军信使又将一把唐军佩刀和唐军校尉腰牌一并奉上。

张吴氏的心中出现了一丝不祥的预感:"出了什么事?"

唐军信使讲述了在西域战场上,唐军校尉张子乾率队冲入突厥军阵,威胁突厥可汗,最终战死疆场的经过。

在唐军信使的描述中,张子瀚的眼前仿佛出现了西域战场,看到了自己的哥哥张子乾英武的身姿,他骑在马上冲入突厥军阵,斩杀了无数突厥士兵。突然,眼前出现了突厥军的弓弩手,他来不及退却,只好向前冲去,乱箭飞来,张子乾身上多处中箭落于马下,倒在血泊中……

"张校尉牺牲后,军中无不痛惜,英雄浩气长存。万望夫人能节哀顺变。随信送来朝廷安西都护府的抚恤。"唐军信使最后说道。

张吴氏听了唐军信使的叙述,她的身子晃了一下,张子瀚与张子衿上前扶住了母亲。

"唐军战胜突厥军了吗?"张吴氏轻声问道。

"是的,唐军在西域大胜突厥军,并给予突厥军重创。"唐军信使答道。

张子瀚似乎看到了苏将军手挥令旗,唐军战鼓再次擂响,唐军掩杀过来,突厥军不抵唐军的猛烈冲击纷纷溃逃。

此时,太阳已经滑落到了地平线,漫天如同血色的霞光将大地涂抹成了一片锈色。

长安城的夜晚十分安静,夜空中悬挂着一轮弯月。

张家厅堂的桌案上燃着蜡烛,张云鹏的牌位旁放着长子张子乾的唐军校尉腰牌及他的配刀。

张子瀚与张子衿在供奉着父亲的牌位与哥哥的腰牌的桌案前焚香祭奠。

张吴氏的面容仿佛憔悴了许多,她对张子瀚与张子衿说道:"你们的父亲走后两年,我又痛失了我的长子,我虽知道保卫江山社稷就要有人牺牲,但这是我最不愿意听到的消息。"

张子瀚与张子衿赶紧上前安慰母亲千万不要过于悲伤,一定要保重身体。

张吴氏缓缓说道:"你们去歇息吧,我想一个人待会儿。"

张子瀚与张子衿退了出去,张吴氏一个人坐在厅堂上,看着眼前夫君的牌位与长子的腰牌佩刀,眼前渐渐变得模糊了,她流下了眼泪……

张子瀚回到自己屋中,他想起了与哥哥在一起的时光。

那时的张子瀚与哥哥张子乾在后院练功，后院里有一片竹子，兄弟俩用竹刀在院子里拼杀着……

张子瀚不断挥刀进攻，张子乾抵挡闪躲，最终张子乾用竹刀隔开张子瀚劈下的刀锋，跃身将张子瀚手中的竹刀劈落。

张子瀚只好认输。

张子瀚询问哥哥，自己怎么总也不是他的对手？哥哥张子乾对他说，武功与读书同理，非一朝一夕可以练成，他告诉张子瀚自己就要随军去西域了，希望他能继续精进学业，将来可以考取功名。张子瀚说他也想随哥哥一起从军征战，建功立业。

"哥哥，我也想跟你一起去。"张子瀚说道。

"男儿应有英雄气概与报国情怀，这需要经过战场的历练，你现在年纪尚轻，不必见到那么多的残酷与杀戮。"张子乾说道。

"我身上也流淌着父亲的血液，我也想做个像父亲一样的人。"张子瀚说道。

"子瀚，我们的父亲一生戎马报效国家，英雄豪迈，我们都愿成为像父亲一样的人。人的一生虽然短暂，但只要有了此等信念，必会有所作为。等你长大了再来西域找我便是，我们一起承继父业，为了国家建功立业。"张子乾说得慷慨豪迈。

"真的？"张子瀚有些喜出望外。

"真的。"张子乾回答得干脆利落。

这时，突然窗外一道闪电，接着传来一声炸雷，开始下雨了。

张子瀚猛然从梦中惊醒，坐了起来，他的眼睛瞪着前方，大口喘着气。

窗外又传来了数声炸雷，雨越下越大……

张吴氏在自己的房中一夜无眠，她已失去了夫君，现在又痛失自己的长子，她感到心痛难忍，真想痛痛快快地大哭一场，可她不能这么做。丈夫张云鹏曾经告诫过她，无论发生什么悲痛的事，切记不要过于悲伤，作为母亲，就是这个家的支柱，任凭狂风暴雨，都要挺立不倒。况且人这一生，时日有限，死伤灾祸如影随形，一切都是命中定数。死了就让他们的灵魂安然入睡，不必过于悲伤，活着就要勤勉努力，享受世俗生活。

张吴氏在夫君亡故时，就用这样的话语告诫自己，无论发生什么事，自己都要挺住，为了这个家，为了自己的儿女绝对不能倒下。可现在她连长子也失去了，她有些挺不住了，毕竟她是个女人，女人没有男人那般坚强。她曾经也是个弱女子，后来逐渐变得坚强，可现在她感到身心疲惫，心力交瘁，悲痛欲绝。雨还在下着，她终于忍不住自己的悲伤大哭起来。她大声呼喊着夫君张云鹏的名字，呼喊着长子张子乾的名字，她的泪水像雨水一样不断涌出流下，她哭得不顾一切，哭得浑身战栗，多年被压抑的情感得到了酣畅淋漓的宣泄。外面响起的滚滚雷声淹没了她的哭声。

第二天雨过天晴，万里无云，长安皇城举行了盛大的欢迎各国朝觐使者的盛世庆典。唐皇出席了盛典仪式，接受了各国使节的朝觐祝福。唐皇非常高兴，一年一度的盛世庆典显示了大唐的尊严与荣耀，这便是大唐的盛世气象。

嘉帕尔也在朝觐使节的行列。他是第一次来到长安，以前父王曾经来过，他向嘉帕尔描述过大唐的景象，尽管如此，嘉帕尔还是被大唐皇宫的尊贵华丽所折服。当唐皇出现，所有朝觐使者俯身叩拜，共同喊出："恭祝大唐皇帝万年鸿福，永寿无疆！恭祝大唐江山万代太平，永世辉煌！"这声音响彻大明宫殿，振耳欲聋，这震撼的场面超出了嘉帕尔的所有想象。

唐皇既显示了天朝皇帝的威严，也展现了博大慈爱的胸怀。大唐用最高的礼仪招待宾客，朝廷举行盛宴款待所有来到长安的各国嘉宾与使者。

那些精美的器皿，令人眼花缭乱，一道道丰富精致的菜肴显示了大唐的饮食文化与最高的待客礼仪。宴会上摆满了各色大唐美食，皇宫佳酿，精致糕点，珍稀水果，令各国使节大饱口福，赞不绝口。精美绝伦与无微不至便是大唐盛世庆典的最大特色。

当所有朝觐使者为之赞叹不已的时候，唐宫乐坊的乐队开始演奏起华丽优雅的乐曲，一群大唐的舞女出现，伴随着悠扬的乐曲跳起了霓裳羽衣舞。这些大唐舞女靓丽的容颜与优美的舞姿更是令人惊艳，使人陶醉。

领舞的张子衿舞姿极其优美，但她的眉宇间却有着一丝淡淡的忧伤。

嘉帕尔目不转睛地注视着，张子衿的一举一动都牵动着嘉帕尔的心，他为自己这次能够到长安朝觐感到由衷地欣慰。盛世大唐给他留下了无比深刻的印象。

大唐的盛世庆典持续了一天，夜晚的长安城，天边燃放起了焰火，五颜六色的焰火映照着夜晚的天宇，长安城掩映在一片盛世的辉煌气象中。

第二天清晨，母亲张吴氏感到有些头痛没有去作坊。张子衿给母亲端来了桂花莲子羹。这时，张子瀚来见母亲，他向母亲说道："请母亲准许儿子前往西域为父兄复仇。"

第二章　西行

随着长安城钟楼上晨钟的敲响，天空开始放亮，新的一天开始了。

一队御林军卫队来到长安城开远门前，与守卫在那里的御林军卫队交接换防。在鼓乐声中，双方交换位置，御林军卫队士兵打开了开远门厚重的城门。

两匹马沿着街道奔驰而来，骑在马上的是张子瀚与秦子安，他们来到开远门前看到那里已经有许多骆驼与客商进出城门，大唐御林军卫队立于两侧，进出的驼队客商秩序井然。

张子瀚与秦子安放慢了脚步，走出开远门后打马向远处疾驰而去。

骑在马上的张子瀚想起了他与母亲告别时的情景。

张家厅堂上，母亲张吴氏端坐在父亲的牌位前看着站在面前的张子瀚。

"子瀚，你决定了要去西域？"张吴氏面容严肃地问道。

"是的，母亲，我听到了父亲与哥哥魂灵的召唤。"张子瀚的面容坚定。

站在一旁的张子衿吃惊地看着哥哥张子瀚。

"既是这样，你便去西域，记住要寻到你父亲与哥哥战死的地方，为他们焚上一炷香，也好让你父亲与哥哥的灵魂能安然回家。"张吴氏说道。

"母亲，我记下了。"张子瀚恭敬地答道。

张吴氏让张子衿拿来了张子乾的腰牌和佩刀，交给张子瀚。

"子瀚，这是你哥哥的腰牌与佩刀，现在就交予你了。"张吴氏说道。

张子瀚的眼睛湿润了，他双手捧过腰牌和佩刀跪在母亲跟前说道："请母亲饶恕儿子不孝之罪。"

"这是什么话，快点起来，我儿子要去西域疆场为国家效力，这是最大的孝道。"母亲起身扶起了张子瀚。

"母亲，您要保重……"张子瀚站起身说道。

"我的儿子，放心去吧。"母亲显得从容而淡定。

张子瀚看着母亲一头斑白的头发在轻轻浮动，脸上的皱纹努力堆积出一个微笑的表情。

张子衿泪眼蒙蒙地看着张子瀚没有说话。

张子瀚摸了一下妹妹的头，转身走了出去。

张子瀚与秦子安骑马奔驰在通往西域的驿道上。张子瀚一想到此，他的眼睛又湿润了……

秦子安看到张子瀚有些异样的表情，问他这是怎么了，张子瀚说他想起了与母亲、妹妹告别时的情景。

秦子安知道张子瀚的哥哥在西域战死的事，他想安慰一下，可又不知道该如何说，便说道："你猜我临走时，我的母亲跟我说了什么？"

"一定是牵挂于你，怕你有什么闪失。"张子瀚说道。

"我母亲叮嘱我一定要给她带些西域的稀罕东西回来，这样她也可在街坊邻里面前炫耀一番了。"秦子安轻松地说道，脸上露出了笑意。

秦子安的性格就是如此，无论遇到什么事总能轻松面对，他的父亲本打算让他在书坊学些诗文，之后便回来帮助家里管理生意。秦家在长安城开有一间商铺，卖些日用杂货物品，父亲经常出去从各地采买来各种物品在商铺出售，秦家依靠这间商铺虽不能大富大贵，但日子也算过得富足殷实。母亲出身于大户人家，从不会料理家务，也不愿经营生意，每日都与街坊邻里闲聊喝茶。家中一切事情都由父亲打理。听说秦子安不愿参加朝廷的科试，父亲便让他跟着自己学做生意，还说过些时日再托人给他说下一门亲事，也好早日成家立业，顶起秦家的门户。秦子安一听便急了，他对父亲说自己对生意毫无兴趣，若是让他接手家里的生意，弄不好就会全赔进去。父亲问他到底想做什么，秦子安说他想从军为国效力。父亲奇怪他去长安书院读书后怎会有这等想法。秦子安跟父亲说恰是因为在书院听了先生的教诲，诵读了许多描写有关西域边塞的诗词佳句，才有了要去那里从军的念头。如果不让他了却这桩心愿，他宁可去死。父亲见儿子态度坚决，无奈之下才答应了他。

当秦子安得知张子瀚的哥哥战死疆场的消息，感到十分悲痛，又得知张子瀚也要前往西域，心中又很兴奋。认为这就是天意，老天也眷顾这份情谊，不让他们分开。

张子瀚也庆幸有秦子安这个朋友，他们从小一起在长安城长大，一直形影不离，这次前往西域有秦子安为伴，这让他的心情也好了许多。

"子瀚，你的学识在我之上，你说西域到底是个什么样？"秦子安问道。

"西域很辽阔，有众多的国家和部族。"张子瀚说道。

秦子安继续向张子瀚讨教西域有哪些国家，不想张子瀚竟一口气说出了汉时西域三十六国的名称，为乌孙、龟兹、焉耆、于阗、若羌、楼兰、且末、小宛、戎卢、弥、渠勒、皮山、西夜、蒲犁、依耐、莎车、疏勒、尉头、温宿、尉犁、姑墨、卑陆、乌贪訾、卑陆后国、单桓、蒲类、蒲类后国、西且弥、东且弥、劫国、狐胡、山国、车师前国、车师后国、车师尉都国、车师后城国。此外还有大宛、安息、大月氏、康居、浩罕等西域国家。

秦子安简直不敢相信张子瀚竟有如此学问，不断夸赞着张子瀚。张子瀚告诉他，这些记载最早出自汉朝，只是看过一些书，便记下了。秦子安又问起现在的西域该是什么样子，张子瀚说，现在突厥人争夺西域，引起战乱，西域的安宁早已不再，千万不可掉以轻心。秦子安不禁感慨，没想到现在的西域竟是如此虎狼之地。

"子安，你若后悔现在回去还来得及。"张子瀚看着秦子安说道。

"子瀚，你我是多年的知己，我的性情你该清楚，若是我想做的事，绝不会放弃，我与你这一生算是绑定了，你休想弃我而去，我愿与你一起征战疆场为朝廷卓建功勋。"秦子安说道。

"好，男儿豪杰，英雄气概。"张子瀚说道，然后打马向前驰去，秦子安打马紧随其后。

两匹马向前奔驰渐行渐远，天色迅速暗淡下来。

傍晚时分，张子瀚与秦子安在一树林中下马休憩。他们将两匹马放在林中吃草，他们来到河边，又用皮囊从河道中打来了水给两匹马饮用。张子瀚抚摸着马的鬃毛，不禁赞叹道："真是两匹好马。"秦子安说道："是啊，我们能得到这两匹好马，还多亏了你。"

当张子瀚与秦子安决定前往西域之时，他们便相约去买两匹好马。长安的西市有一处骡马市场，那里是专门经营骡、马、牛、羊、骆驼等牲口的集市。贩卖牲口的人大都是长安本地及周边的农户，也有来自西域的商人。那些往来长安与西域的商人知道中原人喜好西域的良马，便将一些西域的良马带到长安，也有驼队因货物不多便将马匹骆驼在此出售，待到需要时再到这里购买。因此，骡马集市上各色人等人头攒动，各类牲畜也应有尽有。

张子瀚与秦子安一到这集市上便走散了。秦子安边走边看着那些马匹，这时一个戴着皮帽的胡人走到他的身后问道："这位公子，是要选马吗？"

秦子安回头说道："是的，不过我要的可是好马。"

"公子买马是要耕种还是要驮物？"贩马的胡人继续问道。

"都不是，是要走远道。"秦子安说道。

"要去哪里？"贩马的胡人继续追问。

"安西都护府，你可知道？"秦子安问道。

"当然知道，大唐安西都护府位在西域的龟兹，所辖安西四镇为龟兹、焉耆、于阗、疏勒。"贩马的胡人说道。

"哦，看来你对那里倒是清楚。"秦子安说道。

"我就是来自于阗，从长安到那里可是极为遥远，一定要选择体力强劲、耐力持久的西域良马才行。"贩马的胡人说得很诚恳。

"是的，可惜还没有看到让我称心的良马。"秦子安说道。

"公子请随我来。"贩马的胡人向秦子安招了招手，秦子安随他向一旁走去。他们来到一僻静处，只见一棵树上拴着两匹西域的良马。

"公子请看这两匹马如何？"贩马的胡人指着那两匹马问道。

"看上去不错。"秦子安由衷地赞叹道。

"公子好眼力，这两匹马是来自乌孙的良马，你看看这马头的骨骼，看看这马的脖子、腰身体形、马腿蹄子，再看看马的这双眼睛，一看便知这马具有纯正血统，不但体力强劲，而且极富灵性……"贩马的胡人说得如数家珍、眉飞色舞。

"需要多少银子？"秦子安问道。

"不多。"马贩子伸出五个指头。

秦子安立刻摇头："太贵了，太贵了……"

"公子可知道一分价钱一分货，我并未向公子要高价，这两匹马的确值这么多，如果不是我遇到了难处，我真的不想就这样随意变卖。我敢说这样的良马在这市场上绝对没有了，我是看到公子眉宇清爽、一身豪气，绝不是贪玩随便之人，便认为只有我的马才配得上公子。"贩马的胡人急切地说着。

秦子安并不答话只是摇头……

这时，身后传来一个人的声音："说得好，这马我们要了。"

秦子安回头一看，正是张子瀚。秦子安赶紧把张子瀚拉到一旁小声说道："你就是看上了，也别马上答应，总要让他让让价，这生意上的事，我比你更清楚。"

"既然看上了，就不必再讨价还价耽误工夫，我们还有更重要的事要办。"说着话，张子瀚从腰间拿下一个钱袋扔给了贩马的胡人。

"请查验一下是否够数。"张子瀚说道。

马贩子接过钱袋用手掂了掂分量说道:"这位公子够爽快,我愿与你们结为朋友,这两匹马归二位公子了。我再给二位配上马鞍马镫。"贩马的胡人说着拿出马鞍搭在马背上勒紧了马肚带。

张子瀚走到一匹马前,用手抚摸着马的鬃毛,那马就像是通晓人性一般,知道这是自己新的主人,它用鼻子在张子瀚的身上蹭了蹭,仰起脖子鸣叫了一声。

"好马,真是好马!"张子瀚不禁赞叹道。

话音未落,只见一群人走了过来。为首的一人长得白白胖胖,穿着富贵,一看便知是长安城里的纨绔子弟。那纨绔子弟指着这两匹马说道:"我转了半天,就看这两匹马还算顺眼。"

这时,一个喽啰立刻上前问这是谁的马,贩马的胡人赶紧过来告诉他,这是自己的马,不过现已卖了。喽啰转身告诉纨绔子弟说这马已有了主人。纨绔子弟一听就瞪起眼睛,说他看上的东西怎能让别人占了先,他就觉得这两匹马还能配得上他的身份,供他游玩消遣,他令喽啰告诉他们自己是谁,把这事办了。

喽啰走来上前一把抓住贩马胡人的脖领子,令他赶紧叫买马之人让出来,别惹他家公子不高兴,并告诉他这可是当今朝廷内侍省总管的公子,谁敢得罪他家公子并敢与其争抢就是不想活了。

这时,市场上的人围拢上来。有人小声议论,这可是长安城里有名的无赖,仗着老子在朝廷做官,飞扬跋扈,没人敢惹。又有人说道,只要是让他看上的东西,都要拿走,还不给钱。还有人说道,看来今天又有人要倒霉了。

那贩马的胡人被两个喽啰推搡着,不断求饶,说在此集市上的所有客商,自由交易,双方议价,一旦成交,不可反悔。这可是大唐长安官府定下的法度规矩。那个喽啰一脚将贩马的胡人踢倒在地指着他说,他家公子说的话就是法度规矩。说着,两个喽啰走过去解开缰绳欲将那两匹马牵走。

这时,张子瀚与秦子安对视了一下,两人同时出手,三拳两脚将那两个喽啰打翻在地。纨绔子弟立刻命令其他的人都上。另外几个喽啰也冲了上来,结果不等他们近身,张子瀚和秦子安就把他们打翻在地,一个个躺在地上嚎叫着。这时,秦子安上前一把抓住那纨绔子弟的脖领子,将他提了起来。

再看那个纨绔子弟,已经吓得尿了裤子,连连求饶:"二位公子,都怪小人不长眼睛,得罪了二位,就饶了小人吧……"

秦子安飞起一脚踢在他的屁股上,那纨绔子弟一头撞在马槽上,翻着白眼,瘫软在地上。众人无不拍手称快。

张子瀚与秦子安翻身上马,打马向远处驰去。

嘉帕尔又来到"丝绸作坊"上前敲门，张子衿开门出来，嘉帕尔发现张子衿脸色苍白。张子衿一看是嘉帕尔，立刻告诉他家中最近出了些变故，不能再完成他的订货，让他再去别的作坊看看。嘉帕尔一听不知该如何回答。这时，传来了母亲张吴氏的声音："既然我们已经答应了这位客商，那就要遵守承诺，即便是我们熬夜赶工，也要完成客商的订单。"张吴氏说着话走了过来："子衿，记住，我们张家向来都是不答应便罢，一旦承诺就要遵守诺言，一诺值千金。"

嘉帕尔一听脸上立刻露出了笑容表示他并不着急，可以等。

张子瀚与秦子安一路向西，风餐露宿，几日下来，他们已蓬头垢面，一身风尘。

一日黄昏，他们行至陇原之地，忽然从前面的土坡上滚下一件东西，他们赶紧打马来到近前，发现竟是一位老者，老者身上裹着一件羊皮长袄，日久天长，那羊皮已与土地的颜色没什么分别。张子瀚与秦子安将随身带的水和食物给老者喂下。老者缓过神来，说他是大唐乾州之人，几年前儿子前来陇上给人做工，一直未见归还，他便孤身前来寻找。他虽一路艰辛，但一想到能见到儿子便又有了精神。不想多日劳累饥饿，竟在此晕倒了。

老者向张子瀚与秦子安作揖道："多亏遇到了二位公子，二位公子的救命之恩，老朽没齿难忘。"

张子瀚忙说道："您老这么大岁数，不宜再受这等苦，不如回去在家等候。"

秦子安也说道："您又不知道儿子在哪儿，这么走下去恐怕也难以寻到。"

老者张开没牙的嘴笑了笑："我回到家里也没事，就想早日见到我的儿子，我还得走下去接着寻找，直到有一天我走不动了，若老天不让我们父子相见，我也只好认命了。"

老者最终向他们告辞走了。张子瀚与秦子安目送着老者远去。

夜晚的天空繁星闪烁，张子瀚与秦子安将马喂好，捡来柴火点起了一堆篝火，烤着带来的干粮，两人吃过后便在篝火旁睡了。

天亮了，篝火已经熄灭。张子瀚醒来坐起身，忽然发现他们的两匹马不见了。张子瀚立刻将身边的秦子安摇醒。秦子安知道他们的马丢了，顿时傻了。

离此不远有一县府，县府周围有用土坯建造的城墙，城门处有几个当地官府衙役看守。城内有一集市，居住在附近的人都到这集市上交易生活物品，集市上也有一交易骡马牲畜的市场，牛羊骡马随处可见。张子瀚与秦子安来到这里，本想再买两匹马，可是他们一眼便看到了拴在柱子上自己的那两匹马。

张子瀚与秦子安来到那马贩子面前，指着这两匹马与那马贩子说两匹马是他们的，昨夜被人盗走，怎会在他这里？马贩子抬眼看了看这两个书生模样的外乡人，警告他们不要在这胡说，这两匹马分明就是他自己的，让他们赶紧离开，不要在这诬陷好人。

张子瀚问道："那么请问，你这两匹马来自何处？"

马贩子答道："岂有此理！凭什么我要告诉你我的马来自何处，要买马便拿银子，如果想在此捣乱，自有官府衙门可以说理。"

张子瀚一听此话立刻要拉着马贩子一起去官府衙门理论。马贩子毫不示弱，一起跟他走去，还对张子瀚与秦子安说，等到了那里可别后悔。

张子瀚与秦子安和马贩子一起来到官府衙门，县令让张子瀚先说。

张子瀚向县令诉说了经过，这两匹马是他们在长安买的，一路西行日夜相伴，不想昨晚被人盗走，他说出了这两匹马的习性及特点。张子瀚说得有理有据，最后说他们只想请县令大人为其做主，将这两匹马归还与他，也好继续赶路。

县令认真听完张子瀚的陈述后立即当堂宣布："将这两个胡言乱语、诬陷他人、扰乱市场秩序的无赖拿下，押入大牢，听候发落！"

张子瀚与秦子安顿时惊呆了。

张子瀚与秦子安被关进县衙的土牢，牢房四周的土墙上只有高处的一个小窗投进一束光亮。

张子瀚与秦子安双手戴着镣铐坐在地上。

张子瀚无论如何也没有想到在这大唐的地面，还会有这等昏庸的官府县令，真是天高皇帝远。秦子安愤愤不平，不断向衙役叫喊让把他们放出去，他定会将他们串通一气的勾当上告朝廷。

衙役被吵得不耐烦了，提刀走来厉声制止了秦子安，用刀指着他们，让他们老实待着，不许说话。

县衙府上，县令正在与一个黑脸汉子饮酒，旁边站着那个马贩子。

黑脸汉子端起酒杯敬酒："多谢大人，我等能在此地做买卖，多亏了大人的照应。"

县令举起酒杯："这里不比长安，能在此地为官既要维护朝廷的法度权威也要结交朋友懂得人情世故，本官在此一任，自然知道谁远谁近。"

这时，一个衙役拿着一个包袱走来，里面是一把刀和一个腰牌，衙役告诉县令，这是这两个外乡人的随身之物。县令拿起那刀看了看，又拿起那块刻有安西都护府唐军校尉的腰牌，他的两眼直了。

县令自言自语道："看来这两个不是一般人，都是有来头的。"

黑脸汉子拿起腰牌凑过来看看问道："大人的意思是……"

县令命手下衙役去把那两人放了，吓唬一下让他们赶紧离开此地，免得再生出什么麻烦。衙役答应着退下。

张子瀚与秦子安在土牢中昏昏欲睡。衙役走来打开了牢门，让他们赶紧离开。张子瀚有些不解，询问他们是否没事了，衙役将他们包袱扔了过去，说若在此处再找麻烦就不会客气了。

集镇上熙熙攘攘，张子瀚与秦子安灰头土脸地走在集市上。突然，一个人拉住了张子瀚的衣袖。张子瀚回头看到正是那个他们曾救助过的老者。老者将他们带到一僻静之处，说已知道了他们的事，这镇上的人不多，发生什么事不出一个时辰就都传遍了。

张子瀚询问为何这镇上的人如此刁蛮，官府衙门也不辨是非，老者告诉他们这里不比长安，此地穷山恶水，向来贫瘠，官府与土匪勾结一处，盗抢外来生人的货物，再在此处出手，然后分赃敛财。这里的百姓早就知道，碍于官府的权势，只好忍气吞声。秦子安说，这可是官匪勾结、贪赃枉法，为何不将此事上奏朝廷。老者说，平民百姓不愿惹祸，只求自保平安。让他们最好也赶紧离开此地，免得再惹祸端，被人盗走两匹马，全当是买个教训。

张子瀚、秦子安与老者在一小饭馆吃了饭，老者说他已打听到儿子的下落，就在附近给人贩运羊皮，他已托人传话，打算就在此地等候。张子瀚也为老者不畏艰辛终于得到了儿子的音讯感到高兴。老者又问他们有何打算，张子瀚说还要继续西行。老者告诫他们由此向西多是荒芜之地，自古便是盗匪猖獗，若无与恶人打交道的本领，一路之上恐怕凶多吉少，二位公子势单力薄，最好能跟上一支驼队，也好相互有个照应。张子瀚与秦子安谢过了老者，老者又给他们讲述了一路之上的水源及驿站位置，张子瀚借来笔墨将这些驿站标记在自己的衣衫上。之后，张子瀚与秦子安二人拜别了老者。

天色已晚，官府衙门马厩里拴着十几匹马，两个人影从墙头跳进了马厩，他们是张子瀚与秦子安。两人来到自己的那两匹马前，悄悄解下缰绳。这时，远处有人提着灯笼走来换岗，张子瀚与秦子安闪身在暗处。两个带刀的衙役在官府马厩门前巡逻，忽然，听到远处传来响动，一个衙役立刻向前走去。他来到一棵大树旁，突然从树后伸出一只手捂住那个衙役的嘴拉了过去。另一个衙役见半天没有动静，提刀走了过去，刚到树旁，脚下一绊便扑倒在地，紧接着，一只脚踩在他的头上。张子瀚与秦子安将两个衙役绑在树上，给他们嘴里塞上了草。

张子瀚与秦子安旋即上马，打马而去。

张子瀚与秦子安骑马来到县城西门，正欲出城，突然身后传来喊声："抓住这两个盗马贼，不要放他们出城！"只见一队官府的衙役举着火把从后面追来。张子瀚与秦子安立刻打马向城门冲去，守卫城门的衙役立刻举着长枪，准备截住他们。张子瀚一看已无退路，便从怀中掏出唐军校尉腰牌大喊道："安西都护府唐军校尉腰牌在此，谁敢阻拦，杀无赦！"

守城的衙役一听纷纷让开，张子瀚与秦子安打马冲出了城门。

几日过去，眼前的景色愈加荒芜，四周都是不毛之地，太阳从天空直射下来，大地在阳光的照射下显得一片苍白。张子瀚、秦子安与他们的两匹马都已疲惫不堪。

"看看咱们这是走到哪儿了，哪里才有驿站水源？"秦子安喘着气问道。

"好的，我来查看一下……"张子瀚说道。

张子瀚解开衣衫，可是上面记下的标记因为汗水浸透墨迹都已模糊不清。

他们只好继续前行，天地间只有两个人、两匹马，周围一片死寂，毫无生机，他们就在这天地间走着，直至他们两个人与两匹马晕倒在地。

傍晚的凉风将他们吹醒了，张子瀚隐约看到前方有一片树林，他叫醒了秦子安，两人牵着马蹒跚着向树林走去。

在这片荒芜的地域竟然生长着一片生机勃勃的树林，就是个奇迹，郁郁葱葱的树叶随风摇摆，显示了顽强的生命力。张子瀚与秦子安一接近这片树林就感到一阵凉爽的风，他们不顾一切地向树林冲去。他们刚一走进树林，忽然从齐腰高的草丛里出现了一群人，他们就像是从草丛中长出来似的。张子瀚与秦子安以为遇到了土匪，立刻抽出刀准备迎敌。眼前这群人丝毫未动，只是静静地看着他们。张子瀚与秦子安再看这群人个个衣衫褴褛、面色枯槁，但双目明亮、神采奕奕。这时，一位白须长者缓缓走了过来。

"二位施主，你们这是从哪儿来啊？"长者温和地问道。

"我们来自长安。"张子瀚答道。

"哦……"长者点了点头。

"你们是做什么的？为何在这里？"秦子安问道。

"我们都是出家的僧人，正要前去沙洲修行。"长者答道。

"我们也要去那里，然后再从那里继续西行。"张子瀚说道。

僧人给了他们一些吃的和水，张子瀚与秦子安缓了过来。原来这些人是修行的僧人。他们的信念和善良令张子瀚与秦子安深为感动。从这些苦行僧的身上，张子瀚体会到了信念的强大力量，人只要有了信念便有了精神，如此什么艰难险阻都能克服。

天亮了，阳光从树林中穿透下来，洒在林中，鸟在树枝上鸣叫着、蹦跳着，一切都显得那么生机盎然。老者让他们先行一步，还将他们自己所带有限的食物和水分与他们一些。这时，所有的僧人双手合十为他们诵经祈祷平安。张子瀚与秦子安谢过了这些僧人继续西行。

长安城张家的丝绸作坊里，人们日夜赶工，张吴氏的头发又白了许多，张子衿不忍母亲如此操劳，劝她回家歇息几日，张吴氏说张家的丝绸作坊能够维持长久，其原因就是最重信誉，既然承诺了就要按时交付。张子衿拒绝了朝廷乐舞坊的征召，整日也在作坊劳作，为母亲分忧。

嘉帕尔在波斯酒楼听人议论起长安"张氏丝绸作坊"织造的丝绸织锦，虽不属官府督造，但质量上乘，可与官府督造的丝绸织锦相媲美。嘉帕尔听了这样的赞誉，心中十分高兴。嘉帕尔还要在长安住些时日，闲来无事便在长安城中四处游览。一日，他走在街上，听到从书院里传出有人诵读唐诗的声音，他抬头看见白色牌坊上镌刻着"长安书院"几个金字，便走了进去。

书院的院子里散坐着许多来此求学的学子，他们在先生的教导下正齐声诵读诗文："君不见，黄河之水天上来，奔流到海不复回！君不见，高堂明镜悲白发，朝如青丝暮成雪！人生得意须尽欢，莫使金樽空对月。天生我材必有用，千金散尽还复来。烹羊宰牛且为乐，会须一饮三百杯。岑夫子，丹丘生，将进酒，杯莫停。与君歌一曲，请君为我倾耳听。钟鼓馔玉不足贵，但愿长醉不复醒。古来圣贤皆寂寞，惟有饮者留其名。陈王昔时宴平乐，斗酒十千恣欢谑。主人何为言少钱，径须沽取对君酌。五花马，千金裘，呼儿将出换美酒，与尔同销万古愁。"

这豪迈的诗句感染了嘉帕尔，他立刻迷恋上大唐的诗文。

张子瀚与秦子安一路西行，愈往西去人烟愈加稀少，景色苍凉。他们一路艰辛，许多天之后终于来到了边陲重镇——沙洲。

沙洲的城垣以夯土建成，雄浑古朴，城门上的堞楼保持了大唐的建筑风格，城门处有唐军士兵守卫。张子瀚与秦子安骑马走进沙洲城门。

从沙洲再往西去便是西域，这里的建筑风格也融会了许多西域的建筑样式，城中多是以夯土而建的平顶屋舍，间或有唐样的坡顶砖瓦建筑，那一定是富足的商贾贵族人家或官府所在之处。城中有过街楼、寺庙、当铺、货栈、酒肆、客栈、饭馆等，还有大量的民居宅院。由于大唐的富庶与开放，这里已成为华戎交汇的繁茂之地。许多东去与西归的粟特商人都在这里休整歇息，然后再带领着驼队与货物奔向各自的目的地。

街道上人来人往，来自中原与西域各地的不同民族的人混杂在一起，沙洲城里有中原大唐人穿着胡服，有西域胡人穿着汉服。人们穿着各种款式与色彩的服装行走在街道上，若不仔细观看，唐人与西域人难分彼此。

张子瀚与秦子安已多日未见如此繁华的景象，他们下马沿街前行，一边看着各色人等交易物品，讨价还价，好不热闹。

"这里倒有几分长安的繁华。"秦子安不无感慨地说道。

"这是从大唐本土通往西域的最后一座城池了，从这向西走出去就是茫茫戈壁了。"张子瀚说道。

张子瀚已经计划好了，他们在这沙洲城要好好歇息几日，养足精神，再准备好进入大漠的食物和水，这样才好继续他们的旅程。

这时，人群一阵骚动，只见一队唐军士兵冲来大喊着："闪开！闪开！"人们避让在街道两旁。只见一队唐军士兵与车马威风凛凛地走来。

看热闹的人群中有人议论，这是什么人来了，如此大的阵仗。有人应和，这还看不出来，这是大唐的河西节度使来沙洲巡视。又有人说，看来沙洲最近又要有好事了。

街上有人围拢在一起，张子瀚与秦子安好奇地挤进人群，场子里一个来自西域的胡人从笼子里抱出一只公鸡，另一个胡人也从笼子里抱出一只公鸡，他们抱着各自的公鸡在人群中走了一圈，公鸡体形瘦弱、脖子高昂，两只眼睛炯炯有神，尤其公鸡的喙十分尖利，两只鸡爪上绑有铁刃。人们比较了两只公鸡后，开始押注赌博。这时，两个胡人将他们手中的公鸡扔进场子中间，两只公鸡相见，它们脖子上的羽毛顿时竖了起来，立刻投入了搏斗……

这种斗鸡赌博的游戏在这一地区十分流行。一时间场子里尘土飞扬，人们不时地为鸡助威叫好，人群中走来一个小偷，他看准了刚刚到来的秦子安便凑了过去，站在秦子安的身边，看准了时机，迅速抓住秦子安挂在腰间的钱袋，然后手法娴熟地解开了绳扣。小偷得到了钱袋，转身便走出了人群。这时，两只斗鸡已经分出了胜负，一只公鸡将另一只公鸡咬伤，输了的公鸡浑身鸡血淋淋地躺在地上，得胜公鸡高昂着头迈步鸣叫着，鸡的主人立刻抱起获胜的公鸡给它的嘴里喂着食物。押注赌赢了的人立刻眉开眼笑，输了的人并不服气。新的一轮斗鸡又要开始了。

这时，秦子安忽然兴起也想押注试试运气，他的手摸向腰间，突然发现自己的钱袋没了，他立刻向四周观瞧。一旁的张子瀚发现秦子安有些异样，问他怎么了，秦子安说他的钱袋被人拿了。

张子瀚看到有一个人沿着墙边迅速离去，指着那人说，一定就是那个人。

张子瀚与秦子安立刻挤出人群向那小偷追去，小偷发现身后有人追来，并不惊慌，他闪身进入一户人家，然后翻身攀上屋顶，沿着屋顶向前奔去。小偷在高低错落的房顶上身手矫健灵活，不断上下蹿跃，张子瀚与秦子安远不是他的对手，一会儿工夫，他们就跟不上了，眼睁睁地看着那小偷消失了。

小偷回身看到身后已无人追赶，放下心来，他来到一棵大树旁，沿着树干滑落下来。突然，他看到张子瀚与秦子安在树下等候。小偷立刻起身就跑，张子瀚扔出一根木棍，木棍旋转着正砸在小偷的小腿上，小偷的两条腿绊在一起，摔了出去。张子瀚与秦子安来到近前从地上拉起了小偷。秦子安从小偷的怀里拿出了自己的钱袋，他一拳打在小偷的脸上，小偷惨叫一声跪在地上。

"大人饶了小人吧。"小偷不断地求着。

"饶了你岂不祸害了大家！"秦子安更加气愤。

张子瀚看着小偷身材瘦弱、面容苍白，便问道："你是干什么的？"

"小人就是干这个的……"小偷做出了偷盗的手势。

"真还敢说，这样的贼人就该把他拉去送官。"秦子安一把将小偷提了起来。

"大人行行好，大人无论打骂还是让小人干什么都行，就是千万别送官啊！"小偷连连作揖。

"既然你有胆偷盗他人财物，为何还怕见官？"张子瀚问道。

"大人有所不知，这里的官府衙门只要抓到偷盗者就会砍掉一个手指头，小人上有六十岁老母有病在家，小人又无别的本事，只好重操旧业，今后再也不敢了……"小偷向他们伸出了两只手。

张子瀚与秦子安看到那个小偷的两只手已经少了好几根指头。

"这样岂不更好，剁掉你所有的指头，你也就偷不成东西了。"秦子安拉着小偷就要走。

小偷索性躺在地上哀求道："大人，我要是没了指头，也就废了，就连给我母亲劈柴做饭都不成了。"

张子瀚拦住秦子安对小偷说道："你走吧，念在你对老母还有这份孝心，今日就饶了你。"张子瀚从钱袋中拿出一些铜板扔给小偷。

小偷一听这话立刻跪在地上连连磕头："感谢大人，感谢大人……"

等小偷抬起头时，已不见张子瀚与秦子安的人影。

张子瀚与秦子安来到沙洲城的一处客栈。老板娘是个风韵犹存的中年女人，招呼他们进门落座，递上了热毛巾，奉上了热茶。

"二位公子一定是从长安城来的吧？"老板娘一边用抹布擦着桌子一边问道。

"这也能看得出来？"秦子安反问道。

"当然，一看二位公子这长相气质就与众不同，再一听公子的口音，我便断定一定是来自大唐长安。"老板娘说话的声音十分好听，话语中带着笑意，让人感到既舒服又有一种亲近感。

"老板娘好眼力，我们确是来自长安。"秦子安说道。

"二位公子是要去西域经商吗？"老板娘依然微笑着问道。

"我们不去经商，我们去西域是要成就大事。"秦子安有些神秘地说道。

"哦，什么大事，说来听听。"老板娘不经意地问着。

"请问从这里去安西都护府还有多少路程？"张子瀚接过话问道。

"哦，安西都护府，我倒是听说过，不过要说这路程还真不好说，因西域的驿道时常改变，再加上突厥人来了，听说那里时常打仗。"老板娘说道。

"现在那里是什么情况？"张子瀚十分关心现在的局势。

"我这儿来的都是各地的客商，什么消息都有。有人说前些日子唐军与突厥军开战，突厥人战败了，不敢再轻举妄动；又有人说突厥人又要调集大军，准备再战，还有人说现在可怕的不是突厥人，而是当地的土匪响马，他们经常打劫商队，闹得人心惶惶，都没有人敢去那里做生意了。反正西域现在不比从前了。"老板娘一边给他们倒茶一边说道。

"这事回头再说，老板娘，这有什么吃的，我们多少天都没有吃上一顿像样的饭食了。"秦子安说道。

"好说，我这有羊肉汤，还有这里的烤麦饼。准保让你们吃着舒服，还能回想起长安的味道。"老板娘笑着说道。

"太好了，做梦都想吃到这一口。"秦子安说道。

"老板娘一定也是长安人吧？"张子瀚问道。

"公子是怎么看出来的？"老板娘反问道。

"我从你的话语中听到了关中的乡音。"张子瀚说道。

"不瞒二位公子，我是大唐长安临潼人氏，早年跟随我那不争气的丈夫来这里经商赔了本钱，没有颜面回去，便在此开了间客栈，我便以做羊肉汤赢得了客人，来自长安的客商都喜欢住在我这儿。出来的日子长了，已经没有长安的口音了，今日不想还是让这位公子识出来了。"老板娘笑着说道。

"怎么没有见到你家掌柜的，只是你一人在这忙活？"秦子安问道。

"我那不争气的男人走了，当我们的客栈生意越来越好时，他又动了做生意的心思，他拿着挣来的钱进了一批货去了西域，临走时说得好好的，打算赚上一大笔回来，然后就一起回长安临潼老家光宗耀祖。可没料想他这一走竟一去不归，连个尸首都找不到。"老板娘说着眼睛里泪花盈盈。

"都怪我这张嘴，不该提起让你不高兴的事。"秦子安有些后悔。

"没事，我这人该经历的都经历过了，在我这什么事都不算事，你们先坐着歇息喝茶，我去给你们张罗饭食去。"老板娘说着走了出去。

夜晚的沙洲城寂静无声，夜空中悬挂着一轮弯月。

张子瀚与秦子安洗过澡躺在干净的床铺上感觉浑身舒坦，他们已经很长时间没有吃到这么可口的饭食了。再加上老板娘的殷勤好客，张子瀚喝了两大碗羊肉汤，秦子安竟然连喝了三碗羊肉汤还吃了许多麦饼。这会儿张子瀚与秦子安都感到累了，他们一躺下就昏睡了过去。

半夜时分，秦子安被肚子里一阵绞痛给弄醒了，他坐起身来，轻手轻脚地走了出去。

外面的天气有些凉，秦子安被凉风一吹清醒了许多。他如厕完了刚要走回房间，突然，他似乎听到不远处传来一声响动，就像是一根木头倒在地上，他回头看到一个人影从墙头窜了过去，他用手使劲揉了揉眼睛，没有发现什么。秦子安刚走了几步，突然听到老板娘的房间里传来一声尖利的呼叫声，紧接着就像是被什么东西捂住了嘴，声音没了，他立刻警觉起来。

秦子安轻手轻脚地来到老板娘的窗户前，听到里面传来了挣扎的响动和粗壮的喘息声。

房间里，一个粗壮的莽汉把老板娘压在身子下面，撕扯着老板娘的衣衫，老板娘拼命挣扎着，可是嘴已经被莽汉用手捂住，喊不出声。突然，门开了，秦子安冲了进来，他手里拿着一根木棍向莽汉抡了过去，莽汉被突然的打击震慑住了，他松开了身下的女人，转过身来应付这个突如其来的袭击者。老板娘趁机躲过了莽汉。秦子安不断地抡着木棍，莽汉似乎并不在乎，他用胳膊隔开了向他抡来的木棍，上前一拳将秦子安打得向后跟跄了几步，莽汉看着这个身材比他弱小许多的男人，脸上露出了邪恶的笑意。秦子安不由得向后退着，莽汉猛然挥拳打在秦子安的胸上，秦子安向后跟跄着靠在墙上。

老板娘急切地喊道："你快走！"

秦子安已经无路可逃。莽汉笑了，秦子安又拿起木棍抡向莽汉，莽汉用胳膊一挡，木棍断了，上前一步逼近了秦子安，秦子安手里拿着半截木棍准备拼了。

这时，莽汉的头上遭到重重一击，一个陶罐砸在他的头上，变成碎片，莽汉的身子晃了晃，头上流下了一条血迹，莽汉转身刚要挥拳，只见一把寒冷的刀锋顶在了他的脖颈上，莽汉愣住了。

"再敢动就废了你！"黑暗中传来了张子瀚低沉的声音。

张子瀚手握着刀站在莽汉的身边，莽汉身子一软跪在了地上。

老板娘整理着衣衫走了过来。张子瀚向老板娘询问这是个什么人，老板娘说，此人是个屠夫，原来给她干过活。此人知道她是个寡妇，一直想占她的便宜，老板娘一直忍让不想惹事，不想今天晚上他竟然闯到这来动粗。

这时，只见莽汉的身子一软倒在地上睡了过去，身上散发出一股浓烈的酒气，传出了粗壮的呼噜声。

张子瀚问此人该如何处置，秦子安说应该拉去送交官府。老板娘说此人已经喝多了，把他拖出去，等他醒了让他自己走了便是。

天亮了，远处传来一阵鸟的鸣叫声。

沙洲城里一派节日气氛，沙洲刺史府门前支起了几顶巨大的白色帐篷，锅里煮着羊肉，朝廷的沙洲刺史府正在款待来自各地的客商。

来自各地的客商聚集于此，品尝着美食，饮着美酒，依次领着大大唐廷发放的过关通牒，无不赞叹大唐的国力强盛与热情好客。

河西节度使对沙洲的繁荣盛景十分满意，他代表大大唐廷为沙洲刺史府颁发了朝廷赠予的金子牌匾，上书八个大字"盛景沙洲，西域锁钥"。

张子瀚与秦子安目睹了沙洲城的盛况。

张子瀚与秦子安要离开沙洲了，临行前他们向客栈的老板娘辞行。在这里歇息了数日，已缓过了精神，他们感谢老板娘的热情款待。老板娘说都是来自长安的乡党，不必这么客气。老板娘转身拿来一袋风干牛肉与一袋烤麦饼交给了张子瀚与秦子安，让他们带在路上吃。

"吃着我的这些吃食，也就不会那么快就忘了我了。"老板娘笑着说道。

"我们绝不会忘的，在这叨扰了这么多日，还不知老板娘的姓名，不知可否告知？"张子瀚问道。

"我娘家本姓秦，嫁给了张姓的丈夫，后随他到了这里，因为喜好吃这西域产的石榴，人们便都称我为石榴，我虚长你们几岁，你们便叫我石榴姐吧。"

秦子安一听惊喜地说道："我也姓秦，不想我们还是本家啊。"

老板娘笑着说道："是啊，难怪我一见到你们就觉得这么亲。"

"我们就称你为石榴姐。"张子瀚说道。

"好啊，这样听着都让人心里舒服。"石榴姐又从怀里拿出一个皮质钱袋给他们："这也给你们路上带着。"

张子瀚与秦子安打开一看是一袋波斯金币。"这万万不可。"张子瀚将钱袋还给石榴姐。石榴姐将钱袋又放在张子瀚的手上说道："从这去安西都护府，路途遥远，一路之上再无朝廷官府，若遇到为难之事，或许还能救个急。既然你们已称我为姐，我们便是亲人了，亲人之间不必客气。"

张子瀚与秦子安只好收下了。张子瀚询问石榴姐今后的打算。石榴姐告诉他们，自己已离家多年，想回长安临潼老家了，她已托人将这客栈盘了出去。她想带些这里的石榴苗回去，在老家种上几亩石榴园，也好过上舒心清静的日子。还说将来他们若回到长安，一定要到临潼看她。张子瀚与秦子安连忙表示一定会去。

石榴姐说她在莫高窟捐资供养修建了一处佛家洞窟，正在请人绘制壁画，就要完成了，之后便可启程。石榴姐说到此时，她脸上浮现出虔诚的表情。然后对张子瀚与秦子安说，无论他们在哪儿，她都会为他们祈祷祝福。

早上，张子瀚与秦子安骑马走出了沙洲城，向着茫茫戈壁大漠走去。

途中，他们又远远看到了那队修行的僧人，僧人们穿着补丁摞补丁的破旧僧衣，背着简单的行李，但个个面容虔诚淡定，向着莫高窟的方向缓缓走去。

张子瀚与秦子安一路向西，再也没有见到人烟，眼前都是荒漠的戈壁与蓝色的天空，再无其他景色。他们时而走在正午的沙漠中，酷热难耐；时而行进在夜晚的戈壁上，寒风刺骨。许多日下来，他们已变得形容憔悴、嘴唇干裂、皮肤粗糙、消瘦疲惫，马也消瘦了许多。就这样不知又行走了多少日，他们已精疲力竭，终于他们看到前面浮现出一片绿洲和湖泊的景象。

"看，前面有绿洲。"秦子安用颤抖的手指着远处的山谷，努力张开干裂的嘴唇艰难地说道。

"到了那里我们要好好歇息一下，让我们的马也好好歇歇。"张子瀚用手遮住刺眼的阳光向远处张望着，远处跳动着一片诱人的绿色。

这时，突然从身后远处的戈壁上腾起了一个烟柱，那烟柱向天空升腾着，翻卷着，越来越大，迅速地将天上的太阳遮住了，大地变得昏暗一片，紧接着就出现了一阵狂风，狂风卷起地上的枯草和沙尘，催动了地上的石子沙砾，向他们扑来。他们遇到了沙暴。

张子瀚见状大喊道："快找地方躲起来！"

秦子安的马已受惊开始狂奔，秦子安拼命拉住马缰绳，马随着狂风将他拖倒在地向前奔去……

张子瀚赶紧拉马就近卧倒，躲在一个低洼处。周围一片昏暗，只有狂风发出令人恐怖的呼哨声。

这狂风来得快去得也快，不一会儿的工夫，便过去了，太阳又露了出来，大地就像是被清理了一遍，连一棵草棍都没留下，戈壁大漠干净异常。

张子瀚站起身抖落掉身上厚厚的沙尘，向四下张望，他找不到秦子安了。

"子安，你在哪儿？"张子瀚嘶哑地喊着。

没有人回应。

"子安，你在哪儿？"张子瀚继续喊着向前寻找。

天色渐渐暗淡下来，张子瀚拉着马一边走一边寻找着。突然，他听到一声马的嘶鸣，循声看去，只见一个沙堆后露出一匹马的头，他赶紧冲过去，正是秦子安的那匹马，他拼命用手刨开沙土，马的脖子和身子露了出来。他拉着缰绳让马站了起来，可没有看到秦子安，张子瀚有些慌了……

"子安，你在哪里？"张子瀚嘶哑地喊着，还是没有人应声。

张子瀚向前跟跄地走去，突然，他被一堆沙土绊倒了，他看到沙土中露出一只手，这是秦子安的手。他急了，拼命刨开沙土，看到秦子安躺在那里，脸色土灰，已经晕了过去，他使劲怕打着秦子安的脸，秦子安终于被打醒了。

秦子安睁开眼睛看到了张子瀚，问这是在哪，发生了什么，张子瀚告诉他遇到了沙暴。

秦子安努力回忆着刚才的情景，终于回想起来，他被狂风推动着向前奔去，直到一头撞进了一个沙堆，之后就什么事都不知道了。张子瀚看到秦子安没事，终于放下心来，决定今晚就在此歇息，明天再走。

夜晚的戈壁寂静无声，天上的星辰闪闪烁烁，紧压在他们的头顶上，近得就像伸手便可触摸到。张子瀚与秦子安好不容易在一处低洼的地方寻得一些枯草，点着了一堆篝火，他们把袋子里的风干肉和烤麦饼拿出来在火上烤着，又把皮囊中的水倒进一个金属器皿里架在火上烧着。

这会儿，他们吃着风干肉和麦饼，喝着滚烫的热水，感到体力又恢复了。这多亏了石榴姐给他们的这些风干肉和干粮，要不然他们真的走不出这戈壁荒漠了。好在前面就是绿洲，到了那里就有救了。

夜晚的星空就像一张缀满晶莹宝石的大网，繁密的星星如同宝石般不停地闪烁着、旋转着，景象十分壮观。忽然，一颗星星挣脱了大网，燃烧着拖着明亮的尾巴向大地冲来，在黑暗的夜空中划出了一道光亮的弧线，就在将要接近大地的时候坠落了，远处的地平线上发出一片光亮。

满天繁星，茫茫戈壁，张子瀚与秦子安躺在篝火旁进入梦乡，篝火渐渐熄灭了……

远处黑暗的戈壁上出现了点点绿色的星光，这些绿色的星光游动而来，借着漫天的星光，可以看到这是一群狼。绿色的星光是狼的眼睛，狼群悄无声息地向张子瀚与秦子安宿营的地方聚拢而来。

狼是有灵性的物种，这片戈壁与附近的山地是它们的领地，白天经过狂风的洗劫，荒漠戈壁上活着的沙兔、沙蜥等都深藏在洞穴躲藏起来。风沙过后，一切如常，可狼已找不到可以觅食的食物了，就在这时，它们依靠灵敏的嗅觉，嗅到了很远的地方飘来的烤肉香味，它们意识到这是只有人类才能做出的美味，强烈的诱惑使它们立刻从四面八方聚拢而来，它们都想争得这份久违的美味。

狼群在距离张子瀚他们宿营地一箭之遥的地方停了下来。它们看到那里躺着两个人，还有从那里飘出的诱人的香味。狼群犹豫了一下，它们相互用眼神交流了一下，然后快步向前走去，脚步越来越快……

张子瀚忽然感到有一种异样的声音，他闻到一股腥味，猛然睁开眼睛，看到了迅速接近的狼群，他立刻翻身而起顺手拿起了放在身边的佩刀。

"子安，快点起来，我们遇到狼群了！"张子瀚大声喊道。

秦子安懵懂地睁开了眼睛，看到眼前的狼群立刻惊醒了。

这时，狼群已经冲了过来，几只狼直冲向篝火处还没有吃完的风干肉，先到的狼得到了肉立刻开始咀嚼，后到的狼与那些狼争夺起来，一时间狼群乱作一团。

另几只狼朝张子瀚与秦子安冲来，狼在想也许这里还有它们想要吃的食物，若没有，把这两个活人吃了也能解馋。

一只狼率先朝张子瀚冲来，张子瀚闪身猛然用刀鞘击在狼的后背上，狼猝不及防摔倒在地上，惨叫着从地上翻滚着逃走了。另一只狼冲向秦子安，秦子安立刻挥舞着刀，那狼躲闪不及被劈掉了尾巴，狼摔落在地上夹着秃了的尾巴嚎叫着逃走了。这时，更多的狼涌了上来，一只狼凌空跃起向张子瀚扑来，张子瀚猛然抽出了刀，刀的寒光在黑暗中划出一道弧线，那匹狼随着刀锋划过被开了膛，来不及惨叫就摔落在地上。一只狼冲向秦子安，秦子安挥刀砍断了狼的后腿，狼惨叫着一瘸一拐地逃了。

狼群的攻击由于受到了重创有些犹豫地停了下来，它们仰起狼头叫着，用声音交流了一下，随即达到了默契。狼群认为，即便这两个人难以对付，可毕竟他们只有两个人，而狼则有一大群，它们开始同时向这两个人攻击。狼群将他们围在一处，从各个方向冲来。张子瀚与秦子安背靠背站在那里，他们手握着刀，互为依靠，当狼群冲到近前时，同时冲出挥刀劈砍突刺，然后又靠在一起抢刀防御，接着又突击劈杀，许多只狼都倒在他们的刀锋下。他们的脚下已堆积起数十只狼的尸体，有些还没有死去的狼不断发出哀嚎的声音，这声音提醒了活着的狼，它们意识到这危险的境地，不得不停止了攻击。

张子瀚与秦子安手握着刀背靠背站在一起，他们浑身上下都是狼血，气喘吁吁……

"我快要顶不住了，我的腿已不听使唤了……"秦子安小声说道。他的两条腿在颤抖着。

"这是生死存亡，必须顶住！"张子瀚低声说道。

"知道了，我们跟它们拼了！"秦子安的手握紧了滴着狼血的刀。

"睁开眼睛，眼睛不能眨，要直盯着它们。"张子瀚又说道。

狼群也看到了这两个人的炯炯目光，它们开始用眼神互相交流，随后狼群达成了共识，就是不再与这两个人纠缠了，狼群一起仰头发出了一阵狼嚎，这声音凄厉而高亢。

秦子安的腿在不住地颤抖着，他又举起了手里的刀。

张子瀚把带血的刀横在胸前，准备与狼群决一死战。

只见狼群嚎叫完之后，竟转身走了，它们走时就像来时一样悄无声息，迅速消失在茫茫戈壁。

张子瀚与秦子安背靠背瘫坐在地上，他们的身旁是一片狼的尸体。可他们也发现自己所带的干粮和水在与狼群的激战中损失殆尽。

大漠尽头的天空渐渐亮了，漫天的星星立刻暗淡消失，天亮了。

张子瀚与秦子安骑马向远处有着绿洲湖泊的山谷走去。

当他们走进这片山地，并没有见到那片渴望已久的绿洲湖泊，眼前依然是看不到尽头的茫茫荒漠戈壁。

"难道是我们看错了？我明明看到了那片绿洲和湖水，怎么到了跟前就没有了呢……"秦子安不解地问道。

"是啊，我也亲眼看到了，难道这么快就会消失了？"张子瀚也感到有些不解。

他们一想到将要面临的可怕结局就感到了恐惧，因为他们已经没有干粮和水可以支撑他们继续走下去了，接下去会发生什么，他们谁也不知道。

两天后的黄昏，张子瀚与秦子安已经真的开始感到绝望了，眼看着大漠的落日，周围昏黄一片，他们已经浑身瘫软再也走不动了，两匹马也倒在地上难以站起，他们坐在地上不知道该怎么办。

"也许，是我害了你……"张子瀚对秦子安说道。

"别瞎说，我是自己愿意来的。"秦子安说道。

"可是，我们也许走不出这片戈壁了。"张子瀚说道。

"我不信，我们一直运气都很好。"秦子安说道。

"如果我们真的出不去了，你这会儿的愿望是什么？"张子瀚问道。

"这会儿要是能来一碗羊肉汤，我就是死了也甘心了。"秦子安说着，就像是真的喝了一碗羊肉汤似的，脸上浮现出满足的神情。

这时，随着风飘来一阵驼铃声，张子瀚竖起了耳朵听着。

"你听，这是什么声音？"张子瀚问道。

"我什么也没听见啊……"秦子安挺起了脖子还是没有听见。

"你再听听，是驼铃的声音。"张子瀚肯定地说道。

秦子安趴在地上，他隐约感觉到了大地的震颤，感到了驼队行进的脚步，他仔细辨别着。

这时，只见从不远处一座沙山后走来一支驼队，为首的骆驼脖子上悬挂着一只驼铃，随着骆驼行进的脚步，驼铃在摇摆响动着……

张子瀚与秦子安相互搀扶着颤颤巍巍地站了起来，他们向驼队挥着手。

夜晚的戈壁荒漠上燃起了一堆篝火，张子瀚与秦子安得到了驼队的营救，他们围坐在篝火旁吃着美味的烤肉和麦饼，喝着滚热的奶茶，这美妙的时刻竟与悲惨的绝境只有一步之遥，这世上发生的奇妙事情真是太不可思议了。

驼队的首领是个中年的粟特人，他名叫那耶，长得白白净净，浑圆的脸庞，矮小的身材，留着两撇修剪齐整的胡子，眉毛下一双滚圆的眼睛，透出精明与友善。做生意的人都是这样，只有精明才能经营生意，只有友善才能与人打交道。那耶天生就是做生意的材料，他热情款待了张子瀚与秦子安。因为他在这条艰辛的经商途中，也曾遇到过危险。那一次性命攸关的经历让他终生难忘。

那耶年轻时就继承父业开始经商，他很快就组织起了自己的驼队，他以自己精明的头脑和坚忍不拔的毅力，很快就得到了粟特人的尊敬，因为粟特人最为敬重的就是经商能力强的人，那耶便是这样的人。那耶的驼队总是很幸运地躲过各种灾难，总能够满载而归而且收获丰厚的利润。这对于一个长途跋涉经商的人来说的确是个奇迹。但终于有一天，那耶也遇到了灾难。

那耶的驼队满载着从长安带来的丝绸、茶叶等货物，经过了许多天的跋涉，就要进入一片戈壁沙漠，驼队中的一个老者观察了天象，告诫他可能要遇到沙尘风暴，不如在此多歇息几日再走。那耶看着晴朗的天空，不相信这是真的，他急于要将这批货物带到目的地，只要早一天把这些丝绸送到那里就可以赚取大量的钱币，中国的丝绸在那里已经成为王公贵族身份的象征。

于是那耶经过一番考虑，决定尽快上路，结果他的驼队不出意外地遇到了沙尘暴。狂风裹挟着沙尘袭击了驼队，所有的骆驼及货物损失殆尽，赶骆驼的人也都没有了下落。只有那耶侥幸活了下来，他在沙尘暴中能够侥幸活下来就是奇迹，可他已没有干粮和水，他感到了绝望。就在这个危难时刻，他得到了一个唐人的搭救。大唐商队将他从死亡的边沿带了出来，给了他所需的食物和水。那耶觉得他的生命是这个唐人赐予的。

那耶是个懂得感恩的人，他一直铭记着这个大唐的恩人。后来他又重整旗鼓，组建了自己的驼队，很快有了起色，他具有经商的天赋。这次他变得有经验了，不再为了巨大的诱惑铤而走险。经过不懈努力，那耶又恢复了自己的声誉。当他再次变得富有的时候，他四处托人打听当年救他一命的那个恩人。功夫不负有心人，他终于找到了那个唐人。这时的那个唐人已经不再经商，而是住在乡下种了一片菜园，修身养性，颐养天年。那耶带了许多珍宝前来答谢这位唐人，以报答对他的救命之恩。不想那位唐人拒绝了这些珍宝，对他说，最好的报答就是当他再遇到同样陷入危险境地需要帮助的人时，一定要伸出援手。那耶记住了这些话。

张子瀚与秦子安缓了过来，他们向那耶由衷地表示了感激，那耶把自己经历的这个故事也讲给了他们。

"你们不必感谢我，我的这条命也是被人搭救的，希望你们今后也能够这样做。"那耶说道。

"好的，我们记下了。"张子瀚说道。

那耶告诉张子瀚与秦子安，他们所说见到绿洲的事，不过只是一个幻象，其实根本没有，很多没有走过这样荒漠的人都被这幻象欺骗了。秦子安争辩说，那可是亲眼所见。张子瀚也证明了秦子安所说属实。

那耶说他也见过这种幻象，这不过是荒漠之神跟人们开的玩笑。秦子安问那耶是否见过荒漠之神，那耶说他见过，荒漠之神长得非常美丽，面容白净，眼睛明亮，留着长长的头发，穿着一件长长的白色衣裙，她来去如风一般，一般人很难看到她的身影。那耶回忆说在他很小的时候与他的父亲在荒漠中遇到过一次，荒漠之神从他不远处的沙漠中随风而去。那耶眯缝着眼睛回忆着往事。

看着张子瀚与秦子安不解的神情，那耶又说，荒漠之神是在考验每一个经过荒漠的人，她会用自己的神力搬来一个绿洲和湖泊来诱惑那些意志不坚定的人，让他们脱离前行的方向，有时候她还会变成一个美少女在湖中洗浴，人们一旦相信了这个美丽的幻象，就会不顾一切地奔向那里，忘记了一切。这时，荒漠之神就会用自己的神力收起这些美丽的绿洲和湖泊，荒漠依旧是荒漠，让那些渴望见到绿洲湖泊的人陷入绝境。通常在这时，人们就会变得绝望，会因饥饿干渴在绝望中死去。所以那里的沙土下掩埋着无数尸骨和冤魂，夜晚时，那里的冤魂就会出来，他们会化身为燃烧的蓝色火焰，在这荒漠中飘荡，传说那些孤魂野鬼是在相互诉说自己的不幸。所以这里又称死亡之谷，经不住诱惑的人很难走出这片死亡之谷。

那耶说完这些话，喝了一碗奶茶睡去了。

这时，张子瀚与秦子安看见远处的荒漠上真的出现了一些燃烧的蓝色火焰，那些蓝色的火焰不断飘浮着、幻灭着……

天亮时分，那耶的驼队又要上路了。那耶把一些食物与水囊交给张子瀚与秦子安。那耶对他们说道："你们要走的路还很长，带着这些东西。"

张子瀚与秦子安由衷地感谢了那耶。

"不用客气，也许今后我还需要你们的搭救呢。"那耶又说道，"从这再往西行，你们会遇到一个真正的绿洲，那里称为驼镇。"

"驼镇……"张子瀚喃喃道。

"是的，也许你们今后还会遇到更大的麻烦，不过你们来这里就是为了对付麻烦而来的。记住我的话，人活一世，就是什么都要经历一遍。"那耶说完上了骆驼，骆驼起身向前走去。

那耶带领着驼队向东行进。张子瀚与秦子安上马向西而行进。

张子瀚与秦子安骑马途经那个被称为"死亡之谷"的地方，只见沙土中随处可以看到裸露出的皑皑白骨，在蓝色的天空下静静地散落着。那些白骨都是曾经的生灵，他们似乎都在无言地诉说着各自的不幸，那景象令人不寒而栗。

张子瀚与秦子安快马驰过了这片"死亡之谷"，他们压抑的心情感到一阵轻松。

"那耶跟我们说的前面的绿洲是什么地方？"秦子安问道。

"驼镇。"张子瀚说完打马向前驰去，秦子安在后面紧紧跟随。

他们要去的地方就是驼镇。

谁也不知道在那里等待他们的将会是什么。

第三章　驼镇

一幅大唐时期的西域疆域图，一阵风沙掠过，渐现出一处西域小镇。

这里是一片不大的绿洲，从远处望去，在荒漠戈壁上出现了一片郁郁葱葱的树木，这源于一处永不枯竭的泉水。树木旁是一片具有西域特点的建筑群落，生土建造的房舍鳞次栉比，街道上有过街楼、店铺、客栈、饭馆、酒肆，还有叠加的房舍、高耸的土楼，形成了一个高低错落、丰富多样的西域集镇规模。街道上行走着穿着各异、长相有别的西域人，有安息人、塞克人、月氏人、吐火罗人、柔然人、波斯人、大食人等。沿着弯曲的街道一直进入到了一个较为宽阔的集市广场。

广场上散落着一些用木杆与亚麻布搭建的临时摊档，其间摆放着各种货物，形成了一个热闹的集市，集市上人头攒动，呈现出一派繁华景象。有人赶着一群羊走来，另一边又出现了一支驼队，人们纷纷避让，扬起了一阵烟尘。

突然，一个有着棕色皮肤、长相精瘦的波斯人站在一个高台上吆喝着："快来看，快来看，这里有上等的货色，机会难得，不要错过……"他的两只枯瘦的胳膊在空中不断挥舞着。

人们循声聚拢了过来。只见波斯人的身边有一辆马车，车上用木杆建成了一个囚笼，里面就像装载牲口一样地关押着一些人。

"快来看，快来看，这可都是些上等货色，机会难得，机会难得……"波斯人继续吆喝着。

人们好奇地看着关在囚笼里等着被贩卖的那些奴隶。囚笼里的奴隶都蓬头垢面，衣衫褴褛，低头坐着。

波斯人把手伸进囚笼抓住一个男人的头发，迫使他的面孔仰了起来。那人满脸的汗渍和尘土，已经看不清他原本的肤色。他睁开了眼睛，眼睛里露出了顽强的眼神。

人群中发出一阵惊叹的声音。

"各位请看，这个奴隶来自大宛，天生就是个结实的苦力，看看这嘴里的牙齿、这骨骼、这身材，再看他浑身上下的肌肉，就知道多有力量，只要买回去好好调养几天，用不了多久，他一个人干活就可以顶上一头牛。只需要六个波斯金币就可以拥有这个健壮的奴隶，还不如一头牛的价钱。"波斯人大声吆喝着，"机会难得，现在可以出价了，还是老规矩，谁出的价高，这个优等的奴隶就归谁了。"

围观的人们都在议论着，没人出价。

这时，人群中出现了一个胖乎乎的中年男人向波斯人伸出五个胖乎乎的手指头："我出这个价。"

波斯人一看立刻显出一脸的可怜相："哦……不，不，我尊贵的大人，这太少了，就是一头牛也不止这个价钱，何况这可是一条健壮如牛的汉子。"

胖男人说道："你说的没错，可惜他不是一头牛。"

人群中爆发出一阵哄笑声。

波斯人的脸上又显出一脸的无辜相："哦……我尊贵的大人，你说的没错，一个奴隶是不如一头牛的价钱，不过那也要看是什么样的奴隶，这可是个无比健壮的奴隶，他绝对不比一头牛差。"

胖男人说道："可他毕竟不能只吃草啊。"

人群中又爆发出一阵哄笑声。

波斯人的脸上有些挂不住了，他挥舞着枯瘦的胳膊向人群示意静一静："我尊贵的大人，我从那么遥远的地方把这些货运来，我已累得几天都没有吃过像样的饭食了，总得让我有点赚头，请大人可怜可怜我，无论如何再加一点。"

胖男人说道："难道你想让我的手再生出一根指头吗？"

人群中爆发出更大的哄笑声。

波斯人上前一步握住了胖男人的手："我亲爱的大人，请怜悯我这个可怜的做小本生意的波斯人，我知道大人是慷慨慈悲的，不会为难小人的。"

胖男人面无表情地看着波斯人，然后抽出手转身准备离去。

波斯人立刻上前又抓住了那人的手无奈地说道："好吧，好吧，就按大人出的价，不过我从没有卖过这个价，大人知道这是多么物有所值，还请大人日后照顾小人的生意。"

胖男人并不领情地甩开了波斯人的手："如果你觉得不值，我们可以不做这个交易。"

波斯人立刻换作了献媚的笑脸："好吧，我亲爱的大人，为了我们长久的交情，成交。"

波斯人从囚笼中拉出那个健壮的奴隶，把拴在他脖子上的绳索交到胖男人的手上。胖男人把金币给了波斯人，拉着绳子带着这个奴隶走出了人群。

人群中发出一阵唏嘘声。

波斯人又伸手从囚笼里拉起一个人的头发，这是一张瘦骨嶙峋的男人的面孔。那人紧闭着双眼，高昂着头，头上的乱发在飘动着，一副高傲不屈的神情。

人群中有人喊道："这个奴隶都快成一把干柴了，还怎么干活？"

波斯人挥着手吆喝道："他并不是一个干活的奴隶，大家不要在意这个人的身材和相貌，他可是一个奇特的人，是一位手艺极好的乐师，他来自龟兹。看看他这双充满智慧的眼睛，看看他这双手上灵巧的手指，他不但会制作出各种奇妙的乐器，还会用这些乐器演奏出各种美妙的乐曲。这些乐曲会让人心情舒畅，感到无尽的快乐。我敢说，这个世上没有人会拒绝快乐。只要有人肯出五个金币就可以把他带走，拥有了这个人，你的一生就会拥有了快乐，大家想一想，这是多么的划算。"

人群中有人喊道："让他演奏个曲子听听。"

波斯人把一个有着五根琴弦的箜篌递给那个乐师，乐师依然高昂着头，并不理睬。

波斯人把嘴凑近乐师的耳旁小声威胁道："如果你不按照我的吩咐演奏乐曲，我就会叫人立刻剁掉你的双手，让你永远不能再弹奏乐器，我说到做到。"

乐师一听这话立刻接过了箜篌开始演奏起来，欢乐美妙的乐曲瞬间从他的指尖流淌出来。

人群中立刻发出了一片赞叹声。

一身风尘的张子瀚与秦子安经过多日的跋涉，终于来到了驼镇。他们终于看到了绿色，看到了流淌的泉水，看到了众多的房舍和人群。

"我们走了这么长时间的戈壁荒漠，连个人影都看不见，今天总算见到一个有人的热闹地方了。"秦子安不无感慨地说道。

"这个驼镇看来真是不错，今天咱们就歇在这儿了。"张子瀚说道。

张子瀚与秦子安骑马走进了驼镇。

驼镇的集市广场上波斯人继续吆喝着："人的一生是如此短暂，总会遇到许多令人不愉快的烦心事，难道你们都不愿意让自己的一生快乐一些吗？这么智慧便宜的乐手，整个西域也没有几个，难道驼镇的人都不识货吗？"

人群中一个瘦高的男人伸出了三个手指头说道："我出这个价。"

波斯人的头就像是被抽掉了筋骨似的不停地摇晃着："哦……不，不，绝对不可能是这个价钱，绝不能，请这位大人再将剩余的两个指头伸出来吧。"

瘦高的男人摇了摇头，准备转身离去。

波斯人有些急了："大人，请稍等，我知道您是一位有品位懂得欣赏音乐的人，您不会在乎多加一点钱，只要您肯举起尊贵的一只手并伸出所有的手指，我们就成交了。"

"好吧，你可要说话算话。"只见那个瘦高的男人把一只手伸到了波斯人的面前，波斯人拿起那个人的手，发现这只手上只有三个指头。波斯人的两只眼珠在眼眶里滑动了一圈对在了一起。他完全没有想到会是这样的结果。

人群中爆发出一阵哄笑声。

波斯人只好忍痛将那个乐手从囚笼里拉了出来，嘴里还小声嘟囔着："我这一趟算是白忙活了，一点都没有赚到。"

波斯人把拴在乐手脖子上的绳子交到瘦高男人的手上，脸上立刻堆积出了笑意："大人，请走好，今后大人的生活一定不会枯燥，会十分快乐的。"

瘦高男人又向波斯人伸出了手。

波斯人有些不解："人已经归您了，大人。"

瘦高男人说道："还有那个乐器。"

波斯人只好将那个箜篌也一起交给了瘦高的男人，那人带着乐手拿着箜篌走出了人群。

波斯人看着那人走去，太阳的光线直直地照在广场上。他感到有些炎热，转身拿起一个陶罐往自己的口中灌水，只见他瘦弱脖子上的喉结上下错动着，一陶罐的水都灌了下去。波斯人用手抹了一下嘴边的水珠，然后转身走向马车上的囚笼。

波斯人从囚笼里又拉出一个身材瘦弱、蓬头垢面、衣衫褴褛的人。

波斯人说道："各位请看，这不是个男人，这是一个女人，而且是个年轻的女人。这个女人可不是一般的女人，大家看看这长相、这腰身、这长腿、这皮肤，就知道她一定是个美人胚子。"

波斯人说着，用手撕开了女人缠裹在腿上的亚麻裙裾，露出了一双女人的长腿，他用手抚摸着女人腿上的皮肤，女人下意识地躲闪着。

人们都默不作声地看着。

女人不断挣扎着，波斯人有些恼怒了，他使劲揪紧女人的头发，迫使她不再乱动。人们从她的一头乱发中偶尔可以看到她的眼睛，还有从眼睛里射出的不屈与仇恨的目光。

就在这时，张子瀚与秦子安骑马来到了这里，正好看到波斯人拉起了那个不断挣扎的女子的头发。张子瀚与那女子眼神相视的一瞬间突然被那女子眼神中射出的不屈神情震慑住了。那个女人似乎也看到了张子瀚，她的眼神中露出了一丝无助哀怨的神情，张子瀚不禁浑身一颤。

波斯人继续吆喝道："只要有人愿意出五个金币，也就是一头牲口的价就可以成为她的主人。只要肯给她一口吃的让她干什么都行，她不但能为主人干各种杂活，还能陪主人睡觉，供主人尽情地享受。"

人群中有人喊道："这个女人是哪儿的？"

波斯人立刻说道："这个女人是来自米兰，只有米兰的女人才会有这样的身材和长相，大家不要看她现在这副模样，只要带回家去好好洗浴，再给她吃些好的食物调养几日，一定就会看出这是一个难得的美人。主人要是愿意的话，她还能为你生养出很多孩子。好好想一想，这可是个极为划算的买卖。"

人群中发出一阵骚动。

这时，一队人马走了过来，领头的是个有着浓密胡须、戴着一个眼罩的独眼人。

独眼下马走来，人群纷纷让开。独眼上下打量着这个女子，用手抬起女子的下颌看了看，然后猛然撕开女子的衣襟，女子下意识地捂住了胸前。

独眼咧开了嘴，露出一嘴的黑牙狰狞地笑了，然后伸手正欲上前，女子挥手一巴掌打在独眼的脸上。

独眼愣了一下，然后毫不在乎地淫笑着："好啊，我就喜欢骑这匹烈性的母马，跟我走吧。"

独眼一把抓住女子的手腕，女子恐惧地挣扎躲闪着，她的眼神再一次与人群中的张子瀚相遇。

张子瀚突然喊道："这个人我要了！"

张子瀚把一个钱袋扔到波斯人的怀里，波斯人赶紧双手接住。

波斯人说道："好，好，就归这位大人了。"波斯人知道来的这个独眼人是这里最有势力的石大人的手下，从来没人敢惹，只要是他看上的东西就会立刻拿走，从不给钱。可他又不敢得罪这个独眼，现在有人肯出钱买走这个女人，他正求之不得。

独眼松开了女人，转身一把揪住波斯人的衣领恶狠狠地说道："我说了，这个女人我要了！"

波斯人哆嗦着："可是大人，已经有人出钱买下了。"

"我不管，她归我！"独眼上前一步恶狠狠地说道。

"请查验一下钱够不够。"张子瀚在远处不慌不忙地说道。

波斯人打开钱袋看到一袋子金灿灿的波斯金币："足够了，足够了。"

张子瀚看到了那女子期待的眼神，正欲上前带走那个女子。突然，独眼抽出了腰间的刀，人群顿时大乱……

独眼的手下也都亮出了刀，秦子安见状立刻抽刀站在张子瀚的身边。

"哪来的生人，也敢在这驼镇的地界跟我较劲！"独眼说道。

"我来自大唐长安，西域乃我大唐天朝管辖之地，怎能没有王法，容你任意欺行霸市、胡作非为！"张子瀚毫不相让。

"真是笑话，你以为这是什么地方，这里不是你的什么鸟长安，这是驼镇。这里没什么朝廷，也没有什么鸟王法，你敢在这儿跟我较劲，我先让你这个会说话的脑袋搬了家，你就后悔今生来到此地了！"独眼恶狠狠地说道。

独眼挥刀劈来，张子瀚抽刀迎上，两人战在一起……

人群顿时大乱，纷纷闪开一个场子，张子瀚与独眼刀来刀往各不相让。秦子安抽刀警惕地注视着独眼的那些手下，丝毫不敢松懈。

独眼力道极狠，他连续进攻猛劈，可都被张子瀚闪身躲过，周围的木头杆子被他劈折了好几根。他有些恼怒了，紧紧盯着这个年轻人，继续挥刀劈来。

张子瀚连续躲闪，躲过劈来的刀锋，化解了独眼的进攻。几个回合之后，独眼已经气喘吁吁，张子瀚则越战越勇。他用刀隔开了独眼劈来的刀锋，挺刀直向独眼的咽喉而去，独眼吓得立刻用刀来挡，只见张子瀚的刀锋一转直向独眼的腹部而来，独眼受到了惊吓，连续退后几步险些摔倒，他手下的人赶紧扶住了他，独眼这才站稳。

围观的人都看出独眼功夫不及这个来自长安的年轻人，都为张子瀚叫好。独眼更加急了，再次挥刀向张子瀚冲去。

独眼看准了张子瀚，怒吼着拼尽全力挥刀劈来，张子瀚并未躲闪，举刀迎上，两把刀碰在一起，绽出了火星。

独眼与张子瀚互相角力，独眼使出浑身的力气仍无法占上风，他明显感到自己的力道不敌对手。

张子瀚站稳脚跟，暗加力道，力量从他的脚部上升到腿部、腰部，又到了他的臂膀、手腕及他的刀锋，独眼看到张子瀚的刀锋渐渐逼近自己的鼻尖，他猛然撤出倒退几步站稳了脚步，大喘着气。

这时，一个响马来到独眼跟前低声说道："大人，石大人就要回来了，石大人留下话，让大人回来就赶紧过去，有事商量。"

气喘吁吁的独眼收起刀对张子瀚说道："今天便宜了你们，有胆量就别走，等着我，我不会放过你们的！"

独眼与他的手下上马而去，扬起一阵烟尘。

人群中爆发出一片叫好声。

人群中有人议论着："真是好身手。"

有人说道："早该有人出手治治这个独眼了。"

还有人议论道："这两个外乡人得罪了独眼也就是得罪了石大人，石大人可不好惹，怕是这两个外乡人要有麻烦了。"

张子瀚上前拿掉了套在女子脖子上的绳索，女子顺从地跟在他的身后。波斯人点头哈腰地做出了请走的手势，人们纷纷让开一条通道，张子瀚、秦子安与那个女子走出了人群。

街道的另一边出现一阵骚动，两个男人争执着互不相让。一个棕色胡子的男人卖鹅，一个红色胡子的男人卖羊毛毡，两人商量相互交换。就要成交之时，卖鹅的棕胡子男人反悔了，本该用十只鹅交换十块羊毛毡，可是棕胡子男人只愿给那人八只鹅，这样红胡子男人又不干了，于是两人争吵起来。

棕胡子男人说道："你把我的鹅带回去之后可以生蛋，蛋又可以孵出小鹅，小鹅长大了又可以生蛋，如此下去你可是划算多了。而你的羊毛毡什么也变不出来，只会越来越旧，越来越破，越来越不值钱。"

红胡子男人说道："你可真能算计，可惜我把你的鹅拿回去只想杀了吃肉，你的鹅生蛋，蛋生鹅的故事就不存在。鹅肉吃到肚子里就没了，可我的羊毛毡可以让人用一辈子，这样我还觉得不划算呢。"

人们议论着，觉得谁说得都有道理。

"反正我就出八只鹅，换你十块羊毛毡。"棕胡子说道。

"十只鹅换十块羊毛毡，少一只也不行。"红胡子说道。

这时，远处扬起了一阵尘土，有人喊道："石大人来了！"

人们迅速闪开，只见一队人马到了近前。

石大人身穿白色长袍，骑着白马，他脸上的棱角分明，眉毛浓密，目光炯炯，鼻梁笔直，留有讲究的胡须，嘴唇紧闭，面色冷峻。

所有人见了石大人都躬身施礼。

"怎么回事？"石大人问道。

棕胡子与红胡子各自将刚才发生的事叙述了一遍。

"请石大人给个公道。"棕胡子说道。

"请石大人还个公平。"红胡子说道。

石大人看着这些人不疾不徐地说道："在这驼镇，我定下的规矩都得遵守。最为要紧的一条就是买卖双方必须公平公道，无论是谁，一言既出，不能反悔。"

"我这可是十只活生生的大鹅啊。"棕胡子还想分辩。

"这事好办。"石大人把一把短刀扔在地上，"你把十只鹅都杀了。"

"这……这……"棕胡子没有想到。

"你们一个人要的是肉，一个人要的是毡，这样最为公平。"

"这就不必了……"红胡子也没想到。

"如果你们其中有一人想占另一方的便宜，按照驼镇的规矩就要剁掉一只手；如果你们其中有一人撒谎，按照驼镇的规矩就要剁掉舌头。"石大人冷冷地说道。

棕胡子和红胡子一听这话都傻了。

石大人骑在马上冷冷地看着这两个人。

棕胡子从地上拿起了那把短刀，他从笼子里抓出了一只鹅，一刀杀了鹅，鹅血贱了他一身一脸。棕胡子流着眼泪不断地宰杀着自己的鹅……

红胡子看着也心痛不已。

人群爆发出一阵哄笑声。

这时，飞来了一群乌鸦鸣叫着飞过他们的头顶。石大人扬手飞出一把短刀，一只乌鸦应声落下，摔在地上。

人群发出了一阵惊呼声。

石大人说道："这里是驼镇，讲的就是一个公平公道，谁要是敢在驼镇上欺行霸市、牟取暴利、出尔反尔、奸诈说谎，这就是下场。"

石大人说完话带着人马疾驰而去，身后留下一片尘埃。

张子瀚、秦子安与那个女子来到一家客栈门前下马。客栈是一座叠层的生土建筑，大门为拱形，木门上刻有装饰图案，上面有一个用木条做成的镂空小窗，这样从里面可以清楚地看到外面的来人。门廊处有台阶，客栈老板看到有人走来，立刻迎了出来，客栈老板是个身材削瘦的男人。

"几位是要住店吗？"客栈老板殷勤地问道。

"是的，要两间干净的客房，再弄些可口的吃食。"张子瀚说道。

"好，好。"客栈老板把他们让了进来。

张子瀚、秦子安与女子走进了客栈。客栈看上去整洁干净，地上铺着木地板。一楼是客栈大堂，摆放着一个长条桌案、几把凳子，上面悬吊着一只西域风格的铜制油灯，旁边有一个楼梯通向二楼的客房。

"几位客人是从哪儿来啊？"客栈老板一边擦着桌案一边问道。

"我们是从大唐长安来的。"秦子安说道。

"那可是远道的客人，有什么需要请尽管吩咐。"客栈老板微笑说道。

"请给这位姑娘的房间准备一个木桶，烧些可供洗浴的热水，再麻烦你给她弄些干净的衣裳。"张子瀚把一些钱币放在了客栈老板的手上。

"好，好，我这就去准备。"客栈老板收起钱币走了出去。

驼镇中有一处规模较大的院落式建筑群落，这些建筑高大且讲究，一座座生土建成的高大房舍，墙壁厚实。细长的窗户上镶着细密的窗格，窗格上附以白色的亚麻布，这样既达到了采光的效果，又可防止风沙的侵入。各个房舍之间有廊道连接，这些廊道由一连串的廊柱与卷拱的屋顶建成，这样使院落既显得整洁有序，又方便了行走时免受太阳的灼晒。院落中建有一座木头与生土建成的高台，高台上搭有棚顶，这是驼镇中最高的建筑，站在这高台上可以俯视到驼镇的全貌。这座建筑的大门高大威严，显示出了主人的尊贵与气派。

这里就是石大人的府邸，石大人带领着他的人马驰进了大门。

独眼走进了石府大门来到大厅。

大厅高大气派，木质地板极其洁净，通过窗户散射进了柔和的光线，宽大房间的墙壁上挂着色彩艳丽的波斯挂毯，高大卷拱的门廊处挂着羊毛织成的帷幔，各种来自各地精工打造的铜质灯具闪烁着柔和神秘的光亮，各式家具器皿也都尽显奢华。

独眼小心翼翼地走到一个身材魁伟的人身后轻声说道："大人，我回来了。"

石大人转过身来，他看着独眼面色冷峻地问道："今天都干什么了？"

独眼赶紧答道："大人，今天按照大人的吩咐，收取了往来驼队的税金，还有他们孝敬大人的礼物，我都放进地库了。"

"嗯……做得不错。"石大人的脸上并无表情。

客栈的马厩里，张子瀚与秦子安给两匹马喂着草料。

张子瀚抚摸着马的鬃毛说道："这一路之上真是辛苦了，多吃些草料，我们还要赶路，待我们到了安西都护府就可以好好歇息了。"

那马似乎听懂了张子瀚的话语，它仰头长嘶了一声，有滋有味地吃着草料。

秦子安提来了两桶水，两匹马欢快地饮着……

客栈房间里，那个女子在木桶中洗浴，她白皙的皮肤在水中莹莹闪亮，在她的左肩胛胸前处有一个象征太阳符号的文身。女子在热水中闭上眼睛，从她的眼角流下一行泪水。

张子瀚、秦子安与客栈老板坐在大堂说着话。

"老板是哪里人？"秦子安问道。

"我是乌孙人，名叫别尔克，在这开客栈多年了。"别尔克说道。

"请问这驼镇是个什么地方？怎么在地图上并无标注啊？"张子瀚问道。

"你说对了，这驼镇建成的时间并不长。"别尔克说道。

"哦，说来听听。"秦子安有了兴趣。

"要说这驼镇的来历倒是有些神奇，此地原来并没有骆驼，也没有这个镇子。此地原也很荒凉，后来不知什么时候突然冒出一个泉眼，这眼泉水非常甘甜，而且常年不断，泉水在这形成了一片水泊，这水泊不大不小，不管是什么天气，从未干涸。此处又离这条连通长安与西域的驿道不远，所以往来的驼队都愿意在此为骆驼上水歇脚，日子长了，人们便称此地为驼镇。"别尔克说道。

"难怪在大唐疆域的地图上并没有驼镇这个名称。"张子瀚说道。

"后来，日久天长，有人在这建起了客栈，供驼队的商人和脚夫在这落脚食宿，又有商人在此交易物品，往来的人多了就成了个集镇。迁来这里居住的人也越来越多，此地也越来越热闹。到这里什么来路的人都有，就是从未有过朝廷官府的人。人们在这儿也乐得自在，人称'天高皇帝远，自在骆驼镇'。"别尔克说道。

"原来是这样……"张子瀚若有所思。

"照你这么说，这驼镇就是个无人管辖的地方吗？"秦子安问道。

"那倒也不是……"别尔克的神情有些犹豫。

"你不是说这里从未有过朝廷官府的人吗？"张子瀚问道。

"这是什么意思？"秦子安问道。

"二位客人远道而来有所不知。"别尔克小心翼翼地说道，"此地原来并无人管辖，后来有个强人到此，看上了这个地方便住了下来。此人不但智慧过人，功夫也十分厉害，有响马想在此打劫商队，结果都被他打得落荒而逃，后来他就把这些响马收到自己手下，如今他在驼镇的势力最大。驼镇的规矩都由他制定，由他说了算，他的地位和权力就如同官府一样。"

"你说的这个人是谁？"张子瀚问道。

"此人的真实姓名没人知道，大家都称他为石大人。"客栈老板压低了嗓音说道。

石大人府上，独眼端着一个铜盆，里面是清水，石大人在水盆中仔细地洗着手。石大人洗完了手，独眼放下了铜盆，拿来了一块白色的亚麻布巾递给石大人擦拭着。

最近的局势令石大人有些担忧，突厥与大唐各不相让，战事频发。突厥人不断增兵，准备与大唐争夺西域的管辖权。今天突厥人派使者来见石大人，想说服他与突厥人合作联手对付大唐。

"今天突厥派使者来了，我刚送走这些突厥人。"石大人漫不经心地说道。

"突厥人都跟大人说了什么？"独眼小心翼翼地问道。

"看来突厥人是下狠心要从唐人的手里拿到这条商道的管辖权。"石大人说道。

"那么突厥人找大人是要做什么？"独眼问道。

"突厥人有求于我。"

石大人坐在铺着一张雪豹皮的高大卧榻上，有人递上了一杯用银质茶杯装的热茶，他拿起来喝了一口，然后放在旁边的桌子上，眼前浮现出刚才的一幕。

身材瘦弱的突厥谋士站在大厅上有些不自在，他已经等了很长时间。

石大人走进来坐在自己的卧榻上对站在那里的突厥谋士说道："坐吧。"

突厥谋士坐在一旁的凳子上。

"石大人，我是突厥汗国的谋士，我代表我们突厥尊贵、伟大、唯一的可汗大人前来拜访您。"突厥谋士毕恭毕敬地说道。

"你是说你代表突厥国的可汗？"石大人看着这个瘦弱的男人问道。

"是的。"突厥谋士站起身从怀里拿出一面绣有狼的形象的小旗帜，递到石大人的手上，石大人把它放到了一旁。

"你们突厥可汗可叫古鲁斯？"石大人问道。

"是的，石大人怎么知道我们可汗曾经的名字？"突厥谋士有些惊讶。

"你们突厥可汗找我有什么事吗？"石大人又问道。

"石大人，我们强大的突厥帝国将会成为这片疆域的主人。我们尊贵、伟大、唯一的可汗大人说，他很愿意与石大人结交，可汗大人让我转告石大人，只要石大人愿意与我们强大的突厥帝国合作，将来一定会对石大人有好处。"突厥谋士说完这些话看着石大人的反应。

石大人端起身边的一只银质茶碗，喝了一口茶，然后问道："就这些吗？"

突厥谋士说道："是的，这就是我们尊贵、伟大、唯一的可汗大人让我转告石大人的话。"

"突厥的军队是很强悍，不过大唐的军队也不好惹。"石大人继续慢悠悠地说道，"上次突厥军与唐军作战，竟然让比突厥军人数少许多的唐军给打败了，而且是惨败，真不可思议。"

"石大人，战场上胜败之事很难预料，我们尊贵、伟大、唯一的可汗大人正在调集大军要与唐军决战。在我突厥大军强大铁骑的攻击下，大唐军队将不复存在。"突厥谋士说得慷慨激昂。

"既然如此，你们找我有什么事？"

"我们希望石大人能够策应帮助我们击溃大唐军队。"

"看来这是一笔生意，那我们就按照生意的方式来谈，若是我帮助了突厥，我会得到什么好处？"石大人问道。

"石大人想得到什么好处都可以商量，即便在我们强大的突厥帝国谋个官职也是可以的。我们尊贵、伟大、唯一的可汗大人是很慷慨的。"突厥谋士说道。

"我可不想跟你们混在一起。"石大人说道。

"那就随大人的心愿，继续留在驼镇，这里的一切都由石大人说了算。"突厥谋士说道。

"不仅如此，这周围方圆百里的土地、驿道、河流、荒漠、戈壁以及上面的天空也应都属于我的领地，别人不得插手。"石大人说道。

"这事都可以商量，石大人是个聪明人，这片疆域将只会出现一个王者，这个王者就是我们尊贵、伟大、唯一的可汗，我想石大人会看出将来谁会是这片疆域的主人。"突厥谋士说道。

"大人……"独眼看着石大人有些异样的表情问道。

这时，石大人收回了目光，看到了身旁站着的独眼。

"哦……"石大人刚才有点走神了。

"大人是怎么想的？"独眼问道。

"突厥人与唐人在这西域不断争斗角逐，这对我们有莫大的好处，任何一方势力统治了西域，对于我们来说都是灾难，我们只要能继续周旋在这两大势力之间，就能借此机会尽快发展我们的势力。"石大人说道。

"是的，是的，可是突厥人要与大人联合，大人怎么想？"独眼问道。

"突厥人想让我帮助他们，可以，那就是让我把所有赌注押在突厥一方，这就要看他们是否能开出让我满意的价码了。突厥人急于与唐人一决胜负，可最后的胜者还难以预料。"

"大人，小人有一句话想跟大人说。"

"说吧。"

"大人，以小人之见，大唐虽然强大，可大唐都城远离西域，距咱们这儿路途遥远，而突厥人的势力越来越强，仅凭驻扎在安西都护府的那些唐军是难以抵御突厥大军的攻击的，到时候突厥人要是胜了，再想投靠人家恐怕就晚了。"独眼说完这些话看着石大人的反应。

"你的意思是我们现在就答应突厥人？"石大人盯着独眼问道。

"那倒不是，小人的意思是说突厥人既然愿与大人结交，我们无论如何也应该顺势领这个情，站在突厥人一边。"独眼小心翼翼地说道。

"我与突厥可汗曾有过一段交情，可现在的这位可汗已经高傲地认为他已成就了大业，忘了当年他在危难之时是我救了他的性命，他还承诺要报答于我，可现在他对我说话的口气完全就像是在赏赐于我。"石大人有些愤愤地说道。

"不过，以小人之见，突厥人对石大人还是很器重的，诚心诚意想与大人合作，而唐人与大人从不来往更无交情可言。还有唐人更加傲慢，到了驼镇也敢随意坏了这儿的规矩，极其猖狂可恨。"独眼说道。

"你说什么，你说有唐人到了这里？"石大人问道。

"是的，大人，今天就有两个来自大唐的年轻人在这驼镇撒野，我本打算教训他们一番，让他们也知道这里是石大人的地面。他们自称来自大唐长安，还说此地为天朝管辖，根本不把大人放在眼里。"独眼说得义愤填膺。

"哦，竟有这样的事？"石大人说道。

客栈里，张子瀚、秦子安与别尔克坐在一起。

"请问这位女子也是从大唐而来吗？"别尔克小心翼翼地问道。

"今天在这镇上遇到有人贩卖奴隶，见这姑娘可怜，便花钱救了下来。"张子瀚说道。

"为了赎这姑娘，我们还与一个独眼人发生一场恶斗，不知这个独眼是个什么人？"秦子安问道。

"哦，那可是石大人的手下，此人在驼镇没人敢惹，得罪了他就如同得罪了石大人，你们可要多加小心了。"别尔克认真地说道。然后又说道，"不过二位客人在这儿尽管放心，我还有些事先忙去了。"别尔克说完走了出去。

这时，沐浴后的女子从房间里走了出来，张子瀚与秦子安都愣住了。

眼前的这个女子有着一头栗色的头发、美丽的脸庞、白皙的皮肤、蓝色的眼睛、直挺的鼻梁、红润的嘴唇，她身穿一件亚麻衣袍，胸部微微上翘，可以感觉到她那姣好匀称的身材，浑身散发着青春优雅的气质，与木笼囚车中的那个女奴简直判若两人。

"姑娘，饿了吧，快来吃点东西。"张子瀚轻声说道。

女子"嗯"了一声，看到桌案上的食物便坐下吃了起来……

太阳慢慢滑落下去，驼镇笼罩在一片温暖的阳光下。街道上依然人来人往，每天最好的交易时间已经过去了。许多人在此出售了自己带来的物品，再在此地购买了自己所需的货物。人们牵着驮着货物的骆驼，赶着马车从街道上走过，有些人留在了驼镇，有些人朝各自的家乡走去。

方圆百里的人们都愿意到驼镇来进行交易，这里的人气也越聚越旺，许多人在这里结识成为了朋友。人们在这儿通过交谈，了解到了各地人们不同的生活习俗和他们所需货物的信息，然后借助遍布各地的朋友，将不同地域的物品用以物易物的形式互通有无。人们在这儿各尽其能、各取所需。也有人从偏远的地方带来稀罕物品，在驼镇上出售给那些途经这里的客商，他们再将这些稀罕物品带到更远的地方，借以从中牟利。很多精明的人不用长途跋涉、千里迢迢地贩运货物，仅在驼镇就能完成他们的交易，成为令人羡慕的富人。当然，这样的人总是少数，因为这需要有极其智慧的头脑和算计的能力，还要有极好的人缘和运气。只有当所有的因素都具备了，才能成就出一个这样的富人。

驼镇让许多穷人变为富人，驼镇就是这样一个诱人的地方。

这里居住了一批靠货物交易变富有的人群，他们也促成了驼镇的富有繁荣，于是各种服务于富有人群的产业就应运而生。驼镇上有饭店商铺、客舍客栈、酒肆茶馆、赌场妓院。驼镇就是这样一个奇妙的地方，许多有梦想的人都想到这儿来碰碰运气。驼镇每日都会拥进许多来自不同地域不同部族的人，他们在这里交易物品、寻找机会、结识朋友，驼镇就是生活在这片地域人们的最好去处。

夜晚降临，驼镇依然热闹，饭馆里飘出了各式美味，往来于这条商道上的驼队客商，都会在这儿休息几天，也让骆驼好好吃上几天草料，养足精神，他们是驼镇的常客。驼镇上忙碌了一天的人们，这会儿也愿意聚集在饭馆里，品尝着各种西域美食，或在酒肆里饮酒作乐。

常年行走在这条商道上的客商们，除了想要获得丰厚利益之外，还想要拥有享受生活的乐趣。驼镇便向这些人敞开了胸怀，接纳这些客商的到来，满足他们的一切愿望。敢于行走在这条商道的客商绝不是一般的庸人，他们不满足在一个地方放牧耕作的简单生活方式，他们都具有极其强烈的冒险精神，愿意用自己的生命与时间来换取利益与金钱，这种人所付出的艰辛也超出了寻常人的想象，有所付出才会有所回报，他们理应得到更多的利益，他们有权享受更好的生活。驼镇为他们提供了可以享受的地方。

夜晚的驼镇街道上，经常会看到喝醉酒的人跌跌撞撞地行走在街道上，他们已经找不到自己的住处了，很多喝醉了的人就会露宿街头。

独眼在酒肆里饮酒，几个巡查的响马走了进来。

独眼醉眼蒙眬地说道："带上几个弟兄在这驼镇上给我一家一家地查找，一定要找到那两个唐人，我要好好收拾他们。"

"明白了。"几个响马立刻提着刀走了出去。

夜晚客栈的房间里，张子瀚、秦子安与那个姑娘坐在一起。

"请问姑娘叫什么名字？"张子瀚问道。

"诺澜。"女子轻声答道。

"诺澜……"张子瀚看着这个女子又问道，"姑娘是哪里人？"

"我家原在米兰的乡村，靠种植与放牧为生。"诺澜答道。

"你的家人呢？"秦子安问道。

"我没有家人了。"诺澜答道。

"发生了什么事，你怎么会流落到这里？"张子瀚看着诺澜问道。

"因为可恶的突厥人……"诺澜说道。

"突厥人把你们怎么了？"秦子安问道。

诺澜的眼睛模糊了，她的眼前出现了从前家乡的景象。

米兰的乡村原野，温暖的夕阳照在大地上，田野中有一片盛开着紫色花朵的苜蓿，一群牛羊在地里悠闲地吃着苜蓿……

远处的山坡上出现一支马队，他们穿着黑色的盔甲，举着黑色的旗帜，旗帜上有一只奔跑着的狼。

这支马队冲进了原野，紫色的苜蓿花在马蹄的践踏下纷纷倒地，马队越过了苜蓿地向不远处的乡村冲去。

乡村的房舍用木头与泥土建成，数十间这样的房舍院落组成了一个村落，这时，太阳已经西沉，每家的房舍都冒出了炊烟，院门前有年长的老者坐在树下纳凉，村道上不时有人赶着羊群经过，乡村一派安宁的景象。

突然，一只狗狂吠起来，打破了这里的宁静。只见一个村民光着脚在村道上狂奔，他大喊着："突厥人来了，突厥人来了……"这声音听上去令人恐怖。

　　这时，地面震颤起来，一阵杂乱的马蹄声震响，村口扬起了烟尘，烟尘中出现了一队突厥骑兵。

　　那个村民慌不择路地奔跑着喊着："大家快点跑啊，大家快点跑啊……"

　　突然，他的身后出现了一队突厥骑兵，为首的突厥人骑马赶到，挥刀劈下，那个村民一句话没有喊完就扑倒在地，鲜血流了出来。

　　紧接着，突厥骑兵冲进了村庄，他们见人就杀，一个不留。村里来不及躲避的老人和孩子，都被突厥人残忍地杀死了。惊慌奔逃的村民不断遭到突厥人的追杀，纷纷倒在血泊中……

　　突厥人开始洗劫村庄，掠走粮食，抢走牛羊……

　　突厥人用火把点着了屋舍，一时间浓烟四起，火焰燃烧起来……

　　诺澜还在房舍中点火做饭，诺澜的母亲从外面冲了进来，拉着诺澜就往外跑。母亲与诺澜来到羊圈，里面有一个木架，上面堆放着牧草，诺澜的母亲让诺澜躲进了牧草中。这时，只见一个突厥人走进了羊圈，他的手里提着刀，刀尖上还在滴着血，他向诺澜的母亲走来。母亲向后退着，直到无路可退，母亲靠在了土墙上。突厥人走到近前，将刀架在了这个妇人的脖颈上，母亲惊恐地看着这个突厥人，这个突厥人看着这个妇人似乎有些不忍心这么简单地结束她的生命。他已经杀了许多这样无辜的人了，这会儿他的手腕都有些无力。突然，木架上的草丛中传来了诺澜的一声惊叫。突厥人立刻警觉地回头看去，他看到草堆动了一下，立刻收回刀转身向草堆走去。突厥人刚走到跟前就站住了，他低下头看到一支整理牧草用的铁叉从后面插进自己的身体从腹部刺穿出来。他再回头看到那个妇人正手持铁叉站在他的身后，眼睛中射出仇恨的目光。突厥人大叫一声挥手一刀将这个妇人劈倒，鲜血溅了他一身。这时，他感到了腹部一阵剧痛，鲜血从几个眼里涌了出来，他再也无法向前迈出半步了，身子一软沉重地倒在了地上。

　　此时天色已晚，村庄中到处都是火光，突厥人带着抢劫的粮食，赶着劫掠的牛羊离开了村庄。

　　诺澜就这样逃过了一劫，可是她已经没有了家人，美好的家园也被毁了。

　　诺澜是全村唯一活着的人，她欲哭无泪。她用了几天的时间把死者都掩埋了，完成了这件事，她的心也变得枯萎了。她躺在草丛中，闭上了眼睛，回忆起自己的家人，想起了自己曾经的美好生活，可这一切在一个黄昏就突然消失了，她想随自己的家人一起去了。

　　夜晚来临，黑暗中，诺澜忽然看到自己的父亲和母亲向她走来，诺澜惊奇地睁大了眼睛，父亲和母亲坐在她的身旁，慈爱地看着她。

"诺澜，你是我们的希望，你还这么年轻，你要好好地活下去。"这是父亲说的话。

"诺澜，我知道你的心思，不过我们更愿意看到你能好好活着，这样才不枉我们对你的养育。"母亲慈爱地说道。

"无论有多难，你都要活着，我们会在天上看着你，尽我们的所能呵护你。"父亲又说道。

"诺澜，你是我们唯一的女儿，你是我们生命的延续，你要好好地活着。"母亲又说道。

"父亲，母亲，你们不在我的身边让我怎么办啊？"诺澜急切地说道。

诺澜想拉住父亲和母亲的手，可是她没有摸到，父亲与母亲的身影像风一样飘走了……

"父亲，母亲……"诺澜大声喊着，可她已看不到父亲与母亲的身影了。

这时，遥远的夜空中传来了父亲和母亲的声音："诺澜，记住我们的话，你一定要好好活着……"

诺澜从梦中惊醒了，她的面颊上都是泪水。

此时的夜空中繁星闪烁，升起了一轮血红色的月亮。

为了遵从父亲与母亲的嘱托，为了活下去，诺澜只身离开了残垣断壁的村庄，开始了艰辛的流浪生活。

由于突厥人残暴的劫掠，往日西域的安宁生活已经消失了。随处可见被突厥人洗劫过的村庄，到处都是荒芜的田地，许多失去家园的难民不得不行走在逃亡的路上。诺澜与这些劫后余生的人一样开始了流浪，这些流浪的难民逐渐汇聚到了一起。他们只能靠捡拾散落在地里的庄稼颗粒来填充饥饿的肚子，偶尔会遇到好心人给他们一些吃食。他们一直沿着河流行走，这样便会有水喝。流浪的队伍中不断有人在路上倒下就再也起不来了。

诺澜与这样一群陌生人走在逃难的路上，就这样经过了不知多少个日日夜夜。他们一个个衣衫褴褛、疲惫不堪，可他们还必须向前走，因为身后的田野已经荒芜了，可是前面等待他们的是什么谁也不知道。途中不但要忍受饥饿与死亡的威胁，还要应付沙暴和洪水的袭击。每经历一次这样的灾难，流浪的队伍就会锐减一批人。流浪者意识到大家聚在一起可能并不是好事，于是大家开始分散开来，分成小股继续流浪。诺澜就跟随了十几个人行走着，他们连续几天都没有找到吃的东西。有人说前面有一条河，大家相互搀扶着来到了河边，可是这里已是一条干枯的河道，只有看不到边的石头，没有一点水。

逃难的人再也走不动了，他们散落在枯竭的河床上绝望了，准备等待死亡。这时，一个波斯人骑着马来到了这里，他的身后跟着一辆装着奴隶的马车。他下马看着这些面黄肌瘦的人，从袋子里拿出了一些吃的东西给了他们，难民们以为遇到了天下最善良的人，大家都匍匐在地上感谢这个好心人。波斯人让大家都站起身，他开始在难民中挑选人，几个年轻力壮的人被选中，其中也有诺澜，他让这几个人上了马车，没被选中的老年人向他伸出了瘦骨嶙峋的双手……

波斯人头也不回地赶着马车走了，他知道如果不这样做，他也走不出这片荒芜之地。

诺澜就这样与一群流浪者关在马车上的囚笼里，马车颠簸着向前走去。每天晚上，波斯人会像喂牲口一样给他们一点吃食和水。为了活着，诺澜就这样沦为可以被贩卖的奴隶。

油灯发出温暖的光亮，诺澜坐在那里，静静地讲述着自己的身世。

张子瀚与秦子安的表情肃穆，显然是被诺澜的讲述打动了。

"诺澜姑娘怎么没有提到你的父亲？"张子瀚问道。

"我的父亲在我小的时候就已逝去了，我一直与母亲相依为命。"诺澜说道。

"诺澜姑娘打算去哪里？"张子瀚又问道。

"我已无家可归，我是个被人贩卖的奴隶，既然大人好心买下诺澜，救了诺澜的性命，就是诺澜的主人，诺澜愿意跟随主人。"

"不，不，姑娘误会了，我们只想搭救你，并未将你视为奴隶，你现在是自由的。"张子瀚赶紧解释。

"诺澜知道遇到了好人，诺澜愿意跟随主人，伺候主人。"诺澜说道。

"实不相瞒，我们二人只是途经此地，我们要去的地方是大唐的安西都护府。"张子瀚实话实说。

"诺澜在这世上已无亲人，也无家可归。主人去哪儿，诺澜也随主人去哪儿。"诺澜说道。

张子瀚看着秦子安，秦子安轻轻点了下头。

"好吧……"张子瀚犹豫了一下说道。

张子瀚与诺澜就这样在驼镇相识了，他们各自的命运也由此改变。

夜晚的驼镇在满天星空的笼罩下显得静谧平和。所有的商铺都已关门谢客，这里的住户与留宿的客商也都进入梦乡。

别尔克的客栈里，张子瀚与秦子安和别尔克坐在一起。在这之前张子瀚与秦子安商量，此处不宜久留，应赶紧离开。可现在他们又多了一个诺澜，为了不使诺澜再落入恶人之手，他们决定先带诺澜离开此地，之后再为她找个好去处。

别尔克告诫他们，这一路上恐怕会遇到突厥人，不如在此暂住几日，他找朋友询问一下是否还有方便西行的道路再走。可张子瀚执意要走，他说只要在此采买到途中所需的食物用品便尽快离开。别尔克说所需物品可以交给他办。

这时，外面突然传来了重重的敲门声。别尔克赶紧让张子瀚与秦子安上楼躲避，他打开了门，只见几个响马闯了进来。

"几位大人，这么晚了有什么事？"别尔克毕恭毕敬地问道。

"你这客栈有没有生人来？"一个响马问道。

"没有生人，都是熟客。"别尔克答道。

"你说了不算，我们得好好查验，要是有唐人住在你这儿，我们弟兄就没白跑一趟。"一个响马说着就要查找。

别尔克连忙上前挡住："几位大人，我这小店几位大人还不清楚，接的都是熟客，也挣不了多少钱。现在客人都已睡了，再把他们叫醒了查验，以后我这生意就没法做了。"别尔克说着从怀里拿出一个钱袋递到响马手中，"这是几位大人的辛苦费，以后有用得着我别尔克的地方尽管开口，只要我能办到，绝不会亏待了弟兄们。"

几个响马听了这话竟一屁股坐了下来，能成为响马也都不是凡人，他们大都是恃强凌弱的泼皮无赖，原来的营生不是打家劫舍，就是绑架勒索钱财，如今被石大人收为手下，虽然石大人也给他们定下了规矩，可一有机会便恶习难改。

别尔克急于想让他们赶紧离开，不得不又对他们说道："今天收的钱财都在这了，改日我一定再招待几位大人，我与独眼大人也有些交情，我想他也不会不给我这个面子。"别尔克这么说就是想让这几个响马知道，私收钱财的事要是让独眼知道了，也不会轻饶了他们。

响马一听这话立刻站起身走了出去，回头说了一句："可别给我们找麻烦，不然我们也饶不了你。"

别尔克连忙说道："不会，不会。"

响马走后，别尔克赶紧来到楼上客房，张子瀚与秦子安都在注意着楼下的动静，别尔克将两件西域的服装给了张子瀚与秦子安。

"响马正在镇上查找二位的下落，你们可要多加小心了。"别尔克说道。

"嗯，我们会尽快离开此地。"张子瀚说道。

天亮了，太阳缓缓升了起来，照亮了大地，也照亮了整个驼镇。树冠中的鸟儿叽叽喳喳地叫着，沉睡一夜的驼镇也苏醒了。街道上出现了三三两两的人，商贩们开始在集市上收拾摆摊，驼镇又迎来了如常的一天。

独眼一早就到驼镇来巡视，他问几个响马昨晚是否发现那两个唐人的踪迹，响马说驼镇的客栈都巡查了一遍没有发现那两个唐人。独眼令他们继续查找，谅他们也走不出驼镇。

别尔克在集市上买了许多麦饼和风干肉，别尔克付过了钱币刚要走时，一只手拍在他的肩膀上。别尔克回头看到了独眼。

"一大早出来为何买这么多吃的东西？"独眼问道。

"大人有所不知，小店一直没有进货了，最近有做生意的朋友来，我多买些吃食也好做点准备。"别尔克说道。

"那好，就到你的客栈去见见你的这位朋友。"独眼说道。

"大人，昨晚弟兄们已经到我那儿查了个底朝天，不信你问问这几位兄弟。"别尔克指着独眼身边的几个响马说道。

独眼回头看着那几个响马，那几个拿了别尔克钱财的人都直点头。

独眼上下打量着别尔克说道："不行，我还是得亲自去看看。"说着独眼就要往前走。

这时，只见一个驼队走了过来，为首的乌孙人见到别尔克立刻下马走了过来。

"我的老朋友，我们好不容易又见面了。"乌孙人上前与别尔克拥抱。

"我的朋友，我就猜到你要来了。"别尔克说道。

"好，好，老规矩，我还住在你那儿。"乌孙人每次来驼镇都得到了别尔克的照顾，由此结下了友谊。

"我已经给你准备好了房间，还为你备好了你需要的东西。"别尔克说道。

乌孙人的骆驼上驮着不少的货物。独眼立刻上前要收缴税金。乌孙人把一个钱袋递到独眼的手上。独眼看了看乌孙人和别尔克刚要再说什么，这时，一个响马走来说道："大人，那边来了个生人，要见大人。"

独眼一听转身走了。

张子瀚与秦子安在客栈的后院马厩里喂着马，看到两匹马的马掌都已磨损，两人商量了一下，换上西域的服装裹上围巾骑马走出了客栈。

他们来到镇上的一个铁匠铺，铁匠正在炉火前打着马掌，张子瀚给了铁匠几个钱币，又指了指两匹马的蹄子，铁匠开始给两匹马换马掌。这时，独眼带人正好路过此处，便询问铁匠，是否见到什么生人，铁匠并不抬头，一边钉掌一边说他只认马蹄子和钱，从不记人的模样。独眼一听这话立刻走来。张子瀚与秦子安赶紧将围巾裹住面孔转过身去。

独眼一把抓住铁匠的脖领子将他拉了起来，铁匠扬起脸，只见他的脸上有一道深深的疤痕。铁匠一手拿着铁锤，怒目圆睁地盯着他。独眼不由得退了一步倒吸了一口凉气。这时，独眼的身后出现了一个瘦高的男人，他走到独眼跟前恭敬施礼说道："请问大人可是这里的管事？"

独眼回头问道："你是什么人？"

"我来自大食，大人如果方便，我想跟大人商量点事。"大食人说话很有礼貌。

此时，两匹马掌已经换好，张子瀚与秦子安立刻上马离去。

集市旁的一家酒肆里，独眼与大食人席地坐在地毯上，前面有一个长形桌案。伙计拿来了酒碗，给他们倒上了酒。独眼端起酒碗喝了一口，大食人并不饮酒，从怀中拿出了一个精美的皮质钱袋，将里面的金币倒在桌案上。独眼的一只眼睛立刻瞪圆了。

"我知道大人在这驼镇上是最有势力的人，我想在这驼镇做点生意，希望得到大人的关照。"大食人不紧不慢地说道。

"你可知道管辖驼镇的是石大人，这里的一切都由石大人说了算。"独眼冷冷地看着这个大食人。

"石大人的势力没有人不知道，可我还知道具体管辖驼镇集市生意的就是大人您了。我的这个生意非同一般，我想先得到大人的准许。"大食人说道。

"哦，这是个什么生意？"独眼有了兴趣。

大食人起身在独眼身旁耳语了几句，独眼的一只眼睛在眼眶里转了几圈。大食人知道很多商人都依托这条商道赚了很多钱，他的生意不是运送货物，而是要从这些已经富起来的商人手里挣钱，只有挣有钱人的钱那才是本事。有了钱的人就要享受生活，寻求刺激。为了能够实现这一目标，他要设一个赌局，定好规矩，这个赌局足够新奇刺激，绝对能吸引他们。只要他们肯走进来，那就不愁把他们钱袋里的钱换到自己的腰包里。

"这是一个谁都没有见过的生死赌局，我敢保证新奇刺激，稳赚不赔。只要大人愿意，这里赚到的一半利润都归大人。"大食人说得很认真。

"哦，如此看来，我的命就要在你这儿转运了。"独眼立刻心动了。

"大人请放心，我说到做到。"大食人知道这个诱惑谁都难以抵挡。

"好，我就信你一回，需要我做些什么？"独眼问道。

"我需要一个大点的场子，而且还要隐秘。"大食人知道此事已经成了。

晚上，独眼带大食人来到了一个地下仓库，这里的空间足够大也很隐秘，大食人看了很满意。

"地方给你找好了，剩下的事就是你的了。"独眼说道。

"放心，等我把这里收拾一下就开张，一定会让大人满意。"大食人说道。

别尔克在客栈款待了张子瀚、秦子安、诺澜和他的朋友乌孙人，他们在一起吃着晚餐。张子瀚问起了路上的情况。乌孙人说在来的路上遇见了突厥人，只好绕道而行。他劝张子瀚暂时先不要走，别尔克也劝说他们再等些日子。张子瀚坚持要离开驼镇前往安西都护府。他感谢了乌孙人与别尔克的好意，他说，既然决心已定，就要遵从内心，不管遇到什么难处，都要敢于面对。乌孙人很钦佩张子瀚的勇气，他说既然认识了二位朋友，就送一匹马给他们作为礼物。

张子瀚与秦子安和诺澜准备明天一早就动身离开驼镇。

第四章　响马

一轮月亮悬挂在夜空，给驼镇洒下一片清冷的月光，整个驼镇寂静无声，只有石府的窗户里透出了光亮。

石大人坐在大堂铺着雪豹皮的卧榻上，看着一盏盏油灯闪烁的光亮陷入了沉思……

石大人年轻时便是个狩猎高手。一日黄昏，他骑马进入一片人迹罕至的山谷，那里的猎物要比别的地方丰富许多。那里有狼、狐狸，还有雪豹、棕熊，同时也危险，弄不好狩猎者就会成为那些野兽的猎物。天色将晚，还没有发现什么猎物，他看不上那些蹿来蹿去的野兔。这时，他忽然隐约听到有人呼救的声音，便骑马循着声音的方向驰去。

石大人穿过一片茂密的树林，眼前是一片开阔地，只见山谷中有一棵孤零零的树，树干笔直，树冠高大，在树下坐着一只棕熊，它抬起头向上面看着。树上的枝杈上趴着一个人，那人已面色灰白没有力气，周围的树叶也都秃了，显然他在树上待了已不止一两天了。那只棕熊看来也失去了耐心，开始不断用熊掌拍打着树干，然后向上爬去。此时，树上的人为了活命只有尽量再往高处攀爬，而上面的树杈更为细小，已无法支撑他的体重。棕熊沿着树干爬了一半溜了下来，它看了看上面的人，用熊背使劲撞击着树身，想把树上的人摇下来。树干猛烈地摇晃着，上面的树杈更加震颤不已，趴在枝杈上的人紧紧抱着树枝摇晃着，情况岌岌可危。棕熊在树下运了运气又开始向上爬去。

树上的人大喊着："救救我……谁来救救我……"

树上的人现在后悔来到这里，他原本带着几个随从游玩打猎，当他们打到了一些羚羊、狐狸之后要回去时，他看到一只银狐向前蹿去，便让那些人先回去，他打马追赶那只银狐来到了这个山谷，他追到了那只银狐，银狐也已气喘吁吁了，他正欲弯弓射箭，银狐向前一跳躲在一棵树后露出了头，狩猎者毫不犹豫立刻拉弓射箭，箭镞带着呼哨飞出，可准头略欠一点，箭镞钉在了树干上。狩猎者立刻又拿出了另一支箭搭在弓上射去。这支箭射在了树旁的土堆上。突然，那个土堆动了起来，发出了一声吼叫，这突如其来的吼声令狩猎者一惊。这时，狩猎者才看清楚那不是一个土堆，而是一只棕熊，棕熊也发现了他。这只棕熊在睡觉中突然遭到了袭击，非常恼怒。凭借它身上的厚皮及脂肪，那只箭镞只让它感到一丝痛痒，它在地上蹭掉了身上的箭镞，开始向这个无理的狩猎者扑来。

狩猎者完全没有防备，马也受到了惊吓，将他甩下逃走了。他只有奔逃，棕熊紧追不舍。奔逃了一阵之后，他实在跑不动了，当他看到了这棵树便爬了上去。那只棕熊看到自己的猎物已经上了树，便不着急了，反正这个猎物已无路可逃，它坐在树下耐心地守候着。现在狩猎者与猎物之间的身份出现了反转。如此这样过了三天，树上的狩猎者已吃光了周围的树叶，快要挺不住了，而树下的棕熊似乎也失去了耐心，要进行最后的围猎……

石大人来到这里，他看到了那只棕熊及趴在树上情势危急的人，立刻下马冲到近前，弯弓搭箭，向那棕熊射去。箭镞射在棕熊的背上，棕熊再一次感到背上有些疼痒，回头看到了另一个年轻的狩猎者，它有些气恼，暂时放弃了树上的人，开始向这个狩猎者扑来。石大人见状有些慌了，他立刻抽出随身的刀，棕熊已经向他扑来，他赶紧闪身躲过。棕熊扑空了更加恼怒，瞪着圆圆的小眼睛看准了这个年轻人，再次向他扑来。石大人向后退着，他的脚下踩到了一个石子，身体失去平衡倒在地上。棕熊已经扑到了跟前，石大人被棕熊压在地上，棕熊张开了大口，露出了满嘴尖利的牙齿，咬向身下这个人的脖子。突然，棕熊的牙齿在距石大人脖子只有一根指头距离的地方停住了，只见石大人双手握着刀的刀柄使尽全身力气将刀插进了棕熊的心脏。一股热乎乎的熊血喷涌出来，棕熊翻了一下眼睛，倒在了石大人的身旁，石大人也用尽了力气瘫软在地上。

这时，树上的年轻人惊魂未定地下来了，他犹豫地来到近前，看到棕熊已经死了，又看到躺在旁边的人。这时石大人清醒过来，他咳嗽着坐起身来，年轻人立刻上前跪倒在地。

"恩人，我是突厥人，名叫古鲁斯，感谢你救了我一命，请接受我的敬意。"年轻人单腿跪地躬身向前施礼，"将来我一定不会忘了你的救命之恩，一定会加倍地报答你。"这个名叫古鲁斯的年轻人说得恭敬而虔诚。

"哦……"年轻的石大人没有来得及想那么多，只含混地答了一声。

"请问恩人叫什么名字？"

"我没有名字，这点小事，不必记在心上。"

"好的，我钦佩你的为人，愿意与你成为朋友，我将来一定会报答你的，我们突厥人说到做到。"年轻的突厥人说话时的表情很认真。

石大人看着一盏盏油灯闪烁的光亮结束了对往事的回忆，口中喃喃说道："真没想到，这个年轻人现在竟成为突厥国的可汗了，他该如何报答我呢……"

这时，独眼走进了大堂，他带人端来了丰盛的美食，美食装在银质器皿里，放在石大人的桌前。

"大人，请用晚餐。"独眼放下这些美食便向后退去。

"留下一起吃吧。"石大人说道。

"遵命，大人。"独眼立刻盘腿坐在一旁。

石大人打开了一个银质器皿，用刀叉起了一块肉，再从另一个器皿中拿出了一些调料撒在上面，然后送进口中，只咀嚼了几下便吞咽了下去，然后又用刀叉起了另一块肉……

"你怎么不吃？"石大人看到独眼坐在那儿看着。

"哦……大人，我给您倒酒。"独眼说道。

独眼拿起了一个精致的酒壶给石大人倒上了一杯琥珀般颜色的浆液。

"大人，这是我令人从阿姆河流域带来的用玫瑰花、长生果、葡萄酿制而成的美酒，请大人品尝一下，看看是否合大人的口味。"

石大人仰头喝下了这杯酒说道："嗯，味道不错。"

"只要大人喜欢，小人立刻令人再去弄一些来。"独眼殷勤地给石大人又倒满了一杯。

"嗯……很好。"石大人看来很满意。

"大人，还有一事。"独眼继续说道。

"什么事？"

"大人，那两个闯进驼镇的唐人该如何处置？"

石大人把一块肉放进口中咀嚼着说道："不急，明天再派人好好查找。"

石大人此时一直在想着突厥人的事，对于独眼所说的那两个唐人，他根本就没有放在心上，与突厥人的事关系到今后整个西域的格局、自己的命运以及驼镇的前途。与这件大事相比，那两个唐人就显得微不足道了。

天亮了，客栈的门口，客栈老板别尔克牵来了三匹马。张子瀚、秦子安向别尔克告别。

"我们走了，感谢你的盛情款待。"张子瀚说道。

"下次再见。"秦子安说道。

"别客气，你们大老远从长安到此，我没有招待好你们，下次再来，我一定好好招待。"别尔克说道。

这时，诺澜走出了客栈，她的头上包裹上了一条围巾，只露出了两只眼睛。

张子瀚、秦子安与诺澜三人上马，沿着驼镇的街道向前走去。

张子瀚与秦子安和诺澜骑着马走过驼镇安静的街道，来到驼镇的集市广场，这里静悄悄的还没有人。突然，一声嗯哨，一队响马冲出来将他们团团围住。

响马们不由分说冲了上来，张子瀚与秦子安只好出刀迎战。几个响马冲来，张子瀚从马上跃下，闪身躲过那几个响马的凶狠攻击，凌空跃起砍断了一个布篷的绳索，落下的篷布将几个响马罩在一起。他们好不容易才挣脱开来，刚刚出来就又被张子瀚打翻在地。秦子安也从马上跃起，踢倒了几个冲上来的响马，又用刀砍断了数根木杆，倒下的木杆砸到响马身上。这时，张子瀚与秦子安背靠背站在一起，他们互为依靠，相互掩护，同时攻守。

远处石大人骑马走来了，他在远处看着这两个唐人不凡的身手有些触动。他想到自己养了这么多的响马竟然不是这两个唐人的对手。

响马们将张子瀚与秦子安围在广场中间，他们也不敢轻易冲上去。

张子瀚与秦子安手持着刀，警惕地看着这些响马。

张子瀚对秦子安小声说道："我掩护你，你快撤离这里带着诺澜先走。"

秦子安却对张子瀚说道："我掩护你，你快走。"

这时，响马越围越紧。

张子瀚说道："快走，再不走就来不及了。"说着话，张子瀚挥刀冲向了响马们，他的刀锋似闪电一般银光闪烁，响马们立刻闪开了一条路。

秦子安也挥刀跃起准备冲出去……

就在这时，只听有人大喊道："把刀放下，不然我可就要动手了。"

来人是独眼，他的身前站着诺澜，他正把刀架在诺澜的脖子上。

张子瀚与秦子安见状愣住了，他们不敢再往前冲了。

"把刀放下，听到了没有！"独眼再次大喊道，同时把架在诺澜脖子上的刀用力向下压去，诺澜哼了一声。

张子瀚只好把刀慢慢地放在地上，秦子安也把刀放在地上。

"把这两个唐人都给我绑了。"独眼喊道。

响马们立刻拥了上来。

独眼将一把刀和一块唐军校尉的腰牌放在石大人的跟前。

"大人，这是从这个唐人身上搜出来的，他们一定是唐军的奸细，我们可以把他们交给突厥人，也可以杀了他们。"独眼说道。

"不急，你先下去，让我想想该如何处置。"石大人说道。

"遵命，大人。"独眼退了出去。

不知道为什么，石大人此时想到了自己的身世。

石大人的出身很复杂，因为他父辈的血统就很复杂。他只知道自己家族的祖上融汇了许多部族的血液，有匈奴人、鞑靼人、柔然人，所以他的家族背景很特别，不属于任何一个纯粹的部族。自他懂事的时候就知道他的家人总是离群索居，不与任何一个族群部落往来，因为血统不纯是会遭到歧视的。

那时的西域广袤而蛮荒，除了有以地域划分的众多小的城邦国家之外，还存活着许多弱小的部族。这些不同的部族或与西域这片大地与生俱来，或从遥远的地方迁徙而至，他们都以自己的生活方式在这片大地上生存繁衍着。从某种意义上来说，这些部族也都是由频繁的战乱演化而来的，与已存的那些城邦国家一样。这些部族或许能够逐渐强大，吞并其他部族而建立一个国家，或者被别的部族征服而消失。众多的部族就是这样在不断地繁衍着、消失着、重建着……这也构成了那时西域的基本社会属性和生存状态。这就是弱肉强食的不变法则。

石大人的父亲与母亲也都来自不同的部族，他们的结合就很奇特。父亲年轻时英武好斗，是一个出色的自由武士，许多部族的首领都愿意花重金雇用像他这样的武士为自己部族的利益而战。石大人的父亲跟随了一支勇猛好战的部族开始了自己的武士生涯。他们时常出击，攻击并洗劫那些曾经跟自己有过恩怨的部族，他们的部族也在战斗中不断发展壮大。后来，与逐渐强大的部族一样，开始欺凌与自己并无恩怨的弱小部族。

在一次这样恃强凌弱的战斗中，父亲所在的部族攻击了一个弱小的部族。他们的攻击很顺利，几乎将那个部族中所有的男人都杀光了，为了以绝后患，部族首领命令将这些女人和孩子也都杀光。那些无辜的女人都遭到残忍屠杀倒在血泊中，其中一个身材弱小的女人站在父亲的面前，毫无畏惧，一双清澈的眼睛看着父亲。父亲在与那女子眼神相遇的一瞬间，他手中的刀落下了，也许是那个女人眼睛中清澈的目光唤醒了父亲心中还未泯灭的良知，也许是他已厌倦了这无休止的杀戮生活，总之他不想再干了。他对自己的杀手职业感到耻辱，他抱起那个女人骑上马逃走了。

从此战场上再也见不到这个武士的身影了，他带着这个女人到了一个遥远的地方。他们来到一条河边，父亲在河边用木头和泥土搭建起了一个简易的家。父亲与这个女人结合在一起，再也不干杀人的营生，开始过上了平民的日子。他们在地里种植了一些庄稼，还在河里捕鱼，他们以种植和捕鱼为生。

谁都没有想到，这个世界上女人的力量竟如此强大。她可以拿不起一把杀人的屠刀，可她却能让一个拿着屠刀杀人的男人放弃自己的职业，心甘情愿地为她种地捕鱼，过上平凡的日子。

父亲自从与这个女人在一起，性格也变了，也许是这个女人的性格影响了父亲，使他的性格变得柔和了许多。他们在一起十分和谐，每当父亲在外面耕种或捕鱼劳作一天回来时，女人便会烤好麦饼熬好奶茶等着他。黄昏的时候，父亲会拥抱着娇小身材的女人坐在河边的草地上，看着远方的落日，听着芦苇丛中传来的鸟鸣，直到太阳滑落下去。夜晚降临，他们依然拥在一起看着天上的星星。一天的时光就这样过去了，他们就这样日复一日、年复一年地过着平静安稳的日子。

一年以后，石大人便在河边出生了。父亲用羊皮裹起了他弱小的身躯，母亲接过婴儿把他的头塞到胸前，给他喂着甘甜的乳汁。父亲的脸上出现了微笑，他捡起河边的一块鹅卵石说道："我们的儿子是在这河边出生的，河边尽是这样的石头，我们就叫他石头吧。"

母亲点头表示了同意。

从此，小石头就成为他的名字。父亲和母亲精心地照料着他，小石头长得乖巧可爱，父亲和母亲视他为珍宝。在他长大一些的时候，父亲开始传授给他狩猎的技巧。小石头也很聪慧，学得非常快，很快他已经可以靠自己的力量打些野兔和羚羊了。每当他与父亲打回了羚羊，父亲就会烤肉给他吃，经父亲的手烤出的羊肉总是非常美味好吃。这也给小石头幼小的心里留下了深刻的记忆。

小石头的身上继承了父亲勇猛与果敢的秉性，也延续了母亲坚韧与顽强的性格。他很快就成长了起来，长得健壮结实，成为父亲与母亲的骄傲。一家人就这样在一起过着简朴安宁的生活。

可是这样安宁的日子很快就结束了。有一次父亲带着从河里打来的鱼，还有羚羊皮要去外面换些食盐回来。不想在那里遇到了他曾被雇用部族的人，那人回去便告诉了部族首领，首领立刻派人前来抓捕这个已经花了钱雇用但又逃走的武士。

一天黄昏，在河边的芦苇丛中，小石头将一把短刀绑在一根木棍上，用这武器叉鱼，这还是父亲教给他的捕鱼方法。他也想用自己的力量捕到一些鱼，好让自己的父母高兴。

就在这时，一队部族的武士来到了他们的家，不由分说要绑走父亲，父亲不从，与那些武士打了起来。武士们的武功不及父亲，纷纷被打倒在地。那些武士便用刀逼迫着女人，威胁父亲若再反抗便杀了这个女人。父亲愣住了，这时，母亲拼命地大叫着："不要管我，你绝不能再去替他们杀人了，若你依从了他们，我宁愿去死……"

母亲是父亲生活的一切，他不能容忍有人欺负自己的女人。

父亲大喊着："放了我的女人……"他挥刀冲来要救自己的女人。

武士们的刀落下了，母亲的身子一软倒了下去。

父亲的眼睛红了，他不顾一切地冲过来扑倒在自己心爱的女人跟前，女人的眼睛看着他，说了一句话："你再也不能杀人了……"说完这句话女人就闭上了眼睛，父亲大喊着……

这时，武士们围了上来，他们举刀劈下，父亲就这样被乱刀砍死在血泊中。

小石头还没来得及长大成人就成为孤儿，他要顽强地活下去，而且还要比自己的父母活得好，他不能容忍自己的一生像自己的父母那样无辜地死去。这是他坚定的信念。他离开了已经变为废墟的家开始了流浪生活。他依靠自己过人的武功可以养活自己，但这并不能让他满足，他要成就更大的事业，这是由他身上流淌的血液决定的，他的血脉中有与生俱来的勇气和坚韧，他的出身和经历与众不同，因此他必须成为一个不同凡响的人。

他从不愿意提及自己的身世，也不想让人知道自己的姓名，其实他也没有一个真正的姓名，但他很欣赏父亲给他起的这个称号，他也认为石头的坚硬可以代表他的性格和意志。他要像石头一样不断累积壮大，就可以成为一座山。

当他有了坚定的信念与顽强的意志，人也就变得成熟了许多，甚至比同龄的人都显得成熟老练。为了生存，他也曾给人做工，后来由于他的性格与野心，不能忍受被人欺辱的日子，便杀了雇用他的那一家人，正式成为靠打家劫舍活着的职业土匪，俗称响马。他聚拢了一些这样的同类，而这些人也都愿意跟随一个比自己强大许多的人去恃强凌弱、打家劫舍、劫掠物品、抢劫牛羊，过上不劳而获的富足日子。这些道德败坏的人都被他的人格魅力征服了，他们心甘情愿地称他为石大人。从此，石大人的名号就一直延续至今。

石大人拉起了一杆自己的人马，建立了一支响马队伍。他们依然到处流浪，四处为家。石大人清楚地知道自己的力量还不够强大，他们难以抵挡任何一个部族的攻击，更不用说那些已经建有城邦的国家。他们就像是一群不敢在白天露面的狼群，只在夜晚或边远的村庄下手，得手后便立刻藏匿起来，待缓过数日恢复了精神，再开始伺机出动。没有一个自己的领地是石大人最大的困扰。要想成就霸业，必须要有一片自己的领地。

当他们知道有驼镇这个地方的时候，石大人便立刻带领人马进占了此地。他们征服并收编了一些小股响马，很快在驼镇建立了自己的势力范围，实际控制了这里及周边地域。从此他们不再干那些见不得人的活路，而是如同官府一般开始整治与管辖这个驼镇。石大人建立了这里的规矩，那就是凡在此进行交易的商户，以及途经这里贩运的客商一律要交一定的税金，以得到人身财产的保护。

那些来此交易的商户与途经此地的客商也愿意交出一定的税金，反正与其遭到响马的打劫，不如舍出一些钱财得到安全保护。同时他们也风闻这个石大人的手段狠毒、功夫了得，没人敢挑战石大人的权威。所以，石大人的势力得到了人们的认可，他制定的规矩也得到了贯彻执行。

石大人自从进驻驼镇，也得到了意想不到的好处。首先他获得了稳定的收入，而且通过各种手段还得到了许多奇珍异宝，因为许多人想巴结他，便会送上礼物。他修建了自己的豪宅庭院，过上了高贵奢侈的生活，他认为这一切才是他该拥有的。他自认为自己出身高贵，再加上储备了一定规模的财产，便萌生了更大的野心和抱负。他想以驼镇为大本营，进一步扩大自己的势力，加大控制的范围，最终得到人们的默认，甚至建立起一个自己的王国。他庆幸现在西域出现了两大势力，一个是大唐，一个是突厥。这两大势力互不相让、征战不休、无暇旁顾，恰好也给他赢得了时间，提供了生存空间，他可以借此机会不断巩固和扩张自己的势力，以达到自己的野心和目的。历史的过往告诉他，只要敢抢就能拥有，只要敢想就能得到。

驼镇如今的繁荣或多或少也与石大人有关。四面八方来这儿的客商都规规矩矩，交易也算公平，没有人敢欺行霸市，或扰乱这儿的秩序。可是今天竟然有两个唐人在这与自己的手下动手打了起来，而且他们的身手还如此之好，那些响马竟都不是他们的对手，这令石大人心中不悦。平日自己身边养的这些响马都是打家劫舍的好手，可是真的遇到高手了，便失去了威风。他真想立刻杀了这两个胆大妄为的唐人，但又转念一想，要想成就霸业，就要有高手相帮，此时正是用人之际，若是这两个唐人能为自己所用，岂不更好。

当一个人有了更大野心也就有了胸怀，要想成就大业就要能容得下人。石大人不想成为他父母那样的人，他对平庸地活着没有兴趣。要么跃马横刀成就一番大业，要么勇往直前战死疆场。总之，不能像父亲那样窝囊地活着，死后也没人能记住他。男人的一生就要做成大事，死后也会人间留名。石大人就是这样一个霸气的男人。

石大人的府上建有一所地牢，但凡有胆敢违抗或破坏驼镇规矩的人便会被关押在此。这些人经过严刑拷打不得不屈服，然后需缴纳一定数额的赎金才能得到自由。那些交不出赎金者便会死在此地，尸首被扔出去喂野狗。所以没人愿意自找麻烦陷入此境地。

张子瀚与秦子安此时就被关押在这所地牢里，周围一片黑暗，他们的手上戴着手铐铁链，他们在黑暗中渐渐熟悉了环境。

"这是什么鬼地方，怎么还有人敢私设地牢？"秦子安说道。

"这一定就是那个石大人的地方。"张子瀚说道。

"管他什么石大人，他不过就是个响马头领，难道此地还能没了王法？他奈何不了我们。"秦子安愤愤不服。

"可这里是刁蛮之地，不比长安，没有官府衙门，一切都是由他说了算。"张子瀚有些担忧。

"不怕，只要我们向他亮明身份，说清事情原委，他还能不问是非杀了我们不成？"秦子安依然毫不惧怕。

"响马与土匪无异，全凭劫掠杀人谋生，哪有什么是非道理可讲，我们已经得罪了响马，现又落入他们手中，恐怕凶多吉少，我们也要有个准备。"张子瀚的担忧不无道理。

"到时候大不了跟他们拼了，我就不信赚不到一个。"秦子安说道。

"我现在最担心的是诺澜姑娘，一旦落入这些响马手中不知会怎样。"张子瀚此时想到的不仅是自己，他最为担忧的还是诺澜。

"是啊，也不知道诺澜姑娘这会儿在哪儿。"秦子安也有些担忧。

这时，门开了，一束光线照射进来，几个响马进来用两个黑布袋子套在了他们两人的头上，连推带搡地把他们带了出去。

几个响马把蒙着眼睛的张子瀚和秦子安带进了石府大堂。石大人示意，响马上前打开了手铐铁链并拿开了套在他们头上的黑布袋子。

张子瀚与秦子安眯着眼睛适应了一下这里的光线，慢慢睁开眼睛看清了这座气派的大堂，也看到了眼前这位身材魁伟的石大人。

"你们是什么人？"石大人上下打量着这两个年轻人问道。

"我们是大唐长安人。"张子瀚答道。

"原来是唐人，为何要到此地来撒野？"石大人看着眼前这位答话的年轻人继续问道。

"我们只是途经此地，无意与任何人有瓜葛纠缠，也并未在此撒野，大人可以明察。"张子瀚说得有礼有节、不卑不亢。

"哦……如此看来是我抓错人了？"石大人感觉这个年轻人的身上的确有一些不凡气质。

"你们一到驼镇就敢坏了这里的规矩，还敢出手伤了我的弟兄。大人，不要再跟他们废话了，让我来好好教训这两个人。"这时独眼插话道。

"这里的规矩我不懂，但我知道这世上的规矩就是但行好事，与人为善，有承有诺，诚信公平。我等为人行事一直秉承这个道德规矩，不知这位大人所说此地的规矩为何物？"张子瀚说得不疾不徐。

"你……你……"独眼一时语塞，他翻着眼睛瞪着张子瀚，"你们这是胡说，你们胆敢从我的手里抢走买卖，还敢在此聚众惑乱！"独眼有些急了。

"这位大人此话不实，交易买卖总有先来后到之分。我们已与商家谈妥，并付钱于先，怎可污我抢走你的买卖？我们初来乍到，并不清楚这里的世故行情，哪有在此聚众惑乱的道理？"张子瀚说得有理有据。

"你……你们率先出手伤人，还打伤了我许多弟兄，还敢如此狡辩？"独眼越发急了。

"此话差矣，是你先出刀，我等不得已才自卫，不然早已成为了刀下之鬼。你们有数十人，我们只有两个人，难道还是我们要率先主动找死不成？"张子瀚看着独眼质问道。

"少废话，到了这里你们还敢撒野……"独眼有些气急败坏。

"凡事总要讲个道理，既然到了这里，我想就该是个讲理的地方。这件事在场的人有目共睹，若要彻查，可找到当日在场之人前来做证。看看到底是谁撒野坏了规矩，是谁欺行霸市、胡作非为，可以找人当面对质。"张子瀚瞪着独眼。

"你……你们……"独眼气得脸都憋红了，彻底说不出话来了。他抽出了腰间的刀冲了过来，"我先废了你们再说……"

石大人一扬手将他挡住。

"为了一个女人，竟闹出这等事来，你先退下。"石大人说道。

独眼只好退后了几步，用一只眼睛死死地盯着张子瀚与秦子安。

石大人已从手下人那里知道了事情原委，也知道这两个唐人的武功十分厉害。再看这两个唐人毫无畏惧、不卑不亢、思维敏捷、谈吐不凡，便想再了解一下。

"既然你们说是途经此地，你们打算去哪里？"石大人的口气温和了许多。

"安西都护府唐军大营。"张子瀚答道。

"哦……你们可以告诉我去那是为何吗？"石大人又问道。

"从军杀敌，为我的父兄报仇雪恨。我的父兄都是被突厥人所杀害。"张子瀚的话语坚定。

"原来是这样……"石大人喃喃道。

"请问您就是石大人吧？"张子瀚反客为主地问道。

"是我。"

"石大人为西域枭雄，我已听说石大人在此地的威望声誉。石大人能把此地经营得如此繁荣有序，必定绝非凡人。"张子瀚继续说道。

"哦……说说看。"石大人见这个年轻的唐人对自己有这样的评价，心中生出了一些好感。

"据我所知，石大人生于此地，也一定想让自己的家园和平安宁，人们的生活富庶美好。"张子瀚说道。

"说得没错。"石大人点头。

"我大唐向来与西域诸国诚意结交，西域各国与我大唐也向来和善友好。大唐护卫统辖西域，为的是这片疆域的和平与富庶，为的是这条商道的畅通与繁荣。而突厥人进犯西域，烧杀劫掠，阻断商道，妄图称霸西域。我想石大人一定也会有所甄别，不会帮助突厥人来为难我大唐吧？"张子瀚的这番话既维护了石大人的体面，树立了大唐的威严，又痛斥了突厥人的罪恶行径，同时也让石大人感受到他们的背后有着大唐的背景。

石大人没有想到这个年轻人的几句话，竟将西域的形势分析得如此透彻，不容反驳，同时也让他清晰地感受到若是为难他们就是与大唐为敌。此人的言谈举止不得不令石大人刮目相看。

"嗯，是的，我向来无意与任何人为敌，自然也不会与大唐为敌，只想经营好驼镇这块地面。"石大人说道。

"驼镇是大人的地面，我们丝毫不想冒犯，只想借道大人这里歇息一日，便前往安西都护府，还望大人能够给予方便。"张子瀚向石大人恭敬地说道。

"嗯……"石大人不知该如何应答，只是含混地应了一声。

"说得倒轻巧，你们到这来捣乱，坏了我们石大人的规矩还想一走了之？你们死到临头还敢花言巧语，我现在就宰了你。"独眼看到这唐人的话语已经说动了石大人，他有些急了。

独眼说着再次抽刀向前。

张子瀚站在那儿没有动，秦子安立刻上前一步怒目圆睁挺身挡在了独眼面前。

"住手！不得无礼！"石大人厉声喝道。

独眼不得不收起了刀。

"这两位都是我的客人，对待客人不得无礼。"石大人说道。

"大人……"独眼愤愤不平。

石大人打断了独眼："既然二位是从大唐长安远道而来，有幸结识二位，也是我们的缘分。我是个愿意结交朋友的人，尤其是远道而来的朋友，我应该好好款待二位才是。"石大人想到此时先要设法留住这两个人再说。

"不敢叨扰大人。"张子瀚拱手说道。

"不用客气，日子久了，你们就了解我的为人了。"石大人的言语中已经表达了要将他们留下的意思，同时对自己的魅力很自信。

"石大人，我还有一事相求。"张子瀚不失时机地说道。

"哦……请讲。"

"请问诺澜姑娘现在哪里，情况如何？"张子瀚说出了一直想问的话。

"放心，既然人在我这儿就不会有事。"石大人又对手下说道，"去把那个女人带来。"

手下响马立刻转身走去。

"吩咐下去，多备酒肉，今晚我要好好招待这两位新结识的朋友。"石大人对独眼说道。

"明白了，大人。"独眼嘴上答应着，脸上却是一副极不情愿的表情。

独眼原来并不是独眼，父亲给他起的名字为莫拓尔。他们所在的部族据说曾属于来自漠北柔然部族其中的一支，后脱离了柔然来了西域。由于部族的弱小，又遇到了其他强悍部族的征服与掠夺，他们的部族很快就溃散消亡了。父亲带着他们一家来到一处有水有草的地方，他们养了一群羊，以放牧为生，日子还算过得富足安宁。莫拓尔便在这里长大了。

莫拓尔从小就逞强好斗、性情顽劣。长大之后，更喜恃强凌弱，偷盗打劫，性情也变得更加凶狠。一日，他出去遇到一个牧羊人，由于对方出言不逊，他一时激动便动起手来，暴打了那牧羊人一顿，将他打得半死，然后将那一群羊也赶了回来。不想那个牧羊人回去叫来了自己部族的人，尾随而至莫拓尔的居住地。人赃俱获，无法抵赖，莫拓尔便与他们动手打了起来，可他们人多，立刻就将莫拓尔制服了。那些人不但将自己的羊群赶回，还要将他们家的羊群也一起赶走。莫拓尔的父亲上前阻挡，被来人一把推倒在地上一顿暴打，莫拓尔的父亲一时气恼竟死于非命。过了没多久，莫拓尔的母亲也因气恼随丈夫去了。

之后，那伙人便抓了莫拓尔去给他们放羊，还经常欺负羞辱莫拓尔。莫拓尔气不过，一天，他看准机会，杀了那个羞辱他的人，之后便逃走了……

从此之后，莫拓尔便开始了自己偷盗抢劫的生涯，这样自由自在没有牵挂的日子倒也适合莫拓尔的性格。他又纠结了几个与自己命运相似的人，一起结伙欺负弱小的部族，时常打劫一些孤单的牧人，或者偷偷潜入一个村庄，偷盗牛羊，若遇到有人反抗便威胁他们，那些老实人大都不愿意惹事，只要不伤害性命便都希望息事宁人，他们就这样屡屡得手。

开始的日子过得倒也快活，可是他们毕竟都没什么真正的功夫，只是貌似凶恶，遇到真正有功夫的人便只有挨打或者逃走。每当遇到这样的危险，莫拓尔总是率先逃走，发生了几次这样的事后，他带的人便减了一半，剩下的人也开始人心涣散，士气大减，没有人再相信他的能力和威信。为此他也很苦恼，日子已经没法过了，他知道这样混下去是没有前途的。

就在他走投无路的时候，他结识了石大人。

一次，他查看好了一个只有老弱妇孺的村庄。晚上，他带人潜入了这个村庄，冲进一户人家打劫，家中的老人和妇女跪在地上求他们放过他们一家。莫拓尔看到有人跪在自己的脚下，心中又升起了一阵自信。他看到跪在脚下的一个妇人面色姣好，便起了色欲。他令人都出去，拉过那个妇人就要动粗，妇人不断哀求着，越是这样越激起了他兴奋的情绪，他一把撕开了妇人的衣服。就在这时，一个汉子冲了进来，他照着莫拓尔的胸口就是一记重拳。莫拓尔根本不是那汉子的对手，就地滚了出去，头重重地磕在墙上。他抬眼看到那个汉子顺手拿起了一个割草的镰刀冲上来准备废了他，他赶紧从身旁地上抓起一把沙土撒了出去，汉子的眼睛被迷住了，他趁机从窗户跳了出去。

当莫拓尔来到院子时，发现手下的人都被村民围住了，村民们手里举着火把，拿着各式干活的农具，把他们围在院子里，他手下的几个人都跪在地上了。莫拓尔想这下完了，他立刻装出一副可怜相跪地求饶，希望能放他一条生路。

村民们上来将他绑了，那个受辱的妇人拿了根棍子冲了出来，朝他的身上打去，他不断躲闪着求饶。

就在这时，一个人骑马来到这里，那个人身材高大、相貌冷峻。村民们见到了他都纷纷避让，闪开了一条路，那人下马走到莫拓尔跟前。莫拓尔想这下自己的性命一定完了，一想到此，他反倒不再胆怯了，与其这样窝囊地受到屈辱，还不如像个汉子一样死去。于是他挺起了脖子，一副等待受死的表情。

来人是石大人，他来到近前看到莫拓尔并不是一个懦夫，而是一副无所畏惧的汉子模样，立刻动了恻隐之心。石大人最看不起的就是胆小之辈与贪生怕死之徒，他所看重的就是敢于冒险不惧生死的硬汉子，眼前这个人的架势倒像是一个不惧死的汉子。这时，莫拓尔抬眼看了石大人一眼，他看到了此人眼神里闪过的一丝杀气。

莫拓尔有些胆怯地看着石大人，石大人也看着他。

"要杀就来个痛快的，别再等了……"莫拓尔有些受不了，大喊道。

石大人一听这话立刻抽出了刀。

莫拓尔后悔已来不及了，他只好紧闭眼睛挺直了脖子等着受死，只求来个痛快的。突然，他感到耳边一阵风声，紧接着他脖子上感到了凉飕飕的刀锋，他想自己此时一定身首异处了。可过了一会儿，他发现自己的意识还在，他活动了一下自己的脖子，感到自己脖子上的人头也在。他睁开了眼睛，看到架在自己脖子上的是刀背。

这时，石大人收起了刀，对他说道："看来你还是条汉子，我饶你不死。"

这一切如同做梦一样，生与死就在这一瞬间反转了过来，莫拓尔立刻跪在了石大人跟前。

"谢大人不杀之恩，今后我愿追随大人，誓死效忠，绝无二心。"莫拓尔说道。

"嗯，上马跟我走吧。"石大人命人牵来了一匹马。

石大人曾在这里住过，恰好遇到了来此村庄抢劫的土匪，石大人打败了这些土匪，救助了这里的乡民。所以，他在这儿有很高的威望。

莫拓尔就这样遇到了石大人，他很清楚，自己的这条命也是石大人赏赐给他的，所以，他对石大人绝对忠诚。

石大人的功夫无人能比，是个真正的强人，他想要得到什么肯定能够得到。石大人不但武功高强，而且智力超群，莫拓尔跟着强人，自己也觉得变得强大了许多，有了石大人他再也不用担惊受怕，只要有石大人站在他的身后，就没人敢惹他。莫拓尔从此感到自己的命运发生了变化。

莫拓尔自从跟随了石大人，他们的打劫行动几乎从未失手。只有一次例外，而那次例外给他留下了永久的记忆，那就是丢失了一只眼睛，成为了独眼。

莫拓尔成为了独眼，渐渐地人们也都忘记了他的名字，独眼对于莫拓尔来说就是现在的名字。独眼对此不以为然，既然老天让他成为了这样，那也没有什么可抱怨的。虽然成为了独眼，但他的人生也由此得到了巨大的改变和提升，他在驼镇的地位仅次于石大人，没有人可以撼动他的地位，挑衅他的权力。独眼有时候也会有错觉，甚至认为自己就是驼镇的真正主人，所有的人都认识他、尊敬他、让着他、巴结他，没人敢在他的面前较劲。独眼在驼镇享受着富有的生活，想得到什么就能得到什么。

独眼并不缺少女人，只要他在驼镇看上什么女人，自然就会有人替他张罗，让他得到欲望的满足。一次，他在驼镇看上了一个卖蜂蜜的胖女人，女人的皮肤白净，笑起来就像蜂蜜一样甜。他对这个女人动了心，当晚就有人将那卖蜂蜜的女人送到了他的房舍，让独眼与那个女人在一起甜蜜一夜。那个女人一见到独眼就搂住了他的脖子，独眼便呼吸急促，心脏狂跳起来。这一夜翻云覆雨几乎没有停过。不想天还没亮独眼便从房舍中先跑了出来。原来他根本不是那个女人的对手，一夜的疯狂几乎掏空了他身体的所有积蓄，竟让他败下阵来。女人的胳膊一直缠绕在他的脖子上，让他难以呼吸，他不得不使劲摆脱了女人的缠抱，从女人的身边逃走。但此事他还不敢让人知道，不然会成为驼镇人的笑谈。从此，独眼对待女人的态度便谨慎了许多，轻易不敢再招惹女人了。

令独眼心中愤恨的倒不是因为波斯人没有将那个年轻的女子给他，而是那两个唐人太狂妄了，他们竟然不把他放在眼里，还是在自己管辖的驼镇里跟自己较劲，当着众人的面竟然还让他出丑。独眼从来没有遇到过这样尴尬的场面，若不赶紧想办法除掉这两个唐人，他的威望就会受到挑衅，而且恐怕还会后患无穷。可是石大人看来并不想对他们下手，还把他们奉为贵客，这让独眼的心里极其不悦。

这会儿，独眼正在自己的房舍中洗浴，他闭着一只眼睛坐在一个木桶里享受着。只要在自己的领地，独眼一样可以享受高贵的待遇。

独眼的身边站着伺候他的响马。

"大人，还需要加点热水吗？"一个响马问道。

独眼睁开了一只眼睛："不必了，我洗好了。"

独眼站了起来，有人给他穿上了衣袍。

"大人，今天还有什么安排？要是没事的话，我们弟兄也出去转转。"一个响马问道。

"今天谁都不准走，我有事要办，你们几个一会儿跟我走一趟。"独眼说道。

张子瀚与秦子安被安排在一座宽敞明亮的房舍中，房间里铺着华丽的波斯地毯。一束阳光从高处的窗户投射进来，门开了，一个响马进来给他们端来了奶茶和吃食，然后走了出去。他们没有想到落到了响马的手里还受到了如此礼遇。

"这算怎么回事，我们本想与这些响马血拼一场，杀个你死我活，不想现在竟然成为他们的座上宾。"秦子安说道。

"这是因为我们遇到了这个石大人。"张子瀚说道。

"这就是传说中的石大人，倒是与那个独眼不一样，看上去有些风度。"

"你是怎么认为的？"

"这个石大人看上去虽然不动声色，但沉稳霸气，举手投足都有一种贵族风范，你看独眼见到他那卑琐的样子，便知此人的威望地位。我注意到了他的眼神，就像是探不到底的深渊，很难猜测到此人心中想的是什么。"秦子安眯缝着眼睛回忆着石大人的形象。

"这西域向来多有响马匪患出没，能够成为管辖驼镇的响马首领绝非一般人，我们现在落到他们手里，还需格外谨慎小心。"张子瀚此时的心情很复杂，他也猜不透这个石大人到底想要干什么，不知道接下来会发生什么事。尤其是他们现在还带着一个女子，无形中又多了一份担忧和责任。

秦子安遇事向来简单乐观，他一边喝着奶茶一边说道："既然他将我们视为客人，那我们也就不必客气，到时候跟他说明情况，互不相犯，一走了之。想他也不敢轻易得罪冒犯我大唐。"

"大唐远在千里之外，毕竟现在只有你我二人，他们若想灭了我们轻而易举，何况那个独眼心地歹毒，他又是石大人的手下，绝不会轻易放过我们。"这是张子瀚最为担忧的事。

"大不了我们跟他拼了，只要有机会，我绝不会饶了那个独眼，让他知道我们绝非好欺负的！"秦子安愤愤说道。

"切不可莽撞，我最担心的就是你一时冲动。此时独眼巴不得抓住我们的把柄，让他找到除掉我们的借口。我们一定要稳住，不上他的圈套，待我们摸清石大人的意思，再见机行事。"张子瀚思考得要比秦子安深远得多。

"那好，我就听你的，到时候只要你给我一个眼神，我就知道该怎么做。"秦子安相信张子瀚的判断，他最服的也就是张子瀚遇事善于思考这一点。

张子瀚闭上眼睛，他在整理思路，努力猜测石大人的心思，还有那个心地歹毒的独眼这会儿在想什么……

时值黄昏，驼镇的集市广场上，客人已渐渐散去，商贩们也开始各自收摊，几个巡查的响马走来，他们来到一个瓜果摊拿起瓜果便吃。贩卖瓜果的商贩见状都纷纷避让，商贩们知道这些响马个个都是无赖，尽管吃些亏也不愿招惹麻烦。

一个响马看上一个卖蜜瓜的摊位，上前从筐里拿出几个蜜瓜砸开便吃，一边吃还一边扔给自己的同伙，一筐蜜瓜就这样给糟蹋了。那个响马又拿出一筐。这时，一个人走来，从响马的手里夺过那筐蜜瓜。响马愣住了，他看到眼前的人竟是一个女子，而且容貌还不难看。他放下手里吃了一半的蜜瓜，伸手去摸那女子的脸，女子赶紧躲闪。响马竟一时兴起，上前抱住了那个女子，那女子挥手给了他一巴掌。周围的响马都哄笑起来，那个动手的响马脸上有些挂不住了。

这时，集市上的人也都围拢上来，谁都想看热闹，当人们看到这几个响马在欺负一个女子都很气愤，可又不敢轻易招惹他们。

那个女子就站在那儿，响马都在哄笑，那个响马挽起袖子又冲了上去。女子从一旁的筐中抽出了一把弯刀，她双手拿着刀对准了那个响马，响马愣住了。

这时，几个响马也都抽出了刀，一个响马把腰间的短刀扔给了那个挨了一巴掌的同伙，那个响马举刀向那个女子扑去，人群中发出一阵惊呼声。不知是谁把一个蜜瓜扔到了地上，那个响马一脚踩到蜜瓜上，随着蜜瓜的破碎，他也滑倒在地上。这时，人们都开始将瓜果和蔬菜砸到那个响马的头上。一个西瓜在他的头上爆裂，他的头上、脸上都是破碎的瓜瓤。几个响马见状刚要扑上来镇压，有人又将瓜果砸在这几个响马的头上。一时间，人们拿起手中的物品纷纷砸向那几个响马，那几个响马毫无招架之力，只有抱着头倒在地上……

人们平时就痛恨这些仗势欺人、为非作歹的响马，这时正好解气，集市上乱作一团。

独眼带着响马沿街道走来。他这会儿要跟大食人商量开设赌场的具体操作事宜，既然已经将这两个唐人拿下，他的心头之患也就去除了。现在最为要紧的是赶紧趁机敛财，既然这个大食人愿意跟他合作，这也正是他求之不得的事。有人在此做生意，而且利润的一半都归他，这等好事他想都没敢想过。现在他感觉到自己是驼镇真正的主人了。当然，在驼镇还是石大人的地位为大，接下来就是他了。当他一想到自己很快也会成为富甲一方的人物，心中不免升起一股豪气，走路也有了精神。

突然，前面有一人跑了过来，这人浑身上下都是泥水瓜瓤，看不出长相，那人见到独眼立刻扑倒在他脚下。独眼吓了一跳，命人拉起那人，只见此人正是自己的手下。

"怎么回事？"独眼问道。

那个响马用手指着远处说道："大人，不好了，有人反了，弟兄们都被打了，恐怕就要出人命了……"

独眼一听便拔刀向前奔去。

当独眼来到集市广场时，人们已经散去，只见地上躺着几个被打伤的响马。独眼上前拉起一个问道："这是谁干的？"

那个响马摇了摇头："不知道，没看清楚……"说完又倒了下去。

独眼气愤至极，指着他们几个骂道："你们这群废物，简直就是一群连牲畜都不如的废物！"

这些响马大都是独眼一手召集的，平时也都凶狠威风，他也没少带他们吃喝享乐。可到了真正用他们的时候，一个个都这么不争气，竟然让普通平民就把他们给收拾了。要是让石大人知道他养的就是这么一群只知道吃饭的废物，就连他自己的地位也要受到威胁，独眼越想越生气。

"你们到底还想不想在这儿吃粮了，没有这本事就赶紧给我走人！"独眼恶狠狠地说道。

那几个响马赶紧起身跪在独眼的面前说道："大人，我们冤枉啊，我们几个人哪能打得过几十上百的人啊……"

"我们对大人那可是绝没有二心，大人可不能不管啊……"

"大人只要不赶我们走，我们愿意给大人当牛做马……"

几个响马不断哀求着。

大食人带人正在地下仓库里收拾着，独眼带着一群人走了进来。大食人赶紧迎了上去。

"我知道你这里需要人手，就给你带来了一些干活的人，你对他们千万不要客气，就像对待牲口一样。"独眼不等大食人开口就将那几个没用的响马扔给了大食人。又对那几个响马说道："从今往后，你们只有在这里好好干活，才能给你们饭吃。"

那几个响马连连点头。

"好了，这几个人从今往后就归你使唤了。"独眼向大食人说道。

"多谢大人的关照。"大食人说道。

石大人来到后院，那里种着一些西域的奇花异草，草地上立有几个木桩。石大人来到草地上，抽出一把弯刀，他活动了一下腰身，便挥刀舞动起来……他时而飞速旋转，时而纵跃劈刺。石大人手中的刀锋上下翻飞、寒光闪烁，那些木桩在石大人的刀下一节节断裂倒下。

石大人的武功无人能比，他对这一点也很自信。他的这些非凡本领是从他长期狩猎的过程中悟到的，为了杀死那些凶猛的野兽，他就要拥有比野兽更狠毒有效的功夫。在长期猎杀的过程中，他从狼的身上学到了突袭，从狐狸的身上学到了狡诈，从棕熊的身上学到了沉稳，从老虎的身上学到了凶狠，从雪豹的身上学到了敏捷。

石大人从不同种类动物的身上总结了出其不意、灵活多变、狡黠诡异、迅猛无常的刀法功夫，成为高手中的高手。在这些动物中，石大人最为欣赏的就是雪豹。雪豹性格沉静，身手敏捷，在兽类之中，既智慧超群，又凶猛异常。只要是雪豹想要得到的猎物，首先它会耐心观察，仔细盘算，然后选择最为有利的时机，以闪电般的速度突然袭击，不等那猎物反应，便一招将其致死。另外，雪豹的形态看上去也十分矫健高贵。

石大人就具有雪豹的性格特征，但他也很清楚，人类与动物不同，动物毕竟没有人类的思维和野心。动物只要自身强悍凶猛就可成为王者，而人类要想成就霸业，不能仅靠一人之力，而是需要得力帮手，也就是有能力并忠诚于他的优秀人才。石大人很清楚自己的身边没有这样的人。独眼是个什么成色他心里很清楚。此人没有什么本事，只是狐假虎威，在老实人面前张狂凶狠，一旦遇到高人，便毫无用处，此人虽不堪重用但还算忠诚。今天遇到的这两个唐人，倒是让他眼前一亮，到底是来自大唐都城的人，不但武功过人、身手敏捷，而且智慧不凡、器宇轩昂，非一般人能比。这就是他有意要留下这两个唐人的原因。

石大人知道这两个唐人与独眼结下冤仇竟是为了一个女人，还是一个被贩卖的女奴。想到此，石大人不禁轻轻摇了摇头。女人，生来便是男人的陷阱，有多少男人经不住美色的诱惑身陷其中不能自拔，葬送了前程也毁灭了自己。女人，生来就是男人的奴隶，就应该取悦于男人，任男人蹂躏享乐，为生命延续生养子女。女人这种动物却经常用美色来迷惑男人，使其失去理智、丧失斗志。凡是为了一个女人丧失理智、感情用事的男人就不是一个心智健全的男人，这也是男人的软肋，只要男人有这样的弱处，那就不怕他不就范。

诺澜在一个昏暗的屋子里昏睡着，经过了这般长时间的颠沛流离，她感到身心疲惫。她在睡梦中看到自己伸开双臂在田野里奔跑，成熟的庄稼从她的手上滑过，风吹动了她的长发，她就这样自由自在地奔跑着，太阳很刺眼，她迎着太阳眯起了眼睛。突然，她的脚下一滑，身子失去了平衡，一直向下陷落，终于落到了谷底。她的眼前一片昏暗，不时地传来野兽的怪叫声，她赶紧起身向前摸索着走去，她就像走在一条看不到尽头的黑暗甬道里，四周都是令人恐怖的野兽，她想呼喊可发不出声音，她已经近乎绝望了。这时，她看到前方出现了一丝亮光，她不顾一切地向那个方向走去……

诺澜又看到了阳光，阳光中，她看到了一个人，那人向她伸出了手，诺澜将手伸向那个人，那只手既有力量又很温暖，一把将她拉出了黑暗。诺澜看到救她的人正是张子瀚。诺澜抬起头看到了张子瀚那双清澈的眼睛，张子瀚也在看着她。这时，诺澜忽然看到张子瀚的身后出现了一个独眼的人，那个独眼人的手里拿着一把刀向他们走来，诺澜惊叫起来……

诺澜突然从噩梦中惊醒，她环顾四周，房间里依旧安静，窗外的阳光逐渐暗淡下去。

门缝出现了一只眼睛，独眼从门缝中看着坐在地毯上的诺澜。他知道这个女人逃不出他的手心，早晚还是他的囊中之物，别看这个女人现在如此高傲，到时候就会让她跪在自己的面前求饶。一想到此，独眼的脸上出现了一丝淫邪的笑意。现在他还顾不上这个女人，他还有正事要办。

石府的大堂里点上了灯火，宽大的桌案上摆满了丰盛的食物和美酒，石大人开始招待张子瀚与秦子安。

张子瀚与秦子安来到大堂，石大人坐在正中的雪豹皮卧榻上，他用手示意让张子瀚与秦子安落座。独眼则站在石大人的身后。

石大人举起了一杯酒："二位朋友，请。"

张子瀚没有拿起酒杯，说道："石大人，还请大人过问一下诺澜姑娘的事。"

石大人放下了酒杯吩咐道："去让人把那个女人带来。"

独眼翻着一只眼睛看了张子瀚与秦子安一眼，走了出去，过了一会儿，有响马将诺澜带了进来。

张子瀚看到了诺澜，诺澜轻轻点了点头，示意自己没事。

"怎么样，我没有欺骗你们吧，在我这里尽管放心。"石大人说道。

"谢大人关照。"张子瀚说道。

石大人挥了挥手，响马将诺澜带了出去。

石大人再次举杯："来，为了我们的结识，饮下此杯。"

三个人喝下了杯中酒。石大人指着桌案上丰盛的食物说道："这里的美食虽不比长安，但也自有这里的特色，二位，请。"

张子瀚和秦子安没有动。

"怎么，看不上我们这里的食物？"

"不，不，这里有极佳的美食，感谢石大人的盛情，只是我们还想尽快动身前往安西都护府，希望得到石大人的准许。"张子瀚说道。

"哦，这里距安西都护府路途遥远且很危险，我担心近日你们很难成行。"石大人说道。

"为什么？"张子瀚问道。

"据我所知，前面驿道的山口峡谷已被突厥军占领，断了去路。"石大人用刀叉起了一块肉放在口中咀嚼了几下咽了下去。

"石大人可知道还有什么道路可以绕行吗？"张子瀚继续问道。

"那个山口峡谷是这条驿道的咽喉所在，恐怕一时还难以绕过，不过突厥人不会久住那里。二位不如暂住驼镇，我也有意结交二位从大唐长安来的朋友，过几日我派人前去打探，若他们撤离了再走不迟。"石大人的语气轻松。

"那就多谢石大人了。"张子瀚说道。

"不必客气，来，为我们的相识，咱们满饮此杯。"石大人又举起了酒杯。

大家都喝下了酒。

"石大人，突厥人现在已成西域祸患，烧杀劫掠，毁了无数人的家园，使得众多平民流离失所。如此境况，大人怎么看？"张子瀚问道。

"哦……我是个生意人，只关心与我有关系的事，只想经营好我这块巴掌大的地面，不关心这些打打杀杀的事，也不愿与任何一方势力发生冲突。只要突厥人不来这里袭扰，与我并不相干。至于突厥与大唐之间的战事，只要不涉及至此，这里自然也会安然。"石大人又将一块肉放进嘴里。

"唐军与突厥军的一战在所难免，若开战，整个西域恐怕都难有安然之地。"张子瀚看着石大人。

"那就要看碰到的人是谁了，我平素不愿无事惹事，也不能忍受被人欺负。我手里也有些自己的人马，平素维护这里的秩序。如是心存善意的朋友到此，我会以礼相待；若是不怀好意、另有图谋，我也决不允许。"石大人冷冷地说道。

这时，一只苍蝇飞来，发出了一阵令人不悦的嗡嗡声，石大人顺手拿起桌上的匕首挥手飞去，那只苍蝇被匕首钉在了墙上。

第五章　丝绸

丝绸，这个神秘的字眼和物品一直牵动着世人的心。丝绸旖旎靓丽的色彩、柔软丝滑的质感、高贵典雅的品质、神秘莫测的出处，不但令东方人欣赏喜爱，更令西方人趋之若鹜。

唐代更是中国丝绸织造技术的鼎盛时期，丝绸织造的各个部门分工更加精细，样式品种更加丰富，花色技艺更为繁复，丝织产区更为广大，丝绸织造的技术也得到极大的提高。

大唐的丝织业延续了历朝历代的模式，分为官营与民营两种。官营的丝织业由大唐官府经营的丝织官署管辖，集中了许多丝织高手，不断创造出各式花样以满足宫廷贵族享受以及向外域番邦作为馈赠礼品所用。同时，大唐各道每年都向朝廷缴纳一定数额的贡赋，丝绸织品便是很重要的一项。各道的贡赋织品也都名目繁多、花色绮丽。另外一种就是民间作坊，许多民间艺人不愿在官府的织坊谋职，而是乐得闲居民间的自在，便自己开设丝织作坊，将自己祖传的丝织手艺精心营造、代代相传，也创造出许多令人瞠目叫绝的丝织精品。张家在长安开设的丝织作坊便是其中之一。

张家本是行伍出身，并未经营丝织作坊，只是张云鹏迎娶了吴家小姐为妻之后，张家便有了这间丝织作坊。吴氏家族具有丝绸织造技艺的传统，成为张家媳妇的张吴氏便将娘家祖传的丝织手艺带到了张家，从此张家便在长安城中开设了一间丝织作坊。张家的丝织作坊，从缫丝、染色、织纴到织锦，样样俱全，可以生产出绢、纱、绫、罗、锦、绮等不同品种。当时长安城中许多贵族妇女身上所穿戴的襦衫、长裙、半臂、披帛等都出自张家的丝织作坊，张家的丝织作坊在长安城里也小有名气。

长安城里有许多大大小小的民间丝织作坊，张吴氏经营的丝绸织造工艺尤为精湛。张子衿从小就对这丝绸织造工艺情有独钟，因为在她幼年时便随母亲在丝绸作坊里玩耍，耳濡目染学会了丝绸织造的各个程序，母亲也乐得让她学习掌握这门手艺。毕竟这门手艺还需要有人承继下去。

张子衿逐渐长大，她不但聪颖好学，而且悟性极高。她不断学习精进，在掌握了原有传统丝绸织造技艺上又创新出了与众不同的织锦工艺，经她织造出的织锦色彩更加丰富、花式更为灵动，赢得了大家的一致称赞。张子衿也感到开心快乐，因为她的智慧与劳动得到了人们的认可。

张家的丝织作坊原来没有什么压力，都是承接一些老客户的订单，有条不紊地组织生产，然后按照约定的时间交货。他们的货品质量总是得到人们的好评。可是这次由于突然接到了这个来自西域疏勒国客商嘉帕尔的大批订单，作坊便一改往日的悠闲，立刻忙碌起来。这是张吴氏要求大家这样做的，尽管嘉帕尔并没有催促，可是张吴氏体恤到嘉帕尔的路途遥远与不易，希望能按时交付这笔订单，好让嘉帕尔早日成行。

连日的劳累使得张吴氏的身体不支，有些疲惫，她在作坊里不断咳嗽着。

张子衿端来一碗水递给母亲。

"母亲，这么多天了，您的脸色一直不好，您要注意身体，不要太累了，您还是先回去歇歇吧。"张子衿关切地对母亲说道。

"没事，我再干一会儿，这些日子大家都很辛苦，多一个人总比少一个人强。"张吴氏说道。

"可是母亲有病在身，也不愿找郎中看看，这样下去您会累垮的，母亲还是回家吧。"张子衿又说道。

"我不会有事的，多少年不都是这样子，每天只有在作坊里，我的心里才感觉踏实。"张吴氏放下了水碗，又走向水槽，开始与那些女人一起缫丝……

嘉帕尔一直住在长安城，他来长安朝觐了大唐的皇帝，参加了皇帝举行的盛世大典，并代表疏勒国向大唐皇帝进献了贡品。本来按计划就可以启程回国了，可自从他在大唐芙蓉园里见到了跳舞的张子衿便留下了深刻的记忆。

张子衿的形象经常出现在他的梦境里，那个大唐女子姣好的面容和优美的舞姿在他的眼前挥之不去。梦境中的张子衿一边舞蹈一边回眸顾盼，令他魂不守舍。不想第二天他又在大唐西市见到了这个美丽的女子，又鬼使神差地跟着她来到了丝织作坊，这一切似乎都是得到了天上神灵的引导。在作坊里，张子衿又让他看到了如此美丽惊艳的丝绸织锦。他立刻定了一批丝绸织锦，同时也有了借口在长安城住下来，这样便可以经常看到这个令他一见倾心的大唐女子。

在大唐皇帝举行欢迎各国朝觐使者的盛世庆典上，嘉帕尔又见到了跳霓裳羽衣舞的张子衿，他更为张子衿优雅的舞姿与高贵的气质所折服倾倒，他想无论如何不能错过这个天上神灵为他安排的缘分。

中国的丝绸在西域诸国都有着良好的口碑与声誉，来自大唐的丝绸也只有那些国家中的王公贵族才可以享用。更有大量的丝绸途经这里运送到了更为遥远的波斯以及罗马等地。那些拉着驼队穿行在大漠戈壁的商人如此不辞劳苦，皆因有利可图。他们将产自东方的丝绸、瓷器及茶叶等物品经过长途跋涉运到西方，再从西方驮着大量的香料、地毯及工艺制品送至东方，将遥远的东西方通过这条商道连结起来。

商品的流通给人们带来了财富，也使这条商道愈加热闹繁忙，沿途各个国家部族的人们也都因此受益。商业的流通也促进了不同文化的交融。

嘉帕尔所在的疏勒国就是位于这条沟通东西的商道上。丝绸在疏勒国广受欢迎，它满足了人们对美好生活的向往。疏勒国的贵族妇女们用丝绸制作出了自己风格样式的束腰长裙，看上去更加衬托出她们的典雅高贵。

嘉帕尔知道他将要带回去的这些丝绸织锦一定会受到疏勒国人的欢迎，更为重要的是，他有机会可以经常去丝绸作坊见到张子衿。这才是他在此订购丝绸织锦的真正目的。

嘉帕尔自从去了长安书院，便迷恋上了大唐的诗词，他每天都去那里学习。阿苏儿会在书院门口等候。这天嘉帕尔从长安书院出来，他让阿苏儿自己回客栈等着，自己一人去了丝绸作坊。

嘉帕尔来到丝绸作坊，看到人们都在忙碌着。

张吴氏看到嘉帕尔进来便告诉他，这批货还需一些时日。嘉帕尔连忙表示他并不是来催促，只是闲来无事，恰好路过此地进来看看。张吴氏给他端来了热茶，让他随意，然后继续着手里的活。

嘉帕尔来到张子衿身后，看着张子衿织锦。看到如此美丽华贵的织锦不禁赞叹道："你织得真是太美了！"

"谢谢，不过你说得没错，我也这样觉得。"张子衿不无自豪地说道。

"能够亲眼看到这些奇妙的织锦是如何织造出来的，是一件十分荣幸的事。"嘉帕尔说道。

张子衿不禁抬眼看了嘉帕尔一眼，只见他的脸上洋溢着羡艳的神情。

张子衿的脸上闪过一丝不易察觉的微笑……

在张子衿看来，这个来自西域的胡人倒是有些可爱的地方，他的眼神很干净，没有丝毫的掩饰，他的赞美也是由衷的。她曾经见过一些客商，他们的内心都隐藏着商人的狡猾，即使他们看到了让人怦然心动的物品，也不会轻易流露出明确的态度。这些人都是久经商场的老手，不会让对方看到他们的心思。通常他们总是装作一副满不在乎的样子，其实心里一直在盘算着如何议价。这也无可厚非，因为商人的特质就是唯利是图。而眼前的这个嘉帕尔，似乎并不是一个商人，起码不是一个职业商人，他从不议价，似乎他就不在乎利益。

一个人的价值在于被别人认可与欣赏，嘉帕尔的赞美让张子衿心里很舒服。张子衿觉得嘉帕尔单纯谦和，很有教养，每次到作坊来都是一副谨小慎微的样子。他时常会站在自己的身后看她织锦，甚至会看上一个时辰都不觉得累。这会儿，张子衿有些过意不去，搬来了一只凳子，可嘉帕尔依然站在那里。

也许因为嘉帕尔的态度，也许因为他的执着，张子衿对他有了一些好感。她忽然觉得这个胡人虽然与大唐人的长相不同，但也有他的好处。比如他的眼睛深陷在眉弓下面，这样在下雨的时候就不会让雨水直接流入眼睛；还有在太阳直晒的时候，眉弓也可以遮住阳光让眼睛处在阴影里不受阳光的直射。再仔细看去，他的五官也算长得周正，身材也很匀称。看来任何长相的人，只要看久了也就习惯顺眼了。

嘉帕尔就这样一直站在作坊里看着张子衿织锦，直到黄昏时分，作坊里的光线暗淡了下来，劳作一天的人们就要回去了。张子衿也要回去吃饭了，嘉帕尔拦住了张子衿。

"姑娘，我想请你和你的母亲一起吃个便饭。"嘉帕尔小心翼翼地说道。

"为什么？"张子衿有些不解。

"我想……我想表示一下我的感谢之情。如果，姑娘不介意的话。"嘉帕尔说得有点结巴。

"你别总是姑娘姑娘的，我叫张子衿。"张子衿说道。

"哦……好的，子衿姑娘……可以吗？"嘉帕尔的脸都有些红了。

"那我要问一下我的母亲。"张子衿说道。

"好的，好的，我等着你……"

张子衿走到母亲身边说了这位胡人客商想请她们一起出去吃饭的事。张吴氏说自己还有事就不去了，她把一个钱袋给了张子衿。

张子衿临走时，张吴氏又嘱咐道："记着，别太晚了。"

张子衿与嘉帕尔来到了长安西市，那里琳琅满目的各种小吃让人目不暇接。他们沿着这条街走去，看到想吃的食物便坐下来吃，吃完了再寻找别的好吃的食物。他们就这样一路走着，吃着，品尝了许多种不同风味的长安小吃，其中有豌豆枣糕、鸡汤馄饨、蜂蜜粽子、醪糟鸡蛋等。他们吃饱喝足了便沿着街道走去，这会儿的长安城街道上已点上了灯火，行人依然络绎不绝。

街上行走的长安女子，她们梳着各式各样的发髻，脸上轻敷粉黛胭红，眉毛画成柳叶，唇上描着樱红。身穿颜色艳丽的襦裙，袒露的双肩披着一件轻柔飘逸的丝绸披帛，她们款款走过，留下一片清香，引得路人不禁回头瞩目。

大唐都城长安有着盛世开放的胸怀，长安的年轻人也都有着激荡张扬的内心，尤其是长安的女子最具审美意识，懂得如何装扮。她们袒露肩臂的襦裙便是开历代服饰之先河，这样的服饰装束使得这些女子如玉的胸乳隐约可见，洋溢着青春的诱惑。丰腴圆润的双肩，披上一件曼妙轻柔的丝绸披帛，更显娇妍妩媚；如莲藕般洁净的双臂，或缠绕一丝绸长巾，或穿一窄袖半臂，走起路来轻盈自信、婀娜多姿，洒脱如春风杨柳，飘逸似仙女下凡。那时长安女子的发饰也很有特点，高髻的发饰极为流行，造型之精美、样式之繁多更是前所未有，将女子衬托得更加靓丽多姿。唐诗中吟咏的"插花向高髻，峨髻愁暮云"便是对当时长安女子发饰的生动写照。

那时，西域的胡服在长安也得到了人们的青睐，胡服中的高尖番帽、翻领衣袍、小袖窄衫、玉石腰带等在长安都很流行。无论男装还是女装，也都融合了胡服的元素，成为大唐的流行风尚。

大唐都城长安年轻人喜好的流行样式成为引领大唐的时尚潮流。

嘉帕尔看着身边走过的这些靓丽的大唐女子有些眼花缭乱。

"怎么，你是不是迷上我们长安的女子了？"张子衿看着嘉帕尔顽皮地问道。

"不，不，我是迷上了那些穿在她们身上的丝绸长裙，那些颜色、花样还有款式，真是太美了……"嘉帕尔赶紧解释道。

"怎么，你只看上了衣裙，难道我们长安的女子就不美吗？"张子衿继续问道。

"她们也很美，再加上这样的服饰装扮，真是让人意料不到的好看……"嘉帕尔认真地说道。

"是的，正可谓是，眉黛夺将萱草色，红裙妒杀石榴花。"张子衿不禁吟诵起了诗句。

嘉帕尔看着张子衿摇了摇头，他没有听懂，问道："这是什么意思？"

张子衿一瞪眼睛说道："怎么连这都听不懂？"她转念一想，又说道："哦，对了，你是来自西域的胡人，我竟一时忘了。"

"我也是有名字的，我叫嘉帕尔。"嘉帕尔说道。

"好吧，嘉帕尔，我原谅你了。"张子衿说道。

"请问……原谅是什么意思？"嘉帕尔问道。

"就是……就是不再笑话你的无知和愚蠢了。"张子衿轻快地说道。

"我知道……我很无知，但是我并不愚蠢。"嘉帕尔反驳道。

"好吧，你并不愚蠢，我向你道歉。"张子衿笑意盈盈地屈身施礼道。

"我不是这个意思……"这会儿嘉帕尔倒觉得过意不去了。

"好了，我们不必再纠缠了，我们去那边走走吧。"张子衿看着嘉帕尔一脸窘迫的样子有些想笑。

"好的，好的。"嘉帕尔连忙说道。

嘉帕尔与张子衿漫步来到了曲江池畔，夜晚的曲江岸边挂满了灯笼，曲江池水在灯笼的掩映下波纹荡漾，天空中繁星闪烁，一轮明月挂在夜空，景色十分宜人。长安城里的许多年轻人都喜欢到这里漫步游玩，欣赏湖光月色，更有年轻人在此互诉衷肠、谈情说爱、私定终身。在大唐都城长安，年轻人一见钟情、自由恋爱已蔚然成风。

自从家里出了事，哥哥又去了西域，张子衿便一直在作坊里劳作，她知道自己有责任为母亲分忧。她好久没有出来游玩了，看着夜色与美景，她的情绪极佳，触景生情，不禁吟诵起诗句："长安一片月，万户捣衣声。秋风吹不尽，总是玉关情。何日平胡虏，良人罢远征。"

看着张子衿吟诵诗句，嘉帕尔忽然也有了诗兴，不禁吟诵道："明月出天山，苍茫云海间。"

听到了嘉帕尔的吟诵，张子衿有些吃惊地看着嘉帕尔，然后接着吟诵道："长风几万里，吹度玉门关。"

"汉下白登道，胡窥青海湾。"嘉帕尔接道。

"由来征战地，不见有人还。"张子衿接道。

"戍客望边色，思归多苦颜。"嘉帕尔接道。

"高楼当此夜，叹息未应闲。"张子衿与嘉帕尔一起吟诵完了这首诗，张子衿有些惊愕地看着嘉帕尔问道："你怎么会吟诵这首诗？"

"这有什么奇怪的，这首诗的作者是李白。"嘉帕尔说道。

"李白是我大唐的诗人，你是怎么知道的？"张子衿还是不明白。

"你知道李白出生在哪里吗？"嘉帕尔问道。

"不知道。"张子衿实话实说。

"李白的出生地就在西域的碎叶。"嘉帕尔说道。

"哦……原来是这样，看来你还有点真学问。"张子衿说道。

"我也只是在长安书院里学了一些诗词，我的学问比起你来，可就差远了。"嘉帕尔谦虚地说道。

"哦！你还去了长安书院？"张子衿更为吃惊。

"是的，我路过那里时，听到了里面的人吟诵诗词，便被吸引了，最近我一直在书院里学习。"嘉帕尔在长安书院学习的日子虽然不长，但不知不觉也会背诵不少诗词。诵读唐诗对他了解大唐的文化有莫大的帮助，诗词中那些隽永的诗句与深邃的思想，豪迈的气派与浪漫的想象，更让他对大唐文化钦佩仰慕。通过在长安书院的学习，嘉帕尔对大唐有了更深的认知，那就是一个国家民族真正的魅力便是文化的自信与强大。

"不错，看来你这个人还是有些素养品位的。"张子衿打量着嘉帕尔，她觉得这个胡人的确有些与众不同，在长安的大多数胡人都是为了经商享乐，很少有人对大唐的诗词文化有兴趣，而这个年轻的胡人却不同。他不仅喜欢唐诗，研修大唐文化，而且懂得欣赏和赞美，尤其是对自己的赞誉不遗余力，张子衿对于那些赞美自己的话语总是很享受。

"大唐有很多值得我们敬仰学习的地方。"嘉帕尔由衷地感受到大唐盛世的文化气象，这不仅仅是因为出现了那么多的诗人、画家等文化大家，更是由于大唐平民的文化素养与精神追求。上自七旬老翁、下至五岁孩童都能对这些文化大家如数家珍，都能背诵几首这样的诗文佳句。

只有在自由包容的国度里，只有在懂得欣赏的氛围中，才会产生出文学巨匠与绘画大师。

张子衿忽然也想了解一下嘉帕尔的家乡了。

"你的家在西域，你……想念你的家乡吗？"张子衿问道。

"当然想念。"嘉帕尔回答。

"你说你的家在疏勒？"

"是的。"

"给我讲讲你的家乡吧。"

"好的。疏勒是西域的一个小国，坐落在西域喀什噶尔的绿洲上，我们那里土地肥沃、民风淳朴。春天，到处都盛开着各种颜色的花朵；夏季，绿茵茵的草场上有着成群的牛羊；到了秋季，田野上是丰收的庄稼和飘香的瓜果；冬季的时候，白雪覆盖，洁白一片如梦境一般美丽。"一提到自己的家乡，嘉帕尔的言辞优美，说话也不结巴了。

"哦……看来你的家乡也是个挺不错的地方。"张子衿说道。

"是的，虽然不比长安的雄伟壮丽，可也有自己的特点，我的家乡也是一个很美丽的地方。"

"疏勒那里有什么与我们长安一样的地方吗？"

"要说一样的地方……那就是我们疏勒国的人与大唐长安的人一样都信奉佛陀，人们大都善良纯朴，在我们那里建有多处佛塔寺院，僧人逾万，遍地皆有伽蓝，这一点与长安最为相似。"

"那……疏勒离长安有多远啊？"

"距长安有九千余里的路程。"

"这么远啊。"

"虽然路途遥远，可沿途也会看到不同的风景，见识到不同的国家部族，体会到不同的风土民情，感受到大千世界的不同。如果你愿意去那里的话，我相信也会是一次值得记忆的旅程。"嘉帕尔看着张子衿认真地说道。

"我可并没说我要去那里。"张子衿赶紧解释道。

"我想邀请你不妨去一趟。"嘉帕尔说道。

"为什么？"

"因为……我与你有缘，我想让你看看我的国家和我的家乡。"

"你的家乡在西域，可是……我的父亲和大哥去了西域就再也没有回来。现在我的二哥又去了那里……"张子衿一想到此，心中不免就感到有些悲凉，她的眼睛也有些湿润了。

"我知道，也许我……不该提起此事……请你不要再伤心了。"嘉帕尔忽然意识到张子衿的伤心之处，他有些不知所措。

"好吧，我们不提此事了。"张子衿说道。

"子衿姑娘……我不想让你不愉快……"嘉帕尔还是有些内疚的样子。

"没什么，已经晚了，我们该回去了。"张子衿说道。

"好，我送你回去。"嘉帕尔希望与张子衿在一起的时间再多一些，不愿看到她的心情忧郁，希望看到她快乐的样子。

张子衿是一个性情单纯、喜怒都形于色的人，她与嘉帕尔行走在街上，不时引起路人回头看着这个大唐女子与一个胡人有说有笑地走在一起。

嘉帕尔将张子衿送到了家门口。

"谢谢你陪我度过了一个愉快的夜晚。"张子衿大方地说道。

"不……是你带给我的愉快更多……"嘉帕尔说道。

"好吧，你快回去吧。"张子衿笑着说道。

"好的……"嘉帕尔没有动。

张子衿刚要走进门，嘉帕尔说道："等等。"嘉帕尔从怀中拿出一块温润洁白的玉石交给了张子衿。

"这是什么？"张子衿问道。

"这是我们西域产的玉石，留给姑娘做个纪念。"

"好吧。"张子衿从身上拿出了一个绣工精美的荷包交给了嘉帕尔，"这是我给你的一个纪念。"

"好的，好的。"嘉帕尔双手接过那个荷包。

张子衿打开门又回眸一笑，然后轻轻掩上了门。

就在张子衿回眸一笑的一瞬间，嘉帕尔犹如被雷电击中，浑身一颤。张子衿的微笑已经住进了他的心里，他感到自己的一生就是为了等待这摄人心魄的一笑。嘉帕尔拿着那个荷包，看到这是用织锦制作而成，色彩艳丽丰富，上有一朱雀纹样。嘉帕尔将这个珍贵的还存有张子衿体温的荷包揣进怀里向前走去……

此时长安的夜空上，高悬着一轮明亮的月亮。嘉帕尔仰头看着月亮，想到了自己的父母，想到了自己的家乡。

嘉帕尔出生在疏勒国国王的家庭，从小生活无忧无虑并得到了良好的教育。父王宽厚仁慈，得到了举国上下的一致爱戴。就在嘉帕尔快要成年时，疏勒国却发生了变故，一个受到国王器重的大臣利用国王去大大唐觐之时，勾结一伙叛军夺取了王位，嘉帕尔也受到了叛军的监禁。

嘉帕尔一下从高贵富足的生活跌进了黑暗恐怖的深渊。那个背叛国王的大臣杀害了王后，篡夺了王位自立为新王。为了以绝后患他要将嘉帕尔立即处死，这时有人进言，一旦杀了太子，老国王，使其就会无所顾忌，必将重新号令军队杀来；如果留着太子，便可牵制老国王，使其不敢轻举妄动，同时也可昭告天下，谁将老国王拿下便有重金赏赐。新王听从了这个计谋。

国王从大唐回来后得知王位已被人篡夺，唯一让他牵挂的就是自己的儿子，国王救子心切，他宁肯失去王位，也要夺回自己的儿子。无奈国王手下无兵，若要重新召集军队，恐一时难以实现。这时，有人提议国王前去求助大唐安西都护府出兵帮助。国王便来到大唐安西都护府，苏将军得知详情后立刻派人佯装将疏勒国王抓住送回以领取重金。那背信弃义的新王信以为真，当他命人打开城门之际，唐军冲入，斩杀了篡位的新王，救出了嘉帕尔。国王的王位得到了恢复。国王将嘉帕尔立为太子，昭告疏勒国民众，将来由嘉帕尔继承疏勒国的王位。嘉帕尔继承了父王的善良宽厚，也得到了疏勒国民的拥戴。国王十分感谢大唐的帮助，告诫嘉帕尔，一定要与大唐永世修好。

这次到大唐的长安觐见唐皇，父王便将这一荣耀托付给了儿子嘉帕尔，让他一定在大唐长安好好看看，领略大唐的宏伟建筑、治国法度、文化艺术、风俗民情，还有大唐的丝绸。

大唐生产的丝绸织品，其美艳精致、高贵奢华更是令人瞠目结舌，这样的丝绸织品只有大唐能够织造，这也是天上神灵对大唐的恩宠和青睐。这轻薄柔滑的丝绸如此高贵，很难想象这样的神品竟是来自一个个小小的蚕虫所吐出的蚕丝。嘉帕尔这次的长安之旅真是不虚此行，他亲身感受了大唐盛典的豪华气派，还亲眼见识了丝绸的织造过程，这可是一般人难以想象的荣幸。

更为令人意料不到的是，他还认识了能够织造如此美丽丝绸织锦的大唐姑娘。这个大唐姑娘超乎了嘉帕尔对女人的所有想象，她简直就是一个神造的精灵，她的回眸一笑便摄走了嘉帕尔的灵魂。

多日的劳作，使张吴氏的身体愈加衰弱。一次她正在作坊里劳作，突然感到头晕目眩，身子一歪便倒在了地上。众人赶紧扶起了她，张子衿立刻赶来将母亲送回家中。张吴氏一直昏迷不醒，张子衿让人请来了令狐郎中。

令狐郎中出自医学世家，他将自己的三个瘦长手指轻轻抚在张吴氏的手腕上，闭上了眼睛，片刻之后睁开了眼睛。

"老夫人的脉象虚弱浮游，气血两虚。"令狐郎中说道。

"请令狐先生无论如何要医治好我母亲的病症。"张子衿说道。

"老夫人是否时常感到头晕头痛、心悸易喘？"令狐郎中问道。

"是的。"张子衿回答。

"老夫人是否时常出现忘事疲倦、气短失眠？"令狐郎中又问道。

"是的。"张子衿回答。

"此乃心血亏损操劳过度所致。"令狐郎中一字一句地说道。

"那该如何治疗？"张子衿急切地问道。

"老叟先给老夫人开上几服汤剂试试看。"令狐郎中说道。

张子衿立刻拿来了笔墨纸砚。

"有劳令狐先生费心诊疗，小女感激不尽。"张子衿恳切地说道。

"悬壶济世，治病救人乃吾之根本。"令狐郎中将写好的药方交予张子衿，又说道："请姑娘照此方抓药，文火煎熬一个时辰，然后加入少许蜂蜜，待温和后便可服用，一日两次，此方乃家传秘方，有固本升阳、温补调理之功效。"

"谢谢令狐先生。"张子衿拿了一些银钱交给令狐郎中。

"这就不必了，老叟一家一直得到老夫人的照顾，时常得到老夫人给予的丝绸织锦，大家都是街坊邻里，谁家有事理应相互帮衬才是。"令狐郎中起身说道。

"那就感谢令狐先生了。"

"好，老叟先告辞了，让老夫人好好在家静养，若有事再寻人唤老叟来便是。"令狐郎中走出门口说道。

张子衿屈身向令狐郎中施礼。令狐郎中扬了扬手走出门去。

张吴氏一直处在昏迷中，她的意识仿佛又回到了自己的童年，那时的她还是个小姑娘，她的名字叫吴丝瑜，她是吴家的独生女儿，父亲在吴氏家族排行老大，人称吴老大。吴老大一直在外经商，说是经商也就是倒腾一些小生意。母亲在家操持着一间丝绸作坊。吴丝瑜的父亲经常在外面忙碌，母亲整日在作坊里劳作，她小小年纪无人看管，便随母亲在丝绸作坊中玩耍。她看到有人在水槽中缫丝，便好奇地凑过去看着，然后自己在一旁从水槽中拿出了一个蚕茧，从上面找到了丝线的头模仿着大人的样子开始缫丝。她看到从洁白的蚕茧中可以抻出很长的晶莹的丝线，觉得好玩极了，她玩得很有兴致。母亲过来看到自己的女儿已经有模有样地学会缫丝了。

从此，吴丝瑜的母亲就开始有意培养女儿的丝织技能。丝瑜渐渐长大了，她也聪明好学，很快就掌握了蚕丝织造的技巧，而且她的技能越来越好，经她织造出的丝绸平滑柔软，光洁匀称，得到了众人的好评。母亲看了也很高兴，便将自己毕生所学都传授给了自己的女儿。母亲认为女儿继承了自己家族的丝织传统，又能在此基础上发扬光大，完全得益于她们家族中的血脉传承。

丝瑜对丝织技艺非常热爱，乐此不疲，经常一个人待在作坊里研究各种技巧。她知道要想织造出品质优良的丝绸，就要掌握好缫丝的品质；要想有好品质的缫丝，就要挑选优良的蚕茧，每一个环节都是造就好丝绸的关键，任何一项操作规程都不容忽视。丝瑜在很短的时间里熟悉并掌握了织造丝绸的所有程序环节，她已经成为母亲的骄傲。母亲多么希望自己的女儿将来能招一个上门女婿，自己家传的丝绸作坊继续由丝瑜承继下去，这样该有多好。

可事与愿违，一日，夫君吴老大回来告诉了她一件事，那就是由他做主要将他们的女儿丝瑜许配给一位张姓的唐军校尉。这位张姓的唐军校尉是他在经商的路上结识的。当时吴老大带着一支驼队在陇西一带经商，他将关中生产的粮食、布匹带到陇西，然后换回那里的羊皮、药材。看着浩浩荡荡的驼队向长安进发，他的驼队驮着比来时多出许多的货物，心中不免升起一阵喜悦。只要这趟货物能顺利地运抵长安，他就能狠赚一笔。

吴老大回乡心切，归途中为了走近道，来到一条没有官军设防的山野小路，果然在那里遇到了一伙土匪打劫。土匪拿着砍刀从山坡上冲来，他们多为穷苦山民，只要货物，并不伤人。吴老大眼看着自己多日经营的所有货物被尽数抢劫，不禁伤心落泪大喊冤屈。这时，只见一骠唐军骑兵冲来，那些土匪哪里是唐军的对手，扔下抢劫的货物便四散逃了。为首的唐军校尉走来扶起了吴老大，吴老大看到自己的货物全部追回，对唐军感激不尽。吴老大就这样结识了这位唐军校尉。

唐军校尉名叫张云鹏，他告诉吴老大自己的家也在长安，唐军换防他有机会回家探望父母。吴老大便与那唐军校尉结伴而行。有了唐军的护卫，他们一路上再未遇到危险。经过多日的交谈了解，吴老大对这位唐军校尉充满好感，看到年轻的张云鹏一表人才且英武豪迈，得知他还未娶亲，吴老大的心中便升起了将女儿许配与张云鹏的愿望。

回到长安，吴老大便将此事告诉了夫人，夫人也很满意，只是这样一来，她想招个女婿入赘的愿望就破灭了。吴老大做事痛快，立刻遣媒人去张家撮合此事；张家也很爽快，立刻遣媒人向吴家提亲并送来聘礼，双方商议定下了娶亲的日子。就这样，吴丝瑜在毫不知情的情况下已经成为张家的人。母亲的心情是又喜又悲，喜的是女儿的终身有了着落，悲的是自家祖传的丝织手艺与丝绸作坊将无人承继。

吴老大看着泪流满面的夫人说道："妇道人家就是心胸狭窄，我们家的丝绸作坊就当作女儿的陪嫁送予张家，这样你的手艺便可得到女儿的传承，而且我们两家成为亲家，你也可以常去那里帮衬女儿，这样岂不两全其美。"

一句话点拨了夫人，她立刻说道："好，好，这样甚好。"

吴丝瑜就这样稀里糊涂地上了花轿，在锣鼓声中嫁到了张家，同时也将自己家的丝绸作坊带到了张家。当她第一次见到自己的夫君张云鹏时，就立刻喜欢上了这个年轻的唐军校尉，张云鹏也喜欢上了这个端庄秀美的吴丝瑜。张云鹏不但英武豪迈，而且温和体贴。新婚之后，张云鹏对张吴氏更是关爱有加，从不忍心让她干体力活，张吴氏对夫君张云鹏也是极尽关心呵护。他们在一起时如胶似漆、难舍难分，日子过得极其美满。张吴氏继续操持着丝绸作坊，张云鹏在唐军营中操练新兵，一家人的日子过得充实忙碌，一年后便有了他们的儿子。

可好景不长，一日早晨，一个唐军信使骑马来到张家，将一令函交予了张校尉。令函中写道："突厥屡犯我大唐疆域，唐军欲与突厥开战，命令校尉张云鹏，率本营人马即日启程。"

张云鹏立即领命，他收拾好了马具鞍蹬，穿戴好了头盔铠甲，带上了随身的佩刀及唐军校尉腰牌。张吴氏走来依偎在他的身边，泪眼蒙蒙地看着他。

"我要走了，你好生在家，照顾好我们的儿子。"张云鹏用手抚摸着张吴氏微微隆起的腹部说道。

张吴氏又怀上了第二个孩子。

"嗯……你走吧，我会照顾好我们的儿子。"张吴氏说道。

张吴氏很清楚，自从她嫁给一个军人，就要忍受时常分离的痛苦。同时她也得到了骄傲，那就是每当长安城里传来消息，唐军在边疆大胜来犯之敌时，人们都会向她祝贺恭喜，因为那也有她夫君为朝廷和百姓立下的功劳。

"你要照顾好自己的生活，不要让我牵挂。"夫君用手抚摸着张吴氏的头发继续说道。

"没事，我会在作坊里打发时间，等着我的夫君归来。"张吴氏轻声说道。

"你可不要太劳累了。"张云鹏还是有些不放心。

"我从小便在作坊里长大，我只要在作坊里心情就会很好，这样就不会过于思念你了。"张吴氏依偎在丈夫的怀中说道。

"放心，我会尽快回来的。"张云鹏说完话立刻起身上马，然后与自己的随从打马向前驰去，张吴氏站在门口一直看着夫君远去，直到看不见他的身影，而张云鹏一旦上马便一直没有回头。

就这样，他们在一起度过了许多年头，张云鹏总是奉命出征又凯旋，张吴氏已为张家生养了两个儿子和一个女儿。日子就这样不紧不慢地过着。张云鹏由于战功显赫，从唐军校尉升为唐军副将。

每当夫君张云鹏出征，张吴氏除了照顾儿女，便把所有的时间都用在了丝绸作坊里。她离不开作坊，每当她思念夫君时就会来到作坊，看着作坊里的那些蚕茧、蚕丝、丝绸、织锦，她的心情就会舒畅。她觉得自己的一生就是为了这丝绸而活着的。令她惊奇的是，女儿张子衿竟然与自己一模一样，从小就热爱上了织造丝绸。她最为钟情的是织锦，她的织锦经纬细密、花色新颖、色彩艳丽，非常富有想象力，这令她感到了骄傲和欣慰，因为她们家传的丝绸织造技艺有人能够传承下去了。

在长安城里，张家丝绸作坊生产出的丝绸织锦，得到了人们的赞誉。张家织造的丝绸以质量上乘、价格公道得到人们的认可，人们口耳相传，大家都愿意到张家的丝绸作坊定制丝绸。张家向来热情接待这些邻里熟客。丝绸不仅是张家的一门技艺，也寄托了她们的全部情感。从某种意义上来说，丝绸就是她们的一切。

张云鹏与张吴氏的长子张子乾与父亲一样，英武健壮。张云鹏教会了张子乾武功与战术，当张子乾长大的时候，便要求与父亲一起从军，父亲满足了他的心愿，答应带他去西域的战场上历练，将来也能为朝廷建功立业。次子张子瀚年龄尚小，长得清秀瘦弱，父亲便希望他能好好读书，通过朝廷的科举考试，将来做个文官同样可以为国效力。这样张家的两个儿子便是一武一文。女儿张子衿从小便娇惯放纵，按照张云鹏的心愿，让自己的宝贝女儿好好享乐，随性玩耍就行。

就这样，张云鹏与张子乾在西域疆场为朝廷效力，张吴氏带着张子瀚与张子衿在长安城里经营着自己的丝绸作坊，等待着夫君和儿子的消息。

直到有一天，长安城里又传出了唐军在西域大胜突厥军的消息，张吴氏像往常一样在长安城门口等待迎接凯旋的夫君，可是那一次没有见到自己的夫君张云鹏，而是接到了一封唐军信使给她带来的讣告和朝廷的抚恤。

张吴氏顿时觉得头顶上的天都要塌下来了。她不知道自己是怎么走回家的，家中的张子瀚与张子衿都跪在母亲身边。张吴氏意识到自己不能倒下去，她还要继续将这两个孩子抚养长大，完成夫君对她的嘱托，她不能让已经在天上的夫君灵魂再为她担心。

张吴氏只有坚强，别无选择。她在家里为自己的夫君设立了牌位，每当夜深人静，睡不着觉思念夫君的时候，她便会一个人来到夫君的牌位面前，向夫君倾诉自己的思念之情，然后就像夫君活着时一样，与夫君讲述他不在的日子里，她都做了些什么……就这样，她坚持着这样的生活习惯。在她的想象中，仿佛自己的夫君并没有离她而去，而是还在自己的身边。

可是，当她再一次接到唐军信使的讣告与朝廷的抚恤，得知自己的长子张子乾也已战死疆场的时候，她的精神有些挺不住了，她毕竟是个女人，经受不了一次接一次的打击。那天晚上，她痛哭失声，流了一夜的眼泪，直到天亮时，张子瀚又来跟她说也要前往西域，要为自己的父兄报仇。作为母亲的她知道自己已无力阻止儿子张子瀚的决心，因为那是她的儿子，儿子身上继承的父亲的热血豪情，此时已在儿子的身上开始奔涌。她只有告诫儿子放心前往，并让他找到父兄战死的地方，为他们燃一炷香，好将他们的灵魂引领回家。

张子瀚走后，她一夜之间便白了头发，她觉得自己的精神已难以支撑起这个家了。可是她的身边还有女儿张子衿，她的年龄还小，还那样的单纯，不能独自面对一切。她还要撑住，直到自己的女儿长大，有了托付，她才能放心地去寻找自己的夫君和儿子，与他们在天上相聚。

如今，张吴氏感到自己已力不从心了，她真的老了，甚至在站立的时候腿都有些颤抖。她终于感到自己已无力再陪伴女儿张子衿长大，她看到了从窗外射进的刺眼阳光，这阳光刺得她睁不开双眼，就这样她倒下了……

张子衿在厨房里为母亲熬着汤药，在火光的映衬下，她一脸愁容，泪眼蒙蒙。她的父亲与大哥已战死疆场，二哥也去了西域，现在家中只有自己与母亲相依为命，如今母亲也倒下了，她不知道自己该怎么办。

昏黄的阳光从窗外倾泻进了屋子，张子衿坐在母亲的床边给母亲喂药。

母亲的眼睛迷蒙地看着前方，张子衿用一个勺子将汤药送进母亲的口中，母亲努力咽了下去。张子衿耐心地给母亲喂完了汤药，再用一块麻布轻轻拭去母亲嘴角的汤剂。母亲看上去瘦了许多，她就这样无力地躺在床上。

"母亲，令狐郎中为您诊治了，母亲的病无大碍，就是熬得太累了……"张子衿说道。

"嗯……"张吴氏轻声"嗯"了一声。

"令狐郎中叮嘱让您好好在家静养，不要再操劳了。"张子衿继续说道。

"我没事……让我的女儿受惊了……"张吴氏艰难地说道。

"母亲，今后有什么事就让我来做吧。"张子衿的眼睛里充满了泪水。

"我的女儿真是长大了……"母亲的脸上努力挤出一丝微笑。

"是的，母亲，我已经长大了。"张子衿眼睛里的泪水流了下来。

"我的子衿长大了，我也就放心了。"张吴氏慈爱地看着自己的女儿，用颤巍巍的手擦去了张子衿眼角的泪水。

"是的。"张子衿趴在母亲的身上。

"咱们作坊里的那批货快备好了吗？"母亲抚摸着女儿的头发继续问道。

"母亲，您好好休息，不要再操心了。"张子衿抬起头看着母亲说道。

"日子快要到了，既然我们承诺了人家，无论如何就一定要做到……"张吴氏轻声说道。

"母亲放心吧，就快好了。"张子衿说道。

"那就好……"张吴氏说完话又闭上眼睛，睡了过去。

"我知道，您就是太累了，您好好睡上一觉吧……"张子衿用手抚摸着母亲头上枯槁花白的头发轻声说道。

清晨，张子衿在作坊里开始织锦，她忍着不让眼睛里的泪水流下来。

"哥哥，我们的母亲已经病倒了，我也快要撑不住了，哥哥，你在哪儿啊，我很想念你……"张子衿喃喃道。

粟特人那耶带领着自己的驼队来到了长安，他将自己从西域带来的香料、织毯、手工艺品在长安西市卖了个好价钱。那耶是这里的常客，与长安的客商已经成为朋友，朋友之间自然既要利益共享，又要出手相帮。那耶在长安有什么困难都会得到长安客商的帮助，大家都是交往多年可以信任的朋友。

那耶在长安西市采购了一批蚕丝，因为有波斯的客商需要这些蚕丝制作波斯地毯。那耶这两天的心情不错，他还采购了一大批丝绸，这是上次来长安时就定下的货，这些丝绸在遥远的波斯与罗马那里已经有买家向他订货，他只要将这批货顺利地运到那里，就会得到丰厚的利润。一想到此，那耶就心情舒畅。他喜欢这样的长途跋涉，虽然这在外人的眼里万分艰辛，可对于已经熟悉这条商道的人来说，除了路途的艰辛之外还有很多快乐，旅途中的乐趣常人是无法体会的。

在这条商道上有许多不同的部族，在带领商队长途跋涉的过程中，既领略了不同的风土民情，结交了许多朋友，也为自己积累了财富，获得了成就感。这样的人生比守在一块土地上耕种放牧要自由自在丰富得多。他为能以此为生并成为一个令人羡慕的商人而感到自豪。

那耶的经商才能是从自己的父亲那里继承下来的，父亲就曾经带领着驼队行走在这条商道上，并通过贩运丝绸为自己的家族积攒了财富。财富对于那耶家族来说已经不算什么了，因为人的一生享用不了多少，这些财富也都是身外之物，他更看重的是他在粟特人中的地位。粟特人大都以经商为生，以谁能经营得更为出色为骄傲，那耶家族在粟特人中一直享有很高的声誉。那耶从小就跟着父亲行走这条商道上，他从父亲那里学到了如何识别货物的质量，如何与各色人等打交道，该吝啬的时候绝不松口，该慷慨的时候也一定要出手大方，这就是为商之道。直到有一天父亲病倒了，将驼队交给儿子那耶，嘱托他不要辜负了那耶家族的声誉。从此，那耶就带领着驼队开始了自己的人生。

那耶知道自己也做不了别的什么事，只有不断行走在这条商道上，这也是他的宿命。因为他的家族一代一代就是这样过来的，他的家族已经足够富有了，可他还愿意这样走下去。粟特人之所以成为粟特人就是因为他们具有坚忍不拔的毅力与善于经商的头脑，这个特质赢得了世人对他们的尊敬。

嘉帕尔与阿苏儿这两天一直在寻找合适的驼队，他们在张家丝绸作坊定的那批货就要到期了，到时候要寻找一个合适的驼队将他们的货运送回去。有些驼队自己带的货物就很多，没有多余的骆驼再带别人的货。嘉帕尔与阿苏儿在长安西市上寻找着，突然，一个人的手拍在了嘉帕尔的肩上，嘉帕尔吓了一跳，他回头一看，是粟特人那耶。

自从疏勒国出了大臣篡夺王位的事，消息便传遍了西域。后来疏勒国王依靠唐军的力量重新夺回了王位，国王立嘉帕尔为王位继承者，嘉帕尔也被人们熟知。来自西域认识嘉帕尔的人都对他表示了尊敬。

在长安的一家羊肉汤饭馆里，嘉帕尔、阿苏儿和粟特人那耶在一起喝着美味的羊肉汤，吃着香酥的麦饼说起了往事。那耶经商曾去过疏勒国，见到过嘉帕尔，尽管那耶年长于嘉帕尔，但他们很快成为朋友。那耶为自己能与未来的疏勒国国王成为朋友而感到荣幸。

"嘉帕尔太子，见到你真是高兴，你们在这干吗呢？"那耶问道。

"嘘……"嘉帕尔把一只手指放在嘴前，"在这千万不要说出我的身份。"

"叫主人就行。"一旁的阿苏儿说道。

"好的，主人，你们怎么会在长安？"那耶问道。

"我们在长安的丝绸作坊定了一批丝绸织锦，正在联系驼队准备带回西域。"嘉帕尔说道。

"哦，联系好驼队了吗？"那耶问道。

"还没有。"嘉帕尔说道。

"那正好就跟我的驼队走吧，我过几天就要启程了，咱们一起走。"那耶高兴地说道。

"太好了，你能分给我几头骆驼？"嘉帕尔问道。

"你需要几头骆驼就给你几头，如果不够，我就再买上几头，这还不容易吗，我的嘉帕尔主人。"那耶喝下了碗里的羊肉汤说道。

"好的，真是够朋友，我不会亏待你的。"嘉帕尔说道。

"那好，我们就说定了，我的主人。"那耶伸出了手。

嘉帕尔与那耶的手握在一起。那耶并没有松开手，又说道："既然我们在长安有缘见面，我们应该找个地方好好喝上一杯。"

嘉帕尔有些犹豫地说道："我今晚要去一下丝绸作坊……"

"不会耽误的，我们先去波斯酒楼，我在那里已经定了座位，用过晚餐你再去忙你的正事。"那耶拉着嘉帕尔走出了羊肉汤馆。

黄昏的阳光从窗外射进丝绸作坊，张子衿与妇人们还在忙碌着。张子衿让母亲在家歇息，自己担负起了作坊里的所有事务，她对从缫丝到织造的工艺都很熟悉，在作坊里劳作的也都是熟练的女工，大家有条不紊地劳作着，眼看着嘉帕尔的订单就要完成了。张子衿继续在织机上织锦，她已经不停地工作很长时间了，汗水顺着她的头发流了下来，她用手擦去了额头上的汗水。一个妇人端着一碗水走到张子衿的身边说道："子衿姑娘，歇歇吧。"张子衿接过水喝了下去说道："谢谢，我不累，我再干一会儿。"

作坊里的妇人都陆续回去了，只剩下张子衿一个人在作坊里劳作着。

按照约定，今天嘉帕尔要到作坊里来，张子衿在等着他。这些日子在与嘉帕尔的交往中，张子衿也感到了不一样的快乐。每次嘉帕尔到作坊看到张子衿的织锦都是极尽赞美之词，张子衿很享受这样的赞誉。她知道自己的织锦完全值得这样的赞美。一想到这儿，张子衿的脸上便浮现出一丝笑意，可是一想到嘉帕尔就要离开长安回到遥远的西域，张子衿不免又感到有些遗憾，以后再也听不到他的赞美了……

嘉帕尔与那耶一起来到波斯酒楼，他们坐在二楼的包间里，一边喝着上等的葡萄酒、吃着丰盛的西域美食，一边观看着波斯舞女的舞蹈。那耶的情绪高涨，不断地喝着葡萄酒，他的脸色绯红，叫来了侍女，扔给她一把金币，吩咐她叫几个舞女上来陪酒。

两个妖艳的舞女走进包间给他们舞蹈，舞女扭动着腰肢，热烈而妖艳，那耶十分享受。两个舞女分别坐在嘉帕尔和那耶的身边，不断给他们倒酒。嘉帕尔喝了不少，挥手表示不再喝了。那耶还在不断饮着……

张子衿一个人坐在丝绸作坊里，阳光已从窗外褪去，张子衿稍事休息后又起身走向织机，开始织锦。

张子衿想起了嘉帕尔，这个人还从来没有食过言，怎么到现在还没来。她想起了与嘉帕尔在一起的时候，相互切磋诗词的情景。那是一天的黄昏，他们来到一片树林中。嘉帕尔说如果他离开长安，会十分思念她，他要为张子衿吟诵一首诗词以表心情。

嘉帕尔吟诵道："长相思，在长安。络纬秋啼金井阑，微霜凄凄簟色寒。孤灯不明思欲绝，卷帷望月空长叹。美人如花隔云端！"

张子衿吟诵道："上有青冥之长天，下有渌水之波澜。天长路远魂飞苦，梦魂不到关山难。"

嘉帕尔："长相思，摧心肝！"

张子衿："你真了不起，竟然会背诵这首诗，你知道其中的含义吗？"

嘉帕尔："不是很清楚，只是觉得这首诗可以表达我的心境。"

"行啊，你现在越来越有长进了，已经可以解读这样的诗句了。"张子衿不无欣赏地说道。

"这是我刚刚学会的。"嘉帕尔的脸上显出了骄傲的表情。

"好吧，你说你还会些什么诗词？"张子衿问道。

"不会了，还请姑娘细心教导。"嘉帕尔立刻做出谦虚诚恳的样子。

一想到此，张子衿的脸上又浮现出笑意……

波斯酒楼里，嘉帕尔已经不行了，他扑倒在桌几上昏昏欲睡。嘉帕尔的心情不好，他一想到就要离开长安，再也见不到子衿姑娘了，心中不免感到惆怅，他知道如此一别不知何时还能相见。

那耶喝高了，他无意中看到了嘉帕尔腰间的荷包，不禁拿起来看了看，发现图案精美，做工精致。那耶不禁问道："这是哪来的？这可是件精美之物。"

"这是我这次来长安得到的最为珍贵的物品。"嘉帕尔说道。

"这等物品一定出自一位姑娘之手，我猜得没错吧。"那耶说道。

"是的。"嘉帕尔说道。

"看来我们的嘉帕尔太子在长安还有一段艳遇？"那耶微笑着问道。

嘉帕尔突然清醒了过来，他想起了与张子衿的约定："对了，我怎么竟然给忘了，我得走了……"说着，嘉帕尔站起身，可是他一站起来就感到一阵头晕目眩，身子摇晃着又倒了下去。

天亮了，张子衿在作坊的织机旁睡着了，突然，门外传来敲门声。

张子衿打开门，嘉帕尔与阿苏儿站在门外。

"对不起，昨天竟然耽误了时间，没有来这里。"嘉帕尔急切地说道。

"你定的这批货都准备好了，你清点一下吧。"面容疲惫的张子衿说道。

"不必了，阿苏儿，快去把钱拿来。"嘉帕尔说道。

"好的。"阿苏儿拿出一个钱袋交给嘉帕尔，嘉帕尔交给了张子衿。

"请子衿姑娘清点一下。"嘉帕尔说道。

"不必了。"张子衿疲惫地坐在凳子上。

这时，一个女人气喘吁吁地跑了进来："子衿，你快回家看看吧，你的母亲快要不行了……"

张子衿一听立刻起身跑出门去，嘉帕尔和阿苏儿愣住了。

张吴氏静静地躺在床上，她的脸色灰白、气息微弱，身上盖着一条被子，她的身体极为消瘦，如同一副骨架一般，躺在床上奄奄一息。

张子衿冲进门，来到母亲身边："母亲，母亲……"

张吴氏慢慢睁开眼睛看着张子衿，气息艰难地说道："我的女儿，我要走了，去见你的父亲和大哥了，我就是有点放心不下你啊……"

"母亲，您不能走，我不让您离开我……"张子衿的眼泪像断了线的珍珠，止不住地掉了下来。

"我的女儿，我走以后，家里就没人照顾你了，你要守住这个家，你的哥哥远在西域，你要等着你哥哥回来……"张吴氏继续说道。

"母亲，您不能离开我，我要跟您一起等着哥哥回家……"张子衿说道。

"我的女儿，我也想跟你在一起……可是……天上的神灵……不允许，神灵在呼唤我了，我要去该去的地方了……"张吴氏说话的气息越来越微弱了。

"不行，不行，我不让您走……"张子衿大喊着。

"我已经……太累了……我要歇歇了……"张吴氏断断续续地说着。

"不……不……"张子衿已经哭成一个泪人。

"子衿……你要记住，我走了以后……你要好好地生活，我和你的父亲……还有你的大哥……会在天上……看着你的……"张吴氏说完这句话，闭上眼睛便故去了，张吴氏的样子就像是睡着了一样，她脸上的皱纹松弛下来，面容十分安详。

张子衿扑到母亲身上不顾一切地恸哭起来……

刚刚赶到的嘉帕尔上前扶起张子衿，张子衿回身看到了嘉帕尔，立刻哭着捶打着嘉帕尔。

"都是因为你，为了你要的那些丝绸，是你害死了我的母亲……"张子衿哭诉着。

嘉帕尔一时愣住了，他终于明白了，他的内心充满了内疚，一时不知该如何是好……

张子衿泪流满面，情绪激动，她的哭诉声悲伤至极。忽然，张子衿的身子一软竟晕厥了过去。

嘉帕尔赶紧上前一步扶住了张子衿。

几天后，长安郊外的一个黄昏，一只纸扎的白鹤凌空跃起，一队人吹吹打打，抬着棺木行进着。

身穿白色孝衣的张子衿与街坊邻里一起为母亲出殡，夕阳西下，漫天的晚霞中飘洒着纷纷扬扬的白色纸钱……

第六章　珍宝

张子瀚站起身来，突然感到一阵晕眩，眼前所有的景物都在不停地旋转，他赶紧坐了下来，直至这阵晕眩过去，他不知道这是怎么回事。

秦子安进来了，他看到张子瀚额头上的汗珠和他奇怪的样子问道："子瀚，你这是怎么了？"

"不知道怎么回事，刚才突然感到一阵晕眩心慌。"张子瀚说道。

"要不要找人看看？"

"不必了，现在好一些了。"

张子瀚与秦子安一直住在这个偏院，这里建有许多间由生土搭建的房舍，房舍高低错落，房舍之间有回廊连接。这里有院门通往驼镇集市，可以自由出入，同时还有一扇小门连接石大人居住的主院。诺澜也住在这其中的一间房舍。

石大人有几处这样的偏院，较大的一处住着那些响马，还有一处为独眼的驻地。这些偏院都与石大人居住的主院相连，每一处偏院既相对独立又都是这个整体院落的一部分。站在主院由生土搭建的高台上，可以清楚地看到各个偏院发生的情况，也可以看到整个驼镇的样貌。

张子瀚与秦子安一直受到石大人的款待，在此已居住一段时间。终日无所事事，这令张子瀚与秦子安有些焦虑。平日他们可以自由出入，到驼镇的集市上走走看看，回来时便会有人送来可口的食物，房间也都打扫整理干净了，这就更让他们感到不安。

每当张子瀚见到石大人，询问何时能够成行时，都被石大人好言相劝，说山口要道还有突厥人驻扎，让他安心再住些时日。

这时，有人进来给他们端来了食物，然后便退了出去。

"每天在这白吃白喝，这日子过得也不错。"秦子安说道。

"可这终不是办法啊。"张子瀚忧虑地说道。

"我们也没办法，落到这里只能这样。"秦子安无奈地说道。

"别尔克说得对，这个石大人我们还不能得罪。"张子瀚喃喃道。

"所以，我们只有借此机会养足精神，然后再说。"秦子安说道。

"子安，你见到诺澜了吗？"张子瀚问道。

"我刚才陪着诺澜在集市上转了一圈，她说要再去买些东西，我就先回来了。"秦子安答道。

"可是一直未见诺澜回来啊……"

"估计还得一会儿吧。"

"不可大意，千万不能再让诺澜有什么闪失，我出去看看。"张子瀚有些担心地说道。

"那就不必了，还是我去吧。"秦子安起身向外走去。

驼镇的集市广场上人头攒动、商贩汇聚，人们在热闹的喧嚣声中交易着……

这时，从远处传来一阵杂沓的马蹄声，只见一队人马向这里驰来，人们纷纷避让散开。

为首的石大人骑在马上腰板挺直，他带着这队响马呼啸而过，身后扬起一阵烟尘。

诺澜赶紧用棕色围巾遮住自己的面孔。这队人马远去了，灰尘飘散下来，集市又恢复了热闹与喧嚣。

诺澜在集市小贩处买了些针线后随意走着，好长时间没有出来了，诺澜看着集市上的一切都很新奇。她来到集市广场，忽然想起自己曾经在这里被人关在木笼囚车里贩卖的情景。眼前似乎又出现那个波斯人的形象，耳边响起了波斯人声嘶力竭的叫卖声……

诺澜不愿再想下去，她扭头继续向前走着，前面几个响马走来，她躲进了人群低头向另一方向走去。忽然，诺澜在人群中看到了一个熟悉的人影，正是那个波斯人。波斯人正在与一个大食人说着什么，只见波斯人激动地连说带比画，他的两只瘦弱的胳膊不停地在空中挥舞着，而那个大食人似乎并不为所动。诺澜仇恨的目光盯住那个波斯人，她拨开人群慢慢向前走去。只见那个波斯人与大食人似乎达成了某种协议，他们友好地握了握手，然后一起向一旁的巷道走去，诺澜赶紧跟上。

这时，街道上走来一支驼队，骆驼慢悠悠地走着，阻断了道路。诺澜好不容易穿过了驼队，挤过人群，那个波斯人与大食人已不见踪影。

秦子安来到集市广场，他四处张望寻找着诺澜，他看见前面一个头上裹着棕色围巾的女子，赶紧追了上去。

"诺澜，你让我好找。"秦子安上前扶住那个女子的肩膀，可当那人回过头时，秦子安看到的是一张布满皱纹的老妇人面孔。

秦子安赶紧道歉继续向前寻找。

诺澜回到了住处，她路过那个通向主院的小门，发现门是虚掩着的，她轻轻推开那扇门走了进去。主院的房舍高大厚实，这里的回廊高大华贵，连接着各个房舍，她沿着回廊向前走去。突然，她听到有人说话的声音，只见独眼与几个响马从旁边的一扇小门里出来，她赶紧躲在一旁的阴影里。见独眼与那几个响马走远了，诺澜走出来好奇地看着那扇小门，用手轻轻一推，门开了。

诺澜走进那扇门，在微弱的光线下，看到旁边有一条向下延伸的台阶，她摸黑顺着台阶向下走去。诺澜走到台阶的尽头，来到另一扇木质的门前，只见门上挂着一只铜锁。诺澜用手试了试，锁很牢固。她向四周看了看，用手沿着门框摸索着，她的手感觉到门楣处有一个凹槽，她的手碰到了一个硬物，拿出来一看，竟是一把钥匙，诺澜试着把钥匙插进了那把铜锁。

门开了，诺澜走了进去，她看到里面有一盏长明灯，长明灯发出柔和的光亮。诺澜慢慢适应了这里的光线，她惊奇地发现四处都闪烁着点点光亮，原来那是一些铜器及金属物品的反光。这里堆积着一些箱子和货架，货架上摆满了东西。诺澜沿着这些货架向前走去，她看到货架上摆放着琳琅满目的珍奇物品，她随手打开一只箱子，箱子里是各式各样的珍宝，那些珍宝散发着奇异柔和的光亮。诺澜的周围都是无数的奇珍异宝，她完全惊愕了。原来她来到的竟是一个储藏珍宝的地下宝库。

秦子安在集市上没有找到诺澜，他真的有些担心了。秦子安几乎找遍了集市广场的每一处角落，都没有发现诺澜的身影，他沿着巷道找去……

秦子安走在巷道中，突然有人拍了拍他的肩膀，他回头看到一个大食人在向他神秘地招着手，秦子安不由得走了过去。那个大食人立刻转身推开了身旁的一扇木门，冲着他神秘地点了点头示意让他进去。秦子安有些狐疑地走了进去。

木门里面是一条狭窄的向下延伸的台阶，一直通向一个地下空间，来到那里则是另一番景象。这里是由生土建成的由许多卷拱形成的空间，聚集着各色的西域人等，他们坐在粗糙的木质桌旁，有人用托盘端来了装着葡萄酒的陶罐，那些人用陶罐喝着酒，交谈着，喧闹着，场面热烈。这里就是大食人开办的地下赌场。

人们忽然激动起来，只见中间的场地上用白色的石子围了一个圆圈，两个西域人站在圆圈里双手纠缠将头顶在一起相互角力。一个是秃头的汉子，一个是满脸络腮胡子的汉子，两个人看上去势均力敌。一个留着两撇小胡子的帕提亚人拿着两只陶罐招呼着人们开始下注。有人押在了秃头身上，有人押给了络腮胡子。一把把的钱币扔进陶罐中，发出响声。互相角力的两个汉子都用尽全身的力气试图将对方顶出圈子，可一时谁都无法战胜谁。人们激动地高声呼喊着，用力拍打着桌子，那声音震耳欲聋。这里的空气浑浊，狂喊的声浪此起彼伏，震耳欲聋。

秦子安不知不觉也被这热烈的气氛感染了，看着那两个西域人头上和身上都是汗水，他们面部的肌肉严重扭曲，几乎已看不清他们原本的相貌。人们在兴奋地呼喊着，没有人能听到喊的是什么，这里每个人的面部肌肉都扭曲着，大家共同将这热烈的气氛推向高潮。

只见那个络腮胡子的头突然向一侧扭动了一下，使那个秃头失去了对抗的力量，身体跟着向前一趔趄。这时，那个络腮胡子猛然用额头向秃头的侧部撞击过去，那个秃头顿时发出似西瓜被撞裂般的声音，鲜血从他的头上喷溅出来，溅了络腮胡子一脸。两个满脸是血的人站在那里继续对峙着。喧闹的人群安静下来，人们瞪大眼珠看着，没人知道到底是谁赢了这一局。秃头的眼睛直盯着眼前的络腮胡子，然后他的眼珠慢慢失去神采，翻了白眼，身子向后仰面倒去，重重地跌落在地上，人群中发出一声惊呼……

刚才押注在络腮胡子身上的人立即欢呼起来，他们押的赌注得到了加倍的回报。帕提亚人将一大罐钱币倒在桌上供他们瓜分，有几枚钱币滚落到桌子下面，没人在意那几枚钱币。

几个汉子提着腿拉走了那个已经死去的秃头，那个赢得比赛的络腮胡子得到了一小口袋金币。他向空中挥舞着拳头，发出了胜利者的吼叫，这叫声在屋子里回荡着。这血腥的角力比赛刺激了人们的感官和情绪，大家拍着桌子也跟着吼叫起来……

秦子安有些难以忍受这样的场面，欲起身离去。那个大食人不知什么时候来到他的身后，用手拍了拍他的肩膀，神秘地向他点了点头，秦子安不由自主地跟着他走向另一面。

另一面同样是由生土建成的由许多卷拱形成的空间，不同的是这里有一条走廊，走廊的两边被隔成许多小的房间，每个房间的门上都挂着波斯风格的串珠门帘，里面映出隐约的灯光。这里安静了许多，秦子安闻到一阵异香。这时，一个波斯人走了过来，这个波斯人已是另一番打扮。秦子安觉得他有些面熟，一时又难以想起。波斯人向他招手，将他带入一个房间。只见里面坐着一个蒙着面巾的西域女子，她的身材极好，腰部裸露，束着一根银链，上面挂着一串细密的铜铃，腰肢的下面是一条长裙，赤裸着双脚。见有人进来，女子立刻扭动腰肢跳起了舞蹈，腰肢上的铜铃随之响动，随着舞蹈的节奏，她的腰部激烈地震颤摆动着。那女子不断舞动着，身上散发出的异香使秦子安晕眩，他不知不觉地被吸引坐了下来。这与他在长安波斯酒楼见过的舞女没什么两样，可与舞女距离如此近还是头一次，他立刻感到浑身的血液上升，眼睛顿时直了。

那个波斯人见状轻轻拍了拍手，又从门外走来两个同样装束的女子，她们一起扭动着腰肢。这三个女子围着秦子安跳得愈加热烈，其中一个舞女径直走到秦子安的跟前，坐在他的腿上，一边扭动着身体，一边开始挑逗他，秦子安感到有些不能自持了。

三个女子索性扑倒在秦子安的身上，秦子安想喊也喊不出来，手忙脚乱地挣扎着……

突然，一个人的手拉开了那三个女子，然后拍打着秦子安的脸，秦子安这才从迷乱中清醒过来，他看到了张子瀚。

张子瀚拉起秦子安就向外走去，波斯人立刻叫来几个汉子拦住他们的去路。只见那几个汉子从腰间慢慢抽出了刀，将他们围在中间。张子瀚立刻摆手示意不必紧张，他从身上拿出几枚金币抛给汉子身后的波斯人。波斯人双手接过金币看了看，立刻挥手，那几个汉子闪开了一条路，张子瀚与秦子安赶紧走了出去。

张子瀚与秦子安来到集市一处僻静角落。

"子瀚，多亏你来了。"秦子安说道。

"你怎么到这里来了？"张子瀚问道。

"我在集市上找遍了，没有找到诺澜，就走到了这条巷道，我现在也想不起来是怎么到了这里。你是怎么知道我在这的？"秦子安的头还有些眩晕。

"我看你一去不归，担心你出了什么事，便到集市上找你，可是没有找到，这时，我遇到了别尔克。"张子瀚回想起他见到别尔克时的情景。

张子瀚与别尔克在集市上相遇了。

"你们怎么没有走？"别尔克见到张子瀚有些奇怪地问道。

"别提了，我们刚要离开驼镇时又遇到了那个独眼，打了起来，后来他们抓了诺澜，我们不得不放下刀。再后来我们就被石大人给留下了。"张子瀚简单地告诉了别尔克这几天的遭遇。

"哦，知道了，不过你们还要多加小心。"别尔克有些担心地说道。

"别尔克，我想问你个事。"

"请说。"

"我在找我那个兄弟，他来这个集市广场寻人，可是两个人怎么都不见了。"张子瀚着急地说着。

"你说到底要找一个人还是两个人？"别尔克问道。

"我要找两个人，现在找到任何一个都行，你说驼镇除了集市这个地方，人们还会去哪儿？"张子瀚急切地问道。

"在这驼镇，人们大多都聚集在集市广场，但还有一个隐秘的去处，那里也很热闹……"

"你说的这个地方在哪儿？"张子瀚追问道。

"我带你去吧。"别尔克说道。

别尔克带着张子瀚走进一条巷道，别尔克用手指了指前面，只见几个人走进巷道旁的一扇木门。

"我就不过去了，你去那里找找看。"别尔克说道。

"好的，谢谢你，别尔克。"张子瀚说道。

"可要多加小心。"别尔克在身后嘱咐道。

张子瀚跟着前面的几个人走进了那扇木门。

诺澜轻轻关上了地下宝库的那扇门，用铜锁锁好，将钥匙仍然放在门楣上的凹槽里，然后轻轻走上了甬道。她推开那扇小门看看四周无人，便走进回廊，刚走了几步，迎面走来一个端着陶罐的响马，诺澜躲闪不及，她索性迎面走了过去。

那个响马见迎面走来的女子有些惊讶，诺澜径直从他的身边走过，响马狐疑地回头看着，只见诺澜高昂着头沿着回廊向前走去……

响马忽然醒悟过来立刻抽出刀向前奔去，当他来到回廊的转弯处，已经不见了诺澜的身影。

张子瀚与秦子安又在集市找了一遍，没有见到诺澜便回到了住处，只见诺澜正坐在房间里缝补衣裙。

"诺澜姑娘，你何时回来的？"秦子安问道。

"我在集市上买了些针线就回来了。"诺澜答道。

"回来了就好，我们怕你出了什么事。"张子瀚说道。

"我不会有事的，大人请放心。"诺澜说道。

诺澜没有说出她发现地下宝库的事，她不想让张子瀚再为她担心。

"诺澜姑娘要养好身体，我们还有很长的路要走。"张子瀚说道。

"大人，我们什么时候离开这里？"诺澜问道。

"我已向石大人提出了要走的事，他说过些日子就派人去山口查看，一旦突厥人撤了，我们就可成行。所以，大家要随时做好准备。"

"明白了，大人。"

张子瀚一直盘算着该如何尽快离开驼镇前往安西都护府。为此他经常失眠，不思饮食，即便勉强吃些东西也感到食之无味，人看上去也消瘦了许多。

一日黄昏，太阳依然狠毒，张子瀚来到驼镇的一处僻静角落，那里有一棵大树，他坐在树下阴凉处，凝视远方想着心事。一辆驴车驶来，在他旁边停下，他向一旁让了让，那驴又向前走了几步，他又挪开让出了一些阴凉地方。

这时，坐在驴车上的一位老婆婆说话了："这位好心人一定是有什么心事吧？"

"哦……倒也没有什么。"张子瀚看到坐在驴车上的老婆婆紧闭着深陷的双眼，原来她是个瞎子。

"年轻人，你一定有什么心事，告诉我，也许我能为你看看未来的吉凶。"那老婆婆说话的声音有些含混不清，她的嘴里已经没有牙了，干瘪的嘴唇不断翕动着。

"我心里在想，我们何时能够离开驼镇？"张子瀚想反正这会儿也没事，与这个老婆婆说说也无妨。

只见那个老婆婆用一只手摸索着拿过张子瀚的手，又用另一只手在他的手掌上触摸着，然后说道："你是从遥远的东方来到这里，你们将要去西方……"

张子瀚有些惊讶了。

"你们原来有两个人，现在成了三个人，两个男人，一个女人……"老婆婆继续说道。

这让张子瀚更为惊讶了："老人家，这是怎么看出来的？"

"不要打断我，让我把话说完。"老婆婆说道。

张子瀚不再说话了。

"你们近期还不能成行，我看到你们西行的路上将会出现巨大的灾难，你们最好还是住在这里，不要冒险前行……"老婆婆这时放下了他的手。

"我要说的都说完了，这就是我给你的忠告。"老婆婆的样子像是刚从梦境中苏醒过来。

"老人家，您是怎么知道这些的？"张子瀚好奇地问道。

"我的眼睛不是为了看到大家都能看到的事物，我的眼睛在我的心里，我能看到寻常人看不到的未来。我可以预见未来，所以我被人们称为先知。"老婆婆说道。

"怎么，您……就是先知？"张子瀚更加好奇了。

"怎么，不像吗？"老婆婆的语气有些不高兴了。

"不，我从未见过先知，还请老人家原谅我的不敬。"张子瀚赶紧解释。

"不必客气，我曾告诫过一个年轻商人，可他不听我的话，结果他的驼队行走在沙漠时，遇到了沙漠的塌陷，他的整个驼队都陷了进去，没有一个人生还。"老婆婆的语气轻松自然。

"哦……"张子瀚听得毛骨悚然。

"过不了多久，还会有这样的事发生，因为我已经看到了这样的情景。"老婆婆又说道。

"哦……"张子瀚半信半疑。

"年轻人，你可以不相信我说的话，用不了半个时辰，有个人会来找你，那时他的影子刚好会到前面的那根木杆。"

"哦……"

"年轻人，我们能在这遇见也是天意，记住我的话，天意不可违。"说完这些话，老婆婆的驴车开始向前走去。

张子瀚有些恍惚，他看到那辆驴车一直向前，融化在一片昏黄的夕阳里……

这时，秦子安来了。

"子瀚，你怎么在这儿，我到处找你。"秦子安急切地说道。

"哦，现在是什么时辰？"张子瀚答非所问。

"你这是怎么了？"秦子安不解地问道。

"你站好了。"张子瀚自顾自地说道。

秦子安狐疑地看着张子瀚，挺直身子站在那里。

张子瀚看到地上秦子安的影子不长不短正好到达前面的那根木杆处。

"真是神了……"张子瀚喃喃道。

回到房舍，张子瀚把刚才遇见先知的事告诉了秦子安，秦子安也有些恍惚了，难道这个世上真有这么神的人，能够预见未知的未来。

张子瀚与秦子安商量了一下最后决定，不管怎么说，该遇到的必然会遇到，一切顺其自然，依旧做好离开的准备，等石大人回来视情形再说。

苍白的天穹下是一片嶙峋突兀的山脉，那些山脉均由沙土构成，绵延数十里，一望无际。山脉中有一条蜿蜒的峡谷，形成一条驿道。往来的驼队经过这条驿道，便可到达有水有草的驼镇，这里也是通向驼镇的必经之路。

峡谷中传来一阵驼铃声，从远处走来一支驼队。

为首坐在骆驼上的人是一个脸上有着暗红色胡须的吐火罗人，他坐在骆驼上已经睡着了，路途的疲惫与熟悉的道路使他能够安心睡觉。驼队其余的人也都在骆驼上昏昏欲睡。驼队就这样缓慢地行进在峡谷中。

突然，一声唿哨，只见一队蒙面的响马挥刀冲来拦截了这支驼队。为首的独眼骑马走了过来。

吐火罗人赶紧翻身从骆驼上下来，忙不迭地来到独眼跟前躬身施礼。

"大人，这是为何？石大人的那份税金我们从未拖欠，上次不是都交齐了吗？"吐火罗人说道。

"你说得没错，那是上次，现在是非常时期，石大人有令，税金另加。"独眼说道。

"这也太不讲规矩了，难道石大人自己定下的规矩，自己就要推翻不成？"吐火罗人争辩道。

"少废话，这儿的规矩就是石大人的一句话，你难道要抗拒石大人不成？"独眼恶狠狠地说道。

"大人，不是我们不交税金，可总要给我们一条生路吧，我们辛辛苦苦走一趟下来，风餐露宿，受苦受累，皮靴都要损坏好几双，什么也赚不到，更别说还要养家糊口了，还让我们活不活了？"吐火罗人继续哀求道。

"不想活了也行，我这就成全你，也省得你整天牢骚怨言的没完没了。"独眼说着提着刀打马驰来，吐火罗人一看顿时慌了。

"别……别……大人还是省省力气，留下我的这条命吧，大人要是真杀了我，以后也就少个人来送税金与宝物孝敬石大人了。"吐火罗人微笑着说道。

独眼笑了，收回了刀："算你识时务，赶紧把孝敬石大人的那份礼物交上来吧。"

吐火罗人无奈地点了点头。他招呼人从骆驼身上卸下一只箱子交给了响马，然后又把一只小箱子交给了独眼。

"这是孝敬您的那一份。"吐火罗人恭敬地说道。

"嗯，看来你还算懂事。"独眼接过那只小箱子在手上掂了掂说道。

天色渐渐暗淡下来，驼镇已亮起灯火。

吐火罗人与他的驼队在树林中休憩，他们围坐在篝火旁，火上烤着羊肉，熬制着奶茶。

这时，独眼与几个响马走了过来，吐火罗人赶紧站起身来。

"大人来了。"吐火罗人的脸上挤出了微笑。

"日子过得不错啊，有肉吃，有茶喝。"独眼闻到了烤肉的味道。

"大人坐下一起吃吧。"吐火罗人邀请道。

"不必了，你们就好好享用吧。"独眼说道。

"我们只在此歇息一夜，明日便启程上路，不再给大人添麻烦。"吐火罗人毕恭毕敬地说道。

"我可没有要赶你走的意思，我们已经是朋友了，今后这驼镇你随便出入，想住多久住多久，只要有我在这儿管事，绝不会有人再找你的麻烦。"独眼拍着吐火罗人的肩膀说道。

"谢谢大人。"吐火罗人赶紧表示。

"我想带你去驼镇上的一个地方去喝上两杯。"独眼神秘地说道。

"大人说的这个地方在哪儿？"吐火罗人问道。

地下赌场里依然生意火爆，帕提亚人带上来了两个汉子，一个健壮，一个瘦弱，他们的脚上套有一个铁圈，圈上有铁链子将他们拴在一起，那个帕提亚人开始招呼着人们下注。人们观察这两个人的实力，然后开始下注，几乎所有的人都把赌注押在了体形健壮的一方。这时，独眼与吐火罗人走了进来。

吐火罗人喝着酒无意押注赌博，可无奈独眼在一旁不断怂恿。

"既然来了，那就押上一注试试运气嘛。"独眼说道。

"好吧。"吐火罗人抓出一把钱币随手扔进那个代表瘦弱者的陶罐，罐子里发出一阵响声。

这时，那两个汉子开始角力，他们都努力将对方推出圈子。身体健壮的汉子力气显然要胜过那个身材瘦弱的人，几次都差点要将瘦弱者推出圈子，可都被他挣扎着逃脱了出来。壮汉看准机会再次向前扑去，那瘦弱者突然躺倒在地双腿扫去，竟然将壮汉绊倒在地。人群发出一阵哄笑声。壮汉恼怒了，他起身大喊着扑向瘦弱者，双手紧紧抓住他的肩膀将他提了起来，瘦弱者已没有指望了，脸上呈现出绝望的表情，壮汉的脸上露出了胜利者的笑容。

人群中爆发出一阵狂叫："扔出去，扔出去，扔出去……"

这时，只见那个瘦弱者突然飞起一脚踢在壮汉要命的裆部，壮汉感到一阵巨痛，他的手一松，瘦弱者滑落下来顺势从他的裆下蹿过，然后跳起来用双脚照着他的后背猛然踹去，壮汉的身子晃动着，然后向前扑倒，他的身体砸在一张桌子上，桌子顿时破裂，桌上插在肉上的一把尖刀跳了起来，落下时正好插在他的脖颈上，鲜血顿时流了出来。

人们高喊着，喧嚣着，这意料不到的血腥场面实在太刺激了……

帕提亚人将一罐子钱币倒在吐火罗人的桌上，不想押给瘦弱者的吐火罗人赢得了意料不到的财富。

吐火罗人也惊呆了，他将这些钱币装进一个袋子里。这时，独眼走了过来，他搂着吐火罗人的肩膀挤出人群向外面走去。

独眼带着吐火罗人来到地下另一处，那里装饰着好看的帷幔，旁边有一根绳索，绳索连接着里面的一个铜铃，他拉动了绳索，铜铃响了起来。波斯人立刻迎了出来，独眼向波斯人示意。

波斯人立刻拍手，从里面走出两个妖艳的西域女人，她们用托盘端来两个陶罐的葡萄酒，独眼将一个罐子递给吐火罗人，自己拿起另一个陶罐喝下里面的酒，吐火罗人也将陶罐里的酒喝下。独眼的一只眼睛眯了起来。

吐火罗人感到一阵眩晕，波斯人立刻让人将他扶进房间，几个妖艳的女子将他围住……

吐火罗人腰间的钱袋瞬间到了波斯人的手上。

波斯人从里面拿出一个精致的盒子交到独眼的手上，打开盒盖，里面是一些晶莹璀璨的宝石。独眼看了看这些宝石，又看了看这个波斯人。

波斯人一脸献媚的表情，独眼面无表情地拿起盒子走了出去。

上次因为这个波斯人将女奴诺澜卖给了唐人，没有给他面子，独眼一直记恨在心。一日，大食人找到独眼跟他说有人要请他吃饭。独眼便如约来到一家饭馆，一看做东请客的竟是那个贩卖奴隶的波斯人，独眼气得立刻抽出了腰间的刀。在大食人的解释撮合下，波斯人给独眼献上了一些波斯珍宝，独眼这才消了气。

大食人说波斯人已经放弃了贩卖奴隶的生意，想在驼镇经营一家妓院，这样便可与赌场联手经营，凡是在赌场赢了钱的人出了赌场就可以到妓院，再把他们赢的钱财消费在妓院里，这样既方便了客人，也丰富了生意。独眼觉得这倒是个好主意。独眼在赌场有一份利益，自然妓院也有他的一份。

独眼答应了波斯人，波斯人对独眼表示了感谢。独眼与大食人和波斯人成为利益同盟。很快波斯人便带来几个妖艳的西域女子，她们果然技压群芳，妓院在驼镇成为好色之徒绝佳的去处。这些香艳的女子不仅舞技高超，诱人的本领也为上乘。那些赌徒在这里为求得一时的享受和欢愉，会将所有的钱财耗尽。凡是到了这里贪图享乐的人，都会倾尽所有，无一幸免。

独眼掌控着驼镇的商业经营，对于他来说，不费什么力气便又多了一条财源通道。这些都是独眼的秘密，石大人是不知情的。石大人已经得到许多珍宝，独眼也开始为自己积累财富。无论将来发生什么，只要有了财富就不必担忧，谁都不会拒绝金钱与珍宝的诱惑。

夕阳映照着一片葵花地，微风吹拂，已经成熟的金灿灿的葵花迎风摇曳。一些农户在葵花地里收获着……

一小队唐军骑马走来，他们来到葵花地边下马歇息。农户们拿来水和吃食招待这些唐军士兵。突然，远处传来一阵马的嘶鸣声。紧接着，一队突厥骑兵从葵花地中冲了出来，唐军见状立刻迎敌，他们砍倒了几个冲上来的突厥骑兵，可是更多的突厥骑兵冲了过来，突厥骑兵将这一小队唐军围在一起，唐军士兵不断被砍杀倒下，鲜血伴随着金黄的花瓣落下。一瞬间，这一小队唐军被突厥军砍杀殆尽，那些农户开始四散奔逃。

突厥骑兵追上去一阵砍杀，那些无辜的农户也都倒在葵花地里。

诺澜躺在自己房舍的床铺上，辗转反侧睡不着，她想起了白天遇到的情景。

诺澜轻轻打开地下宝库的门，看到木架上堆放着琳琅满目的物品。诺澜打开了一只木箱，里面堆满了珍宝，其中有一件东西引起了她的注意，那是一把刀柄上镶嵌着红宝石的腰刀，她正想拿起那把腰刀仔细看看，这时，门外传来说话的声音，她赶紧离开了……

一想到此，诺澜坐起身来。

窗外的夜空中有一轮弯月，清冷的月光倾泻进来。

独眼回到自己的住处，他将门小心翼翼地关好，然后将靠在墙边的一个柜子挪开，用手拂去地上的浮土，露出一块石板。他将石板轻轻推开，出现了一个黑洞，里面架着一只木梯，他沿着梯子走了下去，这里是一个洞穴，里面堆放着几只箱子，他打开一只箱子，里面是一些铜器和玉石，他将那个精致的盒子放了进去。这里是独眼存放自己珍宝的地方。

独眼刚刚走出洞穴，放好石板，就听见窗外有响动，他赶紧放好柜子，提着刀走了出去。清冷的月光照亮了院落，他向四下里看着，黑暗的院子里没有动静，只见一只猫从房顶上跃了过去。

独眼又回到住处，躺在炕上，闭上眼睛，想起白天石大人临走时对自己的交代。

"突厥来人约我去突厥大营一趟，你好好看家。"石大人说道。

"遵命，大人。"独眼说道。

"我走这几天，你给我看好了那两个唐人。"石大人接着说道。

"放心吧，大人，我一定看好他们，他们胆敢再惹事，我就废了他们。"独眼说着，手扶在刀把上。

"我是让你看好他们，不是让你找他们的事，他们现在是我的客人，若是他们出了什么事，我就拿你是问，你明白了吗？"

"明白了，大人。"

"现在院子里来了生人，要加倍小心，最重要的是看好地库。记住，若有什么闪失，我绝不轻饶。"石大人说道。

"遵命，大人。"独眼说道。

一想到此，独眼突然坐了起来。

独眼知道石大人对财宝的贪欲是没有止境的，自从他跟随石大人占据了驼镇之后，除了往来驼队与客商给石大人交付的税金之外，石大人更为看重的就是这些人进献的珍宝礼品。商人的目的就是逐利，要想在驼镇发财，那就要先表明他们的诚意，也就是将他们获得的财富珍宝拿出一部分来孝敬石大人，以求得石大人的好感与关照。这种事石大人不便出面，都是由独眼暗示，后来就是明着索取。独眼为石大人拥有这些珍宝立下了汗马之功，所以，石大人对独眼也充分信任，由他管辖这个地下宝库。

每当独眼将那些商人孝敬石大人的珍宝带来让石大人过目的时候，石大人总是不动声色地让他存放好，同时告诫他，这些珍宝并不仅仅是为了积攒财富，供自己享乐，他是要利用这些珍宝将来成就大事。

独眼并不在意将来能成就什么大事，他每次为石大人敛财的同时也没有忘了为自己积攒一些财宝，这些从石大人手缝中漏下的珍宝就让他很满足了。

夜空中高悬着一轮弯月，突厥人的大营灯火闪烁。突厥大帐里摆满了丰盛的吃食，突厥谋士正在盛情款待到此的石大人。

石大人与突厥谋士坐在地毯上，他们各自面前的桌案上摆放着一整只烤羊，烤羊的身上插着一把突厥弯刀。

石大人走了一天的路程，这会儿也饿了，他知道突厥人善于烤羊肉，这会儿烤羊肉的香味已经扑鼻而来。

突厥谋士这会儿心情很好，他看到石大人来到突厥大营，那就意味着石大人还是惧怕突厥大军的实力，希望得到突厥人的庇护，相信只要再稍加利诱，石大人便可就范了。

"石大人，请。"突厥谋士举起了一只用牛角制成的酒杯。

"请。"石大人随之举杯致意。

突厥谋士与石大人喝下杯子中的酒。

"石大人，此处为突厥营帐，战争时期，不能好好款待石大人，还望石大人宽恕见谅。"

"不必客气，这已很好了。"

"请。"突厥谋士说道。

"请。"石大人说道。

石大人用手撕开了一条羊腿，又从羊腿上撕下一块肉，放进口中咀嚼了几下便咽了下去，然后又撕下另一条羊腿……

突厥谋士从未见过这样的吃法，有些吃惊。

石大人用余光看到了突厥谋士惊异的目光，并不在乎，他只几下就把这整只羊吃得差不多了。他拿起羊排将上面的肉逐个吃净，最后拿起羊头，先吃掉羊的两颗眼珠，又掰开了羊的头盖骨，将里面的羊脑吸食干净，他吃得很认真也很仔细……

当石大人吃完整只烤羊的时候，突厥谋士连一条羊腿都还没有吃完。

石大人又拿起一旁的水果、点心，逐个放进口中，直到吃得干干净净，又喝下了一罐肉汤。这时，石大人感觉自己饱了。

突厥谋士立刻让人端来了水盆，石大人在清水中洗净了手。

突厥谋士拍了拍手，有人从外面抬进来一只箱子。打开箱子，里面装的是一些银质与铜质的器皿。

"这是我们尊贵、伟大、唯一的可汗赏赐予石大人的，石大人所提出的领地要求，我已禀报了我们尊贵、伟大、唯一的可汗。"突厥谋士说道。

"哦……"石大人的语气有些不屑。

"我们尊贵、伟大、唯一的可汗正在规划制定未来西域的格局与各方盟友的利益分配，暂时没有时间与石大人见面。"突厥谋士继续说道。

"哦……看来你们的可汗的确很忙啊。"石大人慢悠悠地说道。

"是的，我们尊贵、伟大、唯一的可汗尽管很忙，但还是十分想与石大人结为盟友，希望石大人也能体会到我们尊贵、伟大、唯一的可汗大人的一片良苦用心。"突厥谋士看着石大人说道。

"你们的可汗为什么要与我结为盟友？"石大人问道。

"因为，我们的可汗大人愿意结交像石大人这样有能力、有智慧的人，将来我们对西域的统辖也需要有石大人的参与。"突厥谋士说道。

"这么说，你们的可汗也把我列为盟友了？"石大人问道。

"当然，我们的可汗一直是这样认为的，而且把石大人列为最为亲近的盟友。"突厥谋士说道。

"可是，你们的可汗在制定未来西域格局与各方盟友利益分配的时候，并没有邀请我参加，甚至连与我见面的时间都没有，难道这就是你们可汗对待自己最亲近盟友的态度吗？"石大人的口气不无嘲讽。

"这个……"突厥谋士有些后悔刚才随口说出的谎话，他当时是想用这些话压住石大人，让他知道，突厥人不仅依靠他一个人，在西域还有许多可以信赖的盟友。

"看来你们的可汗大人并不在意我的存在，那么我也不愿意打扰你们的可汗大人了。"石大人对突厥谋士步步紧逼。

"不，不，石大人误会了，我们尊贵、伟大、唯一的可汗能赏赐石大人这些东西，就代表了我们尊贵、伟大、唯一的可汗对石大人的一片诚意。"突厥谋士赶紧想要挽回自己话语的失误。

"你们突厥人与唐人之间的大战在即，也是耗费财力、物力之时，就不必再为我破费这些值钱的财宝了，再说我也不稀罕这些破旧东西，还是拿去赏赐那些没有见过世面的人吧。"石大人的态度极不客气。

"石大人……"突厥谋士感觉石大人有些过分傲慢了。

"难道我说得不对吗？"石大人看着突厥谋士，他知道只有彻底击溃眼前这个突厥人的傲慢，才能迫使突厥人与自己平等对话。

"石大人，我们突厥大军就要到了，我们的力量无人可抵，石大人可不要做出将来后悔的事啊。"突厥谋士的话语中带有威胁的成分。

"既然如此，那就不必再找我帮忙了，也免得让你们的可汗如此费心。"石大人丝毫不吃这一套。

"看来石大人看不上这点礼物，不过事成之后，我们的可汗还会有意想不到的珍贵礼物要赏赐予石大人。"突厥谋士的话语有些软了。

"哦……那太好了，我想听听都是些什么贵重礼物？"石大人面带微笑地问道。

"一桩亲事，我们尊贵、伟大、唯一的可汗大人愿意把自己的表妹赏赐予石大人，从此石大人与我们突厥尊贵、伟大、唯一的可汗便成为亲戚。"突厥谋士看着石大人说道。

"哦……看来你们的可汗真是慷慨，要用一个女人与我联姻，这样一来，我们之间关于利益就可以不分彼此了。"石大人说道。

"怎么样，石大人，这样可以与我们合作了吧？"突厥谋士问道。

"这桩婚事要是赏赐他人，他人一定会求之不得，不过我这个人对女人丝毫不感兴趣。"石大人看着突厥谋士的脸色瞬间变白了。

"石大人……"突厥谋士不知该如何应对眼前这个难缠的人。

"回去告诉你们尊贵的可汗，问他是否还记得一头棕熊的故事，也许这个能让你们的古鲁斯可汗对曾经的往事有点记忆。"石大人又对突厥谋士说道。

"好的，好的……"

"那就告辞了。"石大人站起身说道。

"可是现在已是夜晚，石大人不如暂在我突厥大营过夜，明天一早再走不迟。"突厥谋士劝说道。

"我不习惯在别人的地方睡觉，我早已习惯了走夜路，就不必费心了。"石大人说着话已向大帐外走去。

突厥谋士起身跟上："石大人，我会把大人的意思禀报给我们尊贵、伟大、唯一的可汗。"

石大人走出大帐又回身对突厥谋士说道："哦，忘了感谢你，你们突厥人烤羊肉的手艺非常不错，极其美味。"

突厥谋士愣在那里，他的心里对这个傲慢无礼的强人充满了憎恶和仇恨，可是脸上依然堆着笑意说道："石大人慢走，我们后会有期。"

驼镇夜深人静，独眼走进石大人住的主院，沿着回廊走到那道门前，他用手轻轻一推，门开了，他感到有些蹊跷，立刻沿着台阶向下走去。

他来到地库的门前，用手在门楣上的凹槽处拿出那把钥匙，打开了铜锁走了进去，地库里面的长明灯亮着。他看到架子上的东西一切如常，忽然，他看到一只箱子的盖子没有盖严，他走过去打开箱盖，查看着里面的东西。

这时，远处传来一件器物落地的声音，他立刻关上箱盖，抽出了腰间的刀循声走了过去。在他身后的阴影中窜出一个人影，是诺澜，她迅速从门口溜了出去。

独眼走过去看到一只铜质的花瓶掉在地上。他狐疑地向四下看了看，没有任何动静。独眼自言自语道："今天真是遇见鬼了。"

裹着围巾的诺澜回到自己的房间，她从怀里拿出一把腰刀，这是一把刀柄上镶嵌着红宝石的腰刀，她把这把腰刀放进墙边的柜子里。

石大人带着一队响马行进在夜晚的大漠上。清冷的月光照在他们的身上，石大人骑在马上，面色冷峻。

石大人想到突厥人用一箱子破烂东西就想把自己收买了，真是笑话。石大人现在可不是以前那个一无所有的响马了，他从前打家劫舍时或许就是为了得到一些像这样的财物。现在他已不再干那些见不得人的打家劫舍的勾当，反倒得到了许多意想不到的珍宝。

石大人想明白了这个道理，原来他只是个蟊贼，现在却成为实际意义上的官府，有了权力就有了一切。那些逐利守财的商人，现在自愿给他送来许多珍宝，就是因为仰慕他的权力。为了安顿好这些珍宝，石大人特意请人在自己的府邸挖掘了一个地下仓库，珍宝不断地累积，仓库已成为名副其实的地下宝库。他知道将来若要成就自己的大业，这些东西都会派上用场。他收藏的那些珍宝都比这个突厥可汗赏赐给他的破铜烂铁要强出百倍。

石大人有些厌恶这个长相猥琐的突厥谋士，突厥谋士托人带信说突厥可汗邀请石大人前往突厥大营议事，他本不想去，可一想总不能让突厥的可汗到驼镇来见他，便决定前往突厥大营拜见一下这位可汗大人，看看他是否还记得当年自己从棕熊手里救他一命的往事，顺便也好打探一下突厥人的虚实。

不想这个突厥谋士信中所言不实，突厥可汗并未在此，而这个突厥谋士对他的态度也极其傲慢，竟想用一箱子破烂玩意儿就把他收买了，成为突厥人的同盟，其实就是成为突厥人的帮手。如果他答应了，到时候便会让他带人去为突厥人卖命跟唐军对战，直到把自己的这些本钱全都消耗殆尽，到那时突厥人就可以对他为所欲为。这一点石大人的心里是清楚的，他还没有愚蠢到这等地步。他需要突厥可汗正式给予他承诺，念及当年曾经救他一命时所说，今后一定要加倍报答他的诺言，看看到底能得到什么真正的实惠。可是这一趟算是白来了。

一想到此，石大人就有些气愤，他绝不能轻易就投靠突厥人，这些突厥人经常夸大其词、背信弃义、心性贪婪、自大傲慢。唐人倒是军纪严正、诚实守信、精锐强悍、秋毫无犯，可这些唐人也未必会将他放在眼里。大唐在西域设有安西都护府，距驼镇路途遥远，加之突厥人在这里不断袭扰，唐人自顾不暇，根本顾不上驼镇这个地方。正因为这样，自己便有了机会可以将这个驼镇归为己有，制定规矩，收缴税赋，富甲一方。

石大人觉得自己现在就是一个在赌场上的赌徒，两个强大势力的角逐就要开始，他现在还不知道该把赌注押在哪一方，他还需要些时日静观时局的发展变化，这关系到自己的前途命运和身家性命，绝不能轻易下注。驼镇里还有两个唐人，他们也是石大人手里的筹码，若有需要，他便可利用这两个唐人与安西都护府取得联系，这样他便可以有进有退，无论哪一方势力最终胜出，他都可以立于不败之地。当然，最好的结局就是谁都战胜不了对方，保持这样的对峙格局，以便为他赢得时间发展自己的势力。这才是石大人心中最想得到的理想状态。

夜色中石大人率领这支响马队伍越过旷野、穿过峡谷，一直向驼镇的方向驰去。

天亮了，太阳出现在天地相交的地平线上，太阳炫目的光亮挣扎着逐渐放大，之后轻轻一跳，整个浑圆的太阳就跃出大地，升上天空，茫茫荒漠仿佛一瞬间便被洒上一层金色的沙粒。太阳继续上升，照亮了戈壁、山峰、河谷、树林，也照亮了如同从这大地中长出来的一片生土建筑群落，那里就是驼镇。

张子瀚与秦子安早早就起来了，他们来到屋顶上，看着东方升起太阳，初升的阳光给他们的脸上和身上都涂上一层温暖的金色。

张子瀚与秦子安在驼镇虽然日子过得很舒服，可他们的心里都很焦虑，犹如被囚禁的感觉。张子瀚与秦子安来到院子里操练武功，他们用木棍对决。张子瀚不在状态，秦子安不断进攻，张子瀚只是招架，秦子安一棍打在张子瀚的腿上，张子瀚腿一软倒在地上，秦子安上前拉起张子瀚。秦子安与张子瀚继续操练，直到精疲力尽，两人倒在地上，闭着眼睛喘着粗气。

张子瀚的眼前出现了西域的战场，唐军在与突厥军对决，张子乾跃马向前，带领着一队唐军杀向突厥军……

张子瀚一想到此，一跃而起，秦子安也随即站了起来。

"来，我们再战！"张子瀚说道。

"好，我们再战！"秦子安说道。

张子瀚与秦子安又你来我往地战在一起……

这时，诺澜来到院落，看到张子瀚与秦子安打在一起，急切地说道："二位大人，你们这是在干什么？"

张子瀚与秦子安看到诺澜，停止了搏击。

"没事，我们只是活动一下身上的筋骨。"秦子安说道。

"是啊，诺澜姑娘不必担心。"张子瀚说道。

"哦，二位大人，该吃饭了。"诺澜说道。

门外出现独眼的身影，他看着院落里的张子瀚与秦子安，恨得咬牙切齿，不禁用手握住了腰间的刀。

独眼身边的一个响马问道："大人，我们是不是去把他们废了？"

这时，独眼的耳边又响起石大人的话语："我是让你看好他们，不是让你找他们的事，他们现在是我的客人，若是他们出了什么事，我就拿你是问，你明白了吗？"

独眼一想到此，松开握刀的手说道："不急，让他们再多活几天，早晚我会废了他们。"

西域牧场，牧人们赶着羊群放牧，突然，一队突厥军冲来，他们挥刀砍杀着牧人，然后将羊群掳走。

西域村庄，女人们正在劳作着，突然一群突厥军冲进村庄，他们将男人杀死，将女人装上一辆囚笼马车。突厥人一把火烧了村庄，在浓烟中，突厥人赶着马车，拉着这些女人走出村庄。

西域的旷野上，到处都是流离失所的难民。他们扶老携幼，步履艰难地走着。一群乌鸦盘旋在他们的头顶。

石大人带人行进在河道上，他忽然勒住了马，他想起在不远的河谷中有一个村庄，他在年轻时曾经得到过那里村民的救助。

记得有一次，石大人在山里猎到一头麋鹿，麋鹿中箭后跌落到峡谷，石大人沿着峡谷攀着树枝慢慢下去，树枝断了，他从山崖上滑落下来，腿受了伤。石大人见天色已晚便来到河谷边露宿。夜晚他点起了篝火，烤熟了一条鹿腿吃着，吃饱了之后便在篝火旁睡了。天快亮时，石大人被一阵狼的叫声惊醒了，只见河谷中走来一群狼，那群狼循着烤肉的味道来到这里，它们发现了一个人以及他没有吃完的鹿肉，狼群嚎叫着传递着信号，然后快步扑了过来。

石大人强忍着腿上的伤起身拿起了刀，狼群已经扑到跟前，石大人挥刀劈杀了一只狼。但群狼并不畏惧，继续扑来，石大人持刀左右劈杀，几只狼已经倒在他的脚下，可是一只狼从后面扑上一口咬在他的腿上，石大人忍着疼将刀刺进了狼的心脏，狼血喷溅了他一身。另外几只狼停住了脚步，狼群将他围了起来，石大人的那条伤腿快要撑不住了，他不得不用一条腿跪在地上。狼群又开始了嚎叫，这声音令人毛骨悚然，狼群正在准备再一次的进攻，石大人很危险了。

就在这时，有几个人骑马冲进狼群，挥舞着手中的长把镰刀，几只狼被镰刀劈死，狼群见大势已去，纷纷逃走。那几个人来到石大人跟前，将浑身是血的石大人扶到马背上带回了村庄。

石大人得到了村民们的悉心照料，一个老婆婆为他腿上的伤敷上了草药，妇人为他熬制了奶茶。几天后，石大人腿上的伤势得到了好转。那些村民并不询问他的来历，只是默默地照料着他。石大人感到了家人般的温暖，他冰冷的心也受到了感动。又过了几天，石大人觉得自己已经痊愈，便告别村民们准备离去，临走前他把身上值钱的东西都放下了，可是村民们什么都不要，还给他带上了风干肉和吃食。石大人打马走出了村庄向远处驰去。从此一别，石大人再也没有见到过这些曾救助过他的恩人。

石大人带着队伍来到河谷中的这个村庄，出乎石大人的意料，这里已成为了一片废墟，废墟中还有村民的尸体，不远处的房子还在燃烧着，石大人看着这些残垣断壁有些失落。突然，远处传来一个女人的呼救声。

一个突厥士兵正在追赶一个女人，女人跑不动了，突厥士兵将她扑倒在地，女人不断挣扎着，突厥士兵骑在她的身上，正欲撕开她的衣裙。突然，那个突厥士兵不动了，一把刀横在他的脖子上，刀猛然滑过，突厥士兵倒下了。突厥士兵的身后站着石大人。

这时几个突厥士兵举刀从院子里冲了过来，将石大人团团围住。在石大人的眼里，这些突厥士兵就像是一群恶狼。突厥士兵一声呐喊冲了上来，石大人挥刀劈杀，一阵刀光闪烁，这几个突厥士兵全都被石大人杀死在脚下。这时，石大人手下的响马冲了过来站在石大人的身后。不远处一个突厥将领见状立刻上马拼尽全力打马向前逃去……

石大人从地上捡起一把突厥士兵的刀投了出去，那刀直插进突厥将领的后心，突厥将领落马死去。

第七章　相见

张子瀚与秦子安吃过早餐后决定去驼镇的集市上转转，张子瀚觉得再这样无所事事地待下去，自己的热血斗志也逐渐消失殆尽了。

由于在这儿人生地不熟，他们就像瞎子和聋子，一切只能听从石大人的安排。秦子安也很着急，可又没有什么好办法。张子瀚与秦子安商量不能就这样下去，要自己想办法，于是他们决定出去到集市上找人打听一下，看是否能找到一个向导，可以带他们去安西都护府。

最近因为突厥人在西域引起的战乱与浩劫，许多人失去家园，驼镇里也拥来了许多难民。

这些难民来自西域的各个部族，他们成群结队、扶老携幼地来到驼镇，就是听说这里商业繁华、水源充足、和平富庶、远离战争。

驼镇在方圆百里的荒漠戈壁上是可供人们栖息的一片绿洲，也是可以暂时躲避战乱灾祸的安然之地。

张子瀚与秦子安走在驼镇的街道上，许多因躲避战乱逃难而来的难民向他们伸出了手，那些高举的手臂就像是一片枯槁的树枝。

张子瀚把身上的铜钱都给了出去，这引起了人群的骚动，更多的难民立刻将他们围住了，他们无法前行。

"大人，行行好吧，已经几天都没有吃东西了……"人群中一个老者向他伸出了瘦骨嶙峋的手。

那个老者瘦得只剩皮包骨头，他的身躯就像一段枯槁的胡杨树干，双臂就像是从树干上长出的枝杈，他张开的手臂在颤抖着，似乎随时都会折断，老者的眼睛已经浑浊了，他努力睁着眼皮向上面看着。

张子瀚向秦子安伸出了手，秦子安把一个钱袋递给了他。

"老人家，拿去买点吃的吧。"张子瀚把钱袋放在老者的手里。

老者用双手接过钱袋放在自己的头顶上千恩万谢着，这时，突然一个人一把拿走了老者手里的钱袋。独眼与一群响马站在老者的身后。

"怎么，吃着石大人的粮，还拿石大人的钱财在这里笼络人心。"独眼的手里摇晃着钱袋说道。

"你真是瞎了眼，没看清就敢在这胡说八道！"秦子安有些怒了。

"告诉你们，要不是石大人拦着，你们早就死在这儿喂狼了，还能轮到你们在这儿跟我说话。"独眼用手指着他们恶狠狠地说道。

"你少出狂言，就凭你那点本事，还不知道谁先喂狼呢。"秦子安毫不相让。

独眼一听恼羞成怒，他的一只眼睛几乎要从眼眶中崩出来。

"弟兄们！"独眼喊道。

"在！"响马们齐声回答。

"把这两个贱人给我拿下！"独眼怒吼着。

响马们立刻亮出兵刃上前，张子瀚与秦子安也抽出佩刀。响马们冲了上来，他们战在一起……

一个响马举刀向张子瀚冲来，张子瀚闪身躲过劈来的刀，顺势握住那个响马的手腕一拧，刀便到了他的手上。他甩出那把刀，刀径直从响马们的头顶飞过，朝不远处的独眼飞去，独眼见状赶紧低头，那刀直插进独眼身后的木桩上，独眼吓了一跳，响马们见状也有些犹豫了……

"都给我上，抓到这两个贱人本大人我有重赏！"独眼指着张子瀚与秦子安大喊道。

响马们一听这话又都挥刀冲了上去，将张子瀚与秦子安围住。

张子瀚与秦子安背靠背站在一起，他们各自紧握着手中的刀，刀锋指向那些响马。响马们知道这两个人的厉害，只是虚张声势，谁也不敢轻易向前。

"都给我上，谁敢临阵退缩，我就宰了谁！"独眼在不远处大声喊着。

响马们一起冲上来，张子瀚与秦子安互为依靠左挡右杀，刀光闪烁，响马们虽然人多，但一时都难以近身。

一阵混战之后，几个响马被打倒在地，其余的响马都累得气喘吁吁，只有握着刀与他们对峙。

张子瀚看到不远处的独眼，他低声向身后的秦子安说道："你引开他们，我去擒住那个独眼。"

"好的。"秦子安说道。

"当我数到三，咱们就开始分头行动。"张子瀚说道。

"明白。"秦子安答道。

"一、二、三。"当张子瀚数到"三"时，他们两个人同时挥刀转身向各自的后方冲去，那些响马一时竟看花了眼，赶紧举刀应对，又是一场混战……

秦子安冲进响马中间，几个响马向他扑来，秦子安跃上旁边的一个梯子跳上了房顶，几个响马也跟了上来。秦子安不等他们上来便一脚踢翻了梯子，那几个响马跌落下去。又有几个响马从另一边攀上房顶举刀扑来，秦子安转身挥刀冲上，那几个响马不抵秦子安的功夫都被打落到房下。

几个响马追击着张子瀚，张子瀚边退边挥刀砍断了几根支撑棚子的木桩绳索，棚子顿时倒下覆盖在追击的响马身上，他们在篷布下面挣扎着。集市上的人都围拢了上来。

张子瀚趁机摆脱了响马的追击，径直向独眼冲来，独眼慌了，立刻将两根手指放进口中吹起口哨。这时，从街道上拥来了更多的响马，他们手持弯刀将独眼保护起来，张子瀚已难以接近独眼了。

独眼这时又得意了，大喊道："弓箭手在哪儿？"

几个拿着弓箭的响马过来，他们拉开弓箭瞄准了张子瀚，这时秦子安冲来与张子瀚站在一起。

独眼的脸上露出邪恶的笑容，他伸出一只手，一个弓箭手立刻把弓箭交给独眼，独眼弯弓搭箭，正要射箭，突然，不知从哪儿飞来一个石子，不偏不斜正打在独眼的手腕上，独眼的手一抖箭射歪了，箭镞钉在一旁的土墙上。

人群中闪过一个蒙面人的身影。

独眼的一只眼睛里冒着火，气急败坏地大喊道："给我射，我要杀了这两个贱人！"

突然，空中传来一声大吼："都给我住手！"

响马们都被这喊声震慑住了，只见石大人带人骑马来到这里。

独眼跟着石大人回到石府大堂。

"只要我不在驼镇你就给我惹事。"石大人坐在卧榻上，两眼盯着独眼。

"大人，这事真不怨我，这两个唐人太狂了。"独眼有些委屈地说道。

"我说过，他们是我的客人，你不得无礼！"石大人厉声说道。

"大人把他们当作客人，可他们根本就没把大人放在眼里，我也是为了维护大人的声誉，才不得不这样做，我这都是为了大人。"独眼争辩道。

"哦，你说他们是如何没有把我放在眼里？"石大人有了兴趣。

"大人在这好吃好喝地养着他们，他们却背着大人给这些逃来的难民散财，为自己笼络人心，坏了大人的规矩。"

"他们都给什么人散了财？"

"给了一个老头……还给了不少难民，大人。"独眼的一只眼睛看着石大人说道。

"一个逃难的老头，这也值得大惊小怪？"石大人紧盯着独眼问道。

"这个……"独眼不知道该如何回答了。

这时，张子瀚与秦子安走了进来。

"石大人。"张子瀚上前施礼道。

"哦，都怪我平日对手下管束不严，才闹出此误会，我正在教训我的人。"石大人不无歉意地说道。

"多谢石大人。"张子瀚说道。

"你必须向我的朋友道歉。"石大人对独眼说道。

"得罪了。"独眼翻着一只眼睛走上前向张子瀚施礼说道。

"下去吧，今后再给我惹事，绝不轻饶！"石大人呵斥道。

独眼有些愤愤地退了下去。

"二位朋友，请给我个面子。"石大人说道。

"大人放心，我们不会计较。"张子瀚说道。

"那就好，那就好。"石大人用手示意让张子瀚与秦子安坐下。

"石大人，我们在此多有叨扰，我们想尽快离开此地，还望石大人能够准允。"张子瀚站在那里说道。

"哦，对了，我刚从山口那边回来，突厥人还没撤走，而且又派来了兵马，到处烧杀抢掠，恐怕你们还要在我这多住些日子。"石大人满不在乎地说道。

"石大人……"张子瀚有些焦虑。

"你们不必焦虑，我这个人就喜欢结交朋友，要是不嫌弃，我想认你这个兄弟。"石大人看着张子瀚说道。

"这个……"张子瀚一时不知该如何回答是好。

"放心，如果你不愿意认我这个大哥，我也绝不勉强。"

"不，我只是觉得不敢高攀大人。"张子瀚不得不这样说。

"好，既是这样，那我们今后就以兄弟相称了。"石大人笑了，整个大堂里回荡着他的笑声……

张子瀚与秦子安不得不继续在这里住下去，尽管他们心情烦躁，可一时也想不出什么别的办法。

张子瀚与秦子安来到别尔克的客栈，向他打探消息。

"的确是突厥人占了那个山口。"别尔克说道。

"难道只有这一条路吗？"秦子安问道。

"如果要绕道而行那可就要穿过沙漠戈壁，那里没有人烟，时常还会有沙陷与风暴，极其危险。"

"哦……"

"我听人说，前几日有驼队经过那里，结果遭遇了沙陷，整个驼队都陷落到沙漠里，无一人生还。"

"果然有这事……"张子瀚与秦子安听了倒吸一口冷气。张子瀚想起在集市上遇到的那个老婆婆说过的话，果然是位先知，她的话语居然应验了。

"这样的事已发生过不止一次了，没想到前几日又发生了，真是让人意料不到。"别尔克又说道。

"既是突厥人占了这个山口，阻断了这条驿道，怎么还会有人从那边带货物来到驼镇？是否能为我们找个向导？"张子瀚问道。

"这些人在这儿都是土生土长，再说他们经常行走于这条驿道，突厥人也不会为难他们。可你们就不同了，即便有了向导，若是遇到突厥人，一看你们就是来自大唐的人，突厥人正与大唐开战，他们绝不会放过你们。"别尔克说道。

"嗯，有道理，那就是说我们暂时还是走不成了。"张子瀚喃喃道。

"这些可恶的突厥人……"秦子安愤愤地说道。

"两位公子，既是这样，不妨在驼镇暂住一些时日，反正石大人对两位也都不错，若是觉得无聊，可经常到我这来坐坐。"别尔克热情地说道。

"谢谢你，别尔克，不过这里终不是久留之地。"张子瀚说道。

"我也会随时给你们打探情况，一旦有了机会，我就会通知你们。"别尔克说道。

"好的，那就多谢了。"

"我们已是朋友，彼此不用客气。"

"别尔克，我再问你一件事。"张子瀚问道。

"请讲。"别尔克说道。

"那天你指给我的去处是个什么地方？"

"两位公子有所不知，这个驼镇地面上有供人们交易的集市广场，地底下也有供人享乐的去处，到这儿来的客商小贩通过交易赚到了钱财，就要有个花销的地方，那里就是为这些人提供的享乐之处。"别尔克解释道。

"那个地方也归石大人经营管辖吗？"张子瀚问道。

"那倒不是，那个赌场由一个大食人所开。这个大食人看到驼镇的商业繁荣，聚集着不少客商小贩，便到这里查看。大食人是个精明的人，他想从这些有钱人的手里挣钱，便将异域流行的一种赌博游戏带到这里。这种博命赌博异常刺激，赌徒们看好的就是新奇刺激，赌徒可以自由押注角斗者，赢了，押上的钱就会翻倍，输了，只好自认倒霉。可是不管谁赢谁输，大食人都会从中抽成，所以这生意稳赚不赔。"别尔克说道。

"哦，原来是这样。"

"现在赌场的生意火爆，有钱人为了寻求刺激，没钱人想赌上一把翻盘。只是坑苦了那些辛苦做生意赚钱的正经客商。据传大食人还会根据人们押注的多少做手脚，控制场上角斗者谁赢谁输，很多人好不容易在驼镇赚到的钱最后又都流进这个大食人的口袋。"

"难道这些人就甘愿上当受骗吗？"秦子安问道。

"大食人知道这生意难免会被人识破，开始他就找到了独眼，愿意拿出赚到利润的一半与独眼分享，独眼自然答应。所以，即使有人发觉上当受骗，可是知道独眼是这里的后台，也没人敢惹事了。"别尔克说道。

"可是那里不仅有赌场，还有……"秦子安说道。

"是的，波斯人也看好这个生意，从外面带来一些女人在那又开了间妓院，波斯人与大食人商量好了，凡在赌场上赢了钱的人就会被带到妓院，把他们赢的钱又花费到那里，利润同样也跟独眼分享。所以，不管是谁，只要到了那里，口袋里的钱迟早都会流进大食人、波斯人和独眼的口袋。听说现在那里的生意越来越火了。"别尔克说道。

"这件事石大人知情吗？"张子瀚问道。

"石大人每天站在自己院子里的高台上看到的都是驼镇地面上发生的事，至于地下发生了什么，恐怕就不清楚了。"别尔克说道。

"看来这个独眼背着石大人也捞了不少好处。"张子瀚说道。

"是的，这个独眼可不是什么好东西，你们可要防着这个人。"别尔克又说道，"二位公子难得到我这一趟，我去吩咐人给二位公子做饭，今天我们好好喝上一杯。"别尔克说着就要去张罗。

"不必了，我们还有事得回去了，既然我们暂时留在驼镇，以后就免不了会经常过来叨扰。"张子瀚说道。

"这是什么话，我随时恭候两位公子。"别尔克说道。

石府大堂里，一盏盏铜质的油灯发出柔和跳动的光亮，桌案上摆放着丰盛的食物。石大人与独眼坐在那里。

"我不在的这两天都有什么收获？"石大人问道。

"大人，我截住了一个吐火罗人的驼队，让他留下一些货物充抵税金，这个吐火罗人还给大人孝敬了一份礼物。"独眼说道。

"有些什么值钱的东西？"

"就是一些金银铜器和玉石，没什么稀罕玩意儿，我已把这些东西放进地库了。"

"好，我们这些年积攒的那些财产，就是我们将来发达的根本，有了这些东西就不会受人欺负。如果我们两手空空，那就只能像只绵羊一样任人宰杀烹煮。"石大人用刀从托盘中叉起了一块煮熟的羊肉送进口中。

"是的，大人。"独眼想了想又说道，"不过大人对那两个唐人实在是太好了，每天好吃好喝地供着，他们可没有为大人做什么事啊。"

"依你的意思该怎么办？"石大人问道。

"不如把他们交给突厥人。"独眼说道。

"不行。"石大人把一杯酒仰头喝下。

"大人，我就不明白大人这样做到底是为什么。"独眼又给石大人倒上了酒。

"不要再说了，我已经想好了，不能把这两个唐人交给突厥人。"石大人又端起酒杯喝了下去。

"难道大人是想投靠唐人？"独眼问道。

"我谁都不投靠，要是我把这两个唐人交给突厥人，我们还没有得到突厥的半点好处就得罪了大唐，也就陷入被动。突厥人现在很傲慢，我可不是他们想象的那样，随便给点什么好处就被收买了。"石大人又把一块肉放进口中。

"大人，难道咱们就这么一直白养着这两个唐人？"独眼看着石大人问道。

"嗯，是得让他们为我们干点活了。"石大人的眼睛看着远处，又把一块肉送进口中。

石府的厨房里，几个下人收拾好东西便走了出去。诺澜悄悄走进厨房，她拿出一个口袋，装了几个麦饼还有一些奶酪。

诺澜想起了白天在集市上的一幕，她看到张子瀚将一袋钱币给到一个老者的手上，紧接着出现了独眼，接下来就是张子瀚与响马们的恶斗，直到看到独眼准备射箭时，情急之下，她扔出的石子打在独眼的手腕上……接下来，石大人到来化解了这场危机。可那老者的形象一直在她的眼前，令她难忘。

傍晚时分，诺澜来到集市广场，难民们都散坐在一个角落里。诺澜在难民中寻找着，她看到了那个倚在一根木杆上睡觉的老者。诺澜走到跟前，轻轻将老者摇醒，然后从怀里掏出麦饼和奶酪放在老者的手上，老者睁开了眼睛，看到诺澜刚想说什么，这时，几个响马朝这里走来，诺澜用围巾裹住面颊悄悄离去。

石大人站在院落中的高台上，天边一只鹰隼飞来，收拢翅膀站在高台上。石大人从鹰隼的腿上拿下一只皮囊，里面有一块树皮，上面画有一头骆驼的形象。石大人给鹰隼喂了一块肉，又将鹰隼放飞。

独眼来到地下赌场，那里人头攒动、生意火爆。大食人来到独眼跟前。

"今天的生意如何？"独眼问道。

"好极了，大人的那份我已准备好了，到时候我派人给大人送到府上。"大食人轻声说道。

独眼听到这话点了点头。

大食人又殷勤地将独眼领到一旁的妓院，波斯人迎了出来。

"难得大人今天有空，今晚就在这里好好享受一下。"波斯人说道。

"嗯……"独眼含混地答道，他本想除掉这两个唐人，可又遇到石大人阻拦。他心情不悦，需要出来好好放松一下。

"还不赶紧叫几个人出来伺候大人。"大食人说道。

波斯人拍了拍手，两个妖艳的西域女子端着酒罐从帷幔后走来，坐在独眼的身旁，她们给独眼倒上了酒，独眼端起酒杯一饮而尽。这会儿独眼的心情好了许多，他伸手搂着那两个女子。大食人与波斯人悄悄退了出去。

夜晚，秦子安睡了，发出了均匀的呼吸声。张子瀚辗转反侧睡不着觉，他一刻都不想在这待下去，可又无法轻易离开这里。他不想得罪这个强人，由于有独眼的缘故，他也不知该如何处理与石大人的关系。但他清楚地知道，他有责任保护诺澜的安全。

张子瀚看着窗外的月亮，想起了长安的家乡。他心中默默思念着母亲与妹妹，不知这会儿她们是否已经安然入睡，家中是否一切安好。一想到此，他的心里便莫名地产生一阵恐慌……

张子瀚的思绪仿佛又回到了长安，回到了自己的家。

母亲每天都要在作坊忙碌，晚上回到家里还要为儿女烧火做饭，母亲做的饭菜非常可口。每当张子瀚与张子衿回来，桌上总是摆好了饭菜。张子瀚与张子衿吃饭的时候，母亲总喜欢微笑着看着他们兄妹吃。

"母亲怎么不吃？"张子瀚问道。

"母亲今天做的菜真香。"张子衿说道。

"我不饿，你们先吃，只要你们爱吃就多吃点。"母亲慈爱地看着他们。

母亲总是喜欢这样看着儿女吃着自己做的饭菜，这时，母亲的心中就洋溢着一片温暖的阳光。

晚上，张子瀚还要在油灯下温习功课。这时母亲就会在厅堂中静静地缝制衣裳。母亲一针一线地缝着，不时抬头看一眼书房里的灯光，这时，母亲的心里就像荡漾着一片静谧的湖水。

张子瀚在书房读着那些边塞诗，时常也会吟诵出声来。

"五月天上雪，无花只有寒。笛中闻折柳，春色未曾看。晓战随金鼓，宵眠抱玉鞍。愿将腰下剑，直为斩楼兰……"

门开了，妹妹张子衿端着一只碗走了进来。

"哥哥，这是母亲给你做的红枣莲子羹。"

"好的，你也吃点吧。"

"我已经吃过了，这是专为哥哥做的，哥哥日夜专心苦读，希望哥哥能早日通过科试，考取功名。"张子衿说完便转身退去，不再打扰。

清晨时分，张子瀚醒来一睁开眼睛就看到母亲站在床边，母亲的手里拿着一件刚刚做好的衣袍。

"子瀚，这是我为你做的新衣，试试看是否合身。"母亲轻声说道。

"谢谢母亲。"张子瀚接过衣袍。

张子瀚穿上衣袍，系上腰带。母亲在一旁看着让他转过身去，张子瀚转了过去。

"嗯，正合适。"母亲端详着满意地点了点头。

"哥哥的新衣袍真好看。"张子衿看着哥哥说道。

"接下来便给我的女儿子衿也做一件襦裙，我已经备好了一块上好的面料，做出来一定好看。"母亲说道。

"母亲又一夜没有睡觉，可别太劳累了。"张子衿有些担忧地说道。

"是啊，母亲千万不可太操劳了。"张子瀚也劝慰道。

张子瀚与张子衿看到母亲头上的白发越来越多了，脸上的皱纹也越来越密了。自从父亲走后，母亲的面容看上去苍老了许多。他们还记得母亲年轻时的模样，那时候的母亲是多么的年轻而富有朝气，每天都有用不完的精力。现在可不比从前了，腰身也弓了下来，看上去衰老了许多。

"我没事，我愿意做我喜欢做的事。"母亲说道。

"母亲可要注意身体，您的脸色不好，还是歇息几日吧。"张子瀚说道。

"是啊，母亲一直都没有休息好，白天照顾作坊，晚上还要操劳，这样下去身体会受不了的。"张子衿也劝说道。

"子瀚，子衿，我的身体无碍，作为母亲能为我的儿女做点事，我的心里会感到快乐和欣慰的。"母亲的脸上洋溢着微笑，然后转身走去。

张子瀚焦急地喊着母亲，可是母亲一直向前走去，融化在一片光晕中……

这时，张子瀚突然醒了，他的眼睛一片空茫，不知自己身在何处。

睡在一旁的秦子安也醒了，睡眼惺忪地坐了起来。

"子瀚，你这是怎么了？"秦子安用手揉了揉眼睛问道。

"我做了个梦。"张子瀚说道。

"梦到了什么？"

"梦到了长安，见到了我的母亲。"

"哦，我怎么就梦不着什么呢，我也想在梦里回到长安，可是一躺下就睡死过去了，什么也见不到……"秦子安有些郁闷地说道。

"快点睡吧，也许一会儿你就能梦回长安了。"

"嗯，好吧。"

清晨，张子瀚与秦子安早早起来了，他们来到房顶上，看着东方天边升起的太阳，遥望着长安的方向。

张子瀚与秦子安在院子里开始用木棍操练比武……

他们你来我往地打在一起，两根棍子上下翻飞，一时间让人眼花缭乱。

张子瀚突然闪身挥手一棍打在秦子安的腿上，秦子安腿一软坐在了地上。

张子瀚上前伸手拉起了秦子安。

"子安，歇会儿吧。"张子瀚说道。

"子瀚，我想问你一个问题。"秦子安说道。

"问吧。"

"子瀚，你我是不是从小一起长大的？"

"当然。"

"你我是不是一起玩大的？"

"是啊。"

"你我也是从小一同读书习武，为什么你的诗文武功都比我强呢？"秦子安有些愤愤不平。

"此话差矣。"张子瀚说道。

"何处有差？"

"因为你也有比我强的地方。"张子瀚把一碗水递给秦子安。

"是吗，你说说看我哪里会比你强？"秦子安接过那碗水。

"凡我不行的地方，你都比我强。"张子瀚说道。

"你这就不够朋友了，你这分明是在嘲弄于我。"秦子安说道。

"我绝无嘲弄之意。"

"那我哪里比你强？"

"凡我的弱处，便是你的强项，凡是我想不到的地方你总能想到，我的破绽总有你帮我补上，咱们俩在一起就是互为左右，缺一不可。只有你我在一起时，我们才最有力量。"张子瀚认真地说道。

"这话让人听着心里还舒服些。"秦子安喝下了碗里的水。

"子安，我们已到西域多日了，不想竟被困在这里，我知道你的心里也很烦乱。"张子瀚说道。

"我知道，若是你我二人还好说，可是现在有了诺澜姑娘……"秦子安很理解张子瀚的心境。

"是啊，我们还要有些耐心。"张子瀚像是在劝慰秦子安，其实也是在告诫自己。

"我明白。"秦子安与张子瀚从小一起长大，他们总是能够这样默契。

这时，石大人走了过来。

"二位，这是在练习武功吗？"石大人饶有兴致地看着他们。

"是的，大人。"张子瀚恭敬地答道。

"整天在这待着无所事事，从未有过这样闲散的日子，浑身上下都觉得不舒服，只好出来活动活动腿脚。"秦子安的话中含有讥讽之意。

"既是这样，二位是否愿意帮我出去办趟差？"石大人问道。

"可以，我们也正好闲着没事。"秦子安说道。

"大人若有什么需要就请吩咐。"张子瀚说道。

"好，二位请随我来。"石大人说道。

张子瀚与秦子安来到石府大堂。石大人展开了一张羊皮地图，上面描绘着驼镇及周边地域的样貌。

"自从有了驼镇，便开辟了这条商道的栖息之地，也吸引来了大量的驼队客商，与此同时便也有了盗贼匪患，人都有贪婪之心，为了钱财利益，打劫杀人在这一带便成了常事。一时闹得人心惶惶,再无人敢来这驼镇栖息。"石大人指着地图说道。

"哦……"张子瀚说道。

"我来到这里平息了匪患,恢复了这里的秩序,制定了交易的规矩,并为往来驼队客商提供各种方便,为他们准备了客栈饭馆,为驼队备足了水源草料。这些客商愿意从自己的获利中拿出一成作为税金回报,我也愿意为众人操这个心,这才有了如今驼镇的安宁与繁荣。"石大人继续说道。

"哦……"张子瀚不知石大人想说什么。

"这些税金并不能使我发财,仅仅维持管辖驼镇的基本费用,我养的这些弟兄就是为了维护这里的秩序。再加上我还要继续扩大驼镇的规模,包括需要修缮驿道和扩大集市,还要建造一些规模更大的商铺,以便吸引更多的客商来到此地,随之而来的就是来这里居住的人口也会不断增加,将来驼镇的发展都需要有大量财力的支撑。"石大人一说到此就显得神采奕奕。

"哦……"张子瀚看着石大人,不知该如何应对。

"可日子长了,有些商人的本性便暴露出来,他们从不知道满足感恩,只想无休止地获利。商人的本性既贪婪又短见,他们像狐狸一样奸诈狡猾,总是想尽办法拖欠或者不交税金,甚至有人在这里得到了水草给养,便绕过驼镇的关隘。为公平起见,我要给这些人一点教训,让他们学会遵守规矩,也好长个记性。"石大人轻松地说道。

"哦……"张子瀚似乎知道石大人想让他们干的差事了。

"今天我想让二位兄弟帮我做的就是这件差事。"石大人说道。

"可是大人怎会知道何时会有商队经过这里?"张子瀚有些疑惑。

"别忘了这是我的地面,这方圆百里都有我的眼线,只要在我的势力范围之内,地上走过一只狐狸,天上飞过一只鹰隼,我就会了如指掌。"

"哦……"

"今日就有这样一个狡猾得像狐狸一样的商人途经此地。我得到的消息不会有错。"石大人说话的语气非常自信。

这时,独眼走了进来:"大人,您叫我。"

"你与我的这两位兄弟一起去干这趟活,要干得漂亮一点。同时还要照顾好我的这两位远道而来的兄弟。"石大人命令道。

"明白了,大人。"独眼答道。

张子瀚与秦子安一时不知该说些什么。

山谷里刮起了风，风中裹挟着尘土与细小的沙粒，呛得人难以呼吸。张子瀚、秦子安与独眼带领着一队响马埋伏在山谷中，他们的身上都覆盖一层细细的黄色沙尘。

天色已近黄昏，昏黄的天空与昏黄的山谷浑然一体，难以分辨。这时，从昏黄的远处走来了一支驼队，这支驼队就像是从土里冒出来似的，与这昏黄的天地几乎没有差别，覆盖着沙尘的驼队在山谷里蜿蜒行走着……

坐在头驼上的是粟特人那耶，他对这条道路已经很熟了，他知道穿过这条山谷，再经过一道干枯的河床，前面不远就是驼镇了。他们已经走了很长时间的荒漠戈壁，到了那里就可以好好歇息一下了。可是他一路上都在盘算着该如何应对石大人。他打算先不带驼队进入驼镇，而是在外面宿营，他将驼队一分为二，明天一早他带一部分驼队进入驼镇，给石大人缴纳驼队的那份税金，带足食物，再给驼队补充好所需的水和草料，然后从驼镇出来与另外一部分驼队会合，再向前行。这样可以逃脱一半的税金。粟特人那耶已经干过几次这样的事了。他已经给石大人缴纳不少税金了，而且也没少给他送上珍贵礼品，而这个石大人本性贪婪，无论怎样也无法满足他的贪欲。

记得一次那耶将一箱珍宝送给了石大人，石大人看到那一箱珍宝，眼睛亮了一下。那耶满脸堆笑地看着石大人，他认为现在石大人一定心情很好，或许会给他减免一些税金。不想石大人却对他说道："你是个聪明的粟特商人，下次我想看到比这些更好的东西，我想你能理解我说的意思。"

粟特人那耶脸上的笑容立刻凝固了，他发现即便有再多再好的珍宝也永远无法填满石大人对财富的欲望。现在又无缘无故增加了往来客商的税金份额，这令那耶十分不满。他不愿意也不可能把自己历尽艰辛获得的利益拱手白送，这有失作为一个优秀粟特商人的尊严。

那耶回头看着蜿蜒行进的驼队，骆驼身上驮着大量的货物，还有花钱雇来押运驼队的人，这些已经增加了很多成本，不能再有无谓的消耗了，他决定就这么办。

这时，山谷里突然平地刮了一阵旋风，扬起一片尘土，驼队的人都被迷住了眼睛。当粟特人那耶在骆驼上睁开眼睛时，他恍惚看到前方出现了一队人马，这队人马就像是从地里长出来似的，与昏黄的天地一致。他赶紧揉了揉眼睛，看清了那是一队响马。紧接着，那耶就听到一声尖利的唿哨声，那队响马呼啸着向他们冲来。

驼队顿时大乱。

响马很快便控制了驼队，大家都不敢再动了。独眼骑在马上用一只眼睛巡视着整个驼队，他看到了粟特人那耶，便纵马走了过去。

"怎么样，我们又见面了。"独眼说道。

"大人，我可是本分的商人，从未拖欠过石大人的那份税金。"粟特人那耶说道。

"税金一个也少不了，我今天可不是为这事而来的。"独眼说道。

"大人，还有何事？"粟特人那耶问道。

"你答应给石大人的那份礼物带来了吗？"独眼问道。

"大人，我并没有答应什么啊。"粟特人那耶分辩道。

"看来你是没有把石大人的话听进耳朵里，那你还要这耳朵有什么用，我就只好把你的耳朵先割下来交给石大人再说。"说着话，独眼抽出了刀纵马向前。

粟特人那耶见状立刻慌了，用双手护住自己的耳朵。

"大人，石大人的话听见了，听见了……"粟特人那耶忙不迭地说道。

"那好，拿来吧。"独眼伸出了一只手。

"大人，这次真的没有带什么珍贵的礼品能孝敬石大人，容我下次，下次我一定给石大人奉上。"粟特人那耶不断请求着。

"行，这事好办，你就跟我一起去见石大人当面说清吧。"独眼收回了刀，回头说道："弟兄们，帮着这位大人把这驼队押进驼镇。"

响马们立刻开始赶着驼队向前行进。粟特人那耶顿时没了脾气，只好骑在骆驼上跟着前行。

独眼看着行进的驼队，他的一只眼睛忽然看到驼队中有一个蒙着围巾、身材瘦小的人怀里抱着一个精致的箱子，他立刻打马驰来，正欲靠近，只见一个男人挡在他的面前。独眼有些奇怪地上下打量着这个人，只见这个人的头上同样也蒙着围巾，只能看见他的双眼。独眼有些气恼，他下马走上前飞起一脚踢去，不想那个男人竟然闪身躲开，顺势一脚将独眼踢倒在地。独眼从地上起身立刻抽出刀向前冲去……

身材瘦小的人见状立刻冲上来挡在那人面前，男人一把将身材瘦小的人推开，他要独自面对。

这时，独眼已到近前，他举起了刀，眼看刀锋就要落下，突然，斜刺里出现一把刀挡飞了独眼手里的刀，刀在空中划过一道曲线插在不远处的地上。

独眼看到是张子瀚骑马来到近前。

独眼有些气急败坏，他的一只眼睛死死盯着张子瀚。

"你想干什么，难道你要跟石大人作对吗？"独眼大声喊道，"弟兄们，给我拿下这个人！"

　　一群响马上来围住张子瀚，这时，秦子安打马冲了过来，与张子瀚站在一起，响马们曾在这两人的面前吃了不少亏，没人敢上。

　　张子瀚并不搭理独眼，他下马上前扶起地上那个身材瘦小的人。

　　那人看到张子瀚，立刻睁大了眼睛。这时张子瀚听到了一个熟悉的声音。

　　"哥哥……"

　　那个身材瘦小的人解开了裹在头上的围巾，露出一头黑色的长发。张子瀚惊讶地看到竟是自己的妹妹张子衿。秦子安看到张子衿也愣住了，站在张子衿身旁的男人也摘掉了围巾，他是嘉帕尔。

　　诺澜又来到集市广场，她在难民的人群中寻找着那个老者。一群难民向诺澜伸出了手，诺澜下意识地躲闪着，突然她的脚下一绊，摔倒在地，怀里的麦饼滚落出来，瞬间就被那些难民抢走了。一双手扶起了诺澜，诺澜看到了老者，老者的目光柔和慈祥。这时，一队响马来到这里，他们驱赶着这些难民，诺澜看着老者与难民被驱赶着远去。

　　张子瀚与张子衿兄妹坐在驼镇石府偏院的房舍里。一束阳光照在他们的身上。张子衿向哥哥叙述了自从他离开家，母亲便积劳成疾，不久就病倒了，她找了令狐郎中，可是最终也没医好母亲的病，就这样，母亲去世了，是街坊邻里帮着掩埋了母亲。张子衿说得泪眼蒙眬。张子瀚的心里感到悲痛与内疚。

　　"子衿，让你受苦了……"张子瀚说道。

　　"母亲走后，我一个人不知道该怎么办，这时，嘉帕尔说要回西域的疏勒国，问我要不要一起去西域寻找哥哥……"张子衿说道。

　　张子衿回想起嘉帕尔跟她说这些话时的情景，那是在安顿好母亲后事之后的丝绸作坊里。

　　"你要的这些丝绸织锦都备好了，你可以走了。"面容憔悴的张子衿对嘉帕尔说道。

　　"子衿姑娘，你今后有什么打算？"嘉帕尔轻声问道。

　　"不知道，我现在长安已没有亲人了，我在这个世上唯一的亲人就是我的哥哥，可他去了西域。"张子衿说道。

　　"你知道你的哥哥现在西域哪里？"

　　"不清楚。"

　　"子衿姑娘，我有一个建议，要不然你跟我们一起走吧，我带你去西域找你的哥哥。"嘉帕尔认真地说道。

"子衿姑娘，我家主人是疏勒国有身份的人，绝不会骗你的。"阿苏儿在一旁说道。

"你走吧，我不想再见到你了。"张子衿说道。

"子衿姑娘，我一定会带你找到你的哥哥，我嘉帕尔说到做到，明天一早我来见你。"嘉帕尔说道。

就这样，张子衿跟着嘉帕尔与粟特人那耶一起西行来到西域，可她仍然不知道自己的哥哥在哪儿。她没想到居然这么快就遇见了自己的哥哥。

"你们路上一定吃了不少的苦。"张子瀚说道。

"比起能够见到哥哥，那些苦都算不得什么，一路上我就盼着能早点找到哥哥，不想竟在这遇见了哥哥，要不是哥哥我可就没命了。哥哥，你怎么会在这？那些打劫我们的是些什么人？哥哥怎会与这些人在一起？"张子衿急切地问道。

"子衿，此事一言难尽，你先好好歇息一下再说。"张子瀚说道。

石府的大堂里，独眼与石大人在一起。

"大人，这趟差事又是因为这个唐人多事，不然，没这么多麻烦。"独眼愤愤地说道。

"出了什么事？"

"我要为大人收缴财物，而那个唐人竟然吃里爬外帮着人家，最让人想不到的是那个唐人的妹妹竟然在这个粟特人的驼队里。"独眼说道。

"竟有这样的巧事？"石大人也有些难以置信。

"是啊，这事真是邪了。"独眼说道。

"这次这个粟特人带的都是些什么货？"石大人问道。

"大人，都是些丝绸，还有一批蚕丝。另外我还发现有一批极好的丝绸织锦，我已令人将这批货截了下来。"独眼说道。

"哦……"

"大人，这个粟特人怎么处置？"独眼问道。

"你说呢？"石大人反问道。

"这个粟特人，极其狡猾，总想拿些破烂东西打发我们，或者就是想尽办法偷逃税金，要搁我往常的脾气，货留下，人灭了。"独眼恶狠狠地用手势比画着杀人的动作。

"不可，现在不比以往，眼下突厥人不断袭扰，弄得人心惶惶，已经没有人敢再经这条商道做生意了，要是把这些人都杀光了，谁还给我们缴纳税金。"石大人说道。

"可也不能就这样便宜了这个狡猾的粟特人，不然今后其他人就会效仿他，有意偷逃税金。"独眼还不甘心。

"这事我来处理，现在我们要做的事不是杀人，而是要招人。"

"招人？"

"为了守住驼镇这块地面，仅靠这点人马远远不够，我们也该给自己再增添点人手了。"石大人说出了他一直在思考的事情。

现在突厥人与唐人的战争情势越来越紧，石大人就想赶紧扩大自己的实力，这样将来才有与人谈判讨价的筹码。

"大人的意思是要招兵买马？"独眼问道。

"是的。"石大人说道。

"这事好办，现在驼镇里来了不少难民，什么人都有。"

"哦……"

"只要大人给口饭吃，要招多少人就有多少人。"独眼比画着说着。

"我要的是有用的人，敢替我卖命的人，这样的人越多越好，不是要那些只知道混饭吃的废物。"石大人截住了独眼的话。

"明白了，大人。"独眼赶紧点头哈腰地说道。

嘉帕尔、粟特人那耶、阿苏儿坐在临时搭建的帐篷里，地上点着篝火，篝火上煮着一壶奶茶，他们吃着麦饼。

"今天真是不幸。"粟特人那耶神情沮丧地说道。

"嗯……"嘉帕尔也有同感。

"还请主人恕罪，在主人危难的时候，我没有在主人身边。"阿苏儿说道。

"这跟你没关系，你去歇息吧。"嘉帕尔安慰道。

"好的，主人。"阿苏儿走了。

"干我们经商这一行的看起来风光，其实就是在刀尖上行走，说不准哪天自己的这条命就完了。"粟特人那耶一想到自己所经历的苦难不免有些黯然神伤。

"其实今天我们也算幸运，我们遇到了唐人。"嘉帕尔说道。

"是啊，要不是那两个唐人出手相救，我们今天怕是真要出事了。"粟特人那耶不无感慨地说道。

那耶深知石大人的行事为人，他的高明之处就是不用像土匪一样出手抢劫，却以一个冠冕堂皇的名义得到比打劫还要多的财富。石大人采用的手段就是先以正当的理由从客商的手上获取收益的一成为税金。可是这一成的份额不是由客商说了算，而是由他来定，这样就有很大的出入。每个客商都想讨好石大人，想让他在税金上能高抬贵手，所以便不断给他送去奇珍异宝。石大人得到这些宝物后，非但没有减免这些客商的税金，反而变本加厉明着勒索。粟特人那耶就身受其害，体会最深，石大人的贪欲已人尽皆知。石大人的这个手下独眼更是可恨，不但依仗着石大人的权势欺压客商，同时还为自己不断敛财。

"我们辛辛苦苦挣来的钱财最终都会流入石大人的腰包。"那耶悲愤地说道。

"你赚的财富已经足够了，今后可以不再干这营生。"嘉帕尔说道。

"可我除此之外，就没有活着的意义了。如果不能经商，我宁肯四处流浪。"那耶说道。

"那就不能抱怨只有认命了。"嘉帕尔说道。

"这就是我的宿命，我们粟特人也许一代人发了财，成为富人，可到下一代或许就会迅速破败，沦为穷人。我们粟特人已经习惯了这样的生活。只要我们活着，就得不断地走下去。"一想到这些，那耶的心里便有些酸楚。

"人这一生，谁都不知道将会遇到什么。"嘉帕尔一想到今天的遭遇，心中也有些忧虑。

"你说得对，你知道今天我们为什么会这么幸运吗？"那耶问道。

"不清楚。"嘉帕尔说道。

"那是因为我曾经救助过这两个唐人，是上天的安排，让我们今天又得到了他们的救助。"那耶说道。

"竟还有这事？"嘉帕尔吃惊地问道。

"这就是天意。"那耶显得很自信。

张子衿坐在哥哥的房舍里，她现在非常开心。

秦子安从集市上为张子衿买来了许多好吃的东西。秦子安与张子衿是老相识了，秦子安不断问长问短，长安现在的天气如何？一路上遇到了什么难处？今后有什么打算等等。张子瀚拦住秦子安，跟他说以后有的是时间，现在让子衿好好吃饭休息。

张子衿好久没有吃过像样的食物了，她不顾一切地吃着，她的胃口之好超出所有人的意料。诺澜又从外面拿来了许多水果。张子瀚介绍诺澜与自己的妹妹张子衿相识，张子衿不禁夸赞诺澜。

"你长得真好看。"张子衿说道。

"你也很漂亮。"诺澜说道。

张子衿吃完了饭，又吃掉了一些水果，然后说道："我吃好了。"

不等张子瀚与秦子安收拾残局，张子衿就倒下了。

张子衿经过长途跋涉已经很疲惫了，她来不及说一句话，一倒下就睡了过去，她睡得很香甜。

嘉帕尔辗转反侧睡不着觉，他一想起白天在山谷遇到响马的事就心有余悸。倒不是因为他贪生怕死，而是担心张子衿的安危。他决定带着张子衿来到西域，就要对她的安全负责。张子衿是那样的单纯善良，又刚刚失去自己的母亲，怎能忍心再让她受到伤害。嘉帕尔当时想就是豁出自己的性命也要保护张子衿。

嘉帕尔离开疏勒国已经很长时间了，这会儿，他仿佛看到了自己的疏勒国，看到了疏勒国的城垣，看到了疏勒国的王宫，仿佛还看到父亲和母亲正在王宫里迎接他们的到来。

嘉帕尔领着张子衿走进宫殿，嘉帕尔上前给自己的父亲和母亲介绍张子衿。

"父王，这是来自大唐的女子张子衿。子衿姑娘，这是我的父王和母后。"

"子衿姑娘，一路上受苦了，请坐吧。"父亲说道。

"嘉帕尔，你从大唐带来这么好的一位姑娘。"母亲微笑着说道。

"你们好……怎么是父王和母后……"张子衿一时不知该如何面对。

"子衿姑娘，不要紧张，他们不仅是疏勒国的国王和王后，也是我的家人。"嘉帕尔向张子衿解释道。

"嘉帕尔，你这个骗子，你竟敢对我撒谎，你从没告诉过我你还有个当国王的父亲……"张子衿生气地说道。

"这不能怨我，你从来也没有问过我。"嘉帕尔辩解道。

"你这样做是故意要让我难堪吗？"张子衿继续责问。

"不，不，绝对不是。"嘉帕尔解释道。

"那你这样做到底是为了什么？"张子衿依然不依不饶。

"因为我不想失去你，我想娶你为妻。"嘉帕尔说出了一直想说的这句话。

"你胡说。"张子衿一听这话愣住了。

"姑娘，我们的儿子是个诚实善良的人，请姑娘尽管放心。"嘉帕尔的母亲走来说道。

"你真是这么想的？"张子衿看着嘉帕尔轻声问道。

"是的，这就是我心里想的，我不管你怎么想，我要对你说出来。"嘉帕尔认真地说道。

"你……"张子衿一时不知该如何应对，脸上露出了羞怯的表情。

"姑娘，如果你愿意，我们今后就是一家人了。"嘉帕尔的母亲说道。

"嗯……"嘉帕尔的父亲在一旁微笑着点头。

嘉帕尔伸出了手，张子衿犹豫了一下，也伸出了手，嘉帕尔与张子衿的手紧紧握在一起。

睡在嘉帕尔身边的阿苏儿使劲掰开嘉帕尔握着他的手，然后转身睡去。嘉帕尔睁开了眼睛，看着无尽的黑夜怅然若失。

石大人与独眼来到地下宝库，他看到了那些柔美的丝绸与美丽的织锦，在他的眼里，这些丝绸织锦比那些珍宝要华贵多了。所有那些珍宝在这些丝绸织锦面前都黯然失色。

"这些丝绸就是这个粟特人带来的？"石大人问道。

"是的，大人。"独眼答道。

"这批货倒是有些与众不同。"石大人喃喃道。

"所以，我都给大人弄来了。"独眼小心翼翼地说道。

"嗯，这没你的事了。"石大人说道。

"好的，大人。"独眼走了出去。

石大人用手抚摸着这些柔软光滑的丝绸不禁陷入沉思。他知道如果将这些丝绸运到更远的西方，一定会卖个好价钱，拥有这些丝绸，他将是名副其实的贵族，可他并不满足于富贵，他还有更为远大的抱负。如果他能够掌握织造丝绸的秘密，那他就可以得到源源不断的财富，有了巨大的财富，何愁不能实现自己的抱负。这时，不远处传来一声响动，石大人立刻拔出匕首扬手甩了过去，只见一只猫死在他的刀下。

张子瀚与秦子安坐在房顶上，看着漫天不断闪烁的繁星。

"真没想到，会在这儿见到子衿姑娘。"秦子安说道。

"我的母亲已经去世，我的妹妹一个人在长安无依无靠，只好到西域来找我。"张子瀚说道。

"子衿姑娘身边的那个胡人是谁？怎么看着有些面熟。"秦子安问道。

"你还记得在长安的波斯酒楼我们遇到的那个胡人吗？"张子瀚提示道。

秦子安想起了在长安的波斯酒楼里，他们与那些胡人僵持对峙，这时一个年轻的胡人走来对那几个胡人说了些什么，便将这危机化解的情景。

"我想起来了，我们在长安的波斯酒楼见过一面。"秦子安说道。

"这个人名叫嘉帕尔，是西域疏勒国的一个客商，他在我家的作坊定了些丝绸，是他带着我的妹妹从长安来西域找我。"张子瀚从张子衿那里简单知道了一些嘉帕尔的情况。

　　"子衿姑娘真是受苦了，既然子衿姑娘到了这里，我们就不能再让她受苦了。"秦子安说道。

　　"是啊，绝不能让她再受苦了。"张子瀚看着漫天的星星说道。

　　这时，夜空中一颗流星划过，给大地带来了一瞬间的光亮。

第八章　诺澜

　　诺澜还没有睡觉，她坐在自己的房舍中透过窗户看着漫天不断闪烁的繁星。这时，夜空中一颗流星划过，给房舍带来一瞬间的光亮。

　　诺澜起身从柜子里拿出那把刀柄上镶嵌着红宝石的腰刀，她用手抚摸着那把腰刀，她的眼睛有些模糊了。诺澜的思绪回到她的童年，想起了自己与父亲和母亲在一起的幸福时光。

　　幼小的诺澜在胡杨林中的草地上采摘着野花，父亲骑马来到她的身边，把小诺澜抱起来放到马背上，父亲上马带着小诺澜向家的方向驰去，小诺澜用手摸着父亲腰上的那把刀柄上镶嵌着红宝石的腰刀。

　　诺澜所在的部族来自楼兰国的后裔，楼兰国曾经坐落于罗布泊南岸，那里曾经水草肥美、林木茂盛，是一个极其丰饶富庶的居住地。楼兰国有过繁盛的时期，那里地处这条连接东西商道的枢纽，市场繁荣，商贾云集。楼兰国的人勤劳善良、性情温和，楼兰部族尤以盛产美酒和美女闻名。

　　很早以前，楼兰部族在西域是一个弱小的部族。那时的西域有着众多的部族，他们生活在广袤的西域，大多以种植与放牧为生。这些部族的人过着安宁和平的生活。部族与部族之间也都友好相处，他们时常相互往来，以物易物地交换一些各自的生产用品，以丰富自己的生活。

　　那时的西域曾出现一个强悍邪恶的部族，他们依靠强大的武力抢掠弱小的部族，引起了许多部族人的恐慌。这时，楼兰部族出现了一个年轻的首领，他是一位力量强大、智慧过人的英雄。许多弱小的部族为了对抗这个强悍的部族便与楼兰部族联合起来，最终在楼兰部族年轻首领的带领下，战胜了这个强悍邪恶的部族，使西域恢复了往日的和平与安宁。从而，楼兰部族也步入强盛期。在楼兰人的努力下，他们建立了自己的楼兰王国。楼兰王国创造了自己特有的文化和辉煌的历史。

那时的楼兰国，物产丰富，生活富足，人们勤劳善良，安居乐业，楼兰人热情友好。许多客商从遥远的东方和西方聚集到此，使得楼兰成为那个时期这一地域文明繁荣的象征。楼兰人也以此为自豪。

就这样日月星辰地过去了许多年，楼兰国所处的罗布泊，因上游孔雀河的改道，使罗布泊的水源枯竭了，从此草场消失、林木枯死，随之而来的恶劣气候使得那里再也不适合人类居住了。楼兰国的人不得不开始商议是否离开这里，向别处迁徙。有人愿意出走，有人不愿离去，他们依然对自己的家乡有着难舍的情感。但是，最后给予楼兰国致命一击的是瘟疫，突然而至的瘟疫夺走了楼兰国大多数人的性命，侥幸存活下来的人便不得不离开已经荒芜的家园，走上了迁徙的道路。

楼兰部族的人历尽艰辛来到米兰一带的绿洲，在那里重新建立了村落，开垦土地，养殖牛羊，过上了安宁的生活。诺澜的家人在这里也建立了新的家园。楼兰人就这样一代代存活下来。

诺澜的父亲是一个勤劳能干且性情温和的人，他的祖上曾是楼兰部族中一个有名的铁匠。铁匠为楼兰部族的人打造了一辈子的刀剑和农具，最后在临终之前，用他毕生的经验为自己的儿子打造了一把腰刀。这把腰刀看似平常，可是锻造这把腰刀的材料却是来自天上落下的陨石。

诺澜的祖上为了锻造这把腰刀，几乎耗尽了体力。从陨石中熔化出金属的溶液就耗费了他三天三夜的时间，然后就是锻打，那金属的坚硬程度是铁匠从未见过的，他在用自己的生命与这块金属搏斗。就在他觉得自己已没有能力打成这把刀的时候，楼兰部族的老首领来到他的身边，告诉他作为铁匠的一生就是为了这把刀而准备的，上天知道他的才能才赋予他这个使命，相信他一定会打造出一把世上最好的刀，他将成为楼兰部族的骄傲。

诺澜的祖上不负众望，终于将这把刀打成了，他锻造这把刀耗费了九天九夜的工夫。这把刀成型的那一刻是第十天的黎明，当他将这把刀锻造好的那一刻，天空出现了一道闪电，紧接着电闪雷鸣、大雨磅礴。铁匠就站在这大雨中，举起了手中的刀，奇迹出现了，天空中的雨水瞬间就停止了，一道奇异的彩虹出现在天边。楼兰部族的人都来了，看到浑身泥水的铁匠，又看到铁匠手里的这把刀都惊愕了。楼兰部族的老首领也来了，他从铁匠的手里接过了这把刀，用手指轻轻弹了一下，刀发出了清脆悦耳的声音。

"这是一把好刀。"楼兰部族的老首领说道。

"哦……"铁匠含混地应了一声，他已经没有力气说话了。

"好样的！你完成了使命，你是我们楼兰部族的骄傲。"老首领又说道。

铁匠的眼睛里露出了激动的神情，他的嘴蠕动了一下，没有说出话来，身子一软便倒在泥泞的地上。

铁匠去世之后，楼兰人用最隆重的礼仪为铁匠安葬。这把刀也成为楼兰人的骄傲。

这把腰刀看似寻常，但刀锋极为锋利，任何刀都不是它的对手，只要将任何一把刀与这把刀的刀锋碰在一起，那把刀立刻就会卷刃，没有任何一把刀的质量可与这把刀相比。父亲在这把腰刀的刀柄上镶嵌了一颗红宝石，交给了自己的儿子，儿子长大了，又将这把腰刀传给了孙子。这把不寻常的腰刀就这样一代代地传承了下来，一直传到诺澜父亲的手上。

诺澜的父亲一直将这把腰刀挂在身上，这是诺澜家族的传家之物，他非常珍惜，诺澜从小也很熟悉。

一次，诺澜的父亲到集市上买东西，有人看上了他的这把刀，想出高价购买，父亲不卖。这时，一个波斯人不服，他随身带着一把来自波斯王宫的腰刀，那把腰刀极其华丽而且锋利无比。这个波斯人用这把波斯腰刀与人打赌，已经赢了许多人。波斯人要与父亲打赌比试，看到底谁的刀更为坚硬锋利。

在众人的见证下，父亲只好拿出腰刀与波斯人的刀比试。波斯人的刀也十分锋利，闪着寒光。两人拿起各自的刀向对方的刀挥去，当两把刀的刀锋碰在一起的时候，出现了一道刺眼的亮光，好似天上的闪电一般，众人都闭上了眼睛，只听到一声金属相碰的刺耳声音。当众人睁开眼睛的时候，发现那个波斯人已经坐在了地上，他手上的刀已变形，刀刃出现了扭曲。再看诺澜父亲的那把刀，依旧如故，刀锋闪着蓝幽幽的光亮。众人惊呆了，片刻之后，大家一起鼓掌。

从此，诺澜父亲的这把腰刀便成为人们相互传颂的神奇传说。

诺澜的母亲是个美丽贤淑的女人，她的外祖母是一个牧羊女，母亲继承了外祖母的身份，也成为牧羊女。那时候，女人大多都会放牧，但与众不同的是她更善于歌唱与舞蹈。母亲年轻的时候一边在草场牧羊，一边歌唱舞蹈。诺澜家的羊群听着这美妙的歌声、看到这欢乐的舞蹈都比别人家的羊群成长得好。幼小的诺澜就这样跟随着母亲与父亲成长着，一家人的日子过得简朴而幸福。

还有一件事是楼兰部族的秘密，那就是楼兰人都会在自己左肩胛的部位文一个文身，这是一个象征太阳的符号，因为楼兰人崇拜太阳，所以，虽然楼兰国消失了，楼兰人的后裔也都四散飘零，可楼兰人都会记住自己部族的血缘。小诺澜的左肩胛处就有一个这样的文身。

当小诺澜指着自己的文身问起父母亲时，父亲与母亲解开了衣襟，诺澜看到在父亲和母亲的左肩胛处也有一个同样的文身。

"记住，这是我们楼兰部族的印记。"父亲对诺澜说道。

"无论走到哪里，只要见到这个太阳印记，那就是我们楼兰人。"母亲说道。

"楼兰人，如果有谁遇到了困难，楼兰人都会伸出援手。"父亲说道。

"无论什么时候，楼兰人都是一家人，一家人之间是可以完全信赖的。"母亲说道。

小诺澜听了这些话点了点头。

诺澜的父亲名叫朗若，诺澜的母亲名叫斐乐。

诺澜的父亲朗若与母亲斐乐就生了诺澜这么一个宝贝女儿，他们在田间干活时总是将小诺澜带在身边。小诺澜已经习惯了一个人玩耍，她喜欢在草场上自由奔跑，喜欢在田野中采摘野花、在树上采食野果、在河中戏水玩耍，她就像是一只得到神灵宠爱的精灵，享受着大自然给予她的快乐。

小诺澜就这样健康地成长着，不知不觉小诺澜已经长大了，成为一个聪明美丽的少女。

秋季的一天，小诺澜与父母亲来到了河边，河畔生长着一片茂盛的苜蓿。苜蓿盛开着紫色的小花，紫色的花朵一望无际、绵延不绝。花朵引来了许多蜜蜂，蜜蜂翻飞着采摘花粉，空气中似乎都弥漫着甜蜜的味道。

诺澜的父亲与一些楼兰部族的牧人在用长把的镰刀收割着苜蓿，并把苜蓿捆成捆装上马车。有人赶着马车把这些成捆的苜蓿运回村落中储蓄起来，这是牲畜越冬最好的草料。有了这些草料，他们的牛、羊、骆驼和马就不怕冬季漫长的严寒了。

楼兰部族的男人们在地里劳作着，汗水浸湿了他们的衣衫。他们使用的镰刀非常锋利，每当他们挥动着镰刀扫过，就会有一大片苜蓿整齐地倒下，男人们就这样一步步地向前走着，在他们的身后是一片匍匐在地上的苜蓿。

诺澜在不远处的草地上玩耍着，她用采摘的野花为自己编织了一个花环，诺澜将这花环戴在了头上，立刻引来了一只蝴蝶，诺澜伸手抓住了那只蝴蝶，看到了蝴蝶那双美丽的翅膀，她又将蝴蝶放飞了。

诺澜的母亲与楼兰部族的女人们用陶罐带来了食物，她们将这些食物放在田边的树荫下，然后铺开了一块亚麻织毯，招呼着她们的男人快来吃饭歇息。

男人们看到自己的女人来了，闻到食物飘来的香味，立刻有了食欲。于是，男人们放下了手里的镰刀，用袖口擦了擦脸上的汗水，向树下走来。

女人们已将香喷喷的麦饼、肉干、奶茶、水果摆放在亚麻织毯上，就等着自己的男人过来享用了。

每当劳作了一天的男人坐下来吃东西的时候，这些女人就会坐在一旁静静地看着自己的男人。这对女人来说就是一种享受，男人的胃口越好，女人的心里就越高兴。当男人刚吃完一个麦饼喝完奶茶，女人立刻又给他递上另一个麦饼，再倒上奶茶，她希望自己的男人有好胃口。

男人吃饱了就会有力气，就会用迷蒙的双眼看着自己的女人，女人也心领神会男人这时候的欲望和需求。

在楼兰男人的眼里，女人做饭伺候男人是天经地义的，男人把自己一生的精力都奉献给了土地和女人。他们从土地中获得生存的食物，从女人的身上获得生命的延续，他们的一生就是不断劳作。这是上天赋予男人的使命。

在楼兰女人的眼里，男人辛勤劳作养家是理所应当的，女人把自己一生的时间都给了家庭和男人，她们在家里操持家务照顾着老人，从男人的身上获得生命的种子，她们的一生就是无怨无悔。这是上天给予女人的使命。

人类生活离不开男人和女人，这个世界是男人和女人共同创造的。

干活的男人们都陆续走了过来，诺澜的父亲又在地里干了一会儿活。不远处的树下，母亲在向他招手，父亲放下手里的镰刀慢慢走来。

突然，从山坡下的河道上驰来了几匹马，马上坐着几个人。那几匹马走进了河水，马蹄在河水中溅起一片白色的水花。这几个人很快越过河水来到了苜蓿地，诺澜的父亲迎了上去。

"远道而来的客人，欢迎你们。"诺澜的父亲客气地招呼道。

"嗯……"来人含混地答了一声。

骑在马上的人是个身材中等、相貌平平的男人，另外的几个人在他身后不远的地方歇息下来，他们的马在吃着苜蓿。

"下马与我们一起歇息一下吃点东西吧？"诺澜的父亲友善地又问道。

"你知道这是谁的地方吗？"来人并不理睬诺澜父亲的友好。

"这里是一片野生的苜蓿，不属于任何一个人，我们部族的人一直在这儿收割。"诺澜父亲答道。

"天下哪有这么便宜的事，告诉你，这片地的主人就在这儿，你们要割掉这里的苜蓿就要付费。"来人说道。

"我们从没有听说过此事，请问你是何人？有什么证据证明这里属于你？"诺澜的父亲问道。

"这里曾经就是我家的领地，我的这张脸就是证据。"来人有些蛮不讲理。

"你的这张脸证明不了什么，除非你能拿出像样的证据。"诺澜的父亲不服。

"看来你是不想活了，我要让你知道我的厉害！"来人突然甩出一根绳索套在诺澜父亲的脖子上，打马就走。

诺澜的父亲使劲抓住绳索，用力一拉，竟把那人拉下马来。那人立刻抽刀挥舞着向诺澜的父亲劈来。

诺澜的父亲躲闪不及，手臂被划了一刀。那人又一刀劈来，诺澜的父亲拿起了镰刀抵挡，镰刀把被那人的刀劈成了两段。诺澜父亲立刻抽出自己的腰刀。

那人挥刀劈下，诺澜的父亲举刀迎上，那人手里的刀竟被磕飞了出去。诺澜的父亲站在原地，那人从地上捡起了刀，又向诺澜的父亲冲来，他运足了力气举刀向诺澜父亲劈来，诺澜的父亲闪身躲过刀锋，回手一刀刺中了那人的一只眼睛，只见那人一手捂着眼睛嚎叫着在地上翻滚着。

诺澜的父亲有些犹豫了，那人用双手捂住受伤的一只眼睛，鲜血从他的指缝中流出，染红了他的双手，诺澜的父亲弯腰上前欲救助那人。

这时，诺澜父亲的身后迅速驰来了一匹马，马上坐着一个腰身直挺、身材魁伟的人，只见那人来到诺澜父亲的身后，挥手一刀劈下。

诺澜的父亲身体晃了晃，转身向不远处的小诺澜伸出了手，父亲的手在空中像是要抓住什么东西一样，可是什么都没有抓住，然后慢慢地倒下了。父亲的身体倒在一片盛开着紫色小花的苜蓿中。

小诺澜惊恐地刚要张嘴大喊，母亲冲上来用手捂住了她的嘴。

这时，休憩的男人们都拿起自己的腰刀，开始向那伙人奔去。远处干活的人也都向这里拥来。

那几个人扶起了眼睛受伤的人，立刻上马逃走了。

当楼兰部族的男人们赶到苜蓿地时，诺澜的父亲已经倒在血泊中。

小诺澜从此失去了父亲，父亲的腰刀也不见了。

诺澜沿着偏院的走廊走来，恰好遇到独眼，独眼拦住了她的去路，一只眼里露出了淫邪的光。诺澜无法通过，只好转身走去。

"别以为在这儿有人能护着你，早晚我要收拾你。"独眼在身后说道。

独眼来到张子瀚住的房舍门外喊道："人在吗？"

张子瀚走了出来："有事吗？"

"石大人有请。"独眼说道。

"知道了。"张子瀚说道。

张子瀚来到石府大堂。

"石大人，您找我？"张子瀚问道。

"听说令妹也到了这里，这是真的吗？"石大人转过身来问道。

"是的，家母已经辞世，妹妹一人在长安无依无靠，便来西域找我。"张子瀚说道。

"真是不幸，不知我手下的人有无伤害到令妹。"

"没有，只是受到了一些惊吓，我想让妹妹在这儿静养几日，还望石大人准允。"张子瀚说道。

"你我之间既然是兄弟，那令妹自然就是自家人了，令妹从长安到这里一定路途艰辛，我这儿有些虫草和灵芝，请带回去给令妹补养身体。"石大人用手指着桌案上的一个盒子说道。

"不，不，石大人，这就不必了。"张子瀚推辞道。

"这些东西在我这儿不算什么，也是我作为兄长的一番心意，我是真心要交你这个兄弟，就不必再客气了。"石大人的口气不容推辞。

"好的，那我收下了，谢谢石大人。"张子瀚说道。

"这就对了，我就是喜欢简单痛快的人。如果有什么需求尽管跟我说，千万不要客气。"石大人说道。

"好的。"张子瀚说道。

"等到令妹缓过来了，也让我见见，我也好款待你们兄妹。"石大人说道。

"谢谢石大人。"张子瀚说道。

"我说过了，我们既为兄弟，就是一家人了。"石大人说道。

张子衿也许是路途之上太过劳累了，也许是见到了哥哥，紧张的情绪一下松懈下来，她竟然不吃不喝，连续睡了两天两夜还未醒来。

在这期间嘉帕尔来看过张子衿几次，都让张子瀚谢绝了。

看到妹妹张子衿一睡不醒，张子瀚的心里也有些紧张，他担心会出什么事，只有找秦子安商量。

"子安，你看这该怎么办？子衿已经睡了两天两夜了。"张子瀚问道。

"无妨。"秦子安说得极为轻松。

"可是她没吃没喝，一直昏睡，不会出什么事吧？"张子瀚还是不放心。

"我说无妨就无妨。"秦子安还是一副满不在乎的神情。

"那你总要告诉我一个理由吧。"张子瀚说道。

"告诉你，我母亲的娘家在秦岭上的一个村子里，有一次母亲回娘家探亲，几日后返回长安，不想遇到了大雪封山被困在了山中，路上走了七天七夜，回到长安家中之后，她没吃没喝地一连睡了五天五夜。"秦子安说道。

"竟有这样的事？"张子瀚说道。

"此事千真万确，不信你去问我的家人。那次我家里人都急坏了，我父亲在我母亲睡到第三天的时候就沉不住气了，他让我找来了令狐郎中，令狐郎中见我母亲睡得极为香甜，转头就走。父亲一把拉住了令狐郎中，问他为何不把脉望诊就走，令狐郎中对我父亲说道，夫人无病无灾，为何还要多此一举。父亲不解，令狐郎中又对父亲说，夫人只是身心疲惫，现正进入休眠调养，此乃人之自身养蓄滋补之功。若要说灵丹妙药，这万物之灵便是我们每日呼吸的空气，空气看似无形，却蕴含了万物之精华，人们通过呼吸吐纳便采纳了其中阴阳五行，元气氤氲，人也便有了精气之神。至此，我的父亲便相信了令狐郎中。"秦子安说得绘声绘色。

"后来呢？"张子瀚关心的是最后的结局。

"到了第五天的早上，我的母亲醒了过来，她面色红润、神采奕奕，就像根本没有走过那么长的路一样。我的母亲经过了那一觉，完全缓了过来，身体也康复了。"秦子安说道。

"哦……"张子瀚的神情还是有些犹豫。

"放心吧，我有经验，子衿姑娘一定会醒过来的。"秦子安说得很肯定。

到了第四天的早晨，张子衿果然醒了过来。

张子瀚与秦子安这几天都没敢睡，一直守护在张子衿的身边，已经三天三夜了，他们就这样一直聊着天，这会儿他们真累了，身子一歪，倒下就睡着了。

张子衿醒了，她起身看着从窗外射进来柔和的光，轻轻走出了屋外，她呼吸了一口新鲜的空气，感到自己已不再疲惫了，她的精神也恢复了。

张子衿好奇地打量着这里的一切，这里的房舍与长安大不相同，长安的房子都是青砖蓝瓦、坡顶翘檐。这里的房舍都是石头泥土、木橼平顶。这里的建筑比起长安的建筑可简陋多了，实在没法相比，但也有自己的特色，房舍显得高大宽敞、墙壁厚实、窗户狭长，门窗都有半圆的卷拱，院中的回廊也很气派。

这时，诺澜走了过来，张子衿也看到了诺澜，她上下打量着诺澜，眼神中流露出些许诧异的目光。

"你是谁？"张子衿问道。

"我是诺澜，我们见过面。"诺澜说道。

张子衿已经忘记了她曾与诺澜见过面的事，连续睡了三天三夜，她对过往的记忆有些模糊，她努力回忆着，忽然想了起来。

"对了，我们见过面的。"张子衿笑着说道。

"你想起来了？"诺澜说道。

"你看我这记性，怎么成了这样，真是太没有礼貌了。"张子衿有些羞愧。

"你太劳累了，需要好好休息，等你缓过来就会好的。"诺澜安慰道。

"你可真美！"张子衿由衷地赞美道。

"你也很美。"诺澜轻声说道。

这时，张子瀚与秦子安走了过来。

"子衿，你睡醒了？"张子瀚问道。

"是的，哥哥。"张子衿说道。

"我说得没错吧，子衿妹妹一定会醒过来的。这才过了三天三夜，比我母亲的五天五夜可少多了。"秦子安说道。

"嗯，你说得没错。"张子瀚终于放下心来。

"子安哥你说什么，难道我睡了三天三夜？"张子衿还不知道。

"当然了，可把你哥哥吓坏了。"秦子安表情夸张地说道。

"哥哥，这是真的吗？"张子衿问道。

"是的，不过现在没事了。"张子瀚说道。

"子衿妹妹，你到这儿真是太好了，不然你哥哥也不会放心。"秦子安说道。

"哥哥，你是这么想的吗？"张子衿问道。

"是的。"张子瀚说道。

"多好啊，你有一个这么好的哥哥。"诺澜说道。

"诺澜，我的妹妹张子衿，从未出过远门，这次走了这么远的路到了这里，她不了解这里的情况，有些事情还需要你多照顾。"张子瀚说道。

"放心吧，大人，诺澜知道该怎么做。"诺澜说道。

"怎么，你称我的哥哥为大人，这是为什么？"张子衿毫不掩饰自己的真实性情。

"因为你的哥哥是诺澜的主人，诺澜会随时听从主人的吩咐。"诺澜轻声说道。

"主人？这是怎么回事？"张子衿有些诧异地看着哥哥。

"这事说来话长，到时候你就知道了，不过并不像诺澜说的那样，应该说我们是朋友。"张子瀚不想当着诺澜的面给妹妹解释清楚。

就这样，诺澜与张子衿在驼镇相识了，她们从心里都由衷地欣赏对方。

晚上，嘉帕尔也来看望张子衿。

张子瀚、张子衿、秦子安、诺澜、嘉帕尔围坐在房舍中吃着晚餐，大家愉快地边吃边聊。

"谢谢你，嘉帕尔！谢谢你把我的妹妹带到了我的身边。"张子瀚对嘉帕尔表示了感谢。

"不必客气，我很担心让子衿姑娘受苦，可最后还是让子衿姑娘受到了惊吓。"嘉帕尔连忙说道。

"幸亏没有出什么大事，这就是天意。"秦子安说道。

"哥哥，你与子安哥为什么会与这些土匪在一起？"张子衿问道。

"这个……"张子瀚一时不知该如何回答。

"子衿妹妹，这事不怨你哥哥，你哥哥在这也是无奈，我们本来是要前往安西都护府的。"秦子安解释着，可他一时半会儿也说不清楚。

"那你们为什么会住在这里？"张子衿继续问道。

"因为前面的山口让突厥人占领了，我们一时难以过去，所以只好暂住在此。"张子瀚解释道。

"哦，可我还是不明白……"张子衿还想继续询问，张子瀚打断了张子衿说道："这事我以后再给你解释，现在先吃点东西吧。"张子瀚把一块烤肉递给了张子衿。张子衿津津有味地吃着。

"这里烤肉的味道不错。"张子衿说道。

"再喝点奶茶吧。"诺澜把一碗奶茶递给了张子衿。

"诺澜，你怎么不吃？"张子衿看着诺澜问道。

"我不太饿。"诺澜答道。

"诺澜，你多大了？"张子衿问道。

"我二十一岁。"诺澜答道。

"我二十岁，你大我一年，我就叫你诺澜姐姐吧。"张子衿笑着说道。

"好的，子衿妹妹。"诺澜也笑着说道。

张子衿的天性就是如此，从不掩饰自己的心情，她这会儿已经忘了路途的艰辛与担忧，有了哥哥在身边，她什么都不怕了。

张子瀚的心情有些复杂，他知道自己现在是身不由己，可又在此遇见了妹妹，虽然见到妹妹他很高兴，可接下来会发生什么还不清楚，一想到此他的心里便有了一些担忧。但是，无论如何，一定要让妹妹在这儿感到安全和愉快。

秦子安见到张子衿非常高兴，他与张子瀚是好友，张子衿是张子瀚的妹妹，自然也就是他的妹妹了。他从小就跟他们兄妹一起玩耍长大。当有一天秦子安发现张子衿不再是个小女孩，已经成为一个漂亮姑娘时，秦子安忽然就觉得自己跟张子衿在一起时有些不自在了。

一次他见到张子衿向他走来，看到张子衿面若桃花似的笑容，秦子安的心里就像是冲进了一只野兔，直撞得心里突突直跳。

张子衿对待秦子安还是一如既往的随意，她走到秦子安的身边对他说道："子安哥，晚上到我家来吃饭吧，你都好长时间没有来我家了。"

秦子安一听这话心里跳得更厉害了，他努力使自己平静下来问道："子衿姑娘，你是不是想我了？"

"我是想你了，我想看你在我家吃饭时的样子，就像一辈子没吃过饱饭，一副不管不顾的样子。"张子衿笑着说道。

"哦……原来是这样啊。"秦子安感到是自己想多了，不免有些失望。

"子安哥，你可要经常来我家，我想听你给我讲故事。"张子衿又说道。

"好，好，我一定去。"秦子安感到自己就是一个哥哥，当哥哥就要有当哥哥的风度。

秦子安心里是喜欢张子衿的，可张子衿对秦子安的这份感情却浑然不觉。

"子衿妹妹，无论到哪里，只要有你哥哥和我在，就没有人敢欺负你，我向你保证。"秦子安说道。

"嗯，我相信，我一见到哥哥和子安哥，我就安心了，你们是我唯一的依靠。"张子衿说道。

嘉帕尔为大家倒上了奶茶。

"对了，我还要感谢嘉帕尔，是你把我带到了我哥哥的身边。"张子衿由衷地向嘉帕尔表示了谢意。

"不，不，我不值得，我没有照顾好子衿姑娘。"嘉帕尔有些不知所措。

大家也都向嘉帕尔表示了谢意。

这会儿嘉帕尔的心里也很高兴，毕竟是他将张子衿带到了西域，现在又看到他们兄妹相聚，嘉帕尔心中的担忧也消失了。不过他对张子衿还有另外的一份感情，现在他还不敢把心里的这份感情向张子衿表白。

石府大堂里，独眼与石大人在吃着丰盛的晚餐。

"这两天怎么样？"石大人问道。

"没什么，还跟往常一样啊……"独眼回答道。

"你不是说可以从那些难民中给我们招募一些人手吗？"石大人一边吃着肉一边问道。

"哦，大人，我已经开始着手这件事了，我想先收拾出来几间空房，好让这些人有个住处，然后再去挑选。反正这事不用着急，每天都有逃难的人到驼镇，人来得越多，咱们挑选的余地也就越大，这样岂不更好。"独眼说道。

"嗯，想得还算周到，以后做事就要这样。"石大人觉得独眼说得有道理。

"大人，我明天一早就去看看。"独眼说道。

"嗯，那几个唐人怎么样了？"石大人又问道。

"我一直没有顾得上他们，再说了，大人不是一直都很器重他们，有些事情我也不好过问。"独眼这样说就想看石大人怎么回答，他与那几个唐人在石大人的心里到底谁重谁轻。

"他们是外人，你是自己人，难道这还用我再提醒。"石大人把一块肉送进了口中。

"明白了，大人，我这就过去看看。"独眼一听立刻来了精神。

"不必了，他们在我这里不会出什么事，倒是驼镇来了这么多的难民可要严加防范，不要让这些人惹出什么麻烦来。"石大人说道。

"放心吧，大人！我已经安排好了，每天我都会带弟兄们巡查，我保证咱们的驼镇绝不会出事。"独眼说道。

"嗯，那就好。"石大人又把一块肉送进了口中。

独眼回到自己的住处，想起石大人对他说的话，心里踏实了许多。毕竟自己跟随石大人这么多年，石大人还是相信自己的。独眼很清楚，自己的这条命也是石大人给的。他躺在床上不禁想起了自己失去一只眼睛的往事。

那是一个秋天的黄昏，他向石大人夸口说河边的一片苜蓿地是他的，谁敢在那儿收割牧草都要向他缴纳钱财。石大人信以为真，便随他一起来到了那里。当时他见到有人在收割那片地的苜蓿便上前敲诈，不想那人丝毫不惧，还与他理论起来，他一时恼怒，还想在石大人面前炫耀一下自己的本领，便动起手来。开始他并没有觉得这个男人有什么过人之处，搏杀中，他急于想一刀废了此人，不想竟被那人用刀将自己的一只眼睛废了。他疼得满地打滚，后悔不该干这趟买卖。幸亏石大人前来解救，杀了那个男人救起了他，不然他这条命在那个秋天的黄昏就丢在那片苜蓿地里了。

独眼一想到此，不禁用手摸了一下自己废了的那只眼睛叹了口气。

这时，一个响马进来说道："大人，赶紧去一趟赌场，那里怕是要出事了。"

独眼一听立刻起身。

清冷的月光洒在驼镇，远处不时传出几声犬吠声。

在驼镇有一些废弃的牲畜棚圈，原来曾是提供给往来客商驼队的骆驼与马的休憩之地，后来由于搭建了新的牲畜棚圈，这里就废弃了，这儿的土墙已成残垣断壁，但棚子还算结实牢靠，许多逃来的难民就驻扎在这里。

人们在地上铺上一层干草，蜷缩着身子躺在上面，有人身上盖着毛毡麻片，还有的人没有行李只有把干草裹在身上御寒。那个枯瘦的老者蜷缩在一块毛毡里依然冷得浑身哆嗦。有人点着了一堆篝火，让老者靠近篝火坐着。这些难民虽然都很贫困，但他们相互之间依然尊重老人、照顾弱小。

诺澜裹着围巾来到这里，她穿过那些横躺在地上的难民，来到那个老者跟前，从怀里拿出一个布包，里面有几个麦饼。老者用枯槁的双手接过那些麦饼，就在诺澜弯腰屈身的一瞬间，老者从诺澜衣领中隐约看到了她左肩胛处的那个文身，老者浑浊的双眼亮了一下，他张了张嘴，可什么话都没有说出来。诺澜又将一块毛毡给了老者，然后转身离去。

老者将那几个麦饼分给了一起的难民。

诺澜深知难民的艰辛与无助，尤其是老人和小孩。诺澜在逃难的途中就有许多这样的老人与孩子不堪饥饿贫病倒在了路上死去了，她想尽自己的能力帮助这个令她难忘的老者。

驼镇的地下赌场里人头攒动、嘈杂喧闹，西域各色人等在喝着酒，拍着桌子大叫着，可是半天不见有人出来搏命角力也就无法下注。这些喝了酒的赌徒极其不满，使劲拍打着桌子，突然一张桌子不堪重击，破裂着倒下了。

这时，帕提亚人赶紧出来向大家解释道："诸位，诸位，由于一个角斗的奴隶突然暴病死了，所以要临时调人来，请大家稍等一下，今晚的酒全部免费，请大家尽情畅饮……"

"那就别傻站在这儿，快去找人，快点滚……"人群中有人高喊着。

帕提亚人赶紧溜了。

这时，大食人与独眼走了进来。

"都在这儿发什么疯？"独眼的声音压过了这些人的喧闹声喊道。

喧闹声平息了下来，人群中有人斜眼不屑地看着独眼。

"告诉你们，这是石大人的地面，这儿也有这儿的规矩，不许你们这些野蛮人在这儿撒野胡来！"独眼用一只眼睛梭巡着这些赌徒说道。

"那就可以任由你们骗人吗？"有人说道。

"你们可是跟我们说今晚有更厉害的角色搏杀。"又有人说道。

"是啊，到了这儿就没人了，你们这不是骗人吗？"还有人说道。

"到底是谁破坏了这儿的规矩？"人们都在议论着。

众人又高声喧闹起来，有人继续拍打着桌子。在这震耳的喧闹声中，屋顶被震落下一片尘土。

独眼的头顶也落下一片尘土，独眼的脸上有些挂不住了，他拿起一只装满酒的陶罐使劲摔在地上，陶罐顿时破裂。这时，一群响马冲了进来，这些响马的手里都握着寒光闪闪的刀指向闹事的赌徒，众人不再高声喧闹了。

"你们这是要逼着我出手杀人啊，看来这地方没有点血腥味就不能满足你们的口味，我看现在谁还敢再捣乱！"独眼抽出了刀。

众人都安静下来。

独眼上前用刀背拍打着一个人的脸说道："你要是急着想看人搏杀赌命，那就咱们俩上，怎么样，你敢吗？"

那个人缩着脖直摇头，这会儿他的酒劲也消退了。

独眼挥舞着刀继续喊道："你们谁敢出来跟老子搏杀赌命，谁敢来？"

众人都缩着头不再说话了。

这时，大食人将独眼拉到僻静角落告诉他现在的情况，他们养的那些供角斗搏杀的奴隶都死的死、伤的伤，已经没有人手了。独眼一听心里一沉，询问这些人怎么这么快就都死光了，大食人赶紧向独眼解释，来这儿的赌徒就是要看更刺激的搏杀，还要不断地花样翻新，所以每天都要见血死人。如此一来，那几个人哪还经得起这么折腾。独眼一听便给大食人出主意，如今驼镇来了这么多的难民，找人还不容易，给点钱不有的是人吗？大食人面露难色，说这是搏命的生意，不是随便拉个人上来就行。独眼一听也觉得有道理，可转念一想，这年头哪有那么多合适的，会点功夫的人都死得快，倒是什么都不会的人才能活得长久。再说了，这就是一个赌博的游戏表演，只要场场见血就行。大食人说要是找来的人没一点功夫，那就没有一点悬念，成了杀人表演，如同找个杀牛宰羊的屠夫。再说了，也没有赌徒会为这样的表演押注，没人押注也就挣不到钱了。

独眼听着大食人的絮叨有些不耐烦了，问道："你说该让我怎么帮你？"

大食人立刻凑到独眼身边说道："还需要大人给找些能打的人来撑住场面。"

"嗯，我去找找看。"独眼说道。

"最好找一些无牵无挂的流浪汉，这样就是死了，拉出去埋了也没人找咱们的麻烦，干这活恐怕我不太方便。"大食人说道。

"行了，行了，想要挣钱还怕麻烦，这事交给我了。"独眼有些不耐烦了。

"那就拜托大人了。"大食人赶紧说道。

"我先走了，给你这儿留下几个兄弟护着场子，有事再找我。"独眼拍了拍大食人的肩膀说道。

"好的，好的，大人请走好。"大食人点头躬身说道。

独眼出了赌场就进了一旁的妓院，这儿没有人，油灯发出了柔和的光亮。独眼拉动绳索，铃铛响了起来，帷幔后走出了波斯人，他来到独眼的身后，脚步没有一丝声音。独眼一回头看到波斯人的脸吓了一跳。

波斯人向独眼躬身致意，独眼询问这几天生意如何，波斯人告诉他最近的生意不是太好，由于那边赌场的生意低落，也就影响了这儿的生意。

"哦，那边很快就会好的。"独眼说道。

"大人，还有一件事，我们这边也需要有新人了。"波斯人说道。

"什么意思？"独眼有些不解。

"干我们这行生意的诀窍就是要不断有新人，这种生意就是图个新鲜，大人应该懂的。"波斯人看着独眼淫邪地笑着。

"那就赶紧找人啊。"独眼说道。

"现在不比从前，从前还可以找到一些像样的货色，可是现在越来越难了，何况我也不便出去，照此下去，可就难以维持了。"波斯人有些为难地说道。

"你跟我说这有什么用？"独眼问道。

"我想是否可以请大人代劳寻找一些像样的货色。"波斯人微笑着说道。

"好吧，你们这些人什么事都要让我干，就是看我不累。"独眼说道。

"大人放心，大人的那一份一定不会少了。"波斯人说道。

"行了，这事就交给我办了。"独眼说道。

"那就拜托大人了。"波斯人说道。

诺澜躺在自己的房舍中辗转反侧睡不着，她的眼前总是出现那个老者的形象，老者的眼神总是让她有一种莫名的触动，她自己也无法解释清楚。

诺澜不幸命运的开始就是父亲的惨死，这在她幼小的心灵深处刻上了一道深深的伤痕。诺澜一家原本幸福的生活就此陷入悲惨的境地，母亲顽强地支撑起了这个家，在楼兰人的帮助照料下，她们的生活得到了保障。母亲慢慢走出悲痛，诺澜也渐渐长大。可是，突厥人的到来又使这个家陷入万劫不复的深渊。诺澜看到自己的母亲惨遭突厥人的杀害，楼兰人的家园遭到了彻底的毁灭。从此以后诺澜再也不会笑了，她曾有几次想结束自己的生命，寻着自己的父母而去，可她又仿佛听到了父母在冥冥之中告诫自己的话语，那就是顽强地活下去。她之所以顽强地活着，是因为她心里有一个坚定的信念，那就是要寻找到杀害自己父亲的仇人，为自己的父亲复仇。

楼兰人的性格是知恩图报、爱憎分明。诺澜对帮助她的好人会毫无保留地铭记感恩，对伤害自己的仇人也会毫不留情地复仇雪恨。这就是诺澜的性格，也是楼兰人的传统。

诺澜想着想着就渐渐进入梦境之中，她仿佛又回到了童年，回到了与父母在一起的幸福时光……

诺澜的父亲与母亲骑马在田野上奔驰着，幼小的诺澜坐在父亲的怀里，随着马的奔驰，风从他们的耳边掠过，诺澜已经习惯了这样的奔驰。

他们骑马来到了河边，河水清澈，河岸上果树茂密，树下绿草茵茵。父亲与母亲下马，父亲把幼小的诺澜轻轻抱下了马，他们一家人在树下铺上一块羊毛毡，摆上事先准备好的食物。母亲在一旁点燃了一堆篝火，架上陶罐，煮着奶茶，烤着香喷喷的麦饼和肉。父亲从果树上采摘了一些成熟的果子，放在毡上。母亲把几只木质的碗摆好，盛好了奶茶，一家人开始了丰盛的野餐。

母亲用木质的汤勺给小诺澜喂着奶茶，父亲将一块烤肉递到小诺澜的手里。小诺澜吃着烤肉，喝着奶茶，吃着麦饼和水果……

小诺澜吃饱了，父亲与母亲也吃好了，小诺澜感到有些困了，父亲与母亲让小诺澜躺在毡上，给她盖上线毯让她睡觉，然后他们走到河边，脱下衣袍，赤身走进河水之中。

父亲与母亲在清澈的河水中洗浴着，他们每经过一段时间的劳作，就会到河水中洗去多日的疲惫与劳累，在河边的草地上野餐，松弛一下自己的身心。这样可以调剂生活的节奏，保持对生活的热爱与情趣。父亲与母亲每次在河水中沐浴之后，便会裹着线毯走上河岸，然后相拥在绿茵茵的草地上。天空中是一朵朵的白云，就像草地上一群群的绵羊，父亲与母亲就在这白云下的草地上相互依偎，相互诉说。这时天空中朵朵的白云变幻着形状，微风吹拂着大地，带来青草和泥土的芳香。

诺澜的父母亲相互依偎着坐在草地上说到了诺澜的未来。

"我们的诺澜将来一定会是个漂亮聪明的姑娘，你想让我们的女儿将来做什么？"母亲依偎在父亲的怀里问道。

"将来让我们的诺澜学会放牧，跟你一样做个牧羊人，再为她找到一个有手艺的男人，安宁幸福地度过一生。"父亲说道。

"嗯，我觉得这样挺好的。"母亲说道。

"就像我们这样，相亲相爱，直到永远。"父亲说道。

父亲和母亲就这样说着，好像总有说不完的话，他们都深爱着对方，享受着在一起的每时每刻。

直到天色暗淡下来，阳光从天际中渐渐褪去，漫天的星星开始闪烁。

这时，诺澜的父亲与母亲便会抱起还在毡上熟睡的小诺澜，一起上马回家。

诺澜的父亲和母亲就是这样年复一年、日复一日地相互恩爱，他们的生活虽然简朴，但却是极其幸福快乐的一家人。楼兰部族的人都是这样，平和善良，与世无争，辛勤劳作，享受生活。

可是，这幸福的生活在一个黄昏突然破碎了，诺澜的父亲被人无缘无故杀死在田野中，父亲临终前看着小诺澜的眼神令她永远难忘。

诺澜在梦境中又见到了自己的父亲，她的眼睛流出了两行眼泪。

如今的诺澜在这个世界上成为无依无靠的孤儿。她一刻都没有停止要寻找到杀害父亲的凶手。可令她不解的是为什么会在驼镇，在石大人的地库中发现了父亲的这把腰刀，她想知道这背后的真相。

张子瀚与秦子安和张子衿坐在一起。张子衿又问起了诺澜的事，秦子安给她讲了他与张子瀚来到驼镇遇到有人贩卖奴隶，告诉她诺澜是张子瀚花钱赎回的奴隶，张子衿听了大吃一惊。张子瀚还给张子衿说了诺澜不幸的身世，张子衿听得泪眼蒙蒙。张子瀚最后说诺澜现在是个无依无靠的孤儿，我们不能再让她受到恶人的欺负。

"哥哥打算怎么办？"张子衿问道。

"我们既然从人贩子的手里救出了诺澜，那就要将她从这里带出去，不管将来如何，现在诺澜就是我们最亲近的人。"张子瀚说道。

"我们从响马的手里救出了诺澜，因此也得罪了这些响马，所以这里不是久留之地。"秦子安说道。

"我们一直想离开这里，可这儿的响马首领石大人把我们留下了，这就是我们为何与这些响马在一起的缘由。"张子瀚说道。

张子衿此时知道了事情的原委，刚才哥哥讲述诺澜的身世更让她感到意外。

"诺澜还这么年轻，竟遭遇了人生最悲惨的经历，她真是太苦了……哥哥，你一定要帮帮诺澜。"张子衿说道。

"是的，我们一定要把诺澜从这儿带出去。"张子瀚说道。

清晨，太阳升了起来，照亮了沉睡的大地。树上的鸟鸣叫着飞了起来，一群鸟飞到了驼镇觅食，驼镇新的一天开始了。

那些难民也都走出阴冷的牲畜棚圈，来到了集市，他们也需要用阳光来温暖自己疲惫荒芜的身心。

诺澜裹着围巾来到了集市，她在难民中寻找着，她看到了那个老者，他蜷缩着身子坐在一段低矮的土墙边晒着太阳。

诺澜走了过去，老者见到诺澜便敞开了自己的衣衫，诺澜忽然看到在老者左肩胛上有一处文身，那是一个象征太阳的纹样，诺澜赶紧走近老者仔细看着，她抬起眼睛看着老者，眼睛里露出了期盼的目光。老者也看着诺澜，诺澜看到从老者的眼睛里滚落下一颗浑浊的泪珠，砸在了地上。

诺澜正欲上前，这时，只听身后的人群一阵骚动，远处有人大喊着："都站起来，都站起来……"

诺澜回头看见独眼带着一群响马来到这里。

第九章　缠斗

独眼在远处打量着这群难民，他看见一个蒙面人从一旁走过，独眼觉得有些眼熟，不禁回头看了一眼。

诺澜低着头走进了一条巷道。

独眼在难民中看到一群女人，便走到这群女人中上下打量着，大都是些不好看的女人。他看到了人群中一个年轻的女子，走过去用手托起了那女子的下颌，女子瞪着一双惊恐的眼睛胆怯地躲开了。

"如果愿意跟我走，就会有地方住、有饱饭吃。"独眼对那个女子说道。

这时，一群蓬头垢面的女人都凑了过来，将独眼围住向他伸出了手，独眼赶紧躲开，那些女人拽住了他的袖子和衣袍。独眼好不容易才挣脱了这些女人的纠缠，他用手指着其中较为年轻的几个女子说道："就要你们几个，要是愿意就跟我走，其他的人都闪开。"

那几个年轻的女子站在那里不知所措，没人愿意走出来，独眼有些不耐烦了，上前拉住一个年轻女子的手腕就往外走，女子更加惊恐，不断挣扎着，难民也骚动起来……

这时，一个汉子上前拦住了独眼。

"既然人家不愿意，你就不能强抢。"那个汉子说道。

独眼一愣，他没想到会有人出来阻拦，而且还是个难民。他松开了手，那女子立刻躲进难民群中。独眼上下打量着眼前的这个汉子，见他脸上棱角分明，目光炯炯有神，身材个头匀称，像是个有几分力气的角色。独眼的愤怒情绪立刻缓和了下来。

"你是什么人？"独眼问道。

"我是回鹘人。"汉子答道。

"怎么样，愿意跟我走吗？"独眼问道。

"要看干什么。"回鹘人说道。

"靠力气干活，能吃饱饭，干得好了还有钱挣。"独眼说道。

"我愿意去。"回鹘人说道。

这时，许多难民都拥了上来，人群又开始骚动起来。

独眼立刻跳出圈外走上一个高台喊道："大家都别急，都听好了……"

人群安静下来，难民们都眼睁睁地看着独眼。

独眼继续说道："这驼镇是石大人的地面，石大人要招兵买马，只要愿意给石大人当差，就有粮吃、有房住……"

人群中有人喊道："只要有粮吃，我们愿意当差！"

独眼挥手示意："大家先别急，让我把话说完，石大人要找的是有本事的人，不是随便什么废物都要，谁有什么本事现在就拿出来，凡是让本大爷看中的，从此就有地方吃粮了。"

人群中有人问道："要看什么本事、当什么差啊？"

独眼喊道："就是比试武功，大家都让一下，此处就是个比武的场子，谁有什么狠招都亮出来，两人一组对打，凡胜出者就可以当差。"

人们听了这话又都有些犹豫了，半天没有一个人敢走进比武的场子。

独眼有些不耐烦了："怎么白给粮吃还有不愿来的，我看你们是宁肯饿死，也不愿意拼一把力气。"

人群中那个回鹘人说道："几天都没有吃东西了，哪还有力气比武啊？"

人们附和着，是啊，几天都没吃饭了，哪还有力气啊……

独眼用手势制止了人群的骚动："本大爷也不为难你们，就上来随便比画比画也行。"

人群中走出了几个人，开始角力比武，场地上顿时扬起一片烟尘……

响马搬来一张凳子让独眼坐下，有人给他的头顶支起了一个布棚，独眼坐在凳子上满意地看着那些人在场地上互相角力。他看了一会儿，实在看不下去了。那些人在场地上只是装装样子，根本不使力气，更有甚者还有两人的胳膊相互架在对方的肩膀上，根本不是在角力比武，像是在舞蹈，两个人一起倒下，又一起站起来，分不清谁胜谁败。独眼猛然站起身走了过去。

那些人还在那儿装模作样地比画着，独眼走上去提起两个人的脖领子扔了出去。难民们都住了手，喘着气看着独眼。

独眼觉得实在不过瘾，他招了招手说道："来，你们几个都给我上，让你们见识一下什么才是真正的功夫。"

回鹘人看了看那些响马说道："那可不行，大人身后有那么多人还都带着刀，我们可不敢冒犯。"

独眼回身跟那些响马说道："你们都给我听好了，一会儿我跟他们过招，你们就在那儿看着，谁都不准上来帮我。"

那些响马听了都点了点头。

"来吧，现在总可以了吧。"独眼招着手对这些难民说道。

独眼的话音刚落，回鹘人一使眼色，几个难民立刻心领神会，他们猛然向独眼冲了上来，抱腿的、搂腰的、拉胳膊的、拧脖子的一起用力……

独眼没想到他的这句话会是这样的效果，一下慌了，他挣扎着刚要喊人，一个难民抓起一把干草塞进他张开的嘴里。独眼瞪着一只眼睛，又有难民给他的脸上撒了一把土，他的一只眼睛也看不见了。难民们个个用力，现在独眼想后悔都来不及了。这个时候，独眼的身体已经被这些难民死死抓住，动弹不得，他唯一能做的就是放弃挣扎，任由这些难民摆布……

不远处的响马们看着也觉得不对劲了，那些难民已经把独眼高高举了起来，响马们一拥而上。难民全都松手，独眼被重重地摔在地上，扬起了一阵尘土。

沐浴后的张子衿感到身心舒畅，自从长安西行以来，从未好好洗浴过，虽说路途经历了艰难与凶险，可现在一切都化作了云烟。张子衿的心情好极了，她已经好长时间没有打扮自己了，这会儿她在铜镜前精心梳起了双环发髻，又在上面插上了一支银簪。

张子衿穿了一件色彩瑰丽的唐样长裙走进院落，饶有兴趣地看着廊柱上雕刻的纹样以及院落里的花草树木。张子衿漫步在院落中，她肩上薄如蝉翼的丝绸披帛色彩柔和、随风曼舞……

石大人来到这里，不经意间看到了这个穿着唐装的女子，立刻被这女子的神采吸引住了目光，便走了过来。

张子衿看着院落中一棵石榴树上结的石榴，忽然从她眼前掠过一片阴影，她察觉到有人来了，立刻转过身来，看到身后站着一个身材高大的男人。

张子衿本能地问道："你是什么人，怎么走路没有声音？"

石大人一时竟被问得愣住了："我……我……"

"你这个人长得倒是高大魁伟，怎么说话如此吞吞吐吐？"张子衿继续说道。

"这位姑娘一定是来自大唐吧？"石大人问道。

"我乃大唐长安人氏，姓张名子衿。你到底是谁？"张子衿问道。

"明白了，原来你就是子瀚兄弟的妹妹啊……"石大人说道。

张子衿点点头："是的，可你还没有回答我呢。"

　　这时，张子瀚走了过来："子衿，不得无礼！石大人，这便是我的妹妹。子衿，这位是石大人，也是这里的主人。"

　　"哦，原来他就是这里的主人啊。"张子衿仍是一副满不在乎的神情。

　　张子瀚赶紧拉了一下张子衿的衣袖说道："子衿，还不赶紧见过石大人。"

　　张子衿这才微微屈膝施礼说道："子衿见过石大人。"

　　石大人向来冷酷的脸上露出了笑意："不必客气。"

　　"石大人，我的妹妹从未出过这么远的门，若有不敬之处还望大人见谅。"张子瀚对石大人歉意地说道。

　　"哦，没有什么不敬之处，你妹妹的性格倒是很爽快。"石大人说道。

　　"我妹妹从小性格就是这样简单率性。"张子瀚说道。

　　"我很欣赏这样的性格，令妹不但容颜美丽、性格爽快，这身上的丝绸衣裙也如此华丽高贵，我想即便在长安也一定只有王公贵族才可拥有，民间会十分稀罕难得吧？"石大人的眼神中不免露出一丝欣赏的神情。

　　张子衿一听这话立刻笑了。

　　"你说错了，这些丝绸一点都不难得，这都是我自己织造出来的。"张子衿说得轻松自如。

　　"难道这些丝绸都是出自姑娘之手？"石大人有些惊愕。

　　"当然，难道你不相信我有这手艺吗？"张子衿反问道。

　　"不，不，姑娘年纪轻轻，竟有如此绝妙的手艺，真是难得，真是难得……"石大人说道。

　　"这算不得什么，如果大人这儿有织机、蚕丝，我便可以给大人演示。"张子衿说得自然真诚。

　　"哦……那可真是太好了！"石大人十分高兴。

　　"大人有所不知，我家在长安城开有一间丝绸作坊，妹妹从小便随家母学会了丝绸织造的手艺。"张子瀚解释道。

　　"哦……你们兄妹一个武功高强，一个技艺精湛，真是不简单啊！"石大人看着张子瀚与张子衿兄妹二人由衷地赞叹道。

　　独眼趴在自己房舍的地毯上，两个响马给他揉着胳膊捶着腿……

　　"大人，这些刁民下手太狠了，把大人给弄成这样子。"一个响马说道。

　　"大人，我们一定给你出这口气。"另一响马说道。

　　"放屁，你们现在都说得好听，那会儿你们都上哪儿去了？"独眼说道。

　　"大人，是你不让我们上来帮你的。"一个响马说道。

"是啊，我们也不敢违令啊。"另一响马说道。

"行了，你们的眼睛都瞎了吗，养着你们这群废物还有什么用……"独眼气得翻过身来，又疼得叫了起来……

两个响马赶紧扶起了独眼。

"我问你们，那几个刁民都在哪儿？"独眼问道。

"遵照大人的吩咐，我们把这些刁民都带回来关押在地牢里，就等大人的一句话，我们就把他们都给废了。"一个响马说道。

"是啊，大人，你说什么时候动手？"另一响马说道。

"你们到底有没有脑子，我让你们把他们带回来是有用的，不但不能动手，还要给他们吃好点，你们明白吗？"独眼指着这两个响马说道。

"大人，你说还要给他们吃好的？"响马也给弄糊涂了。

"是啊，我要让他们都吃饱喝足，养足精神，让他们临死之前先给我卖命！"独眼的一只眼睛恶狠狠地盯着远处说道。

这时，从外面走来一个响马说道："大人，石大人有请。"

独眼赶紧起身，又感到浑身疼痛难忍，倒了下去。两个响马上前扶住他。

"大人这伤没好，还是歇歇吧。"一个响马说道。

"你们懂个屁，赶紧扶我起来。"独眼说道。

回鹘人与几个难民坐在地牢里，他们都低着头坐在地上。

这时，门开了，两个响马给他们送来了吃食，有烤麦饼还有羊肉汤。难民一见顿时愣住了，没人敢动手，他们不相信自己会有这样的待遇。

难民们回忆起了当时的情景。

当难民们将独眼摔在地上之后，又有人趁乱在独眼的身上踩了几脚，这才解恨。这时，响马们上来将他们推开，把独眼从地上扶了起来，独眼浑身上下都是土，他闭着眼睛，吐出了嘴里的草，用手指着远处大喊着："抓住这些刁民，把他们全都绑起来，我要让他们付出代价……"

响马们举着刀围了上来，将难民绑了起来，然后投入了地牢。

"你们怎么不吃？"响马看着这些人不动手觉得奇怪。

"吃完了这顿饭是不是就要送我们上路了？"一个难民问道。

"你们想要我们的命就来个痛快的。"另一个难民说道。

"你们爱吃不吃。"响马说完走了出去。

回鹘人走了过来，他拿起一个麦饼，盛了一碗羊肉汤开始吃了起来，其他人一见都过来吃了起来……

独眼忍着伤痛来到了石府大堂，那里没人，只有那些油灯发出幽幽的光亮。

"招到人了吗？"石大人走过来问道。

"招到了，大人。"独眼赶紧说道。

"怎么样，这些人不会只是来白吃粮的吧？"石大人问道。

"大人，我正想跟大人说这件事。"独眼说道。

"哦，什么事？"石大人问道。

"我们招的那些人都是难民，我想先不急于确定人选，让他们先缓过几日后，再让他们成对厮杀，凡伤残弱者一律遣走，胜出者再予以正式招募。"独眼说完用一只眼睛看着石大人。

石大人没有说话，他也看着独眼，独眼被看得有些浑身不自在了。

"大人，我是不是又错了？"独眼有些心虚，感觉心一下提到了嗓子眼儿。

"你没有错，就依你说的意思办。"石大人一直认为独眼头脑简单，甚至有些愚蠢，现在他觉得独眼还是很有头脑的。

"大人要是没什么事，我就去办差了。"独眼感到悬着的心落了下来。

"去吧。"石大人说道。

"嗯……"独眼答应了一声，一瘸一拐地向外走去。

"你这是怎么了？"石大人看着觉得有些奇怪。

"大人，我不小心摔了一跤，不妨碍办差。"独眼答道。

夜晚的驼镇寂静无声，诺澜用围巾蒙着面孔又来到了牲畜棚圈，她在一群难民中寻找着那个老者。诺澜早上清晰地看到了老者身上的文身，为什么老者的身上也有这个象征太阳的纹样，现在她只想赶紧再见到老者。

诺澜跨过了几个正在睡觉的难民，忽然脚下被什么东西绊了一下，身子失去了平衡，一双手扶住了她。几个难民认识这个经常给他们送吃的的姑娘，他们用手指着远处的老者，让开了一条通道。老者靠在一根木桩上睡觉，诺澜走到老者的身边，老者睁开了眼睛。

这时，有两个响马走进了棚圈，在人群中搜寻着什么，他们翻开一个破毡看到里面睡着个男孩，又翻开一张破羊皮看到里面睡着一个老女人……

"这地方哪有什么年轻好看的女人。"一个响马说道。

"大人让咱们到这儿来找就得听大人的。"另一个响马说道。

"这儿都是些什么味啊，咱们还是快点走吧。"响马用手掩着鼻子。

"再到那边看看。"另一个响马指着远处说道。

两个响马提着刀向诺澜与老者的方向走来。

老者用一块破旧的羊毛毡将诺澜盖住，两个响马来到老者跟前。

"老头，这儿有没有年轻的女人？"一个响马问道。

"要干什么？"老者问道。

"换个地方就有饭吃。"另一个响马说道。

"这儿就有我这个老头子，你们带我走吧。"老者说道。

"谁要你这个破老头。"响马说道。

"你们就可怜可怜我，给我点吃的东西，反正我也活不了多少日子了。"老者伸出了手说道。

"你这个老不死的，就在这儿好好待着等死吧。"另一响马说道。

这时，一个响马要用刀挑开羊毛毡，老者上前一把握住了那把刀说道："你们要是不愿意给我一口吃的，不如现在就把我这条命拿去吧。"

"我看你这个老东西真是不想活了，那好，我就成全了你。"那个响马正要挺刀向前。

另一个响马过来拦住了他："别在这儿闹出人命来，还是赶紧走吧。"

两个响马收起刀走了。

老者看到那两个响马走远了，揭开了羊毛毡，诺澜从里面露出头来。

诺澜从怀里拿出一个包着麦饼的布包。

老者没有接过布包而是看着诺澜的眼睛，慢慢敞开了上衣的领口，露出了左肩胛上的那个文身。诺澜也慢慢敞开了领口，露出了自己左肩胛处的文身，他们两个人的文身一模一样。

"姑娘，你是谁？"老者问道。

"我叫诺澜。"诺澜答道。

"我们都是楼兰部族的后裔。"老者的眼睛有些湿润了。

"大叔，您是怎么到了这里？"诺澜问道。

"突厥人来了，毁了我们的家园，杀死了我的家人，可是我却活了下来。虽然我已经老得不中用了，可是上天不让我死，我想自然就有其中的道理，所以我就随着人们逃难到了这里。感谢上天，我还活着。"老者说道。

"是的，要活着……"诺澜点头说道。

"像我这把年纪的人已经活够了，现在我觉得我的两条腿再也走不动了，身子也不听我的使唤了，我不想再走了，就想在这儿等着上天的召唤了。"老者说道。

"大叔，您可别这么说，今后我来照顾您。"诺澜说道。

"嗯，不说这些了，姑娘，你是怎么到了这里啊？"老者问道。

"我跟大叔的经历一样，我的家人也都被突厥人杀害了，家园也都毁了，我被人贩子当作奴隶拉到这里贩卖，结果我遇到了一个好心人，现在我们暂时住在驼镇……"诺澜把自己的经历简单地告诉了老者。

老者与诺澜就在这个夜晚相识了，他们一见如故，因为他们的祖上都来自楼兰故国，他们都是楼兰部族的后裔。

地下赌场里，在众人的喧嚣声中，帕提亚人拉出一个脖颈上拴着铁链子的汉子，人们立刻拥上来上下打量着这个汉子。这里已经有一阵子没有搏命角斗的赌局了。而这些人的赌性已经养成，成为了名副其实的赌徒，他们愿意经常看到新鲜刺激的搏杀场面，既可以看到残忍的杀戮游戏，还能试试自己的运气。那些钱财在这些赌徒的眼里不算什么，一旦进入这样的情景，就什么都顾不上了。也有运气好的，在这儿还能赢不少的钱，又有谁不愿意做这样不劳而获的赢家。

这里不但场面刺激而且有悬念，每一对搏命角斗者的对决都会吊足赌徒们的胃口，况且现在这里还提供免费的葡萄酒，葡萄酒唤起了赌徒们的热血和激情，他们用狂乱的呼喊和激烈的动作发泄着多余的精力。他们就盼着这一激动人心时刻的到来。这时，有人又欢呼起来。

只见帕提亚人又用同样的方式拉出了那个回鹘人。人们看到这两个人的身材、力气势均力敌，开始议论起谁将会是最后的胜者，人群中又开始了一阵喧嚣声。这时，帕提亚人又拿来了两个陶罐，人们开始往罐子里扔钱押注，罐子里传来了钱币落下的声音。

回鹘人是在地牢里昏睡的时候被人带出来的，响马给他的头上套了个黑布袋就把他带到了这里，当拿开套在头上的袋子后，他看到自己被关在一个用木头做的囚笼里。有人给他拿来了吃食，他被告知今天晚上要跟一个人角力摔跤，只要赢了对手就能得到自由。

这会儿，回鹘人看清了自己的对手，他的脸上长满了卷曲的黄胡子，看得出他是个有力气的汉子。这时，帕提亚人摇动了一只铜铃，两个人的角力摔跤开始了。黄胡子汉子弯下腰猛地向回鹘人冲来，回鹘人猝不及防被黄胡子撞得一趔趄，差点被摔出圈外。回鹘人立刻也弯下身子，将自己的重心放低，伸出双手时刻防备着黄胡子的进攻。黄胡子再次冲来，回鹘人有所防备，闪身躲开，黄胡子的进攻没有奏效。黄胡子又连续冲击了几次，都被回鹘人机警地躲闪开。

他们就这样僵持着，没人敢轻易进攻。

赌徒们开始喧嚣起来，大声呼喊着让他们赶紧进攻，他们花钱押注就是要看到热烈刺激的搏杀场面，他们不能忍受这样互不进攻的局面。黄胡子喘着气，运足力气，看准时机，猛然向回鹘人冲来，回鹘人身子一闪用双手抓住了对方的肩膀，黄胡子也抓住了回鹘人的肩膀，他们都使足了力气，可谁都不能占据优势。黄胡子的额头上已经渗出了汗珠，汗珠滴落在地上。回鹘人的双手也开始颤抖，他们的力量势均力敌，现在就考验他们的耐力与智慧了。

黄胡子与回鹘人已经死死地缠斗在一起，谁也分不开了。两个人都气喘吁吁，可谁都不能放松，谁要是一泄气就会被对方摔倒在地。

这时候，人群也都安静下来，众人都屏住呼吸看着他们相互缠斗角力。

突然，回鹘人的一只手松开，黄胡子的身子随着惯性向前，回鹘人突然转身用两只手抓住黄胡子的一只胳膊，跨上一步将他的身子背了起来。黄胡子没有防备到这一手，他的两只脚已经离地，回鹘人背着黄胡子旋转着，人群立刻兴奋起来……

众人喊着："摔下，摔下，摔下……"

回鹘人将黄胡子重重地摔在地上，扬起一阵尘土……

人群爆发出一阵欢呼声。

回鹘人这会儿站在那里，不知道接下来该做什么。人们向他欢呼着，有人将一罐葡萄酒递给了他。这时，只见黄胡子从地上一滚又站了起来。

人群立刻又发出一阵嘘声。

回鹘人上前抓住黄胡子的肩膀，身子向前一靠，又是一个转身将黄胡子背了起来，他旋转着突然一松手，黄胡子的身子向前飞去，砸在一根柱子上，然后重重地跌落在地上。

人群又欢呼起来。

这时，只见黄胡子的身子动了一下，又从地上晃晃悠悠地爬了起来。这时，有人将一个陶罐砸在他的头上，陶罐碎裂，黄胡子的头流出了血，他的身子晃了晃又倒下了。这次黄胡子没能再站起来，几个响马上来把这个瘫软在地的黄胡子拉了出去。

人群再次欢呼起来。

侍者给众人端来了葡萄酒，一部分人喜笑颜开，一部分人垂头丧气。帕提亚人将陶罐里的钱币倒在桌子上，立刻发出一阵悦耳的响声。

回鹘人又被人带进一间黑房子用铁链拴住，回鹘人看到了独眼，独眼上前打量着回鹘人，见他遍体鳞伤，不禁皱起了眉头。

"看样子这个人也撑不了多久，还得再找些人来。"独眼对身旁的人说道。

"你们不是说只要赢了，我就能自由吗？"回鹘人说道。

"可不是只赢这一场，还要看你能不能活到那时候了。"独眼看着回鹘人说道。

"你这个无耻的骗子……"回鹘人喊道。

"看来你是不想活了！"独眼狠狠地说道。

这时，几个响马拿出刀架在回鹘人的脖子上。

"住手！现在杀了就便宜他了，留着他的这条命，我还要让他再给我挣些银子回来。"独眼说道。

粟特人那耶与嘉帕尔到石府大堂来见石大人。

"石大人，我是您的朋友那耶，这位是我的朋友嘉帕尔。"那耶向石大人躬身施礼。

"石大人，您好。"嘉帕尔向前躬身施礼。

"嗯……你们找我有什么事吗？"石大人打量着这两个人问道。

"我们是想跟石大人商量一下，我带的这批货其中一部分是我的朋友嘉帕尔的，我从未拖欠大人的那份税金，大人对小人也十分慷慨，这次还望大人能够体谅小人的难处。"那耶小心翼翼地说道。

"难道我为难你了吗？"石大人看着那耶问道。

"不，不，石大人从未为难小人，只是石大人手下的那位独眼兄弟，他将我们所带货物几乎全部收缴了，这样小人可就无路可活了，若是小人没有了活路，那今后也就难以再给石大人上交税金了。"那耶谨慎地说道。

"哦，看来我的人真是为难你了？"石大人说得和颜悦色。

"是的，是的。"那耶感到有希望了。

"我的朋友，你是说你从未拖欠过我的税金吗？"石大人问道。

"是的，不但没有拖欠过大人的税金，每次见到大人我都会再奉上一些精美礼品，我想大人不会忘了吧。"那耶恭敬地说道。

"哦，既然你这么够朋友，那我就该以朋友的礼仪相待，来人，给这两位朋友上葡萄酒。"石大人说道。

有人为他们端来了葡萄酒。

"那倒不必了，只要大人这次能够体谅小人的不易，将一部分物品归还于小人，小人就感激不尽了。"那耶推辞道。

"请问我的人扣押的都是些什么货物？"石大人端起了一杯葡萄酒。

"上好的丝绸织锦，还有一批蚕丝。"那耶说道。

"这些丝绸织锦若是运到波斯能赚多少钱？"石大人继续问道。

"赚不了多少，现在做生意的人越来越多，丝绸的利润也越来越薄，加之人工涨价和路途上的花销，还有要上交的各种税金，真是赚不了多少。"那耶的表情忧伤。

"你一定知道我定下的规矩，我在驼镇给往来的客商提供一切方便，只要求利润的十分之一为税金不为过吧？"石大人踱着步，并没有看那耶。

"不为过，不为过。石大人定的规矩公正适度。"那耶赶紧回答。

"既然我立下了规矩那就要有人遵守，我对所有人都一样，这样才公平。你说是不是？"石大人看着那耶问道。

"是的，是的。"那耶答道。

"我定下的规矩中有一条，若有人敢逃脱税金，就要百倍惩罚，还要鞭挞逃税者，我想这条规矩你也一定清楚吧。"石大人停住了脚步看着那耶的眼睛说道。

"嗯……清楚，清楚。"这时，那耶感到自己的后背有一股凉气升了上来，头上开始渗出汗珠。

"既是定下的规矩，就要严格执行，这驼镇方圆百里的地面都有我的眼线，只要有一支驼队进入我的地面，我就会知道这支驼队有多少骆驼、带了多少货物。也就是说没有人能逃过我的这双眼睛。"石大人端起一杯葡萄酒喝下。

"嗯……"粟特人那耶头上的汗珠已经滑下，跌落在地上。

"那么，你的行踪我也很清楚，你曾有意将自己的驼队分为两部分，只带一部分驼队进入驼镇，只缴纳一半税金，然后你在此补充了食物和水，再带着你的驼队离开这里。你是一个狡猾的商人和大胆的逃税者，是第一个敢于破坏我规矩的人，我没有冤枉你吧？"石大人的眼睛紧紧盯着那耶。

"大人……"那耶已感到情势不妙。

"按我定下的规矩，就要百倍惩罚，还要鞭挞。"石大人没等那耶说话，顺手拿起一条挂在墙上的鞭子。

那耶这时已浑身发抖，双腿一软跪在了地上："大人，我错了，还望大人看在往日曾给大人许多礼品的分上，饶过这一回吧。"

石大人并不看他，拍了拍手，走进了几个响马。石大人顺手把鞭子扔给了其中一个，响马们不由分说就将那耶架起来按在了柱子上。

那耶惨叫着："大人……大人……您就饶过小人这一次吧……"

这时，嘉帕尔走到石大人跟前说道："大人，请准许我说句话。"

"说吧。"石大人又拿起一杯葡萄酒。

"石大人，我来自疏勒国，我与那耶是多年的朋友，我愿将我所有的货物，来自大唐长安的三十匹丝绸、五匹织锦，交与石大人，以充抵罚金。还求石大人免去他的刑罚。"

"哦，你说你是来自哪里？"石大人看着嘉帕尔问道。

"疏勒国，今后我定会按照石大人的规矩行事，另外我这儿还有一颗来自昆仑山深处的宝石赠予石大人，希望能与石大人结交。"嘉帕尔从怀中拿出一枚宝石双手奉上。

石大人接过那颗宝石，看到宝石晶莹剔透，确是一件珍宝。他知道此物只有王公贵族才可拥有，绝非来自民间。石大人重新打量这个年轻人，他看到此人的眼睛清澈、气质高贵、落落大方、不卑不亢，不像是个唯利是图的商人。

"既是这样，那我就交你这个来自疏勒国的朋友。"石大人说道。

"谢谢石大人。"嘉帕尔上前一步躬身施礼。

"好吧，即便如此，也要给他一些惩戒，不能轻易饶了这个奸诈小人。"石大人喝下了葡萄酒。

这时，张子瀚走了进来。

"大人，我想说句话。"张子瀚说道。

"子瀚兄弟，有什么话就请直言。"石大人说道。

"这位那耶兄弟曾经救过我的命，若没有那耶的救助，我便活不到今天，还望大人能高抬贵手，放过那耶兄弟。"张子瀚说道。

"哦，还有这事？"石大人说道。

"在到达驼镇之前，我们在荒漠中遇险，恰好遇到了那耶兄弟和他的驼队，是他出手营救了我们，不然我们就不能活着来到驼镇了。"张子瀚说道。

"既是这样，我看在子瀚兄弟的面子上，暂且就饶了你。"石大人挥了挥手，那几个响马松开了那耶。

"谢谢大人，谢谢大人……"那耶赶紧跪在地上不断叩头……

晚上，那耶与嘉帕尔来到张子瀚的住处向他辞行。

那耶向张子瀚躬身施礼："多谢子瀚兄弟的救命之恩。"

张子瀚上前扶起了那耶："不必客气，你也曾救过我们，现在我们应该是兄弟。"

"我们就要离开这里了，特来向你辞行。"那耶说道。

"我也要回疏勒国了。"嘉帕尔说道。

"你们准备何时走？"张子瀚问道。

"明天一早就离开这里。"嘉帕尔说道。

"嘉帕尔，我有一件事想请你帮忙。"张子瀚说道。

"不用客气，请说。"嘉帕尔说道。

"我想请你帮我找到一条能前往安西都护府的通道，因为前面山口有突厥人，最好能够绕道而行，如果可以，请你设法帮我们找个向导，此事若成，我会好好感谢于你。"张子瀚认真地说道。

"好的，我会尽力做到这件事。"嘉帕尔说道。

"那就拜托了。"张子瀚说道。

"不必客气，我想问一下，子衿姑娘在吗？"嘉帕尔小心翼翼地问道。

这时，正好秦子安与张子衿走了进来。

"子安，你们去哪儿了？"张子瀚问道。

"我带子衿去驼镇的集市上转了一圈。"秦子安说道。

"没想到这里集市上也有那么多的人，东西也很丰富，好多东西都是我没有见过的。"张子衿难掩兴奋的心情。

"子安，以后出去一定要告诉我一声，这里不比长安，随时都有可能发生危险。"张子瀚对秦子安说道。

"这事不怨子安哥，是我非要让子安哥带我去集市的。"张子衿赶紧解释道。

"子衿，嘉帕尔和那耶明天就要走了。"张子瀚对张子衿说道。

"为什么？你们要去哪儿？怎么这么快就要走了？"张子衿有些着急地问道。

"怎么能这么说，那耶有自己的事情要做，嘉帕尔当然是要回自己的家了。"张子瀚说道。

"那好吧，我什么时候还能再见到你？"张子衿问嘉帕尔。

"如果子衿姑娘不走，我会来看望你的。"嘉帕尔对张子衿说道。

"行，你可要记着来看我啊。"张子衿似乎有些放心了。

"你们见到诺澜了吗？"张子瀚向周围看了看。

"没有啊。"张子衿说道。

"没看见。"秦子安说道。

夜晚清冷的月光洒在驼镇。诺澜这会儿又来到难民们居住的牲畜棚圈，她与老者在角落里说着话。

"姑娘，我是一个医官，我的祖上就是楼兰部族的医官，我们楼兰人都有承继祖上手艺的传统。"老者说道。

"大叔，我的父亲是个铁匠，您认识我的父亲吗？"诺澜问道。

"我当然认识你的父亲，那时你还是个小姑娘。你的父亲叫朗若，朗若家族可是楼兰部族有名的铁匠，楼兰部族人的铁器都是由朗若家族打造出来的。"老者迷蒙着双眼说道。

"是的。"诺澜说道。

"我也记得你的母亲，你的母亲叫斐乐，她是楼兰部族有名的歌者和舞者，她唱歌跳舞的时候，羊都顾不上吃草了。"老者迷蒙着双眼继续说道。

"哦……"诺澜说道。

"你别看我老得不中用了，可凡是我经历过的事就忘不掉。"老者说道。

"大叔，您知道我父亲是如何被杀害的吗？"诺澜看着老者问道。

"我知道，你的父亲是个好人，可是不幸遇到了恶人，他死得太冤枉了，生活本不该是这个样子。孩子，你活着真是不容易，上天真是不公啊……"老者说话的时候眼睛一直凝视着远方。

"大叔，我活着就想知道是谁杀害了我的父亲，我要找到杀我父亲的凶手，我要复仇。"诺澜说道。

"孩子，你还年轻，应该好好活着，不该总想复仇的事。"老者说道。

"大叔，我活着就是为了这件事，不然就没有活着的意义了。"诺澜说道。

"我可怜的孩子，但愿天上的神灵能够帮助你。你要知道，上天让你经历了人生的艰辛和不幸，自然会有上天的用意，无论如何，都要好好活着，相信天上的神灵也会护佑善良、惩罚邪恶。"这时，老者的眼神从远处收了回来，看着诺澜慈爱地说道。

此时的地下赌场里又开始了新一轮的搏命赌博。

在人群的喧闹声中，一个身材魁梧的红脸汉子被带了出来。紧接着，回鹘人也被带了出来。

帕提亚人像往常一样拿来了两个罐子，人们开始往罐子里押注，大把的钱币落进了罐子。赌徒们喝着葡萄酒高喊着，发泄着多余的精力，他们在等待一场更为刺激的搏杀。

角斗的场地上，红脸汉子一脸微笑地向回鹘人招着手，回鹘人上下打量着这个红脸汉子。突然，红脸汉子收起了笑容向回鹘人猛扑过来，他一把抓住回鹘人的肩膀，回鹘人想挣脱开，红脸汉子猛地用头撞向回鹘人的头，回鹘人猝不及防，被撞得眼前一片金星闪烁。红脸汉子紧紧抓住回鹘人又猛然向前撞去，回鹘人被撞得向后趔趄了几步靠在了一根柱子上，额头流下了鲜血。红脸汉子逼近回鹘人，用头猛然又撞了过去，回鹘人突然闪身，红脸汉子一头撞在了柱子上，震落了一片尘土。这会儿轮到红脸汉子的眼前金星闪烁了。红脸汉子摇了摇头，镇定了一下，他看准了回鹘人，又扑了上去。

人群爆发出一阵惊呼声。

这时的红脸汉子手里多出了一件铁钩，这是他事先藏在身上的暗器。他用铁钩挥向回鹘人，回鹘人躲闪不及，肩膀被铁钩划破，鲜血顿时流了出来。

红脸汉子不断挥着铁钩步步紧逼，回鹘人不断躲闪，极其狼狈。红脸汉子举起铁钩朝回鹘人的头顶劈来，回鹘人突然上前用双手按住他的手臂，拧住他的手腕，铁钩从他的手上飞了出去。红脸汉子挥起另一只胳膊一拳打在回鹘人的胸口上，回鹘人弯腰蹲下，红脸汉子上前抓起回鹘人一顿重拳打在他的身上、脸上，回鹘人毫无还手之力，他向后趔趄着摔出了角斗场。

众人惊叫起来。

回鹘人躺在地上，红脸汉子不断向他招着手，示意让他再来。回鹘人浑身是血，已经没有力气。

这时，站在远处的独眼向几个响马示意，响马立刻冲上前将回鹘人架了起来扔回角斗场上。

这时兴奋的红脸汉子立刻冲上来，双手从地上抓起回鹘人。回鹘人浑身瘫软，双目紧闭，他的两只胳膊垂落在身边晃荡着，就像两条绳子。红脸汉子一拳砸在回鹘人的胸膛，回鹘人像一只麻袋一样倒在地上。红脸汉子高举双手，以胜利者的姿态面向众人。

众人喊道："杀了他，杀了他……"

红脸汉子从地上捡起那只铁钩子，对准了回鹘人的脖子。

有些人不忍看如此残忍的场面闭上了眼睛，这时赌场里很安静，空气就像凝固了一样。红脸汉子的手臂猛然挥下。突然，回鹘人睁开眼睛，向红脸汉子喷出一口鲜血，红脸汉子顿时眼前一片血红。回鹘人趁机摆脱了红脸汉子。红脸汉子用手抹去了脸上的鲜血，揉着眼睛四处寻找着回鹘人，他不断挥舞着手里的铁钩嚎叫着。

回鹘人靠在柱子上喘着气。红脸汉子终于找到了他，他再次逼近了回鹘人，举起手里的铁钩朝回鹘人砸去。回鹘人猛然闪身，铁钩深深地陷入柱子里，一时竟拔不出来了。这时，回鹘人双手猛然砸向红脸汉子的手臂，随着一声脆响，红脸汉子的手臂骨头断裂，他疼得大叫起来。回鹘人跳起来用双脚踹向红脸汉子的胸口，红脸汉子仰面摔倒在地上。

众人一阵惊呼……

这时，红脸汉子又从地上站了起来，他张开双臂跟跟跄跄地向回鹘人走去。回鹘人闪身到了红脸汉子的身后，腾空跃起双脚踹向他的后心。红脸汉子的身子向前扑去，一头撞在柱子上，他的双手抱住柱子，那个铁钩正好从他的心口穿过，一摊血从他的后心流了出来，红脸汉子死了。

众人一片欢呼……

躲在暗处的独眼一脸失望的表情，转身走了出去。

帕提亚人将罐子里的钱币倒在桌子上，刚才押注在回鹘人身上的赌徒还在担忧着，这会儿他们咧嘴笑着，兴奋地从桌上抓起大把的钱币……

有人将红脸汉子的尸首拖了出去。

独眼走进一旁波斯人的妓院，拉响了绳索，铜铃响了。

波斯人立刻迎了出来："大人，请看。"

这时，从帷幔后走出一排美女，她们个个身材匀称、美艳动人。

"这是从哪儿弄来的美人？"独眼一下来了精神。

"大人，多亏了我的朋友，他们刚进了一批上等的货，我跟他说了不少好话，他才答应把这批货先租给我们一段时间。"波斯人兴奋地说道。

"哦，还有这样的好事。"独眼也很高兴。

"这些上等货都是来自美索不达米亚的人，那里出产的女人极为美艳而且擅长舞蹈。就连波斯王宫中的舞女大都也是从那里挑选。"波斯人眉飞色舞地说着。

"辛苦你了。"独眼的眼睛始终盯在这几个美人身上。

"做我们这一行的不怕辛苦，只要能找到上等的货色，就是再辛苦也值得了。"波斯人说道。

"嗯……"独眼含混地嗯了一声，他这会儿顾不上听波斯人表功了。

"大人若是没事，可让她们给大人跳上一曲。"波斯人看出独眼的神情说道。

"好啊。"独眼随即说道。

波斯人拍了拍手，进来几个乐师，他们开始演奏乐曲，那些舞女开始随着音乐舞动起来。

独眼看着这些香艳的美女的舞蹈感到非常享受。他想，这辈子能这么活着也是上天对他的恩赐。这还要感谢石大人，若没有石大人的提携，他也不会有这样的地位，过不上这样舒坦的日子。

独眼闭上眼睛又想到那两个唐人，若是没有唐人在这捣乱，他的日子还会更好，现在他还要分出一部分精力来对付唐人。即便一时半会儿杀不了唐人，也要想办法把他们赶走，不然他的日子就不会如此舒坦。

这时，波斯人凑到他的身边轻声问道："大人，今天要不要留在此处？"

独眼睁开了眼睛："不必了，我还有事，先回去了……"

第二天早上，太阳刚刚升起的时候，张子瀚、张子衿与秦子安一起送走了嘉帕尔和那耶。张子瀚与那耶紧紧拥抱了一下，张子瀚不会忘记在自己最危难的时候曾经得到过那耶的救助。那耶也紧紧拥抱了张子瀚，若没有张子瀚说情，恐怕他的性命也很难保。

嘉帕尔深情地看着张子衿，张子衿也有些依依不舍。

那耶与嘉帕尔带领着驼队继续向西而行，走了很远他们回过头来向张子瀚他们挥手致意。在炫目刺眼的阳光下，只能看到几个在光晕中的身影。

送走了嘉帕尔与那耶，张子瀚与秦子安和张子衿一起来到别尔克的客栈，别尔克见到他们很高兴。

"快坐下，快坐下，我的朋友，已经好些日子没有喝到我煮的奶茶了。"别尔克热情地给他们倒上了奶茶。

"别尔克，这是我的妹妹张子衿。"然后又转身对张子衿说道："这是我们的朋友别尔克。"

"你好，别尔克。"张子衿问候道。

"欢迎，欢迎。"别尔克用麻布擦着凳子让大家落座。

"别尔克，我找你有一件事。"张子瀚坐下后说道。

"什么事尽管说。"别尔克说道。

"你能给我们弄一张西域的详细地图吗？"张子瀚问道。

"地图，什么是地图？"别尔克摇了摇头，不知道地图是个什么东西。

"地图就是把这里的地形风貌记录下来的图画，有了这张地图，就知道这片疆域哪里有绿洲，哪里是高山，哪里有驿道，哪里是沙漠、戈壁、河流、树林……总之，有了这地图，我们就清楚地知道这里周围的一切了。"张子瀚解释道。

"哦，明白了，可我从来都不需要那东西，因为你说的这些都在我的脑子里。"别尔克就是当地人，他熟悉所有的道路、河流、山脉、沙漠、戈壁……他从来不需要那东西。

"那你知道从哪儿能弄到一张这样的地图吗？"张子瀚问道。

"让我想一想……"别尔克仔细地回忆着……

"我想起来了，我的父亲好像有一件这样的东西，你们等等，我去找来。"别尔克说着走了出去。

过了一会儿，别尔克回来了，他的手里拿着一张羊皮，他铺开了羊皮，只见上面画了一些褐色的线条和符号，已经模糊得看不清了。

"这就是我父亲留下的，我记得他跟我说过，以前走过什么地方，遇到山地草场、沙漠戈壁、树林河道，什么地方是风口，什么地方有水源，他都用小木棍蘸着褐色的黏土与树胶，在这上面记录下来，免得以后遗忘。这是不是就是你们想要的地图？"别尔克问道。

"太好了，我们想要的就是这个东西。"张子瀚高兴地说道。

"那就好，只要你们需要就拿去，放在我这也没用。"别尔克说道。

"别尔克，谢谢你。这张图对我们很重要，我回去还需好好查看，如有不懂的地方还要向你请教。"张子瀚说道。

"没问题，只要能帮到你们。"别尔克说道。

张子瀚一直在考虑如何离开驼镇的事，茫茫戈壁沙漠，他必须要有一张这片疆域的详细地图。不然，贸然出行会很危险。

此时的石大人考虑的是如何将这对大唐兄妹留在驼镇，自从他见到张子衿，知道张子衿可以织造出那么华丽昂贵的丝绸织锦，他就想到若是自己能拥有这样的人才，也就拥有了织造丝绸的技术，拥有了这项技术今后就可以从这里生产出质量上乘的丝绸了。如果真有一天他能够生产织造丝绸了，那就等同获得了取之不尽的财富之源。拥有了这样的财富之源何愁不能扩充自己的势力，有了强大的势力就能巩固自己的权力地位，也就拥有与任何一方谈判讲价的筹码，还可进一步拥有更大疆域的实际管辖权。

一想到此，石大人就要立刻付诸实施。这时，独眼来了。

"大人，您找我？"独眼恭敬地问道。

"事情办得怎么样了？"石大人漫不经心地问道。

"大人，我正在着手让这些人成对厮杀选拔人才。"独眼说道。

"嗯，再交给你一件事。"石大人说道。

"大人请吩咐。"独眼说道。

"你要给我看好了那几个唐人，绝不能让他们走出驼镇半步。"石大人说道。

"明白了，大人打算何时下手？"独眼用手做出了一个杀人的手势。

"下什么手，我让你好好看护他们，让他们好安心住在驼镇。"石大人说道。

"难道大人还想一直养着这几个没用的唐人吗？"独眼有些不解。

"他们可不是没用，今后会派上大用场的，去吧，照我说的去做就是。"石大人说完转过身去。

"明白了，大人。"独眼退了出去。

独眼的心情烦闷，他对这几个唐人恨之入骨，恨不能立刻杀了他们，可石大人却要留下他们，还要好好看护。有他们在这儿，对自己的权力地位就构成了威胁。此刻，独眼的脑子在飞速思考着，他该如何跟这几个令人心烦的唐人缠斗。

独眼走在驼镇街道上，几个响马迎面跑了过来。

"大人，不好了，驼镇来了一个恶人，我们谁都收拾不了。"一个响马说道。

"走，过去看看。"独眼带着人向前走去。

驼镇的集市广场上，一个汉子大吼着："你们这些骗子，竟然设局将我的弟弟杀了，把那个设局的骗子交出来，不然我就要砸了他的这个场子……"

独眼来到广场，有响马在他耳边说道："这个人就是上次在赌场搏命被杀死的那个红脸汉子的哥哥。"

独眼上前问道："你是何人？敢在这儿撒野。"

那汉子指着独眼说道："你敢接我的话，看来你是我要找的人，有本事咱俩比试一把，看看到底谁输谁赢。"

独眼看着这个气势汹汹的汉子不由倒退一步喊道："给我把这个野蛮人拿下。"

一群响马冲了上去。

那个汉子丝毫不惧，他抡起一把大铁叉，与那些响马打在一起，响马一时难以近身，那汉子手中的铁叉抡得神出鬼没，将那些响马全都打倒在地上。

那汉子又抡着铁叉向独眼冲来，独眼不得不举刀抵挡，只一个回合，汉子就将独眼逼进墙角，他用大铁叉对准独眼的脖子，独眼连声求饶。

"这位壮士，我与你无冤无仇，我也不是杀死你兄弟的凶手，有什么事咱们都好商量……"独眼哀求道。

"这事没得商量，一命抵一命，你把那个开设赌场的幕后黑手交出来，我就放了你。"汉子说道。

"这可真是冤枉啊，我只是这个集市的管事，你要找的人我真不知道啊……"独眼急得都快哭了。

那汉子拧住独眼的手腕，将他手里的刀拿了过来。

周围都是看热闹的人。这时，张子瀚与秦子安路过此地。

"既然你是这儿的管事，那就给我找出这个人来。"汉子说道。

"这位壮士，你先放了我，我才能为你找人啊。"独眼说道。

"现在就给我去找人，只要太阳的影子长出一步，我就要杀一个人。"汉子放开了独眼说道。

独眼小声吩咐一个响马快去多叫些人来，那个响马立刻起身跑去。

石大人站在高台上，一边喝着茶一边观察着驼镇的情况，他无意中看到集市广场上有些不对劲，那里聚集着许多人，像是出了什么乱子。这时，一个响马气喘吁吁地跑来说集市上有人闹事，独眼他们都不是那人的对手，险些被那人废了。石大人一听立刻吩咐给他备马。

太阳将影子拉长了一些，集市上那汉子已经等不及了，他从难民群中拉出一个蒙面人来，他用刀指着这个人说道："我现在就开始数数，数到十还没有把人给我找出来，我就杀了这个人。"

汉子一边数着数，一边用刀挑开了裹在那人脸上的围巾，围巾落下，竟是诺澜，人群中的张子瀚与秦子安大吃一惊。

这时，汉子已经数到十了，他举起了刀。突然一把刀将那汉子手中的刀隔开挑飞，是张子瀚冲到了跟前，他将诺澜护住，那汉子回手将自己的大铁叉抡了起来。张子瀚一把推开了诺澜，举刀相迎。

秦子安趁机上前将诺澜带走。

那汉子抢着铁叉步步紧逼，张子瀚不断躲闪……

这时，石大人骑马赶到，他站在远处暗暗从腰间抽出一把短刀。

这时，张子瀚已经被逼到墙角无路可退，那汉子举起铁叉向他刺来，张子瀚突然迎面冲去，就在铁叉刺向他咽喉的一瞬间，张子瀚仰身倒下躲过铁叉，那汉子的铁叉深深地刺进了土墙里，张子瀚顺势将刀刺进那汉子的腹部，汉子扑倒在土墙上。

人群中爆发出一阵惊呼。

石大人也吃了一惊，这时，只见张子瀚推开了扑倒在土墙上的汉子，那汉子像一截木桩一样倒在地上。秦子安上前扶起了张子瀚。

人群中又发出了一阵欢呼声。

这时，石大人下马走来，令人将张子瀚送回住处。

张子瀚回来后询问诺澜为何会在难民那里。诺澜说自己认识了一位孤苦伶仃的老者，去那是给他送些吃的，因为那老者与自己是同一部族的人。张子瀚想起了那个老者，嘱咐诺澜今后一定要多加小心。

石府的厅堂上，石大人询问独眼此人是谁，为何与此人结仇，独眼说驼镇的难民中混入恶人，他们正在仔细盘查，不想生出此事。独眼还说要不是这两个唐人，今天也不会出这样的乱子。

石大人瞪着独眼说道："若没有这两个唐人出手，今天就会出事，恐怕你也成为人家的刀下之鬼。"

独眼不想再纠缠此事，只好点头称是。

第十章　承诺

石大人越想越觉得张子瀚是个难得的人才，他亲眼看到张子瀚敏捷的身手与清醒的头脑，拥有力量的人并不少见，具有智慧的人就是凤毛麟角。张子瀚能文能武、遇事不惊、头脑冷静、下手果断，这些都是石大人所欣赏的。相比之下，独眼就是个废物，只能虚张声势、欺负平民，若遇到强人，毫无半点用处。

张子瀚与张子衿来到了石府的大堂，是石大人派人请他们过来的。

"石大人，您找我们？"张子瀚问道。

"是的，二位请坐。"石大人说道。

"谢大人。"张子瀚说道。

"子瀚兄弟，我有一个诚意之邀，想请你们兄妹留在我这儿，尽管这里不比大唐的长安城，可在这戈壁荒漠上也算是一块宝地，我虽不是什么朝廷命官，可这里由我实际管辖，我也是这里的唯一首领。这里虽没有高大宫殿，可我的府邸宅院也算结实舒适，生活上的一切都不必担忧，二位还需要什么我都可以满足你们。我可以对你们兄妹承诺，只要我这有的东西，都愿意与你们兄妹二人分享。"石大人的态度十分友善。

"石大人的好意我们兄妹心领了，我来西域的心愿就是要为我的父兄报仇，不想在这与大人结识并叨扰多日，心中已十分愧疚，我还是想尽快前往安西都护府，完成我的夙愿，还望大人能够体谅。"张子瀚的态度也很诚恳。

"子瀚兄弟的心愿我明白了，不过现在出行还为时过早，再等几日，若突厥人那边一旦撤离，二位依然想走，我绝不为难。若二位愿意接受我的诚意之邀，我也一定会兑现我的承诺。"石大人说道。

"多谢石大人。"张子瀚说道。

回到住处，张子瀚拿出了别尔克赠予的那幅羊皮地图开始研究。秦子安走了过来。

"石大人是怎么跟你们说的？"秦子安在一旁问道。

"他想让我们留下来。"张子瀚说道。

"我看这个石大人倒像是个了不起的人物，不像一个可怕的响马首领。"张子衿说道。

"子衿，这个人就是响马出身，靠打杀劫掠起家，现在占据了驼镇，自封为首领，所有的客商都要向他缴纳税金，这里就像是一个不受朝廷辖制的独立王国，而且此人武功过人、野心勃勃、心思缜密、深藏不露。我们几次想走，可他一直借故不让我们离开，我现在一时还难以摸透他的心思。"张子瀚说出自己内心的担忧。

"说得没错，什么人结交什么样的朋友，那个独眼就是他的心腹手下，此人为非作歹、敲诈勒索、无恶不作。他能与这样的恶人为伍，就不会是什么好人。"秦子安说道。

"既然是这样，那我们悄悄离开这里就是了。"张子衿有些担心地说道。

"此事不是那么简单，我正在想办法，等条件成熟我们就离开这里，在没有成行之前，此事不宜声张，以免引起不必要的麻烦。"张子瀚告诫道。

"明白了。"秦子安说道。

"对了，怎么一直没有见到诺澜？"张子瀚问道。

"我去看看。"秦子安说道。

这时，诺澜走了过来，她带来了一些葡萄。

"我刚在门口，遇到了一个卖葡萄的人，就买了一些。"诺澜说道。

"诺澜姐姐，下次出去带上我。"张子衿拿起一个葡萄说道。

"诺澜，子衿，这里随时都会遇到危险，你们若想出去一定要告诉我们。"张子瀚关切地说道。

"嗯，我记住了。"诺澜说道。

"你们快点吃啊，这儿的葡萄可真甜。"张子衿已经吃了起来。

暮色降临，戈壁大漠看上去一片苍茫，那耶的驼队正在宿营歇息。人们找来了枯枝点起篝火，熬制奶茶，烤着肉干与麦饼。

那耶吃过后就躺下了，他的心里盘算着，这趟货物几乎都被石大人收缴了，自己什么也没赚到。可他还为自己保留了一些珍贵物品，那是他在长安采购的一些金银器皿。他将这些金银器物藏在一只不显眼的破旧木箱里，躲过了独眼的盘查。若是将这些器物出手，还能挽回一些损失。虽然这趟生意亏了，但他相信今后还能再赚回来。经商就要有这样的胸襟，经得起失败才能得到成功。他从心里看不起这些响马，也十分憎恨这个石大人，别看他现在说得冠冕堂皇，其行为与土匪拦路抢劫毫无两样。

那耶还要感谢嘉帕尔太子，若不是嘉帕尔的慷慨，恐怕他也很难过这一关。嘉帕尔为替他交付逃税的罚金，将自己的所有货物都给了石大人，这个嘉帕尔真是值得信赖的朋友。那耶忽然意识到，人活这一生，拥有这样的朋友似乎比财富更为重要。

嘉帕尔坐在一块羊毛毡上，看着夜空上一轮明月，他想到了大唐的夜晚，那一天夜空上也是一轮明月。

嘉帕尔与张子衿漫步在长安曲江池畔，张子衿一边信步向前走去，一边吟诵着一首诗："长安一片月，万户捣衣声。秋风吹不尽，总是玉关情。何日平胡虏，良人罢远征。"

嘉帕尔的眼睛一直看着张子衿，她的一颦一笑都让嘉帕尔动心。

张子衿回身看到了嘉帕尔的表情不禁问道："你这是在干什么？"

"我刚才一直在想一件事。"嘉帕尔说道。

"什么事？"张子衿问道

"我想如果……如果……"嘉帕尔一紧张就有些结巴。

"有什么事就赶紧说，别总这样结巴，什么也说不清楚。"张子衿有些不耐烦。

"如果子衿姑娘愿意的话，我想请你做我的先生。"嘉帕尔终于说了出来。

"我怎么能做你的先生……"张子衿一听笑了。

"可以的，你懂得这么多的诗，只要你愿意，就能做我的先生，只是不知姑娘愿不愿屈尊教我。"嘉帕尔赶紧说道。

"好吧，既然你称我为先生，那我就屈尊先教你一首诗吧……"张子衿看着一脸窘相的嘉帕尔说道。

"好的，好的。"嘉帕尔高兴地说道。

"秦时明月汉时关，万里长征人未还。但使龙城飞将在，不教胡马度阴山。"张子衿的声音在这夜空中回荡着……

嘉帕尔一想到此，他的脸上出现了微笑。

戈壁荒漠上的夜空中挂着一轮明月。

驼镇的夜晚，寂静无声，这时，一个人影走过街道。

诺澜走进牲畜棚圈来到老者的身边，揭掉了头上裹着的围巾，老者坐起了身子。诺澜从怀中拿出了那把刀柄上镶嵌着红宝石的腰刀放在老者的手上。老者用手摸着这把刀，突然睁开了眼睛。

"我知道这是谁的刀，这是朗若的腰刀。"老者说道。

"大叔，是谁杀死了我的父亲？"诺澜问道。

"姑娘，你真非要知道是谁杀死你的父亲吗？"老者问道。

"是的，我必须要知道杀死我父亲的凶手是谁，因为我是楼兰人的后裔，请您告诉我吧，我知道该怎么做。"

老者眯缝起了双眼似乎在看着很远的地方。

田野上是开满了紫色小花的苜蓿，几匹马践踏着苜蓿，紫色小花纷纷倒下……诺澜的父亲手里握着这把刀站在田野上，独眼双手捂着眼睛在地上翻滚着，诺澜的父亲正欲上前救助他，就在这时，年轻时的石大人骑马迅速来到诺澜父亲的身后一刀劈下。

诺澜的父亲倒在苜蓿地里，紫色的小花将他覆盖了……石大人下马从死者手中拿走了那把腰刀。

老者的眼神收了回来，诺澜的眼睛里充满了泪水。

"大叔，您知道杀死我父亲的人是谁吗？"诺澜再次问道。

"姑娘，如果知道了这个仇人，恐怕就会惹来灾祸。"老者的脸上显出担忧的神情。

"大叔，我什么都不怕，我一直在寻找这个人，请您告诉我这个人是谁。"诺澜的神情恳切。

老者的眼神迷蒙，他的嘴唇翕动了一下，欲言又止。

"大叔，我求求您了……"诺澜跪在老者的面前。

这会儿石大人已吃饱了，他很重视每天的晚餐，每顿晚餐他都吃得很丰盛。这会儿，他挺直了身子，有人端来一盆水，他在水中仔细清洗了自己的双手，接过一块亚麻布擦干净。石大人非常讲究，他不允许自己的手上有一点油污，即使在杀人时，手上溅上了血迹，他也会立刻擦掉。他在生活中甚至有点洁癖。石大人拍了一下手，一个响马走了进来。

"大人，有何事吩咐？"响马恭敬问道。

"去把独眼给我叫来。"石大人说道。

"遵命，大人。"响马走了出去。

地下赌场外面，独眼正在与大食人说着话。

"最近的生意如何？"独眼问道。

"自从大人把这群难民弄来，我托朋友从外面也找了一些亡命之徒，我让这两批人在一起角斗，没想到生意越来越好了。"大食人说道。

"这些难民是不是已经让你的人给收拾得差不多了？"独眼问道。

"恰恰相反，我找的这些人竟然不是难民的对手，让这些难民给收拾得差不多了，死伤了好几个，我正为这事发愁呢。"大食人的表情夸张。

"竟有这样的事？"独眼有些诧异。

"大人有所不知，那些难民中出了一个很厉害的角色，他现在成了大家心目中最强悍的武士。只要有他出场，赌场的生意就会火爆异常，现在他已经连赢了五场，我看这势头还挡不住。"大食人说道。

"你说的这个人是谁？"独眼问道。

"就是大人你带来的那个回鹘人。"大食人神秘地说道。

赌场里，回鹘人被带了出来，他的表情木然。人群中立刻出现了震耳欲聋的欢呼声，回鹘人似乎也已经习惯了这样的场面，他向众人挥了挥手。这时，有人从里面又带出了两个汉子，那两个汉子都曾败在回鹘人的手下，可是今天不同了，这一场的角斗是一对二，回鹘人要一个人对付这两个汉子，比赛立刻充满了悬念。

众人开始下注，有人继续看好回鹘人，有人则押在了那两个汉子的身上。

一阵铃声敲响，角斗开始。回鹘人与那两个汉子对峙着，谁也不敢轻易向前。突然，回鹘人率先出招，他猛冲过去抓住了其中一个汉子的肩膀，身子向前一靠将他背了起来。

人群立刻欢呼起来。

另一个汉子立刻冲上来抱住了回鹘人的后腰，回鹘人摆脱了几下都没成功，反倒被越抱越紧，回鹘人只好挣脱撤出。三个人在场地中左冲右突、互有先机，但谁都没有能力将对手置于败局，双方都缺少制胜的搏命一击。

这时，独眼与大食人走了进来，他们站在后面的阴影中看着这三个人的角斗……

押注的人开始为他们看好的人呐喊助威，回鹘人一个对付两个已有些力不从心，他看到了身后几个难民兄弟在给自己鼓劲，似乎又恢复了勇气。回鹘人看准了时机，猛然冲上去做了个假动作，不等那汉子反应过来，他已经抱起了那汉子的腿，另外一个汉子立刻冲上来，回鹘人不等他近身就将那个汉子抡了出去，那个汉子就像一个麻袋一样被摔倒在地。

人群再次欢呼起来。

这时，回鹘人开始向另外那个汉子逼近，那个汉子有些心虚，他向后退着。回鹘人不给他喘息的机会，上前抓住了他的肩膀，用头猛地撞向他的额头，那个汉子顿时蒙了，身体失去了重心，摇晃着，回鹘人上前用手臂卡着他的脖子将他背了起来。

人们高喊着："摔出去，摔出去……"

回鹘人将那个汉子旋转着，准备将他抛出去，就在这时，从暗处飞出了一把短刀，短刀旋转着从回鹘人的腰间掠过，将他的腰部划出了一道深口，鲜血立刻流了出来。回鹘人突然感到腰部一阵巨疼，顿时失去了力气，他感到背上那个汉子的重量足以将他压垮，他的一条腿不由得颤抖着跪在了地上，身上的汉子也翻落下来。

人群发出一片呼叫声……

此刻，回鹘人已痛苦地弯下了身子，那个汉子从地上爬起来本想逃走，这会儿他见到回鹘人一条腿跪在地上，表情痛苦。那个汉子立刻抖擞精神，运足了力气冲来，用双拳向回鹘人的头上砸来。回鹘人的头上遭到了重击，身子一歪倒在了地上。

人群发出一阵惊叫声……

这时，那个倒在地上的汉子也起来了，两个汉子将趴在地上的回鹘人拉了起来，一阵拳脚相加地暴打，回鹘人已没有抵抗能力。一记重拳打在他的脸上，他的头向后仰去，又一脚踢在他的腹部，他又弯下腰扑倒在地上。两个汉子一阵猛踹，回鹘人在重击下蜷缩在地上不断翻滚着，浑身上下都是血迹。

人群中发出了一阵骚动……

"这太不公平了……"有人喊道。

"这不是公平角斗，这是阴谋屠杀……"又有人喊道。

黑暗中，独眼对旁边的响马说道："去把那个回鹘人拉出去。"

几个响马上来，拦住了那两个已经疯狂的汉子，提着回鹘人的双脚，将他拉了出去。

这时，一个响马跑进来伏在独眼的耳边说道："大人，石大人叫你过去。"

独眼很晚才来到石府大堂，一进门就忙不迭地说道："大人，我来迟了。"

"去哪儿了？"石大人头也不抬地问道。

"我带着几个弟兄在驼镇周围巡视，遇到了几只狼进了羊圈，还叼走了几只羊，我便领着弟兄们追了一程……"独眼赶紧编了一套谎话应付过去。

"哦，辛苦了。"

"不辛苦。"

"我让你招募人手的事办得如何了？"石大人一直操心这件事。

"差不多了，这两天一直在挑选。"独眼说道。

"挑了多少人？"石大人继续问道。

"差不多二十人左右。"独眼大概算了一下，基本上能凑够这个数。

"我想把这些新招募的人交给唐人训练。"石大人说道。

"大人的意思是把这些人交给那个唐人？"独眼有些不相信。

"是的。"石大人看着独眼说道。

这就是石大人心里的打算，要想留住这个唐人，不能让他整日好吃好喝地歇着没事，这日子长了谁都会烦，要给他找点事做，同时凭借唐人的本领想必也能给他训练好这支队伍。

"大人想过没有，这些新招募的人要是交给一个外人带，将来可就不好说了，把这么重要的权力交给一个外人，大人就不担心吗？"独眼说道。

独眼一直想找机会除掉这两个唐人，如果再让这个唐人手里有了兵权，就更难下手了。

"他们在这儿吃的都是我的粮，替我做事理所应当，有什么可担心的？"石大人说道。

石大人知道独眼的那点心思，就是不想说透。独眼这个人没什么真本事，当初收留他也就是看他还算忠诚，可要想成就大业，仅靠忠诚是不够的，不然就像养了一群只知道摇头摆尾的土狗，又有什么用。

"只要大人信得过唐人就行。"独眼说道。

独眼知道现在说什么都没用了，他担心的事已经发生了。看来在石大人的眼里，自己的地位已不如那个唐人了。

"明天就让唐人接管这些人。"石大人的口气不容置疑。

"遵命，大人。"独眼领命退下。

第二天，张子瀚与秦子安来到了难民住的地牢，那些难民用诧异的目光看着这两个唐人。

张子瀚让一个响马打开了牢门，难民一个个走了出来，牢门就要关上的时候，张子瀚无意中看到地牢里面还躺着一个人。

"这是什么人？"张子瀚问道。

"这个人废了。"响马说道。

"打开门！"张子瀚命令道。

响马又打开了牢门，张子瀚走了进去，他看见地上躺着的回鹘人，他的腰部缠着一块破布，上面满是血污。黑暗中，他瞪着一双眼睛，喘着粗气……

"你是什么人？"张子瀚蹲下身问道。

"我是个回鹘人。"回鹘人答道。

"这是怎么了？"张子瀚指着他腰部的伤问道。

"遭人暗算了。"回鹘人艰难地说道。

"来人，把他带出去。"张子瀚对响马说道。

"可是大哥不让这个人出来。"一个响马说道。

"现在是我说了算。"张子瀚的口气强硬。

两个响马只好上来将回鹘人架了起来。

张子瀚与秦子安带领着这些难民来到训练场上，很多难民已在赌场的角斗中不敌对手或死或伤，现在就残存了这些人。他们一直住在不见天日的地牢中，身体状况极差，很多人面色苍白、步履踉跄。他们有些不适应外面的阳光了。

张子瀚让这些难民都列队站好，他挨个巡视，一张张粗糙肮脏的面孔从他眼前掠过。这些难民也不知道让他们到这要干什么，只要能活着看见太阳就已感到万幸了。

张子瀚来到回鹘人的面前，回鹘人由两个难民架着站在队伍后面，他的腰上缠着血污的破布，脸上的表情痛苦，刺眼的阳光使他睁不开眼睛。

"是谁把你弄成这样？"张子瀚问道。

"是……那个只有一只眼睛的……恶人……"回鹘人艰难地说道。

"你是怎么得罪他的？"张子瀚知道说的是谁了。

"那个恶人，他……把我们……拉去为他搏命角力……给他赚钱……然后……他又……操纵赌博……加以暗害……"回鹘人的头上已经渗出了汗珠，他有些难以支撑了。

"我们好几个兄弟都死在那里，还有人受伤没死，就让人给拉出去了，没了下落。"一个难民说道。

"他们就这样死得不明不白，早晚有一天也会轮到我们，我们现在就是在等死。"另一个难民说道。

这时，石大人与独眼走了过来。

"子瀚兄弟，我来看看新招募的这些人怎么样。"石大人说道。

"大人，这些人现在身体状况极差，恐怕一时还难以训练。"张子瀚说道。

"这些人在我这已经吃住了不少日子了，怎么还没有缓过来？"石大人看着独眼问道。

"大人，每天都是好吃好喝地供着他们，养着他们，要还是这副德行，就让这些人全都滚蛋。"独眼说道。

"大人，据我所知并不是这样，他们每天都要去搏命角斗，稍有不慎就会伤残甚至丧命。"张子瀚说道。

"这是怎么回事？"石大人转头看向独眼。

"大人，我让他们相互角斗搏杀就是为了挑选出优胜者，这件事大人是知道的。"独眼回答道。

"嗯……"石大人看着这些形容枯槁的难民有些不解。

"难道这就是你说的那些优胜者吗？"石大人指着那些难民问道。

"这些人已经是挑出来了的，那些死伤的人更惨……"独眼有些心虚了。

"如果就是这样的货色，还不如不要。"石大人看着这群人有些气恼。

"大人的意思是……"独眼问道。

"与其让他们在这儿白白糟蹋我的粮食，还不如让他们全都滚蛋，重新再招。"石大人已失去了信心。

"大人，请听我一句话。"张子瀚走了过来。

"请讲。"

"大人既然让我训练管理这支队伍，那就给我一些时间，我有信心把这支队伍训练好。"张子瀚说道。

"哦……子瀚兄弟有这个把握？"石大人一听来了兴趣。

"只需大人耐心等待一段时间，到时候如果再让大人失望，我愿听凭大人的发落。"张子瀚认真地说道。

"那倒不必，子瀚兄弟，只要你愿意帮我训练好这些人，什么条件我都答应。"石大人说道。

"大人，那我就提条件了。"

"说吧。"

"既然是由我训练这支队伍，那就要我说了算，别人不得插手。"

"行。"

"根据目前的状况，要给他们换个住处，好好调养一些时日，然后才可进行训练。"

"可以。"

"另外，这里有一个重伤者，还望石大人能找一个精通医术的人为他医治疗伤。"

"这个嘛……"

"大人刚刚可是说过，什么条件都会答应，这可是大人的承诺。"张子瀚说道。

"好，就这么办。"石大人说道。

此时的独眼正用一只眼睛恶狠狠地盯着张子瀚。

接下来的几天，这些难民被安排在驼镇的另一处院落，院落中有很多空闲的房舍，那里曾是石大人的驻地，现在废弃了。张子瀚与秦子安带着难民把这里好好打扫了一遍，安顿他们住下。又在一边的空房建起了厨房，招来了为大家做饭的人。回鹘人的伤也得到了医治，这些难民经过几天的调养也都缓了过来。张子瀚和秦子安与这些难民也都熟悉了。

这些人来自西域的各个部族和村落，由于共同不幸的遭遇开始背井离乡、四处流浪。他们原来都是普通的牧人或是农民，现在都失去了家园，沦为难民。回鹘人由于为人公道正义，成为大家公认的首领。张子瀚让回鹘人当了这支难民队伍的队长。在这之前，张子瀚与回鹘人有过一次交谈。

"你叫什么名字？"张子瀚问道。

"我是回鹘人，这里就我一个，你就叫我回鹘人吧。"回鹘人说道。

"那好，我来自大唐，名叫张子瀚，你也可以叫我唐人。"张子瀚说道。

"我知道，我的这条命是大人给我捡回来的。"回鹘人说道。

"我们都远离自己的家乡，有缘在这儿相识，理应相互帮助。"张子瀚说道。

"我觉得你这个唐人与那些人不太一样。"回鹘人说道。

"怎么不一样？"张子瀚问道。

"开始的时候，我觉得你跟他们是一伙的，可后来我觉得你跟他们不一样。因为你的眼睛是透亮的，我能通过你的眼睛看到你内心的干净。而那些人，他们是贪婪的野兽。"回鹘人认真地说道。

"我知道你是一个有头脑、有勇气的人，请你相信我，我不会害你，你要带好这些弟兄，我们还要好好合作。"张子瀚说道。

"无论如何，我都信任你。"回鹘人说道。

张子瀚与回鹘人都感到对方很亲近，他们的手握在了一起。

由于张子瀚与秦子安在给石大人训练招募的响马，张子衿闲来无事便与诺澜在一起说话打发时间。

"诺澜姐姐，你看我哥哥这个人怎么样？"

"你哥哥是个好人，内心干净，为人善良，可是……"

"可是什么？"张子衿问道。

"可是，这样的人也缺少防备人的心理，容易被人利用。"诺澜说道。

"你说得对，不过我了解我的哥哥，他知道自己要做的事。"张子衿说道。

"也许是我想多了，才有这样的担心。"诺澜说道。

诺澜小小年纪就经历了许多常人难以承受的苦痛，这些苦痛的经历也让诺澜迅速成长起来，她的心智要比她的实际年龄成熟许多。诺澜总是将自己的内心包裹起来，她不能暴露内心的秘密，因为她还要完成自己的使命。

张子衿与诺澜不同，她从小就受到了家人的呵护、娇宠，从未有过苦痛的经历，保持了简单纯真的少女本性。她的内心清澈透明、性格率真，说话向来直来直去，对人从不防范，她相信这个世界的美好，对未来生活有着良好的憧憬。

"诺澜姐姐，你会喜欢上我哥哥吗？"张子衿就是这样口无遮拦，想到什么就说出来。

"我……"诺澜一下被问住了，她不知道该怎么回答。

"诺澜姐姐，你心里是怎么想的？"张子衿急于想知道答案。

"我，不会的。"诺澜答道。

"为什么？难道我的哥哥不够优秀吗？"

"因为你的哥哥是诺澜的主人，诺澜只是主人的奴仆，奴仆不该对主人有这样的非分之想。"诺澜郑重地说道。

"诺澜姐姐，你不必有这样的担忧，你并不是奴隶，如果你是自由的人，你会怎么样做？"张子衿非要得到一个准确的答案。

"我不知道。"诺澜说道。

这也是诺澜的真实想法，原来她觉得张子瀚是个值得信赖的人，他从响马的手里将她救了下来，可现在这个人竟又跟在石大人的身边，开始为他训练响马，她对张子瀚心存的好感顿时减去了许多。

"嗯……我明白了。"张子衿说道。

张子衿忽然理解了，也许这就是民族不同的原因，不同民族的人相互之间的情感交流是有差异的。她忽然想到了嘉帕尔，她觉得这个人与她的关系既亲近又遥远，也许就是这个原因。

嘉帕尔与那耶的驼队此时已向西走出去了很远的路程，黄昏时分，他们来到了一片山地，驼队开始休憩。

嘉帕尔坐在骆驼旁边，阿苏儿找来了柴草在一旁生火烧水。

这时，那耶走了过来。

"前面就是山口，那里有突厥人驻扎，恐怕会遇到麻烦。"那耶说道。

"我们该怎么办？"嘉帕尔问道。

"我在当地找到了一个向导，此人知道一条山路，可以绕过这个山口，就是路途比较艰险。我们要备足食物和水。"那耶说道。

"真的，你是说有人可以带我们绕过突厥人驻扎的山口？"

"是的。"

"太好了，这个人在哪儿？"嘉帕尔急切地问道。

"嘉帕尔，你这是怎么了？"那耶有些不解地问道。

"如果我知道有办法可以绕过这个山口，那我就可以回到驼镇去接我的大唐朋友了。"嘉帕尔兴奋地说道。

"好的，一会儿我就把那个人带来。"那耶说道。

晚上，嘉帕尔与阿苏儿吃过了晚饭，他们坐在篝火旁准备休息。那耶带来了一个人。

"这就是我说的向导，他的部族就住在山里，后来都走了，就剩下了他一人，他就住在山里的洞穴里，他对这里的地形非常熟悉。"那耶说道。

嘉帕尔看到这个人面色黝黑，身材消瘦，走路轻快，就像是一只羚羊。

"你说有一条路可以绕过前面的山口？"

那个山里人点了点头。

"那好，我请你再带几个人过去，只要能将他们安全地带到安西都护府，我会重赏于你。"嘉帕尔说道。

那个山里人又点了点头。

"那耶，你们先走，我现在就返回驼镇。"嘉帕尔说道。

"怎么，你是说你不打算跟我们一起走了？你不回疏勒国了？"那耶有些不敢相信这是真的。

"是的，是的，阿苏儿，我们马上就走。"嘉帕尔对阿苏儿说道。

"好的，主人。"阿苏儿答道。

"等等，嘉帕尔，你即使要走也不必这么急啊，至少也要等到天亮吧。"那耶说道。

"那好，我们明天一早就走，争取早点回到驼镇。"嘉帕尔说道。

"明白了，主人。"阿苏儿说道。

"好吧，你们说走就走，剩下的路又得我一个人了。"那耶摇着头喃喃道。

几天过去了，张子瀚将石大人请到了训练场，只见那些难民列队齐整，精神了许多。石大人看着这些人，脸上露出了笑意。

张子瀚命令道："现在成两个列队操练行进步伐！"

这支队伍立刻分为两列队形，他们迈着齐整的步伐相背行进，然后又转身相向而行，最后又排列齐整地站成一列队形。

"嗯，不错，不错，还是子瀚兄弟的手段高明，这支队伍能成为这个样子，真是多亏子瀚兄弟。"石大人喜形于色。

"大人，接下来的训练就要给这支队伍配发马匹和兵器了。"张子瀚说道。

"好的，好的……"石大人立刻答应。

"大人……"这时，独眼跑了过来。

"什么事？"石大人问道。

独眼将石大人拉到一边小声说道："石大人，现在驼镇里又拥进了一些难民，我发现了一些不错的人选……"

"知道了。"石大人有些不耐烦。

石大人走到张子瀚面前。

"从今往后，这支队伍就交给子瀚兄弟了，这里的一切都由子瀚兄弟说了算。所需的马匹、兵器随后就送来。"石大人说道。

"好的，大人。"张子瀚恭敬地说道。

石大人上马走了出去，独眼紧跟在石大人的身后。

独眼跟着石大人来到了石府大堂。

"大人，难道真要把这支队伍交给这个唐人吗？"独眼的一只眼睛显出了担忧的神情。

"你有什么想要说的？"石大人转身坐在铺着雪豹皮的卧榻上。

"这个唐人绝不会与大人一心，大人怎能把一支队伍交给他呢？"

"难道你没有看到这些人经他的调教完全变了样子，这事你能做到吗？"石大人问道。

"我虽不敢说有这样的本事，但我对大人是绝对忠诚的。"独眼的一只眼睛露出了真诚的光芒。

"忠诚管个屁用，没有本事的人就是废物。"石大人说道。

"这……"独眼一下说不出话来了，他的一只眼睛在眼眶里转了一圈变得黯淡下来。

"你手下的那些人从不操练，遇到事就是一群废物。从今往后，你也要每天训练，到时候我会让你的人马跟唐人训练的这些人马在一起角斗比试，胜者奖励，败者惩罚。这样最公平。"石大人看着独眼说道。

"明白，大人。"独眼没想到会是这样的结果，早知道就不说这些了。

"你去仓库把兵器拿来发放给他们，再到马圈选出二十匹好马交给这个唐人。"石大人又说道。

"遵命，大人。"独眼耷拉着脑袋说道。

"快去办吧。"石大人闭上眼睛不再理会独眼了。

张子瀚与秦子安来到了集市广场，这里又拥进了许多难民，秦子安在人群中看到了那个波斯人的身影。

"子瀚，你看，那个就是波斯人贩子。"

"哦……"张子瀚顺着秦子安手指的方向看去，波斯人转眼又不见了。

"子瀚，咱们起早贪黑，这么费力地为石大人训练这支响马队伍，你是打算在这儿长待下去了？"秦子安问道。

"我们暂时走不了，总要有点事做，要做就要做好。"张子瀚说道。

"我们训练这些人是让他们将来也成为响马吗？"秦子安问道。

"这些人都出身良善，不是天生的响马，现在沦为难民不得不找口饭吃，我们是在用心交朋友，只要用心相交，就会得到回报。"张子瀚说道。

"明白了。"秦子安说道。

张子瀚与秦子安边走边说，他们走过街道转向一条巷道，突然迎面走来两个风尘仆仆的人撞在他们的身上。那两个人赶紧向他们躬身道歉。

张子瀚看到这两个人正是嘉帕尔与阿苏儿，嘉帕尔与阿苏儿也看到了他们。

"二位公子，你们怎么在这儿？"嘉帕尔问道。

"嘉帕尔，这话应该是我问你，你们不是走了吗，怎么又出现在这儿？"张子瀚问道。

"我们在路上已走了两天两夜，赶回来就是要找二位公子，我有重要的事要跟你们说。"嘉帕尔急切地说道。

"好，我们回去说。"张子瀚拉着嘉帕尔向回走去。

诺澜用手抚摸着父亲的那把腰刀，眼里射出了仇恨的光芒，喃喃说道："父亲，我已经知道了谁是杀害你的凶手，我会给你报仇的……"

这时，门外传来了敲门声，诺澜起身打开了门，看到张子衿站在门口。

"子衿妹妹，快点进来吧。"

"诺澜姐姐，你快点跟我走。"

诺澜与张子衿来到张子瀚的房舍，只见嘉帕尔和阿苏儿也在那里。

"诺澜姑娘，我们可以离开这里了。"张子瀚说道。

"哦……"诺澜似乎没有听懂。

"诺澜姐姐，嘉帕尔与阿苏儿为我们找到了一个向导，可以带我们绕过突厥人的营地，我们可以离开驼镇了。"张子衿对诺澜说道。

"好的，可是……"诺澜似乎有些犹豫。

"大家抓紧时间分头准备，我今天就去向石大人辞行，我们明天一早就离开驼镇，前往安西都护府。"张子瀚的脸上难掩兴奋的表情。

"你是说我们这次肯定可以去安西都护府了？"秦子安问道。

"请放心，我家主人已经安排好了。"阿苏儿在一旁说道。

"这事没有问题，那个向导会在山口等着我们，然后我们就跟着他前行，只需一个夜晚的路程我们就可以越过那个山口了。"嘉帕尔说道。

"嘉帕尔，你真是为我们做了一件天大的好事，等到了安西都护府，我要好好感谢你。"张子瀚说道。

"不必客气，我们是自己人，尽管我们不是同一民族，来自不同地域，但我们的心是相通的。"嘉帕尔说道。

"说得好，我们的心灵相通。"张子瀚说道。

"从这里去安西都护府路途遥远，可要好好准备一下，带足了路上所需物品。"嘉帕尔又说道。

"这事交给子安去办，你要为我们大家准备好出行的食物和水。"张子瀚说道。

"放心吧，我已经准备好了几条装食物的布袋还有水囊，我再去把我们的马也准备好。"秦子安说道。

黄昏时分。独眼感到心情郁闷，他来到了地下妓院。

"大人来了。"波斯人立刻迎了出来。

"嗯……这些日子生意如何？"

"这些日子咱们这儿的生意不错，现在我们这儿已经有了不少熟客，加上我们找来的那些女人，这等规格的享乐就是到了王公贵族那里，也不过如此。我们这里可是有钱人最为享受销魂的去处了。"波斯人得意地说道。

"嗯，不错。"独眼还是打不起精神。

"大人的心情不好，是为何事？"波斯人看到了独眼无精打采的样子。

"我想问你件事。"独眼用一只眼睛看着波斯人说道。

"大人请讲。"波斯人问道。

"怎么才能除掉一个从心里很憎恨的人？"独眼咬牙切齿狠狠地说道。

"大人是说从心里憎恨？"波斯人指着心的位置问道。

"是的，恨得我心都疼……"独眼说道。

"这事好办。"波斯人说得很轻松。

"可是此人武功高强。"独眼想起张子瀚的武功不由心里发虚。

"再高强也没用，我对付的就是这种人。"波斯人不屑地说道。

"哦，你有何办法？"独眼一听立刻来了兴趣，他看着波斯人问道。

"大人，这又不是要杀一头狮子，即便是要杀一头狮子也不用担忧，我自有办法……"波斯人笑得很诡异。

"好，到时候我就找你。"独眼的一只眼睛里闪烁着光芒。

张子瀚来到了石府大堂。

"大人，我有事要跟大人说。"张子瀚说道。

"好，好，子瀚兄弟，这些日子辛苦了，我一直想与你好好说说话，今晚我要好好款待你。"石大人见到张子瀚十分高兴。

"大人，我是来向大人辞行的。"张子瀚施礼说道。

"什么，你要辞行？"石大人心里有些疑惑。

"是的。"张子瀚说得很肯定。

"是不是有人为难你了？你跟我说，我绝不轻饶。"石大人想到了独眼。

"大人误会了，没有人为难于我。"

"那是为何？"

"是这样，我已打听到有一条通道可绕过突厥人占领的山口。我想尽快赶到安西都护府，还望大人能允我们成行。大人对子瀚的情谊，我会牢记在心，容子瀚来日再报。"张子瀚两眼看着石大人，目光灼灼，态度坚定。

"哦……子瀚兄弟打算何时离去？"石大人明白了，他的一片良苦用心，并没有打动张子瀚。

"我想明日一早便离开这里。"张子瀚说道。

"好吧，既然子瀚兄弟执意要走，我就不再挽留，我是个重情重义的人，今晚我为你们饯行，还请不要推辞。"石大人面带微笑说道。

石大人尽管心中不悦，但还要保持自己的风度和尊严。

"好的，我一定前来，谢谢石大人。"张子瀚难掩心中的喜悦。

张子瀚走后，独眼来了。

"你来得正好，我正有事要找你办。"石大人说道。

"大人请吩咐。"独眼说道。

"今晚我要宴请大唐兄妹并为他们饯行，你赶紧去准备，要用最高的礼仪规格。"石大人说道。

"怎么……这几个唐人要走？"独眼有些不太相信这是真的。

"是的，难道我说得还不够清楚吗？"石大人有些烦闷，这个独眼不会理解他此时的心情。

"遵命，大人。"独眼察觉出石大人的不悦，立刻答应着走了出去。

独眼知道这几个唐人要走了，他的心情好极了。这几个唐人在这儿可没少给他添麻烦，好在他们就要离开这里了，可他们就这么轻松地走了，也有点太便宜他们了。独眼想到了他要做的事，他的脚步变得轻快起来。

张子瀚一回到住处门口，就见张子衿急匆匆地迎了过来。

"哥哥，你快点去看看吧，出事了。"张子衿急切地说道。

"出了什么事？"张子瀚有些紧张地问道。

"子安哥与嘉帕尔打起来了。"张子衿说道。

张子瀚来到院子，看到嘉帕尔与秦子安撕扯在一起，互不相让，他上前拉开了他们。

"你们这是干什么？"张子瀚瞪着秦子安问道。

"子瀚，这个人太可恶了，我好心问他为何又回来，本来让阿苏儿来告诉我们就行了，你猜他怎么说，他竟然说他喜欢子衿姑娘，就想见到子衿姑娘。我一听这话就火了……"秦子安怒气冲冲地说道。

"难道你们就是为这事打起来的？"张子瀚有些不相信。

"当然，他竟然这么无理，还敢当着我的面说出这种有损子衿姑娘的话。我让他给子衿姑娘道歉，他死活不肯，还说他不能欺骗自己的内心。我没想到他竟是一个这么无耻的人，我能不教训一下他吗？"秦子安说得理直气壮。

"子安啊子安，你让我说你什么好啊！你也不小了，可你竟然忘了自己的身份，忘了我们这是在哪儿了，我们现在虎狼之地啊。你也不睁眼看看，周围都是随时要置我们于死地的响马，他们还没有动手，我们自己竟内讧起来，你到底是想要干什么？"张子瀚难掩愤怒地说道。

"好吧，我知道，我错了……"秦子安意识到了自己错了。

"错了，你说得倒轻巧，这样做会酿成大祸，你知道不知道？"张子瀚气得手直哆嗦。

"这事也怨我不冷静……我也有错……"嘉帕尔也意识到不该这样，他低下了头。

"这事现在不说了，事情随时都有变故，我们在离开此地之前，千万不可再生出什么麻烦。"张子瀚的语气恳切。

"知道了……"秦子安自知有些理亏。

"怎么没有见诺澜，诺澜到哪儿去了？"张子瀚问道。

"我们一直没有见到诺澜，不知道她去哪儿了。"秦子安说道。

"大家赶快准备一下，诺澜回来让她也赶紧收拾一下东西，今天晚上，石大人要为我们饯行，我不得不去。明天一早，我们就随嘉帕尔一起离开驼镇。"张子瀚说道。

"明白了。"嘉帕尔说道。

"知道了。"秦子安说道。

傍晚时分，独眼低着头沿着街道急匆匆地走来，身后拖着一条长长的影子。

独眼径直走进地下妓院，拉响了铜铃，波斯人立刻走了出来。

"大人来了。"波斯人说道。

"嗯……我找你有点事。"独眼说道。

"大人请讲。"波斯人说道。

秦子安默默地收拾着东西，这会儿他心里不是滋味，张子瀚从未对他发过这么大的火，这都是因为这个令人讨厌的嘉帕尔。

刚才张子瀚去向石大人辞行，嘉帕尔来到这里。不知道为什么，秦子安对这个来自疏勒国的人有些好奇。

"嘉帕尔，你怎么又回来了，这点事让你的那个仆人来告诉一声就行了。"秦子安上前问道。

"我……我回来想见一下子衿姑娘。"嘉帕尔说得很直接。

"什么？"秦子安一听这话，立刻警觉起来，又问道："你是说你要见子衿姑娘？"

"是的……因为这些日子一直没有见到子衿姑娘，心里很想念……所以我就来了。"嘉帕尔的脸上出现了些许羞怯的神情。

"我问你，你带着子衿姑娘从长安来到西域，你们一路上都说了些什么？这才分开了几天，你就开始想念了……"秦子安的话中带有一些情绪。

"我们一路上说了很多话，子衿姑娘还教会了我不少诗词，我越来越喜欢子衿姑娘了。"嘉帕尔诚实地回答道。

"你说什么？你再说一遍……"秦子安心头的火顿时燃烧起来。

在秦子安的心里，张子衿就是世间最为纯洁美好的象征，就连自己都配不上她，怎么能容这个胡人妄想。最气人的是他说起子衿如此亲昵、随便，秦子安心中的怒火顿时被点燃了起来。

"我是说我从心里很喜欢子衿姑娘。"嘉帕尔以为秦子安没有听清楚，只好又重复了一遍。

秦子安这时难以控制自己的情绪，他上前一把抓住了嘉帕尔的衣领，举起了拳头。嘉帕尔本能地开始招架，他们就这样撕扯了起来，好在秦子安忍住了，他没有真对嘉帕尔动粗。

秦子安的心里一直有张子衿，即便他得不到张子衿的心，可也不能允许一个胡人当着他的面说出这样的话，这让他从心里难以接受。

不过张子瀚说得对，无论如何不能在这个时候出事，毕竟，嘉帕尔回来是为了将他们带出驼镇。秦子安一想到此也有些后悔自己的莽撞。

夜晚驼镇的石府大堂，灯火辉煌，桌上摆着丰盛的食物。

张子瀚、张子衿与石大人坐在大堂上。

石大人举杯："请，请二位满饮此杯。"

张子瀚举杯："请，石大人请。"

张子瀚看着石大人给他们准备的各种美味佳肴，没有一点胃口。

"子衿姑娘，这些食物还吃得习惯吗？"石大人向张子衿问道。

"很好吃啊，我喜欢这里的美食，与长安的美味相比各有特色，不相上下。"张子衿一边吃着一边说道。

"好，好，只要子衿姑娘喜欢就不必客气。"石大人说道。

"我很喜欢，太好吃了，我不会客气的。"张子衿毫不客气地吃着。

"子瀚兄弟与令妹来自大唐长安，想必什么场面都经过了，不过为了表示我的心意，我还是准备了一点乐舞为二位助兴。"石大人说道。

"谢谢，让大人费心了。"张子瀚恭敬地说道。

"太好了，我想看看西域的乐舞。"张子衿兴致很高。

石大人拍了拍手，独眼从门外带进来几个西域的乐手和舞女，乐手开始演奏乐曲，蒙着面纱的舞女们随着音乐的节奏开始了舞蹈……

那些舞女身材匀称妖娆，舞蹈妩媚热烈。她们穿着短小的衣衫，裸露着腰肢，下面是长裙，赤裸着双脚，脚腕上系着一串铜铃，随着她们扭动的腰肢和轻快的舞步，那些随之摆动的铜铃发出了清脆的响声，更增添了动人的魅力。

张子衿看得心情愉悦，她竟走上去模仿着那些舞女的动作一起跳了起来……

"令妹真是难得的人才啊！"石大人拿起一块羊肉放在张子瀚的盘子里。

"我这个妹妹从小就是这样的性格，在长安时就喜欢跳舞，让石大人见笑了。"张子瀚说道。

"子瀚兄弟，这里虽比不上长安城的繁华气派，可也别有一番风情。"石大人把一块肉放进嘴里

"是的。"张子瀚应付道。

"人这一生最为重要的就是有所作为，子瀚兄弟若想在西域成就一番事业，我这驼镇也不失为一个不错的选择。"石大人继续试探着张子瀚。

"哦……怎么讲？"张子瀚看着石大人问道。

"我很欣赏你们兄妹的才华和本领。这里是连接长安与西域诸国的必经之地，我自然也有我的打算，绝不会满足于做一个驼镇的首领。子瀚兄弟若什么时候想通了，愿意辅佐于我，助我完成大业，我肯定会让你的一生拥有享受不尽的荣华富贵，或许还会名垂千古。"石大人又把一块肉放进了嘴里。

张子瀚没有说话……

"子瀚兄弟在大唐长安一定也是个出众的人才，可是我相信那里一定人才众多，即便少了你一个也无大碍。可若是在我这里，你就是唯一。凡有胸襟抱负的男人，总要有所成就，我可以助子瀚兄弟在这西域实现这个愿望。子瀚兄弟，意下如何？"石大人说完这番话看着张子瀚。

"大人的美意，子瀚心领了。我只是一介平民，我的父兄都战死在西域，我受母亲嘱托，一定要寻到父兄战死的地方，为他们烧一炷香，也好将他们的灵魂引领回家，还请石大人体谅。"张子瀚说道。

"好的，好的，我并无意要阻拦子瀚兄弟的西行，我说这番话的意思只是想告诉子瀚兄弟，你在我心中的位置。再有就是什么时候想到我，随时都可前来，我会举双手迎接。这是我对你的承诺。"

"好的，子瀚记下石大人的这些话了。"

这时，独眼拿着酒壶上前为石大人的酒杯斟满了酒，又给张子瀚的酒杯里倒上了酒。

独眼站在一旁翻着一只眼睛冷冷地看着张子瀚。

"来，为了我们的兄弟情谊，咱们满饮此杯。"石大人举杯示意。

"谢谢石大人。"张子瀚也举起了酒杯。

石大人与张子瀚各自饮下了杯中的酒。

这时，乐手们弹奏的乐曲更加热烈奔放，舞女们的舞姿也跟随着乐曲热烈起来，张子衿在一旁模仿着舞蹈。一个蒙着面纱的舞女从张子衿的身后旋转到了石大人与张子瀚的近前，突然，那舞女从腰后抽出了一把短刀向石大人刺去。

石大人刚把一块肉送进嘴里，见状大惊，身子向后仰倒，刀锋掠过石大人的脖颈，只见空中一缕胡须飘散……

张子瀚立刻跃身上前出手打掉了那舞女手上的短刀，这时，独眼与几个响马冲上来拿下了这个"刺客"。当摘掉此人的面纱时，大家看到这个舞女竟是诺澜。张子瀚顿时愣住了。

"你到底是什么人，竟敢对我行刺！"石大人厉声问道。

"是你杀死了我的父亲，我要替父报仇，可惜没能亲手杀了你这恶魔，我宁愿去死……"诺澜怒目圆睁。

"好，那就成全你，把她拉出去杀了！"石大人说道。

"明白。"独眼立刻提着刀走了上来。

"石大人，手下留情。"张子瀚立刻挡在了独眼的前面。

"难道你还要为这个刺客求情不成？"石大人瞪着张子瀚冷冷地问道。

"大人，这位姑娘是我买下的，我是她的主人，按理大人首先该治我管束不严之罪，还请大人饶过她的性命。"张子瀚急切地说道。

"自从我来到这驼镇，还没见过如此胆大妄为的人，我虽不是什么大人物，可也向来说一不二，敢对我下手的人，只能去死。"石大人面色冷峻。

石大人挥了挥手，独眼立刻上前拉住诺澜的胳膊向外拖去……

"石大人……"张子瀚厉声喊道。

所有人都被这一喊声震慑住了，众人都看着张子瀚。只见张子瀚慢慢跪下了一条腿……

"倘若大人肯饶过诺澜姑娘的性命，子瀚愿留在此地为大人效力。"张子瀚面对石大人又一字一字地说道，"这是我用生命做出的承诺。"

石大人看着张子瀚愣住了……

第十一章　性命

夜晚，驼镇刮起一阵狂风，狂风夹带着雨水笼罩了驼镇的上空，天空下起了雨。开始雨滴一颗颗地砸在地上，后来越来越密集，再后来，天空出现了一道刺眼的光亮。这光亮成树杈状展开，将黑暗的夜空彻底撕开了，随后就是一阵摄人魂魄的雷鸣，夜空就像被巨大的神力撕成了碎片，将所有的雨水倾泻下来。

狂风裹挟着雨水掠过了大地，掠过了驼镇。凡是狂风掠过的地方，就像是被残暴的狂徒劫掠过一样，所有能带走的东西全都被席卷一空。大地上的草木全都不见了，街道上竖着的木杆帐篷都被清理干净，就连一个石子都难以找到。

狂风暴雨来得快，走得也快，天亮的时候，风雨已经完全消失了。天地就像是被清洗了一遍，天空蔚蓝澄明，大地舒展洁净。

几个人骑马来到这天地之间，张子瀚与张子衿为秦子安和嘉帕尔一行送行。

"子安，我不能随你去安西都护府了，见到苏将军请转告我的心愿。我在这里只能见机行事。"张子瀚说道。

"知道了，子瀚，你在这可要多加小心。"秦子安说道。

"嘉帕尔，子安兄弟就拜托给你了。"张子瀚对嘉帕尔嘱咐道。

"放心，我一定把子安兄弟安全送到。"嘉帕尔说道。

"子衿妹妹，你要多保重，我会想着你的。"秦子安跟张子衿告别。

"子安哥哥，你也要保重，我们一定会再见面的。"张子衿与秦子安告别。

"子衿姑娘，我走了。"嘉帕尔看着张子衿有些依依不舍。

"嘉帕尔，你答应过，要再来看我。"张子衿说道。

张子衿对嘉帕尔有一种特别的感觉，有时候觉得亲近，有时候又觉得疏远，就连她自己也说不清。

张子瀚与秦子安对视了一下，他们的手握在一起，然后紧紧拥抱在一起。

石大人与独眼站在院子里的高台上看着驼镇的风景。独眼站在石大人的身后，感到有一种无形的压力。

"大人，我想不明白，难道大人真能够咽下这口恶气？"独眼的一只眼睛看着石大人说道。

"只要这个唐人愿意为我们效力，送他个女人还是划算的。"石大人看着远处说道。

"可是这个唐人真的会为大人出力吗？他能够忠实听命于大人吗？"独眼有些不甘心。

"唐人用自己的生命做出了承诺，我相信他是会遵守这个承诺的。"石大人对自己的判断很自信。因为他很清楚，危险时刻，是张子瀚为他挡了这个刺客，并将刺客手中的刀打落的。

"大人，这个女人说大人与她有杀父之仇，留着这个女人终究是个祸害。"独眼说道。

"我手里杀的人多了，也不差她这一个，等我们完全掌控这个唐人的时候再说。"石大人说话的时候眼睛始终看着远方。

诺澜从昏睡中突然惊醒，她想起了老者跟她说话时的情景。"姑娘，我本不想告诉你，我担心你会做出傻事，但我清楚早晚你也会知道这个人，其实杀害你父亲的凶手就是你猜到的那个人……"老者缓缓说道。

"谢谢大叔。"诺澜说道。

老者的这一番话印证了诺澜的怀疑。当她在石大人的地库中发现父亲的这把腰刀时，就曾猜想到杀害自己父亲的凶手有可能就是这个石大人，可这猜想一直都得不到证实，现在老者终于说出了这句话，她的心里踏实了。

诺澜回到了自己的房舍，从柜子中拿出了父亲的那把腰刀揣进了怀里。

这时的诺澜就像一个寻找到猎物的狩猎者，她目光炯炯，浑身充满了力量。诺澜的心里藏着两种截然不同的性格，一个是与生俱来的善良温柔，一个是坚韧不屈的复仇力量。既然已经知道了谁是杀父仇人，那就要让他以命抵命。这时的诺澜顾不得什么了，她要完成自己的使命。诺澜开始寻找刺杀石大人的机会，直到张子瀚说出他们第二天就要离开驼镇的时候，她忽然意识到不能再错过最后的机会了。

当诺澜知道今晚石大人要宴请客人的时候，便开始寻找能够潜入石府大堂的机会。黄昏时分，诺澜从屋顶观察着主院，只见院子里灯火明亮、戒备森严，到处都是巡逻的响马。诺澜等巡逻的响马走过，顺着一棵树潜入了主院，她想趁人不备进入厨房为大堂送菜，可她发现厨房做出的每道菜都由响马送去。这时，只见独眼带着一群西域女子沿着回廊走了进来。

独眼带着这些女子进入一间房子。

这时，巡逻的响马走来，诺澜已无藏身之处，只好闪身走入房间。她发现这些西域女子正在换装打扮，原来这是一群舞女。诺澜立刻换上了舞女的衣裙，戴上了面纱，混在这群舞女中间。独眼拍了拍手，带着她们走了出去。

诺澜来到大堂，看到了石大人，还有坐在石大人身旁的张子瀚与张子衿，她没想到石大人要宴请的人竟是张子瀚。诺澜透过面纱看到了自己的杀父仇人，她真想一步上去将刀刺入他的咽喉，可她又担心会伤到一旁的张子瀚，但复仇的火焰已经将她心中的怒火点燃，这是最后的机会，她顾不得许多了。

诺澜看准了时机，就在石大人将一块肉放进口中的时候，她旋转着来到石大人的近前，抽出了藏在腰后的短刀，猛然向石大人的咽喉刺去。不想石大人凭借风声躲了过去，之后又被张子瀚发觉，将她手中的刀夺下。诺澜刺杀失利被抓，本想一死了之，可没有想到张子瀚再一次救了她的性命，而且是以自己的生命做出的承诺，以失去自己的人身自由为代价。

诺澜的心灵再一次受到了震撼，她忽然觉得张子瀚是一个敢于担当、值得信赖的男人。

张子瀚送走了秦子安与嘉帕尔一行，回到了住处，他顿时感到了空虚茫然，一阵孤独寂寥的情绪向他袭来。他想到今后秦子安就不在自己身边了。他们从小到大都是共患难的兄弟，现在秦子安走了，今后遇到什么事只有他独自面对了。

张子瀚想起在他跟秦子安说起让他先走时，秦子安当即表示宁愿与他一起留下来。张子瀚好不容易才说服了秦子安，告诉他不能只顾兄弟情谊，更要以前途大局为重。现在自己一时难以脱身，只有让他先只身前往，待他到了安西都护府，向苏将军表明自己的心愿和处境，然后视情形变化相机行事，秦子安这才勉强答应。秦子安也是个明事理的人，他知道也只能这么办了，那一夜他们一直说话到天明，临行前又互道珍重。

张子瀚没有想到诺澜会出现在石府大堂行刺石大人，而且还说石大人是她的杀父仇人。当石大人要处死诺澜的时候，张子瀚出于本能阻拦下来，他知道要想挽救诺澜的生命，自己必须做出牺牲，所以才对石大人做出了承诺。这一切都是为了挽救一个人的生命，对此他毫不后悔。可是接下来自己该怎么办？他努力梳理自己的情绪思路，他不能在此无所作为，不能让自己如此沉沦下去。

一想到此，张子瀚站起身，可他忽然感到一阵头晕目眩，赶紧又坐了下来。这时，张子衿与诺澜走了进来。

"哥哥，你这是怎么了？"张子衿看到哥哥脸色发白、嘴唇发青。

"不清楚，我忽然感到一阵头晕恶心。"张子瀚说道。

张子衿与诺澜扶着张子瀚躺下，张子瀚又感到一阵恶心，吐出了一口黑血。

"哥哥，你这是怎么了？"张子衿有些慌了。

"我也不知道，我的胸口很疼。"张子瀚的额头已经渗出了汗珠。

"一定是有人陷害。"诺澜看着张子瀚这样的情景突然说道。

"诺澜姐姐，你说什么？"张子衿急切地问道。

"我的心口像有火在烧，我要喝凉水……"张子瀚用手抓着自己的胸口艰难地说道。

张子衿赶紧端来了一碗凉水，诺澜看到一把打掉了那碗水。

"不行，不能给他喝凉水。"诺澜说道。

"那……该怎么办？"张子衿不知道该听谁的。

"等着我，我去找一个人来。"诺澜说完就站起身飞快地跑了出去。

独眼坐在自己的房舍中闭着眼睛回想起了昨晚的事。

石大人让独眼准备晚宴，要为唐人饯行。独眼忽然意识到不能再失去这个机会了，他径直来到了地下妓院找到波斯人。

"今天晚上我需要你的那些舞女，石大人要款待客人。"独眼说道。

"没问题，我这里的舞女任由大人使用。"波斯人殷勤地说道。

"还有一件事。"独眼的一只眼睛在眼眶里转了一圈。

"大人有事尽管吩咐，能为大人出力是小人的荣幸。"波斯人说道。

"就是上次我说的那件事。"独眼看着波斯人说道。

"大人说的是哪件事？"

"就是想除掉一个人，怎么样能让这个人死，当然不是马上，最好是让他不知不觉地慢慢死去……你明白我的意思了吗？"

"我明白了，这事容易。"波斯人说道。

"好，你现在就告诉我该如何办。"独眼急切地说道。

"我可以为大人提供一种剧毒的药物，只要让此人服下，不出三日，大人想除掉的那个人就会从这个世界上消失。"

"毒药在哪儿？快点拿来。"

"大人，这种药物我这儿没有。"

"那你跟我说这话还有何用……"

"不过请大人放心，我能给大人搞到这东西。"

"可我今天就要拿到。"

"放心，就是今天。"

"那好，在哪儿？"独眼一听这话又来了精神。

"大人请随我来。"波斯人招了招手。

傍晚的驼镇集市依然热闹，商贩们在高声叫卖着自己的货物。由于现在西域的形势不太平，商贩愿将自己手里的货物降价出手，引来了许多人购买。

独眼跟随波斯人穿过人群，来到了一家店铺门口。波斯人上前敲了敲门，门上打开了一个小窗口，一个头上缠着白布、下巴上留着胡子的波斯商贩露出了头，波斯人点头向他示意，商贩打开了门。

独眼跟着波斯人走下台阶进到房间，独眼吓了一跳，只见黑暗中到处都是绿色的光亮，商贩点上了油灯。独眼看到屋子里摆放着许多笼子，笼子里都是一只只的波斯猫，原来那些绿色的光亮都是来自这些猫的眼睛。

"这里是卖猫的？"独眼问道。

"是的，这里除了卖猫还卖其他的东西。"波斯人神秘地说道。

刚才开门的那位波斯商贩来到近前。

"这位大人需要上好的毒药。"波斯人压低了嗓音对他说道。

商贩点了点头，然后掀开门帘走到里面的房间。过了一会儿，商贩走出来，拿出两个琉璃小瓶放在了桌上。

商贩示意让他们坐下。

波斯人和独眼坐在桌旁，商贩又把两只盘子放在桌上，他拿起了其中的一个琉璃瓶，瓶子闪烁着幽蓝色的光。他从里面倒出了几滴晶莹透明的液体在一只盘子上，然后又拿起另外一只琉璃瓶，瓶子闪烁着幽绿色的光，他同样从里面倒出了几滴晶莹透明的液体在另一只盘子上。

"他这是在干什么？"独眼不解地问道。

"他要让我们看看这毒液的功效。"波斯人解释道。

这时，那个商贩将两块食物放在盘子里，又抱来了两只波斯猫。他用手抚摸着猫身上的毛，两只猫看到了盘子里的食物争相跃上了桌子，各自吃着盘子里的食物。

商贩转身走进了里面的房间。

笼子里的猫看着这两只猫在吃食，都发出了喵喵的叫声……

这时，商贩端来了茶具，用一只精致的茶壶倒上了两杯茶。波斯人将一杯递给了独眼，独眼喝了一口，闻到了一股奇异的花香味道。

"这味道不错。"独眼说道。

"这里面有产自索格底亚那的玫瑰花。"波斯人说道。

"嗯，好味道。"独眼从未喝过这种味道的茶。

"大人若是喜欢，一会儿让他给大人准备一些带回去。"波斯人说道。

这时，商贩指着桌上的猫示意他们看。

独眼再看桌上的那两只猫，一只已经蹬腿死去，另一只则翻着白眼口吐白沫，浑身抽搐……

"这毒性竟有这么快速……"独眼见状大惊。

"这是两种毒药，均为剧毒，一种立时见效，另一种稍有延缓，但也活不过三日。"波斯人看着两只猫说道。

"就要这慢些的。"独眼说道。

"好的，大人，记住，只需三滴便可要命。"波斯人将一个琉璃瓶递给了独眼。

"这毒药产自何处？"独眼问道。

"这毒药采自索格底亚那的一种花卉，很多动物因不知情误食了这种植物，不出几日便死去了。那里的人便将此花采摘回来，从中提取了汁液，再加以熬制提炼，制成了这样的毒素，此物称为丹毒。"波斯人轻声说道。

独眼一听脸上立刻露出了笑意，一只眼睛眯缝了起来。

诺澜急匆匆地来到了难民居住的牲畜棚圈，她在人堆中寻找着老者，可她没有找到。诺澜向难民询问老者的去向，很多人都摇着头，就在诺澜感到无助的时候，一个人用手指了指远处的方向，诺澜赶紧走出了牲畜棚圈。

诺澜来到街上，看到一群人围在一个店铺门口，她走了过去，只见一个头上缠着白布、下巴上留着胡子的波斯商贩正在驱赶一个坐在一旁晒太阳的人，那人已经被推倒在地上。诺澜来到近前，看到卧在地上的人正是老者，她立刻冲了上去，推开了商贩，扶起了老者。这时，走来了一些围观的人，商贩赶紧溜了。

"大叔，您伤到哪儿了没有？"诺澜问道。

"没事，我这骨头还硬着呢……"老者说道。

这时，那个波斯商贩手上拿了一根棍子又冲了出来。众人看到发出惊叫。诺澜顺手从地上捡起一块石子扔了过去，石子正好打在商贩的额头上，商贩用手捂着额头，看到流出了血更加恼怒了，他抢起了手中的棍子向诺澜打来。诺澜从地上抓起一把沙土扬去，商贩赶紧用手遮挡，闭上了眼睛。当那商贩用手揉着眼睛再次睁开的时候，忽然感到自己脖颈处一阵冰凉，他低头看到一把闪着寒光的短刀，商贩手里的棍子立刻落在了地上。

人群发出了一阵叫好声，诺澜赶紧扶起了老者穿过人群走去。

诺澜扶着老者来到了张子瀚的住处，张子瀚眼睛紧闭、面色灰白、嘴唇发黑、呼吸微弱，坐在一旁的张子衿泪眼汪汪。

老者解开了张子瀚的衣襟，看到他胸口处有一片黑色的印记，再用手翻开张子瀚的眼皮看了看，然后闭上眼睛用一只手悬在张子瀚的胸前浮动着，他那枯槁的手指开始出现轻微的颤抖。片刻之后，老者睁开了眼睛。

"大叔，他这是怎么了？"诺澜问道。

"如果我没看错的话，恐怕是中了剧毒，此毒是产自索格底亚那的丹毒，无色无味，饮下此毒者活不过三日。"老者说道。

"那该怎么办啊？"张子衿看着诺澜和老者。

"大叔，有什么方法能救他的命？他可是我的救命恩人。"诺澜急切地说道。

"求您一定要救活我哥哥啊。"张子衿的眼泪已经流了下来。

"二位姑娘，若能弄到羚羊角及珊瑚或许能救他的性命，虽然我也没有十分的把握，不过唯有这样才有可能缓解毒素，或许能够救他的性命。好在现在毒素还未进入骨髓，若再晚些恐怕就难以活命，不过这也要看上天神灵的旨意和他的运气了。"老者缓缓说道。

"可是这些东西在哪儿能找到啊？"张子衿焦急地问道。

"子衿，你先别急，我去找找看。"诺澜想了想说道。

诺澜裹着围巾急匆匆地走在驼镇的街道上，忽然，刮起了一阵旋风，风裹挟着沙尘，旋转着沿街道刮来，街上的人纷纷躲避，进入街边的商铺房舍。街道上空无一人，只有诺澜一人不顾一切地向前走着……

诺澜走进了一家卖药材的商铺，她向店家询问有无羚羊角和珊瑚，店家摇了摇头。这时，一个长相猥琐的秃头男人走到诺澜跟前上下打量着她说道："姑娘长得好漂亮。"诺澜没有理他，正欲离开，秃头继续说道："姑娘想要的东西我有。"诺澜赶紧回来询问这些东西在哪儿，秃头微笑着看着诺澜没有说话，诺澜从腰间拿出一个钱袋递到秃头的手上。

"这位大人，我要这些东西有急用，看看这些钱够不够？"诺澜说道。

"钱是小事，只要姑娘愿意陪我一晚，我可以无偿奉送。"秃头微笑着，他的手已经摸到了诺澜的脸上。

诺澜回手一巴掌打在秃头的脸上。

"告诉你，在这驼镇上只有我有这样的东西，除非你能从石大人那儿得到，不然你还得来求我。"秃头继续微笑着说道。

诺澜一听这话立刻走了出去。

这个无赖秃头的话提醒了诺澜，她忽然想起在石大人的地库中好像见到过这两样东西。诺澜加快脚步向前走去，突然在街角与一个人撞在一起，诺澜看到此人正是那个曾贩卖自己的波斯人。波斯人没有在意这个女人，继续沿着街道向前走去。诺澜的手不由得握紧刀把，但她强压着心中的怒火又松开了手。

诺澜回来发现通往石府主院的小门已经锁上，她从梯子上到房顶，又顺着一棵树滑落到石府主院。

诺澜借着暮色来到回廊的那扇门前，发现门已被锁上了。诺澜用手沿着门板摸去，在门的一边触到了一个铜环，她拉了一下铜环，竟然打开了旁边的一个小门，里面有一把钥匙，她用钥匙打开了门，沿着台阶走了下去。

诺澜来到地库的门前，从门楣处的凹槽拿出了钥匙，打开了铜锁，地库里的长明灯闪烁着柔和的光芒，诺澜借着微弱的光亮发现木架上堆放着一些丝绸，那些丝绸如此美丽，诺澜不禁多看了一眼。

此时，石大人与独眼正坐在石府大堂边吃边说。

"大人打算一直留下这大唐兄妹吗？"独眼试探地问道。

"是的，此时正是用人之际，这个唐人有智谋、有武功，他的妹妹还有织造丝绸的本领，真是两个难得的人才，这样的人才即便花费再多钱财也难以找到。我能得到他们，真是神灵安排。"石大人拿起了一块肉送进了口中。

"是的，大人。"独眼知道了石大人的心思。

"眼下丝绸可是最值钱的物品，这比什么都重要，谁拥有了丝绸就拥有了财富，有了财富何愁招募不到人马。所以，掌握了丝绸织造的秘诀，也就掌控了财富的源流，我们也就有了真正的实力。"石大人的语音有些高昂了。

"是的，大人。"独眼看着石大人应付地说道。

"如此看来，出现刺客的这件事并不是坏事。"石大人想起正是由于发生了此事，张子瀚才答应留了下来。

"可是大人的性命险些没了。"独眼还想再挑起石大人的愤怒情绪。

"我的性命就是为了成就大业而存在的，在我没有完成这个使命之前，上天也不会招我而去。"石大人的语气非常自信。

"是的，大人。"独眼见石大人如此自信不想再说了。

"所以，用一个不值钱的女人，换取了一个人才用自己的生命做出承诺，还是非常划算的。"石大人又想到了张子瀚最后用生命做出的承诺。

"是的，大人，非常划算。"独眼附和着说道。

"若是这大唐兄妹都能为我们所用，我们就会迅速变得强大富有，到那时候，无论是大唐还是突厥都不可小觑我们。"石大人又将一块肉送进口中。

"还是大人想得长远。"独眼应付着说道。

独眼由衷地佩服石大人的头脑，因为他从来不做赔本的买卖。可是这回石大人的妙算可能就要落空了，一想到此，独眼的一只眼睛里滑过了一丝得意的神情。

"我的这位大唐兄弟怎么一天都没见了？"石大人又问道。

"不，不太清楚……"独眼有些含糊地说道。

"哦……我得去看看我的这位兄弟，不能慢待了他们。"石大人说道。

"对了，我忘了告诉大人，我们得到的这批织锦质量上乘，要不要拿来更换一下这些幔帐。"独眼有意岔开了话题。

"嗯，那就拿来看看。"石大人也想再欣赏一下这些令人心仪的丝绸织锦。

诺澜拿着那盏长明灯在地库中寻找着，她记得曾在这些箱子里见到过羚羊角与珊瑚，可一时忘记是在哪只箱子。她接连打开了几只箱子，终于在里面发现了一些羚羊角。这时，传来了有人开门的声音，她赶紧放下了那盏长明灯，躲在一只箱子里。

独眼带着两个响马走进来，他狐疑地看着门上的锁为何是打开的。

"出来，我已经看到你了……"独眼猛然大吼一声，引起接连不断的回音。

躲在箱子里的诺澜手里紧握着一把刀。

独眼令响马在地库里搜查了一遍也没有发现什么。一个响马跟独眼说，也许是他们上次搬运东西时忘了锁门。另一个响马也说，记得是有这么回事。独眼一听也有些含糊了。

一个响马从架子上拿出一个波斯铜壶看着。独眼上前一把夺过那把铜壶放好。

独眼仔细看了看地库的东西，都在原位。

独眼吩咐两个响马将两批丝绸织锦搬出去。

响马搬着丝绸织锦向外走去，独眼提着刀又在里面巡视了一遍。这时，一个响马的脚下一绊，踢倒什么东西，发出了一声响动，独眼吓了一跳。

"都是一群蠢货。"独眼不由得骂了一声。

独眼回头又看了看便走出了地库。独眼令人将门锁好。

诺澜长出了一口气，她从箱子里出来，又在一只箱子里找到了珊瑚，她将这些东西放进了一个麻布袋子里。

当诺澜走到地库的门口时，发现门已经打不开了。诺澜用手试了试，门很结实。她向四周看去，都是泥土墙壁，只有那盏长明灯的灯光发出微弱的亮光。诺澜感到有些绝望了。

独眼与两个响马将那两批丝绸织锦拿到了大堂，在石大人的面前展开。石大人的眼睛顿时亮了，他慢慢站起身，令人端来了一盆水，在水中仔细清洗过双手，然后走到近前，用手小心翼翼地抚摸着这些丝绸织锦，他体会着这些丝绸织锦带给他的愉悦心情……

"真是不错，看来是天意要让我们成就大业。"石大人喃喃道。

"是的，只要石大人想得到，一定都会得到。"独眼在一旁恭维着。

天色已晚，诺澜依然被困在地库中无法出去。她坐在地上思索着，张子瀚那痛苦的样子刺痛着她的心，老者的话语又在她的耳边响起："若能弄到羚羊角及珊瑚或许能救他的性命……"诺澜一想到此，她起身走到了门口。

诺澜用手摸索着，找到一个连接铜锁的铜环，她用刀锋伸进铜环轻轻撬动，铜环立刻开了一道缝。她的短刀异常锋利，她用刀将铜环从门上卸掉，这样一来，不用开锁，门就开了。

张子瀚躺在地毯上，他的脸色由灰白变为潮红，老者用手摸了摸他的额头，很烫，老者让张子衿用凉水沾湿了麻布放在张子瀚的额头上降温。张子瀚的呼吸急促，一直昏迷不醒。张子衿在一旁不断地流着眼泪……

这时，诺澜回来了，她拿出了羚羊角和珊瑚。

老者让诺澜将羚羊角与珊瑚研磨成粉，又从自己的怀中拿出了一个小铜壶，从中倒出了一些白色的粉末掺在其中，装进陶罐加水。诺澜将陶罐放在火上慢慢煎熬。就这样一直熬了一夜，天亮时，老者查看了一下药剂，点了点头。

张子衿扶起张子瀚，诺澜将熬制好的药剂喂入他的口中，张子瀚不断咳嗽着无法下咽，药剂从他的嘴边流了出来。诺澜将药剂放入自己口中，然后俯身将自己口中的药剂送入张子瀚的口中，张子瀚咽了下去。

张子瀚服过药剂逐渐安静了下来，身体不再发热了。老者走来翻开张子瀚的眼皮仔细看了看说道："让他好好睡觉吧，剩下的就要看上天神灵的护佑和他自己的命数了。"

张子瀚就这样昏睡着，呼吸也平稳了许多。张子衿与诺澜就这样陪在张子瀚的身边，看着他静静地睡着。

夜晚的驼镇漫天的繁星闪烁，大地上寂静无声。

独眼回到自己的住处，想起了昨晚的事。

波斯人给了他毒液，又给了他一把波斯的铜壶，这铜壶从外形上看没有什么特别的地方。波斯人告诉他，这铜壶分有隔层，可以倒进两种不同的液体，铜壶的把上有一个机关，可将壶中的不同液体分别倒出。独眼立刻明白了，他拍着波斯人的肩膀说道："你真是我的朋友，事成之后，我要重重赏你。"

"只要能为大人做事，那就是我的荣幸。"波斯人微笑着说道。

独眼回去之后还不放心，他将掺有毒液的水和洁净的水分别倒进壶中，让人带来了两条狗，分别舔舐了不同的水。过了一会儿，一条狗的眼神有些异样，身体也开始发热，另一条狗依旧活蹦乱跳。独眼这下放心了。

晚宴上，独眼拿着这把波斯铜壶先给石大人斟上了酒，然后按动壶把上的机关，又给张子瀚的酒杯满上。他毕恭毕敬地站在一旁，亲眼看到石大人与张子瀚都将杯子中的酒喝下。这时，他的心一阵抑制不住地狂跳。

"我看你还能得意多长时间。"独眼心中暗暗想着，"即便你离开驼镇，也活不过三日，待毒性发作，定会暴死在路途中。到那时，都没有人给你这个唐人收尸，你的尸首只能喂狼。"一想到此，独眼的心中又是一阵狂喜。可没想到突然出现了麻烦，由于那个女人对石大人行刺，引起了混乱，这个唐人为了救这女人一命，不让石大人杀了她，竟然答应不走了。

独眼又一想，这也没什么，反正逃不出死的结局，在哪儿死都是一样。现在他感到整个驼镇都在他的掌控之中，没有人再能挡他的路了。他派了两个心腹手下监视着张子瀚的一举一动。手下告诉他，这个唐人已经一天没有出门了。

独眼知道这个唐人一旦躺下，就再也不会起来了，神不知、鬼不觉地就丧命了。这个时候他要做的只有一件事，等待好消息，剩下的就是狂欢了。

独眼来到了地下妓院，波斯人迎了出来。

"大人，情况如何？"波斯人问道。

"一切顺利。"独眼拍了拍波斯人的肩膀说道。

"大人现在尽管放心，可以尽情享乐了，我这就去给大人安排一下。"波斯人献媚地说道。

"不急，我再跟你说件事。"

"大人请讲。"

"你还记得上次在这儿贩卖的那个女人吗？"波斯人翻着眼睛想着。独眼又说道："你忘了，就是唐人从我手里抢走的那个女人。"波斯人想起来了。

"大人，那件事小人已经知错了，我再给大人挑一个像样的女人好好伺候大人。"波斯人赶紧说道。

"那事已经过去了，我是要告诉你，过两天我就把那个女人给你带来，你要让她好好地为我们赚钱。"独眼想到等那个唐人一死，他就可以把那个女人甚至连同那个唐人的妹妹都给弄到这儿来。

"好，好，明白了，这事大人尽管放心，我会让这个女人为我们赚够了，然后再把她卖出个好价钱。"波斯人的脸上露出了淫邪的笑意，然后又说道："大人，今晚就不要走了，我去给大人安排一下。"

"嗯……"独眼点了点头，一想到即将发生的事，他的心情好极了。

接下来的一天，张子瀚一直昏迷不醒，他身上的毒素已侵入他的肌体。同时，老者为他配制的药物也在努力抗击着毒素的入侵。张子瀚处在从未有过的煎熬中。

张子瀚的身体机能处在极度的衰竭状态，好在他的意识还依然存在。

张子瀚的意识中仿佛出现了一片西域峡谷，他身穿唐军的铠甲骑在马上，他的身后是一片黑压压的突厥大军。突厥人按兵不动，他勒转了马头，举起了手中的刀，率领着自己的队伍大喊着向突厥军冲杀过去。突厥士兵举起长矛阻挡，张子瀚挥刀劈杀，冲进了突厥军阵。张子瀚越战越勇，他身后的将士也都个个英勇，他们斩杀了无数突厥士兵，张子瀚挥刀向前大喊着冲杀，突厥人纷纷躲闪，他犹入无人之境。这时，突然响起了号角，正面的突厥军阵散开，迎面出现一队突厥的弓弩手，张子瀚已经来不及撤了，唯有向前……

突厥的弓弩手射出了密集的箭镞，张子瀚挥舞着手中的刀抵挡着射来的箭镞，他看到自己手下的人马纷纷中箭倒下。张子瀚跃马向前，可他的马胸前也中了数箭，鲜血顺着箭眼流了出来，他的马长长嘶鸣了一声，轰然倒下。

张子瀚只身挥舞着刀继续向前冲去，他的胸前连中几箭，他再也无法向前迈出脚步了，身子摇晃了一下，倒在地上……

张子瀚躺在床上，胸口不断起伏着，嘴里似乎还在喊着冲杀……

荒漠的夜空上繁星闪烁。秦子安、嘉帕尔、那耶在篝火旁吃着晚餐。

原来在嘉帕尔与秦子安一起西行两天后的傍晚，他们在一片树林中发现了篝火，走近一看竟是那耶和他的驼队。那耶告诉他们，自从嘉帕尔走后，他并没有继续前行，因为那个向导告诉他，前面要经过一片峡谷，那里最近正是沙暴出没的时节，最好能避过这几日。那耶一听立刻答应，他也想等着与嘉帕尔会合后再一起走。

大家又见面了自然都很高兴。那耶询问张子瀚兄妹为何没来。秦子安向他简单地讲述了发生的事。那耶为张子瀚兄妹不能成行感到惋惜。他们几个人与那个向导商量了一下，准备明天一早就出发，继续前行。

大家吃过晚餐后便都在树林中宿营。

秦子安躺在一块毛毡上，辗转反侧睡不着觉。秦子安担心张子瀚一个人在驼镇会遇到什么危险，他知道石大人内心阴险、深藏不露，还有那个歹毒的独眼，时刻想置他们于死地。张子瀚不但要独自面对这些恶人，还要照顾好张子衿和诺澜，他担心张子瀚一个人势单力薄，难以应付。

秦子安了解张子瀚的性格为人，执着而坚定，一旦做出决断就很难改变，尤其他还是以自己的生命做出的承诺。

秦子安想起了小时候他与张子瀚在长安附近的一条河里游水玩耍，忽然遇到了一场暴雨，河水暴涨，水流变得湍急。他们奋力向岸边游去。可是雨越下越大，水流也越来越急，他们在河水里挣扎着。秦子安已经不行了，连喝了几口水之后身子开始下沉，张子瀚上来扶住了他。

"我……不行了，你快点走吧。"秦子安说道。

"不行，你必须挺住。"张子瀚说道。

"你不用管我……这样下去，恐怕咱们谁都难活。"秦子安又喝了一口河水。

"你若放弃，我也随你一起去了。"张子瀚说道。

"那可不行……"秦子安挣扎着喊道。

这时，一个浪头打来，两个人都沉了下去，张子瀚浮上来时看到秦子安已经被河水冲远了。这时一段树桩顺着河水流下，张子瀚抓住了那截树桩，拼命向秦子安划去，直到抓住了秦子安的胳膊，他们扶着树桩喘着气，顺着水流漂去。

他们就这样在河流中漂流了一段，积攒了一些力量，然后开始拼命向岸边游去。最终他们爬上了河岸，两个人仰面躺在草地上，任凭大雨落在他们的身上。

"我的这条性命是你救的。"秦子安说道。

"别这么说，我们两个人的性命是绑在一起的。"张子瀚说道。

"今后不管遇到了什么事，我都会在你的身边。"秦子安说道。

"有你这个兄弟是我的运气。"张子瀚说道。

张子瀚与秦子安两个人的手摸索着握到了一起。这就是他们曾经用性命做出的承诺。

秦子安想到这些，眼睛有些湿润了。

嘉帕尔闭着眼睛也无法入睡，张子衿的形象在他的眼前挥之不去。他想起了张子衿跳舞时的舞姿、高兴时的笑声、吟诗时的认真、无助时的悲伤……只要他与张子衿在一起就感到心情美好，他从心里爱上了这个大唐姑娘。也许是她的美丽长相，也许是她的率真性格，也许是她的聪明能干，也许是她的善良纯真，当所有这些因素集中在她一个人身上时，她便成为这个世上的唯一。他要为这份难得的情感竭尽全力。

嘉帕尔庆幸自己这次能去大唐长安觐见唐皇，并且在那里遇到这个大唐姑娘，他相信这都是上天的安排。嘉帕尔从怀里拿出了张子衿送给他的那个荷包，闻着从荷包里散发出的清香进入了梦乡。

那耶这会儿也没有睡着，他想到了自己的家乡和家人。那耶家族的人都以他为傲，那耶的经商才华为他的家族带来了财富和荣誉。很多人来到那耶家里为那耶提亲，可是那耶总是顾不上。他把自己的全部精力都用在了生意上，他带领着驼队一走就是很长时间，他的生命几乎都耗费在了旅途中。

那耶并不是不喜欢女人，之所以还没有成亲是因为他还没有遇到一个让他真正动心的人。大部分男人都是由于旺盛的精力无处发泄，或是为了家族的延续，随便找个长相还不错的女人成亲。那耶不是这样随意的人，他必须要找到一个让他真正动心的女人成亲，不然就这样一个人过着也挺好。

可这次不一样了，那耶终于遇到了让他动心的女人。这个人不是粟特人，而是一个疏勒人。有一次他途经疏勒，当地人拿东西与他交换物品。这样以物易物的形式很普遍，那耶也很乐于这样做，他可以将这些物品再拿到另外的地方进行交换，这也能给他带来可观的利益，因为他的职业就是一个商人。

这时，一个女子走到他的面前，将一包东西交到了他的手上，跟他说想用这些物品换一块丝绸。那耶打开布包，看到里面都是一些食物。女子告诉他，这些食物都是她自己做的，家里再没有什么值钱的东西了，可她的愿望就是想得到一块丝绸。那耶看着这个女子纯净的眼神有些触动，他拿起一块麦饼，闻到了一股玫瑰花香。也许是这个女子纯净的眼神，也许是麦饼中的玫瑰花香，他毫不犹豫地拿出了一块丝绸给了这个女子。女子拿到了她梦寐以求的丝绸，脸上的微笑像玫瑰花一样灿烂。从此，这个女子微笑的样子就深深地刻在了那耶的心里。

那耶见过许多长相好看的女子，可这个女子淳朴的面容让他无法忘记。

那耶想，这也许就是上天给他的最好安排。每当他想到这个疏勒女子时，他的心情就会感到愉悦，这种愉悦与获得丰厚利益时的感受是不同的。这会儿那耶翻了个身甜甜地睡着了。

天渐渐亮了，宿营的人也都苏醒了。

秦子安和嘉帕尔骑在马上，向导骑在一头驴上，那耶骑在了骆驼上，驼队出发了。秦子安回头看了看驼镇的方向，随着驼队向前走去。

太阳从地平线上升了起来，阳光顺利地滑过无边无尽的荒漠戈壁，在驼镇这里受到了阻碍，直射的光线被这一片突起的生土建筑斩断，形成明暗分明的光影变化。驼镇所有建筑受光的一面呈现出了刺眼的白色，而背光的一面则展开了黑暗的阴影，阳光与阴影错落交织，形成了驼镇独特的风景。

张子瀚的住处，阳光从窗外射了进来，给房间里带来了明亮与温暖，张子衿与诺澜一直守在张子瀚的身旁。张子瀚还在昏睡中。

张子瀚已这样昏睡了三天三夜，张子衿与诺澜也这样守在旁边三天三夜。这会儿，她们也疲惫地靠在一起睡着了。

阳光滑过张子瀚的脸庞，他感受到了阳光的温暖，张子瀚突然咳嗽了一声，又咳嗽了一声。张子衿与诺澜都清醒了，她们听到了动静赶紧来到张子瀚的近前，看到张子瀚的胸口起伏着又要咳嗽，张子衿与诺澜扶起了他，张子瀚终于咳嗽了出来。

张子瀚的眼睛睁开了一丝缝隙，他看到了刺眼的阳光，看到了阳光下晃动的人影，这两个人影渐渐地清晰了起来，他认出了一个是妹妹张子衿，另一个是诺澜。张子瀚的眼睛完全睁开了。

这时，张子衿和诺澜看到张子瀚睁开了眼睛，她们都难掩兴奋的心情。

"哥哥，你醒了？"张子衿小心翼翼地问道。

"主人，你能看到我们吗？"诺澜轻声地问道。

张子瀚的嘴唇动了动点了点头。

"哥哥，你终于醒过来了。"张子衿的眼睛里溢出了泪水，她笑了。

"主人，这可真是太好了。"诺澜的眼睛里也流出了眼泪。

"我……这是在哪儿啊？"张子瀚用微弱的声音问道。

"哥哥，这是你住的地方啊。"张子衿的眼泪就像断了线的珍珠，止不住地往下流。

"主人，这是在驼镇。"诺澜擦掉了眼泪。

"哦……我想喝点水。"张子瀚长长呼出了一口气说道。

"好的，好的。"张子衿立刻拿来了一碗水。

张子瀚喝下了碗里的水。

张子瀚这几天一直就像是在地狱中煎熬，他感到自己处在一个幽暗的深渊中，阴暗冰冷，周围燃烧着蓝色的火焰。同时，他又感到自己内心灼热火烫。这种冷热的交替变化，使他一会儿灼热难耐，一会儿又冰冷彻骨，令他痛苦异常……

就在他感到无法忍受到极点的时候，他忽然觉得自己的身体开始向下降落，就像是从悬崖落向幽深的谷底，他企图挣扎，可无济于事。他感到自己的身体已失去控制，四肢没有一丝力气，展开的双手感到了风从指间穿过，他的身体在迅速向下坠落……

突然，他的耳旁出现了一个遥远的声音，这是父亲的声音："我的儿子，你还没有完成你的使命，你不能轻易放弃你的生命，你必须要坚持住……"又出现了一个声音，这是母亲的声音："我知道你已经很累了，可你还没有完成我的嘱托，你还有责任要照顾好你的妹妹……"又出现了一个声音，这是哥哥的声音："弟弟，你的路还很长，还有重要的事在等着你完成，你要鼓起勇气，我相信你一定能做到……"

张子瀚听着这些熟悉的声音，突然感到周身注入了一股力量，他感到自己身体中的力量开始复苏了。

张子瀚挥动着双臂，这时，他明确感到双臂能够有力地平衡住自己的身体。忽然，他感到自己的双臂生长出了许多根羽毛，他的两只胳膊就像是两只巨大的翅膀，他像一只大鸟一样挥动着翅膀在天空中翱翔。他一会儿展开双翅冲上云霄，一会儿又收拢双翅俯冲滑翔，最后他纵身一跃，站到了一处山巅，看着远处天边初升的太阳。

张子瀚终于度过了生命的危险期，重新回到了现实中的世界。

石大人这几天一直没有见到张子瀚，也觉得有些蹊跷。按说他为了留下这个唐人，赦免了那个女刺客，成全了他，他理应前来感谢才对。可是这一去就没了踪影，难道其中还有什么蹊跷不成？石大人的心情有些不悦。

这时，独眼来了。

"这几日你可见到张子瀚了？"石大人询问道。

"大人，这个唐人可能要废了。"独眼只好实话实说。

"什么意思？"石大人看着独眼问道。

"据说那个唐人得了重病，怕是活不过来了。"独眼说道。

在这之前，独眼得知那个唐人始终没有出来过。他知道此人一定快要不行了。这几天独眼有些喜不自持，他每天晚上都去地下妓院饮酒寻欢，只要除掉这个唐人，石大人也就只能依靠他了，自己的地位和权力也会得到巩固。他现在只需耐心等待那个唐人慢慢死去。一想到这，独眼的一只眼睛便露出了邪恶的笑意。

"哦，怎么会是这样？"石大人完全没有料到。

"大人，这事我也觉得奇怪，大人如此真诚待他，他却突然之间得了重病。会不会是此人为了救那个女人，谎称要留下辅佐大人，其实心里另有打算。"独眼有意想挑事。

"既是这样，我们去看个究竟。"石大人的心情有些不悦。

"尊命，大人。"独眼说道。

张子瀚已经完全醒了，张子衿告诉了他事情的经过，他知道自己能够逃过一劫，全是因为诺澜姑娘。这时，诺澜与老者来了。

张子瀚向诺澜深施一礼："我的生命是诺澜姑娘赐予的，谢谢诺澜姑娘。"

诺澜上前扶住了张子瀚："是主人救了诺澜的性命，诺澜只是为主人做了该做的事。若是感谢，应该感谢这位大叔，大叔是我的同族。"

张子瀚赶紧上前拜谢："感谢大叔的救命之恩。"

老者微笑地看着张子瀚说道："不用客气，这是天上神灵的安排，我只是遵从了神灵的旨意，上天还需要你留在世间好好活着。"

"大叔，不如就留在此处吧，这样也好有个照顾。"张子瀚请老者今后就住在这里。

"是啊，大叔就留下吧。"诺澜与张子衿也请老者留下。

"你们不必再劝，我知道我该住在哪里。我走了，以后有需要我的时候，就去找我。"老者说着就要走了。

诺澜赶紧上前扶着老者，张子瀚与张子衿也扶着老者。

"你们谁都不要送，我不喜欢这样，我还没有老到走不动路的时候，我走了……"老者说着走了出去。诺澜赶紧追了上去。

诺澜与老者刚刚离去，石大人与独眼就来了。

"大人，子瀚正准备前去拜见石大人。"张子瀚见到石大人立刻迎上去向石大人施礼道。

石大人一看张子瀚神采依旧，丝毫没有病危的样子，他不禁回头看着独眼。这会儿独眼也蒙了，他的一只眼睛在眼眶里飞转，他完全没有料到这个唐人怎么又奇迹般地活了过来。

"子瀚兄弟，听说你得病了，我过来看看。"石大人赶紧说道。

"谢谢大人的关心，子瀚前几日偶感风寒，歇息了几日，现已痊愈。"张子瀚立刻跟石大人说道。

"这就好，这就好，刚才我还在为你担心……"石大人说这话的时候看着独眼。

独眼扭头看向了别处。

"大人快请坐，子衿，赶紧为大人上茶。"张子瀚对张子衿说道。

"好的，这就来。"张子衿应道。

石大人与张子瀚坐了下来。

独眼在一旁不知如何是好，他走到石大人身边小声说道："大人，小人还有些事要办，就先告辞了。"

不等石大人说话，独眼便匆匆走了。

这时，张子衿端来了两杯热茶恭敬地对石大人说道："石大人，请用茶。"

石大人上下打量着张子衿："好啊，好啊……"

张子衿低头退了出去。

石大人端起茶杯喝了一口称赞道："嗯，味道不错，这是哪儿的茶叶？"

"这是我的妹妹从长安带来的，大人若是喜欢，一会儿便给大人拿些去品尝。"张子瀚恭敬地说道。

"不必了，长安离此地有数千里之遥，风俗习惯也各不相同，能在这里结识你们兄妹二人，既是奇迹，也是上天的安排。"石大人用手指了指上面。

"是的，是的。"

"不仅如此，也是我的荣幸。"石大人又说道。

"不，不，能与石大人相识，这是我们兄妹的荣幸。"张子瀚不知道石大人到底想说什么，只有这样顺着石大人的话应付着。

"子瀚兄弟，不知你在此是否习惯，还需要什么？"石大人说道。

"石大人，我在这里多蒙石大人的关照，既然子瀚已做出了承诺，石大人有什么事就尽管吩咐，子瀚一定尽力而为。"张子瀚郑重地说道。

"不急，不急，子瀚兄弟的身体刚刚好，恢复几日再说。"石大人关切地说道。

"子瀚的身体已经痊愈，子瀚愿意为大人效力。"张子瀚说道。

"听到子瀚兄弟这番话，我就已很高兴了，我愿诚心诚意地与你们兄妹结为知己，你们兄妹若有什么需求尽管跟我说，我一定满足你们的心愿，我希望你们就把这里当成自己的家。"石大人说得既诚恳又亲切。

石大人心想只要能留下这对大唐兄妹为自己做事，这比什么都要划算。

"谢谢石大人，我们暂时还没有什么需求。"张子瀚想到石大人来此绝不仅仅是为了问候，一定还有话要说，便又问道："石大人对我们兄妹如此厚爱，我也想为大人做些事情以报答大人的信任。"

石大人看着张子瀚，终于听到了他想听的话，便说道："子瀚兄弟，听说令妹丝绸织锦的手艺在长安也堪称一流，我想既然令妹有如此的手艺，不如我就给令妹配备一些人手，再想办法制作几台丝织设备，让令妹也有她喜爱的事情可做，不知如何？"石大人喝了一口茶，说出了他心里的想法。

"这个……需要子瀚与舍妹商量一下再回复大人。"张子瀚没有想到石大人不仅要让自己为他出力，还对自己的妹妹有所打算。自己留在这儿已是不得已，绝不能再把自己的妹妹牵扯进来。

"我愿意做这件事。"这时，张子衿走了进来。

张子衿刚才在门外听到了石大人与哥哥的对话。自从离开长安来到这里，她就没有织造丝绸的机会了，一听到石大人这么说，正好满足了她的心愿，她立刻答应。

石大人看到张子衿立刻说道："太好了，令妹真是一个爽快人。"

张子衿坐了下来，看着石大人又说道："石大人，但我有一个要求。"

石大人急于想促成此事，立刻说道："请讲，请讲。"

"我需要建立一间丝织作坊，作坊里所需的人员全部由我来挑选、培训，任何人不得插手。"张子衿说道。

"没有问题，你的一切要求及所需费用尽管跟我说，我都满足你。"石大人立刻答应。一想到将要拥有一个丝绸作坊，将要从这里织造出如此美丽高贵的丝绸，石大人难掩兴奋。

"还有就是作坊的设施要按照我的要求制作，这样才能保证丝绸织造的质量。"张子衿说道。

"当然，当然，这座丝绸作坊就是你的，一切都由你说了算。"石大人说道。

"我还需要织造丝绸的蚕丝。"张子衿说道。

"放心，我会满足你的，还有什么要求尽管说。"石大人说道。

"我的要求完了。"张子衿就是这样干脆明了，她在这一直无所事事，正想找点事干，而丝绸织造又是她最喜欢、最愿意做的事情。

"我会全部满足你的要求。"石大人完全没有料到这么快就促成了此事，此时他的心情极好。

"只要你尽快满足我的要求，用不了多长时间，我一定会织造出最好的丝绸织锦。"张子衿非常自信地说道。

此时，石大人的脸上洋溢着发自心底的笑容，这在以往是很难看到的。

张子瀚的心情则有些复杂，既有些担忧，也有些无奈。

诺澜扶着老者回到了难民居住的牲畜棚圈，那里的难民都与老者亲切地打着招呼，老者一坐进自己的窝里就感到无比舒适。

"大叔，您为何非要住在这里？"诺澜不解地问道。

"姑娘，你不懂，我已经习惯了与这些人在一起，我的生活里不能没有他们，再说了，我也不想给你们添麻烦。"老者说道。

"不会麻烦，您这么大岁数了，一个人在这里真是太苦了，这让我怎么能忍心啊。"诺澜劝说道。

"姑娘，你们住在那个地方，虽说要比这里干净舒适一些，可是说实话，我一点都不喜欢，那儿的周围有一种气味。"老者慢吞吞地说道。

"您是指什么气味？"诺澜问道。

"有一股狼窝的气味，这气味，只有我能闻到。"老者夸张地抽动了一下鼻翼嗅着味道。

"哦……"诺澜体会着老者话语中的言外之意。

"姑娘，那个男人虽已躲过了一劫，可还需好好休息。这个人是你的救命恩人，是个好人，你要好好待他。"老者看着诺澜说道。

"嗯，我知道了。"诺澜若有所思。

石大人有些兴奋地在自己的大堂里来回踱步。他理想中的目标正在一步步地实现。大唐兄妹对他来说太重要了，他必须要好好善待他们。

独眼轻手轻脚地走了进来："大人，您找我……"

石大人的眼睛盯住了独眼，独眼有些心虚。

"你不是说唐人已经废了，这你怎么解释？"石大人问道。

"这个，我也不太清楚，可能是……"独眼不知道该如何回答。

"行了，你马上准备一些钱财让人给唐人送去。"石大人说道。

"大人，您说什么？"独眼没有听清石大人说的话，据他所知，从没有见过石大人会主动给外人送钱的事。

"我说让你给大唐兄妹送些钱财，还有他们有什么需求都要满足。"石大人清晰地说道。

"明白了，大人。"独眼立刻向外走去。

张子瀚为了尽快恢复体力，骑马奔驰在原野上。向前奔驰的马给他带来了情绪的放松。他勒住了缰绳，让马信步走着，他已经好久没有呼吸到外面的新鲜空气了，这会儿他看到眼前的景物都觉得很新鲜。忽然，他看到远处有人骑马驰来，张子瀚立刻警觉了起来。那匹马很快来到了近前，张子瀚这才看清，来人是诺澜。

"诺澜，怎么是你？"张子瀚问道。

"主人的病刚好，不能这样剧烈活动。"诺澜急切地说道。

"没事了，我已经歇息了多日，就想出来活动一下筋骨。"张子瀚说道。

"主人，您必须回去，大叔叮嘱要注意休息，此时还有残余毒素留在体内，主人的身体还很虚弱，若是毒素复发可就不好办了。"诺澜认真地说道。

"好吧，我听你的。"

张子瀚与诺澜骑马向驼镇的方向走去……

回鹘人听说了此事，前来看望张子瀚。

"如果大人出了什么意外，我们这些弟兄也就散伙了。"回鹘人说道。

"好在现在没事了，我们今后依然会在一起。"张子瀚说道。

"肯定是有人在背后陷害大人，如果大人知道是谁干的，不用大人出手，我们弟兄就去把他废了。"回鹘人又说道。

"此事需要有证据。回去让大家准备好，我们明天就开始接着训练。"张子瀚说道。

"明白了。"回鹘人答道。

独眼做梦也没有想到会是这样的结果，他给这个唐人下了剧毒，眼看着唐人饮下了毒酒，也知道唐人中毒倒下了，可这个唐人竟又奇迹般地活了过来。他努力思索着，不知道是哪个环节出了差错。最后，他不再想了，反正不能就这样让大唐兄妹在这儿过得如此舒服，他绝不会就此善罢甘休……

第十二章　阴谋

张子瀚兄妹与诺澜所住的院落也成为丝绸作坊所在。这几天，张子衿简直都忙慌了，她一面筹划着丝绸作坊，一面找人打扫院落中闲置的房舍，然后又让人加工整修，直至她满意为止。

有了事情可做，这对张子衿来说是件好事，尤其又是她热爱的丝绸织锦，这纾解了她压抑已久的情绪。她不辞辛苦、乐此不疲地忙碌着……

诺澜也成为张子衿的好帮手，有什么不懂的地方，张子衿总是与诺澜商议，诺澜会告诉她用什么方法能做得更好，张子衿与诺澜就像一对亲姐妹，配合得十分默契。

张子瀚白天训练这支队伍。每天黄昏，回鹘人就带几个人来到张子瀚的住处，帮助张子衿收拾院落、整理房间。张子衿的丝绸作坊很快就有了模样。回鹘人与张子瀚和张子衿也已成为无话不说的好朋友。

回鹘人终于把张子衿交代给他们的活儿都干完了，张子衿给大家端来了热茶。回鹘人问张子衿，还有什么活儿请尽管吩咐。张子衿向大家表示了感谢，她邀请大家今晚都留下来。

张子衿说："大家辛苦了，今晚就留下在这儿吃饭。"

回鹘人赶紧说道："我们不辛苦，我们这些人原来也都是在田里干活或在草场放牧的穷苦人，做什么手艺的都有，给大人干活，我们心甘情愿。"

众人也都附和着说道："是啊，我们都愿意给大人干活。"

这时张子瀚走了过来说道："大家听我的命令，今天谁都不许走，我们在一起热闹一下。"

"好啊，好啊……"众人一致说道。

傍晚，院子里点起了一堆篝火，张子瀚、张子衿、诺澜、回鹘人与他的伙伴们在一起吃着烤麦饼、喝着肉汤。张子衿与诺澜又给大家端上了瓜果。

"谢谢，真是太好吃了，就像回到了家里。"回鹘人对张子衿说道。

"听说你会跳舞，可以为我们跳一支舞吗？"张子衿向回鹘人问道。

"好啊，我们大家一起来吧。"回鹘人招呼着众人。

人们用手拍着桌子打出了节奏，回鹘人与他的伙伴们唱着歌跳起了欢乐的舞蹈，火光映衬着他们的身影。

回鹘人邀请张子衿和诺澜加入他们的舞蹈，张子衿与诺澜起身，与大家一起跳着。回鹘人将张子瀚也拉了起来，大家在一起高兴地跳着舞。这欢乐的气氛驱散了人们心中多日的阴郁，大家享受着久违的快乐……

这几天石大人的心情大好。傍晚时分，他站在高台上，看着张子瀚院落里欢乐的气氛，他知道这些人是在帮着建设丝绸作坊。他想只要这个丝绸作坊建好，那可就是西域的第一间丝绸作坊。这可是一件意料不到的好事，一切都在朝着他预想的目标前进，天上的神灵一定会帮助他实现理想抱负。

石大人的目光又投向了驼镇，他感到这里的建筑规模还是太小了。他的眼前出现了幻境，驼镇的周围就像树木一样生长出了许多建筑，那些建筑高低错落、豪华气派。随着这些建筑的生长，驼镇的规模在不断扩大，逐渐形成了一座巨大的城市。城市中心有一座圆形广场，从广场辐射出了数条街道，街道两旁都是店铺，每一间店铺都由回廊连接。街道上人来人往，行走着驼队与来自各地的客商。店铺中各种物品琳琅满目，一派繁华热闹的景象。这会儿，石大人的耳边仿佛听到了车马人流喧闹的声音……

一阵微风吹来，石大人眼前的幻境消失，他从遥远的地方收回了目光。这时清冷的月光洒在驼镇，驼镇上所有房舍的窗户都亮起了柔和的灯光。集市广场上已经没有人了，街道上也变得冷清，忽然，他看到远处街道上行走着一个熟悉的身影，短粗身材的后面拖着一条长长的影子……

独眼在街道上急匆匆地走着。

几天前，他令人在难民中又挑选了一些强壮的人送到赌场，赌场的生意又火爆了起来。那些赌徒已经习惯了每天晚上到这儿寻找刺激，然后再到妓院寻欢作乐，赌场和妓院这些日子赚了不少的钱，独眼的收入也自然多了许多。既然一时半会儿除不掉这个唐人，那就再找机会。只是现在又多了一些麻烦，这个唐人也拉起了一支队伍，那些难民在唐人的调教下，现在也有模有样了。眼看着唐人的势力一天天壮大，独眼心里就烦乱起来。只有每天到赌场这儿来坐坐，他的心情才会好些。可是刚才有人来找他说赌场出了点事，让他赶紧过去。

独眼来到地下赌场门口，守在门口的人立刻为他开门。

独眼走下了台阶，来到了赌场。赌场里竟空无一人，看着冷清的赌场，独眼有些不太习惯。这时，大食人走了出来。

"怎么回事？"独眼问道。

"大人，昨晚这里出事了，我赶紧叫人把大人请来商量一下。"大食人低声说道。

"出了什么事？"独眼看着大食人问道。

"昨晚这儿来了一个嘁哒人，砸了我们的场子……"大食人说道。

在大食人的叙述中，独眼知道了当时出现的情景。

赌场里人群在喧闹着，有人不停地饮酒，有人大声议论着，这嘈杂的声响如同一股热浪在这空间里四处撞击着。这些赌徒在酒精的助力下情绪激昂，他们在等着让他们热血偾张的刺激时刻。这时，一个身材壮实的汉子走了进来，他顺手从桌子上拿起了一罐葡萄酒饮着，竟然喝完了一整罐的葡萄酒。他举起了陶罐使劲摔下，巨大的声音使得众人都安静了下来。

帕提亚人走到这个壮汉的近前。

"你是什么人？打哪儿来的？"帕提亚人问道。

"老子是嘁哒人，你管我从哪儿来。"嘁哒人说道。

"怎么，你也不看看这是什么地方，打算在这找事吗？"帕提亚人一挥手，身后出现了几个护场的响马。他们站在帕提亚人的身后，帕提亚人顿时觉得有了底气，用手指着嘁哒人说道："要想找事就说话！"

嘁哒人并不理会那几个响马，他上前一步抓住了帕提亚人的领口说道："你说对了，我就是来这儿找事的。"嘁哒人一用力，帕提亚人的双脚就离开了地面，他再用力向前一甩，帕提亚人跟跄着向后退去，跌落在一群响马的身上。

赌徒们见状都站了起来，几个护场子的响马一拥而上抓住了嘁哒人，嘁哒人并不反抗。当响马推搡着他的时候，只见嘁哒人弯下身子，然后猛然挺了起来，挥手将那几个响马给抡了出去，几个响马纷纷滚落在地上。

人群发出了一阵惊呼声。

这时，帕提亚人溜了出去，那几个响马都躺在地上不敢起来。

嘁哒人挥舞着双拳怒吼着："有本事给我站出来，我要把你们这些黑了肠子的人全都撕烂！"

所有人都没有见过这阵势，大家都向后退着，挤作一团，没有人敢走出来。

这时，帕提亚人领着大食人走了过来。

大食人来到嚇哒人面前问道："这位壮士，我是这里的管事，你有什么要求可以跟我说。"

嚇哒人看着他说道："我是来寻找仇人的，我要亲手杀了他。"

大食人有些不解地问道："谁是你的仇人？"

"我的哥哥就在这里被杀了，找不到杀害我哥哥的凶手，我就找你们算账。"嚇哒人说完一拳砸在了墙上，墙上立刻掉下了一块墙皮。

"请问谁是你的哥哥？"大食人又问道。

"我的兄弟跟我的个头差不多，有着一脸卷曲的黄胡子……"嚇哒人连说带比画着。

"哦……我知道了。"帕提亚人想了起来。

"是谁？"大食人问道。

帕提亚人在大食人的耳边小声说道："就是原来与回鹘人角斗的那个汉子。"

大食人想起了当时的情景。回鹘人上前抓住黄胡子的肩膀，身子向前一靠，又是一个转身将黄胡子背了起来，他旋转着突然一松手，黄胡子的身子向前飞去，砸在一根柱子上，然后重重地跌落在地上。

几个响马上来把这个瘫软在地的黄胡子拉了出去。

在角斗中失败的一方即使不死也会落下重伤，他们不会白养这样的废人，都是拉到荒野找个地方埋了。有时候那些响马懒得动手，就扔在荒野，让野狼啃食那些人。这个黄胡子就是这样被抛尸荒野的。

"这位壮士，凡是到我们这里参加角斗的人都是为了赌命，既是以命赌输赢难免会搭上性命，我们事先都会说明，并让这些愿意角斗的人亲手画押印证，以命赌命，不可反悔。不信可以拿来这些印证给这位壮士看看。"大食人向嚇哒人解释完又向帕提亚人挥了挥手。

帕提亚人很快拿出了一卷亚麻布呈现在嚇哒人的面前，只见上面密密麻麻地印了许多红色的手印。

"壮士请看，这其中必有你兄弟的印证，所以既是知道这里的规矩，那就没有仇人，只有为了金钱搏命的赌徒。"大食人向嚇哒人说道。

"那就给我找个人来，我要跟他赌命。"嚇哒人一掌拍在桌子上，桌子立刻断为两截。

嚇哒人用手蘸着红色颜料在亚麻布上按上了手印，然后被带到了场子中间，帕提亚人领上了一个汉子，那个汉子身材健壮，额头上系着一条麻绳，脑后的绳子上拴着一条狼尾巴，帕提亚人用铁链将两个人的脚拴在一起。

人群开始喧闹起来，有人看好这个嘿哒人，有人看好那个有着狼尾巴的汉子，帕提亚人拿来了陶罐，人们开始押注。

帕提亚人摇动了铜铃，角斗开始了。有着狼尾巴的汉子也是连续三场的获胜者，没人是他的对手。他拉开了架势，身子不停地左右摇晃着，嘿哒人被晃得有些晕眩。那个汉子猛然冲上来，一手抓住了嘿哒人的衣领，一手抓住了他的腰带，身子一转，将嘿哒人背起来重重地摔在地上。

人群发出了一阵欢呼声。

那个汉子立刻高举双手向人群示意……这时，嘿哒人已从地上翻滚着爬了起来。他上前用胳膊勒住了那个汉子的脖子，只见那个汉子的脸立刻被憋得通红，他用手使劲想掰开勒住脖子的胳膊，可是很难，嘿哒人不给他任何逃脱的机会，同时也使出了浑身的力量越勒越紧。突然，那个汉子用肘向后撞击，嘿哒人的腹部受到重击，不得不松开了胳膊。那个汉子趁势挣脱，然后抓起嘿哒人的一只胳膊将他背起来又重重地摔在地上。

人群再次爆发出欢呼声。

嘿哒人倒在地上，很快又站了起来，他抬腿将脚上的铁链缠绕在了那个汉子的脖颈上。这令那个汉子没有想到，他刚想挣脱套在脖子上的铁链，嘿哒人已上前用手抓着铁链又在那个汉子的脖颈上缠了几道，使劲勒住。那个汉子的双手再想解开铁链的缠绕已经晚了，那汉子用肘部向后撞击，可是嘿哒人早有防备。嘿哒人一把将他头上的狼尾巴拽掉扔在地上，用手拉紧铁链将那汉子背了起来。那汉子的双脚离地，体力有些不支了，他的双手在空中想抓住什么，最终变为挣扎。嘿哒人用铁链子将那个汉子抢起来重重摔在地上，然后又将他提起来，用双拳砸向汉子的胸部。那汉子的身子立刻卷曲起来，从口中喷出了一股鲜血，喷到了嘿哒人的脸上，然后身子挺直地倒了下去，再也没有起来。

嘿哒人抬起了头，他的脸上溅满了鲜血，他大声地吼叫着……

人群鸦雀无声，然后也跟着吼叫起来，人们用拳头敲打着桌子，跟随着嘿哒人一起吼叫着……

这些赌徒还不曾见过如此惨烈的景象，这吼声震落了屋顶的一片尘土。

大食人挥了挥手，几个响马上去将那汉子的尸体拉了出去。

大食人走到嘿哒人跟前，将一袋钱币递给他，嘿哒人把钱袋扔了。

"再给我找个人来，我要亲手撕了他……"嘿哒人吼道。

"壮士，已经没有人了……"大食人知道剩下的那几个人都不是这个嘿哒人的对手，上来也是送命。

嘿哒人一把抓住大食人的衣领把他提起来按在墙壁上，大食人的双手不断挣扎挥舞着……

嘛哒人怒吼着："你要是不给我找个人来，我就撕碎了你……"

这时，几个护场的响马持刀围住了嘛哒人。嘛哒人松开了大食人，挥手将那几个响马手中的刀打掉，又冲上来提起了一个响马向远处扔去，那响马的身体撞在墙上滚落了下来。另外几个响马都不敢向前了。大食人立刻招手，有人暗中拿来了一张绳网。绳网突然从空中落下，将嘛哒人套住，嘛哒人没有防备，他无法挣脱开绳网的缠绕，响马一拥而上将嘛哒人绑了起来。

"这个嘛哒人在哪儿？"独眼看着大食人问道。

"关在后院的地窖里。"大食人说道。

"把他拉出来看看。"独眼听了这番话来了兴趣。

"大人，这个人简直就不是人，就是一头野兽。"大食人还有些心有余悸。

"我想看看这头野兽。"独眼的语气肯定。

"好的，大人。"大食人说道。

独眼坐在一张椅子上，帕提亚人给他端来酒和肉。

嘛哒人被带了上来，他浑身上下都绑着绳子，独眼坐在对面的桌子上，拿起一块肉吃着。嘛哒人看着，不由得咽下一口口水。

"这位就是这里的大人，你要老实回话。"大食人说道。

"你到这儿是想找仇人？"独眼问道。

"是的。"嘛哒人答道。

"这儿有这儿的规矩，谁要是敢坏了这儿的规矩，我就杀了谁！"独眼将一把匕首插在桌上。

"我要为我的哥哥报仇，有本事你们把我放了！"嘛哒人毫无惧色。

"放了你可以，你到这儿来坏了我的规矩，砸了我的场子，毁了我的东西，那就先赔了我的东西之后从这儿滚出去！"独眼瞪着嘛哒人说道。

"我没有钱……"嘛哒人毫无惧色地吼道。

"没钱也行，按这儿的规矩，那就剁下你的一只手。"独眼又给嘴里送进了一块肉细细地品味着。

"你们敢剁下我的手，我就跟你们拼了……"嘛哒人拼命挣扎着怒吼道。

几个响马上来按住了嘛哒人的头，使他不能动弹。

独眼拿着一盏油灯走来，一把拉起了他的头，油灯照亮的是一张狰狞不屈的脸。独眼想到上次就有一个要来复仇的汉子，现在这个人看上去比那个汉子更强壮也更恐怖。

"到这儿还敢撒野可就由不得你了，我可以立刻要了你的命，就像杀死一只狗一样容易！"独眼恶狠狠地说道。

"你们不能杀我，我要报仇！"嘛哒人喘着粗气瞪着独眼喊道。

"如果我给你一个活着报仇的机会，你会怎么报答我？"独眼坐下来问道。

"只要能让我为我哥哥报仇，你让我干什么，我就干什么。"嘛哒人喘着粗气说道。

"好，我可以饶你不死，但你要听我的，我让你干什么，你就得干什么！你听懂了我说的话没有？"独眼问道。

"嗯……"嘛哒人含混地答道。

"好！从今往后，你就是我的一条狗。"独眼大声说道。

"给我吃肉……"嘛哒人从嗓子眼里咕噜着说道。

"你说什么？"独眼没有听清。

"我要吃肉……"嘛哒人说道。

独眼把一块肉扔给嘛哒人。

丝绸作坊已经整理好了，张子衿接下来要制作丝绸织机了。回鹘人带来了两个懂得木工的工匠，张子衿一面画着图纸，一边解释着其中的功能，两个木匠似懂非懂地听着……

制作织机还需要一些特殊构件，回鹘人说这事好办，他要带张子衿去集市上的铁匠作坊看看。

回鹘人与张子衿来到了集市广场，那里人头攒动，好不热闹。

有人在大声叫卖着各种西域特产，有波斯的地毯、大食的香料、昆仑的玉石、大宛的皮货，还有各种各样的西域干果。回鹘人在前面走着，张子衿跟在后面边走边看，渐渐与回鹘人拉开了距离。

街角不远的地方就是铁匠作坊，回鹘人径直向铁匠作坊走去。转过街角，突然，他的身后出现了几个人，他们用麻袋套住回鹘人的头，紧接着有人用一个重物敲击在他的头上，回鹘人顿时晕了过去。那几个人抬起回鹘人迅速拐到了另一条巷道。

张子衿在摊档买了一些干果走了出来，已经不见了回鹘人的身影。

张子瀚闭目盘腿坐在房舍中，此时他的心情复杂，他知道现在暂时还难以离开驼镇，既然命运这样安排，那就要坦然面对接受。现在每日训练队伍加上帮助妹妹打理作坊，虽然也会感到疲惫，但时间不知不觉地也就打发了过去。可到了夜深人静之时，他依然会感到孤独，每当这个时候，他总会在梦中见到父兄的身影。

父亲一身唐将甲胄，持枪跃马驰骋西域疆场……

哥哥一身银色铠甲，持刀跃马杀向突厥军阵……

比起英武豪迈的父亲与兄长，张子瀚自叹不如。这时，诺澜不知何时来到他的身后，轻轻为他揉捏着肩膀。张子瀚睁开眼睛，用手触摸到肩上诺澜的手，又赶紧松开。

"诺澜姑娘……"张子瀚有些紧张。

"诺澜只是想让主人放松一下，主人这些天太疲惫了。诺澜小时候曾看到过我的母亲为父亲这样揉捏过肩膀。"诺澜说道。

"哦……我刚才是有些疲倦，现在好些了。"张子瀚有些不好意思，毕竟诺澜是一个女子。

"是诺澜连累了主人，害得主人现在无法离开这里，这都是诺澜惹的祸。对不起……"诺澜一想到此心里就感到万分愧疚。她知道，若不是那天晚上发生的事，她与张子瀚早已离开了驼镇，不会是这样的结局。

"别这么说，谁遇到这样的事都会这么做，难道这个石大人就是你的杀父仇人？"张子瀚问道。

"是的，诺澜活着就想为我的父亲和家人复仇，可惜没能做到。"诺澜说道。

"诺澜姑娘，我不知道你的过去发生了什么，但以你现在的力量还杀不了石大人，弄不好还会搭上自己的性命，我不希望看到这样的结局。"张子瀚说出了自己的担忧。

"嗯，主人请放心，诺澜今后不会再做这样鲁莽的事了。"诺澜说道。

"诺澜姑娘，无论如何，只要活着就会有希望。"张子瀚劝慰道。

"嗯，我相信天上的神灵也会护佑善良，惩罚邪恶。"这也是老者跟她说过的话。

"说得好，既然如此，我们都应该相信神灵，敬畏神灵，好好活着。"张子瀚说道。

"嗯。主人请稍等，我去为主人煮些热茶吧。"诺澜起身走了。

张子瀚看着诺澜走去的背影，没想到上天竟将他们两个相隔如此遥远的人的命运联系在一起，他曾挽救了诺澜的性命，可是若没有诺澜，他也活不到今天。

这时，张子衿气喘吁吁地冲了进来，劈头盖脸地问张子瀚回鹘大哥回来没有。张子瀚被问得愣住了，分明是他们两人一起出去的。

张子衿没有见到回鹘人，感觉真的出事了。张子瀚看到妹妹紧张的神情赶紧询问，张子衿把她与回鹘人在集市上走散的经过说了一遍。这时诺澜端着热茶来了，由于事情紧急，他们立刻走了出去。

此时，回鹘人已被带到了地下赌场。有人将套在他头上的麻袋拿掉，回鹘人适应了一下这里的光线，他看到了一张熟悉的脸，独眼就坐在回鹘人的面前。

"没想到我们这么快又见面了。"独眼说道。

"你到底要干什么？"回鹘人问道。

"干什么，你自己应该清楚。"独眼看着回鹘人又继续说道，"你以为现在有唐人罩着你，觉得自己有后台了，就敢不把我放在眼里。告诉你，我才是这驼镇真正的主人，我想要你的命就如同踩死一只蚂蚁一样容易。"

"我看不起你这阴险的独眼小人。"回鹘人一脸不屑地看着独眼。

独眼的一只眼睛立刻瞪了起来，他挥拳狠狠地打在回鹘人的脸上，回鹘人的嘴角流出了血迹。

独眼知道现在一时半会儿还无法除掉张子瀚，石大人如此器重这对大唐兄妹，如果自己硬要下手就是自找麻烦，可也不能这样轻易放过他们。暂时除不了唐人，那就先除掉这个紧跟在唐人身后的回鹘人，砍掉唐人的左右臂膀，让他陷入困境，然后再找机会收拾掉这个人。

正好此时就遇到了这个凶狠的嘛哒人，既然他要报仇，那就把这个回鹘人找来，这样无须自己出面，就可以借嘛哒人的手先干掉这个回鹘人。然后再伺机干掉唐人，即便不成，也为自己收藏了一个杀手，今后有的是用到他的地方。

"要想杀死我就赶紧动手，我绝不会求你！"回鹘人看着独眼说道。

"好，想死还不容易……"独眼拿起刀刚想发作，转念一想又放下了刀说道："把这个不知死活的人给我带下去。"独眼要让这个回鹘人在死之前还能给他赚上一笔。

张子瀚与诺澜和张子衿来到了集市，他们找遍了各个角落都没有见到回鹘人。张子瀚立刻想到了秦子安曾遇到过的麻烦，那就是别尔克给他提供的线索。别尔克对驼镇发生的事无所不知，一想到这，张子瀚立刻让诺澜和张子衿先回去等着消息。

张子瀚一个人来到客栈找到了别尔克。

别尔克听了他的叙述，心里就明白了。别尔克肯定地告诉张子瀚，这事一定是独眼在搞鬼。

张子瀚有些疑惑，他不明白回鹘人的失踪与独眼有什么直接关系。

别尔克告诉张子瀚这些天他听到的消息，赌场最近来了一个无比凶恶的嚈哒人，号称要找到杀死自己哥哥的凶手报仇，所有人都不是他的对手。而那个在这里失踪的人，曾经与回鹘人角斗失利，后来就不明不白地死在了这里。独眼答应要给嚈哒人找出凶手，估计回鹘人一定是让独眼的手下给抓去了。

张子瀚想起第一次见到回鹘人时他受伤的样子，若是回鹘人与那个嚈哒人角斗，一定会凶多吉少，他立刻要去赌场看看。

别尔克一把拉住了张子瀚，劝他千万不可莽撞。

"听说地下赌场这几天增加了人手，有响马在门口守着，遇到生人都不许进去。独眼这样做也一定会有防备，一个人去赌场太危险，不如我先去那里打探一下情况再说。"别尔克说道。

"可我担心时间久了回鹘人会有生命危险。"张子瀚执意要去。

"那好，我陪你一起去。"别尔克说道。

别尔克拿来了一件西域的衣袍给张子瀚穿上，又给他的头上包裹上了一块围巾遮住了面孔。

张子瀚与别尔克沿着街道走到了赌场的附近，见门口有响马在巡视。

张子瀚与别尔克两人走到门口，两个响马过来刚要查看，一看是别尔克便露出了笑脸。别尔克将手里的钱币分别放进了两个响马的手里。两个响马立刻打开了门，别尔克与张子瀚闪身走了进去。

地下赌场里人头攒动，喧闹嘈杂，葡萄酒的气味混杂着汗臭与热烈的气氛，使空气都有一种黏稠感，大家都在等着看一场刺激的搏杀。

等待搏杀的嚈哒人已迫不及待了，他像一头野兽一样在一间黑暗的房子里转来转去。门开了，独眼走了进来，他告诉嚈哒人，这个要跟他角斗的就是杀死他哥哥的仇人。嚈哒人立刻瞪圆了眼睛，紧握拳头吼叫了起来。

独眼让人给他拿来了一罐葡萄酒和一把短刀，嚈哒人将短刀塞进腰后，一口气喝完了罐里的酒，将罐子狠狠地摔在地上。

回鹘人坐在一间黑暗的房子里，门开了，有人给他端来了一罐葡萄酒，他摇了摇头，那个人将那罐葡萄酒放在地上走了出去。

嚈哒人被带了出来，人群顿时一片喧哗声，大家都见识过这个嚈哒人的凶残厉害。这时，回鹘人也被带了上来，人群中又是一阵喧哗，大家也都见识过回鹘人的不凡身手。人们热烈地议论着，这将是一场精彩的对决，大家对这场角斗充满了期待。

这时帕提亚人拿着两个罐子来了，人们开始纷纷押注。

嘁哒人面色通红，不断地挥舞着双拳，回鹘人看着嘁哒人不动声色。

铃声敲响，嘁哒人不等铃声停止便冲了上来，挥拳向回鹘人砸去，回鹘人闪身躲开，嘁哒人扑了个空。

人群中发出了一阵惊呼声。

嘁哒人有些气恼，他再次冲来，回鹘人连续躲闪，嘁哒人不断进攻。回鹘人看准机会，当嘁哒人再次冲来时，他一脚蹬踹在嘁哒人的胸部，嘁哒人没有防备，踉跄着向后连退了几步才站稳身子。

人群中又发出了一阵嘘声。

嘁哒人被彻底激怒了，他吼叫着冲了上来，一把抓住了回鹘人的双肩。回鹘人要想挣脱已经不可能了，他只有使劲撑住嘁哒人。嘁哒人双眼恶狠狠地瞪着回鹘人，猛然用头向回鹘人的额头上撞去，回鹘人猝不及防被嘁哒人撞得有些发蒙，头上流出了鲜血。

人群爆发出了一阵惊叫声。

嘁哒人用头继续向前撞去，回鹘人身子突然向后倒下，嘁哒人随着惯性向前冲去。回鹘人倒地的同时用脚猛然蹬踹嘁哒人，嘁哒人从他的头顶蹿了过去，一头撞在一个桌子上，桌子被撞得断裂破碎，嘁哒人的头上也流出了鲜血。

人群爆发出更大的惊呼声。

嘁哒人从地上爬了起来，他已满头是血，怒吼着冲了上来。这时嘁哒人的手里多了一把短刀，嘁哒人的刀锋划破了回鹘人的胳膊。回鹘人用手握住了伤口，鲜血顺着指缝流了出来。嘁哒人紧握着短刀步步紧逼，不断向回鹘人抢去，回鹘人不断后退躲闪着。

人群爆发出了阵阵惊呼声。

嘁哒人越来越猛，回鹘人已感到体力不支。嘁哒人又挥刀刺伤了回鹘人的大腿，回鹘人感到一阵剧痛，弯下身去。嘁哒人上前一脚踢到回鹘人的胸口上，将他踢倒在地，回鹘人翻滚着从地上站起来，可他已经没有力气，浑身颤抖着。嘁哒人上前又是几脚，结结实实地踹在回鹘人的胸口上，回鹘人一头扑倒在地，口吐鲜血。

人群发出一片惊呼和叹息声。

回鹘人努力撑着抬起身来，可他已经没有力气站起来了。嘁哒人举刀冲上，照准回鹘人的胸口刺来。回鹘人已经放弃了抵抗，闭上了眼睛。这时，一条木头桌腿凌空飞来，击中嘁哒人持刀的手腕，嘁哒人手一松，那把刀径直飞去插在前面的柱子上。

这时，一个裹着围巾的人从人群中冲出，一脚踢向嘛哒人的胸口，嘛哒人向后踉跄着，不等嘛哒人站稳，那人快步上前转身一脚又踢到嘛哒人的头上，嘛哒人的身子跟着转了一圈，他感到头部一阵晕眩。只见那人跃起身照着嘛哒人的脸上就是几记重拳，嘛哒人就像被砸烂的西瓜一样，摇晃着倒了下去，一头撞在柱子上。

那人来到场地中间，一手扶起了回鹘人，回鹘人看到裹着围巾的张子瀚。

"大人……"回鹘人艰难地站了起来。

"我们走。"张子瀚小声说道。

这时，一群护场的响马持刀冲出来将他们围在中间。紧接着，独眼与大食人也走了出来。

"这位壮士，慢走。"独眼说道。

张子瀚站在那里低头不语。

"既然你敢坏了这儿的规矩，那就别想这么轻松地离开这里。弟兄们，把这两人给我拿下！"独眼喊道。

那些护场的响马立刻冲了上来，人群顿时大乱。突然，一群持刀的人冲了进来，他们是回鹘人手下的兄弟。他们立刻与护场的响马打了起来，护场的响马不是他们的对手，纷纷被打倒在地。这些人持着刀护卫着张子瀚与回鹘人，护场的响马不敢再向前了。

这时，那个嘛哒人从地上爬了起来，他举刀从张子瀚的背后刺来……

别尔克在人群中喊道："小心……"

张子瀚听到喊声，转过身去，这时，嘛哒人的刀已到了头顶，张子瀚一把推开了回鹘人，闪身躲过了刀锋，抬起一脚踢到他的手腕。嘛哒人手里的刀飞了出去，张子瀚又是一脚踢到了嘛哒人的胸口，嘛哒人有些站不稳。张子瀚又跃起身凌空一脚踹向了嘛哒人的后心，嘛哒人身体失去了重心向前扑倒，他一头撞到了墙上，然后身子一软顺着墙滑了下去，带下了一块墙皮。

回鹘人手下的兄弟护卫着张子瀚与回鹘人向外走去，那些护场的响马不敢上前，只好让开了一条路。

独眼在不远处用一只眼睛恶狠狠地看着他们，他的手悄悄摸出了一把短刀，刚要扬手，突然，不知从哪儿飞来了一颗石子打在他的手腕上，独眼惊叫了一声，手里的短刀落在了地上。

暗影中，裹着围巾的诺澜走了出去。

这时，赌场里的人也都乱了，他们看到了一场残酷的角斗，又出乎意外地体验了一场真刀真枪的打斗。这会儿，这些赌徒浑身的热血开始上涌，他们掀翻了桌子，举起手里的酒罐砸了起来，发泄着剩余的精力。赌场里顿时一片混乱。独眼刚想上前制止，立刻被拥挤的人群推倒在地。

大食人赶紧扶起了独眼："大人，这里已经难以控制，我看还是赶紧离开这里吧。"

独眼站起身恶狠狠地说道："都是一群废物，一群废物……"

张子瀚与别尔克走了以后，诺澜与张子衿就去了回鹘人队伍的驻地，诺澜将此事一说，大家拿起刀就跟随诺澜去了。

诺澜带人来到赌场附近，见门口有响马把守，诺澜让人躲在暗处，自己只身走了过去。刚到门口就被两个响马拦住，诺澜揭开了围巾，响马一看竟是个美人，刚要上前动手，这时，几个人影冲到他们身后把刀架在响马的脖子上，两个响马立刻傻了。诺澜让人将响马用绳子绑了拖到一边，又给他们的嘴里塞上了干草。然后，诺澜带着大家走进了赌场。

张子瀚令人把回鹘人背回难民队伍的驻地，回鹘人陷入昏迷之中。

诺澜请来了老者，老者仔细查看了回鹘人的伤，发现他的伤口处流出的是黑色的血。老者判断伤他的刀上一定有毒。

张子瀚焦急地向老者询问该如何，老者让人拿来了清水，为回鹘人仔细清洗了伤口，然后从怀里拿出一个小铜壶，从里面倒出一些白色的粉末撒在伤口上，再用干净的麻布将伤口包扎了起来。

老者对张子瀚说道："毒素已经进入血液，我的药物会与这些毒素角斗，三日之后会见分晓，不过三日之内不能进食，只可饮水。"

"明白了。"张子瀚说道。

接下来的三天里，回鹘人一直处在昏迷中，他呼吸急促，嘴唇干裂，身体发烫，看护的人只给他一些水喝。直到第四天的早上，回鹘人终于睁开了眼睛，他看到了张子瀚。

"大人……"回鹘人艰难地说道。

"你醒了，感觉怎么样？"张子瀚立刻上前问道。

"好多了……"回鹘人说道。

"那就好，那就好。"张子瀚难掩心中的喜悦。

"多谢大人，大人救了我两次性命……"回鹘人想坐起身来。

"不要起来，你的伤还没有完全好。"张子瀚上前扶住了回鹘人说道。

"大人，这个独眼阴险狡诈、手段狠毒，大人也要有所防备。"回鹘人说道。

"现在你什么都别想，等养好了伤再说。"张子瀚说道。

与此同时，嘁哒人也得到了很好的医治。独眼让人找来了一个懂得疗伤治病的人，此人脸形瘦长，眼角高挑，下颌留着一撮卷曲的褐色胡子，极像一头没有犄角的山羊。凭他的长相，驼镇上的人都称他为山羊医官。山羊医官有一手治疗跌打外伤的家传手艺。他仔细察看了嘁哒人的伤，为他的伤口敷上了药物，然后用葡萄酒混合药物为他揉搓全身。嘁哒人躺在那里，山羊医官不断地用手为他揉搓着身体的各个部位，使药物通过葡萄酒从皮肤渗透下去，以达到治疗内伤的功效。一连几天，嘁哒人就躺在那里疗伤睡觉。白天有人为他送来丰盛的食物，吃过之后山羊医官就为他揉搓治疗，直至嘁哒人感到自己的内伤已经痊愈，力量重新回到了他的体内，他大吼一声坐了起来。

山羊医官被吓了一跳。

"给我拿酒来，我要喝酒！"嘁哒人喊道。

独眼走了进来，将一些钱币放在山羊医官的手上说道："你没事了。"

山羊医官立刻收拾东西退了出去。

"我已经完全好了。"嘁哒人说道。

"好，你没有忘了我说过的话吧？"独眼问道。

"你说的是什么？"嘁哒人有些想不起来了。

"只要你活着，你就要听我的。"独眼说道。

"嗯……"嘁哒人含混地答道。

"记住，你的这条命是我给你的，从今以后，你就是我的人，我让你干什么你就得干什么！"独眼说道。

"嗯……"嘁哒人继续含混地答道。

"把他带走！"独眼对身后的人说道。

几个响马上来将嘁哒人扶了起来。

独眼的心里开始酝酿一个阴谋。这个嘁哒人强悍无敌，简直就是一头野兽，他要借这头野兽的力量，灭掉这个唐人的威风。如果他的手下有如此的强人，石大人也会对他另眼相看，也许会将那支难民队伍交到他的手上。到那时候，再找机会干掉这个唐人。

独眼知道那个回鹘人并没有死，他命人叫来波斯人，波斯人知道自己提供的毒液都没有奏效，他也感到困惑不解。

独眼斜着一只眼睛问道："你说的剧毒怎么都不管用？难道他们是有神助不成？"

波斯人说道："据我说知，这世上有人能制作出何种毒素，就有人能解这种毒素，我们一定是遇到了高人。"波斯人说道。

"那就是说你已经没有办法了？"独眼问道。

"当然不是，我已为大人想好了办法，可将几种不同的毒素混合起来，即便有人能解其中一种，那也难解所有的毒素。"波斯人微笑着说道。

"好，好，那就赶紧给我弄出来。"独眼急切地说道。

"放心，这次一定会让大人满意。"波斯人自信地说道。

独眼命人每天都给嘛哒人送去烤肉和酒，只要嘛哒人想吃什么都满足他。嘛哒人吃好了精力无处发泄就要找人拼杀。独眼便令人找来一些难民，将他们关进一座院子，给他们先吃上一顿饱饭，然后发给他们一人一把刀。这时，便把嘛哒人放了出来。

嘛哒人一见这些人便瞪起了眼睛，冲上去挥拳便打，那些人只好举刀应对。这更刺激了嘛哒人，他抓住一个人的脖子一拳打去，那人翻滚着倒在地上死去了；他又一脚踹在一个人的胸口上，那人也倒地蹬腿死了。其余的人一看都跪在地上求饶。

嘛哒人招手让他们起来，没有一个人敢起来，嘛哒人觉得跟这些人打斗实在不尽兴，他大吼一声冲上前去一脚踹到墙上，那堵土墙轰然倒塌，这群人见状立刻都从倒塌的墙冲出逃了出去。

嘛哒人怒吼着让他们都回来，可那群人早已跑得没影了。

独眼又挑选了一些有些功夫的响马与嘛哒人对决。

嘛哒人站在那里，一群持刀的响马围住了嘛哒人，嘛哒人毫不畏惧，他怒吼着冲了上来。响马们举刀相迎，嘛哒人用手臂挡过一个响马劈来的刀锋，顺手将他手里的刀夺下，然后挥刀与这些响马战在一起。

响马们几个回合下来，都不是嘛哒人的对手，难以抵挡。

嘛哒人越战越勇，他挥刀向那些响马冲去，响马都纷纷躲闪，四处逃窜。

这时，独眼出现了。

"怎么样，现在可以为你的哥哥复仇了吗？"独眼问道。

"我要亲手把他撕成碎片……"嘛哒人怒吼道。

"好，从现在起，你听从我的安排，到时候我会让你亲手杀了这个人，还会给你很多的赏赐。"独眼拍了拍嘛哒人的肩膀说道。

张子瀚这些天继续训练这支队伍，在回鹘人的带领下，这支由难民组成的队伍越来越有战斗力了。因为大家都是逃荒来的难民，平日受人欺凌，现在聚在一起便没有人再敢欺负他们了，同时他们也获得了尊严，大家都很感谢张子瀚。

张子瀚让回鹘人将他们分为两部分，用木质的刀互相拼杀，胜出者给予鼓励，失利者要总结教训。张子瀚告诫他们，只有掌握实战技能、战胜敌人才能保护自己。大家受到鼓舞个个认真训练。在张子瀚的指导下，这些人逐渐成为一群训练有素、敢于拼杀的战士。大家也都有了自信。

一天，独眼手下的几个响马在集市上欺负一个卖牛奶的女子，他们拿起陶罐里的牛奶就喝，喝完了牛奶还不给钱。那女子拉住一个响马讨要，响马回身看到这个卖牛奶的女子面容姣好，便上前动手动脚。女子转身躲开，可那几个响马依然纠缠。女子无助地挣扎着大喊救命……

这时，回鹘人带着自己的几个弟兄经过这里，听到有人呼救立刻赶来，不等回鹘人说话，几个人立刻冲上前去将那几个响马打倒在地，救起了那女子。几个响马一看自己根本不是他们的对手，都灰溜溜地跑了。

众人也都痛恨响马，他们都为这些人拍手叫好。

这支出身穷苦的队伍与那些出身土匪的响马截然不同，他们从不欺负平民。驼镇上的人对这支队伍也都充满了好感。

石大人一直在考虑一件事，为了应对时局的变化，必须提高自己这支武装的实力。由独眼管辖的这些人马，只能维护驼镇的治安，最多就是出去打劫个驼队，劫掠些物品。只要遇到有本事的人，他们就不堪一击，更不用说遇到一支正规军队了。

目前，突厥人与唐人在西域已经拉开了架势，一旦突厥军队或者大唐军队来到驼镇，就凭自己现在的实力，根本不是任何一方的对手。他苦心经营多年的驼镇顷刻之间就会被夷为平地。一想到此，他的心里就泛起一阵悲凉。他想要周旋于这两大势力之间，看形势这日子恐怕也不会长久了。

只有真正的实力才能让自己的腰杆挺直，才能有与人谈判的筹码。这个唐人张子瀚给石大人带来了希望。他有意让张子瀚组建训练一支队伍，就是想让他给自己训练出一支有实力的人马，不能都是独眼手下的那些酒囊饭袋。石大人的心里很清楚，凭独眼的本事能给他看家护院就不错了。

这时，独眼来了："大人。"

"哦，有什么事吗？"石大人问道。

"大人不是说要让我的人马与那个唐人的队伍比试一下吗？"独眼显得很有

底气的样子。

"我是说过。"石大人看着独眼点头说道。

"我的人马已经准备好了，就等大人的一句话。"独眼自信地说道。

"好，那就明天比。"这有点出乎石大人的意料。

石大人立刻吩咐手下备马。

石大人骑马来到了训练场，张子瀚看见石大人来了，快步迎了过来。

"大人，怎么到这儿来了？"张子瀚问道。

"最近一直没有来看看你，这些人马训练得如何了？

"大人，这些人原来都是些普通的牧人，如果要想将他们训练为战士，还需要一段时间。"

"嗯，好，好。"

"石大人，还有什么要交代的事吗？"

"我有意让你训练的这支队伍与原来的那些人马比试一场，不为输赢，只为相互切磋一下，不知你是否愿意？"

"大人打算什么时候比试？"

"明天早上。"石大人说道。

"明白了，大人。"张子瀚说道。

第二天一早，训练场上站着两支队伍，左方是张子瀚的队伍，右方是独眼的人马。场地两边各有一排用草扎成的人形靶。

石大人坐在中间的大帐里。石大人一挥手，有人敲响了羊皮鼓。

比武的第一项为骑射。

独眼一挥手，一队响马打马向前，弯弓射箭，场地上扬起一阵烟尘，烟尘落下，只见靶上已被插满了箭镞。

张子瀚挥手，一队人马纵马向前，弯弓射箭，场地上扬起一阵烟尘，烟尘落下，只见靶上已被插满了箭镞。

比武的第二项为劈杀。

独眼的响马率先冲出，他们骑着马挥舞着手中的刀，呼啸着向前冲去，一阵狂劈猛砍。烟尘落下，只见那些人形靶纷纷被击断倒地。

张子瀚的人马纵马向前，他们俯身在马背上向前冲去，在接近靶子时，迅速出刀劈杀。烟尘落下，只见那些人形靶还立在那里，只是靶上的人头已被砍下。

比武的第三项为角斗厮杀。

独眼与张子瀚来到帐下。

石大人问道："你们打算如何角斗厮杀？"

不等石大人的话音落下，独眼立刻说道："如要比拼角斗厮杀，就要来真的，两队各出一名武士，真刀真枪地搏命厮杀，直到一人胜出为止。战场上就是如此，这样才能真正比出高下。"

石大人看向张子瀚问道："子瀚，你看如何？"

张子瀚点了点头，他知道也只有这样应战了。

独眼与张子瀚各自回到自己的队伍中。

这时，有人又敲响了羊皮鼓。

张子瀚来到自己队伍前："我们要出一个人与他们的人搏命厮杀……"

"我去！"还没等张子瀚说完，回鹘人率先说道。

"你的伤刚好些，行吗？"张子瀚有些犹豫。

"放心吧，大人，我已经完全好了。"回鹘人说道。

"那好，你要小心，遇事要用脑子，不可仅用蛮力。"张子瀚叮嘱回鹘人，他知道也只有回鹘人能代表这支队伍出战。

独眼回到了自己的队伍中："准备好了吗？"

"我已经等得不耐烦了。"嘿哒人攥着拳头说道。

独眼从一旁的响马手上接过一把刀交到嘿哒人的手上："千万不要碰到这刀刃，上面已经涂上了剧毒。明白吗？"独眼小声说道。

"知道了。"嘿哒人说道。

"现在你去杀了你的仇人，不仅会成为最勇猛的武士，还会得到赏赐，你需要什么我都会满足你。"独眼说道。

"都给我闪开，我就用这把刀先宰了他。"嘿哒人已经挥着弯刀冲了出去。

回鹘人也来到场地中间，他看到了一张熟悉的面孔，就是那个令人恐怖的嘿哒人。

不等回鹘人站稳，嘿哒人已挥刀扑来，刀锋带着呼啸声劈向回鹘人的头顶，回鹘人一边躲闪一边举刀抵挡。嘿哒人刀法凶狠，步步紧逼。回鹘人身手敏捷，灵活躲闪。一时间，刀光闪烁，难分高下。两边的人都为自己的人呐喊助威。

石大人在大帐里看得也有些紧张，他没有料到独眼的手下竟有这般凶狠的杀手，也没有想到张子瀚的手下竟有如此身手的武士。

嘿哒人体力充沛，愈来愈凶猛。回鹘人身单力薄，已感气力不支。回鹘人忽然想到了张子瀚的叮嘱，他不再拼蛮力，而是有意挑逗嘿哒人。

此时的嚈哒人早已怒火攻心，只想尽快一刀杀了这个人，他不顾一切地向前扑去。回鹘人则不与他纠缠，不断闪躲。嚈哒人更加急躁了，他浑身上下已被汗水湿透。回鹘人也已气喘吁吁，握着刀的手已经轻微颤抖。

嚈哒人与回鹘人面对面站着，相互对峙，两人的眼睛都像燃烧着火焰。嚈哒人运足了力气，突然冲上来举刀猛然劈下。回鹘人站在那里没有动，等到嚈哒人的刀已到头顶时，猛然举刀迎上，嚈哒人手中的刀与回鹘人的刀碰在一起，迸出一片火花。巨大的力量迫使两人各自后退了几步才站稳身子。

嚈哒人又冲上横刀劈来，回鹘人身子向后仰倒，刀锋从他的面前掠过，这时，只见回鹘人纵身一跃，从嚈哒人的头顶翻过，嚈哒人突然失去了目标。待他反应过来时，已经晚了，只见回鹘人的刀锋已向他的脖颈扫来，嚈哒人慌忙举刀迎上，回鹘人刀锋一转又刺向了他的手腕。嚈哒人的手腕受伤，刀从他的手上飞了出去。回鹘人纵身跃起从空中接过嚈哒人的刀挥手向他投去。嚈哒人来不及反应，那刀已从他的胸腔刺入，一直穿透到他的后背。嚈哒人感到自己胸口一阵冰凉，他低头看到一股血水流了出来。嚈哒人的眼睛失去了神气，身体也失去了力量，双腿一软跪在地上。回鹘人上前一脚踹去，嚈哒人的身子带着那把刀扑倒在地。

这时，场上所有的人都屏住了呼吸，眼看着这个凶狠的大汉竟然败在这个回鹘人的手下。

石大人挥了挥手，两个响马立刻走上前去使劲翻过嚈哒人的身体，只见他的眼睛已经翻白，没有了呼吸。响马在远处向石大人示意此人已死。

这时，张子瀚的人马已经冲了上来，将回鹘人高高举起抛向空中……

独眼的响马则垂头丧气。

第十三章　诱惑

突厥大营，旌旗猎猎。

一骠人马疾驰而至，突厥谋士赶紧迎了上去。

突厥可汗古鲁斯从马上下来。

突厥谋士将可汗迎进了大帐落座，立刻有人端上了奶茶。

"我的尊贵、伟大、唯一的可汗一路辛苦，可在路上遇到麻烦？"突厥谋士问道。

"还好，路上很顺利。"突厥可汗答道。

"我们的铁甲骠骑军何时能到？"突厥谋士又问道。

"用不了多长时间，待一切准备就绪就会开赴这里。"突厥可汗问道："这里的情况如何？那个响马首领是否愿意与我们合作？"

"尊贵、伟大、唯一的可汗，我正想与大人说这件事。"突厥谋士小心翼翼地说道。

"说吧。"突厥可汗端起一碗奶茶说道。

"有人让我询问尊贵的可汗大人，是否记得一头棕熊的故事？"突厥谋士说完就眨巴着一双狡黠的小眼睛看着突厥可汗。

"哦……这是个什么人？"突厥可汗立刻瞪起了眼睛。

"问这话的人就是响马首领石大人。"突厥谋士说道。

"看来我与这个人还是故交……"突厥可汗喃喃道。

"我们该如何对待这个人，还需尊贵、伟大、唯一的可汗您来定夺。"突厥谋士看着突厥可汗的脸色说道。

"嗯……让我好好想一想。"突厥可汗陷入对往事的回忆。

少年时的古鲁斯就是一个性情贪玩好胜的人，他尤其喜欢狩猎，可总不满足猎杀一些麋鹿、羚羊、狐狸之类的动物，他总想凭自己的力量猎杀到雪豹、棕熊之类的凶猛野兽，这样他就可以在父亲面前夸耀一番了。可是当他一个人真的遇到一头棕熊的时候，没想自己远不是棕熊的对手，反倒遭到了棕熊的围困。

少年时的古鲁斯被棕熊所困趴在树上，树下就是等着他的那头棕熊。古鲁斯一个人在树上已经几乎吃光了树叶，他后悔由于自己的胆大妄为和好胜逞能，落得这步田地，可现在已来不及了。

就在古鲁斯走投无路陷入绝望的时候，出现了一个年轻人，这个年轻人给他解了围，救了他的命。他当时便发誓今后要好好报答这个救命恩人，因为他的父亲就是突厥汗国的可汗，他坚信自己的未来一定会强过任何人。将来他会从父亲的手中接过突厥汗国可汗的王位，成为突厥汗国新的可汗。现在他已经成为突厥尊贵、伟大、唯一的可汗。他敢与强盛的大唐为敌，他要成就自己的霸业，使广阔的西域成为突厥的领地。为了战胜强大的大唐帝国，他需要与一切势力结盟，这样就可以尽快战胜大唐、结束战争，拿下西域的统治权，进而得到这条连接东西地区的商道的控制权，拥有了这个控制权就可以获得无尽的财富和利益，战争的本质就是利益的争夺。

为了与各个势力结成联盟，其中也包括驼镇石大人，他曾让自己的谋士联络石大人，可始终没有得到明确的答复。作为强大的突厥国可汗，他觉得很没有面子。他本想不再理会这个傲慢的响马首领，甚至想要派遣大军将他灭了，可是现在他知道了原来这个响马首领曾是自己的救命恩人。突厥可汗立刻改变了想法。毕竟自己在最危难的情况下得到了这个人的舍命相救，应该给予他感恩与回报。可是作为突厥国尊贵、伟大、唯一的可汗曾经有过这么一段不光彩的经历，也是一件令他纠结郁闷的事。在这个世界上，就不应该再有人知道这个关于棕熊的故事。

突厥谋士小心翼翼地说道："尊贵、伟大、唯一的可汗，这个响马首领石大人极其傲慢，待我们铁甲骠骑大军到了，可以先把他的驼镇踏平。"

突厥可汗摆了摆手说道："石大人是我的故交，对待朋友就要以礼相待，这个石大人开出的是什么条件？"

"待我们一统西域后，我们要确认他对驼镇及周围地域的管辖权，同时还要在地图上标出具体疆域，并以突厥汗国可汗的名义颁予证书，确认这片疆域为他的永久属地。"突厥谋士说道。

"哦……看来这个人的确傲慢。"突厥可汗说道。

"是的，我看他是不知道我们的厉害，所以才会如此狂妄无理。"突厥谋士内心十分厌恶这个石大人，他想挑起突厥可汗的怒火。

"如果我们答应了他的条件，他会为我们做事吗？"突厥可汗想的是如何能稳住此人。

"在我看来，这个人极其狡猾而且难以对付，就是一只狐狸，如果答应了他的条件，或许他会为我们做事，但也没有绝对的把握。"突厥谋士觉得石大人的内心深不可测，他一时也摸不透。

"要想抓到狐狸，就要准备好充足的诱饵，狐狸虽狡猾，可难以脱逃贪婪的本性，这个人也不例外。"突厥可汗似乎很有把握。

"只是这个人的贪婪超出我们的想象。"突厥谋士知道如果不能满足石大人的领地要求，就很难继续下去。

"那就满足他的一切要求，可以在地图上标示出疆界，我愿意以突厥汗国可汗的名义给他签署一份特别证书，确认他的永久世袭领地。"突厥可汗的手一挥，立刻做出了这个决定。

"可汗大人，您真要这样做吗？"突厥谋士没有想到可汗竟如此慷慨。

"是的，我们现在最大的敌人是大唐帝国，只要谁愿意与我们一起对付大唐，他们提出什么条件我都会答应。这就说明他们有求于我，愿意与我们结为盟友，这样一来，至少他不会帮助我们的敌人。待到我们战胜大唐，完成一统大业之后，能否真正兑现这些承诺，那就要看我们的心情了。"突厥可汗说道。

"明白了。"突厥谋士的脸上露出了会意的笑容。

"现在我们需要做的是先稳住他，捋顺这只狡猾狐狸的毛，让他心甘情愿地为我们做事。为了这件事你要尽快去一趟驼镇，以表示我们的诚意并带去突厥汗国伟大可汗向他的致意与问候。告诉他所有的要求都可以实现，只需再耐心地等待些时日，就可把他想要的东西给予他。"突厥可汗说道。

"放心吧，尊贵、伟大、唯一的可汗，我一定完成使命。"突厥谋士已理解了突厥可汗的意思。

突厥可汗已经想好了，对待恩人一定要兑现承诺尽力报答，可是对待贪婪的狐狸，那就是先抛出诱饵，引诱其上钩，待捕获之后，再看结果而论。

石大人这几天的心情大好，他看到唐人张子瀚为他训练了一支不错的队伍，有了这些人马就可以巩固他的势力，扩大实际管辖范围。另外这个唐人的妹妹也将丝绸作坊准备得差不多了，凭借这个姑娘的手艺，将来一定可以生产出质量上乘的丝绸织品。这对大唐兄妹将会帮助他实现抱负与梦想。

石大人信步来到张子瀚所住的偏院，张子瀚见到石大人忙迎了上来。

"石大人到此有什么吩咐？"张子瀚问道。

"没事，几天没有见到子瀚兄弟了，想过来看看。"石大人说道。

"好的，大人请进来喝杯茶吧。"

"不急，我想看看令妹的丝绸作坊如何了。"

"好的，我这就带大人去看。"张子瀚说道。

张子瀚领着石大人走进了丝绸作坊，作坊里一切都已就绪，一架用木头制作好的织机放在房子中间，张子衿正指挥着几个人安装调试。

石大人见状立刻面露喜悦，走到张子衿的近前说道："子衿姑娘，这些日子真是辛苦你了。"

张子衿看到了石大人，用手擦去额头的汗水说道："不辛苦，这是我愿意做的事情。"

"等这里的一切准备就绪了是不是就可以织造丝绸了？"石大人关切地问道。

"是的，只要调试好了就可织造，不过大人何时能拿来可供织造的蚕丝？"张子衿有些担心地问道。

"姑娘放心，只要是姑娘需要的东西，我这里都会有。"石大人的语气很自豪，他知道独眼已经从粟特人的驼队那里截获了一批蚕丝。

"那就好，大人尽快拿来蚕丝，我就可以织造丝绸了。"张子衿对自己充满信心。

"好的，那我就等着看到姑娘的丝绸了。"石大人一想到自己也能拥有一间丝绸作坊，也能从这里生产出丝绸，他的心里就充满了喜悦与渴望。

"我在想，如果在西域也能种上桑树养蚕那该多好啊。"张子衿忽然想到如果将来扩大生产规模，那就需要大量的蚕丝，如果这里能像长安一样种桑养蚕，那今后就不愁没有大量的蚕丝了。

"好啊，姑娘这话说得好，等这里一切都安稳下来，我就想办法实现姑娘的愿望。我一定设法在此种植桑树，发展养蚕，到那时候，我们这里也就与长安没什么两样了，再加上有姑娘在此，何愁织造不出像样的丝绸。"石大人对未来充满了期望。

"只要这里能够种桑养蚕，我保证能织造出质量上乘的丝绸和织锦。"张子衿不无骄傲地说道。

"太好了，我完全相信姑娘将来织造出的丝绸一定可与大唐的丝绸媲美。"石大人的语气十分肯定。

"大人别忘了，我就来自大唐。"张子衿笑着说道。

"对，对，姑娘说的是。"石大人说道。

石大人十分欣赏这个大唐姑娘，他忽然觉得这个姑娘在某种意义上丝毫不逊色于她的哥哥，甚至更有价值。

"石大人不可轻信小妹的话语。"张子瀚有些不安地说道。

"哥哥，难道你不相信我的手艺吗？"张子衿对哥哥的话语有些不满。

"你还年轻，说话总要留有余地，要懂得谦逊谨慎才是。"张子瀚不想让妹妹过于陷于这件事，因为他的使命还未完成。

"哥哥总是太过谨慎，我知道我的能力。"张子衿说道。

"让大人见笑了，舍妹就是这样的性格。"张子瀚有些歉意地说道。

"我倒是十分欣赏令妹的性格，坦率直接。"石大人不禁夸赞道。

"大人，这里太乱了，你们还是去外面说话吧。"张子衿就是这样直来直去。

石大人与张子瀚只好走出了作坊。

"子瀚兄弟，我有一事还需你帮忙。"石大人说道。

"大人请讲。"张子瀚不知何事。

"子瀚兄弟，请不要与那个只有一只眼睛的人计较，此人心胸狭窄，目光短浅，没有头脑，不堪重用，可毕竟他跟随我多年，你就算是给我一个面子。"石大人说出了他心里的话。

"大人尽可放心，我绝不会与此人计较。"张子瀚立刻说道。

张子瀚没有想到石大人说出这样的话，此时他不想让石大人对自己产生怀疑与误解，毕竟现在还在石大人的势力范围之下。

"我很清楚，此人无才，但也不是没有可用之处，就让他为我们守住驼镇，至于驼镇的未来还需子瀚兄弟鼎力相助，今后我们若能成就一份大业，我愿与子瀚兄弟共享一切。这一点我说到做到。"石大人又对张子瀚说道。

"大人，有什么事情尽管交代，子瀚一定竭尽全力。"张子瀚不清楚石大人到底想让他做什么。

"最近这里的情势你也知道，日子并不太平，我要你抓紧时间训练好这支队伍，将来我对你会有重托。"石大人的语气有些异样。

"大人放心，我会加紧训练这支队伍，随时听候大人的调遣，不负大人的信任。"张子瀚说道。

"好！"石大人拍了拍张子瀚的肩膀又说道，"我相信，我没看错人。"

独眼这几天的心情极差，他知道通过这次比武，由于嘁哒人的失利，他在石大人心里的地位更加低了。石大人现在视这对大唐兄妹为珍宝，他们能武能文，深得石大人的信任，一时还奈何不了他们。独眼一想到此，他的一只眼睛就在眼眶里乱转，再看看自己身边的这些人手，到了关键时刻谁都难以派上用场，真是一群废物。

独眼领着几个响马在驼镇里巡视，这时候这些人个个挺胸抬头，威风至极，可到真刀真枪拼杀的时候，一个个能躲多远躲多远，没人愿意为他拼死玩命。独眼看着这些人就生气。

驼镇里依然人来人往、生意热闹，这里就像一个法外之地，不管外面战乱频发、灾祸不断，这里的一切似乎还都是老样子。可仔细观察，就会发现有些变化，商贩们都在急于出手自己的货物，价钱要比往常便宜了许多。因为随时可能发生战乱，很多人都在采买囤积粮食，一些富裕的商人也开始收拾东西准备出逃，临走前在集市上变卖自己带不走的东西。但是表面看去，驼镇还维持着繁荣热闹的景象。

独眼看着这个热闹的集市，他就是凭借管辖这个地方给自己捞取了不少好处，凡是初来乍到的商贩，他都要先盘剥一道，教他们懂得这里的规矩。那就是只要给他好处，在这儿一切都好说，如若不然，那就休想在这里顺当地做生意。可是最近很难再遇到这样的事了，由于世道乱，几乎没有什么新的客商来此，他也就捞不到什么好处了。

这时，突然起风了，一阵风卷起了地上的尘土，让人睁不开眼睛。独眼闭上了眼睛，静等着风沙过去。一会儿工夫风过去了，独眼睁开了眼睛，他忽然看到有几个头上裹着围巾的人，骑马沿着街道急速向前走去。独眼觉得这几个人的行踪有些诡异，立刻用手指着前面，命令手下将那几个人拿下。

几个响马立刻冲了过去将那几个人拦住，然后拉下马来不由分说将他们押到了独眼的跟前，那几个人不断挣扎着。

一个响马跟独眼说，人带来了。独眼头也不抬地命令先搜查这几个人身上带有什么东西。响马从那几个人马上的羊皮袋子里搜出了一个精美的箱子，打开一看里面装的都是精美的金银器皿。

一个响马跟独眼说，抓了几个肥得流油的富商，带的都是值钱的货物。独眼一听立刻来了精神，他走到近前拿出了一个金银器皿看着，的确很精美。

独眼转过身瞪起一只眼睛看着这几个陌生人问道："你们是什么人？身上怎么会有这么贵重的东西？"

其中一个身材短粗的人毫不客气地说道："我们是规矩的生意人，你是什么人，大白天怎么就敢拦路抢劫，这里还有没有王法？"说话的人就是突厥谋士。

独眼一听这话笑了，上前用手拍着那个人的脸说道："我就是这里的王法，这里就是我说了算，你们要想在这里做生意，就要先交税金再说。"

"据我所知，这驼镇可是石大人的地面，你算个什么东西就敢在这儿敲诈，有本事带我去见石大人。"突厥谋士说道。

独眼一听这话就来气了："你说得没错,这里是石大人的地面,可是要想见到石大人,还得先过我这一道。"

"那好,这些东西你可以都拿去,待我见了石大人之后再说。"突厥谋士毫无惧色。

"你说什么,你还要见石大人?"独眼感到这几个人有些奇怪。

"是的,我是专程来见石大人的。"突厥谋士一脸的不屑。

"你是什么人?"独眼凑到突厥谋士的跟前,看着这个长相丑陋的人问道。

"我是突厥国的使节。"突厥谋士昂起了头说道。

"哦……你说就是就是了,拒缴税金还敢冒充突厥使节,罪加一等,先把他们几个押入地牢再说。"独眼指着这几个人向手下命令道。

几个响马立刻用绳子将这几个人绑了起来。

突厥谋士刚想大喊,一个响马给他的头上套上了一个黑布袋子。

独眼带着这几个人向前走去,迎面一队人马走来,独眼看到了骑在马上的石大人。

独眼立刻上前问候："大人,您怎么来了。"

石大人看着远处说道："没事出来转转。"石大人又看到响马押着几个人便问道:"这是些什么人?"

"大人,这是刚刚抓获的几个奸商,他们到驼镇做生意还拒给大人缴纳税金。"独眼立刻说道。

"哦……现在还有如此胆大之人,按规矩好好教训一下,待他们缴纳了罚金再说。"石大人冷冷地说道。

"明白了,大人,这些奸商实在可恶,越来越猖狂放肆,口出狂言,还敢隐瞒身份冒充是突厥人。"独眼说道。

这时,那个头上套着黑布袋子的人拼命挣扎喊着什么……

石大人看到觉得有些奇怪便说道："让这个人过来说话。"

响马将这个人带到石大人跟前,拿掉了套在他头上的黑布袋子,露出了突厥谋士的一张脸。

突厥谋士睁开眼睛看到了石大人立刻说道："石大人,快救我。"

石大人看着突厥谋士有些奇怪地问道："这不是突厥的谋士吗?怎么到了这里?"

突厥谋士赶紧说道："石大人,我专程来此,并带来了突厥可汗对大人的问候。"

石大人立刻说道："还不赶紧给他松绑。"

独眼一听这话立刻傻了。

石大人与突厥谋士坐在石府大堂。

独眼战战兢兢走了进来，向突厥谋士躬身施礼："小人得罪了大人，还望大人能够原谅。"

突厥谋士看着这个独眼卑琐的样子没有理会，他一想起刚才的情景就恨得咬牙切齿。

石大人见状挥了挥手示意让独眼先下去。独眼又向突厥谋士深施一礼赶紧退了出去。

突厥谋士命人拿出那箱金银器皿放在了石大人的身边。

"石大人，我们突厥国尊贵、伟大、唯一的可汗让我给石大人带来他的致意与问候。"突厥谋士恭敬地说道。

"哦，你们的可汗竟然如此看得起我，真是让人意料不到。难道他记起了那个关于棕熊的故事？"石大人问道。

"是的，我们尊贵、伟大、唯一的可汗称与石大人既是故交也是朋友，对待朋友要以礼相待。"突厥谋士恭敬地说道。

"好，如此看来你们的可汗还是重情义的，那我们之间的交易就好说了。"石大人的脸上露出了一丝笑意。

"是的，是的……"突厥谋士觉得这次石大人的态度好多了，不再像以往那么傲慢了。

突厥谋士与石大人的谈话很快就进入了正题。

突厥谋士向石大人转达了突厥可汗对石大人的邀请，请石大人在他方便的时候前往突厥国做客，并说石大人既是突厥可汗的朋友，一定会得到突厥汗国最高贵礼仪的接待。石大人通过这位突厥谋士的态度也感受到了突厥可汗对他的诚意和尊重。石大人表示愿意接受突厥可汗的邀请。

"既是上天赐予我与你们的可汗相识，那我们都需要珍惜这段难得的情谊。"石大人也向突厥谋士表达了自己的诚意。

"我们尊贵、伟大、唯一的可汗让我转告石大人，只要石大人愿意与我们突厥结盟，协助我们战胜大唐的军队，待到我们一统西域的时候，石大人的一切要求和利益都会得到满足。"突厥谋士说道。

"好的，比起你们称霸西域的大业，我的要求并不算高。"石大人说道。

"是的，石大人与我们尊贵、伟大、唯一的可汗以前就有如此情谊，将来这片疆域可以说就是我们伟大的可汗与石大人所共有的。"突厥谋士知道要想满足他的贪欲，就要给予他巨大的诱惑。

"我并没有奢望与突厥可汗利益共享，我只想为我自己谋得一块生存之地，并得到突厥可汗给予的认可就行。"石大人不想再绕圈子，这也可以说是他与突厥结盟的心理底线。

"石大人请放心，我来此的目的就是转告石大人，我们的可汗已答应了石大人提出的所有要求。只需石大人再耐心地等待些时日，我们就会把石大人所要求的东西一并带来。"突厥谋士说道。

"好，既是这样，我这里倒是准备好了一样东西。"石大人让人拿出了一幅羊皮地图展开，突厥谋士上前看到地图上已画出了驼镇以及周边的一片疆域。

"这就是我想要的一小块生存之地。"石大人将羊皮地图递给了突厥谋士。

突厥谋士双手接过："好的，我会将此图交给我们尊贵、伟大、唯一的可汗，然后尽快给大人一个满意的答复。"

张子瀚每天都训练着这支由难民组成的队伍，大家都很信赖张子瀚。作为队长的回鹘人也很尽职尽责。回鹘人战胜了嚈哒人，使得这支队伍的士气高涨，看到了前途。他们不再惧怕独眼和他手下的那些响马，他们个个训练刻苦，在训练场上摸爬滚打，你争我斗，无论骑马射箭还是自由搏杀都做得十分认真，因为他们相信早晚有一天可以报仇。

张子瀚白天与这支队伍在一起，时间很快过去。晚上回到住处都会闭目打坐，每当他一个人的时候就会感到内心的孤独，他不知道这样的日子还要过多久，他想起已经走了许久的秦子安，也不知道他是否到了安西都护府，是否见到了苏将军，是否将自己的心愿向苏将军陈述……

这时，张子瀚忽然感到有一双手在轻轻地为他揉捏着肩膀，他回手握住了那双手，还是诺澜在为他揉捏着肩膀。

"诺澜……我很好，不必这样。"张子瀚轻声说道。

"大人，诺澜知道大人心中的忧虑，诺澜也不知该做些什么，就让诺澜为大人揉揉肩吧……"诺澜轻声说道。

"嗯……"张子瀚不再坚持了。

诺澜轻轻地为张子瀚揉捏着肩膀，她知道自己并不能解除张子瀚心中的忧虑，只有尽量让这个压力沉重的男人暂时放松一下。

这时，张子衿走了进来，她看到这一幕愣住了，然后轻轻转身刚要离去，身后传来了哥哥的声音。

"子衿……"张子瀚叫道。

"哥哥，诺澜。"张子衿走了过来。

"子衿，你坐下，我想跟你说会儿话。"张子瀚说道。

"大人，你们兄妹说话，我去给你们煮茶。"诺澜说着起身走了出去。

"哥哥，有什么事请讲。"张子衿说道。

"子衿，这些天一直没有照顾好你，希望你不要介意。"张子瀚说道。

"哥哥，你说什么呢，我知道哥哥忙，我不需要照顾。"张子衿说道。

"子衿，我想跟你说，这里绝不是我们的久留之地，我一直在等待子安的消息，所以，我希望你能理解我所说的话……"张子瀚说出了心里想要跟妹妹说的话。他本不想让妹妹担心，可是看到妹妹如此热衷于丝绸作坊的事，他想给妹妹提醒一下。

"我……我知道了，可是我既然已经答应了石大人，我还是想做好。"张子衿没有想那么多。

"我知道你的所作所为都是出于善良的本意，可在这个世上并非所有人都与我们一样，有些事情不得不有所防范，你尽管按照你的内心去做，我只是想告诉你，我们是不得已留在此地，我们身上还肩负着使命。"张子瀚说道。

张子衿听了哥哥的这番话轻轻点了点头。

石府大堂灯火辉煌，桌上摆满丰盛的食物，石大人在宴请突厥谋士。

石大人端起了一杯酒："来，我们满饮此杯。"

突厥谋士赶紧举起杯："好，为我们的合作成功。"

石大人与突厥谋士饮下了酒。

石大人用刀叉起一块烤肉递给突厥谋士："看看我这里烤肉的味道如何？"

突厥谋士接过来送进嘴里嚼着连声说道："嗯，味道极好。"

"既然觉得味道不错，那就多吃点。"石大人说道。

"好的，好的。"突厥谋士又拿起一块烤肉送进嘴里。

"你们的可汗现在一定很忙吧？"石大人似乎不经意地问道。

"我们伟大的可汗正在运筹帷幄、调兵遣将，准备与唐军的最后决战，我们突厥的十万铁甲骠骑军已经集结待命，可以随时开赴战场。"突厥谋士有意夸张地说道。

石大人用刀叉起一块肉放进嘴里说道："看这架势，此次突厥与大唐的大战，突厥可汗势在必得了。"

"当然，我们突厥大军数倍于唐军，而且装备精良、士气高昂，尤其是我们的铁甲骠骑军可称之为虎狼之师。就算唐军再善于计谋，最终也难逃被彻底击溃消灭的下场。"

石大人看着突厥谋士有些得意的样子，不免皱了一下眉头，又不紧不慢地说道："战争的胜负有时候并不完全取决于人数的多少与装备的优劣，以往发生的战事告诉我们这是一个不争的事实。"

突厥谋士睁大了眼睛看着石大人，他原以为用这样的话就可以震慑住这个西域响马，没想到这个人还不吃这一套。

这时石大人不慌不忙地说道："战争的最终胜负往往取决于各种因素，比如战场的位置、物资的补给、当时的气候、获取的情报，最为主要的还是双方统帅之间智慧的较量与意志的角斗。再有就是天上神灵的护佑了。"石大人说完这些话，又用刀叉起一块肉送进口中，他并不看突厥谋士，他料定这个突厥谋士没有这样的智慧。

"精彩，精彩，我们伟大的可汗看重的就是石大人的智慧，如果石大人与我们突厥联手合作，一定会所向披靡、战无不胜，何愁西域不是我们的天下。"突厥谋士知道现在必须满足与顺从这个西域响马的虚荣与傲慢。他想既然这个愚蠢的石大人想要得到恭维，那就让他高兴高兴。突厥谋士又说道："就凭石大人的智慧与能力，仅仅管辖一个小小的驼镇真是太屈才了，我会向我们伟大、尊贵、唯一的可汗进谏，待我们一统西域之时，一定要给予石大人更大的权力和更为广阔的疆域……"

"那倒不必，我并没有那么大的野心，只想安于一隅，免受打扰，还能够得到突厥可汗的庇护而已。"石大人知道以自己的实力还不能与突厥可汗讨价还价，如果突厥可汗还念及旧情，记得当年的救命之恩和他的承诺，这个条件应该是不难答应的。

"虽然这次我是代表突厥可汗来见石大人，但我从心里敬佩石大人的智慧与豪爽，我愿以我个人的名义与石大人结为朋友。"突厥谋士谦恭地说道。

石大人举杯说道："我们已经是朋友了，来，满饮此杯。"

突厥谋士也举杯："满饮此杯。"

两人一饮而尽。

独眼来到了存有珍宝的地库，小心翼翼地寻找着什么，他打开一个箱子，看到一个镶有宝石的银质器物，轻轻放进了怀里。

独眼走到门外，看看周围没人，然后蹑手蹑脚地沿着回廊走去，突然，一个响马端着一大盘烤肉走来。独眼赶紧闪身躲开，怀里的银制器物滑落出来掉在地上，发出了清脆的响声。

那个端着盘子的响马刚要转过身来，独眼立刻捡起那器物走过去，从那响马的手中接过盘子向前走去。

独眼端着一大盘烤肉来到石府大堂，突厥谋士与石大人连喝了好几杯酒，脸色已经绯红。

"二位大人，这是刚刚烤好的肉，请大人品尝。"独眼毕恭毕敬地将烤肉端了上来。

"请……"石大人向突厥谋士说道。

"不，不，我已经吃好了，感谢石大人的盛情款待，而且与石大人的交谈也极其愉快……时间不早了，我就告辞了……"突厥谋士站了起来，身子有些摇晃。

独眼见状赶紧上来扶住突厥谋士。

石大人看到突厥谋士有些摇晃，说道："我看今天就住在此吧，明日再走。"

独眼立刻说道："大人不必操心，此事就由我来安排吧。"

"嗯，好吧。"石大人正好也懒得管这事。

独眼立刻扶着突厥谋士走了出去。

夜晚的驼镇寂静无声，独眼扶着突厥谋士走到驼镇的街上。突厥谋士喝多了，经凉风一吹，他感到头上一阵晕眩，两腿发软，独眼赶紧扶着他继续前行。

"我的马在哪里？你要带我去哪里？"突厥谋士有些狐疑地问道。

"大人难得来驼镇一趟，我要带大人去个可以销魂的地方，等到了那里大人就知道了。"独眼献媚地说道。

突厥谋士听到这声音忽然感到有些不对劲："你是什么人，你是想要打劫我吗，告诉你，我可是石大人的贵客，你们不得无理……"说着话，突厥谋士想要挣脱，独眼有些弄不住了。

这时，正好有几个巡查的响马走来，独眼赶紧招呼道："快点来人帮忙。"几个响马过来将突厥谋士架了起来。

突厥谋士完全清醒了，他看到了独眼立刻惊恐地大叫起来，独眼赶紧上前用手捂住了他的嘴。

独眼带着突厥谋士走下了长长的台阶，进入妓院。

突厥谋士看了看四周的幔帐大声喊道："这是什么地方，你们想要把我怎样，告诉你们，我是突厥的使节，你们不能这样对待我……"

独眼走到突厥谋士的近前说道："大人，我知道您是突厥的使节，我带您到这儿只是要向大人赔罪，还想与大人交个朋友，还请大人赏赐小人这个机会。"

独眼说着从怀里掏出了那个镶嵌有宝石的银质器物双手捧给突厥谋士。这个银质器物是一件做工精美的狼头，狼的两只眼睛镶嵌有两颗绿色的宝石，发出幽暗的光芒，看上去非常华贵。

突厥谋士接过来看着："这是送给我的？"

"是的，这是小人给大人的见面礼，以表示我对大人的仰慕和诚意。"独眼的脸上露出了谦卑的神情。

"哦……"突厥谋士这才打量眼前的这个人。只见此人身材短粗，相貌粗俗下贱，还只有一只眼睛，可从这只眼睛里散发出谦卑柔和的光芒，突厥谋士的心里踏实了许多。

"大人有所不知，在这驼镇，除了石大人，就是小人说了算。"独眼向突厥谋士介绍自己的地位。

"哦……"突厥谋士忽然意识到眼前的这个人对自己的重要性，他的目光也柔和了下来。

"大人，今天小人对大人有所冒犯，还望大人宽恕小人的罪过。"独眼说着上前施礼。

"这位壮士，今天之事都是误会，我愿意与你结为朋友。"突厥谋士知道身在此地不能得罪任何一个有势力的人。

"感谢大人，感谢大人。"独眼上前拉住突厥谋士的手不断地说着。

"这位壮士，你为何要对我这样？"突厥谋士现在感到自己的身份起了作用，说话的语气也不一样了。

"不瞒大人，我一直仰慕强大的突厥帝国，能够结识突厥帝国的使节是小人的荣幸，小人做梦都想为突厥帝国做些事情。"独眼献媚地说道。

"看来你是一个目光远大的人……"突厥谋士觉得这个人倒是可以利用。

"是的，小人相信将来突厥帝国会一统西域，突厥人最终会成为西域的主人，小人愿意为强大的突厥帝国效力，也希望将来能得到突厥帝国的庇护和关照。"独眼说出了心里一直想说的话。

"好，好……我会将你的这些话转告于我们突厥尊贵、伟大、唯一的可汗，我们的可汗也愿意结识新的朋友。"突厥谋士大度地说道。

独眼一听这话，立刻跪在地上："感谢大人的提携，感谢大人的提携。"

突厥谋士说道："壮士请起，不必这样……"

独眼感动地起身拍了拍手，从帷幔后走出了波斯人，身后带来几个妖艳的西域女子。

突厥谋士的眼睛一亮。

独眼在突厥谋士的耳边轻声说道："大人，这是小人为大人准备的销魂之物，请大人安心享用。"

"嗯……"突厥谋士含混地答着，他整日都在突厥大营，没日没夜地为突厥帝国的大业忙碌，根本没有时间和机会有过这般享受。

独眼与波斯人悄悄走了出去。

那几个妖艳的西域女子围着突厥谋士跳起了舞蹈……

突厥谋士盘腿坐在卧榻上，一边饮酒，一边醉态蒙眬地欣赏着。这些舞女跳着跳着便走上来夺过他手中的酒杯，突厥谋士这会儿的兴致也被撩起，他与这些舞女纠缠在一起，那些舞女将他压倒在卧榻上……

突厥谋士一人对付不了这么多女人，他挣扎着向外逃去，可那些舞女又将他抓了回来，重新按倒。突厥谋士还没有经历过这样的场面，只好放弃挣扎，他这会儿感到自己就像是一只误入狼群的绵羊。

此时的石大人没有睡觉，他来到了高台上，看着满天的星辰，他的心情有些复杂。看来这次突厥使节的到来与上次的见面大不相同，他从突厥使节的话语中也感到了突厥可汗的诚意，也许是过去的经历唤醒了他的记忆。

突厥可汗对他提出的要求全部答应，这样痛快让他有些不适应，毕竟他对领地的要求很大。现在突厥人与唐人欲在西域开战，就是为了争夺这片广阔疆域的管辖权。石大人又想到了突厥人的承诺，这对他也是一个巨大的诱惑。那么从今往后他将会彻底站在突厥一边与大唐为敌。可是突厥人以往就不讲信义，出尔反尔，唯利是图。但突厥人愿意与他交好，派遣使节带着礼物前来商议，还有巨大的前景与利益诱惑。唐人军纪严正、行为规范、忠勇诚信，可唐人从未派人前来与他联络，也就是说从未将他放在眼里。现在他在这两大势力之间必须做出选择。

无疑谁都会选择更有利益诱惑的一方，可他也并不想立刻得罪另一方，他要取得最后的保证，那就是由突厥可汗亲自认定签发的领地确认文书，得到自己利益的最终保证。可实现这个保证的前提是突厥人要能战胜唐人才行。现在的战争形势还不十分明朗，尽管突厥人在人数与装备上占有绝对优势，可最终的胜负还难以预料，他还不能确认突厥人会赢得这场战争。这就是石大人心中的纠结矛盾所在。

石大人想到现在还不能将突厥使节到此的事张扬出去，他要给自己留有余地。一旦事情朝着对突厥有利的局面发展，他再全身投靠也不迟。一旦唐人掌握了战争的主动权，他也可以投靠大唐。总之，他的想法就是尽快发展自己的势力，将来战事对哪一方有利，他就会将自己的筹码押在哪一方。

张子瀚睡不着觉，他一个人来到屋顶坐下，夜空中是漫天闪烁的星辰。

张子瀚的眼前忽然又闪现出诺澜的身影。沦为奴隶的诺澜凄苦的眼神，沐浴后的诺澜清纯的容颜，骑在马上的诺澜矫健的身姿，舞蹈时的诺澜优雅的舞姿，行刺时的诺澜愤怒的眼神，为他揉肩的诺澜娇柔的神情……

他曾两次挽救诺澜于厄运，而诺澜也挽救了他的性命。

张子瀚摇了摇头，他不愿再想下去了，直到今天他仍无法辨别诺澜是自己的幸运还是不幸，既是上天的安排，那就要欣然接受。

天渐渐亮了，灰蒙蒙的天空中星星开始隐退，明亮的阳光驱散了黑暗，投射到大地上，灰蒙蒙的大地也越来越亮，这亮光迅速蔓延着，铺满了广袤的山川原野，也铺满了整个驼镇。

张子瀚骑马驰出了驼镇，他纵马奔驰在原野上，直到马跑累了，他也出了一身的汗，这才放松了缰绳，转过头来，向驼镇的方向走去。

张子瀚想借助骑马奔驰让自己恢复体力，借此梳理一下自己的思绪，同时也舒展身心放松一下自己焦虑的心境。他毕竟还很年轻，没有经历过许多事情，现在突然需要他独自面对纷纭复杂的局面，他必须要时刻保持强壮的体魄与清醒的头脑。

张子瀚曾努力回忆自己中毒的过程，他想到了独眼，在石大人为他饯行的晚宴上看到了独眼阴险的眼神，他知道独眼随时都想谋害自己，最有可能就是他下的毒，可他又看到独眼是用同一只酒壶为石大人与自己倒的酒。他还需要找到确凿的证据。

张子瀚也清楚地知道，现在他还不能对独眼怎么样，石大人已经向他提出了请求，让他不要与这个小人一般计较，同时他也时刻提醒自己要保持警惕，提防独眼随时可能射来的暗箭。

不知不觉中，张子瀚骑马来到了驼镇，正好遇到了独眼为突厥谋士一行送行。

独眼殷勤地带着一队人马沿着街道向前走去。张子瀚与独眼和突厥谋士擦肩而过，不禁回头看了一眼。

突厥谋士也回头看了一眼张子瀚，他们两人的目光碰在了一起，目光相遇的一刻，就像是两把刀锋相碰迸出了火花，令张子瀚的心中一震。

这不是一个普通的商人，一定是突厥人，突厥人怎么会在这里出现。这是张子瀚心中的第一反应。

突厥谋士看到张子瀚的一刻，心中也是一怔。此人长得英武威风，气质不凡。一看便知此人是来自大唐，也是突厥的劲敌。

"怎么在这驼镇还有唐人？"突厥谋士有些不解地向独眼问道。

"哦，这个唐人流落到此地，投奔了石大人，石大人便将他留下来为我们干点杂活。"独眼轻松地解释道，他不想此时让突厥使者有什么不悦。

"哦……"突厥谋士若有所思。

"大人，认识大人真是小人的幸运，小人十分敬仰大人，感谢大人的提携。大人何时再来驼镇，小人一定会为大人准备更好的礼物和更舒适的享受。"独眼献媚地说道。

"好的，好的，我会向我们尊贵、伟大、唯一的可汗表达你的忠诚，我还会再来驼镇的，我们后会有期。"突厥谋士说道。

突厥谋士说完，和几个随从打马向前驰去。突厥谋士忽然觉得这次来驼镇认识了这个独眼也是一件不错的事，这个独眼表达了对突厥的仰慕和忠诚，也许将来是个有用之人。

独眼骑在马上一直目送着突厥使者一行远去。

此时他十分庆幸在自己情绪低落的时候遇到了这个突厥使节，他立刻意识到突厥人对自己前途的重要性，便赶紧结识了这个突厥使节，向他表明了自己的态度，而这个突厥使节也对他做出了承诺。如果通过突厥使节能够结识突厥可汗，那就可以说是一步登天了。他现在感到自己的双脚又有了力量，这力量一直上升到了腰部，他的腰杆又挺了起来。将来有强大的突厥人为自己撑腰，什么都不用再惧怕了。

独眼意识到要想除掉张子瀚，先要废了他的这支队伍，他开始暗中训练一批弓箭手。一日，独眼手下的一个响马在集市上被毒蛇咬伤了腿，抬回来后，没过一会儿，这个响马就因蛇毒发作翻着白眼死去了。独眼令人从集市上抓来了这个耍蛇人，不由分说令人将他拉出去处死，耍蛇人跪在地上大喊饶命。独眼忽然灵机一动，命人给耍蛇人松了绑，问是否愿意为他做事。耍蛇人表示只要饶他不死，干什么都行。独眼让耍蛇人从蛇中提取毒素，耍蛇人立刻答应。

独眼想既然波斯人的毒药不成，那就自己来做。

耍蛇人从几种不同的毒蛇中提取了蛇毒，放在一起熬制。几天之后，蛇毒炼成，独眼令人用刀刺伤一头牛的腿，然后将这蛇毒滴在伤口上。那牛过了没多久，就蹬着腿倒地死去。

独眼命人将刀和箭镞浸泡在蛇毒中，他吩咐手下响马，今后若再与唐人手下的人马发生争执，就用这些沾有蛇毒的箭镞将他们置于死地。然后他命人叫来了耍蛇人，警告他如敢走漏半点风声，就地处死。耍蛇人连连点头，表示绝对严守秘密。独眼扔给了他一个钱袋。

一天黄昏，张子瀚正在训练自己的队伍，石大人骑马来找张子瀚说道："子瀚兄弟，跟我出去一趟。"

张子瀚不知有什么事，立刻上马与石大人出了驼镇。

石大人带着张子瀚一路奔驰来到了一处山岩地带，这里到处都是嶙峋突兀、大小不等的石头，从石头的缝隙中长出了一些杂草。看到张子瀚有些不解的样子，石大人告诉他，到这里来是为了狩猎。

"这里会有猎物？"张子瀚问道。

"你别看这里荒芜险恶，可是这里产有食盐，你看远处那些发白的石头，那上面就是一层盐。所以，那些动物就会时常到这里来。"石大人是狩猎的高手，他了解哪里会常有猎物出现。

"哦，原来是这样。"张子瀚明白了。

"那些羚羊、马鹿会到这里用舌头舔舐那些石头上的盐，当它们吃了盐就会口渴，那边还有一处泉眼，所以这里就是捕杀猎物最好的地方。你要知道，舔舐过盐的羚羊、马鹿的肉更加美味。"

"看来大人对这里的一切都了如指掌。"

"从驼镇任何一个方向骑马走出三天的路程，我能告诉你会遇到什么，哪里有一棵树，哪里有一处泉眼，哪里的沙漠不可轻易走进，哪里会有野兽出没。"石大人说起这些如数家珍。

"大人真是了不起。"张子瀚由衷赞叹道。

"要想视这片疆域为自己的领地，那就要熟悉它、了解它、热爱它、关照它，还要经常来看看它……"石大人的眼睛出现了一丝柔和的光芒。

这时，一只野兔从石头缝中出现，野兔抬头看了看周围，然后纵身一跃，又钻进了岩石的缝隙中。

石大人的眼睛顿时出现了锐利的光芒，他向张子瀚示意，两人纵马向前驰去。

石大人在马上弯弓射箭一气呵成，那只野兔中箭倒下。张子瀚看到了石大人极好的猎杀本领。

张子瀚与石大人在这个黄昏猎杀了几只野兔和一只狐狸。

傍晚时分，石大人与张子瀚坐在石头上，看着远处的落日渐渐隐没在大地上。

石大人看着这些猎物说道："今天的运气不好，收获不多。"

张子瀚说道："可是我见识了石大人的猎杀本领。"

"其实这并不是我的本领，是我了解这些动物的习性，这些动物到这里来是受到了食盐的诱惑，一旦受到诱惑就会出现弱处。"石大人说话的时候眼睛看着远处，然后又说道，"人与动物其实一样，动物受到的诱惑是食物，人受到的诱惑是利益和财富，不受任何利益诱惑的人是不存在的……"

"那要看是什么诱惑了，如果这诱惑仅是为了利益和财富，为此付出代价就不值得。如果这诱惑是可以实现人生的价值和意义，即便付出生命的代价也在所不辞。"张子瀚看着远处的天空脱口而出说了这些话。

"说得好……"石大人用异样的眼光看着张子瀚，他在想此人果然是个有胸怀的人，他的能力与智慧已超出了他的想象，自己身边缺少的就是这样有头脑、有理想、有才干而且勇于付出牺牲的人。

"让大人见笑了。"张子瀚感觉在石大人面前说出这样的话有些冒昧，而且他也不想在石大人面前表达自己内心的真实想法。

"子瀚兄弟，我知道你能留在此地是迫不得已，我欣赏你的仗义，如果你对自己做出的承诺感到后悔，我可以让你收回承诺，离开这里，虽然我很珍惜人才，但我也绝不会强人所难。"石大人看着张子瀚说道。

张子瀚没有想到石大人会说出这样的话，他不知道这是石大人的真实想法还是在试探他。张子瀚一时不知该如何回答。

石大人不等张子瀚回答便又说道："不过我还是真诚地希望子瀚兄弟能够在此辅佐我，这样我们可以一起成就一番大业。"

张子瀚知道了，石大人是不会轻易放他离开的。

"大人，子瀚既然已经用生命做出了承诺，就会信守诺言，请大人放心，子瀚定会为大人尽心竭力。"张子瀚看着石大人的眼睛说道。

"好，我相信你的诚意，日子长了，子瀚兄弟也会知道我的诚意。"

"谢谢大人。"

"子瀚兄弟，你住的那里太简陋了，我想叫人再给你好好建一处院落，也好让你觉得这里就是你的家。"

"大人，这就不必了，子瀚住在这里已经感到很舒适了。大人有什么事尽管吩咐便是。"

"好的，那就请子瀚兄弟能够不辞劳苦，再招募一些人手加以训练，把这支队伍训练成为一只能顶得上用的军队，有什么需要尽管跟我说。"

"请大人放心，子瀚回去就办这事。"

"记住，这是我们之间的秘密，不要让任何人知道，因为我很信任你。"

"大人放心，子瀚一定不辜负大人的信任。"

石大人这时已经放下心来，他将张子瀚带出来打猎就是想说出这番话，他想让张子瀚知道他在自己心中的位置和分量，消除他的孤独感，更加拉近他们之间的距离。石大人的心里很清楚，现在有两个女人在他的身边，他是不会轻易离开的，何况他已经给张子瀚的妹妹建立起了丝绸作坊，他要尽自己的一切留住这对大唐兄妹。至于那个叫诺澜的女人，就算是附带送给他的礼物了。

"好，我们回去吧。"石大人上马。

"好的。"张子瀚也上马。

石大人与张子瀚打马向远处驰去，身后是漫天绚丽的霞光。

回鹘人在集市上遇到了那个耍蛇人，他们两人曾有过一面之交。当年耍蛇人贫困之时，回鹘人曾救助过他。耍蛇人现在有钱了，念及曾经的救命之恩，要请回鹘人在酒肆饮酒叙旧，回鹘人推脱不掉，两人来到了一家酒肆。

耍蛇人要了一些烤肉和酒，两人诉说往事，不知不觉饮了不少的酒。耍蛇人问起回鹘人的近况，回鹘人说他现在唐人的队伍中。耍蛇人一听便愣住了，他立刻说出了与独眼之间的秘密，并劝告他千万不可与独眼的手下发生争执，独眼打算要对他们下毒手。

回鹘人回去将此事告诉了张子瀚，张子瀚知道后紧锁眉头。

几天后，石大人果然说到做到，让人给张子衿的丝绸作坊送来了蚕丝。这是粟特人那耶从长安带来的，被响马全部收缴到了地库，这些打劫来的蚕丝本以为没什么大用，不想现在却派上了用场。

张子衿开始将蚕丝梳理好经纬放置在织机上，诺澜出神地看着张子衿操纵织机来回穿梭，蚕丝渐渐地变为丝绸……

"真是太神奇了。"诺澜由衷地赞叹道。

"这不算什么，我最拿手的是织锦。"张子衿不无骄傲地说道。

"织锦需要什么？"诺澜问道。

"织锦需要用染好颜色的蚕丝，通过经纬丝线不同颜色的组合，织造出想要的花式纹样和图案。"张子衿说道。

"那我们也织锦吧。"诺澜说道。

"这需要有颜料。"张子衿说道。

"这个简单，我知道哪里有。"诺澜说道。

诺澜与张子衿来到驼镇集市，她们买了一些青金石、孔雀兰、玛瑙红等不同的颜料，兴冲冲地往回走去。突然迎面碰上了独眼带着响马在巡视，诺澜想躲已来不及了，独眼也看到了诺澜。

独眼命令响马将这两个女人拿下，响马迅速围了上来。

诺澜拉着张子衿向后面跑去，她们穿进了集市上的人群，响马在后面紧紧追赶。诺澜发现到处都是响马，她顺手拉过一条围巾包在张子衿的头上说道："你快点回去。"

"你怎么办？"张子衿焦急地问道。

"你不用管我。"诺澜说道。

张子衿将围巾包在头上迅速走进人群，诺澜走向另一方向。

张子衿穿过人群走进一条巷道，突然，她脚下一绊扑倒在地，当她爬起来时，看到眼前的一个筐中露出了一条花色斑斓的毒蛇，那蛇的两只小眼睛正盯着她，嘴里吐出了红色的蛇信子，张子衿受到惊吓大叫起来……

张子衿的叫声引起了几个响马的注意，他们发现了张子衿，立刻转身向张子衿冲去。这时，人群中的诺澜从地上捡起了几个石子，挥手向那几个响马扔去，石子打在那几个响马的头上，他们回身发现了诺澜。诺澜朝相反的方向跑去，响马放弃了张子衿，追向诺澜。

诺澜在集市上奔跑着，响马在后面紧追不舍，不时有商贩的摊位被撞倒，瓜果撒了一地，响马们躲闪不及踩在瓜果上滑倒，然后又起身追去。

诺澜发现前面也出现了响马，她不再跑了，响马围住了诺澜。

张子衿慌不择路地奔跑着，她忽然忘了回去的方向，她站在街角不知该往哪里去。就在这时，只见一队人骑马驰了过来。张子衿从地上捡起一块石头，准备跟这些人拼了。这队人马来到了张子衿的身边，一人下马向她走来。张子衿举起了手里的石头，那人一把抓住了她的手腕，张子衿急了想咬那人的胳膊，这时，她听到有人叫她的名字。

"子衿姑娘。"这是回鹘人的声音。

张子衿这才看到眼前站着的人正是那个回鹘人。

"子衿姑娘，你这是怎么了？"回鹘人又问道。

"我哥哥他在哪儿？"张子衿急切地问道。

"他不在，有什么事跟我说。"回鹘人说道。

"那些人抓了诺澜姐姐，你们快点去救她！"张子衿急切地用手比画着。

回鹘人立刻上马，带着他的一队人马向前驰去。

独眼抓住了诺澜，他得意地走到诺澜的跟前，用手抬起诺澜的下颌，诺澜狠狠地盯着独眼。

"你再跑也逃不出我的手心，我说过早晚都要收拾你。"独眼说道。

"呸，你休想……"诺澜一口吐沫吐在独眼的脸上说道。

"现在就由不得你了。"独眼立刻抽出了刀放在诺澜的脖子上，"信不信我现在就能杀了你？"

诺澜挺起了脖子："你动手吧。"

独眼猛然收回了刀："杀了你就便宜了你，既然今天是你撞到了我的刀尖上，那就怪不得我了，给我带走！"独眼命令道。

响马押着诺澜刚要走，突然远处一队人马奔驰而来。这队人马似旋风一般来到跟前，扬起一阵烟尘，烟尘中这些人迅速下马将那几个响马打倒在地，解救了诺澜。

这一切就发生在一瞬间。烟尘落下。独眼看到诺澜已经骑在马上，自己手下的响马都趴在地上，他瞪起一只眼睛看清了眼前站着的就是那个回鹘人。

"你想干什么，难道你要造反吗？"独眼厉声喝道。

回鹘人转身向自己的人说道："我们走。"

这时，又有一些响马冲了过来，独眼一看顿时有了底气。

"来人，准备弓箭！"独眼大声喊道。

响马们立刻拿出了弓箭……

"准备……"独眼的手高高举起。

就在这时，一个人喊道："住手！"这声喊就像是一声霹雳，所有的人都被震慑住了，只见石大人骑马来了。

张子瀚与张子衿也骑马赶到了。

独眼见到石大人来了立刻跑上前去："大人，这些人想要造反……"

石大人看了看独眼说道："谁敢在我的地面动手，我就先杀了谁。"

独眼一听这话立刻低下了头。

石大人正在喝茶，有人来报说独眼的人与张子瀚的人在集市上发生了冲突。

石大人立刻上马来到这里，制止了一场械斗。

"你们都是我的人，怎能相互残杀。"石大人知道一定又是独眼挑起的事端。

"大人，这可是他们先动的手啊……"独眼委屈地说道。

"大人，此人总想置我们于死地。"张子瀚指着独眼说道。

"胡说，你可有证据？"独眼狡辩道。

张子瀚一挥手，回鹘人将那个耍蛇人带了过来。

张子瀚对耍蛇人说道："你把知道的事当着大人的面说出来。"

独眼一见耍蛇人立刻急了，他上前一步抓住耍蛇人的衣领，一刀刺进了耍蛇人的腹部，耍蛇人翻着白眼倒在地上。

回鹘人见状立刻拔出了刀，他手下人也都拔出了刀。

与此同时，独眼的手下也都拉开了弓箭，双方剑拔弩张。

石大人大喊一声："所有人都给我退下！"

第十四章　重逢

驼镇的夜晚寂静无声，夜空中繁星闪烁，张子瀚睡不着觉，他坐在院子里看着空茫的黑夜，眼前似乎出现了秦子安的身影。只见秦子安身穿唐军的铠甲，从旷野中骑马向他走来，张子瀚赶紧迎上前去，他已经很久没有见到秦子安了，他有一肚子的话要跟秦子安说。可是他发现有一条鸿沟横亘在他的面前无法越过。忽然，他看到秦子安的身后出现一队突厥骑兵，张子瀚赶紧向秦子安呼喊着，可是那些突厥骑兵很快来到秦子安近前，秦子安挥刀与这些突厥骑兵战在一起，张子瀚无法越过鸿沟救助秦子安，眼睁睁地看着秦子安孤身奋战……最后秦子安被这些突厥骑兵乱刀砍倒，秦子安痛苦无助地看着张子瀚向他伸出了手，张子瀚悲痛欲绝，他痛苦地大喊起来……

张子瀚突然被自己的喊声惊醒，原来这是一场梦。黑暗中，张子瀚感到浑身一阵发冷。

太阳一出来就用灼热的温度烧烤着大地，将大地上仅存的一点水分都蒸发干净了，戈壁荒漠上从石头沙砾的缝隙中好不容易生长出来的骆驼刺，依然顽强地抵御着烈日的灼晒，给单调荒芜的戈壁带来了一丝生命的迹象。

苍茫的戈壁与天连接在一起，远处戈壁滩上不时地有一股旋风带动地上的沙尘向上飞旋着，然后慢慢消失。所有的景物在阳光的照射下开始扭曲晃动着，显得极不真实。强烈阳光照射下的荒漠戈壁一片苍白死寂。

这几天，张子瀚带着自己的队伍一直在驼镇外的峡谷戈壁上行走巡查。自从发生了与独眼的冲突，石大人为了避免再出事端，便将这两对人马分开，令独眼带队继续维持驼镇的治安秩序，让张子瀚负责带队在驼镇外面巡查。张子瀚也愿意干这件事，这样一来他既可以借此机会了解观察周围的地形，也能远离那些居心叵测的险恶之人。张子瀚与回鹘人相处久了，也了解了回鹘人的身世。

回鹘人出身于一个牧人家族，家中饲养了多头骆驼还有牛羊，日子过得平和安宁。他的家乡在漠北草原，那里的气候和条件非常适宜畜牧。回鹘人的父母养育了一儿一女。回鹘人一家祖祖辈辈就在这块草场上放牧，这样的日子让他们过得心里很踏实。可是，一年前这里突然有一人家的骆驼无缘无故地死了，紧接着又有成群的牛羊也相继死去，再后来又有人也死了，人们开始恐慌了。有老人说这是遇到百年不遇的热病，也就是现在所称的瘟疫。

这片富饶的草场由于遭到了瘟疫的侵袭，失去了往日的景象，大批的骆驼和牛羊都成群地死去了，到处都是来不及掩埋的牲畜的尸体，这些动物的尸体在草地上腐烂着，引来了成群的苍蝇，苍蝇又将瘟疫传染给了更多的牲畜和人。回鹘人所在的族人也陆续染病死去，人们知道这里不能再居住下去了，纷纷开始外逃。回鹘人的父母带着他们兄妹二人也跟着逃难的人流离开了家乡，开始了流浪的生涯。逃难的队伍十分庞大，可在行进的路途中不断有人倒下死去。当时人们唯一的愿望就是能够赶紧远离这恐怖的瘟疫，能够活着走出去。可是不幸依然降临到了回鹘人家里，途中他们的父母喝了不洁净的水也相继染病死去。回鹘人掩埋了自己的父母，带着妹妹一路向南逃难，直到走出了草场、进入了荒漠，他们才终于摆脱了这场可怕的瘟疫。

可是他们没想到在这荒漠里又遇上了劫难。就在他们走出草场进入荒漠的第三天，他们遭遇到了一场罕见的沙暴，巨大的沙暴将这些刚刚逃出瘟疫灾难的人撕裂拆散。沙暴无情地吞噬着这些无助的逃难者，沙暴巨大的力量使沙漠都改变了模样。当这场沙暴过去之后，几乎没有人能幸免于难，可是回鹘人侥幸活了下来，但他找不到自己的妹妹了。他在沙堆中地寻找着，呼喊着，用双手不断翻着沙堆，直到双手血污昏倒在沙地里。一天后的一个黄昏，一群流浪的人途经这里，看到沙堆后伸出了一条胳膊，人们从沙堆中刨出了回鹘人，给他喝了水，吃了东西，他又活了过来。从此他便跟随这些流浪的人开始了逃难的生涯，再后来便与这群人一起来到了驼镇。

张子瀚听了回鹘人叙述的经历有些触动，尤其对他妹妹遭遇的不幸感到惋惜。回鹘人说他经常在夜里见到自己的妹妹，可是当他醒来的时候，发现这不过是一场梦。张子瀚安慰他不要过于伤心，也许今后还能找到他的妹妹。

回鹘人很羡慕张子瀚能与自己的妹妹在一起。他知道张子瀚兄妹的家乡远在大唐的长安，可他不理解他们为什么会到这个地方。

张子瀚告诉回鹘人，他是要去安西都护府，由于遇到了意料不到的事不得不暂时留在驼镇。回鹘人不明白既然要去安西都护府为什么不去，如果需要，他愿意跟随张子瀚一起前往。

张子瀚知道一时半会儿也解释不清，只好说他已承诺了石大人留在此地。

　　"大人为人正直善良，跟他们不是一路人，难道大人就准备一直在这里待下去了？"回鹘人问道。

　　"我也不知道，我一直在等待一个人的消息。"张子瀚说道。

　　"这个人是谁？"

　　"此人就是与我一起从长安来的朋友，你也见过。"

　　"大人，如果需要我做些什么就请吩咐，我愿意为大人做任何事。"回鹘人说道。尽管回鹘人的年龄与张子瀚相差无几，可张子瀚的正直善良与卓越的武功都令回鹘人由衷地钦佩。

　　"暂时还不需要。"张子瀚不愿意说出心中的忧虑，他已经意识到，现在遇到的事比以往复杂得多，他必须随时做好准备，应付各种意料不到的麻烦，在事情还没有明朗之前，他不想让任何人卷入这旋涡之中。

　　这时，有人来报："大人，峡谷那里发现有人。"

　　"走，我们去看看。"张子瀚说道。

　　张子瀚与回鹘人带着几个人打马向峡谷的方向驰去……

　　张子瀚等人来到了一处山顶，天空中翱翔着几只秃鹫，他们俯瞰下面的峡谷，蜿蜒的峡谷中腾起了一阵烟尘，只见一队人马在追击几个骑马奔驰的人。紧接着，他们发现前面奔逃的人是唐军士兵，后面追击的是突厥骑兵。唐军人数不多，突厥人紧追不舍，一个掉队的唐军士兵被突厥骑兵追上，突厥骑兵手起刀落将那唐军士兵劈倒，唐军士兵从马背上滚落下来，在地上接连翻滚着然后不再动了。另一个突厥骑兵向奔逃的唐军士兵投掷出了一支标枪，又一个唐军士兵中枪落于马下，他脚还套在马鞍上被马一直向前拖去，身后带出了一道烟尘。

　　张子瀚的眼睛喷出了火焰，他一挥手，纵马率先向峡谷中冲去，回鹘人带人紧紧跟上。

　　眼看着奔逃的唐军士兵纷纷落马，前面继续奔逃的只剩下一人。这个人浑身上下都是灰尘和血污，不断打马奔逃，突厥骑兵紧追不舍。

　　奔逃那人的马已经跑不动了，任凭如何拼命抽打，那马还是不动。这时那马长嘶一声向前跃起，然后突然卧倒在地，将马背上的人抛了出去。那马一头栽倒在地上口吐白沫。那人迅速从地上翻滚着站起身来，喘着粗气，抽出刀来。这时，突厥骑兵已经追了上来，他们围住了这最后的一个人。突厥骑兵不再着急了，他们骑在马上围着这个人转着，就像猎手看着自己的猎物一样看着这个人。被围在中间的人双手紧握着刀看着围着他转的突厥骑兵准备拼死一搏。

就在这时，只见一骑人马飞驰而至，张子瀚已到近前，他手中的刀在空中划出了一道弧线猛然落下，一个突厥骑兵便毫无声息地被斩杀于马下。另外几个突厥骑兵还没来得及反应，也被回鹘人他们风卷残云般地杀掉了。等到一阵烟尘飘散，站在地上的那个唐军士兵发现周围的突厥骑兵都被杀光了，他双手紧握着刀有些诧异地看着这些站在他身边的人。

这时，张子瀚下马走来，那个幸存者的双腿有些发软，张子瀚上前扶住了他，只听那个人大叫了一声："子瀚……"

张子瀚愣住了，他看到此人竟是秦子安。

一身尘土和血污的秦子安看到了张子瀚，他的身子晃了晃要倒下，张子瀚赶紧上前抱住了他。

秦子安醒来时发现自己已经躺在张子瀚的房舍里了。

张子瀚与张子衿就在他的身边。秦子安要起身坐起，张子瀚扶住了他。

"子安，你就躺在这里。"张子瀚让秦子安靠得舒服了一些。

"子安哥，你先喝口水吧。"张子衿把一杯热水递给了疲惫不堪的秦子安。

"谢谢。"秦子安接过水杯喝了下去。

"子安，到底是怎么回事？你到了安西都护府吗？"张子瀚急于想知道秦子安的情况。

"我去了安西都护府，见到了苏将军……"秦子安的眼前浮现出了安西都护府的情景。

大唐沙洲以西的疆域，称为西域。大唐为了统辖西域设置了军政机构——安西都护府。此地为大唐掌控西域的最高军政机构。安西都护府统辖安西四镇，为龟兹、焉耆、于阗、疏勒。唐军在这四镇修筑城堡，建置军镇，由安西都护府兼统。

自西汉以来，西域形成了大小不等的三十六国，这些国家大都建立在天山南北的绿洲上，多以城郭为中心，兼营农牧，生活较为稳定。另有少数国家仍以放牧为主，逐水草而居，生活极不稳定。到了东汉时期，随着自然河流的变迁、人为的战争祸乱，西域已分裂演变为五十余国，各国之间依然相互交战兼并不断。

大唐初年，大唐军队进驻西域平息了战乱。西域各国均臣服于大大唐廷。不久大大唐廷便将西域的统治管辖权交由安西都护府与北庭都护府。安西都护府在西域开始仿照大唐设立了较为完备的行政体系，并设立安西四镇作为西域地区的主要城市。自此，广阔的西域成为大唐疆域的一部分。

一幅描绘西域地形的地图，一阵风尘掠过，地图上渐显出安西都护府的城池样貌。一个唐军骑兵策马驰进了城门。

城墙上锈红色的大唐旗帜迎风招展，旗帜上一条金色的应龙似在凌空飞翔。

军营齐整规范，操场上步兵将士们正在列队操练。

安西都护府大堂中摆放着一个巨大的西域地形沙盘，苏将军坐在正面，唐军将领们分坐在沙盘两侧。

苏将军身材高大威猛，他巡视了一下在座的各位将领说道："各位将军，探马来报，突厥人正在调集大军要与我军决战，突厥人意图称霸西域，此役决定我大唐是否能守住这片疆域，关乎我大唐在西域建立的法度与声誉，诸位对即将到来的战事有何见解？"

一唐军将领李将军说道："我们与突厥人的生死一战在所难免，末将以为，尽管突厥军队的数量及装备比我军占优，只要我唐军将士抱有必胜信心，凭借我们的力量与战术即可战胜强大的突厥人。"

苏将军说道："李将军，请继续。"

李将军站起来用一根木棍指着沙盘上的位置说道："末将认为，既是决战，我们与突厥军的战场最好放在这一带，这里处于进入峡谷驿道的缓冲地带，地势平缓，有利于排兵列阵。我军向来训练有素，只要我军阵形严整，突厥人的攻击就奈何不得。突厥人善于利用铁甲骠骑军强攻，疏于排兵布阵。我军可在阵前事先挖掘壕沟陷阱并设置绊马索，便可挫败突厥军的首轮攻击。在阵前布置步军防御阵地，以铁甲盾牌与长矛正面迎击敌军。待突厥骑兵发起第二轮攻击时，首以长矛刺伤其坐骑，再将敌军斩杀于阵前。我军阵中埋伏弓箭手，我军的弓弩强大无比，此时箭弩齐发，可将突厥军的攻势瓦解。待我军挫其攻势，耗其锐气，便可遣一骠骑兵从左右两翼杀出冲击敌阵中军，此时突厥军阵的两翼势必会前来迎击，中军大帐便失去了左右拱卫，阵形孤立，将军事先埋伏下的一骠精锐骑兵，便可趁机向突厥中军大帐发动攻击，突厥军的阵形必乱无疑。这时，将军便可指挥我大军冲击掩杀过去，一战便可击溃突厥大军。"

李将军说完了坐下，众多将军纷纷点头表示同意。

苏将军说道："这是李将军的谋略，诸位可还有什么高见？"

唐军将领赵将军站了起来说："末将认为此计不妥。"

苏将军与诸位将军都把目光投向赵将军。

赵将军继续说道："以阵形对垒与突厥军决战，若我军与突厥军势均力敌尚可，可此次突厥人已调集了大量军队，据说还有数倍于我军的铁甲骠骑军，这些铁甲骠骑军从骑兵到马匹均配有铠甲护身，通常我们步兵的长矛很难刺穿这些铠甲，突厥的铁甲骠骑军已可防御我步军长矛的攻击。"

苏将军与众多将军频频点头。

赵将军继续说道："突厥军倚仗兵力优势急于要与我军决战，我们切不可中其圈套，若是与突厥军排兵布阵决战较量，岂不正好附和了突厥人的意图。末将以为，若想赢得此役，我军要尽可能避免与突厥军正面对决，并且要利用地形与其周旋，使其焦虑烦躁却无法寻找到我大军的踪迹与我军决战，令其烈火攻心、身心疲惫。最终决定胜负的这一战应选择在一险峻峡谷地带，将军可事先将我大军隐藏埋伏在这一峡谷两侧，事先准备滚石与弓弩火箭，并在峡谷深处设置壕沟陷阱，令其不能向前。将军可遣一骠军马佯装溃败将突厥军引入此地，待突厥大军进入峡谷，立刻遣一队兵马占领山口，斩断其后路。待突厥大军进入我军攻击范围便可居高临下，出其不意，滚石与弓弩火箭齐发，予敌以致命一击，将其彻底歼灭。"

"此计甚妙。"苏将军听到此拍案说道。

诸位将军也都纷纷点头称是。

"这个险峻山谷地带应选在哪里？"苏将军问道。

"末将认为应选在这一带，这里山势险峻、地形复杂，末将曾经过这里，发现这里有一峡谷地带极其适合我军设伏。"赵将军站起身指着西域地形的沙盘说道。

"这个峡谷叫什么？"苏将军问道。

"末将只知道这一片峡谷地带皆为红色山石，悬崖上多有秃鹫在此做窝，此处人迹罕至，两侧山崖异常险峻。"赵将军说道。

"离此最近有何城镇？"苏将军问道。

"距此数十里内没有人烟，百里之外有一城镇，人称驼镇。"赵将军说道。

"驼镇是个什么地方？"苏将军问道。

"此地原并无此镇，只因此地发现一处水源，往来的驼队都会在这里上水歇息，便形成了一个供驼队歇脚休憩的地区。来此的人多了，这里自然形成了集市，有人在此又建立了客舍驿站和饭馆酒肆，随之商业交易也便繁荣了起来。由于是驼队最先发现此地，人称此地为驼镇。居住在这儿的人越来越多，驼镇的规模也不断扩大，据说现在由一个在当地势力强大的响马首领管辖，人称石大人。"赵将军说道。

"驼镇……石大人……"苏将军思忖着。

"苏将军，这个石大人系西域强人，为响马出身，手下也养着一支响马武装。他们占据驼镇，以官府的名义辖制管理，并从往来的客商驼队中收取税金。"另一个唐军将领说道。

"哦……此人还有什么特殊之处？"苏将军问道。

"据说此人心思缜密、武功高强，就连突厥人也敬他三分，据传突厥人一直想与此人结成联盟，联手对付我们。所以这个西域强人的势力也不容小觑。"唐军将领继续说道。

"要想彻底击溃突厥人，我们不但要做好打一场恶战的准备，还要有准确可靠的情报，知己知彼方可百战不殆。"苏将军说道。

这时，一个唐军士兵走了进来："报，有一个来自长安的人要见将军。"

"让他进来。"苏将军说道。

唐军士兵将秦子安带了进来。

秦子安走进来说道："我想见安西都护府的苏将军。"

"我便是，你是何人？"苏将军看着陌生的年轻人问道。

秦子安上前施礼道："苏将军，在下秦子安，来自长安，有要事向将军禀报。"

"哦……"

安西都护府的城池上，大唐的旗帜迎风飞舞，唐军士兵在巡视着。

太阳渐渐西沉下去，温暖的阳光给大地涂抹上了一片温暖的颜色。

安西都护府大堂上已点起了灯火。

苏将军听了秦子安的叙述，得知张子乾校尉的弟弟张子瀚为父兄报仇来到西域，现因故困在驼镇之中，便对秦子安说出了自己的想法。他想让张子瀚利用身在驼镇并得到石大人信任的机会，为唐军收集情报，如果这个石大人投靠了突厥，也许还能从中发现突厥人的企图。

苏将军深谙作战韬略，也深知战场上情报的重要。与突厥军决战，如能了解并掌握突厥军的作战计划，便可占有主动。他需要一个可靠的人收集突厥人的情报，此人必须胆大心细、有勇有谋，而且还要有获得情报的渠道。当他得知张子瀚的情况，立刻想到此人便是最佳人选。

"只有得到突厥人的准确情报，才能使我军避其锋芒，出其不意，攻其不备，将突厥军聚而歼之，彻底击溃。所以，如何得到情报对我们战胜突厥、取得胜利至关重要。请将我的意思转告张子瀚。"苏将军对秦子安说道。

"明白了，将军。"秦子安说道。

一束温暖的阳光从窗外投射进了房舍，照在张子瀚与秦子安的身上。

张子瀚从秦子安的叙述中得知了苏将军对自己的安排。秦子安又告诉张子瀚，为了让他尽快来驼镇，苏将军特派五个唐军骑兵负责护送他前往。他们一路之上并未看到突厥人，便放松了警惕，本打算在夜晚穿过突厥人的占领地，为了赶时间，他们决定不等天黑就出发，可就在他们准备穿越峡谷时，突然与一队突厥骑兵遭遇。本想尽快摆脱这些突厥人，可由于一路劳顿没能成功，那几个唐军兄弟都惨死在突厥人的刀下，秦子安也准备拼死一搏，这时，幸亏遇到了张子瀚。

"看来苍天有眼，每当我遇到危难之时，总有子瀚兄前来救我。"秦子安不无感慨地说道。

张子瀚也为此感到庆幸，如果他没有带队到此巡查，就遇不到秦子安，遇不到秦子安，他就有可能遇难。张子瀚不愿再想下去了。

"苏将军还有什么嘱托？"张子瀚又问道。

"苏将军让你在驼镇时刻注意石大人的动向，据传现在突厥人一直想与石大人结盟，不过此事还需证实，如果此人果然投靠了突厥，我们就又多了一个对手。"秦子安说道。

张子瀚突然想起了几天前在驼镇遇见独眼与几个可疑的人在一起，当他们擦身而过时，张子瀚与突厥人相互对视的情景。

"你说得对，我见过那个突厥人，他们来过驼镇。"张子瀚喃喃说道。

"子瀚，此事关系重大，石大人若与突厥已经联手，最好设法通过石大人了解掌握突厥人的作战方略与行动计划，这对我们至关重要。"秦子安说道。

"好的，我会设法弄到的。"张子瀚知道自己的责任重大。

这时，张子衿端着一些食物走了进来："子安哥，你一定饿了，快点起来吃点东西吧。"

"谢谢子衿，我这会儿真的有点饿了。"秦子安说道。

夜晚的驼镇寂静无声，清冷的月光洒在驼镇，远处不时传来几声猫头鹰的叫声。

独眼与几个心腹手下在自己的房舍中饮酒吃肉。

独眼自从与突厥谋士拉上关系之后，心里又有了些底气，他真想立刻成为突厥人的属下，若是强大的突厥人愿意接纳他，即便是石大人，他也不在乎了。

一个响马把一块肉递给了独眼："大哥，你怎么不吃啊。"

"你们吃吧。"独眼这会儿无心吃喝，他在思考着更重要的问题，那就是如何为突厥人办点漂亮的事，可以得到突厥人的重视和认可。

"大哥，据说今天唐人巡查时遇到了突厥人，还与突厥人厮杀起来。"一个响马说道。

独眼一听这话立刻瞪起了一只眼睛："你说什么，你再说一遍！"

"今天我出去办事，经过峡谷一带，碰巧看到他们正与突厥人厮杀，后来好像还从突厥人的手里救起了一个人。"一个响马说道。

独眼的一只眼睛瞪得更大了："你是说他们从突厥人的手里救起了一个人，这个人现在哪儿？"

"他们将此人带回了驼镇，那会儿我跟几个弟兄在驼镇街道上巡视，正好遇见他们回来，其中有个一身尘土血污的人。"另一个响马说道。

独眼正在想如何讨好突厥人，这正是一个难得的机会，他立刻起身："别吃了，别吃了，你们几个都别吃了。"

几个响马看着独眼。

"你们都给我听好了，现在就给我出去，监视那个唐人的住处，给我找到那个生人，别说是一个人，就是一只苍蝇也不能从我的眼皮底下飞出驼镇。"独眼命令道。

"明白了。"几个响马有些不舍地放下了手中的肉。

"明白了还不快去……"独眼大吼道。

几个响马立刻跑了出去。

独眼又喊道："回来！"

几个响马又回来："大人……"

"再叫上几个兄弟跟我出去一趟。"独眼说道。

"大人，去哪儿？"一个响马疑惑地问道。

"少废话，等到了地方就知道了。"独眼说着转身向外走去，几个响马紧紧跟在他的身后。

张子瀚送秦子安来到了别尔克的客栈。别尔克见到了老朋友非常高兴，赶紧将他们让了进来。

"别尔克，我们又见面了。"秦子安向别尔克伸出了手说道。

"太好了，见到你真高兴。"别尔克与秦子安的手紧紧握在一起。

"别尔克兄弟，那就麻烦你了。"张子瀚说道。

"不要这么说，我们是老朋友了，能接待我的老朋友，是我别尔克的荣幸。"别尔克说道。

别尔克将秦子安带到二楼一间僻静的房间，让人给他打来热水洗浴并给他换上了干净的衣服。

张子瀚将秦子安顿好后便离开了客栈。

张子瀚是在秦子安的要求下来到这里的，秦子安说现在他的身份已不比从前，他现在是大唐的军人，不能住在张子瀚那里，若是走漏了风声让石大人知道会给张子瀚带来麻烦。另外，他还想在这里设法收集一些情报，这样住在客栈出入自由最为方便。

张子瀚走后，秦子安与别尔克在客栈攀谈起来。

"驼镇这里最近的情势如何？"秦子安向别尔克问道。

"这里看上去还跟往常一样，可我知道现在与以往不同了。"别尔克说道。

"有何不同？"

"现在谁都知道大唐与突厥就要开战了，不断有逃难的人来到这儿，说明战争已经不远了，驼镇上的人也都开始慌乱了。"

"那你听说石大人是怎么打算的吗？"

"石大人不怕突厥人，他跟突厥人的关系很好，突厥人也不会为难石大人的。"

"这是为什么？"

"据传，石大人早年曾救过突厥可汗的性命，这是一个天大的秘密。突厥可汗已经派使者来驼镇见过石大人，还向石大人表达了突厥可汗的承诺，这就意味着石大人要投靠突厥了。如果不出意外的话，石大人将会配合突厥人行动。"别尔克压低声音有些神秘地说道。

"别尔克，这些消息你是怎么知道的？"秦子安疑惑地看着别尔克，他觉得这既是天大的秘密，这个开客栈的别尔克怎么会知道得如此详尽。

"没有任何人跟我说，我只是无意中听到了一些人的闲言碎语，看到一些细节，我会根据我所听到的和看到的这些事情加以分析、整理、猜测、预计，最后得出结论和答案，有时候这种推论也会出乎我的预料，但基本上不会有太大偏差。"别尔克自信地说道。

"别尔克，你可真是个了不起的人。"秦子安由衷地敬佩别尔克。

"你想知道什么就跟我说，我一定会尽力帮你弄到你想要的消息。"别尔克说道。

"太好了，我真是找对人了。"秦子安没有想到在别尔克这里会得到意外收获。

秦子安这次到驼镇来，一是见张子瀚向他传达苏将军的指令，再有就是要尽可能地为唐军收集情报，这关乎唐军与突厥之间战争的胜负。

独眼带着几个响马骑马摸黑走在荒野戈壁上，天快亮的时候他们才到了峡谷地带，他们果然看到了几具突厥骑兵和唐军士兵的尸首。

独眼证实了这件事情，他令手下人将突厥骑兵身上的铠甲扒下来带回去，再把那些人的尸首就地掩埋了。

几个响马立刻干了起来。独眼坐在一旁盘算着接下来要做的事情，这个唐人敢杀了突厥人，还救走了一个突厥人要追杀的人，要是他拿到这个证据，就可以把这个唐人像礼物一样献给突厥人，既可以向突厥人邀功，也可借突厥人的手干掉这个可恶的唐人。

早上，张子瀚来到了训练场，回鹘人带来了一些从难民中新招募的人，让他过目。张子瀚将招募人这事交给回鹘人去办。

张子瀚看到这些难民一个个衣衫褴褛但相貌朴实。他吩咐回鹘人带这些人回去驻地洗澡换上衣服，给他们吃顿饱饭，歇息一天再开始训练。

这时，一个小男孩冲来，挡在回鹘人面前急切地说道："大人，你就收下我吧，我吃得不多，还能干很多事，只要大人肯收下我，让我干什么都行。"

"你的年纪还太小，不适合干这事，赶快回家去吧。"回鹘人看着小男孩单薄的身体和矮小的个头说道。

"大人，我已经没有家了，你们就行行好，给我一口饭吃吧。"小男孩眼神凄楚地看着张子瀚。

"你叫什么名字？"张子瀚弯下身看着小男孩问道。

"我没有大名，从小人们就叫我小飞鼠。"小男孩看着张子瀚答道。

"怎么讲？"

"就是会爬树、会飞行的田鼠。"

"你会爬树？"

小男孩看到一旁的一棵树，立刻冲了过去，几下就爬到了树上。他趴在树顶端的枝头上，向下面的人招着手，树枝晃动着摇摇欲坠。

"赶紧下来！"张子瀚担心地喊道。

"大人能收留我了吗？"男孩在树枝上喊道。

"你快点下来，去洗澡换衣吃饭。"张子瀚向树上的小飞鼠喊道。

那男孩一听这话立刻从树上蹿了下来，来到张子瀚面前深鞠一躬："谢谢大人，我一定不会让大人失望。"

"小飞鼠，跟我走吧。"回鹘人说道。

张子瀚来到了石府大堂。石大人见到张子瀚起身让座，吩咐上茶。

张子瀚向石大人说了招募新人的事，石大人说此事尽由他做主，需要多少马匹武器只需报上数来，便会派人送去。石大人又问起在外巡视情况如何，张子瀚说了近日在峡谷巡视发现突厥人的事。

"有多少突厥人？"石大人立刻问道。

"人数不多，也就十几个人。"张子瀚答道。

"他们到那儿干什么？"石大人若有所思。

"不清楚。"张子瀚答道，他没有说出他们已将那几个突厥骑兵全都杀了的事。

"看来突厥人已经把手伸到我这里了……"石大人喃喃道。

"如果再遇到突厥人，我们该如何处置？"张子瀚想探探石大人的口气。

"只要他们不找麻烦，尽量不与他们发生冲突。"石大人想了想说道。

"如果突厥人与大唐开战，我们该当如何？"张子瀚继续问道。

"突厥与大唐都是强大的国家，尽管大唐的国势强盛，可突厥也正在崛起，唐军骁勇善战，突厥也彪悍凶猛，以我看来它们各具优势，谁能获胜还难以预料。我们暂时谁都不要得罪。"

"石大人心中希望谁能获胜？"张子瀚想知道石大人的心中所想。

"依我心中所愿，我不希望任何一方获胜。"石大人悠悠地说道。

"这是为何？"张子瀚看着石大人。

"因为这场战争谁获胜了对我们来说都是一样，不管是唐人还是突厥人统治了西域都需要我们，都需要有能力的人帮着他们统辖管理，需要人们对统治者权力的臣服敬畏，需要有人给他们朝觐纳贡。这些对我们来说都不难，只要我们有生意可做就能满足这些要求，虽然现在我们的势力还不够强大。这世上既有食肉的野兽，也有吃草的牛羊，这就是天上神灵创造的世界，每一种动物都有存在的道理。"石大人不紧不慢地说道。

"难道大人从未考虑何方是为正义？"张子瀚又问道。

"子瀚兄弟，你要知道这世上哪有什么正义可言。无论人与人还是国与国之间，站在自己的立场上，都可视为正义。所谓正义，就像是一件华丽的衣袍，可以遮掩所有的谎言，为了实现谎言可以不择手段。在这个世上真实存在的只有利益，也唯有巨大的利益诱惑，才能让人精神振奋、情绪激昂，才会引发残酷的战争和杀戮。说穿了，所有的战争都为了权力的欲望和利益的诱惑。所谓的正义不过是为了掩盖谋取更大利益的一种说辞而已。"石大人对战争的本质已经思考了很久。

"如果必须选择一方，石大人有何打算？"张子瀚直奔主题。

"如果让我必须选择一方的话，就要看谁给我的承诺和条件更为优厚了。谁能满足我的要求，我就帮谁。不管是唐人还是突厥人。"石大人的语气坚定，目光灼灼。

"明白了，大人。"张子瀚没有再问下去。

出入驼镇的关隘处用木头搭建起了两座瞭望台，摆上了用木头做成的栏杆，响马在严格盘查进出驼镇的商贩及往来行人。

响马发现有几个要出驼镇的商贩随身携带不少银钱，立刻将他们抓起来塞进了一旁的木质囚笼中。看到此景的人莫不胆战心惊，立刻转身回去。

别尔克坐在驼镇集市上的茶棚下与几个人喝茶攀谈着。他们是柔然人和车师人，都是别尔克的老熟人。

柔然人说道，他在来的路上见到了突厥大军，远远看去黑压压一片，他们的马队经过的时候，大地都在震颤。

车师人也说在河谷一带见到了突厥人，他们的帐篷一直连到了天边，足有一条河的长度。

别尔克有些怀疑他们说的话，他不相信会有那么多的突厥人。

柔然人又说道，他亲眼所见，突厥的人马就像是一股黑色的旋风……

车师人也说道，突厥人多得快要把一整条的河水喝干了……

柔然人与车师人议论着，凡是突厥大军经过的地方，所有的村庄都遭到毁灭，不但抢走了所有的牲畜，还杀光了所有的人，连一个活口都不留。

别尔克听得沉默不语。

张子瀚让回鹘人带队出去巡视，他到别尔克的客栈来见秦子安。

张子瀚告诉秦子安自己与石大人的交谈，他感觉尽管突厥人已经与石大人做出了交易，但似乎石大人还没有做出最后的决定。秦子安则认为石大人唯利是图，突厥人为了争取石大人，一定会给予他更大的利益诱惑。所以，石大人迟早都会倒向突厥人。张子瀚想到石大人的为人，也觉得秦子安的分析不无道理。

"如果这个石大人最终会投靠突厥，我就要赶紧把这情况向苏将军呈报，也好尽早打算。"秦子安说道。

"我在想，若苏将军能调遣一支轻骑军，先将驼镇拿下，我可做内应，一旦我们接管了驼镇，就可以迫使石大人不能投靠突厥人，这样战事便会有利于我们。"张子瀚说道。

"好的，我这就去向苏将军禀报，你在这里也做好接应的准备。"秦子安十分佩服张子瀚这个大胆的想法。只要唐军先拿下了驼镇，不仅收复了一处战略要地，掌握战争的主动，还能将张子瀚他们解救出来。

"如此一来，我们也能消除石大人这个隐患。"张子瀚因为自己手里掌握了一支队伍，也就有了这个想法。

"事不宜迟，我这就走。"秦子安说道。

"好的，我送你出去。"张子瀚说道。

这时，别尔克走了进来，身后还跟着柔然人和车师人。

"别尔克，你来得正好，子安兄弟要走了。"张子瀚说道。

"驼镇现在已经封锁了，你现在走不成了。"别尔克说道。

秦子安与张子瀚一听这话都愣住了。

独眼坐在驼镇关隘旁的棚子下一边喝茶一边看着进出关隘的人们。

这时一个响马跑来气喘吁吁地说道："大哥，我们跟踪那个唐人，发现他进了一家客栈。"

"哪家客栈？"独眼问道。

"就是街道拐角那家。"

"好，原来这个人就住在我们的眼皮底下，你们给我盯住了，多带几个弟兄过去，不能让一个生人从那儿走出去。"独眼命令道。

"明白了，大哥。"响马说道。

客栈里，别尔克拿出了一块亚麻布，用小木棍蘸着褐色黏土在上面画了一张简易的地图。

柔然人指着地图说他见到突厥大军的地方。

车师人指着另一个地方说他在那里看见的突厥大军。

别尔克看着地图说道："看来突厥的大军已经到了，从驼镇去往安西都护府的山隘驿道已经完全被突厥人封锁阻断了。

"别说一个人，就是一只兔子都难以通过。"柔然人说道。

"是啊，就是天上的老鹰也难以飞过。"车师人说道。

"看来我们刚才所说的计划难以实现了。"张子瀚喃喃道。

"不管怎么说，我得赶紧离开驼镇。"秦子安说道。

"现在进出驼镇的关隘已经让独眼的人封锁了，任何稍有可疑迹象的人都被抓了，子安兄弟这样走可不行。"别尔克说道。

"那就等等看，我们再想想别的办法。"张子瀚一时也不知道该如何做。

"没关系，先住在这儿，我再出去打探一下，总会有机会的。"别尔克说道。

"别尔克，子安兄弟就交给你了。"张子瀚拍了拍别尔克的肩膀。

"放心吧，在我这很安全。"别尔克说道。

"子安，那我就先走一步。"张子瀚告辞。

"子瀚，你快点回去吧。"秦子安说道。

"有什么消息我会通知你的。"别尔克说道。

张子瀚走出了客栈，他向周围看了看没有人，朝远处走去。巷道的一旁出现了一个响马的身影。

傍晚时分，回鹘人回来了，他告诉张子瀚，他们又去了那个峡谷，可是那几个突厥人的尸首不见了。张子瀚感到有些诧异，他不知道有谁会发现这件事。回鹘人猜测也许是出没于峡谷里的狼把他们的尸首给吃了，也许是晚上刮风的时候把那几个尸首埋了。

"嗯，你说得有道理，我们不再想此事了。"张子瀚释然了。

"大人，还有什么事吗？"回鹘人问道。

"没事了，你们赶紧回去歇息吧。"张子瀚说道。

"好的，大人。"回鹘人施礼退去。

张子瀚送走了回鹘人，他感到有些疲惫了，向后躺倒下去。他要梳理一下自己的思绪。他与秦子安的重逢，使他了解了安西都护府苏将军的意图，同时也意识到了自己肩负的责任。面对这个欲望贪婪的石大人，他需要想出一个稳妥的计划，石大人诡异多疑，稍有不慎就会引起怀疑、前功尽弃，该如何选择行动，他一时还没有想好。

树林里点着篝火，篝火上烤着肉，肉在火焰中滋滋冒着油，散发出了诱人的香味。独眼这会儿正在招呼自己手下的响马吃喝着……

独眼知道了这个进入驼镇的生人就在别尔克的客栈，他不想立刻动手，他担心会惊动石大人，他想悄悄抓到此人，再将他给突厥人送去。这样就可以绕过石大人，得到突厥人的赏识。

独眼打算这会儿让人先吃饱喝足了，等到了夜深人静的时候再动手。

响马们一个个吃得满嘴流油，还有人竟为了争抢一块肉打了起来，两人摔在地上翻滚着难分胜负。独眼上去一脚踢在一个人的屁股上，两个响马赶紧都站了起来。独眼上前抢起了胳膊，赏了一人一个嘴巴。

"都给我听好了，今天晚上要是谁敢退缩不前，我绝不客气！"独眼说道。

"明白了，大人。"响马们说道。

夜晚的天空乌云消散，露出了一片密密麻麻闪烁的星星，这众多的星光形成了一片璀璨的夜空，驼镇在夜空下显得既清晰又朦胧。静谧中，远处传来了几声狗的犬吠声。

此时客栈里，秦子安还没有睡觉，他在想着如何才能穿过突厥人的封锁尽快回到安西都护府。他在油灯下看着那幅地图，眼前仿佛出现了一片山谷，他骑马来到了这片山谷，山谷中有一条河道，他骑马来到河边。突然，前面出现了一队突厥骑兵，秦子安赶紧勒住了马，走进了河边的那片树林。突厥骑兵在河边下马休息。

秦子安发现前面的道路已经被突厥人阻断，无法通过。这时，从树林中弥漫出了一片雾气，这雾气向河边飘过去，一瞬间雾气笼罩了一切，到处都是白茫茫一片。秦子安立刻打马向前冲去，河边那些突厥骑兵来不及反应，只见一个人骑马冲了过去。秦子安继续打马蹚过了河水向前驰去，越走越远。

这会儿，秦子安趴在桌上睡了过去。

一阵杂沓的脚步声打破了驼镇的宁静，独眼带着一队响马沿着街道奔来，引起了一阵狗的狂吠声，他们打着火把围住了别尔克的客栈。

独眼上前一脚踹开了客栈的门，响马们持刀冲了进去。

别尔克听到了动静赶紧出来，迎面遇到几个响马。

别尔克伸开双臂拦住了他们："你们这是要干什么？"别尔克愤怒地喊道，"你们懂不懂规矩，这里还有没有王法？"

几个响马不由分说将别尔克的胳膊向后一拧，押了起来。

"你们放开我，放开我……"别尔克挣扎着大喊着，同时也是为了给住在二楼客房的秦子安发出信号。

这时，响马让开了一条道，独眼走了过来。

"大人，我可是个守规矩的生意人，我可是个守规矩的人，你们这是要干什么？"别尔克对独眼说道。

独眼并不答话，他走到别尔克的近前抓住了别尔克的头发，一把拉起来凑近了火把，火光照着他的脸。

"你竟敢说你是个守规矩的人？"独眼恶狠狠地问道。

"是的，我都是按时交纳税金，从未有过拖欠。"别尔克说道。

"那好，给我搜，看看从你这个守规矩的生意人这儿能搜出什么？"独眼命令道。

响马们立刻开始搜查……

秦子安已经听到了别尔克的呼喊声，他立刻起身打开窗户，刚要从窗户出去，发现外面都是响马，整个客栈已被响马包围，他又退了回来。

这时，外面传来了重重的砸门声，秦子安纵身向上一跃，双手抓住房梁，就在这时，门被砸开了，秦子安的双腿攀了上去。

响马在房舍中没发现有人。

独眼坐在客栈的大堂里，几个响马押着柔然人与车师人进来。又有几个响马拿来了一件秦子安的衣服。

独眼瞪着别尔克用刀挑起了那件唐人的衣服厉声问道："这是什么？你把唐人藏在哪儿了？"

"这是住店客人的衣服，人在哪里我怎么会知道。"别尔克说道。

"这是个什么人？从哪儿来的？"

"在我店里住的都是我的客人，来自哪里的都有，我从不过问。"

独眼上前一巴掌打在别尔克的脸上："我看你是不想活了。"

别尔克的嘴角流出了血。

突然，楼上传来了响动，独眼立刻命令："再去好好搜查，不能让这个人从这儿跑了。"

几个响马立刻冲去。

秦子安躲进了厨房，外面传来了脚步声，他看看四处无法躲藏，响马在外面开始砸门，情急之下，他钻进了灶台。响马砸开门走进了厨房。

秦子安顺着灶台里面的烟囱爬了上去，他从烟囱来到了外面的屋顶，他看着漫天的星空，深吸了一口气，低头看到下面客栈的周围站着一圈的响马，根本无法逃脱。

独眼来到厨房，看到了倒下的橱柜，又看了看灶台和烟囱，他将一根火把扔进了灶台。

"告诉外面的兄弟，给我看好了，今天要是再敢放跑了这个人，我就杀了你们。"独眼指着这些响马说道。

秦子安想再从烟囱里回来已经不可能了，烟囱里冒出了浓烟。忽然，他看到从远处的街道上跑来了一些人……

独眼又回到了客栈大堂，他坐在凳子上看着绑着的别尔克。

"我们就在这等到天亮，等我们抓到这个人，看看你的嘴还硬不硬。"独眼说道。

这时，客栈的门忽然被撞开了，守在外面的响马都拥了进来。

独眼诧异地问道："怎么回事，谁让你们都进来的，都出去给我看好了，我看你们是不想活了。"独眼说着抽出了刀放在一个人的脖子上。

"大人，你到外面看看就知道了……"其中一个响马说道。

独眼立刻走到窗前向外看去，只见外面又来了一队人马，那些人都蒙着面、手里持着刀，一点都不客气地将他手下的人围在了里面，他的人只好都退了进来。

"给我冲出去！"独眼挥舞着刀命令道。

响马们一声呐喊又都冲了出去，接着外面就传来了一阵刀枪碰撞的声响。

几个响马刚冲出门口，就遇到了那些蒙面人的截杀，他们根本不是对手，一阵混战之后都被打翻在地，不得不又都退了回来。

独眼看到他手下的那几个响马浑身是伤，躺在地上爬不起来，没人敢再冒死出去了。

独眼气急败坏地挥刀冲了出去，刚一出门迎面就被一节飞来的木棒砸在头上，顿时眼前一片金星闪烁，身子开始摇晃。几个响马见状赶紧将他拖了回来，将大门紧紧关上，用桌子板凳顶住了大门。

独眼看到一旦有人冲进来，这里也无法躲藏，赶紧带人从后门出去躲进了后院的一间柴房。

外面来的人是张子瀚带的人马。回鹘人无意中发现独眼的人马都出动了，他便跟在这些人的后面。看到这些响马包围了别尔克的客栈，他觉得事情不妙，便让小飞鼠回去向张子瀚报告了此事。

张子瀚一听立刻拿起了刀，他让小飞鼠回去集合队伍，自己带人来到客栈从外面包围了独眼的人，并将他们打进了客栈。张子瀚担心秦子安的安危，他想不惜一切也要救出秦子安。

这时，站在房顶的秦子安看到了张子瀚，他向张子瀚挥着手，张子瀚也看到了秦子安。张子瀚向他扔出了一条绳子，秦子安接过绳子，将一头绑在烟囱上，另一头甩向了不远处的一棵树，顺着绳索滑落下来。

张子瀚与秦子安拥抱在一起。

"子瀚，多亏你来了。"秦子安说道。

"子安，现在没事了。"张子瀚说道。

张子瀚与回鹘人冲进了客栈，张子瀚给别尔克松了绑，回鹘人问别尔克那些响马在哪儿，别尔克用手指了指后院的方向。

"别尔克，没想到给你惹了这么大的麻烦。"张子瀚说道。

"千万别这么说，谁是好人谁是恶人我心里清楚。"别尔克说道。

"子瀚，时间紧迫，我得走了。"秦子安说道。

"也好，我们趁天黑冲出驼镇。"张子瀚说道。

"就此别过。"秦子安拱手告别。

"我去送你。"张子瀚说道。

这时，回鹘人走来问张子瀚那些人该如何处置，张子瀚让回鹘人把他们赶出去就行。

张子瀚与秦子安上马向远处走去。

回鹘人拿起一根火把走向后院，他将火把扔向柴房门口，柴房门口的一堆木柴顿时燃了起来。

躲在柴房里的独眼看到房子外面的火焰吓坏了，立刻起身向后窗奔去，后窗有些高，他用手攀着窗台刚爬了一半又掉了下来。他令一个响马匍匐在地上，踩着他的身体攀上了窗户，然后跳了出去。这时火焰越来越大，其余的几个响马也都奋不顾身地从后窗跳了出去……

第十五章　情爱

　　诺澜一直帮着张子衿在作坊里织锦，她将买来的颜料研磨成粉，再调和成不同的颜色放在水中搅拌成染料，然后将蚕丝浸泡在这染料中漂染、蒸煮，将蚕丝染成了各种各样好看的颜色。

　　诺澜将这些染好的蚕丝悬挂在院落里晾晒着，张子衿看到这么多种颜色的蚕丝感到有些惊诧。

　　张子衿通常都是买来什么颜料就把蚕丝染成什么颜色，她没有想到诺澜却将不同的颜料根据不同的配比再调制出更为复杂好看的颜色。这样染出的蚕丝颜色竟是如此的五彩缤纷，真是太神奇了。

　　张子衿由衷地夸赞诺澜神奇的配色，诺澜则羡慕张子衿织锦的心灵手巧。张子衿表示可以教诺澜织锦，诺澜以自己心粗不适合做这样细致的活谢绝了。

　　诺澜这么说是有原因的，她知道自己的心还不静，目前还没有这样的心境学习织造丝绸织锦，她心里想的就是如何能够继续复仇，但还不要影响伤害到张子瀚。这是最令她心里纠结的事情。

　　张子衿看着诺澜心事重重的样子给予了理解。不是人人都可以掌握这门丝织技艺的，但她也确实需要诺澜的帮助，如果不是诺澜，她还真想象不出这么复杂好看的颜色。比如用红珊瑚的红色与青金石的蓝色可以调制成一种紫色，这样的紫色既明亮又神秘，这可是她没有想到的。

　　诺澜除了每天研磨调制颜料漂染蚕丝之外，就是去集市上看望老者，老者与诺澜已经如同亲人一般。诺澜每天都要给老者送来吃的和用的东西，尽可能地照料老者的日常生活，而老者对诺澜的影响也是巨大的。

　　老者的一双眼睛能够看到诺澜的内心，他总是用平和的语气说着，让诺澜心里不要总想着复仇，复仇就像一把火焰，既可以点燃生命的激情，也会伤害到自己的生命。老者经历了许多,他深谙日月轮转、天地沧桑不可逆转的世道轮回,懂得人的一生极为短暂,犹如一颗流星划过。老者对诺澜说道:"姑娘,人的一生与这个大千世界相比是微不足道的,我们相信这个世界是有神灵的,我们要敬畏神灵,相信神灵的伟大公正,神灵会看清一切,会帮助每一个善良的人战胜邪恶,惩罚一切人间的恶行。"

"可是,我还想尽我的力量帮助神灵做些什么。"诺澜说道。

"神灵不需要人的帮助,神灵的神力足够惩罚一切应该得到惩罚的人。你需要做的就是相信神灵,让自己心中的愤怒与仇恨慢慢平息下来,你不能总活在这样的心境里。姑娘,你还这么年轻,不能忘掉了生命初始的愿望和生活的本源,万能的神灵创造了人类的生命,是要让人们好好生活,完成属于自己的生命旅程。生命的本源是要让美好的愿望与感情住进人们的心中,就像让阳光驱散黑暗,照亮你的心灵。神灵希望每一个善良的人能生活得幸福美好,不然这也就违背了神灵的意愿。"老者耐心地开导着诺澜。

"怎样才能让阳光照进心灵?"诺澜继续追问道。

"需要敞开你的心灵,让自己回归到生命最初的时光,相信这世上拥有的美好,相信爱情的力量,相信善良的智慧,相信生活的未来。这样阳光自然就会照进你的心灵,你也会变得轻盈透明、自由自在。"老者说着,他的眼睛散发出温暖柔和的光芒。

"那……什么是爱情的力量?"诺澜疑惑地问道。

"爱情是神灵赐予人类最珍贵的生命体验,爱情可以使女人变得像泉水一样晶莹美丽,可以使男人变得像高山一样挺拔英俊。爱情具有一种非同寻常的魔力,它会使人着魔,当你经历了爱情,就会觉得在这个世界上竟有一个你愿为此付出一切的人,而那个爱你的人也愿意与你一直到天荒地老。这时候,你会觉得这份情感已经成为你生活的全部,甚至比自己的生命更为珍贵。"老者说道。

"要比自己的生命还要珍贵……"诺澜喃喃道。

"爱情可以成就人一生的幸福和美好,也可以使人陷入无尽的痛苦与绝望,这爱情的魔力是天上神灵所赐予的,只有经历过的人才能真正体会到这魔力的强大,让我们无法抗拒……"老者说着,他的一双眼睛眯了起来,似乎在回忆着什么。

"大叔,您经历过这样的魔力吗?"诺澜看着老者问道。

"我经历过,尽管非常短暂,但我体会到了人生的美妙与幸福……"老者说着,他那饱经沧桑、纵横交错布满皱纹的脸上堆积起了一丝温暖的笑意。

"大叔,能给我讲讲您过去的经历吗?"诺澜看着老者,眼睛里充满了渴望。

"好吧……"

此时，老者的思绪回到了他年轻的时候，每个人都经历过自己的青春，老者也不例外。

老者的名字叫卓风，那时的他英姿勃勃，还有一个绰号叫旋风，因为他骑马奔驰的速度犹如旋风一样，没人能比。

那时候，卓风喜欢上了一个姑娘，那个姑娘也喜欢上了卓风。

姑娘的名字叫唯云，唯云是个长相朴实的牧羊女，她有着清脆的嗓音，歌唱得极为好听，她的脸上总有两片红晕，就像天边的晚霞。一天，唯云赶着羊群来到一片新的草场，她唱起了一首歌谣，那甜美的歌声随风飘去，一直飘到了山顶的树林中，传到了正躺在树下休憩的卓风的耳朵里，卓风立刻就被这歌声迷住了，尽管他没有听出来唱的是什么，他立刻翻身上马循着歌声向山坡驰去。

唯云的歌声在飘荡着，歌声也传到了山脚下的洞穴里，传到了洞穴里一群熟睡着的狼的耳朵里。狼的耳朵立刻竖了起来，它们循着歌声的方向看去，同时也嗅到了羊的味道，狼群都站了起来，它们不约而同地向山坡的方向走去。

卓风看到了山坡上绿色的草场，看到了白色的羊群，羊群中有一个穿着白色亚麻衣袍的女子，这美妙的歌声就是那个女子唱的。这时，卓风又看到了从山坡下走来的一群狼，狼群悄无声息地迅速接近了羊群，它们已经无法忍耐鲜美羊肉的诱惑，准备向羊群发起冲击。卓风催马向前，同时抡起了长长的马鞭，马鞭在空中骤响，犹如一声炸雷，狼群立刻被震慑住了。

这时，唯云也看到了从山坡下走来的狼群，她有些慌了，赶紧驱赶聚拢着羊群。

狼群看到只有一个男人向它们冲来，放心了，它们高昂着头嚎叫着，相互传递着讯息。狼群立刻明白了意思，它们要先对付这个男人，先将这个讨厌的男人撕碎，然后再去享受属于它们的美味。

狼群迅速向卓风聚集过来，它们几乎同时向卓风发起了攻击。卓风抽出了佩刀，一头狼凌空跃起向他扑来，卓风侧身往马背上一斜，同时挥刀刺去，刀锋刺穿了狼的脖子，那头狼摔落在地上，随着惯性翻了几个滚死去。另外几头狼从左右扑向了卓风，卓风挥刀左劈右刺，只见一阵寒光闪烁，那几头狼也都先后被斩杀劈死。草地上一片狼的尸体，还未完全死去的狼挣扎着发出了阵阵哀嚎，剩余的几头狼见情势不妙，立刻转身撤离了。

卓风下马将刀上的狼血在草地上擦了擦插进刀鞘。唯云走来了，她躬身向卓风致谢。

"谢谢你。"唯云说道。

"不用谢。"卓风说道。

"你叫什么名字？"唯云又问道。

"我叫卓风，你叫什么？"卓风反问道。

"我叫唯云。"唯云脸上的两片红晕更加红了。

卓风看着夕阳下唯云美丽动人的面容，微风吹动着她的头发，她站在辽阔的大山下，弱小的身子显得那么楚楚动人。唯云看着满脸汗污的卓风，端正英俊的面容，他站在那里显得顶天立地、威武挺拔。

卓风与唯云就这样相识了，不久，他们就相爱了。

爱情的魔力就是这样，也许是一个眼神，也许是一种气味，也许是一个触动人心的瞬间，两个孤单的灵魂就这样相互吸引、相互欣赏、相互爱慕、相互缠绕、相互牵挂……

从此后，卓风经常带着唯云骑马奔驰在草原、山地、河流、树林中……

卓风骑在马上，唯云坐在后面紧紧抱着他的腰，风从他们的耳边掠过，他们如同旋风一样飞驰着。

每当他们跑累了，便会在林中草地上歇息，相互凝视着，他们之间似乎被一种无形的力量所吸引，他们渐渐接近，相互拥吻在一起，滚落在草地上。他们在这天地间相互爱抚，相互拥有，他们的生命也得到了一种酣畅淋漓的升华……

太阳落下山去，卓风与唯云坐在山坡上看着天边的晚霞，两个人相互说出了自己的誓言。

"我爱你，我愿意为这爱付出一切，包括生命。"卓风看着唯云的眼睛说道。

"我爱你，我愿意与你一起走到生命的尽头。"唯云看着卓风的眼睛说道。

这时，澄净的天空幻化出绚丽的彩霞。

卓风与唯云经历了人生最幸福美妙的时光。可这幸福并没有持续多长时间。有一天，卓风骑马带着唯云奔驰在山坡上，他们趟过了河道，越过了树林，来到了山顶上。这时的天空昏黄一片，看不到往日落日的霞光。

"今天看不到落日的霞光了，我们回去吧。"唯云说道。

"再等等看。"卓风说道。

他们就这样相拥坐在山顶上，这时，起风了，风吹动了他们的头发。风越来越大，越来越猛烈。一股旋风向他们袭来，他们想走已经来不及了。旋风迅速将他们包围，卓风与唯云的眼前一片昏黄的沙尘，已经看不到周围的景色了，卓风紧紧抱着唯云，唯云一把推开了卓风喊道："你快走，再不走就来不及了……"

卓风不由得松开了手，他再想拉住唯云的手可已经抓不住了，他被旋风裹挟着向后面撞去，一头磕在一块石头上昏了过去。

直到旋风过去了，卓风才醒了过来，他发现唯云已经不见了，他呼喊着唯云的名字，这声音在山谷中回荡着，可是他再也没有听到唯云的回应。

"就这样，我失去了我的唯云，失去了爱情，也失去了我生命的意义。从此我就开始走遍山谷大地，呼喊着唯云的名字，寻找着唯云的下落。许多年过去了，我不再呼喊了，我知道唯云一定住在一个遥远的地方，我要用自己的一生去寻找那个地方。"老者迷蒙着双眼说道。

诺澜听着老者叙述，不知不觉已泪流满面。

"后来，我再也不是那个'旋风'了，我继承了父亲的手艺，成为楼兰部族的医官，我可以医治好人们的疾病，可我医治不了我自己心里的伤痛。我始终忘不掉我的唯云，我的心里只有唯云。"老者的眼睛出现了一丝无奈的神情。

诺澜看着老者没有说话。

"孩子，我想跟你说的是，你若遇到了这种神奇的魔力，一定要用心珍惜，这是人生中最为美妙的生命经历，不要辜负了天上神灵的赐予。"老者对诺澜说道。

"嗯……"诺澜的心里若有所动。

"你要知道，不是每一个人都能拥有这份神奇魔力的，只有被天上的神灵眷顾的人，才会有这样的体验和福分。"老者继续说道。

"我明白了。"诺澜喃喃道。

"我的孩子，我是多么地希望你心中的天空晴朗，天空下的田野花朵开放。人的一生极为短暂，就像是天空中划过的流星，即使是这样，也要享受那片刻的欢悦与光亮。记住，这可是天上神灵的赐予。"老者说的这番话，就是希望年轻善良的诺澜能够祛除心里的阴郁，感受到爱情的生命体验。

"神灵的赐予……"诺澜喃喃道。

"我的孩子，记住我的话，这是我用一生得到的经验。"老者用手抚摸着诺澜的头发又缓缓说道。

"嗯……"诺澜点了点头。

诺澜的确被老者的故事打动了，她看着老者一双浑浊的眼睛中闪现出了灼灼的亮光。

　　诺澜自从与老者有了这次交谈，似乎有了一些变化，她的眉头舒展了一些，脸上也有了一丝笑意，步履也轻盈了许多，她的内心似乎也有了阳光。

　　诺澜的变化，张子瀚与张子衿也都看在眼里，他们也希望看到诺澜的笑意。诺澜是个孤儿，她的命运如此悲惨，不能再让她承受本不该承受的厄运。

　　张子衿拿着一些蚕丝给张子瀚看："哥哥，你看这颜色如何？"

　　张子瀚看着说道："不错。"

　　"哥哥，你知道吗，这是诺澜染出的颜色。"张子衿说道。

　　"哦，这种紫色我好像还从未见过。"张子瀚仔细端详着。

　　"是不是有一种高贵神秘的感觉，这颜色就像诺澜。"张子衿说道。

　　"你说得有道理。"经过张子衿这么一说，张子瀚也觉得是这种感觉。他最近一直在外面忙碌，已经很长时间没有见到诺澜了。

　　黄昏的时候，诺澜回来了，她走进房舍低头不语地坐在角落里。

　　张子衿走了过去，她看到诺澜的眼睛里涌出了泪水，她惊慌地问道："诺澜，你这是怎么了？"

　　诺澜摇了摇头没有回答。

　　这时，张子瀚走了进来，张子衿立刻迎了上去："哥哥，你快点来看看诺澜，她一定是遇到了什么事。"

　　张子瀚赶紧走过来，看到脸上挂着泪水黯然神伤的诺澜。

　　"诺澜，到底发生了什么事？是不是有人欺负你了？"张子瀚问道。

　　"诺澜，不管发生了什么事，你都要告诉我们。"张子衿也说道。

　　诺澜忍住泪水抽噎着轻声说道："主人……大叔……他快要不行了……"

　　张子瀚与诺澜和张子衿来到了难民居住的牲畜棚圈，见到了老者。

　　老者躺在一个角落里，他的身形瘦弱不堪，身上盖着一块破旧的毛毡，闭着眼睛睡着了，胸口不断上下起伏着。

　　诺澜在老者的旁边小声呼唤着："大叔，大叔，你睁开眼睛看看谁来了。"

　　老者脸上的皱纹就像核桃皮一样，他使劲抬起了眼皮睁开了眼睛，看到了眼前的张子瀚。老者的眼神中露出了一丝柔和的笑意，他的嘴唇翕动了一下没有说出声来。

　　张子瀚轻声说道："大叔，我们是来接您的，无论如何，您必须跟我们回去，需要什么就告诉我，您老人家一定要挺住。"

　　老者费力地摇了摇头，他用眼神示意让张子瀚与诺澜来到近前。

　　张子瀚与诺澜俯下身去。

老者的嘴唇翕动着说出一些含混的话语："我的孩子，你们不用管我，我已经听到了天上神灵的召唤……我也听到了我的唯云的召唤……我就要去了……"

"大叔，你不能走，你走了让我怎么办……"诺澜流着眼泪说道。

"我的孩子，早晚都会有这一天的……我已经活得够长了……该经历的事我都经历了，我累了，我想找个安静的地方好好歇歇了……"老者看着诺澜说道。

"大叔……"诺澜已经控制不住地抽噎起来。

老者伸出了一只手从身边拿出一个小铜壶放在诺澜的手上："我的孩子，这是我这几天弄出来的一点救命的灵丹……可以御毒驱邪、扶阳补正。给你留着也许能救个急，你把它带在身边……我也只能留给你这个了……"老者的声音更加虚弱了。

"嗯……"诺澜已经泪如雨下。

张子瀚感到老者的生命之火正在慢慢熄灭，他赶紧问道："大叔，您还有什么话要交代吗？"

老者笑意盈盈地看着张子瀚含混地说道："孩子……我想告诉你……诺澜是我们楼兰部族的人……我们的国家消失了，可我们……楼兰部族的人还在，我们楼兰部族的女人……也是这个世上最善良、最美丽的……"

张子瀚说道："是的，是的。"

老者继续艰难含混地说着："孩子，我要走了……可还放心不下诺澜……你是个好人……我希望你能尽你的能力照顾好……诺澜姑娘……她可是个难得的好姑娘……"

老者伸出了一只枯槁的手，似乎想要抓住什么，张子瀚赶紧握住了老者的手："大叔，您放心，我一定会照顾好诺澜姑娘的……"

老者的声音越来越微弱："我走了以后……要让诺澜好好地活着……她还那么年轻……要让她……感受到生命的……美好……"

张子瀚在老者的耳边轻声说道："我知道了大叔，请放心，我会用我的生命担保，一定照顾好诺澜，我说到做到。"

"嗯，这我就放心了……"

老者的眼睛眯成了一条缝，他再也没有抬起眼皮的力量了，他脸上的皱纹慢慢舒展开来，老者的手慢慢凉了，他的生命之火已经燃烧尽了，他安静地躺在那里不再呼吸，就像睡熟了一样。

诺澜的肩膀颤抖着，她用手捂住了自己的嘴，努力克制住自己的悲伤。

张子瀚上前扶住了诺澜的肩膀，诺澜一下扑进张子瀚的怀里恸哭了起来……

站在一旁的张子衿也不禁流出了眼泪。

张子瀚与诺澜一起在一面向阳的山坡上掩埋了老者。

"诺澜姑娘，为什么选择这个地方？"张子瀚问道。

"因为我们都是楼兰部族的人，我们楼兰人崇拜的是太阳，所以我们楼兰人死后都要埋在朝着太阳升起的地方。"诺澜表情木然地说道。

"诺澜姑娘，你不要太悲伤了，大叔走的时候很安详，他希望你能好好地活着……"张子瀚安慰着诺澜，看到诺澜悲伤的神情有些担忧。

"嗯……"诺澜的眼睛里带着深深的忧伤凝视着远方的太阳。

夜晚，天上下起了雨。整个驼镇笼罩在一片雨雾中。

张子瀚听着窗外的雨声渐渐进入了梦乡，诺澜的身影出现在他的梦里。

张子瀚仿佛看到晚宴上正在跳舞的诺澜，诺澜抽出短刀向石大人刺去……诺澜被一群响马抓住……诺澜坚定不屈的目光……

"这个人是我的杀父仇人，你为什么要阻止我……你不也是要为你的父兄复仇吗？"诺澜盯着张子瀚问道。

张子瀚不知该如何回答。

"你知道吗？这个人就是一头凶狠残忍的野兽，他的手上沾满了无辜人的鲜血，你为什么会帮助这样的野兽？"诺澜继续质问着张子瀚。

张子瀚更加无言以对。

"既然我不能亲手杀了这个恶魔，我宁愿去死……"诺澜的眼睛从容淡定。

"不……"张子瀚大喊道。

张子瀚突然从梦中惊醒，他坐起身，一头的汗水，看着窗外不断落下的雨水。

此时的诺澜也没有睡着，她坐起身看着窗外不断落下的雨水。

诺澜的眼前出现了张子瀚的身影。晚宴上，诺澜已经被响马拉着要去处死，突然张子瀚上前拦住，他单腿跪地为她求情，说若恕她不死，他愿意留在这里，并以自己的生命做出了承诺。

诺澜知道自己的生命从那一刻又延续下来，她的心里又受到了一次震撼。一个与自己毫不相干的男人已经两次出手挽救了她的性命，她感到自己的生命已不完全属于自己了，这个男人已经深深地印刻在她的心里。她想，为了这个男人自己就是赴汤蹈火也会在所不辞。诺澜忽然又想到，自己对张子瀚的这种感情，难道就是老者所说的那种爱情的力量？

一想到此，诺澜感到自己的心跳加速，她感到自己的身心充盈着一种清澈愉悦的感觉，想着想着，她甜甜地睡去了。

天亮了，雨已经停了，经过雨水的冲刷，天宇变得清澈透明，大地经过一夜的孕育，将一颗明亮新鲜的太阳送了出来。初升的太阳澄明洁净，努力挣脱了云层的遮蔽，在天地之间涌动了一下，然后脱离了大地喷薄而出，一瞬间就给大地洒上了一片金色的光芒。

张子瀚来到院子，看到诺澜一个人站在院子里凝视着天空，诺澜的目光清澈，面容平静。

张子瀚有些诧异地问道："诺澜姑娘，你怎么在这儿？"

诺澜轻轻地说道："大人请看，这天上的太阳就像是一个初生的婴儿。"

"嗯，是的。"张子瀚看着太阳说道。

温暖的阳光照在张子瀚和诺澜的身上，就像洒上了一层金色的沙粒。

"如果大人愿意的话，诺澜想请大人陪诺澜出去一趟。"诺澜看着太阳说道。

"好！"张子瀚爽快地答应。

阳光灿烂，两匹马奔驰在辽阔的原野上。

天上的云层慢慢浮动，在阳光的照射下不断变幻着颜色。张子瀚与诺澜骑在马上尽情地奔驰，直到两匹马都跑累了，他们才来到河边的一处树林下马。

这条河水时有时无，每当下雨的时候，便会从山谷中流出大量的雨水，雨水瞬间从山谷倾泻而出，在这里冲出了多条河道，形成了一片水域。在枯水的季节，天上没有雨水，这里便是干涸的河床，只是在低洼处有少量的水潭，水潭边上生长着一些芦苇。此时，由于昨晚上的雨水，这里的河道中也充溢着河水，河水在阳光的照射下波光粼粼。

诺澜走到张子瀚跟前单膝跪下："大人，诺澜知道是因为我，耽误了大人的行程，使大人为难，大人留在这里也都是因为诺澜，诺澜想就此离开大人，这样大人就可以自由了。"这是诺澜想了一夜之后，要对张子瀚当面说的话。

张子瀚没想到诺澜会这样说，他连忙扶起了诺澜："诺澜姑娘，你不要这样说，你并没有耽误我……"

"诺澜知道，大人来到西域是要去安西都护府的，由于诺澜的缘故大人才不能前往，诺澜不想让大人为我而失去自由……"诺澜的态度真诚。

"诺澜姑娘，你千万……千万不可这么说……"张子瀚有些语无伦次了。

"大人，诺澜请大人出来，就是要向大人告别的，大叔走后，诺澜在这世上已了无牵挂，诺澜觉得也可以走了。"

"诺澜姑娘，你不能走，我答应了大叔，我要好好照顾你……"张子瀚急切地说道。

诺澜轻轻摇了摇头："大人放心，诺澜会照顾好自己的。"

张子瀚有些急了："诺澜姑娘，你怎么这么倔强啊……"

"大人对诺澜的恩情，诺澜一定不会忘，即使今生不能报答，来世诺澜也会相报，诺澜不能再耽误大人了……"诺澜说着，她的眼睛也已湿润了。

"诺澜姑娘，你想过吗，现在突厥人就要与我大唐开战，这里到处都有可能成为战场，你一个人要到哪儿去？怎么能让人放心？"张子瀚真的急了，"诺澜姑娘，开始我是为了你留在了驼镇，可是现在不同了，我必须继续留在驼镇完成我的使命，所以你并没有耽误我什么。"张子瀚不得不说出了他的秘密。

"诺澜知道现在还无法报答大人，可诺澜不会再连累大人……"

"你什么都不用担心，诺澜姑娘，你在这里，就是对我最好的报答，你若离开了，就会引起别人的怀疑，我的所有努力就会前功尽弃，这关乎大唐与突厥的战事。有些事你还不明白，但有一点你必须清楚，那就是现在我们需要在一起，所有的困难我们必须共同面对。"张子瀚态度诚恳。

诺澜看着张子瀚的表情，似乎有些理解了他所说的话，但又不完全懂。

"大人需要诺澜怎么做，诺澜会听从大人的。"诺澜的语气变得温顺了许多。

"诺澜姑娘，不要再跟我提你离开的事，你不会连累我，我需要你。"张子瀚情不自禁地一把握住了诺澜的手说道。

诺澜的手在张子瀚的手里感受到了一种温暖，诺澜忽然觉得有些羞怯。张子瀚也有所意识，赶紧松开了诺澜的手。

"嗯……放心吧，大人，诺澜知道该怎么做了。"诺澜是个明白事理的人，虽然她的性格倔强，但一旦明白其中的道理，就会十分顺从。

张子瀚与诺澜坐在河边的草地上说了很多话，诺澜最终想明白了，她不再想离开的事了。其实诺澜也不愿离开张子瀚，她现在与张子瀚和张子衿兄妹在一起已经很习惯了，最主要的是现在她一见到张子瀚就会心跳加速。她感到自己除了对张子瀚的感恩之心外，内心深处还涌出一种难舍的情感。这份情感似乎就是老者跟她说的那个非同寻常的爱情魔力。

张子瀚与诺澜有过这一次的交谈，他们之间的交流也更为顺畅默契了。

张子瀚与诺澜见面的机会并不多，每天傍晚回来时会匆匆见上一面，诺澜忽然觉得每天若不见张子瀚一面心中就会有一种失落感。

　　一天，诺澜没有见到张子瀚，她辗转反侧地睡不着觉，诺澜躺在床上强迫自己闭上了眼睛，让自己的心境平静下来。

　　诺澜似乎看到自己骑着马来到一处峡谷，一阵风袭来，诺澜的马高昂着脖子嘶鸣了起来，与此同时，诺澜似乎闻到一种异味。这时，她听到一声野兽的吼叫，看到身后的一个洞穴中出现了一头怪兽。这头怪兽的长相似熊，脖后有着一排坚硬的鬃毛，瞪着一双小而圆的眼睛，两排尖利的牙齿令人不寒而栗。这头似熊非熊的怪兽也发现了诺澜。诺澜立刻下马抽出了刀，怪兽快步向诺澜扑来，诺澜闪身躲过，怪兽又转身扑来，诺澜举刀刺向怪兽，就在接近怪兽时，那怪兽猛然扑来一掌就把诺澜打到一边。诺澜翻滚着又从地上站起身来，那怪兽向诺澜走来，她向后退到山崖，怪兽步步逼近，突然，她的脚下一滑，顺着山崖滑落了下去……

　　突然一只手抓住了诺澜的一只胳膊，诺澜看到是张子瀚，张子瀚将诺澜拉了上来。这时，怪兽又向他们扑来，张子瀚一把推开了诺澜，举刀刺向那头怪兽，可怪兽的皮肤坚硬无比，他的刀无法刺进怪兽的身体。

　　怪兽被彻底激怒了，它几步冲到近前，一掌将张子瀚打翻在地，张子瀚手中的刀也飞了出去。怪兽张开大口，露出尖利的牙齿，向张子瀚冲来。张子瀚赶紧就地滚了出去，躲过了怪兽的攻击。

　　张子瀚靠在一棵树上喘着气，这时怪兽又转身扑来，一掌将树干打断。张子瀚飞快地攀上了一块山岩。怪兽耸了耸鼻子闻到了生人的味道，它转身用一对小眼睛发现了张子瀚，便向山岩冲来。张子瀚的手中已经没有了刀，这时，诺澜迅速跑来，她将手里的短刀抛向张子瀚，张子瀚凌空跃起从空中接过了诺澜扔来的短刀，这时怪兽已经扑到了眼前。张子瀚用这把刀刺伤了怪兽的脖颈，怪兽感到了伤痛不断挣扎着……这时，诺澜来到张子瀚的身边，他们两人一起将刀深深地插进怪兽的心脏，怪兽的血立刻喷了出来。再看那怪兽的身子摇晃着倒下去，顺着山坡跌落到了山涧。

　　这时，天边的太阳开始射出耀眼的光芒。

　　诺澜与张子瀚骑在一匹马上，他们向着太阳的方向奔驰而去，一直融在一片刺眼的光晕里……

　　诺澜从梦中醒来的时候，感觉仿佛还与张子瀚骑在马上，她紧紧地抱着张子瀚的腰身，感受到自己的心在狂跳……

　　第二天黄昏，诺澜便约张子瀚骑马又一次来到河边，张子瀚与诺澜在河水中洗刷着马，马惬意地嘶鸣着……

张子瀚与诺澜坐在河边的草地上，这时天边的太阳已经西沉，温暖的阳光给波光粼粼的河水洒上一片金色的碎片。

天边飞来一群长着各种颜色羽毛的鸟，那些鸟飞落在树枝上，树林中传来一片鸟的清脆鸣叫声。张子瀚看着眼前的景色，心情非常愉悦，好长时间没有见到如此美丽的景色了。

"你知道吗，昨天我在梦里见到了大人。"诺澜轻声说道。

"哦，真的吗？"张子瀚问道。

"是真的。"诺澜又回忆起昨晚的梦境。

"我在你的梦里是个什么样子？"张子瀚有些好奇。

"大人在诺澜的梦里是个英雄，大人救了诺澜的命，大人与诺澜一起杀死了一头怪兽。然后我们又骑着马一起朝着太阳的方向去了……"诺澜想象着梦里的情景。

诺澜感到自从与张子瀚在梦境中杀死了这头怪兽，似乎一直压在她心中的积郁也消散了，她感到自己体内被注入一种新生的力量，也可以说是希望的阳光开始照亮她的身心。

这时天边的太阳散发出刺眼的光晕，诺澜看着阳光说道："你看这里多美啊，就像是我在梦里见到的阳光。"

"是啊，的确很美。"张子瀚不但感到了景色的美丽，也感受到了诺澜的美丽，他不禁看着诺澜说道。

"这里有些像我的家乡……"诺澜喃喃道。

"你的家乡也一定很美吧。"张子瀚看着诺澜问道。

"是的，我时常会在梦里看到我的家乡，看到我的亲人。"诺澜的脸上浮现出淡淡的微笑。

"告诉我，楼兰人有什么不同？"张子瀚很想知道诺澜的身世。

"我觉得我们楼兰人是最善良和最忧伤的人，因为我们的楼兰国不存在了，我们都很思念我们曾经的家园。虽然楼兰人为了生存散落到各地，但只要我们遇到楼兰部族的人，都会成为最亲近的人。"诺澜说道。

"你说得没错。"张子瀚一想起老者的救命之恩，就充满了感激之情。

"我们楼兰人还有一个属于我们自己部族的秘密……"诺澜说道。

"什么秘密？"张子瀚问道。

"凡是楼兰部族的人，出生以后，长到五岁的时候，都会在身上刺上一个属于我们楼兰人的标记，凡有这个标记的人就可以证实是我们楼兰人的后裔。"诺澜说道。

"哦，竟有这样的事？"张子瀚觉得有些好奇。

诺澜轻轻脱去了衣袍，解开了内衣，露出了她白皙的肩膀，张子瀚看到在诺澜左面的肩胛处有一个象征着太阳符号的文身。

"这是太阳的标记。"张子瀚看着这个标记喃喃说道。

"是的，大人，这就是我们楼兰人都有的标记。"诺澜说道。

"真是太神奇了，真是不可思议……"张子瀚知道这个楼兰国虽已消亡，但楼兰人还在，他们一代代繁衍下去，并用这个符号将楼兰后裔联系起来，时刻提醒自己的族群曾经有过的辉煌历史，不要忘记自己的身份，楼兰部族人的顽强信念令人肃然起敬。

"如果大人愿意了解我们楼兰人，诺澜就给大人唱一首我们楼兰人的歌谣吧。"诺澜看着张子瀚轻声说道。

"好的，好的，我愿意。"张子瀚已经感到楼兰人的神秘与美好。

诺澜开始唱起一首楼兰人古老的歌谣，她的歌声悠扬婉转、优美动听……

树上飞来了许多的鸟，鸟也和着诺澜的歌声鸣叫着……

张子瀚闭上眼睛欣赏着诺澜优美的歌声，在她的歌声里，张子瀚似乎看到了一片盛开着紫色花朵的草场，看到了散落在草场上的牛羊，看到了辛勤劳作的楼兰人，看到了在花丛中奔跑着的小诺澜……

诺澜的歌唱完了，张子瀚还沉浸在诺澜的歌声中。

这时，天边的云在翻卷着，遮住了太阳，大地瞬间变为昏暗一片，紧接着，一束束的阳光又穿透云层刺向大地，给昏暗的大地涂抹上了一道明亮的光辉，眼前是一片奇异的景象。张子瀚与诺澜就处在这片奇异的光辉之中。

"大人，诺澜的歌好听吗？"诺澜问道。

"非常好听！"张子瀚认真地说道。

"大人，诺澜长得好看吗？"诺澜问道。

张子瀚愣住了，他看着诺澜美丽的面庞，心顿时慌乱地狂跳起来。

"我想知道诺澜在大人心中的位置。"诺澜说完这句话时扬起了美丽的眼睛看着张子瀚。

"诺澜姑娘，你是我见过的最美丽的姑娘，你在我心中非常珍贵。"张子瀚看着诺澜的眼睛脱口而出。

"真的吗？"诺澜的眼睛里闪烁着顽皮的笑意。

"是真的，从我第一次见到你的时候，就被你的眼神触动了，然后，我又发现你是一个心地善良、单纯质朴、聪慧能干、气质不凡的姑娘。"张子瀚终于说出了一直埋在心中的话。

"那么大人会喜欢上诺澜吗？"诺澜继续问道。

"我会的，我很喜欢你。"张子瀚第一次说出了这样的话，同时感到了一阵轻松。

张子瀚何尝不喜欢这个美丽的诺澜姑娘，但他的理智时刻告诫自己不能这样做，他把这份情感深深地埋在了心底。

诺澜笑了，她的脸上出现了羞怯的神情，这也是诺澜第一次听到这样的话语，她感到自己坚硬的心在这一刻融化了。

"诺澜也想告诉大人一个秘密。"诺澜轻声说道。

"请讲……"张子瀚看着诺澜。

"诺澜也很喜欢你。"诺澜的眼睛直视着张子瀚说道。

张子瀚感到自己浑身的血在向上涌来，他感到自己的脸开始发烫。

有时候，一个男人与一个女人相互之间发生的情感是不需要解释的，就像是骤然而至的电闪雷鸣，给这个寻常的世界带来了奇幻景象；就像是瞬间发生的灵魂触碰，给人们庸常的生活带来了生命的激情。从那一刻起，这美好的感觉便会深深刻印在心里。可是张子瀚是理智的，他知道自己身处险境，无暇顾及个人的情感。此刻，面对诺澜的直白，他深藏在心里的感情又开始波涛汹涌。

这时，诺澜发现自己的内心深处压抑已久的情感开始涌动，原来她已经忘却了自己还拥有这份情感。在这之前，诺澜的世界里只有仇恨与复仇的火焰。现在她忽然感受到了这世界的另一面风景竟是如此的美好。面对张子瀚，她心中升起了一种从没有过的感动，她愿意为这份感动尽情地燃烧自己。诺澜心中那份美好的情感已被唤醒，就像火山中燃烧的岩浆开始喷薄而出。

这时，张子瀚与诺澜的眼睛相互凝视着，他们可以感受到发自内心的相互的欣赏，可以感受到这种美妙的情愫无声地交织在一起。

张子瀚凝视着诺澜的眼睛，诺澜也凝视着张子瀚的眼睛。此时的世界竟是如此的美妙。忽然，起风了，风吹动了他们的头发，大自然中一切声响似乎都静止了，只有风声从他们的耳边掠过。张子瀚与诺澜可以感受到相互的气息，可以听到相互的心跳。这时，似乎有一种巨大的魔力，将他们生命的激情点燃，张子瀚与诺澜猛然拥抱在一起……

当张子瀚与诺澜拥吻在一起的时候，周围的一切似乎都不存在了，他们感到了身体的轻盈放松、身心的清澈洁净，他们两人似乎就像飘浮在空中，四周都是洁白的云朵，他们甚至分不清哪里是天、哪里是地。

张子瀚与诺澜任由自己心中的激情自然释放。

诺澜高高地扬起了头，风吹拂着她的长发，从她的眼角流下了一行眼泪……

张子瀚紧紧地拥抱着诺澜，诺澜紧紧地拥抱着张子瀚。

苍天辽阔，大地舒展，在这天地之间，诺澜与张子瀚之间的情感冲破了压抑的牢笼喷涌而出。

诺澜想到老者说的话，这也许就是天上神灵赐予的神奇魔力。这种魔力让人无法抗拒，在这种魔力的作用下，她体会到了生命的美妙与升华，感受到了人生的欢悦与幸福……

张子瀚经历了从未有过的生命体验，这种感受奇妙无比，当一个孤独的灵魂与另一个灵魂相互碰撞、相互吸引、相互拥有的时候，那种人生的幸福感令人热血澎湃、豪情激昂……

张子瀚与诺澜共同感受着这来自天上神灵的慷慨赐予，他们的生命历程也由此变得纯粹而美丽……

太阳渐渐落下，遥远的天际出现了一片云彩，云彩变换着颜色飞速掠过，天色迅速暗淡下来。

天空中出现了闪烁的星星。

张子瀚与诺澜坐在树林中，诺澜依偎在张子瀚的胸前，张子瀚用手抚摸着诺澜栗色的长发。

"如果我们能永远这样，这个世界该有多美好。"诺澜轻声说道。

"我们活着，就是为了创造这个世界的美好。"张子瀚说道。

夜空中繁星闪烁，巨大的星云在天空中旋转着，张子瀚与诺澜仰头凝望着夜空，繁密的星星都沿着各自的轨迹运行。突然，一颗星星偏离了运行的轨道，拖着一条燃烧的尾巴向大地冲来，在夜空中划过一道耀眼的弧线。张子瀚与诺澜看到山谷那边闪现出一片巨大的火光。

石大人坐在铺着雪豹皮的卧榻上，手里玩着一把短刀，他想到了突厥谋士给他的承诺，可至今还没有见到突厥可汗给他确认的正式文书，他忽然想到这些突厥人向来都是恃强凌弱、背信弃义，而唐人向来讲究礼仪、信守承诺。他想自己还不能就轻易投靠突厥而得罪了大唐，一想到此，他的心中便有些烦躁，他将手中的短刀向远处扔去。

这时，正好独眼走进门来，那把短刀飞过独眼的头顶，插在门框上，独眼大吃一惊。

"大……大人，您这是怎么了？"独眼问道。

"你这几天都在干吗，怎么总也见不到你？"石大人反问道。

"大人，我在驼镇发现了一个大唐的奸细。"独眼说道。

石大人顿时瞪起了眼睛："你说什么，你说驼镇里有大唐的奸细？"石大人警觉地问道。他意识到唐人与突厥人为了战争的胜负都会派奸细收集情报。现在前景还难以预料，他不想让任何人知道他与突厥人暗中来往的事。

"是的，我们已经围住了此人，此人就住在镇上的一家客栈……"独眼说道。

"人呢？"石大人打断了独眼的话问道。

"就在我们准备抓捕此人的时候，有人把这个大唐奸细给救走了。"

"是谁？"石大人更为警觉。

"大人，您想想咱们这里只有一个唐人。"独眼想，既然石大人已经与突厥人达成了交易，这会儿就可以让石大人处理掉这个唐人了。

"你是说张子瀚？"石大人这会儿明白了独眼想说什么。

"是的，就是此人。"独眼说道。

"有什么证据吗？"石大人问道。

"这个，因为当时天黑，没有看清，不过只有这个唐人才能干出这事。"独眼没有想到石大人会这样问，当时混战中那些人的脸上都蒙着面，他只顾逃命，所以根本没有拿到什么证据。

"你说说那个大唐奸细是个什么样子？"石大人又问道。现在石大人料定这个独眼又是为了一己私欲，想嫁祸于人。

独眼有些慌乱了："这个……也没看到这个人的模样。"

石大人有些怒了："你既没有看到这个奸细，又说让人给救走了，你想让我相信你编的这套鬼话吗？"

"大人，我真没有撒谎，我说的句句都是真的。我敢肯定，救走那个大唐奸细的就是这个唐人张子瀚……"独眼极力辩解。

"别再说了！"石大人厉声打断了他，"我知道你与这个人素来有仇，总想置他于死地，你跟我说这些就是想让我为你除掉这个人吗？"

"不，不……"独眼现在有些后悔说出这些话。

"我告诉你，我需要这个人，你要是再敢跟我玩心眼儿，无端找事，栽赃陷害，我就对你不客气了！"石大人的口气越来越冷。

"大人，我……我再也不会了……"独眼不敢再分辩了，他知道再说下去，对自己绝没有好处，他只好自认倒霉。

"从今往后，只要这个唐人出了任何事，我都找你算账，要是他遭人暗算，只要让我查出来是你干的，绝不饶恕。"

"我绝不会的，绝不会的……"独眼连声说道。

"滚吧！"石大人说道。

"是的，大人。"独眼匆忙地向外面走去，脚下被什么东西绊了一下，摔倒在地，赶紧又爬起来跑了出去……

这几天诺澜的心情很好，她向张子衿表示要跟她学习织锦了："子衿，你教我织锦吧。"

张子衿诧异地看着诺澜问道："你说的是真的？"

"是的。"诺澜认真地说道。

"我看你还是为我调制颜料吧，我需要你帮我再调制一些颜料。"张子衿说道。

"你还需要什么颜色？"诺澜问道。

张子衿拿出这两天她画的图形，只见上面画了一对展翅飞翔的凤鸟。

"我需要这只凤鸟身上各种羽毛的颜色。"张子衿说道。

"放心，我会帮你调制出这些颜色的。"诺澜说道。

"我们联手合作，可以织造出这世上最好的织锦。"张子衿看着诺澜说道。

"嗯，我相信。"诺澜答道。

独眼的心情沮丧，他来到地下妓院，闭着眼睛趴在卧榻上，房间里弥漫着熏香的味道，波斯人拿着一个金属的圆球器物在他的背上滑动着。器物上都是小孔，里面放着点燃的熏香，白色的烟雾不断地从孔中飘散出来。

"大人感觉如何？"波斯人轻声问道。

"嗯，感觉好多了。"独眼答道。

"这样的熏香疗法不但能治愈外伤，还能驱除疲劳、滋养精神、调节心情……"波斯人继续说道。

"嗯，我现在需要的就是这个。"独眼只有到了这里才感觉心里舒服一些。

"大人的心情郁闷，闻到这样的气味就会好一些。我这儿有各种各样来自波斯的熏香，可以满足大人的一切需要。"

"哦，会有这么神奇的效果？"独眼问道。

"是的，大人，有人从波斯带来了这样的神物，不同的熏香可以产生不同的效果。有的可以让人产生迷幻，有的可以让人异常兴奋，有的可以让人安静睡眠，有的可以让人温顺柔和，有的可以让人癫狂残暴，有的可以让人灵魂出窍……无论大人想要什么样的体验，都能满足大人的需求。"波斯人神秘地说道。

独眼一听立刻坐起身来。

"大人想要尝试哪一种？"波斯人问道。

"你说的这些可是真的？"独眼问道。

"我可带大人前去见证。"波斯人回答。

"那好，我想让你给我办件事。"独眼说道。

"大人请吩咐。"独眼说道。

"到时候我会告诉你该怎么办。"独眼说道。

"随时恭候。"波斯人一副恭敬的表情。

张子瀚最近一直在观察了解驼镇附近的地形地貌，他想利用带队出去巡视的机会，完成一幅内容详尽的地形图，除了人们都知道的地形之外，他还了解了一些只有牧羊人常走的小路。

张子瀚与回鹘人来到一片山地，他们仔细查看了这里的地形，张子瀚从怀里拿出一块丝绸，上面已经画上了许多线条和记号，这块丝绸是妹妹张子衿给他的。他用小木棍蘸着褐色黏土的颜料在上面继续画着一些记号。

回鹘人有些不解，询问为何要画这样的图画。张子瀚解释说制作这幅地形图是为了战争，只有了解了所有的地形地貌，才能利用地形做好战争的准备。除此之外，还要了解这里的气候、风向、温度等自然条件，当掌握所有的因素，就可帮助制订出战胜敌人的最佳方案，也就掌握了战争的主动权。

回鹘人似乎明白了其中的道理，他非常佩服张子瀚的智慧，他跟随张子瀚无形中也学到很多知识。

在休息的时候，回鹘人与张子瀚议论起突厥与大唐之间的战争。

"大人，我看目前的形势，大唐与突厥之间随时都会开战。"回鹘人说道。

"是的。"张子瀚说道。

"一旦开战，大人一定会站在大唐一边。"回鹘人说道。

"当然，我身为大唐的子民，我的父兄就是在与突厥的战争中牺牲的，我来到西域就是要为我的父兄报仇。"张子瀚毫不犹豫地说道。

"如果大唐与突厥开战，我会听命于大人，大人让我做什么我就做什么。"回鹘人说道。

"我来自大唐，自然要为我的国家而战。你们可以有自己的选择。"张子瀚说道。

"我虽然不是大唐的人，可大人对我有救命之恩，如果没有大人，也就没有我的这条命。我们回鹘人是懂得感恩的，我愿追随大人为大唐而战。"回鹘人说得非常肯定。

张子瀚与回鹘人在回去的途中，看到峡谷的河边有几只羚羊在吃着草，紧接着又发现从山坡走来了几只狼，张子瀚与回鹘人立刻打马向峡谷中驰去。

峡谷中，几只狼在逐着几只羚羊，奔跑的羚羊已筋疲力尽，只见一只狼扑倒了一只羚羊，另外几只羚羊也遭到了同样的厄运。回鹘人骑马赶到，弯弓射箭，一支支的箭镞飞来，几只狼中箭倒下，另外几只狼立刻起身逃走。回鹘人刚要转身离去，忽然听到羊的叫声，他看到草丛中有一只幼小的羚羊无助地叫着。回鹘人下马抱起了那只幼小的羚羊。

回鹘人回到驼镇，在泉边的水塘处看到几个用陶罐汲水的女子，其中一个女子的身影十分像自己的妹妹。

回鹘人立刻上去拉住那女子瘦弱的胳膊叫道："妹妹……"

那女子受到惊吓回过头来，回鹘人看到一张陌生女子的面容。

回鹘人赶紧向这女子解释，女子笑了，她说自己叫夏伊丽，突厥人毁了她的家园，她刚刚逃到此处。他们坐在水塘边说了很久，了解了相互的身世。回鹘人将那只幼小的羚羊交给了夏伊丽。回鹘人就这样与夏伊丽相识了。

此后，每天黄昏，回鹘人巡视完都会到水塘边来见夏伊丽，夏伊丽也会在那儿等着回鹘人。

"你看上去真像我的妹妹。"回鹘人对夏伊丽说道。

"那你就把我当作你的妹妹吧。"夏伊丽说道。

夏伊丽看到回鹘人的衣服破了，让他脱下来为他缝补。暮色中，回鹘人看着美丽的夏伊丽忽然从心里升起一阵温暖的感觉。

独眼一直想与突厥人取得联系，他询问波斯人有什么办法。波斯人说那就要先给突厥人送去见面礼。独眼问波斯人该送些什么，波斯人说当然是突厥人希望得到的东西。

一天黄昏，回鹘人又来到了泉边的水塘，可是没有见到夏伊丽，他看到在水塘边那只死去的幼小的羚羊。这时，有一个老妪告诉他刚才有个波斯人将这里的几个年轻女子装上了一辆木笼囚车走出了驼镇。回鹘人一听立刻上马向驼镇外疾驰而去。

在这之前，波斯人给独眼出的主意就是从这些难民中挑选几个年轻的女子给突厥人送去，以便得到突厥人的赏识并取得联系。于是独眼带人与波斯人来到水塘边，以招募仆人的名义将这几个年轻女子交给了波斯人。

这时，波斯人正赶着一辆木笼囚车行驶在荒原驿道上，那些关在囚笼里的女子无不惊恐。眼看着太阳就要落下，前面愈加蛮荒。就在这时，只见一队突厥骑兵飞驰而至，他们将这辆囚车围了。波斯人没有想到在这里会遇到突厥人，他立刻上前满脸微笑，刚想对突厥人说些什么，那个突厥人挥手一拳将他打倒在地。这时，那些突厥骑兵纷纷下马向囚笼中的女子走来。囚笼里的女人都瑟瑟发抖，挤作一团。一个突厥人一把抓住夏伊丽的胳膊，将她拖了出来。夏伊丽拼命挣扎着，可是无济于事，突厥人将她拉到一旁，一把撕开了她的衣衫。夏伊丽从突厥人的身后抽出一把短刀，突然刺向突厥人的胸膛，突厥人没有防备，他看着眼前的女子，眼睛翻了上去，然后倒在地上。

这时，那些突厥人已将囚笼里的女子都拉了出来，他们发现自己的一个同伙竟被一个女子杀了，立刻提着刀向夏伊丽走来，他们围住了夏伊丽，夏伊丽双手握刀对准自己的胸膛刺了进去。鲜血从胸口流了出来，夏伊丽倒下了。那几个年轻的女子也都誓死不从。突厥人愤怒了，他们用刀将这几个女子全都杀死。

波斯人早已吓坏了，趁乱赶紧上了一匹马逃去。

这时，回鹘人从远处驰来，他来到木笼囚车旁，看到夏伊丽和那几个女子都已经倒在血泊中死去了。回鹘人悲痛地大喊着，他抬头看到了远处的烟尘。

回鹘人打马追赶上那几个突厥人，他挥刀向突厥人砍去。几个突厥人不抵回鹘人从马上摔落，另外几个突厥人将回鹘人围住了。回鹘人毫不畏惧，他挥刀冲杀，几个突厥人只是躲开并不应战，骑马在他周围转着。突厥人知道一个人是奈何不了他们的，只要等这个人疲惫时稍一松懈，就会置他于死命。回鹘人有些力不从心了。突厥人这时慢慢围拢上来，他们用刀指着回鹘人，回鹘人大喊一声准备拼命。这时，一骠人马似旋风般地冲了过来，他们手起刀落，将那几个突厥人斩杀于马下。是张子瀚带人赶来了，剩余的几个突厥骑兵见状立刻逃走了。回鹘人还要继续追赶，张子瀚将他拦住，告诉他记住这笔血债，迟早要为夏伊丽报仇。

夜晚，波斯人带独眼来到一家波斯人开的馆驿，馆驿的墙壁上挂着来自波斯的挂毯，从里面飘出一阵奇异的香味。一个长相瘦削的女人走了出来，栗色的长发遮在她的脸上，独眼看不清这个女人的长相。

从长发中传出波斯女人冰冷的声音："这是你带来的客人？"

波斯人赶紧说道："是的，驼镇地面上所有的事情都是这位大人说了算。"

"哦，既然如此，大人需要什么请尽管吩咐。"波斯女人的声音柔和了一些。

"我想见识一下你所带来的神物。"独眼说道。

"好，大人请。"波斯女人拉开一个小门，带他们走了进去。

小门的里面是一条通道，通道的两边都是隔开的房间，每个房门上都有一扇小窗口，可以看到房间里的状况，房间里面都有一盏波斯样式的铜灯，火苗跳动着，发出柔和的光亮。房间里摆放着一个熏香炉，一缕白色的烟雾从熏香炉中飘散出来，还摆有一张简易的卧榻，供客人躺在上面享受。

一个房间里，身材壮实的汉子闻着熏香，脸上出现了快乐满足的表情，还不时地发出痴笑声。

一个房间里，矮胖的汉子闻着熏香，脸色绯红如同喝醉了酒一般，他躺在那里不时地抽搐着。

一个房间里，年轻的汉子闻着熏香，脸上从暴躁转为平静，然后一头栽倒在卧榻上，打着呼噜酣然入睡……

一个房间里的卧榻上，躺着一个瘦弱的男人，他闻着熏香的气味，突然浑身战栗起来，然后猛然站起身狂躁地用头撞墙……几个人冲进来将那人用绳子捆在卧榻上，那个瘦弱的男人竟然将卧榻背了起来，几个人不得不将那个瘦弱的男人压倒在地……

一个房间里，一个长相丑陋的女人闻着熏香，脸上显出了迷乱的神情。她看到有人在门口，立刻冲了过来，独眼猝不及防被那女人一把抱住扑倒在地上，独眼慌乱挣扎，在众人的帮助下，好不容易才制服了那个癫狂的女人。

独眼站起身来说道："好，好，果然是神物，我让你帮我弄一个人，到时候我绝不会亏待你。"

波斯女人看着独眼点头，她已心领神会。

第十六章　劫难

诺澜用调制的颜色染好了蚕丝，张子衿用这些蚕丝织出了好看的织锦，只见两只美丽的凤鸟翱翔在祥云之中。

"真是太美了！"诺澜看着织锦不禁赞叹道。

"诺澜，这也有你的功劳，如果没有你调制的颜料染出来的蚕丝，也不会有这么绚丽好看的颜色。"

"我还可以为你找到更好看的颜料，我知道有一种红色的宝石，这种宝石的颜色在阳光下会发生变化，有时像日出般的瑰丽，有时似落日般的霞光，有时还会出现彩虹般的颜色变化，非常神奇。"

"只要你能找到好看的颜料，我就能织出更好看的织锦。"

"放心吧，我会为你找到的。"在诺澜的记忆里，她见到过那些好看的宝石。通常，这些好宝石会出现在雨后的河道中。雨水降至山谷，将这些散落在山石中的宝石冲刷下来，带入了河道，当河水流过去以后，这些宝石就散落在河道之中，只有非常细心的人才会从河道的石头缝隙中找寻到这样的宝石。

诺澜骑马出了驼镇，穿过山谷，来到了一条干涸的河道，她知道这里只有在下雨的时候才会溢满河水，现在就是一望无际的白色石滩。

诺澜沿着河道向远处走去，她在石头中寻找着，太阳的光芒从天空直射下来，河道中白色的鹅卵石反射着阳光，远远看去白茫茫一片。诺澜沿着河道走着，那些石头白得刺眼，忽然，她在白色之中看到了一点耀眼的红色，她小心翼翼地从石头的缝隙中拿起这颗红色的宝石。接着，她在不远处又看到了一颗、又一颗，她竟然看到了许多这样的宝石……

诺澜一颗颗地捡拾着，她捡了一小袋，不知不觉中也走出去很远。她直起身抬头看了看天上刺目的阳光，忽然感到一阵晕眩，她晕倒在河道的石滩上。

直到一块乌云遮住了天上的太阳，河道里刮过了一阵凉风，诺澜才清醒过来。她看到天空中乌云翻卷着，从云层深处落下了一些雨滴，雨滴落在河道的石头上很快就被蒸发，消失了印记，云层翻卷着随着风远去了，雨水也被带走了。

诺澜坐起身来，忽然，她似乎听到了淙淙的流水声，她抬头看去，河道上依然是一片白色的石滩，没有水从那里流过。可是她清晰地听到了流水的声音，而且这声音离她并不远。诺澜循声沿着河道向前走去，她来到了一处凹陷的地方，看见从地下的石头缝隙中涌出了一股泉水。这水流沿着河道只流出了几步远的距离又潜入了一个洞穴中，若不留意，很难有人发现这个水源。诺澜走到这泉水旁，用手捧起一些水喝了下去，清冽甘甜的泉水令诺澜浑身为之一振。

这时，诺澜的马来到了近前，马高昂着头嘶鸣了一声。诺澜翻身上马，打马向驼镇的方向驰去……

张子瀚每天回来都在完成着那幅地形图，他将那块丝绸展开铺在桌案上，用小木棍蘸着褐色黏土的颜料在丝绸上标记着新的发现。张子衿来到哥哥身边。

"哥哥，这是什么？"张子衿问道。

"这是一幅地形图。"张子瀚答道。

"要这做什么用？"张子衿问道。

"我要尽可能地了解我们周围的地形地貌，将来肯定会有用。"张子瀚答道。

"很快就要打仗了吗？"张子衿轻声问道。

"是的，我们大唐与突厥的一战在所难免。子衿，不管将来发生什么事，你都要学会保护自己。"张子瀚对即将来临的战乱并不害怕，但他心里担心自己的妹妹。

"有哥哥在我身边，我什么都不怕。"张子衿说道。

"可是……万一我不在你的身边，你也要学会独自面对。无论遇到什么事，首先不能让自己的心乱，一定要冷静理智。"张子瀚从未经历过战争，也无法预料将会遇到的事情。

最令张子瀚心里感到不安的就是妹妹张子衿和诺澜，她们都是自己的亲人，他有责任保护她们，但他也知道战争是不会按照自己的意愿进行的，若是自己遇到了不幸，他一定要让妹妹和诺澜学会保护自己。

"哥哥，难道你要离开我吗？"张子衿不安地问道。

"不是，我是想说，战争很残酷，现在的形势也很复杂，什么事情都有可能发生，我们都要做好应对的准备。"张子瀚严肃地说道。

"哥哥，我们的父亲和大哥就是在这里为国捐躯的，我知道战争的残酷。你别忘了，我也是将军的后代，我不惧怕战争，我坚信我们能够战胜突厥人。"张子衿坚定地说道。

"嗯，好的。"张子瀚看着妹妹，他的一颗悬着的心放了下来。

一只鹰隼飞到了石大人的府上，石大人从鹰隼的腿上拿下了一只皮囊，看到树皮上画着一支驼队的形象。石大人立刻让人叫来了独眼，命他带人去山地丘陵一带接应这支驼队。

独眼一听这话，心里立刻充满了感激。尽管石大人一直偏袒那个唐人，但在关键时刻还是把他当成了自己人。

独眼带人来到了一处山地，他骑在马上向远处瞭望。他想无论如何这次一定要干得漂亮，要让石大人认识到自己的能力。独眼带人继续向前走去，来到了一处荒漠，四周荒芜一片，只有一些隆起的沙丘。他懒得再往前走了，命几个人前去打探情况，自己下马找了个沙窝歇息下来。过了一会儿，有人来报，说前面的沙地中好像有几头骆驼。

独眼带人走进沙地，终于在不远的沙丘处看到了几头死去的骆驼。独眼他们来到近前，发现了更多死去的骆驼与人的尸体。原来这是一支驼队，陷入了巨大的灾难，竟无一人生还。独眼令人寻找驼队带的货物，他们好不容易从沙中找到了几个木箱，这些箱子十分沉重，独眼认定是些稀世珍宝。如果真是值钱的东西，一定要给自己留下几件。他令人打开箱子，响马用刀撬开了箱盖，几个箱子的里面全是簇新的兵器，有刀枪和弓弩。独眼不免有些失望。

独眼不愿将这些不值钱的东西带走，下令返回。他刚要上马时，忽然从沙堆中伸出一只手拉住了他的腿，独眼吓得尖叫起来，以为遇到了鬼。

独眼令手下将这个幸存的人从沙堆中救了起来，只见那人一脸土灰，给他喝了水之后，慢慢缓了过来。他告诉独眼，自己负责押运驼队，这批货是石大人定下的兵器。可他们在途中遭遇到了突厥人的袭击，押送的人不敌突厥人大都死去，大部分货物也遭到劫持。他带着几个人与几头骆驼好不容易逃了出来，可在这儿又遭到了沙暴的袭击，所有的人都死于沙暴，没想到自己还能活着去见石大人。

这时，有响马来报，说前面发现突厥骑兵。

独眼看到远处有一队人马正朝这里驰来。

一旁幸存的人指着远处的突厥人说道："大人可以为我们报仇了。"

独眼抽出了刀，毫不犹豫地刺向这个幸存的人，这人来不及闭上眼睛就死去了。独眼命令手下响马赶紧撤离。

独眼这么做有他的打算，他不愿与突厥人发生冲突，或许今后还要投靠突厥，若是在这儿与突厥人相遇，他怕引起什么误会。还有，这个幸存者留着也是祸害。所以他当机立断杀了此人，一走了之。没有人会知道这里发生的事。

诺澜从河道回到驼镇的时候，已近黄昏，街道上的人已稀少，她骑马走在驼镇的街道上，突然一个老妇人跌跌撞撞地走来摔倒在她的马前。诺澜赶紧下马将这老妇人扶了起来，担心地询问是否有事。老妇人连忙说没事，还说姑娘是个好心人。诺澜正欲上马离去，只见那个老妇人向诺澜招手，说她的一条腿不能动了，请求诺澜送她到家门口，她的家就在前面的街角处。

诺澜扶着老妇人来到了街角处的一家馆驿门口。

"就在这里，谢谢姑娘，姑娘进来喝口水吧。"老妇人亲切地说道。

"好吧，我送您进去。"诺澜扶着老妇人走进了馆驿，门突然被关上了。黑暗中有一个身材矮小的侏儒举起了一个木棒，抡圆了重重地打在诺澜的头上，诺澜的眼前一黑，身子晃了晃倒了下去。

那个老妇人摘掉了裹在头上的围巾，原来就是那个波斯女人。波斯女人向侏儒使了个眼色，侏儒将诺澜拖进了里面。

傍晚时分，张子衿将做好的晚餐端到了桌案上。张子瀚进来看到诺澜不在，便向妹妹询问诺澜去了哪里，张子衿说诺澜一早便出去了，到现在还没回来。张子瀚便说再等等看。

张子衿知道，自从老者去世以后，为了安慰诺澜，哥哥经常陪诺澜一起出去散心。最近一段时间，她发现诺澜的心情好了许多，脸上经常出现笑意，还时常哼唱着一首歌谣。

张子衿很喜欢诺澜，她们在一起就像一家人似的亲密。这段时间，张子衿也发现了哥哥与诺澜之间微妙的变化。哥哥看诺澜时的眼神不再躲闪，而是充满了关切，而诺澜看哥哥时的眼神也充满了柔情。张子衿的心里渴望看到哥哥与诺澜相爱，这样他们就可以成为真正的一家人了。

"哥哥，有一天我听到诺澜在梦里说到了你。"张子衿说道。

"真的吗？"张子瀚心里一怔。

"是的，哥哥，我听她说，诺澜的这条命是大人赐予的，诺澜的心里只有大人，诺澜愿意永远跟随大人……"张子衿说得绘声绘色。

"哦……那不过是梦语，不可当真。"张子瀚心有所动，但这会儿他还不想与妹妹谈论这个话题。

"哥哥，我觉得诺澜很可爱，哥哥认为如何呢？"张子衿认真地问道。

"嗯，是的……"张子瀚一时不知该如何回答自己的妹妹。

这时外面传来了敲门声。

张子瀚以为是诺澜回来了，立刻站起身前去开门。

张子瀚打开门，只见门外站着一个女人，女人的长发挡住了脸，张子瀚问道："请问你要找谁？"

女人问："请问诺澜姑娘住在这里吧？"

张子瀚答："是的。"

这时，张子衿也走了过来。

女人说："诺澜姑娘在街上晕倒了，正在我的馆驿里歇息，诺澜告诉我她的住址，让大人去把她接回来。"

张子瀚有些怀疑："你是说诺澜现在你那里？"

女人从怀里拿出了诺澜的围巾交给张子瀚："这是诺澜姑娘的东西。"

张子瀚说："好吧，我跟你去。"

张子衿说："哥哥，我也去。"

张子瀚说："你在这儿等着，我很快就会回来。"

张子衿看着哥哥与那个女人走了出去，她转身回去，忽然感到有一种奇怪的气味，不由得嗅了一下鼻子……

一轮月亮挂在夜空，苍白的月光照在无人的街道上。张子瀚与女人急匆匆地走着，他们的脚下凌乱地跟着两团黑色的影子。

"你刚才说你在这儿开有馆驿，我怎么没有见过你？"张子瀚问道。

"我是刚刚来到驼镇，大人是不会见过我的。"女人说道。

"你跟诺澜姑娘认识吗？"张子瀚又问道。

"我们虽是刚刚认识，但一见如故。"女人答道。

"你也曾是楼兰部族的人吗？"张子瀚想起诺澜跟他说过的话。

"是的，是的……"女人肯定地答道。

"哦……"张子瀚一听此话，便放下心来。

张子瀚与女人来到街角馆驿的门口，女人上前用手有节奏地敲着门，门开了，女人示意让张子瀚先走，张子瀚急于想见到诺澜，立刻走了进去。

张子瀚走进屋里，没有看到诺澜，刚要回身询问，只见从门后闪出了那个侏儒。他跳起来用一个木棒重重地砸在张子瀚的头上。张子瀚头上遭到猛烈一击，他回身抓住了那个侏儒，将他提了起来，侏儒两只脚离地拼命地挣扎着……

这时，女人从后面又用一个重物狠狠打在张子瀚的头上，张子瀚的眼前一黑，身子晃了晃倒了下去。

侏儒也摔落在地上，女人从地上拉起了侏儒，侏儒原地转了一圈才发现躺在地上的张子瀚，他拉起张子瀚的双脚向里面拖去。

独眼来到石府大堂见石大人，告诉石大人，他见到了那支驼队，正要与驼队汇合时，突然遭到一队唐军的袭击。唐军不由分说杀了驼队所有的人，抢走了那些货物。因为自己人手没有唐军多，武器装备也不如唐军，所以不敢与唐军对决，只好撤了回来。独眼再三说这些都是他亲眼所见、亲身经历。石大人一听怒火中烧，拔出刀来一刀劈断了一条凳子。独眼见状赶紧退了出去。

独眼走出石府，脚步便轻快了起来，心情也好了许多。独眼为自己能编出这套谎话感到惊讶，以往他无论如何也不敢当面欺骗石大人。可是现在他有了这样的胆气，而且叙述得自然流畅、毫无破绽，就连石大人也被他完全骗过了，他对自己感到满意。

石大人为了扩大自己的武装，应对即将来到的战事，暗中托人从波斯定制了一批兵器，可是竟然遭到打劫，这令他完全没有想到。他对大唐军队的印象一直是军纪严明，他不相信唐军会干这种见不得人的抢劫勾当。可经独眼信誓旦旦地这么一说，他又不得不相信。石大人实在难以咽下这口恶气，他立刻改变了以往对大唐军队的印象。

夜空中星星在不停地闪烁着，夜晚的驼镇一片静谧。

张子衿坐在房舍中一直不见哥哥与诺澜回来，桌案上的饭已经凉了。张子衿看着窗外的夜空不禁喃喃道，哥哥，你们不会真的出什么事吧……

波斯人与独眼来到了馆驿。

波斯女人上前说道："大人吩咐的事都办好了，大人看该如何处置？"

独眼看着躺在地上的张子瀚，恶狠狠地说道："真是太可惜了，不然我这会儿就宰了这个人！"

"大人要是这么想，那就一刀杀了他。"波斯人在一旁说道。

"不行，还不能杀。"独眼想到了石大人跟他说的，只要这个唐人出了什么事，就会找他算账。一想到此，独眼就觉得自己怎么这么倒霉。

"那该如何处置此人？"波斯人问道。

"让他活着，可要让他生不如死，就让他好好享受这些冒烟的东西，看上去他还是个完整的人，但要把他弄成一个废物。"独眼恶毒地说道。

"这个容易，我可以让他的灵魂出窍。"波斯人阴险地说道。

波斯人使了个眼色，波斯女人立刻拿来了一个熏香炉，放上了熏香，点燃之后，冒出了缕缕白色的烟雾。那些烟雾随着张子瀚的呼吸进入他的身体之中，张子瀚在烟雾中昏睡了过去。

"大人，那个女人怎么处置？"波斯人问道。

"不急，等我处置好了这个唐人，缓过劲来再慢慢收拾这个女人。"独眼的一只眼睛露出了淫邪的光亮。

当独眼知道波斯人带来的熏香有这种功能之后，便想用这样的手段，废掉这个唐人。他与波斯人商议先劫持诺澜，再以她为诱饵，让这个唐人上当。看来现在一切都很顺利。

张子衿一直坐在房舍中，心中默念着哥哥临走时跟她说过的话，她现在必须让自己镇静，心不能乱。这么晚了，哥哥和诺澜还不回来，一定是出了事。她思索着哥哥和诺澜会出什么事？会是谁干的？一想到此，张子衿觉得不能再等下去了。

张子衿来到回鹘人的驻地，回鹘人见到张子衿，张子衿叙述了事情的经过和自己的担忧。

回鹘人又带张子衿来到了客栈，他们见到了别尔克。

"请再形容一下那个女人的长相。"别尔克向张子衿说道。

"那个女人的头发是栗色的，她的头发盖着脸，看不清她的面容。"张子衿努力回忆着说道。

"这个女人说话的声音有什么特点？"别尔克继续问道。

"她的嗓音好像有点低沉，还有些沙哑。"张子衿又说道。

"你再回忆一下还有什么不一样的地方。"尽管别尔克对驼镇的人和事都很清楚，但凭这些特征他还是无法判断。

张子衿仔细回忆着，她忽然想到那个女人临走的时候，她闻到了一种奇怪的气味。"我想起来了，她的身上有一种奇怪的气味。"

"是什么气味？"别尔克问道。

"我形容不出来，但那种气味很奇怪，是我从来没有闻到过的。"张子衿肯定地说道。

"会不会是贩卖香料的人？"回鹘人问道。

别尔克的大脑开始急速运转，努力搜索着他所认识的贩卖香料的人，那些人的面容都一一出现在他的记忆里，然后又都被他全部否定了。

别尔克摇了摇头说道："我所知道在驼镇贩卖香料的人中没有你所形容的这个女人。"

"最近驼镇上有没有新来的人？"回鹘人又问道。

别尔克忽然想起来，有一天他在街上从一个女人的身旁走过，闻到了一种奇特的气味，他不由得回头多看了一眼，只见那个女人走进了街角的一所房子。

"我知道了，是那个波斯女人。"别尔克突然肯定地说道。

张子衿与回鹘人都看着别尔克。

"这几天我听到有人说，驼镇来了一个波斯女人，带来了各种神奇的熏香，开设了一家熏香馆驿，凡是有烦恼和痛苦的人都可以到那儿去享受熏香。据说这种熏香可以使人忘掉世间一切的忧愁和烦恼，可以带人进入一种极其美妙的境地，让人感受到从未经历过的舒适和快乐。"别尔克说道。

"难道我哥哥与诺澜就是让这个女人给骗走了？"张子衿焦急地问道。

"现在还难说，但驼镇只有这个波斯女人与你的形容很像，而且我在想，这个波斯女人与你们无冤无仇，如果真是她干的，那她的身后一定还会有人指使。"别尔克说道。

"那我们还等什么，赶紧先去救大人要紧。"回鹘人有些按捺不住。

"等一下，我们先想一想该如何去救……"别尔克说道。

馆驿里，张子瀚的房间里放了几个熏香炉，里面烟雾弥漫。他已进入迷幻状态，他的意识也已完全休眠。

这时，另一房间的诺澜苏醒了过来，她发现自己被关在一间黑暗的房子里，一扇木门紧紧锁着。四面高墙，高墙上有一扇小窗，窗上装有铁栅栏，透过窗户，她看到外面的夜空。

诺澜感到一阵头晕，她努力回忆着白天发生的事情。

诺澜终于回忆起了她曾在河道中捡拾宝石，又想起了发现泉水。她骑马回到了驼镇，看到一个老妇人在她的马前摔倒，她终于回忆起来了，就是这个老妇人带她来到这里，之后她的脑后受到重击，就什么都不知道了。

诺澜发现自己头上的围巾也不见了，这时，外面传来了脚步声，她赶紧躺下佯装晕倒的样子。

有人打开了门上的小窗，波斯人与波斯女人在窗口看着。

"等会儿也给她弄点让人迷乱的熏香。"波斯人说道。

"知道了。"波斯女人说道。

"一会儿再给那个男的加点量，什么都行，让他的灵魂出窍，赶紧把他废了。"波斯人又说道。

"明白了。"波斯女人说道。

独眼带领着几个响马来到了街角的馆驿门口。

"给我把这儿看好了，任何人不得靠近，只要发现可疑的人，先给我抓起来再说！"独眼命令道。

"明白了，大人。"几个响马答道。

独眼说完走进了馆驿。

"大人来了？"波斯人见到独眼立刻迎上。

"那个唐人怎么样了？"独眼问道。

"已经快要废了。"波斯人说道。

"哦……去看看。"独眼的心里感到一阵高兴，自从这个唐人来到驼镇，他的心里就像是塞进了一把荒草一样堵得难受，现在终于感到心里没了荒草，顿时觉得一阵轻松。

波斯人叫来了波斯女人，波斯女人让侏儒打开了门上的小窗，独眼从窗口看到房间里面烟雾弥漫，张子瀚躺在卧榻上已经不省人事。他用手捂着鼻子赶紧关闭了小窗。

"这给他下的是什么药？"独眼问道。

"这种熏香混合了特殊的药物，这样更为快速有效。"波斯女人说道。

"最后他会变成什么样子？"独眼问道。

"成为一个白痴，就是大人希望的那样。"波斯女人说道。

"虽然他还活着，但已没有了记忆和意识，就是一个废物。"波斯人进一步解释道。

"太好了，我要的就是这样。"独眼说道。

"大人从此不必再惧怕此人了，因为他的智力与一头骆驼、一匹马、一只羊没什么两样。"波斯人献媚地说道。

"还需多长时间？"独眼还有些不放心。

"只需两天的时间，现在这些药物已经渗入他的肌肤和血液，首先把他的记忆和意识完全废掉。然后再渗入骨髓和灵魂，把他所有的思维功能彻底废掉。到了那时，这个人就没救了。"波斯女人说道。

"好，到时候我一定要好好地赏赐你。"独眼如释重负，他不禁想道："真是天不灭我，总能想出对付此人的办法，只需耐心等待两天，到那时石大人也抓不到任何把柄，只能眼看着这个人废掉，这次看他还能如何脱逃。"

"感谢大人。"波斯女人躬身说道。

"那个女人呢？"独眼又问道。

"就在旁边。"波斯女人让侏儒打开了旁边一扇门上的小窗。独眼看到睡在里面的诺澜，一只眼睛里露出了淫邪的笑意。

"大人，这个女人该如何处置？"波斯人问道。

"这个女人我来处理！"独眼恶狠狠地说道。

这时，一个响马走来对独眼说道："大人，石大人正在找你。"

独眼只好与那个响马向外走去，回头说了一句："给我看好这个女人，等回来我再收拾她。"

小飞鼠从回鹘人那儿知道要去救人便悄悄尾随前来。等到了馆驿附近，回鹘人才发现小飞鼠，回鹘人立刻让他回去，小飞鼠哀求说他也想出点力，回鹘人只好让小飞鼠多加小心。

回鹘人与小飞鼠趁着夜色来到了馆驿附近，周围都是巡视的响马。他们发现馆驿一旁有棵大树，小飞鼠便爬上了这棵树。小飞鼠从树上跳到馆驿的房顶，从上面顺下来一条绳子，回鹘人沿着绳子上了屋顶，他们又沿着梯子来到了院子。这时一个响马走来，他们赶紧藏在暗影里。

回鹘人发现馆驿的高墙上有一排小窗户，他弯下身让小飞鼠骑在自己的脖子上沿着窗户寻找着，小飞鼠从一个个的窗户看去，他看到了诺澜。他向回鹘人示意，回鹘人将一把刀扔了上去。小飞鼠用刀撬动了窗户上的铁栅栏，利用自己瘦小的身体钻了进去。

小飞鼠轻轻落到地面，他看到了躺在卧榻上的诺澜，刚要上前，门外出现了响动，一个侏儒开门走了进来，小飞鼠赶紧钻进卧榻下面。侏儒拿来了一个熏香炉，放进了一些熏香，然后用火绳点燃了熏香，一缕白色烟雾升了起来。侏儒将熏香炉放到卧榻旁，白色烟雾飘散出来。侏儒看了看一旁的诺澜开门走了出去。

侏儒刚走出去，小飞鼠迅速从卧榻下出来，将那熏香炉弄灭。这会儿小飞鼠感到头晕。这时门又开了，小飞鼠赶紧躲在门后。那个侏儒又回来取东西，他看到熏香炉灭了有些疑惑，这时，他回头看到了小飞鼠，立刻从腰里抽出了刀。小飞鼠不断后退，直顶到墙上无处可逃。侏儒举起了手里的刀，这时，一只大手从后面掐住了他的脖子，侏儒手里的刀落在地上。小飞鼠看到回鹘人来了。

侏儒拼命挣扎，回鹘人掐着侏儒的脖子将他的头撞在墙上，侏儒的身子立刻软了下来。回鹘人从卧榻上扶起了诺澜，小飞鼠从侏儒的身上摸出一串钥匙交给了回鹘人。

回鹘人扶着诺澜与小飞鼠沿着走廊向前走去。突然几个响马走来，回鹘人与诺澜和小飞鼠赶紧推开旁边的一扇门进去，这里是一个堆放杂物的房间。

这时，诺澜清醒过来，看到了回鹘人。

"怎么是你？"诺澜问道。

"我们来救你和大人。"回鹘人说道。

"难道大人也在这里？"诺澜焦急地问道。

"是的，我们还没有找到大人。"回鹘人说道。

"你们不用管我，先去找到大人。"诺澜生怕张子瀚出事。

"好，你们先在这儿等着。"回鹘人将诺澜安置在此走了出去。

回鹘人沿着走廊的房间寻找着，他从一扇门上的小窗看到了里面的张子瀚，回鹘人立刻拿出了那串钥匙，可是门上的锁无论如何也打不开，回鹘人用刀撬锁，还是无法打开。

这时，只见那个侏儒晃晃悠悠地走来了，回鹘人上前一把抓住了侏儒，用刀顶在他的脖子上，将那串钥匙交给他，示意他打开门锁。侏儒用两把钥匙同时插进了两个锁眼，同时转动，锁开了。回鹘人提着侏儒走了进去，让侏儒将熏香炉弄灭，侏儒摇头表示无法熄灭。

这时，走廊上走来一个响马，他狐疑地看到这扇门开着，便走了进去。

响马刚一进来，就被回鹘人用刀把打晕。

回鹘人屏住呼吸将张子瀚扶了起来，张子瀚还在昏迷之中。这时，小飞鼠与诺澜也来了，回鹘人把刀交给了诺澜，背起了张子瀚向外走去。

诺澜用刀逼着侏儒走在前面，回鹘人背着张子瀚走在中间，小飞鼠跟在后面。他们沿着馆驿的走廊向前走去。

诺澜押着侏儒来到馆驿的厅堂，回鹘人背着张子瀚紧跟在后面。波斯女人闭着眼睛舒服地躺在一张摇椅上晃着，她睁开眼睛看了一眼走来的侏儒，又闭上了眼睛。侏儒看到了波斯女人立刻发出了奇怪的叫声，然后猛然推开了诺澜，向波斯女人跑去。这时，波斯女人睁开了眼睛，她看到了诺澜，看到了回鹘人背着张子瀚，还有后面跟着的小飞鼠。她立刻拿起一根木棒上前想要拦住他们。诺澜冲上前掩护着回鹘人，她躲过了波斯女人挥来的木棒，上前一脚踹倒了波斯女人，将短刀顶在了她的脖颈上，波斯女人不敢再动了。

回鹘人立刻背着张子瀚向门口走去，小飞鼠紧跟在后面，诺澜收起了短刀，跟着向外走去。这时，小飞鼠回头看到波斯女人悄悄摸出一把匕首向张子瀚扔去，小飞鼠立刻飞身上前用自己的胸口挡住了飞来的匕首，匕首刺进小飞鼠的胸腔，小飞鼠倒在地上。

诺澜看到中刀的小飞鼠，她大喊一声翻身冲回来抱起了小飞鼠，小飞鼠的胸口不断涌出鲜血。诺澜大喊着让小飞鼠坚持住。小飞鼠睁开眼睛看到诺澜，他艰难地示意让她快走，然后头一歪死去了。这时，一群响马从里面冲了出来。诺澜挥手甩出一把短刀，短刀割断了悬挂的一盏吊灯，吊灯砸在地上，灯油喷溅出来，燃起了一片大火，燃烧的火焰阻断了响马的追击。

回鹘人背着张子瀚与诺澜冲出了波斯人的馆驿，刚走到街角，迎面站着一排持刀的响马，响马看到了他们，慢慢围拢了过来。回鹘人与诺澜已无路可逃。

响马们围住了回鹘人与诺澜，这时，突然从响马的身后又出现一队人马，他们都是回鹘人的手下。这些人挥刀冲来，那些响马不是他们的对手，纷纷被打倒在地。响马都不敢再拼命了，让开了一条路。这时，别尔克走来向回鹘人与诺澜示意让他们快走。

回鹘人背着张子瀚与诺澜迅速离去。

别尔克为防不测，带领着这些人埋伏在馆驿的外面等待接应。当他看到响马们将回鹘人与张子瀚和诺澜围住的时候，他们及时杀出解救了他们。

独眼急匆匆地赶到石府大堂，可石大人不在。独眼在想，这么晚了石大人召他来此不知有什么要紧的事。这时，石大人走了进来。

"大人。"独眼毕恭毕敬地问道。

"我问你，我的那件银器在哪儿？"石大人看着独眼问道。

"大人说的是哪件银器？"独眼有些摸不着头脑。

"就是那件镶有宝石的狼头银器。"石大人平静地说道。

在这之前，石大人来到了地下宝库，他想起了收藏的这些珍宝里面有一件特殊的器物，就是一个银质的狼头。虽然那个狼头看上去并不起眼，可他知道那是一个镶嵌在权杖上的装饰物。权杖是一个国王或部族首领的器物，是最高权力象征，只有真正的王者才可拥有此物。所以，这件器物就有了特殊的意义，因为其本身就代表了尊贵与权威，它所拥有的价值，超出了所有的那些珍宝。石大人在地库中却没有找到此物，他有些气恼了。

独眼没有想到石大人要找的是这件器物，他努力回忆着，忽然想起来，这个狼头已经让他拿走送给了突厥使节，早知道就该换个别的什么器物，就不会发生这件事了，可现在后悔已经晚了。独眼的一只眼珠在眼眶里飞速地转着，他在想该如何应对。

"大人，我……我也没有见到啊？"独眼说得有点心虚。

"什么，你没有见到，这个地库只有你能进去，现在你跟我说你没有见到，难道是让人偷了不成。"石大人的口气有些变了。

"不，不……我是说最近我没有见到，我一定会给大人找到。"独眼忙不迭地解释道。

"你现在就去找。"石大人冷冷地说道。

"大人为何如此看重这件器物？咱们有很多比这值钱的东西。"独眼小心翼翼地问道。

"你懂个屁，这件器物比哪件都值钱，快去找！"石大人命令道。

"好的，大人，我这就去。"独眼擦了一下头上的汗，赶紧退了出去。

独眼来到了地库，他用手狠狠抽了自己几个耳光。

他想自己怎么这么倒霉，为什么偏偏拿走了石大人最钟爱的器物，他现在不知道该怎么给石大人解释。如果照实说把这个器物送给了突厥使节，石大人知道他暗中勾结突厥人，一定会要了他的命，现在只能编一个谎话蒙混过去。

独眼觉得自己的日子过得很可悲。

独眼又来到了石府大堂。

"找到了吗？"石大人冷冷地问道。

"大人，我想起来了，那件器物是让我拿走了。"独眼说道。

"哦……拿到哪儿去了？"石大人问道。

"我发现上面的几颗宝石脱落了，便去找一个专门制作银器的工匠，让他将这些宝石镶嵌好。"独眼心想这会儿只有这样撒谎才能过关。

"哦……既是这样，刚才为什么不说？"石大人继续问道。

"小人刚才来得匆忙，大人突然一问，小人一时没有想起来，再加上最近脑子有点不够用。"独眼继续撒谎。

"嗯，脑子为何不够用？"石大人的口气还是有所怀疑。

"大人有所不知，小人最近事情比较多，事情一多脑子就有些乱，有些事情需仔细回忆才能想得起来，昨晚又没有休息好，不过小人正在找人治疗，不会耽误大人事的。"独眼想将这事赶紧搪塞过去。

"哦，怎么个治疗法？"石大人似乎有了兴趣。

"现在驼镇来了一个波斯女人，她带来了各种神奇的熏香，只要闻到了这些经过调制的熏香，就能帮助人恢复记忆，还能使人的脑子变得更为聪明，会觉得神清气爽……"独眼连说带比画。

"那你就把这个波斯女人带来，我倒想见识一下，这世上竟还有如此神奇的东西。"石大人想到，既然世上有这等神奇的东西，自己也该享用一下。

"好的，大人。"独眼恭敬地说道。他心里的一块石头终于落地了。

回鹘人将张子瀚背回住处让他躺下，张子衿呼喊着哥哥，可张子瀚根本听不到，他已经失去了知觉，就这样昏睡着。

张子衿知道小飞鼠为了挽救哥哥的生命而飞身赴死，更加悲伤。

诺澜也非常伤心，她知道张子瀚是为了救她才误入圈套成为这样。

回鹘人的心情沉重，他不知道接下来该如何救治张子瀚。

独眼来到了馆驿，只见馆驿里面一片狼藉，波斯女人的脸已被烧伤，侏儒也已伤得不成样了，只有波斯人站在那里。

"我刚离开一会儿，这里到底发生了什么？"独眼问道。

"那个唐人已经被人救走了，还把这里给点着了，幸亏我及时赶到，不然这里就全毁了。"波斯人说道。

"这是谁干的？是谁告的密？我要亲手杀了他！"独眼怒吼道。

第二天，别尔克与回鹘人带来了一个懂得医术的老妇人，老妇人曾经治愈过不少人疑难杂症，懂得一些医术。

老妇人仔细查看了一下昏迷的张子瀚。

"我已经查验过了，这个人的身上并没有任何创伤，也没有看出有任何病症的迹象。"老妇人说道。

"可是他一直昏迷不醒，该如何医治。"别尔克说道。

"他的身体完好无损，看不到任何创伤，这样的病人我恐怕无能为力。"老妇人说道。

"那该怎么办啊？"张子衿焦虑地问道。

"我曾听说过这样的病症，虽然人的生命还在，但却失去了记忆和意识，失去了所有的思维功能，就像是没有了灵魂的躯体，这样的人虽然活着，却如同死去了一样，我还不曾听说有人能医治好这样的病症。"老妇人无奈地摇了摇头说道。

张子衿一听这话犹如晴天霹雳，这对她来说无异于是个巨大的劫难，她的眼泪不断流了出来。她想到自己的父母都已不在，现在哥哥是她唯一的亲人，无论如何不能再失去哥哥。她不知道怎样才能救治哥哥的生命，不知道如何才能渡过这道劫难。

"子衿，不要着急，我们再想办法。"诺澜扶着张子衿的肩膀安慰道。

"如果有可能，我想用我的生命换取哥哥的生命。"忽然，张子衿轻声说道。

独眼现在的心里很烦乱，他已经顾不上对付那个唐人了。他现在的脑子里都是关于那件银质器物的事。他清楚地知道，现在只是把石大人暂时蒙骗了过去，一旦石大人想起来，再问他要这件器物，他就不知道该如何应对了。他随口说出波斯人的熏香的事，不想石大人也要尝试，这等于又给自己的脖子套上了一根绳索。若是让波斯女人带熏香给石大人治疗，万一石大人觉得效果没有那么好，质问起来，岂不又是自己的麻烦，弄不好甚至还会惹来灾祸，到那时自己的这条小命也许就毁在石大人手里了。

独眼越想越觉得可怕，他不知道该怎么渡过这道劫难。

老妇人走后，诺澜看着一直昏睡不醒的张子瀚，忽然想起了老者。老者若是还活着该有多好，她忽然又想起老者临终前给她留下的一件东西。她的耳边好像响起了老者跟她说的话："我的孩子，这是我这几天没事弄出来的一点救命的灵丹……可以御毒驱邪。你把它带在身边，也许能救个急……"

诺澜立刻冲进了房间，找来那个小铜壶，从里面倒出几粒药丸，将药丸放入张子瀚的口中，再用水将药丸冲下。

张子衿一直坐在哥哥的身边守着。

张子瀚就在吃下诺澜给他灵丹后的一天，终于醒了过来。他开始出现剧烈的咳嗽，诺澜扶着张子瀚起来，张子衿拿来一只陶罐。张子瀚开始呕吐，他吐了整整一罐子的黑色液体。诺澜与张子衿拿来洁净的水给张子瀚喝下。这时的张子瀚喘着气，脸色看上去也好了许多。

张子衿一直在旁边呼唤着哥哥。

张子瀚睁着眼睛看着张子衿与诺澜，脸上没有一丝的表情。

张子衿轻声叫着："哥哥，哥哥，你感觉好些了吗？"

诺澜说道："大人，你说句话啊。"

张子瀚依然没有表情地看着她们，就像陌生人一样。

"我哥哥这是怎么了？难道他不认识我们了吗？"张子衿问道。

"可能是大人的记忆受到了损伤。"诺澜说道。

"那我们该怎么办啊？"张子衿有些慌乱了。

"别着急，我们慢慢再想办法。"诺澜现在只能这样安慰张子衿。

独眼忽然觉得自己在驼镇已经混不下去了，得罪了石大人就是断了自己的生路，他想实在躲不过去就只有逃走了。晚上，他叫来了几个心腹手下饮酒，跟他们说了让自己苦闷的烦心事。他想不管怎么说先过了今晚再说。

"大人，这事不必发愁，再找个银匠照着这个器物做一个不就行了。"一个响马说道。

"你说得轻巧，到哪儿能找到这么好的银匠，怎么能做出一模一样的器物？"独眼说道。

"大人，我能给您找一个这样的银匠，只要大人跟他说要做什么就行。"另一个响马说道。

"好，这事就交给你们办了，办成之后我有重赏。"独眼一听有了希望。

"放心吧，大人，我们一定给大人办好这事。"那个响马一口答应。

"让你们找个银匠还行，让你们看个人都看不住，怎么就能让人从你们眼皮下把人给劫走了，真是一群废物。"独眼一想到他好不容易设计要将那个唐人废了，可还是没弄成，这都是因为自己手下的人太不争气。

"大人你不知道，我们就这几个人，他们可比我们的人多，跟他们动手就如同送死。"一个响马说道。

"他们是怎么知道的，我就奇怪了，怎么我们一出招，他们就知道了，没多长时间他们的人就能出现了。"独眼觉得这事已经做得很隐秘了，怎么还是走漏了风声，他一直想不通。

"大人，一定是有人给他们通风报信。"一个响马说道。

"是的，出事的时候，我看见了那个客栈老板。"另一响马说道。

"你说的是那个客栈的老板也在那儿？"独眼问道。

"没错，肯定是这个人给他们通风报信。"一个响马说道。

"就是他把人给带来的。"另一响马说道。

"竟然连一个开客栈的人都敢跟我作对，那我岂不是也太好欺负了。"独眼一仰头把一杯酒喝了下去。

独眼带人来到了客栈，别尔克赶紧迎了出来。

"大人，来这儿有事吗？"别尔克问道。

"有事，我问你，你是不打算活了？敢跟我作对，竟敢给他们通风报信？"

独眼坐在那里问道。

"大人误会了，我怎么敢跟大人作对呢，我也没有给任何人通风报信。"别尔克说道。

"上次你敢在这儿私藏大唐奸细，现在又敢救走了那个唐人，还砸了我的场子，我看你是想要找死。"独眼看着别尔克说道。

"大人说话可要有凭证，我这儿并没有大人所说的奸细，我也没有本事救走唐人，更没有砸了大人的场子。"别尔克不卑不亢地说道。

"我明白了，你现在觉得你身后有人了，那个唐人可以为撑腰，告诉你，那个唐人已经让我给废了，你别想再指望他了！"独眼恶狠狠地说道。

"大人，我只知道开客栈做生意，到我这儿住店的都是我的朋友，我从没有指望谁给我撑腰。"别尔克说道。

"好啊，既然你这么说，那我就要看看你的这位朋友会不会来救你。"独眼一招手，几个响马走了过来。

"把他给我吊起来！"独眼命令道。

几个响马绑了别尔克的双手，然后把绳子绕过房梁，使劲一拉，别尔克双脚离地被吊了起来。

独眼看着悬在空中的别尔克问道："怎么样，现在可以说实话了吗？"

别尔克的眼睛看着远处说道："我跟你们这些没有人性的畜生没有什么好说的。"

独眼恶狠狠地说道："好，那你就在上面待着，既然你敢去救那个唐人，那我就看看到底有没有人来救你！"

此时的张子瀚已经失去了记忆和意识，他不知道自己身在何处，也不清楚自己是个什么人，他的脑子里一片空白。张子瀚感到自己的身子躺在地面，而自己的灵魂与意识却悬浮在空中，他努力想让灵魂和意识回到自己的身体，可总也无法实现，他感到自己的灵魂在随风飘荡，自己的身体如同躯壳一般。

张子衿与诺澜轮流看护着张子瀚，张子衿已经看护一整天了，现在轮到了诺澜。诺澜坐在张子瀚的身边，看着张子瀚的脸上平静如水的表情，诺澜的内心感到十分伤心和内疚。她拉起张子瀚的一只手，他的手只有温度，没有知觉。

诺澜想起了她与张子瀚在河边的草地上相拥时的情景。那时的张子瀚充满了激情，他的手紧握着诺澜的手，既有力量又很温暖，这双手抚摸着、触碰着诺澜的身体，使诺澜感到无限的温存与依恋。可现在这双手已经不似从前。诺澜轻轻放下了这只手，眼睛里滑落下一滴眼泪，泪珠落到了张子瀚的脸上，张子瀚的面部肌肉轻轻抽动了一下。

诺澜用手抚摸着张子瀚的面庞，她的耳边似乎响起了张子瀚跟她说过的话："诺澜姑娘，你是我见过的最美丽的姑娘，你在我心中非常珍贵。"

诺澜轻声说道："你知道吗，你在诺澜的心里也很珍贵，诺澜愿意为你付出自己的生命。"

这会儿从窗外吹进一股风，风吹拂着诺澜的面庞，她想起了与张子瀚坐在河边树林时的情景。

诺澜在给张子瀚唱着楼兰人的歌谣，张子瀚的眼睛满含深情地看着诺澜。一想到此，诺澜伏在张子瀚的耳边轻声说道："大人好好睡觉，就让诺澜再给大人唱一首我们楼兰人的歌谣吧。"

诺澜坐在张子瀚的身边轻声哼唱起了那首楼兰的歌谣，她的歌声悠扬婉转、优美动听……

张子瀚一直沉睡着，他似乎听到从遥远的地方传来的歌声，这歌声似乎唤醒了他的一部分记忆。

张子瀚仿佛看到了长安，看到了童年时的自己与家人在一起，他看到了父亲、母亲、哥哥和妹妹。

张子瀚仿佛看到了巍峨壮丽的大明宫，看到了幽静秀美的华清宫，看到了繁华热闹的长安西市，看到了碧波荡漾的曲江池水。

张子瀚仿佛又看到了丝绸作坊里辛勤劳作的母亲，看到了在大唐芙蓉园里翩翩起舞的妹妹，看到了在长安书坊中温习功课的自己，看到了马球场上自己与秦子安在骑马击球。

张子瀚仿佛看到了天空中翻卷的云雾，从那儿走出了一身戎装的父亲，父亲对他说道："我的儿子，只要你心中拥有想要成为英雄的愿望，就要准备好经受磨难；如果你心中拥有成就未来的信念，你就要忍受更多的艰辛。"

这时，一身铠甲的哥哥张子乾向他走来，向他挥了挥手说道："子瀚弟弟，你已经长大了，身为男子汉大丈夫，切不可碌碌无为，活着就要做顶天立地的男子汉，死了也要惊天动地、青史留名。这样才不枉活一生。"

父亲用手摸了摸他的头说道："我的儿子，父亲不能再陪着你走下去了，可你要走的路还很长，人活着要有坚定的信念与远大的抱负，这样的人生才会更加精彩。虽然为父与你在一起的时日不多，但我深知你的性格与能力，为父希望你能够延续我们家族的血脉，完成你一生的光荣与使命。"

哥哥张子乾坐到他的身边说道："子瀚弟弟，哥哥也不能再陪着你走下去了，哥哥唯一的遗憾就是没能教会你更多的武功，不过我相信你一定会靠自己的智慧努力精进，这一点我丝毫不担心。你要记住，人这一生难免都会经历黑暗和劫难，当你挺了过去，就会知道这是天上神灵对你的考验。只有经过黑暗才会更加珍惜光明，只有历经劫难才会体验到生命的精彩与骄傲。"

父亲与哥哥说完这些话，转身离去，张子瀚想拉住父亲与哥哥的手，可没有拉到，眼看着父亲与哥哥的身影隐没在天上的一片云雾之中。

张子瀚焦急地脱口喊出："父亲，哥哥……"

诺澜看到张子瀚睁开了眼睛，张着嘴想要说话的样子，赶紧扶起了他。只见张子瀚的手向前伸着好像努力要抓住什么……

这时，张子衿也来了。

诺澜说道："大人，你想说什么？"

张子衿也急切地问道："哥哥，你要做什么？"

张子瀚的嘴唇动了一下，然后艰难地说道："父亲……哥哥……我见到你们了……"

张子衿高兴地说道："哥哥，你终于醒了！"

张子瀚看着妹妹张子衿和诺澜轻轻点了点头。

诺澜与张子衿的脸上都流着眼泪浮现出笑容。

张子瀚的记忆和意识终于被唤醒了。

第十七章　杀戮

独眼带着波斯人和波斯女人来到石府大堂，给石大人介绍身旁站着的这两个波斯人。

"大人，这两位就是可以提供神物的朋友，他们都来自波斯。"独眼说道。

"哦，是何种神物，我倒想见识一下。"石大人说道。

波斯女人打开一只雕花的精美木盒子，里面装着一些熏香。

"大人请看。"波斯人伸手示意道。

石大人走上前从盒子里拿出一块熏香看着，又放在鼻子下面闻了一下，那种奇怪的气味让他觉得有些怪异，他的眉头稍稍皱了一下。

"大人，想要体验哪种感觉？"波斯人恭敬地问道。

"哦……这个嘛……"石大人有些犹豫，他不了解这种东西到底有什么神奇的功效，也不清楚哪种更适合自己。

"大人若想体验神仙般的感觉，我们带来的这种熏香，是用波斯波利斯峡谷的一种神奇植物制成的香料混合一种秘制的配方调制而成的，闻了这种熏香的气味就会立刻产生一种欲醉欲仙的感觉，这种美妙的感受就像是从山峰的最高处凌空降落下来一样惬意与舒服。这种体验也是最为神奇而高贵的，不知大人是否有兴趣体验一下？"波斯人介绍熏香的神奇效果不遗余力。

"如果是从山峰的最高处落下，岂不会摔得粉身碎骨？"石大人并不认为从高空降落有何美妙之处。

"不会的，大人在降落时，将会感到自己的周围都是云彩，那些云彩会驮着大人慢慢降落，就像是躺在绵柔的云雾之中，并且大人的身体不会有任何被束缚的感觉，大人想做什么就做什么。还可以伸开双臂如同在天空中飞翔的大鸟一样，也可以从高处俯视大地，看到不一样的风景。如果大人愿意的话，还可以一直飞翔下去，根本不必担心，想什么时候降落，降落到哪里，都随大人的心愿，自然也就不用担心摔到大人了。"波斯人越加卖力地夸耀这种神奇的效果。

"哦……既然是如此的神奇，那我一定要体验一下。"石大人来了兴致。

"好的，大人。"波斯人转身对波斯女人说道，"快点给大人准备一下。"

波斯女人从盒子里拿出了熏香，放进了一只熏香炉中。

"大人只需全身放松，不要想任何事，也不要让任何人进来打扰，大人觉得躺在哪里合适？"波斯人问道。

"如此美妙的体验，我不能独享，我看不如这样，先让我的这位兄弟感受一下。"石大人指着独眼说道。石大人忽然觉得此事不会这么简单，他需要有人先给他证实这种体验。

独眼一听这话立刻就慌了："大人，小人怎敢在大人之先享受，还是请大人享受吧。"

石大人的眼睛立刻瞪了起来："怎么，难道我让你先做，你不愿意吗？"石大人的口气显示出了不容抗拒的威严。

独眼的额头立刻渗出了汗珠："不，不……大人，我不是这个意思……"

"那就好，现在可以开始了。"石大人坐在那里用欣赏的目光看着波斯人与波斯女人。

"好的，就听大人的吩咐。"波斯人说道。

独眼的两条腿不听使唤地颤抖着，他不愿意当这个试验品，他不知道自己接下来会是什么状态，他想到在馆驿里看到那些人的丑态，万一这熏香乱了他的脑子，让他成为了白痴，他可就完了。独眼越想越害怕，他的两条腿不住地颤抖着，一泡热尿顺着裤腿流了出来。

独眼看着波斯人放好了一张卧榻，波斯女人在卧榻前放好了熏香炉并点着了熏香，一缕白色的烟雾飘散出来。

波斯人走到独眼跟前说道："大人，请吧。"

独眼突然一把抓住波斯人的领子说道："既然你有过这样的体验，不如就当着大人的面再来一次，也好让我们都开开眼……"

独眼将瘦弱的波斯人按倒在卧榻上，不由分说将熏香放在他的鼻子下面，波斯人不断挣扎着，可是他无力抵抗独眼的力量。一缕白色的烟雾吸进了波斯人的鼻子，波斯人的眼皮合上了，身子瘫软了下去。

石大人看着这一切并没有阻挡，他也想看看这个波斯人闻了熏香之后，是不是像他说的那样神奇。

张子瀚能够被唤醒就是一个奇迹，他努力恢复着自己的记忆和意识，他的所有记忆和意识就像全都散落在了茫茫的荒漠戈壁上，需要他一点点地捡拾回来。每当他的记忆有些连接不上的时候，就要向张子衿与诺澜询问，直到弄清事情的来龙去脉，就这样他慢慢回忆起了自己的过往经历。

"我是如何成为了这个样子？"张子瀚还是想不起来自己是怎么失去了记忆和意识的。

"大人是让一个波斯女人骗了，开始这个女人骗了我，然后又借我的名义骗大人去接我，可大人不知道这是事先设下的陷阱。当大人走进他们的馆驿，有人用重物将大人击晕，然后强行给大人闻了他们制作的熏香，这种熏香里面掺有致人迷幻的药物，让大人失去了所有的意识和记忆，他们想让大人成为一个废人。"诺澜也是这几天才将发生的事情连接之后分析出来的。

"大人，你还认识我吗？"这时，回鹘人来了。

"认识，你是回鹘人，我的好兄弟。"张子瀚看着回鹘人说道。

"太好了，这下我就放心了。"回鹘人终于放下心来。

"可我还是不明白，这个波斯女人为何如此狠毒，为什么要对我下手？"张子瀚还是想不明白。

"哥哥，这件事多亏了别尔克，我们也是从别尔克那知道了这个波斯女人，是别尔克发现了其中的蹊跷，让回鹘人去那个馆驿找到了你和诺澜，才把你们给解救出来的。"张子衿说道。

"别尔克是怎么说的？"张子瀚问道。

"别尔克说这个波斯女人的后面一定有人指使。"回鹘人说道。

"哦……我们应该去问问别尔克。"张子瀚说道。

"大人还记得小飞鼠吗？"回鹘人问道。

"当然记得，他很可爱。"张子瀚说道。

"可惜小飞鼠已经死了。"回鹘人难过地告诉张子瀚小飞鼠已经死去的消息。

"你说什么？"张子瀚愣住了，他不相信这会是真的。

"小飞鼠与我们一起去那救大人，小飞鼠用自己的身子挡住了一把飞来的匕首，救了大人。"诺澜沉痛地说道。

诺澜向张子瀚讲述了小飞鼠舍身救他们的过程，她的眼前又出现了小飞鼠飞身挡刀的情景。

张子瀚的眼睛有些湿润了。

回鹘人看到张子瀚的神情，说道："大人，您需要安心休养，我们迟早会给小飞鼠报仇，不然他的灵魂得不到安息，我们的心里是不会安宁的。"

张子瀚喃喃道："你说得对，我们要让他的灵魂得到安息。"

石大人用一块湿了水的布巾蒙住自己的鼻子，以免闻到那些怪异的气味，石大人不喜欢这味道。忽然，他看到那个波斯人的身体在卧榻上颤抖了起来，他的脸上出现了癫狂痴迷的神情，然后手舞足蹈地动了起来，嘴里还发出尖锐的叫声，这声音听上去有时像鸟的鸣叫，有时又像是什么动物的叫声……

石大人看着感到有些惊异。

突然，波斯人从卧榻上站了起来，他随手从一旁拿起了一把短刀，蹦跳着、挥舞着，像是在舞蹈，又像是在搏斗。他一会儿疯狂蹿跃，一会儿又伏地翻滚，完全随心所欲，无法自持。

独眼看着波斯人癫狂的样子也目瞪口呆，心想幸亏没有去闻这熏香，不然岂不也成了这种怪物。

这时，只见波斯人又伸开双臂做出了大鸟的姿态，他站上了一张桌子，从上面跳跃而下，然后旋转起来。他越转越快，周围的铜制灯具和精美器皿在他的旋转下纷纷倒地。他一直旋转到石大人的面前张开了双臂，眯着眼睛露出了奇怪的笑意，脸上浮现出满足、享受的神情，像是要拥抱石大人。石大人站起身来与波斯人亲热地拥抱在了一起。与此同时，石大人的一只手抓住了波斯人拿刀的那只手腕一拧，将他手中的短刀插进了他的腹部。一瞬间，波斯人脸上的笑容凝固住了，他展开的胳膊无力地垂落下来，他的双腿已经失去了气力，他的身子慢慢滑落下来瘫软在石大人的脚下，从他腹部涌出的暗红色的血液流了一地……

波斯女人见状惊叫着跑来扑在波斯人的身上，她的手在波斯人的脸上摸索着，波斯人的面部已经没有了笑意，他痛苦地皱着眉头，闭上了眼睛。波斯女人的手摸索着碰到了他腹部的那把短刀，她握住刀柄猛然从他的腹部拔了出来，站起身尖叫着向石大人冲去。

石大人瞪圆了眼睛看着这个波斯女人，直到她冲到近前，当刀尖直刺向他的喉咙时，石大人猛然转身，在他转身的同时，石大人手中的一把刀如闪电般划过了波斯女人的脖颈。波斯女人站在那里，一双眼睛仇恨地看着石大人，石大人用奇怪的眼神看着她。这时，只见那个波斯女人的脖颈上流出了血，身子晃了晃，倒在了波斯人的身旁。

石大人拿过一块亚麻布擦拭着刀上的血迹。

独眼早已经被吓坏了，他站在那儿两腿不停地颤抖着，他用手扶住了自己的双腿，可双腿还是不听使唤地颤抖，他不知该如何是好。

石大人收起了刀说道："把这两个令人厌恶的东西拉出去，再把这儿好好清洗一遍，我不愿意再闻到这种邪恶的气味。"

独眼站在那里没有动。

石大人走到独眼的近前用手拍了一下他的脸说道："看来你的脑子真是出了问题，你听到我说的话了吗？"

"明白了，大人，我这就去办。"独眼这才惊醒过来，他赶紧招呼人拉起波斯人与波斯女人的双脚将他们拖了出去。

波斯人与那个波斯女人就这样被杀了，独眼后来才知道，原来那个波斯女人就是这个波斯人的妹妹，他们是有血缘关系的兄妹，他们兄妹干的都不是什么正经生意，他们不择手段来达到赚钱的目的。他们看上了驼镇的繁华和富庶，原想在这里好好赚上一大笔钱就回波斯，可不曾想到最后竟然将自己的性命都丢在了这个驼镇。

张子瀚经过了几天的休息，身体基本复元了，他感到自己的生命是从一场劫难中捡回来的。多亏了回鹘人、诺澜、小飞鼠，还有别尔克这些朋友。不然他就难逃这场劫难，他也活不到今天。

张子瀚想去那个馆驿，看看那个害他的到底是个什么人，她为什么要这样做。回鹘人告诉张子瀚，那个波斯人开的馆驿已经没有人了，据说那两个波斯人也被石大人杀了。张子瀚越来越觉得这事情蹊跷怪异，难道这事还与石大人有关？难道这是要杀人灭口不成？他百思不得其解，这时，他忽然又想到了无所不知的别尔克。

张子瀚与回鹘人来到了别尔克的客栈。他们一进入客栈就惊呆了，这里已是一片狼藉，他们看到了被吊在房梁上的别尔克，别尔克已经断了气。

张子瀚想起了别尔克曾经给予他们的帮助，他们初次见到别尔克时的情景；在别尔克的指引下，他去地下赌场解救秦子安；别尔克给他们提供的西域地图；别尔克给予他们的忠告；别尔克亲切微笑的模样……

想到这些，张子瀚的眼睛湿润了。

"这到底是谁干的？"张子瀚问道。

"除了那个独眼，不会有别人。"回鹘人说道。

张子瀚与回鹘人一起把别尔克掩埋了。张子瀚在心中默默发誓，一定要给别尔克报仇。

石大人杀了两个波斯人这件事令独眼心慌意乱，他完全没想到会是这种结局。石大人的心思太难以琢磨了，稍有不慎就会死在他的手上。

独眼又想到了那件银器的事，心里又升起一阵恐惧，他要赶紧想办法。

这时，他的两个心腹响马走了进来。

"我问你们，给我找的银匠在哪儿？"独眼问道。

"大人，我们给您带来了。"一个响马说道。

"哦，人在哪儿？"独眼没有看到有人。

"进来！"响马冲外面喊道。

只见一个身材瘦弱、佝偻着身子的男人走了进来，他摘下了帽子，微笑着向独眼躬身施礼。

他是个银匠，在驼镇的街上开有一间银器作坊。今天一早，就有两个响马来到他那里，跟他说有件好买卖，他就跟着来了，他还不知道要做什么。

响马对独眼说，这就是给他找来的银匠，有什么要求尽管吩咐。

独眼上下打量着这个佝偻着身子、长相猥琐的人问道："我怎么没有见过你？"

银匠低着头说道："小人刚来驼镇不久，而且从不出门，所以也没有见过大人。"

"抬起头来说话。"独眼一直看不清这个银匠的面容。

银匠努力直了一下身子，可还是低着头站在那里。

一个响马看出了独眼的意思，立刻解释："大人，此人由于长年累月弯腰低头干活，日子长了就成了这样。"

银匠听了这话点了点头表示赞同，银匠对独眼连说带比画："大人若是不信，可让小人先做件东西看看手艺，如果不合大人的心意，小人分文不取。"

"好，既然这样，我就信你一回，你给我用银子做一个这样大小的狼头。"独眼用手比画着大小，然后又说道，"还要在狼头上镶嵌上各种宝石，要做得非常细致精美，你明白我说的话了吗？"

银匠佝偻着身子看着独眼点了点头。

"你要真有这手艺，能让我满意，我是绝不会亏待你的。"独眼说道。

银匠佝偻着身子看着独眼又点了点头。

"下去吧。"独眼说道。

银匠佝偻着身子退了出去。

"这个人的手艺到底如何？"独眼还是有些不放心。

"大人尽管放心，这个银匠的手艺可是祖传的，经他的手做出来的器物，没人能比。"响马说道。

"那就好，只要他能照我说的样子做出来，他想要什么我就给他什么。"独眼这会儿一颗悬着的心还没有完全落下来。

"大人，就没想到要给我们奖赏点什么？"一个响马问道。

"大人交代给我们的事，我们可从不含糊。"另一响马说道。

独眼一听这话立刻问道："你们跟着我这么多年了，我平时对你们怎么样？什么时候亏待过你们？"

两个响马连连点头。

独眼又说道："你们用手摸着自己的心口好好想想，我是怎么对你们的。我现在让你们给我办这么点事都敢跟我讲价了，告诉你们，要是不想在我手下吃粮现在就滚，没有你们我一样可以办成这事。"

两个响马一听这话口气立刻软了下来："大人，我们也就是说说，大人对我们的好处我们都忘不了，将来一定会报答大人的。"一个响马说道。

"是啊，只要大人一句话，让我们干什么就干什么。"另一响马说道。

"这还像句人话，告诉你们，我也不会没有出头之日，等我发达的时候，你们再想巴结我可就晚了。"独眼说道。

"我们就盼着大人发达的那一天。"一个响马说道。

"我们就知道大人会有这一天，我们弟兄是跟定大人了。"另一响马说道。

"赶紧去办事吧。"独眼挥手说道。

两个响马起身向外走去。

"站住！"独眼在身后喊道。

"大人还有何吩咐？"两个响马站住了。

"给我把那个唐人看住了，有什么动静立刻告诉我。"

"明白了。"两个响马答应着走了出去。

石大人站在高台上，一只鹰隼飞来落下，石大人发现那只鹰隼已经受了伤，浑身是血，脚上的皮囊中有一支带血的羽毛。石大人立刻命人备马。

石大人骑马带人出了驼镇，向远处驰去。

每次利用鹰隼给石大人传递情报的是他一个多年的朋友。

石大人酷爱狩猎，在他成为驼镇的主人后，依然经常出去捕杀猎物，他认为这是一个男人生活中不可多得的乐趣，既可以强健体魄、磨炼意志，还可以与猎物斗智斗勇，最终还会得到捕杀猎物的快感。

一次石大人到山里打猎时遇到一只雪豹，那雪豹也将他视为猎物，所以石大人与雪豹开始周旋，斗智斗勇。石大人非常欣赏雪豹的个性，既优雅高贵，又敏捷凶狠，凡是它看上的猎物，几乎都难以脱逃，可以说是动物世界的王者。雪豹也非常智慧，它遇到了这个孤独的狩猎者，并不急于立刻捕获这个猎物。

雪豹知道人是最不好对付的物种，虽然人并不强悍，但人会借助武器。这头雪豹伏在一块岩石下佯装睡觉，警觉地注视着那个狩猎者。石大人慢慢接近了雪豹，当他开始拉开弓箭时，只见那头雪豹突然起身迅捷地向他扑来，石大人射出的箭镞钉在了刚才雪豹俯卧的位置。此时，雪豹已冲到了石大人的近前，石大人赶紧扔下弓箭抽刀应对。可是晚了，雪豹的一只爪子抓伤了他的肩膀，他手里的刀也飞了出去，石大人感到肩膀一阵巨疼，倒在了地上。

雪豹转过身来，看到这个已经受伤的猎物，它不着急了，因为那个人的手中已经没有了武器，雪豹扬起了头嗅了嗅那个生人的味道，然后慢慢向那猎物走去，然后越走越快，向前扑去。

石大人忍着剧痛睁开了一只眼睛，看到接近的雪豹，当雪豹再次扑上来的时候，石大人突然从腰间拔出了一把短刀，将手中的刀猛然举起，刺进了雪豹的脖颈，又用力将刀锋刺进了它的心脏。雪豹没有想到自己最终还是败在了这个人的手里。它长长地嘶吼了一声，倒到他的身上死去。与此同时，石大人也疼得晕厥了过去。

石大人醒来的时候，发现自己躺在一间木头搭建的房屋里，他被人救了回来。那人告诉石大人，在山里发现了一只死去的雪豹，当他抬起那头雪豹的尸体时，才发现躺在底下的人，看到此人还有口气就将他背了回来。

石大人知道那人来自遥远的高原，长相似鹰又酷爱训练鹰隼，便自称鹰者。他孤身一人来到这山地深处，发现这里有一处泉眼便住了下来。他凭借自己的本领捕获了一些羚羊，便以驯养这些羚羊与打猎为生。鹰者用这些羚羊可以换来粮食和生活用品。

石大人在鹰者的精心照料下，肩膀的伤口很快得到了愈合，身体也得到了恢复。石大人与鹰者结下了友谊，他要带鹰者离开这里去驼镇生活。鹰者性情孤僻、不愿见人，他更愿意一个人在此生活。石大人满足了他的愿望，但他会定时前来拜访这位鹰者，给他送来粮食和生活用品，鹰者也利用自己的方便给石大人传递消息，成为石大人最为可靠的眼线。他们传递消息的方式就是依靠一只鹰隼。

最近石大人一直没有得到鹰者的消息，也不知道这位朋友怎么样了。直到看到这只受伤的鹰隼，他忽然意识到情况有些不妙。

石大人很熟悉鹰者住的地方，是在山地的深处，那里有一处泉眼，不断流出的泉水形成了一个小水塘，水塘边上长有一些苇草，旁边有一座用木头搭建的房屋，木屋的旁边是一个羊圈，羊圈里有一群羚羊。每当石大人来这里的时候，就会有一条牧羊犬冲出来向他摇头摆尾。这个地方没有人知道，非常安宁。

石大人带人来到了这里，可是眼前的景象令他吃了一惊，这里的一切已被毁坏，水塘边是那条死去的牧羊犬。羊圈里也已没有羚羊，木头房子已经成为一片废墟。石大人下马走了过去，他在废墟中看到了自己的朋友。鹰者的脸上都是干枯的血迹，他已奄奄一息。

石大人扶起鹰者问道："这是谁干的？"

鹰者的眼睛慢慢睁开了，他看到了石大人。

石大人继续问道："这是不是唐人干的？"

鹰者使出最后的力气摇了摇头说道："不是唐人，是突厥人……"

鹰者的一双眼睛无神地看着远处……

石大人的眼前浮现出当时的场景。

一伙突厥兵来到这里，那只牧羊犬冲出来向这群人狂吠着，一个突厥兵抽出刀将那牧羊犬劈死。突厥兵走进羊圈将那些羚羊赶了出来。这时，鹰者骑马回来了，他看到这些不速之客，立刻下马顺手从地上拿起一把铁叉向这些突厥人走来。

突厥人看到了鹰者立刻抽出刀将他围了起来，鹰者挥舞着铁叉，那些突厥兵不敢近前。这时，一个突厥校尉偷偷绕到鹰者的身后，向鹰者投掷出了一支标枪，标枪刺伤了鹰者的肩膀，流出了鲜血。突厥士兵围了上来，鹰者忍着剧痛，将手中的铁叉向突厥士兵投去，铁叉插进了一个突厥士兵的胸膛。这时，突厥校尉冲上来，挥刀劈向了鹰者，鹰者倒在地上。突厥校尉上前看到鹰者的脖子上戴有一串狼牙项链，他一把揪掉了那条项链。

"这些……突厥人……比野兽还要狠毒……"鹰者艰难地说道。

鹰者说完这句话闭上了眼睛，头一歪死去了。

石大人令人将鹰者掩埋了。

黄昏时分，一队突厥兵在树林旁的河边休息，他们的身边是战马和一群羚羊。突厥人在河边点起了篝火，几个突厥兵拉着几只羚羊走进树林中，他们用刀宰杀了羚羊，然后挂在树上开始用刀剥着羊皮……

一个突厥兵一边剥着羊皮一边哼唱着，突然他不唱了，他低头看到自己的脖子上横着一把刀，冰冷的刀锋让他浑身战栗。不等那突厥人回头，刀锋猛然滑过，突厥兵一声不吭地倒下了。

石大人几步上前挥舞着手中的刀，一阵寒光闪烁，将树林中那几个突厥士兵全都杀死。

不远处一个正在撒尿的突厥兵见状突然惊恐地大喊起来，河边休息的突厥校尉立刻指挥突厥兵拿起武器向树林中冲去。

石大人命令手下射箭，密集的箭镞从树林中射了出来，那些突厥兵纷纷中箭倒地。剩余的几个突厥兵也被冲出的响马手起刀落杀了个干净。突厥校尉见状，立刻上马向河对岸拼命逃去。

张子瀚一直坐在房舍中用小木棍蘸着褐色黏土的颜料画着地图。

诺澜端了一碗奶茶走来坐在张子瀚的身边说道："大人的身体还没有完全恢复，还需要歇息调养，可不要太过劳累了。"

张子瀚放下手中的小木棍说道："我已经感觉好多了。"张子瀚觉得自己的记忆和意识已经完全恢复，他这两天想的就是要赶紧完成这幅地形图。

"大人不可太过劳累了，就让诺澜为大人做些事吧，大人只需告诉诺澜该如何做就可以。"诺澜轻声说道。

"这样也好，诺澜姑娘如果愿意的话，可以照这幅地图再画一幅。"张子瀚想得比较长远，如果有机会的话，他想将一幅地形图送到安西都护府唐军的手中。

诺澜拿来一块丝巾，坐在张子瀚的旁边，张子瀚将一支小木棍交给诺澜，告诉她如何用小木棍蘸着颜料描绘。诺澜学着张子瀚的样子，开始认真描绘起来，张子瀚发现诺澜非常有悟性，点头表示认可。诺澜有了一些自信，她开始照着张子瀚的这幅地形图描绘着……

张子瀚在地形图上标识出了一片象征着山地丘陵的图形符号……

风吹过了一片山地丘陵地带，地上的沙石随风扫过了地面，从远处来了三匹马。马上的人用围巾裹着面孔，看不清他们的长相，为首马上的人身材矮小，后面两匹马上的人身材高大魁伟。

三匹马朝着驼镇的方向奔去。

黄昏的时候，驼镇的街道上依然熙熙攘攘，最近驼镇又拥来了一些逃难的人，这些人给驼镇带来了混乱，打架抢劫的事时有发生。独眼增加了巡查的人手，他也时常亲自带队巡查，他知道现在石大人的心情不好，驼镇千万不能出事。

一个商贩叫卖着自己用蜂蜜、核桃和葡萄干做成的糕点，诱人的香味飘散开来，一群经过这里的难民不由得停下了脚步。那个卖糕点的商贩不断吆喝着他的糕点如何美味，招呼着往来的人快来品尝。

人群中有一个蓬头垢面的难民经不住诱惑，趁商贩转头吆喝的时候，从他的摊上拿了一块糕点转身就跑，那个商贩回身看到立刻高喊："抓住这个贼，抓住这个贼……"

这时，独眼领着几个响马走在街道上，正好遇到这个人向这里跑来，独眼立刻命令将这个人拿下，那人知道自己跑不掉了，拼命将手里的糕点塞进嘴里。

响马将这个偷吃糕点的难民带了过来，人们也都围了上来。

独眼一把抓住了那个难民问道："大白天就敢偷盗抢劫，你是不想活了？"

难民看着独眼说道："反正都是死，吃饱了死总比饿死强。"

"按照这儿的规矩，凡是偷盗抢劫的人，一律剁掉双手。"独眼说道。

那个难民一听这话立刻开始挣扎，响马们按住了他，将他的手放在了地上。

一个响马抽出了刀刚要动手，只听人群中有人喊道："先别动手！"

只见人群中走出了那个卖糕点的商贩："大人，这事就算了吧，为了一口吃的就把手弄没了也不值得。"

这时人群中有人议论着，是啊，还是饶了他吧……

独眼一听有些恼怒："这儿的规矩是石大人定下的，任何人都不能坏了这儿的规矩。这个人胆敢当着我的面偷盗抢劫，只能剁掉双手。"

人群中出现一阵骚动……

"来人！"独眼喊道。

"在！"响马答道。

"动手！"独眼命令道。独眼感觉驼镇上的这些人已经不再惧怕他了，他想借此机会确立自己的威信。

"慢着！"那个商贩说道。

"难道你敢坏了这儿的规矩不成？"独眼看着这个商贩说道。

"大人，这事误会了，这个人没有偷盗抢劫我的东西，我是愿意给他吃的。"商贩说道。

人群中有人又开始了议论，既然不是偷盗抢劫，那就不能剁了双手，赶紧放了吧……

独眼看着这些拥上来的人群一时不知该如何收场了。

人们拥了上来将那个难民从地上扶了起来刚要离开。

"都给我站住！"独眼怒了。

人们都站住了。

"你们这是想戏耍我吗？我今天就是要杀了这个人，你们谁再敢上前一步，如同此物！"独眼抽出刀劈断了一根木桩。

人们都站在那里不敢动了，这时，只见人群中走出了三个人，一个是那个侏儒，另外两个人身材魁伟、目光冷峻。

侏儒走到了独眼跟前抬头用手指着他说道："就是这个人！"

独眼看着这三个人愣住了。

那天早上，侏儒一直坐在馆驿的角落里看着独眼来到了馆驿，他带走了波斯人与波斯女人，之后两人就再也没有回来。一天之后，侏儒就听说了这两个波斯人已经被杀害了。他想自己在这儿也待不下去了，只有赶紧离开。

侏儒弄了一匹马趁着天黑逃出了驼镇，他一路向西奔逃，直到马累得走不动了，他才不得不下马休息。天亮的时候，他醒了过来，忽然发现面前站着两个大汉，他们的脸形瘦长、目光冷峻、鼻子坚挺、嘴唇紧闭，下颌处长着浓密的栗色胡须。侏儒用手揉了揉眼睛，看清了这两个大汉，一下就扑到这两个大汉的怀里哭了起来。

原来侏儒认识这两个大汉，他们是波斯人的两个儿子，从小就受到姑姑的照顾，是来驼镇看望自己的父亲和姑姑的。哥哥叫波力斯，弟弟叫波尔斯。

"你们来得太晚了，你们再也见不到你们的亲人了……"侏儒擦着眼泪抽噎着说道。

"为什么？"波力斯问道。

"他们被人杀害了……"侏儒继续抽噎着说道。

"是谁干的？"波尔斯问道。

"我只知道是个只有一只眼睛的人把他们带走的。"侏儒说道。

"带我们去找到这个人。"波力斯说道。

"我要亲手撕碎了他。"波尔斯说道。

就这样，侏儒又回到了驼镇，而且还带来了两个可怕的杀手。

独眼与侏儒和这两个大汉坐在馆驿里，两个大汉冷冷地看着独眼。

"你们的亲人是我带走的，我只是给他们介绍了一桩生意，后来发生了什么我就不清楚了。我与你们的亲人都是最好的朋友，我们在驼镇一直联手做生意，我绝对没有杀害他们，这一点我可以对天发誓。"独眼的表情严肃、态度诚恳。

"到底是谁干的？"波力斯问道。

"这……我只是把他们介绍给了一个唐人……"

"这里有唐人？"波力斯问道。

"是的，这驼镇里什么人都有，自然也有唐人。"独眼转着眼珠想着该如何编出一套谎话应对。

"唐人把他们怎么了？"波力斯急于想弄清事情的真相。

"唐人……要享受熏香带来的奇妙感觉，我就将他们，也就是你们的亲人带去了……我看到他们拿出了熏香，开始让那个唐人体验熏香带来的奇妙感觉，之后我就离开了那里。后面到底发生了什么事，我也就不清楚了，如果他们遭遇了什么不幸，那一定是这个唐人干的。"独眼说完这些话看着波力斯点了点头。

"带我去见那个唐人。"波力斯说道。

"二位壮士先别急，此事不那么简单，今天晚上我款待二位壮士，再给二位壮士出个主意。"独眼神秘地说道。

石大人经历了波斯人的事件，心中极其不悦，之后又经历了自己最好的朋友鹰者被突厥人杀死，更令他感到悲痛。他想找个人倾诉一下，以排遣一下自己悲伤的情绪。

黄昏时，石大人走进了张子瀚居住的院落，正好见到了张子瀚。

张子瀚见到石大人立刻上前询问石大人来此是否有事。石大人摆了摆手说，没什么事，只是多日不见想过来看看，顺便再看看丝绸作坊怎么样了。张子瀚赶紧将石大人让进了丝绸作坊，并告诉他妹妹去了集市，一会儿回来。石大人走进作坊，来到织机旁，看到正在织造的织锦，那上面的凤鸟色彩艳丽、栩栩如生，石大人的眼睛立刻亮了。

"这是令妹织造的？"石大人问道。

"当然是我。"这时，张子衿正好走进作坊。

"这可真是太神奇、太美了……"石大人说道。

"这没什么，现在还没有完成，等完成之后，一定会更加完美。"张子衿不无自豪地说道。

"子衿，怎么一点不知自谦……"张子瀚有些嗔怨道。

"好，我喜欢令妹的直爽自信。"石大人这会儿的心情大好，又说道，"能在此织造出如此质量上乘的织锦，真是难得，值得庆贺。我邀请你们兄妹到我府上一起共进晚餐。"

"谢谢，我就不去了，我还有很多事要做。"张子衿说道。

石大人与张子瀚走后，诺澜回来了，她带来了许多好吃的东西。

"诺澜，你怎么带来这么多好吃的东西？"张子衿问道。

"大人身体刚刚康复，我们难得在一起吃饭，今天我们在一起好好聚一下，一会儿回鹘人也来。"诺澜说道。

"可是我哥哥刚刚被石大人叫走了。"张子衿说道。

夜晚的石府大堂灯火辉煌，石大人与张子瀚相对而坐，有人端上了丰盛的美食与葡萄酒。石大人非常注重自己的晚餐，每餐都是这样精美丰富，这已成为他的生活习惯。有人端上了两个烤炉，放在石大人与张子瀚的身旁，可以随时烤食羊肉。

张子瀚看到烤炉中的炭火冒出的烟雾，立刻咳嗽起来。

石大人看着张子瀚问道："子瀚兄弟，你的脸色有些不好，是不是哪里不舒服？"

张子瀚说道："前些日子我出了点事，身体出了些异样的病症，现尚在恢复。"

"哦，是因何事？"石大人关切地问道。

"因为遇到了一个波斯人，此人设下圈套将我诱骗到一个地方，用一种有毒烟雾将我迷幻，致使这种毒素侵入我的体内，使我的记忆和意识受损，不过现在已经缓过来了。"

石大人一听这话立刻瞪起眼睛问道："你是说这是波斯人干的？"

张子瀚答道："是一个波斯女人。"

石大人喃喃地说道："看来这还真是个陷阱，险些让我也落入他们的圈套。"

"难道大人也见过此人？"张子瀚看到石大人若有所思的样子问道。

"此事不提了，免得让我们倒了胃口。好在今后再也见不到这两个令人厌恶的小人了。来，吃吧。"石大人用刀叉进一块肉中，将这块烤好的肉递给了张子瀚。

"谢谢大人。"张子瀚接过了烤肉。

"尝尝如何？"石大人问道。

"味道极好。"张子瀚说道。

"子瀚兄弟，我烤肉的手艺无人能比，我的父亲就是一个懂得吃的人，我从小就跟我的父亲学会了烤鱼和烤肉，他把这烤肉的手艺传给了我，告诉我有了这个手艺走遍天下都能混口饭吃，总会有人赏识你。"石大人说到美食兴致很高。

"这真是个不错的手艺。"张子瀚附和着。

"后来，我还真凭这个手艺找到了一份差事，在一个富人家帮厨，专门给他烤肉，可是除了烤肉，什么杂活累活也都要干。主人不能看见我闲着，不断指使我干活。我就在想，凭什么这些愚蠢的富人从不干活，还能吃好的、穿好的，还有仆人伺候着。后来我想明白了，那就是因为他们有强烈的欲望。他们不满足过普通人的日子，他们想要拥有更多的财产、更多的房子、更多的女人。要想成为富人，必须要有这种强烈的欲望和野心。"石大人将一杯酒喝下。

"哦……"张子瀚看着石大人的脸上显出了兴奋的表情。

"你的心中有强烈的欲望和野心，就可以使你的内心变得强大起来，有无畏的胆量。我是个行事果断的人，立刻行动，绝不犹豫。我杀了那个雇我的富人，抢劫了他的财产和女人，召集了一干人马，开始过上了富人的日子。"石大人说到这儿又拿起了一杯酒喝了下去，然后继续说道，"可是后来，这样的日子我过不下去了，因为我不是一个真正的富人，我只是扮演了一个富人，我还不具备成为富人的素质，在人们的眼里，我就是个靠占有别人财富为生的小人，最可恶的是那个富人的女人也看不起我，竟然还想杀了我……"

石大人又喝了一杯酒，眼睛眯蒙着看着远处，回忆起了往事。

年轻时的石大人在一个富人家里干着各种脏活累活……

石大人从马车上卸下装着粮食的麻袋，扛进仓库。他干完了活来到主人居住的院落，那里有一个花园，用白色石子铺就的小径通向花园的深处，花园深处有一水池，水池旁有一个用石头雕成的狮子，狮子张着口，从口中流出了一股泉水。石大人来到水池旁，用手捧起池里的水喝了下去，然后靠在水池旁睡着了。

身材肥胖的主人来到了花园，他看到一个肮脏的人睡在那里，就走上前用脚踢醒了石大人，他指着石大人让他立刻滚出去。年轻的石大人受到了呵斥与侮辱，他默默地抽出了刀，来到主人的身后，把刀架在了主人肥胖的脖子上。主人吓坏了，跪在地上不断磕头求饶。石大人的心软了，他收起了刀转身要离去。这时，那个主人突然从怀里抽出一把短刀向石大人的后心刺去。石大人感到了不对，他回身看到了冲到近前的主人，他闪身躲过了刺来的一刀，转身将自己的刀又架在了主人的脖子上。主人的脸上立刻又露出了可怜相，他表示可以让石大人将家里值钱的东西都拿走，以换取他的生命。石大人厌恶地看着这个肥胖的主人，他闭上眼睛挥手杀了他，鲜血溅了他一身……

这时，主人的女人来了，女人有着姣好的身材和美丽的容颜，她看到了躺在血泊中的男人，惊恐地大叫起来，石大人的刀立刻架在了女人的脖颈上。

女人抬起了头，仰起了脖颈，她看着石大人露出了祈求的眼神。石大人犹豫了，他还从未杀过女人。

这时，女人用手轻轻拿开了架在自己脖子上的刀，又用手轻轻解开了自己的衣袍，露出了她那白皙的肩膀、丰满的前胸、妖娆的身材、丰腴的大腿……石大人的眼神变得柔和了，他受到了这个女人的诱惑。石大人将刀收进了刀鞘。

从此石大人成为这所房子的主人，开始享受从未有过的奢侈生活。

石大人与女人坐在主人的卧榻上，女人顺从地依偎在石大人的身边，石大人一把抱住了这个女人。他还从未接触过这么柔软光滑的肌肤，他闻着从女人身上散发出来的幽香，心想做个富人就是不一样，不但能拥有大量财富，还能拥有令人销魂的女人。女人也温柔地抚摸着石大人身上强劲的肌肉，她用妖媚的眼神看着石大人，似乎是在渴望着他的宽恕和占有。

石大人感到自己身上血液的沸腾，他强有力地占有了这个女人。石大人在这个女人身上享受到了从未有过的人生体验，他忽然觉得男人有个女人真好。这时的女人用柔和的目光看着他，石大人看着这个女人就像是看着一只猎物。

窗外的月光照了进来，石大人发出了均匀的鼾声，女人轻轻从他的身边溜了下去，然后手里拿着一把锋利的匕首回到了他的身边。这时，窗外突然传来了一声炸雷，石大人惊醒，一道闪电从窗外射了进来，他睁开眼睛，借着闪电的光亮看到了女人手里闪着寒光的匕首和她眼睛里仇恨的目光。女人拿着匕首向石大人的咽喉刺来，石大人猛然翻身躲过了匕首，女人的力道过猛，匕首插在了卧榻上，一时拔不出来。石大人翻身从刀鞘中抽出了刀，这次他毫不犹豫地挥了过去，女人优美的脖颈上出现了一道血痕，她的眼睛看着石大人，依然是一副祈求的眼神，然后闭上了眼睛，身子一软倒了下去。

石大人在女人的身上擦去了刀上的血迹，拿起一盏油灯扔向地毯，油灯立刻点燃了地毯，火焰迅速蔓延燃烧起来……

"我一怒之下，杀了那个女人，一把火点了那幢房子，离开了那里。从此女人在我的眼里就是毒蛇，我再也不会相信任何女人了……"石大人从往事的回忆中又回到了现实。

张子瀚听了石大人的这些叙述，感到十分惊诧。

烤炉中跳动的火焰映衬着石大人的脸，脸上的光影忽明忽暗……

"自从离开那儿以后，我就开始了四处漂泊的生涯，开始是我一个人，后来我遇到了一些跟我经历相似的人，我就拉起了一杆人马。这些人虽然经历不同，可都是不甘遭人欺负歧视的汉子，他们愿意跟着我干，我便也有了一份责任。为了生存，我们不得不靠打家劫舍维持生计。这样的日子我很快就厌烦了，最终我选择在驼镇落脚，我愿意把这儿当作自己的领地经营好。"石大人说道。

"大人的经历的确不凡。"张子瀚不知该如何应对。

"这些经历让我意识到，男人活在这个世界上，一定要成就一番事业，要想有所成就必须有强大的意志和勇气，还要有不被任何东西所诱惑的信念，不然就会一事无成，枉活一生。"石大人说完这些话又喝下了一杯酒。

"哦……"张子瀚听了这些话，心里不知是什么滋味。他看着眼前这个石大人的形象有些恍惚，一会儿像是一头残忍的野兽，一会儿又像是一头孤独的动物，他在这两者之中不断变换着角色。

地下赌场里，独眼命人端来了大量的烤肉和葡萄酒款待这两个来自波斯的壮士。由于波斯人不在了，赌场搏命角斗的事也暂时停了。

独眼殷勤地给两个壮士不断倒酒，又令人端来了大量的烤肉。

"为了咱们的相识，喝下这酒。"独眼端起了一杯酒说道。

波力斯与波尔斯一人端起了一罐葡萄酒，一饮而尽。

"二位壮士，请品尝烤肉。"独眼指着烤肉说道。

波力斯与波尔斯拿起烤肉毫不客气地吃了起来……

独眼看了一眼站在一旁的侏儒，将一块烤肉递给了侏儒，侏儒翻着眼睛看着独眼，迟疑了一下，然后接过了烤肉。

独眼已经知道了唐人并没有废掉。驼镇到处都是他的眼线，每个地方发生了什么事都不会逃过他的耳目，更何况他专门派人盯着这个唐人，唐人的一举一动他都清楚。有人已经向他报告，石大人去见了这个唐人，两人在一起并没有出现什么异常的状况。独眼一想到此就痛恨这个波斯人，每次都说没有问题，可到了唐人这里就没有效果，这次险些还把自己给搭了进去。现在石大人已经将这两个波斯人杀了，没想到又来了两个寻仇的人。独眼立刻心生一计，何不将此事嫁祸于唐人，借这两人之手把他给灭了。

独眼不断张罗着："多吃点肉，吃了肉就有力气，再喝点酒，酒能给人壮胆气，等养足了精神就能给你们的亲人报仇雪恨了。"

两个波斯壮士并不说话，只顾低头吃着。

独眼也喝了不少酒，他的脸色也红了。

"你们的亲人真是死得很惨，本来凭这手艺，可以在这儿赚到大钱，这种神奇的效果在这儿还是头一次见到。可惜遇到了这个唐人，此人心肠狠毒、手段残忍，竟把他们都给杀了。"独眼不无遗憾地说道。

波力斯与波尔斯还是只顾低头吃着并不答话。

"二位壮士真是让人佩服，杀人者必须偿命，只有这样才能告慰你们死去亲人的亡灵。"独眼不断地说着，他编的这套谎话连他自己都有些相信了。

波力斯又拿起一块肉吃着，波尔斯又拿起一罐酒倒进了嘴里。

"等二位壮士吃饱喝足了，我再告诉二位壮士该如何干掉这个唐人。"独眼看着这两个人，脸上露出了笑意。

波力斯与波尔斯吃掉了所有的肉，喝光了所有的酒，然后伸直了腰，从嗓子眼里打出了一连串的饱嗝……

"现在告诉我们该怎么做。"波力斯说道。

"我要亲手撕了这个人。"波尔斯说道。

石府大堂上，石大人与张子瀚还在交谈着，石大人的脸色更加红了。

"我这一生最大的愿望就是拥有一块属于我自己的领地，我要成为这片土地上真正的王者，让生活在这块土地上的人都相信我、拥戴我。我愿意为此付出一生的努力。"石大人说道。

"大人想靠什么实现这一愿望？"张子瀚问道。

"我谁都不靠，谁也都靠不上，即便是有谁给了你什么承诺，那也不能相信。要想在这片疆域占有一席之地长久生存下去，最终还要靠自己。只有自身强大，才有生存的权利。"石大人说道。

"如果这里发生了大唐与突厥的战争，大人怎么看？"张子瀚换了个话题问道。

"突厥人向来勇猛善战，突厥的兵力也大大超过唐军，如果不出意外，大战之后，唐军将被彻底击溃，这片疆域将是突厥人的天下。"石大人说道。

"大人真是这样认为的吗？"张子瀚问道。

"还有一种可能，唐军向来机智骁勇，虽兵力不多但极为精锐，如果战术运用得当，大战之后，双方依然难分胜负，唐军与突厥继续形成对峙之势。"石大人又说道。

"大人希望看到的是哪种结局？"张子瀚问道。

"这两种结局都有可能发生，不过最终还要看天意了，天意不可违。"石大人用手向上指了指说道。

"难道大人不认为唐军可以战胜突厥吗？"张子瀚问道。

"绝无可能，如果大唐调遣大军与突厥决战，或许能够战胜突厥，可现在大唐并无调军迹象。仅凭安西都护府的那些大唐兵马，绝无可能。最好的结局就是维持现在的局势。"石大人为此思考了很久，这也是他难以下决断的心理依据。

"大人最终有何打算？"张子瀚又问道。

"哪种结局对我来说都一样，在这片疆域，有棕熊、雪豹、狐狸和狼群，还有骆驼、野驴、麋鹿和羚羊，它们都有各自的活法，有的吃肉，有的食草，所有这些动物都能繁衍存活下去。人也一样，最终都会找到适合自己的活法。"石大人知道，其实人与动物没有本质的差异，就是弱肉强食。

"那么大人想成为哪一种动物？"张子瀚问道。

"我想成为哪种动物还很难说，但可以肯定一点，我绝不会成为别人口中的猎物。"石大人用刀叉起一块肉，送进了口中。他现在还不想说出他与突厥谋士之间的谈话，这还应该是个秘密。

"哦……"张子瀚似乎明白了一些。

"来，咱们吃肉，只要战争还没到咱们这儿，我这驼镇就还是一块乐土，我们只要能守住这块地方，就不愁没有生存的活路。"石大人把一块肉递给了张子瀚。

"谢谢大人。"张子瀚说道。

"子瀚兄弟，在这个世界上还没一个人让我愿意跟他说出心里话，难得今天你愿意陪着我。"石大人看着张子瀚说道。

张子瀚没有说话，他一直在心里揣度着石大人刚才说的话，他从未见识过这样的人，此人具有超强的武功和过人的智慧，遇事冷静果断，思考深邃长远。自己在驼镇还能活着便与此人有关。但他也深刻地感受到，此人的内心阴暗孤傲，心思缜密狠毒，本性自私贪婪。强大的欲望已经将他的野心点燃。这会儿张子瀚心里想的就是既不能靠近此人，也不能得罪此人。他要将自己的内心隐藏起来，在目前处境与未来选择之间求得平衡。

"我与子瀚兄弟一见如故，因为我很信任你。来！我们满饮此杯。"石大人举杯说道。

"感谢大人的信任。"张子瀚举杯说道。

晚上，张子衿与诺澜和回鹘人在一起吃过了晚餐，见张子瀚还没有回来，回鹘人就告辞回去了。

诺澜与张子衿在一起说着话。

张子衿在梦里竟然见到了嘉帕尔，这让她有些惊讶。不过她也确实有点想念那个嘉帕尔了，毕竟他们是在长安相识，又一起来到西域。张子衿是个心里藏不住事情的人，她忍不住跟诺澜说起了嘉帕尔。

"诺澜，告诉你一个秘密，我昨天晚上做了个梦，竟然梦到了一个人。"张子衿说道。

"是谁？"诺澜问道。

"嘉帕尔。"张子衿的脸上闪过一丝羞涩的表情。

"这就说明你的心里有他，嘉帕尔的心里也一定会有你。"诺澜知道了张子衿的心思。

"你为什么会这么说？"张子衿问道。

"因为如果两个人的心灵相通，即使远隔千里，也会在梦里相遇。"诺澜认真地说道。

"真是这样的吗？"张子衿的表情认真。

"当然，在这个世界上，两个人的心灵能够相通是件难得的事，这也是天上神灵的赐予，需要好好珍惜。"诺澜说道。

"诺澜，你与我哥哥之间是不是也有这样的感觉？"张子衿突然问道。在张子衿的心里，她一直认为诺澜与哥哥是最好的一对。

"是的，如果天上的神灵赐予诺澜这份感情，我一定会好好珍惜。"诺澜毫不犹豫地说道。

"诺澜，你将来一定会与我哥哥在一起。"张子衿说道。

"诺澜恐怕不能与大人在一起。"诺澜的脸上闪过一丝忧郁的神情。

"为什么这样说？"张子衿急切地问道。

"因为诺澜身份卑微，恐怕配不上大人。"诺澜平静地说道。

"诺澜，千万别这么说，你高贵善良、聪明美丽，我相信我哥哥一定会喜欢上你。"张子衿很自信。

"嗯，诺澜虽然不知道将来会发生什么，但是诺澜一定会追随大人，听从天上神灵的安排。"诺澜知道张子瀚现在背负着无比沉重的压力与重大使命，个人情感与此相比就太微不足道了。诺澜现在要做的就是将这份情感深埋在心里。

"诺澜，将来你愿意与我们一起回大唐长安吗？"这会儿，张子衿已经想到了很远。

"嗯，我愿意。"诺澜答道。

"等我哥哥回来我会跟他说的。"张子衿说道。

"这么晚了，大人怎么还不回来？"诺澜有些担忧地说道。

"没事，我哥哥会回来的。"张子衿说道。

这时，外面传来了敲门声。

"一定是哥哥回来了。"张子衿起身走了出去。

张子衿打开院门，波力斯与波尔斯闯了进来。

"你们是什么人，要找谁？"张子衿看着这两个陌生人问道。

"我们要找那个唐人，他在哪儿？"波力斯问道。

"我哥哥不在，你们找他有什么事？"张子衿问道。

波力斯与波尔斯一听这话，两人互相看了一眼。

波力斯与波尔斯不由分说一把推开张子衿走进房舍，见没人，便动手砸烂了房舍里的物品。张子衿一看冲了上去，拼命阻拦他们。波力斯上前一拳打在张子衿的头上，张子衿眼前一黑晕倒在地。

波力斯向波尔斯使了个眼色，波尔斯扛起张子衿就向门外走去。

这时，诺澜出现在门口，她的手里握着一把短刀大喊一声："你们把人放了，不然别想从这儿走出去！"

波力斯与波尔斯愣了一下，波尔斯扛着张子衿继续向前走去，诺澜举刀冲来，波力斯突然抽出刀将诺澜手上的短刀挡飞，然后用手掐住了诺澜的脖子，恶狠狠地说道："我不杀你，留下你这条命就是让你告诉那个唐人，我们来这里就是让他为我们的亲人偿命。要想保住他妹妹的命，就赶紧到馆驿来受死！"

波力斯说完话将诺澜的头猛地向墙上撞去，诺澜的头重重地磕在墙上，倒在地上晕了过去。

月光洒在驼镇，街道上出现了几个人影，远处传来几声犬吠声，接着又安静了下来。

这一夜，石大人喝了很多酒，也说了很多话，这些话前后矛盾。石大人一会儿说他从心里憎恨突厥人，突厥人野蛮无耻，就像是一头残暴的野兽，如果突厥人统治了西域，将是一场噩梦。他更愿意向大唐示好，只有大唐的智慧才能统辖好这片疆域，保持这片地域的富庶和平。可一会儿工夫，石大人又说突厥人强悍无比，具有王者的霸气，最终会成为西域的主宰，只有依靠突厥才会有前景。张子瀚不知该如何作答。

石大人此时的心里很纠结，他就像站在山顶上的一头孤独高傲的野兽，不知道自己的出路在哪个方向。石大人不断地喝着酒，最后终于倒在了铺着雪豹皮的卧榻上。

张子瀚回到住处时天边已经开始放亮，他推开虚掩的院门走进了房舍，吃惊地看到房舍里一片狼藉。张子瀚赶紧来到妹妹与诺澜的房舍敲门，里面没有回应。张子瀚推门而入，看到躺在地上晕过去的诺澜。

张子瀚赶紧上前扶起诺澜："诺澜姑娘，你醒醒……"

诺澜慢慢睁开了眼睛，她看到张子瀚，一下抱住了他说道："大人，你怎么才回来啊……"

"到底发生了什么？我的妹妹子衿在哪儿？"张子瀚急切地问道。

"子衿妹妹让人绑架了……"诺澜流着眼泪说道。

"他们是些什么人？他们把子衿带到哪里了？"

"他们是两个波斯人，他们说让大人去馆驿找他们……"

"知道了。"张子瀚说道。

张子瀚立刻起身向外面走去。

诺澜一把抱住张子瀚说道："大人千万不可这样莽撞，一个人去那儿太危险了。"

"不行，就是再危险我也要去，我宁可去那儿送死也要换回我的妹妹。"张子瀚毫不犹豫地说道。

"我随大人一起去。"诺澜说道。

第十八章　反转

天已亮了，飞速的流云带走了漫天的星星，清冷的天光驱散了一夜的黑暗，驼镇笼罩在一片朦胧的晨光中。

张子瀚与诺澜来到波斯馆驿的门口，他们相互用眼神交流了一下，然后一起上前推开了大门，木质的大门发出了"吱呀"的响声，随着大门被打开，外面的光线也倾泻进了黑暗的房间，房间里空无一人，到处都是被火烧过的痕迹。

张子瀚大喊道："我来了，你们在哪儿？"房间里出现了回音，里面没有人回应，这声音惊飞了一些在房梁上栖息的乌鸦，乌鸦扑棱着翅膀飞了出去。

张子瀚又大声喊道："你们到底是什么人？我的妹妹在哪儿？"

还是没有人回应。

张子瀚再次大声喊道："你们这些无耻的小人，有胆绑架人，怎么没有胆量出来见我，你们快点出来……"张子瀚的话音未落，里面的一扇门打开了，走出了那个侏儒。侏儒的身后走出波力斯与波尔斯。

波力斯用刀指着张子瀚问道："不要喊了，你就是那个唐人？"波力斯与波尔斯看着这个年轻的唐人，并不像独眼形容的那么可怕。

"我来自大唐，你们是什么人？"张子瀚打量着这两个陌生人，他们看上去身体强壮、面相凶狠。

"我们来自波斯，专门在这儿等着你前来受死！"波力斯说道。

"少跟他废话，我先去把他的命拿来再说！"波尔斯说着提刀就要上前。

张子瀚喊道："等一下，要我的命可以，但必须先告诉我，我的妹妹在哪里。只要放了我的妹妹，我的命你们尽管拿去！"

也许是被张子瀚的气势和这番话震慑住了，波力斯拦住了波尔斯，他向一旁的侏儒示意，侏儒走到后面推开了一扇木门。张子瀚看到了妹妹张子衿被绑着站立在一根木桩上，她的嘴里塞着一块布，脖子上套着一根绳索，绳索的另一端绑在房梁上，只要她脚下的木桩一倒她就会被悬空吊起来。窗外的一束光正好投射在张子衿的身上。

张子瀚立刻急了："你们放了我的妹妹，她是无辜的，有什么事由我来承担！"

波力斯说道："既然你死到临头，那我就让你死个明白，因为你杀死了两个无辜的人，他们都是我们的亲人，所以我要把你的心肝挖出来祭奠他们的亡灵。"

张子瀚狐疑地问道："我没有杀过任何人，你说的那两个人是谁？"

波力斯说道："难道你不认识这里的主人吗？那个被你杀死的波斯人和这里的女主人都是我们的亲人。"

张子瀚更加糊涂了："我不仅没有杀任何人，我还在这儿遭到了他们的暗害。"

站在一旁的诺澜说道："大人，这些人是不会讲道理的，我们先救下子衿再说。"诺澜刚要上前，张子瀚拉住了她，向两个波斯人说道："两位壮士，你们并不知道事情的真相，是谁告诉你们我是凶手？"张子瀚问道。

"我们已料到你是不会承认的，我们也不想再跟你废话了，只要你过来受死，我就放了这个女人，不然她就得替你去死！"波力斯恶狠狠地说道。

"好，我来受死，你们可要说话算话。"张子瀚扔下了手中的刀，举起双手向前走去。

这时，被绑着的张子衿使劲摇着头，示意哥哥不要过来。

诺澜急得大喊道："大人，你不能过去！"

张子瀚继续向前走去。

突然，张子衿摇着头挣扎着弄掉了嘴里塞着的布，大喊道："哥哥，你要这样做，我就去死……"张子衿说着摇晃了一下脚下的木桩。

张子瀚一看愣住了，停下了脚步。

波力斯看到已经走来的张子瀚停住了脚步，有些急了，提刀上前几步，举刀向张子瀚劈来。张子瀚低头闪过，刀锋紧贴着他的脑后劈过，斩断了一张桌子。这时，张子瀚又感到身后一阵风声。他转身看到波尔斯挥刀横着拦腰劈来，他身子向后仰倒，躲过了这凶狠的一刀。波力斯与波尔斯都扑了空，他们同时举刀向张子瀚扑来，张子瀚不断躲闪，在波力斯与波尔斯的砍杀下，房间里的桌子板凳都被劈为了两段，所有的器物也都被砸成了碎片。

张子瀚在躲闪中不慎被脚下东西绊倒，波尔斯举刀劈向张子瀚，张子瀚就地翻滚着，波尔斯的刀锋不断劈在他的身边。眼看张子瀚已滚到墙角，无处躲藏，危急之中，诺澜扬手扔出一个石子。石子打在波尔斯的手腕上，波尔斯手里的刀落了下来，张子瀚趁机逃走。波力斯又举刀凶狠地向张子瀚劈来，张子瀚闪身躲在一根柱子后面，波力斯的刀砍进了柱子，一时难以拔出。张子瀚侧身一脚踹向了他的胸口，波力斯身子踉跄着向后倒退了几步。躲在角落里的侏儒立刻将一把斧头递给了波力斯。波力斯抢着斧头又向张子瀚冲来，张子瀚低头躲过那凶狠的一斧，波力斯抢起斧子将柱子劈倒，房顶上的一根木梁失去支撑倒了下来，房顶倾倒了一角，同时落下了一片尘土……

诺澜大喊着将一把刀扔了过去。

张子瀚凌空跃起接住了那把刀。这时，波力斯举着斧头又向他冲来，张子瀚闪身躲过，波力斯用力过猛从张子瀚的身边猛冲过去。张子瀚一脚蹬在他的后心处，波力斯失去重心一头撞在墙上，土墙被撞出了一个大坑。波力斯感到眼前出现了一片闪烁的星星……

波尔斯抢着一根铁棍朝张子瀚砸来，张子瀚不断躲闪着，波尔斯手里的铁棍挥舞着将房间里已经破损的东西又砸了一遍。波尔斯将张子瀚逼到了一个墙角，波尔斯抢起铁棍朝张子瀚的头顶砸去，张子瀚举刀向上迎去，刀棍相磕，出现了一道火光，波尔斯顿时感到自己的双手发麻，不禁手一松，铁棍掉落下来。张子瀚抬脚踹在波尔斯的胸口上，波尔斯向后踉跄着倒下，沉重的身躯撞倒了货柜，货柜中的东西倾泻下来砸在了他的头上，波尔斯被砸晕了过去。

诺澜大喊着："大人小心！"

张子瀚回身看到波力斯又扶着墙慢慢站了起来。他双手举起一把刀向张子瀚劈来，张子瀚抢上前一步挥刀刺伤了他的手腕，刀从他的手上飞了出去，插在了侏儒身边的地上。波力斯有些吃惊地感到自己脖颈处有些凉，他低头一看，张子瀚的刀锋已经顶在了他的咽喉处。这会儿波力斯傻眼了。

张子瀚低声说道："只要你放了我的妹妹，我就饶你不死。"

波力斯大喊道："不……不能放人，杀了那个女人！"

躲在角落里的侏儒从地上拔出了那把刀，提着刀向张子衿走去……

张子瀚看到了侏儒的举动，大喊道："住手……"

侏儒已经高高抢起了刀向张子衿脚下的木桩劈去，木桩开始断裂。这时，只见诺澜飞身来到跟前，一脚踢倒了侏儒，然后抱住了已经断裂的木桩，让张子衿的身子有所支撑。

这时，张子瀚有些慌乱了，波力斯趁机打掉张子瀚手里的刀，他抓住张子瀚的肩膀，用头撞在张子瀚的额头上，张子瀚感到一阵晕眩。波力斯一脚踹倒了张子瀚，从地上捡起一根粗大的木棍向张子瀚抢来，张子瀚躲过木棍，跃起身用双脚蹬在波力斯的胸前，波力斯向后倒去，砸在了一片废墟里……

这时，倒在地上的侏儒又站了起来，他拿起刀向诺澜冲去，诺澜仍然紧紧抱着那根木桩，站在木桩上的张子衿喊道："诺澜小心，你快走，不要管我！"

侏儒挥刀向诺澜劈去……

倒在地上的张子瀚拼命扔出了一根木棍，木棍飞转着打在侏儒的头上，他手里的刀锋斜划了过去，诺澜的胳膊被刀锋划出一道伤口，立刻渗出了鲜血。诺澜感到一阵钻心的疼痛，她有些难以支撑了。

张子瀚从地上爬起来冲到诺澜身边，他一把推开了诺澜，紧紧抱着那根木桩。这时，侏儒又从地上爬起来挥刀向张子瀚冲来。刀锋就要落在张子瀚的头顶时，突然一个陶罐砸在侏儒的头上。陶罐在侏儒的头上粉碎，侏儒站在那里，手里的刀落了下来，他的头就像一个破烂的西瓜一样流出了血，侏儒的身子一歪倒了下去。侏儒的身后站着诺澜。

诺澜来到张子瀚的身边扶住了木桩，张子瀚将手中的刀向上投去，将套在张子衿脖子上的绳索斩断了。张子衿从木桩上落下，扑进了张子瀚的怀里。

张子瀚紧紧抱着张子衿，感到妹妹的身子在发抖。

这时，波力斯与波尔斯从废墟中站了起来，他们的头上都是灰尘，波力斯的手里拿着把斧子，波尔斯的手里举着一根铁棍，两人同时向张子瀚、张子衿、诺澜走来。

张子瀚与张子衿和诺澜紧紧站在一起。

波力斯与波尔斯走到了张子瀚他们跟前，突然，几根铁链从空中落下，将他们套在了一起，几个响马冲进来收紧了铁链，波力斯与波尔斯在铁链中挣扎着……

石大人从门口走了进来。

石大人来到张子瀚的跟前说道："子瀚兄弟，没出什么事吧？"

张子瀚连忙说道："没事，大人。"

"那就好，让子瀚兄弟与令妹受惊了，子瀚兄弟，赶紧回去歇息吧，这里的事我来处理。"石大人说道。

"多谢大人。"张子瀚与张子衿和诺澜向门外走去。

石大人又叫住了他："子瀚兄弟，这两个畜生你打算怎么处置？"

这时，那两个波斯壮汉已经被绑着跪在地上。

张子瀚看了看他们说道："这两个人没能把我们怎么样，他们与我之间也是受人挑唆，放他们走吧。"

"好，我明白了。"石大人说道。

张子瀚与诺澜扶着张子衿向外走去，当他们刚走到门口时，就听见里面传来了一阵动静。张子瀚回头看见石大人手起刀落，将那两个波斯壮士斩杀了。

石大人用一块布擦着刀上的血迹向张子瀚说道："我想还是把这两个祸害除了的好，这样以绝后患。"

张子瀚愣在了原地。这时，只见从废墟中又站起了一个人，是那个侏儒，他的头上血迹混合着尘土已看不出人样了。

"石大人小心！"张子瀚喊道。

石大人回头看见了那个侏儒，侏儒扬手将一把匕首向石大人投来，石大人头一歪，那把匕首插在了身后的墙上，石大人走向门口，挥刀劈断了一根柱子，整个房顶塌陷下来，侏儒被埋在了废墟之中。

石大人是从独眼的口中知道这件事的。昨晚张子瀚从他那里离开后，他睡不着觉，便独自走上了高台，看着沉睡中的驼镇。这是他苦心经营多年的地盘，他对这里的每一条街道、每一幢建筑都很熟悉。可是如果野蛮的突厥人来了，这里将会是另外一种情景，他不愿再多想下去了。一阵凉风吹来，他的酒醒了，天边开始亮了起来，漫天的星星渐渐隐退，他感到有些困意，正准备走下高台，忽然他无意中看到一个熟悉的身影沿着街道走来，这是独眼，石大人忽然想到，这么晚了独眼一个人回来一定会有蹊跷之事。

独眼在街道上一边走一边想，这两个波斯壮士也不好惹，现在已经按照自己的计划将那唐人的妹妹抓去当作人质，不愁那个唐人不上钩，只要他敢来救他的妹妹，那就有来无回。这样不用他出面，就可以除掉这个唐人。

独眼回到了自己的房舍，刚刚倒下，突然门开了，石大人出现在门口，独眼赶紧惊慌地起身站在那里，两腿不听使唤地颤抖起来。

"你这是到哪儿去了？"石大人盯着独眼问道。

"大人……我出去与朋友喝了点酒。"独眼的声音有些异样。

"哦……跟谁在一起饮酒？"石大人的口气柔和。

"是……几个刚结识的朋友。"独眼不禁打了一个酒嗝。

"他们是谁？"石大人的口气有些不耐烦了。

"是两个来自波斯的朋友。"独眼看着石大人的眼睛不敢撒谎了。

"他们来这儿干什么？"石大人似乎有了兴趣。

"不瞒大人，他们是来复仇的。"独眼实话实说。

"他们要找谁复仇？"石大人追问道。

"大人，还记得那两个波斯人吗？"既然是这样，独眼不想再隐瞒什么了。

"你说的是那两个被我杀死的波斯人？"石大人想起来了。

"正是他们，这两个波斯人是他们的亲人，他们来此就是要为他们死去的亲人复仇的。"独眼答道。

"那就是说要找我复仇了？"石大人的脸上掠过了一丝警觉。

"不，不……我没有告诉他们是大人所为，我说是另有他人。"独眼献媚地说道。

"哦……你说是谁？"石大人问道。

"我告诉他们是那个唐人。"独眼轻声说道。

"为什么这样说？"石大人看着独眼问道。

"因为我不想让大人遇到麻烦。"独眼答道。

"看来你对我还有这份好意。"石大人的语气柔和下来。

"是的大人，我不想让大人的心情不好，我想让大人免掉麻烦。"独眼说道。

"他们打算什么时候与唐人交手？"石大人的口气依然柔和地问道。

"明天早上。"独眼答道。

"在哪儿交手？"石大人问道。

"波斯馆驿。"独眼答道。

"哦……"石大人说完话走了出去。

石大人一走出去，独眼的心里就开始打鼓，他不知道自己这么说是凶是吉，也不知道石大人心里是怎么想的。

独眼想到他曾想尽了办法要除掉这个唐人都没有成功，现在反倒让唐人占了上风。他一直诚心对待石大人，可现在石大人的眼里，唐人已经取代了他的地位，而且他还奈何不了这个唐人。一想到此，他就觉得自己很冤枉。

他想如果唐人遭到这两个波斯人的毒手，石大人肯定还会找他的麻烦。如果唐人杀了那两个波斯人，那他今后的日子也不会好过。无论如何，自己的这条命就捏在石大人的手上，石大人只要不高兴了随时都能废了他。独眼又想到了突厥人，可突厥人根本指望不上。他又想到了逃走，如果想要活命，只有趁现在还没有彻底惹怒石大人之前赶紧逃走。

独眼立刻开始收拾东西，他打开了地下暗室的盖子，从里面拿出了一些值钱的东西，他看着这些好不容易弄来的珍宝，眼睛有些潮湿了。

他能够得到这些财宝多亏了石大人，不然哪有自己的今天。自从他认识石大人的那一天，便下决心好好跟着石大人混。可到如今，他在石大人身边已经混不下去了。如果真的逃走了，很快就会被石大人发现，石大人一定会当即派人追杀，他知道自己还没有走出石大人的势力范围就会被抓住。那时候，石大人会令人将他绑了带回驼镇，然后拉到广场，当着所有人的面将他处死，他的尸体也会被拉出去喂狼。

一想到自己将会是这样的结局，独眼哭了，哭得非常伤心。

石大人带人来到波斯馆驿的时候，张子瀚与波斯人已经开始搏杀，石大人看到了张子瀚的勇猛顽强，关键时刻他出手制服了那两个波斯人，解救了张子瀚，化解了这场危机。

石大人向来行事果断，他知道这两个波斯人来此复仇，要找的人就是自己，只有除了他们才能以绝后患。独眼将此事嫁祸于张子瀚，他这么做一定是想除掉唐人，石大人知道独眼的心思，可他不愿意说破此事，就是因为他觉得独眼虽不堪重用，但也不是没用。

石大人回到石府大堂时，独眼已在那儿等候，独眼早已猜到事情的结局。独眼端来了一盆清水，石大人仔细清洗着双手，独眼又拿来麻布为石大人把手擦干净。石大人一坐下，独眼就上前为石大人捶腿。

石大人闭着眼睛问道："你是想借波斯人的手除掉唐人？"

独眼立刻说道："大人，误会了，我若能战胜这两个波斯人，自然就轮不到那个唐人动手了。"

"你是什么意思？"石大人问道。

"唐人的武功在我之上，大人又如此信任唐人，我想以唐人的能力，一定会将那两个波斯人拿下。所以，小人想把这事交予唐人去办。不想中间出了点差错，才弄成了这样的乱局……"独眼小心翼翼地说道。

石大人虽然知道独眼居心叵测，可独眼的这番说辞也算解释得过去，石大人也不想再纠缠此事了。现在正是用人之际，独眼与张子瀚各有所长，无论是独眼还是张子瀚都是不可或缺的，这两个人之间有些摩擦嫌隙也不是件坏事，有他居中调和就可相安无事。至少暂时还不会出什么麻烦，待情势发展再做决断。

一想到此，石大人睁开眼睛说道："这件事就过去了，以后不管遇到什么事要先告诉我。"

"明白了，大人。"独眼一听这话，立刻如释重负，他知道现在已脱离险境，并且他在石大人的眼里还是有用的。

"我问你，上次让你办的事如何了？"石大人又问道。

"大人说的是何事？"独眼小心翼翼地问道。

"就是那件银器的事。"石大人提醒道。

"哦……想起来了，我这就去给大人办。"独眼刚刚放下的一颗心，现在又提到了嗓子眼。

独眼带着几个响马来到了那个银匠的作坊。低矮的作坊里摆满了各种杂物，靠墙的工作台上点着一盏油灯，银匠佝偻着身子伏在工作台上敲敲打打干着活。

一个响马走来拍了拍银匠的肩膀，银匠这才抬起头看到了走进来的人。

独眼坐在一张破旧的凳子上问道："我定的那件东西怎么样了？"

银匠佝偻着身子从工作台上用双手捧着一个布包交到了独眼的手上。独眼打开了布包，露出了里面的一件银质器皿。这件银质的狼头制作得极其逼真精细，狼头高昂，气势威严，狼嘴微张，狼牙尖利，狼的眼睛上镶有两颗绿色的宝石，闪烁着幽幽的光芒。

独眼不禁喃喃地说道："真是不错，看来你的确有过人的手艺。"

银匠并不说话，只是定定地看着独眼。

独眼从怀里掏出了一袋钱币在手上掂了掂扔了过去："这是赏赐你的。"银匠双手接住，微微点头向独眼致意。

张子衿回来后一直昏睡不醒，诺澜在一旁照料着她。张子瀚坐在妹妹的身边看着妹妹苍白的面容，不禁心里悲伤。因为他没有保护好自己的妹妹，让她受到了惊吓，险些还为他丧命。不能再让妹妹受这样的苦了。

这时，张子衿忽然说起了梦话："哥哥，你千万不要过来……你不要管我……你快点离开……"

张子瀚握住了张子衿的手，张子衿又昏睡了过去……

张子瀚的眼睛一热，落下了眼泪。

回鹘人知道出了这件事来看望张子瀚。回鹘人联想到最近发生的事情，他觉得有责任提醒张子瀚一下。

"大人想过没有，这些事的幕后指使到底是谁？"回鹘人问道。

"我还不知道。"张子瀚说道。

"幕后的黑手一定是独眼，这个人心思歹毒，总想借别人的手除掉大人。他不敢与我们面对面地对决，只有在暗地里出阴招。"回鹘人说道。

"我也想到就是此人，可是还没有拿到确凿的证据。"张子瀚早已意识到独眼的阴损狠毒。

"我们不能就这样任其猖狂，要不然就把他废了，让他再也不能为非作歹。"回鹘人一心想除掉这个可恶的独眼。

"不可，现在这里的情势复杂，稍有不慎有可能就会出现乱局。若是我们手里拿到了证据，再出手不迟。"张子瀚知道独眼干了无数恶行，可若要现在除掉此人，就会引起石大人的猜忌。如此一来，后果很难设想。他的心里一直思考着即将到来的战争，如何才能把握机会得到准确的情报。

"大人就是过于善良谨慎了，这样会让此人觉得我们软弱好欺。"回鹘人有些义愤填膺。

"此事先不急，早晚会有机会。我们现在最重要的是将周边所有的地形巡查一遍，尽快完成这幅地形图。"张子瀚说道。

"大人，我听说在峡谷一带还有一条驿道，据说这条驿道早已废弃了。"回鹘人说道。

"好，我们就去那里。"张子瀚说道。

石大人手里拿着一把短刀，在一张羊皮地图上划过，地图上所描绘的疆域在他的眼前渐渐清晰起来。这里有河道树林、绿洲草场、山脉峡谷、戈壁荒漠……最主要的是这条连接东西的商道就从这儿穿过。如果拥有了这片疆域，也就实现了他的人生抱负和愿望。他心中最大的愿望就是成为一个王者。不管用什么手段来完成，现在都需要做好心理准备，强烈的欲望可以使人的意志变得强大。

如果成为了王者，就要有王者的气度和威严，更主要还要有一件象征王者权力的器物，也就是天上神灵赐予的一件神器，能够代表王者的尊严。

石大人想到自己曾有过一件这样的器物，就是那件银质的狼头，他知道这个狼头不一般，是一位首领权杖上的器物，这也是他早年打劫时在一户人家得到的。

石大人带人进入了一个大户人家，将家中所有人都押到院子里。石大人命人将所有值钱的东西尽数收缴全部带走。一切都很顺利，就在石大人要离开时，突然发现一个老仆人的一只手挂着手杖，另一只手一直捂在胸前。石大人命人将老仆人拉出来，从他怀中拿出一个裹着的布包，打开一看是一件银质的狼头器物。石大人仔细看着，并没有觉得这是件尊贵之物。他上前询问那个老仆人此为何物。老仆人将这狼头器物装在自己的手杖上，石大人看到这是一个部族首领的权杖。

石大人意识到这件看似寻常的器物蕴含着尊贵和权力，他拿过权杖仔细看着。那个老仆人伸手想要拿回这件器物。石大人有些犹豫，这时，老仆人不顾一切地扑上来想要夺回属于自己的东西。

石大人恼怒了，他挥手一刀划在老仆人的脖子上，老仆人倒下了，喷溅出的血落在了那件银质器物上。石大人有些厌恶地将这件狼头器物扔给了独眼，独眼赶紧双手接住。后来石大人从别人的口中得知，原来那个老仆人就是这户人家的主人，也是曾经的部族首领。

那天，石大人忽然想到了这件器物，便到库房里翻找，他想从中得到某种启示。不想让这个可恶的只有一只眼睛的家伙给弄没了。一想到此，石大人心里的怒火就被点燃了。

石大人喃喃道："如果他找不回来，看我如何收拾他。"

这时独眼气喘吁吁地跑了进来："大人，小人把大人要的东西带来了。"

独眼向前疾行，脚下一滑身子失去了平衡，手中的布包飞了出去，石大人眼疾手快接住了那件东西。独眼赶紧从地上爬了起来，用一只眼睛看着石大人。

石大人打开布包看到了里面的银质狼头，他有些不敢相信这狼头器物怎么会如此好看，他对以往的记忆已经有些模糊了。

"你说这就是那件器物？"石大人有些狐疑地问道。

"是的，大人。"独眼答道。

"不对，我想起来了，原来的那件器物是个旧的，上面还有划痕和血迹，手感光滑细腻，这件分明是新的，看来你是存心想要戏弄我？"石大人发现了两件器物之间的不同之处，他瞪着独眼质问道。

独眼一听这话立刻跪在地上："大人，小人就说实话了，原来那件器物让小人不小心弄丢了，这是小人找人新做出来的，小人知道错了，下次再也不敢了，要打要罚，任凭大人发落。"独眼知道瞒不过去，只好豁出去了。

"哦……你说这是新做的？"石大人的眼睛紧盯着独眼问道。

"是的，小人找了个银匠刚刚做出来的。"独眼知道现在不能再有任何隐瞒，唯有实话实说。

"这个银匠在哪儿？"石大人问道。

"大人，要做什么？"独眼有些不解。

"我看此人手艺不错，我想让他再给我造一件器物。"石大人说道。

"哦，这事好办，我立刻把这个银匠给大人带来。"独眼这才明白石大人的意思，浑身感到一阵轻松。

"尽快把此人带来见我。"石大人说道。

"明白了，大人。"独眼赶紧跑了出去。

天边滚过了一阵闷雷，一层灰色的云层从天边弥漫上来，渐渐变得越来越大，颜色也越来越浓，将整个天空都遮住了。浓密的云层紧紧挤压着驼镇，像一头巨大的怪兽要把整个驼镇给吞噬掉。突然，一道刺眼的闪电撕开了浓密的云层，又一声炸雷带着一个火球从云层中滚落下来，燃烧的火球沿着大地向驼镇滚来。火球在驼镇外遇到了一棵大树，立刻将那树点燃了，燃烧的树就像一个火把。这时，云层中落下了零落的雨滴，雨滴砸在地面上很快就被吸收干净。

驼镇集市上的人赶紧收拾东西。

独眼沿着街道走来，雨水落在他的脸上，他感到挺舒服的。如此炎热干旱的季节天上能下点雨是件好事。独眼的心情也不错，所有让他担心的事总算都蒙混过去了。石大人还是离不开他，这里还是他的天下，这些人还都要听他的，一切都将会如从前一样。

突然，一根绳子绊住了他的脚，他一个趔趄摔倒在地，他心中的火立刻顶了上来，心想："是谁胆敢这样做？看我起来如何收拾你们。"他刚从地上爬起身来，一个木杆倒下正好砸在他的头上，他又扑倒在地。紧接着，他感到有一只脚踩在他的头上，迫使他的脸紧贴在地上，他的脸已经变形，他想挣扎着起来，可是他的头被那只脚紧紧地踩在地上动弹不得。

这时，天边又响起了一片炸雷，这声音震耳欲聋、摄人心魄。从天上落下了更多、更密集的雨水，人们开始纷纷逃离。

这会儿，独眼感到踩着自己头的那只脚越来越重，半个头已经陷在泥土里。他想求饶，可根本张不开嘴，他后悔自己出来得太匆忙，没有带几个手下跟着。这时，他又感到有人用脚狠狠地踢在他的身上，他使劲挣扎着可还是无法起身，只好放弃了挣扎，忍受着这顿暴打。开始他还感到了疼痛，后来浑身麻木了，他瘫在地上如同死狗一样。

独眼感到自己的身体已经不属于自己了，只有脑袋里的意识还在。又过了一段时间，独眼感到踩在他头上的脚移开了。他试着活动了一下脖子，居然头还长在自己的脖子上，他又活动了一下自己的四肢，感到胳膊和腿也还都在。独眼身上疼痛难忍，他的脑子在飞速旋转着，这到底是谁干的，他要把此人抓住碎尸万段。独眼好不容易从地上站了起来，他一身泥水，颤抖着双腿，他的脸已扭曲变形。他用一只眼睛看着周围，周围的一切景物在他的眼里也都变了形。有人从他的身边匆匆走过，没有人能认得出他来，他看谁都像是凶手。独眼的一只眼睛在眼眶里瞪圆了，他从地上摸到自己的刀愤怒地挥舞着。

"这到底是谁干的，有种的给我站出来！"独眼在大雨中怒吼着。

这时，一个陶罐从空中落下，砸在独眼的头上成为碎片，独眼又一头栽倒在泥泞的地上。接着又有几根木杆带着布棚倒了下来，压在独眼的身上，雨越下越大，四散的人群踩着他的身子奔跑了过去……

回鹘人与几个手下随着人群离去。

雨停了，独眼在泥水中清醒了过来。这时有几个响马沿着街道走来，独眼向他们艰难地招着手。那几个响马从他的身边走过毫不理会。独眼从地上捡起了一个石子扔了过去，石子打在一个响马的头上，他停住了脚步，回身看到街上爬起了一个浑身泥水的人，那几个响马立刻走了过来，将此人围住。

一个响马一把抓住了独眼的领子骂道："我看你是不想活过今天了！"

另一个响马照着独眼的后腰就是一脚，独眼踉跄着向前扑去。对面的响马又一脚蹬在他的胸上，独眼又向后趔趄着退去。身后的响马又是一脚，独眼又改变了方向朝前扑去。站在对面的响马掐住他的脖子一拳打在他的脸上，独眼的眼前一黑，摔倒在泥泞的地上。几个响马上前用脚踢着，独眼在泥水里翻滚着……

突然，独眼大喊道："你们都瞎了眼，看看老子是谁……"

几个响马都愣住了，他们蹲下身认出了独眼，立刻都跪在了地上。

独眼艰难地说道："你们快点找人，救救我……"

响马将独眼放在一块木板上，抬到了山羊医官住的地方。山羊医官走到跟前，看到此人一头的血污已分不清哪是鼻子、哪是眼睛了，有些犹豫。

"这……这伤得也太重了，我恐怕也治不好此人。"山羊医官说道。

几个响马一听这话也不知该怎么办，其中一个响马一把抓住山羊医官的脖子将他拉到独眼的身边说道："不管你愿不愿意，你必须把此人治好。"

山羊医官立刻求饶："不是我不愿意，可一旦这个人砸在我的手上，我在驼镇上的名声就毁了，哪怕我给你们点钱财，你们还是另请高人吧。"山羊医官解释道。

这时，躺在床铺上的独眼伸出了一只手，他的手上拿着一把匕首，刀锋顶在山羊医官的咽喉处，山羊医官立刻傻了。

独眼艰难地说道："你要是治不好我的伤，你就活不过今天，我说到做到。"

山羊医官认出了独眼立刻说道："原来是大人，我治，我治……"

张子衿的身心由于受到惊吓，身体一直处在虚脱中，她的意识陷入无尽的噩梦里。张子衿被关在一个幽暗的山洞，她的周围都是闪着绿色眼睛的怪兽。这些怪兽慢慢朝她走来，她看到这些怪兽狰狞的面容，她不断地挣扎，可是无法挣脱拴在她手上的铁链，她绝望了。这时，她看到了哥哥张子瀚，哥哥的身后还有诺澜。可是她与哥哥之间隔着一个幽深的水潭，水潭里面燃烧着蓝色的火焰。她看着哥哥冲进了水潭，蓝色的火焰在他的周围燃烧着，张子衿大喊着，可她喊不出声音。哥哥使劲投出了标枪，将那些怪兽杀死。张子瀚终于越过了水潭，用刀斩断了拴着她的铁链，张子衿扑到了哥哥的怀里，张子瀚紧紧地抱着张子衿。

张子衿睁开了眼睛，她终于从梦境中苏醒了过来。

"子衿，你终于醒了。"诺澜高兴地说道。

"子衿，你感觉怎么样了？"张子瀚焦急地问道。

张子衿看着他们轻声说道："哥哥，我做了个噩梦，在梦里见到了你来救我，还有诺澜，我再也不离开你们了……"

"子衿，一切都会过去的，我绝不会再离开你了。"张子瀚安慰道。

经过山羊医官的精心医治，独眼头上的伤都处理好了。他的头上裹着布，只露出了一只眼睛，来见石大人。

"大人。"独眼说道。

"一天没见，你这是怎么了？"石大人转过身看到独眼这个样子问道。

"小人不小心摔了一跤，刚巧又碰到一所房子倒塌，就成了这样。"独眼含混地说道。

"我叫你办的事如何了？"石大人关心的是银匠的事。

"我把人带来了。"独眼拍了拍手，从门外走进了那个佝偻着身子的银匠。

"这就是你说的那个银匠？"石大人上下打量着这个银匠问道。

"是的，别看此人长相怪异，但此人的手艺没人能比。"独眼赶紧向石大人解释道。

"好，你再给我做一个同样的银质器物，不过不是一头狼，而是一头雪豹。"石大人拿出了那个狼头器物说道。

银匠佝偻着身子努力抬起头看着石大人点了点头。

"怎么这个人不会说话？"石大人问道。

"大人，有高超手艺的人都说话很少。"独眼继续解释道。

"好，只要你能做好这件器物，我绝不会亏待你。"石大人对银匠说道。

银匠佝偻着身子歪头看着石大人又点了点头。

"你要记住，我要的这件器物应该是这世上最好的，要镶嵌上最好的宝石，要比这个做得还要好。"石大人拿着那个狼头器物看着银匠说道。

银匠佝偻着身子看着石大人肯定地点了点头。

"你给我盯着点，需要什么都要满足他。"石大人对独眼说道。

"明白了，大人。"独眼愿意干这样的事。

石大人一直从心里欣赏和崇拜雪豹，他想让雪豹的形象成为自己王者权力的标志和象征。

张子瀚与回鹘人走了很远的路，来到一处荒野，回鹘人指着远处的一个高耸的土堆说道："大人，你看那是什么？"

"这是一个烽燧。"张子瀚说道。

"什么是烽燧？"回鹘人问道。

"烽燧就是用来传递消息的，如果发现有什么情况，守备烽燧的士兵就会在这儿点着狼烟，其他的烽燧也照此行事，这样就可以把消息传递出去。"张子瀚说道。

"我听人说经过这里有两条岔道，一条通往突厥人的大营，另一条可通往安西都护府。"回鹘人说道。

"看来这个位置极为重要。"张子瀚在图上标注了位置。

独眼来到了银匠的作坊，银匠只顾低头干活。他走到货架旁看着上面摆放的一些器物。忽然，他看到了一件眼熟的东西，那是一个铜牌，上面刻有一只狐狸的形象。独眼想起来，自己也曾有过一个同样的铜牌，是父亲留给他的，他把这铜牌一直系在自己的腰带上。这会儿，他从腰上取下这个铜牌与银匠的那个铜牌一对比，果然一模一样。

独眼把这两个铜牌拿到了银匠的面前，银匠看着独眼，又看了看那个铜牌，忽然情绪激动起来，他一把搂住了独眼，眼泪流了出来。

独眼吓了一跳忙问道："你这是为何？"

银匠一边用手势比画着一边嗓音含混地说道："我们是一个部族的亲人，这个铜牌就是凭证。"

独眼一听这话愣住了。

银匠这会儿就像变了个人似的，他拉着独眼的手给他讲述着自己部族的往事。银匠说他们的部族中每个人都有一块这样的腰牌。传说这个部族的祖先曾经在山里遭到了狼群的围攻，危难之时，得到了一只狐狸的救助，狐狸将狼群引开，这个人才得以逃脱。从此部族的人都将狐狸当作自己的恩人，见到狐狸从来都不猎杀，而且还要扔给狐狸一些吃的东西。有了这个狐狸的故事也就有了这个狐狸形象的腰牌。银匠还说他们的部族曾经极其高贵富庶，因此这个部族的人也具有高贵的血统。

银匠将独眼当作自己的亲人，他说自己从小生就这个样子，生活历尽艰难坎坷，可是上天有眼，让他拥有了这门银匠的手艺。尽管他的长相不如常人，可他的手艺天下没人能比。他能做出这世上最高贵精致的器物。

独眼从来没有对外人动过感情，可这次他还是被银匠的这番话感动了。银匠让他知道了自己部族的许多往事，他觉得自己也有了根脉。银匠又说他们的部族早已消失了，没有想到在这儿遇到了自己的亲人。最后，银匠神秘地告诉他，下次一定会送他一件精美的礼物。

石大人给那只受伤的鹰隼喂着肉，鹰隼经过一段时间的调养已得到了恢复。石大人看着这只鹰隼又想起了自己的朋友。他越想越觉得突厥人可恶至极，已经袭扰到他的地面，自己最好的朋友也惨遭他们的杀害，这令石大人非常痛心。

"这些突厥人毫无信义，真是太可恶了。"石大人看着远处喃喃道。

这时，张子瀚来了，石大人收回了目光示意张子瀚坐下。

石大人让人将张子瀚叫来是要商议一件重要的事，他想既然突厥人不可靠，面对突厥与大唐的战事，假如向大唐示好联手对付突厥，也是一种选择。

"子瀚兄弟，我叫你来是想跟你商量一下，突厥与大唐一旦开战，我们凭借自己的力量能否守住驼镇？"石大人问道。

"大人，恕我直言，如果突厥人来犯，仅凭我们的力量很难守住。除非大人愿意做一件事。"张子瀚说道。

"请讲。"石大人急切地想知道张子瀚的想法。

"那就是与唐军取得联系，在突厥来犯之时，能够得到唐军的驰援。"张子瀚想如果可以争取到石大人联手对付突厥，也是一个不错的选择。当然，这就要看石大人是否有这份诚意了。

"子瀚兄弟，我想知道，你对突厥与大唐之间争夺西域之事有何见解？"石大人继续问道。

"大人，请恕我直言，我以为，大唐与突厥在西域有着根本的不同，大唐是为了维护与发展西域的和平与富庶，突厥是为了劫掠和霸占西域的土地和财富。自从突厥人来到这里，西域已不再有往日的安宁，突厥人四处劫掠、残忍杀戮，使多少人逃离故土，致使田园荒芜。这条连接东西方的商道也少有客商驼队往来，再无往日的和平繁荣。"张子瀚觉得现在有必要向石大人表明自己的立场。

"嗯……说得没错。"石大人被张子瀚的这番话深深触动，突厥人给西域带来的灾难有目共睹。这时，他心里的天平开始倾向于大唐了。

"大唐在西域与各个部族的人相处友好，是为守护家园而战。突厥在西域烧杀劫掠，其行径已激起民愤，是为称霸西域而来。孰是孰非，世人有目共睹，石大人也一定很清楚。"张子瀚说道。

"如果我愿意向大唐示好，你会怎么看？"石大人问道。

"如果石大人确有此意，我愿意为石大人与安西都护府取得联系，以便今后可以得到唐军的协助和驰援。"张子瀚毫不犹豫地说道。

"既然有子瀚兄弟这句话，我愿与大唐取得联系，联手抗击突厥。"

"好的，大人有什么要求尽管吩咐。"张子瀚感到心中一阵兴奋。

"不过此事关系重大，容我再仔细斟酌一下。"石大人还不想立刻做出决定。

"好的，我等候大人的消息。"张子瀚说道。

"子瀚，这些日子在外巡视有无发现什么异常情况？"石大人又问道。

"大人，最近发现有突厥人经常出没袭扰。"张子瀚据实说道。

"如果再发现有突厥人袭扰，就给我拿下。"石大人说道。

"明白了，大人。"张子瀚说道。

张子瀚与回鹘人将驼镇周边所有的地形巡查了一遍，张子瀚也完成了一幅详尽的地形图。

傍晚时分，他们准备返回。有人来报，前面的山谷发现有一队突厥人。张子瀚立刻让回鹘人带一部人马去将这些突厥人拿下。

山谷中，几个突厥人下马歇息，他们点着了篝火，开始烤肉煮茶。一个人坐在篝火旁，火光映衬出了突厥谋士的面容。

一只大鸟扑棱着翅膀惊叫着飞过他们的头顶，突厥谋士立刻警觉起来，他看到远处有一骑人马向这里冲来。突厥谋士立刻令人准备御敌。

回鹘人带人似旋风般冲来，突厥人挥刀冲上，他们混战在一起。此时的突厥谋士已经趁人不备滚落到坡下，拉过一匹马上马逃走。回鹘人带人奋力拼杀，突厥人不敌这些人的勇猛，纷纷被斩杀。最后剩下的突厥人见状立刻上马逃走，回鹘人纵马追赶，飞身跃去将那突厥人拉下马，令人将他绑了。

独眼又来到银匠的作坊，银匠说话算话，拿出了一件器物交给独眼。这是一个镶有宝石的银质酒壶，造型别致，做工精巧，壶身上雕有许多花草图形，那些花草细致入微，极为生动，一看便知是件绝世精品。独眼有些犹豫了，这等宝物他还是第一次见到。他觉得自己的身份与这件宝物有些不配。

"这件东西送给我有些可惜了。"独眼说道。

"大人尽管收下，这就是专门为大人准备的，大人的身份一定配得上这件器物。"银匠认真地说道。

"好，那我就收下了。"独眼将这个银质酒壶揣进了怀里。

"大人记住我的话，大人只要仔细保存好这件器物，将来一定会成为身份高贵之人。"银匠恭敬地说道。

独眼令人拿来了酒肉，他要好好感谢这位同宗同族的银匠。

夜晚的驼镇寂静无声。

张子瀚与回鹘人将抓到的突厥人带回了驼镇。张子瀚来石府大堂见到石大人说抓到了一个前来袭扰的突厥人，石大人立刻命将此人带来。回鹘人将突厥人带了进来，突厥人一副不屈的样子，高昂着头瞪着石大人。石大人走到这个突厥人的近前，突然看到了一件熟悉的东西，只见突厥人的脖颈上戴着一条狼牙项链，正是石大人的好友鹰者生前的饰物。石大人立刻瞪起了眼睛。

"这东西是哪儿来的？"石大人问道。

突厥人高昂着头不回答。

石大人的眼前出现了鹰者临死前的情景。

石大人抽出刀向突厥人的脖颈挥去，突厥人大惊。只见突厥人脖颈上的那串狼牙饰物掉落了下来，石大人伸手接住。

"可恶的畜生，明天一早，我要在驼镇集市上将这个突厥人处死，用他的头颅来祭奠我死去的朋友！"石大人狠狠地说道。

夜晚的时候，独眼也知道了此事，他忽然觉得天要塌了，如果石大人敢在驼镇当众杀了这个突厥人，那就意味着要与强大的突厥为敌。如此一来，就得罪了突厥人，驼镇早晚会被突厥大军夷为平地，他的前途也就彻底毁了。一想到此，他的脚下就冒出了一股凉气，他现在要做的就是如何保住自己的这条命。独眼觉得现在唯一的出路就是赶紧投靠突厥人，这样才有可能保住这条命。继续留在这里，不被石大人废了，早晚也会让突厥人杀了。现在他也想开了，已经顾不得那些财宝，只要能活着逃出去就行。他叫来了两个心腹手下，准备一起悄悄离开驼镇。

独眼与两个手下刚来到驼镇的关隘，就看到有一人骑马驰来，独眼本不想再惹麻烦，可此人看到了他竟然打马向他走来。独眼只好令人将此人拿下，那人不断挣扎，独眼下马来到近前，拉起那人的头，他看到的竟是突厥谋士的脸。独眼赶紧上前将突厥谋士搀扶了起来。

独眼将突厥谋士带到了地下妓院，波斯人死后，这里已由大食人接管。大食人端来了热茶。突厥谋士喝过之后才缓了过来。

"大人为何深夜到此？"独眼有些不解地问道。

"我受突厥可汗的委托前来驼镇见石大人，不想路上遭遇劫杀，好不容易才得以脱逃。"突厥谋士一想到当时的情景还心有余悸。

"让大人受惊了，大人放心，此事我会为大人查明的。"独眼说道。

"嗯，那就不必了，好在我现在还活着。"突厥谋士说道。

"自从大人上次走后，小人一直挂念着大人。"独眼脸上堆着笑容。

"哦，我已将你的心愿转告于我们突厥尊贵、伟大、唯一的可汗，我们的可汗对你的忠诚表示了赞赏。"突厥谋士拍着独眼的肩膀说道。

"感谢大人，感谢大人。小人一定会效忠突厥，为突厥实现霸业竭尽全力。"独眼说道。

独眼没有想到自己已经得到了突厥可汗的认可。他忽然觉得自己又有了前途，只要能得到强大突厥的庇护，他的腰杆就硬了，即便石大人也奈何不了。独眼知道这都仰仗这位突厥使者的提携关照。一想到此，独眼又从怀中拿出一个布包双手递到突厥谋士的手中说道："这是小人孝敬大人的一件礼物。"

突厥谋士打开了布包，看到了那件精美的银质酒壶，他用手抚摸着上面的纹饰和宝石不禁赞叹道："这可真是一件难得的宝物！"

"只要大人喜欢，小人还可以为大人弄到这样的宝物。到时候还希望大人能将小人引荐给可汗。"独眼想一定要不惜一切与这位突厥使者拉上关系，进而能够见到突厥可汗。

"放心，我会将你引荐给我们尊贵、伟大、唯一的可汗。"突厥谋士很清楚，这会儿他就要依靠这个独眼了。

独眼一听这话立刻跪在地上："小人能够有幸遇到大人，还能得到大人的提携，大人就是小人最大的恩人，小人一定永远效忠于大人，为大人竭尽全力，即便需要小人的性命，也绝不含糊。"

"好的，只要你有这份心愿，我敢保证，从此你的命运会与我们伟大的突厥一样，前景一片辉煌。"突厥谋士说道。

独眼没有想到，因为这个突厥人的出现，他的命运又出现了转机。

张子瀚联想到近日发生的事，心里很担忧。自从妹妹遭人绑架，他意识到这里每时每刻都存在着危险。大唐与突厥的战事也正在迫近，驼镇的情势也难以预料。他一个人还好应对，可是身边有妹妹子衿与诺澜，他担心接下来的日子，他会无暇照顾她们。所以，他想让妹妹子衿与诺澜赶紧离开这里。他把这个想法告诉了张子衿和诺澜。

"我想送你们俩离开驼镇。"张子瀚严肃地说道。

"哥哥，你呢？"张子衿问道。

"我暂时还不能离开。"张子瀚说道。

"不，我千里迢迢从长安来此，好不容易找到了哥哥，现在你竟然要让我离开你，我绝不离开。"张子衿说道。

"诺澜既然已跟随了大人，诺澜也不愿离开。"诺澜说道。

"现在战事将近，情势将会愈加复杂，我已经托付了回鹘人，让他带你们离开这里，他知道一条废弃的驿道，从那里可以到达安西都护府。"张子瀚解释道。

"哥哥说过，你不会再离开我，我哪儿也不去。"张子衿快要哭了。

"大人忘了，你曾说过不让诺澜走，还说要好好照顾诺澜，不管大人遇到了什么事，我们可以共同面对。"诺澜急切地说道。

"我是说过此话，可现在与那会儿不同。"张子瀚说道。

"无论如何，我都不会离开你的。"张子衿说道。

"如果要走，也要我们一起走。"诺澜说道。

"子衿，诺澜，事情不是你们想的那么简单，我让你们离开是不想让你们再遇到什么危险。今后这里的情况可能会越来越复杂，这也是目前我们能做的最好的选择……"张子瀚也不知道该如何说服张子衿和诺澜。

天亮了，太阳一出来就把刺眼的光线射向了大地，天空一片蔚蓝，没有一片云彩。驼镇的建筑物在阳光的照射下错落有致、明暗分明。

驼镇的集市广场上临时用木头搭建了一座台子，台子的旁边立起了两根长长的木杆，木杆上有一横木，从横木上掉下一根绳索，有人将绳索挽成一个绳套，这是一个临时行刑的地方。

驼镇的人都来到了广场，人们用手遮住刺眼的阳光，眯着眼睛看着那个行刑的台子。驼镇的人已经很久没有看到这样的场面了。曾经有人因为抢劫杀人，在这里受到过绞刑，还有人因强奸杀人也在这里遭到砍头。从那以后，这样的犯罪就少了许多。人们不知道这次是要给犯了何罪的人处以极刑。

这时，一队响马冲来，将人群驱赶开，忽然人群中有人喊道："快看，要被处决的人来了！"

只见一队响马押着那个突厥人走上了行刑台，突厥人的头上套着一个黑布袋，响马将他的头放进了绳套。

人群中有人议论着，看样子，这是个突厥人。

有人说道："突厥人不是东西，到处烧杀抢掠、无恶不作……"

又有人说道："这些可恶的突厥人就该杀掉……"

还有人说道："杀了突厥人恐怕就会惹来灾祸了……"

人们议论纷纷，一片混乱嘈杂的声音。

这时，石大人走上了台子。

人群安静了下来，所有人都抬着头看向石大人，张子瀚与回鹘人也在人群中。

石大人说道："我这个人做事向来善恶分明，有人施恩于我，我会知恩图报，有人伤害于我，我也绝不饶恕。"

这时，人群中有人喊道："杀了这个可恶的突厥人，杀了他……"

石大人抬起了手……

两个响马已经拉紧了绳子，只等石大人的手挥下，他们就会将绳索拉起来，那时候，这个突厥人就会双脚离地，一命呜呼……

突然，有人大声喊道："不要动手，不要动手……"

石大人的手悬在了空中，他回头看到了突厥谋士穿过人群急匆匆地冲了过来。

突厥谋士气喘吁吁地说道："大人，请大人千万不要动手……"

石府大堂上，突厥谋士双手递上一封信函说道："石大人，这是突厥尊贵、伟大、唯一的可汗给石大人的一封亲笔信函。"

石大人并不接信函说道："烦请你念上一遍。"

突厥谋士打开信函念道："尊敬的石大人，我与阁下有过深厚的情谊，我相信这是神灵的安排，我愿意将我们的这份情谊一直延续下去。作为突厥国的可汗，我已得到了神灵的启示和召唤，我将亲率强大无比的突厥铁骑踏平一切敢于违抗我们意志的力量，这将是一件载入史册的伟大战争，突厥人将会成为这片疆域的主人，待到我们的胜利荣耀之日，我愿意与我的朋友共同分享我们的胜利和荣耀。突厥汗国尊贵、伟大、唯一的可汗，古鲁斯。"

突厥谋士拿出了一份羊皮地图展开，上面清晰地勾画出了驼镇及周边百余里的疆域。

"这是我们突厥国尊贵、伟大、唯一的可汗为石大人确认的未来管辖的疆域领地。此图遵照石大人提出的要求，并在此又增加了一倍。"

这时，石大人的脸上出现了一丝不易察觉的笑意。

张子瀚知道了事情的突变，他找来了回鹘人。张子瀚告诉诺澜和张子衿，情势危急，现在必须听从他的安排赶紧离开这里前往安西都护府。

诺澜与张子衿默默点头。

"此事关系重大，需将这份地形图交给苏将军。"张子瀚将那份绘制好的地形图交给了回鹘人。

"放心吧，大人。"回鹘人说道。

石府大堂里灯火辉煌，桌上摆满了丰盛的晚餐。石大人正在招待突厥谋士。

"怎么样，尝尝我这儿的酒味道如何？"石大人端起一杯酒说道。

"味道极好，我们突厥尊贵、伟大、唯一的可汗也很喜欢饮酒，若是我们的可汗能喝到这样的美酒，一定也会很满意的。"突厥谋士说道。

"可是你们的可汗根本无暇来见我。"石大人的语气有些揶揄的味道。

"不，不，石大人的才华，我们尊贵、伟大、唯一的可汗是很清楚的。将来我们统治了西域，我们突厥尊贵、伟大、唯一的可汗一定会与石大人成为最好的朋友。"突厥谋士赶紧解释。

"这么说来你对未来充满信心？"石大人脸上的表情让人琢磨不定。

"是的，应该说我们共同的未来，如果石大人愿意与我们成为盟友的话。"突厥谋士现在还没有得到石大人的明确答复。

"既然你们的可汗还认我这个老朋友，就请你转告你们的可汗，我愿意与突厥合作。"石大人郑重地说完这句话，又将一块肉送进了口中。

此时，突厥谋士的脸上出现了笑容。

第十九章　牺牲

天一亮，张子瀚便与回鹘人准备好了路上所需的食物与水囊，让张子衿和诺澜换上了西域人的装束准备出发。他们一行骑马穿过街道，来到了驼镇的关隘。远远看去，那里有响马在巡查过往的行人。

这时，有人从远处骑马走来，响马们立刻上前盘查。一个头上裹着围巾的人来到关隘前下马，从怀中拿出了一袋钱币放进一个响马的手上，响马的脸上立刻出现了笑容，挥手示意让他过去。

那人上马刚要走，另一个响马走来挡住了去路，他只好又勒住了马将一些钱币放在了响马的手上。响马看着手上的钱币，忽然看到其中有一枚大唐的钱币，立刻拔出了刀喊道："这是个唐人，大人有令，拿到唐人有重赏！"其他几个响马一听迅速围了上来。

这时，张子瀚、回鹘人、诺澜和张子衿恰好走到这里，张子瀚一眼便认出那人就是秦子安。

张子瀚立刻抽刀上前来到秦子安的身边，秦子安也看到了张子瀚。这时响马们将他们围在中间。

回鹘人从身后将一把刀放在一个响马的脖子上，那个响马立刻放下了手里的刀，回鹘人从他的身上将钱袋拿下，扬手撒了出去，钱币在空中翻滚着落在地上。这时，拥来一群难民纷纷在地上捡拾钱币，引起一片混乱……

当这群难民散去之后，响马们发现，张子瀚与秦子安已不见踪影，回鹘人与诺澜和张子衿也离开了这里。

张子瀚与秦子安和回鹘人回到住处，秦子安与张子瀚紧紧拥抱。

"子安，你终于回来了。"张子瀚一直盼着秦子安，可是一直没有他的消息。

"苏将军让我转告于你，唐军正在集结力量与突厥决战，战争形势所迫，我们势在必得。"秦子安说道。

"好的，苏将军还有什么交代？"张子瀚问道。

"苏将军希望你能及时掌握石大人的动向，以便我军能够审时度势，做出准确判断。"秦子安说道。

"石大人有可能要投靠突厥。"张子瀚已得知了情势的反转，但还不能做出最后的判定。

"这也在我们的预料之中。"秦子安丝毫没有感到惊奇。

"如此形势，该当如何？"张子瀚问道。

"苏将军已做出战略决策，唐军不与突厥军做正面对决，而是避其锋芒，诱敌深入，出其不意，聚而歼之。具体作战方略就是选择一险峻峡谷地带，我大军在此隐蔽设伏，派少数人马充作唐军主力对突厥大军进行袭扰攻击，之后便立即退却，诱使其乘胜追击，设法让突厥大军进入这一峡谷，待突厥大军完全进入之后，先阻其前行，再断其后路，埋伏在峡谷两边的唐军首以弓弩滚石攻击，挫其锐气，使之首尾不顾、军心大乱，我唐军则以同仇敌忾、迅猛之势发动全面攻击，可将突厥大军一举击溃，进而彻底歼灭。"秦子安说道。

"此计甚好。"张子瀚说道。

"苏将军正在派人勘察寻找适合我军设伏的峡谷，这对于我们战胜突厥尤为重要。"

"子安，我知道有一处峡谷，山口狭窄，峡谷阔达，两侧山势险峻，极为符合苏将军所需的条件。"张子瀚想起了他与回鹘人曾巡视过的所有山谷。

"子瀚兄，如果真有这一合适峡谷，你可就立下了头功。这个峡谷在哪儿？叫什么名字？"秦子安兴奋地问道。

张子瀚拿出那幅画在丝绸上的地图，展开，指向那片峡谷地带："就在这儿，因这里的山石皆为红色，人称红峡谷。"

秦子安看到了一幅从未见过的地图，图上对所有地形地貌描绘得十分详尽。秦子安不无感慨地说道："子瀚兄，还是你想得周全，有了你的这幅图，这场战役我们已占了先机。只需设法将突厥大军引入这里。"

"你说得没错。"张子瀚说道。

独眼听说有疑似唐人混进了驼镇，立刻来了精神，他指挥响马将整个驼镇戒严。他正想寻找机会向突厥人表示自己的忠诚和能力，他只要抓住这个大唐奸细便可向突厥人邀功了。

这时驼镇已进入严格管制状态，为了防止那些富人转移财产，石大人下令所有居住在驼镇的人等一律禁止携带财物外出。

独眼将手下的响马分散开像沙子一样撒在驼镇的各个角落，没有一个地方不在他们的监视控制之下，他给每个响马都发一只牛角号，一旦发现可疑人或情况，便吹响牛角号，这样散落在其他地方的响马就会循声迅速赶来支援包围这个地方，让这个大唐奸细无处可逃。

独眼自己则带领一队机动人马，在驼镇街道上巡查，只要哪里出现可疑情况，听见号声，便会即刻赶到。

此时，石大人与突厥谋士正在商议具体的合作事宜。

突厥谋士将一面突厥军的旗帜交与了石大人。

"这有何用？"石大人有些不解。

"我们突厥大军将要与唐军决战，一旦战场出现混乱局面，我们只认旗帜。只要石大人的人马有我们突厥军的旗帜，便可敌我分明、清晰了然。"突厥谋士解释道。

"你们的可汗希望我如何协助？"石大人问道。

"我们可汗希望大人能带领自己的人马，以突厥军的旗帜为号，寻找发现唐军主力并主动出击，袭扰之后便立即退却，诱使唐军随后追击，当唐军进入我突厥大军的攻击范围，我突厥铁甲骠骑军将会给唐军以迎头痛击，将其军阵彻底撕裂割断，唐军必将死伤无数，军心大乱，我突厥大军将以虎狼之威，雷霆之势发动最后攻击，可将唐军彻底击溃，消灭于此。"突厥谋士说道。

"看来你们的可汗想得有些简单了。"石大人说道。

"石大人以为如何？"突厥谋士问道。

"别说我手下的人马根本就无可能挑衅唐军，即便如此，唐军也不会愚蠢到将我视为突厥人。如若唐军根本不会上当又该如何？"石大人一听便知道此计的愚蠢之处。

"如果石大人有为难之处，那就请石大人带领人马，寻找到唐军主力，为我突厥大军传送情报，我突厥大军便可按照石大人的指引，做出攻击部署。我突厥铁甲骠骑军会率先发起冲击，一举摧毁唐军的意志，我突厥大军随后发动全面攻击，一战便将唐军彻底击溃消灭。"突厥谋士已料到石大人的难缠，所以又提出了这一方案。

"嗯，好吧。"石大人收起了突厥军旗帜。

"待我们战胜了大唐一统西域，我们尊贵、伟大、唯一的可汗将会与石大人一起举杯庆祝，到那时，我们突厥尊贵、伟大、唯一的可汗会将突厥骠骑将军的印符亲手授予石大人。"突厥谋士有些高傲地说道。

石大人一听这话，脸色沉了下来："请转告你们的可汗，他的好意我心领了，只要可汗大人能兑现他的承诺就足够了，我不想奢求在突厥那里谋得什么将军的印符和称号，只想经营好我的这块地面。"石大人根本无意在突厥那里谋个什么职位，他更不愿被突厥人圈养。

"好的，我一定将石大人的意思转告给我们尊贵的可汗。"突厥谋士感到此人竟还如此高傲和难以对付。

"再请转告你们的可汗，大战在即，万万不可轻敌。"石大人说道。

"难道大人对我们突厥大军的实力还有所怀疑吗？"突厥谋士有些不高兴，此人现在还如此傲慢无礼，他心里想道："等我们收拾完了大唐，一统了西域，再收拾你这个狂妄的人。"

"我对突厥人的勇猛彪悍从不怀疑，但唐军的骁勇顽强也不容小觑。既然我们已经联手对付大唐，我不得不说出心里的担忧，但愿我这些担忧能够让可汗明白。"石大人说得很中肯。

"明白了，我会将大人的这番话转告给我们的可汗。"突厥谋士恭谨地说道。

"大战在即，请回去向你们的可汗表达我的致意。"石大人说道。

"好的，我就不再打扰大人了，告辞了。"突厥谋士站起来躬身施礼。

这时，独眼走了进来。

石大人说道："你就代我去送客。"

独眼立刻说道："尊命，大人。"

张子瀚了解石大人的性格，他还不能断定石大人会彻底倒向突厥一方，他将自己的疑惑说出来与秦子安分析。

"石大人的性格向来桀骜不驯，不愿屈从于任何一方。他对突厥人也心存厌恶，甚至他还与我提及要与大唐联手抗击突厥的事。"张子瀚想到了他与石大人曾经的交谈。

"这不可信，此人向来本性贪婪善变。目前突厥的势力要强于我们，更何况突厥人来此就是为了争取他，一定会给予巨大的利益诱惑。此人为了利益，一定会倒向突厥一方与我们为敌。所以，我们还要对这个石大人加以防范。"秦子安分析道。

"嗯，此人具有强烈的欲望和野心，为了自己的私欲和利益，不择手段。"张子瀚意识到秦子安分析得更为透彻，感觉秦子安自从去了安西都护府，已成熟了许多。

"子瀚，你别忘了，这个石大人就是打家劫舍、恃强凌弱的响马出身，这个人残暴贪婪只为了自己的利益，他霸占驼镇，将这里视为自己的领地，还敢冒充官府收缴税金，足见此人内心的伪善和贪婪。他不仅劫掠商队、勒索敲诈，还收拢土匪响马，建立自己的武装，称霸一方。这种人哪有什么信义可言，他想尽办法将你留在驼镇就是看上了你的能力，同时抓住了你的致命之处，他对你的承诺与好处，无非就是为了让你帮他扩充势力，维持他的统治权力，可以让他继续胡作非为，实现他更大的野心。"秦子安说得有理有据、掷地有声。

"你说得有道理，我完全同意，从现在起，我们不能再对石大人有任何幻想，要将此人视为我们的敌人。"此时，张子瀚的心里已经有了最终判定。

驼镇的傍晚，街道上人迹寥寥，诺澜沿着街道急匆匆走来，忽然，她抬头看到两个人从石府大门出来向远处走去。

独眼与突厥谋士拐进一条街道，走进了赌场。赌场的生意已经停了，门口没有一个人。诺澜悄悄跟了进去。

地下赌场里灯光摇曳，独眼正与突厥谋士喝着酒。

独眼说道："这里比不上石大人那里的晚宴丰盛，还望大人见谅。"

突厥谋士拍着独眼的肩膀说道："在这里才让人感到舒服自在。"

独眼小心翼翼地问道："大人与石大人谈得一定很满意吧？"

突厥谋士想起了石大人的傲慢无礼，不禁皱起眉头说道："我们已经满足了他提出的所有条件，还额外给了他更多好处，谁会拒绝这样的诱惑。"

"这就好，这就好，这次大人的心情一定不错。"独眼又给突厥谋士倒上了酒，"为了大人的成功，再喝一杯。"独眼将酒杯举了起来。

突厥谋士推开了酒杯："此人自以为与我们可汗有些故交就可以如此狂傲，以为我们必须要依靠他，我们强大的突厥谁也不靠就能一统天下，现在不过是给他个面子而已。"突厥谋士酒喝多了，把自己心里想的也顺口说了出来。

独眼一听这话立刻瞪起了眼睛："大人，难道石大人还有对突厥人不敬的地方吗？"独眼急于想知道突厥人到底是怎么想的。

"这个人的贪欲极强，他想借我们强大的突厥为他打下一片疆域，还要我们的可汗给予确认为他的永久领地，由他称王。此人的确手段高明、智力不凡，可是他忘了这是在跟谁谈条件，他低估了我们的智力，我们的可汗不与他计较，先满足他的一切欲望稳住他。待到我们一统天下的时候，就不会再像现在这么客气了。"突厥谋士索性把话说开了，他相信独眼不会出卖他。

"哦……"独眼不知该如何回答。这番话完全出乎独眼的意料，他先是一惊，接着又有些窃喜。惊的是突厥人并没有如此看重石大人，喜的是今后的格局不会再是这样。同时，这个突厥人对他说出此话，就是对他的信任。

独眼一想到此有些感动："大人，小人虽在石大人手下谋事，但小人对突厥及大人满怀感激，小人不图日后富贵荣华，只求能在大人手下谋个差使，能让小人为大人做事，小人就感激不尽。"独眼巴结地看着突厥谋士。

"可以，只要你愿意，今后你就是我的人了。"突厥谋士从怀中拿出一块狼头腰牌递给了独眼。

独眼赶紧双手接过那块腰牌："感谢大人，今后小人就为突厥效忠尽力，听从大人的调遣。"

"用不了多久，我们突厥的铁骑将会横扫西域，这里都将是我们的天下。我们会是这里的主人……所有不顺从的人都将沦为我们的奴隶……"突厥谋士一副胜利者的姿态。

"是的，是的，小人就盼着这一天早日到来。"独眼献媚地说道。

"等到那时候，如果你愿意，我会在我们尊贵、伟大、唯一的可汗面前举荐你，将来让你替代那个石大人成为驼镇的真正主人。"突厥人看着独眼说道。

独眼一听这话心中又是一惊，他下意识地向四周看了看，然后小声问道："大人，此话可是当真？"

"当然，我烦透了那个狂妄的人，迟早我们会除掉那个令人讨厌的家伙。你是一个聪明人，将会替代他。"突厥谋士说道。

独眼一听这话立刻拿来了一罐葡萄酒，高高举起，仰起脖子一饮而尽。

帷幔处，闪现出诺澜的身影。

张子瀚与秦子安就未来的战事做了各种可能的预测，张子瀚知道要战胜数倍于自己的突厥大军，只有依靠灵活机动、诱敌深入、出其不意的战术应用。虽然已经确定了有利于围歼突厥大军的峡谷，但若想顺利地将突厥大军引入圈套并不是一件容易的事。

"仅凭一支轻骑要想引诱突厥大军至这一峡谷就是一招险棋，突厥人一旦识破，我们的设想与努力就会前功尽弃。"张子瀚十分担忧。

"是的，这是取得这次战役胜利的关键，如不能实现，我们的战略意图就会暴露，唐军也将会陷于极端危险的境地。"秦子安也认识到此事的艰难。

"可若要赢得这场战争，又必须要做到这一点。"张子瀚说道。

"是的，除此之外也很难再想出更好的办法了。"秦子安说道。

"另外，一旦石大人协助突厥，这对于唐军又多了一个对手，同时也让突厥人多了一股力量和眼线，这都将对我们不利。"张子瀚考虑得比较长远。

"是啊，如今我们还不清楚突厥人的作战意图，如果突厥人按兵不动，不上圈套，战事可就对我们极为不利了。"秦子安感到十分焦虑。

"除非还有一种可能……"张子瀚思索着说道。

"子瀚，你想出了什么好办法？"秦子安问道。

"那就是最终能够引诱突厥大军进入圈套的不是唐军，而是让他们信任的人……只有这样，他们才会确信无疑。"张子瀚思忖着说道。

"子瀚，你的意思是……"秦子安还是有些不大明白。

"我的意思就是既然石大人已经投靠了突厥人，我们是否能够利用石大人与突厥之间的关系，为突厥提供错误的消息，让突厥人信以为真，带领突厥人进入圈套。"张子瀚说出了一个大胆的设想。

"子瀚，你永远是那个最让我佩服的人。"秦子安没有想到张子瀚竟想出了这样一个主意，张子瀚的遇事冷静与思考深远永远出乎他的意料。

这时，张子衿来了。

"子安哥，你现在已经是一名唐军了，你告诉我，我们能战胜突厥吗？"张子衿问道。

"一定能。"秦子安答道。

"子安哥，我们战胜了突厥之后你会去哪儿？"

"等我们战胜了突厥，这里就太平了，我还想回到长安，那里才是我们的家，我在梦里经常回到长安。"

"子安哥，给你看样东西。"张子衿从怀里拿出了一件丝绸织锦。展开织锦，只见上面一只五彩斑斓的凤鸟在祥云中飞翔。

"这真是太美了，你太了不起了！"秦子安看到织锦不禁说道。

"既然你这么说，那就送给你吧。"张子衿说道。

"真的？"秦子安有些受宠若惊。

"当然是真的。"张子衿轻松地说道。

"这可是我收到的最为珍贵的礼物了。"秦子安难掩兴奋的神情。

"子衿，怎么没有见到诺澜？"张子瀚问道。

夜空中有一轮弯月，驼镇掩映在清冷的月光下，街道上空无一人。一只猫轻巧地跃上了房顶，瞪着一双闪着绿光的眼睛冲着黑暗处叫了一声。

地下赌场里，突厥谋士已经喝多了，趴在桌上呼呼大睡。独眼命人将突厥谋士抬进了妓院里面的房间，放在卧榻上。独眼刚要离去，突厥谋士的一只手抓住了他的手腕。独眼有些诧异地看着突厥谋士。

"大人，您还有何吩咐？"独眼毕恭毕敬地问道。

只见突厥谋士的嘴动了动，没有说出声来，独眼赶紧俯下身去听到从他口中含混地说着什么……

"明白了，大人。"独眼立刻说着走了出去。

里面的帷幔一挑，一个女子走了进来，跳动的灯光映衬出诺澜的面容。

突厥谋士睡在卧榻上发出了鼾声，他一翻身，从怀里滚落下一个东西，诺澜上前捡起了那件东西，看到是一件银质的狼头器物。诺澜又看到突厥人的腰上挂着一块狼头腰牌。诺澜上前悄悄拿下了那块腰牌刚要离开，突然，一只手抓住了她的手腕，诺澜吃了一惊。回头看到突厥谋士正斜眼看着她，欲将她拉到近前。诺澜挣脱开那只手，挥手一掌打在突厥谋士的脸上。这会儿，突厥谋士被这一耳光彻底打清醒了。

突厥谋士坐起身使劲摇了摇自己的头，他看清了这个令人销魂的美女，上前一把抱住了诺澜。诺澜拼命挣扎，突厥谋士被欲火点燃更加疯狂。忽然，突厥谋士不动了，他睁大了眼睛看着诺澜，诺澜的手中拿着一把寒光闪烁的短刀顶在他的脖子上。突厥谋士感到脖子上一阵冰凉，立刻松开了手。

这时，外面传来了脚步声，诺澜稍一迟疑，突厥谋士猛然推开了诺澜，大喊道："有刺客，快来人救我……"

诺澜赶紧转身走入了帷幔。

独眼来到突厥谋士的房间，只见突厥谋士蜷缩在墙角，浑身颤抖。

独眼赶紧上前扶起突厥谋士问道："大人，您这是怎么了？"

"有刺客，有刺客……"突厥谋士用手指着帷幔说道。

独眼抽出刀上前将帷幔挑开，里面空无一人。

诺澜用围巾裹住面孔，沿着走廊向前走去，突然，从一旁的帷幔中伸出一只手将她拉了进去。诺澜看到一个蒙着面的人，挥手就用短刀刺去，蒙面人的手紧紧抓住了诺澜握刀的手腕，解开了裹在头上的面巾，诺澜看到了张子瀚的面孔。

"大人，怎么是你？"诺澜瞪大了眼睛惊讶地问道。

"嘘，跟我走。"张子瀚示意她不要出声。张子瀚没有等到诺澜，就猜测诺澜有可能来到这儿了。果然，他刚一进来，就遇到了诺澜。

张子瀚拉着诺澜沿着走廊向前走去，迎面出现了几个响马，他们已无法躲避。诺澜立刻扭动着腰肢迎了上去，几个响马看到一个妖艳的女子向他们走来，不由得让开了一条通道。诺澜走到响马身边，一个响马刚要询问，诺澜一脚将他踢倒，其余几个响马赶紧拔刀冲来。这时，张子瀚从身后冲来，一阵拳脚将几个响马打倒在地。张子瀚拉着诺澜踩过那些响马的身体向前跑去。他们冲出走廊，沿着楼梯上去，进入了一间库房，他们推开一扇窗户，从窗户跳了出去，消失在夜色之中。

张子瀚与诺澜回到了住处，诺澜便向张子瀚和秦子安讲述了她如何发现突厥人与独眼鬼鬼祟祟地在一起，便尾随他们到了地下赌场。诺澜拿出了那件银质的狼头器物和那块刻有狼头纹样的腰牌。

秦子安拿起这块腰牌看了看说道："这是突厥人的腰牌，而且此人的身份地位很高，很有可能就是突厥的谋士。"

"诺澜，你还看到、听到了些什么？"张子瀚问道。

"我看到那个突厥人给了独眼一个腰牌，还说将来让他替代石大人成为驼镇的真正主人。"诺澜说道。

"看来突厥人与这个独眼之间还有交易。"张子瀚喃喃道。

"看来我们的判断没错，我得赶紧回去了。"秦子安急切地说道。

"怎么这么急？"张子瀚问道。

"我要赶紧将这张地图送到苏将军手中，还要把这里的情况和你的想法禀报苏将军。"秦子安说道。

"好，我这就送你出驼镇。"张子瀚说道。

这时，回鹘人来了。

"你来得正好，我们送子安出驼镇。"张子瀚立刻说道。

"大人，现在谁都出不去了，石大人已命令将驼镇全部封锁了，任何人不得进出。"回鹘人说道。

独眼带人护送突厥谋士出驼镇，突厥谋士临走前对独眼说道："我的承诺一定会兑现，现在就看你的了。"

"大人放心，小人知道谁是最强大的，小人就想靠在一座大山上，而不是一块石头。"独眼说道。

"那好，我这趟没有白来。"突厥谋士从怀里拿出一个东西，是一个带有狼头印记的皮囊交给了独眼。

"这是什么？"独眼问道。

"这是我们突厥传送情报用的。如有什么重要情报，你就把情报放在这个里面送到烽燧处，点上篝火，我们就会有人去那里接应。"

"明白了。"独眼将皮囊放进了怀里。

"记住，你要给我盯住石大人，他有什么变化要赶紧告诉我们。如果他做出了对我们突厥不利的事，你就可以……"突厥谋士做出了一个杀头的动作。

独眼的心里一阵狂跳，他没有也不敢说话……

送走了突厥谋士，独眼的心里也很乱，一回到自己的住处，他就打开了地下暗室的盖子，查看了里面存放的那些宝物，然后心里安定了下来。

独眼想到今后自己有了突厥人这个靠山，这些财宝就不算什么了。他觉得上天对自己还是不错的，当他在石大人那里失宠的时候，又联络上了突厥人。突厥人又给了他一条出路，而突厥人要比石大人硬气多了。今后若真能像突厥谋士所说，替代石大人成为驼镇的真正主人，这真是一个极为诱人的前景。

独眼躺在卧榻上想着自己光明的未来，不禁笑出声来。

这时，门外传来了重重的敲门声，独眼不禁惊了一下。

"谁……谁啊？"独眼的声音有些颤抖。

"石大人让你过去一趟。"门外的人喊道。

"知道了，我这就去。"独眼立刻翻身起来。

独眼来到石大人的大堂，见石大人坐在那里两眼直视着他。

"大人有何事吩咐？"独眼有些心虚地问道。

"那个突厥人都跟你说了什么？"石大人不经意地问道。

"没……没说什么……"独眼心里一惊，担心自己与突厥人之间的秘密走漏了风声，如果让石大人知道了此事，就会立刻要了他的命。一想到此，独眼的两腿不听使唤地颤抖着……

"难道突厥人没有给你什么承诺？"石大人有些认真地问道。

"真的……没有……即使说了什么，小人也不清楚……"独眼更加慌了，他感到自己的两腿发软，头皮一阵发麻，心口一阵狂跳，心已提到了嗓子眼儿。

"我让你办的事怎么样了？"石大人继续问道。

"大人……交代小人的什么事？"独眼努力支撑着自己不要倒下。

"就是那个银匠的事……"石大人提醒道。

"哦……正在给大人制作，做好了立刻就给大人送来。"独眼悬在嗓子眼儿的一颗狂跳的心终于落了下来。

"这几天你给我看好了驼镇，禁止任何人进出。"石大人要封锁消息。

"我已按照大人的吩咐将驼镇戒严了，别说一个人，就是一只兔子也别想逃出驼镇。"独眼感觉自己又活了过来。

"嗯，下去吧。"石大人说道。

独眼赶紧颤抖着退了出去。

驼镇的街道上走着一队巡查的响马，他们拐过街角，走在最后的一个响马突然被一只手捂着嘴掐着脖子拉到一边。回鹘人带着几个手下将那个响马拖进了街边的一座废弃的房子里。

张子瀚与秦子安在房舍中等待着，回鹘人走了进来。

"大人，我们可以走了。"回鹘人说道。

"想出办法了？"张子瀚问道。

"大人请放心，我已经知道如何离开驼镇了。"回鹘人说道。

"好的，事不宜迟，我这就走。"秦子安说道。

天色将晚，独眼带人在驼镇街上巡视着。突然，他听到远处响起了牛角号声，独眼一听立刻带人朝那里奔去。独眼带人慌慌张张奔到那里并没有发现有人。独眼正在狐疑中，这时，另一处又想起了牛角号声，独眼指挥着人马又向那里冲去。

把守关隘的几个响马听到了牛角号声，也向那里奔去。

混乱中，秦子安打马冲出了驼镇的关隘。

独眼带人又来到了另一处，发现还是没有人。这时，独眼忽然醒悟过来大喊道："赶紧派人守住关隘，不能放跑了一个人！"

独眼带着响马又打马向关隘处奔去……

张子瀚已经感到了战争的临近，也意识到了自己有可能遇到危机，他不想牵连到诺澜，尽管他对诺澜有一份难舍的感情，但他对诺澜的安全更有一份责任，他要对诺澜做最后的嘱托和交代。

"诺澜姑娘，大唐与突厥的大战在即，我身为大唐的人，自然就要为大唐而战，我不想让你卷入其中，我希望你能尽快离开这里。"张子瀚说道。

诺澜也意识到了情势的变化，她也知道此时张子瀚内心的压力，她看着张子瀚说道："大人不必为诺澜担心，突厥人毁了我的家园，让诺澜沦为了奴隶，我憎恨突厥人。诺澜的这条命也是大人赐予的，诺澜并无他求，愿意跟随大人为大唐做事，诺澜希望大唐战胜突厥。"

"哥哥，诺澜说得对，我们的心愿就是战胜突厥，如果有什么需要，我们也愿意尽力。"张子衿说道。

"那好，我现在有一件事需要你们帮忙。"张子瀚想了想说道。

"大人请讲。"诺澜说道。

"哥哥，你就说吧。"张子衿说道。

"我需要制作一面大唐的旗帜。"张子瀚说道。

"这个容易，我知道该怎么做。"张子衿说道。

"我来帮你。"诺澜说道。

张子衿与诺澜来到了丝绸作坊，张子衿在织机上换上了锈红色与黄色的丝线，开始织锦。诺澜在一旁帮她穿梭引线。

窗外的月光照进了作坊，张子衿与诺澜一起织着这面大唐的旗帜……

"诺澜，我问你一句话。"张子衿说道。

"问吧。"诺澜说道。

"等到大唐战胜了突厥，你愿意与我们一起回长安吗？"张子衿问道。

"你怎么想起来要问这个？"诺澜有些诧异。

"因为我觉得你美丽善良，我的哥哥英武豪迈，你们两人是最般配的。我希望你们能够成亲，这样我们就是一家人了。"张子衿想到了什么就直说出来。

"这……"诺澜一时不知该如何回答。

"诺澜，你不愿意吗？"张子衿继续问道。

"我愿意，我愿意尽我的一切爱这个人，甚至可以为他献出自己的生命。可我也知道，爱一个人并不是将他据为己有，而是要了解他内心的需求和向往，成为他生命中的伴侣，相互依存，相互理解，相互成长，诺澜做梦都想成为他身边的那个女人……"此时，诺澜的脸上充满了对未来的憧憬。她又说道："诺澜知道我所爱的这个人，不但胸怀宽广、心地善良，而且信念执着、理想远大，他的生命注定将会不凡，诺澜从未奢望要得到什么，只要诺澜能在他的记忆中留下一点痕迹，就心中满足了，无论将来命运将诺澜带到哪里，只要诺澜活着，就会在心里为我所爱的人默默祈祷……"诺澜说到这儿，眼睛里已充满泪水。

"诺澜，你真好。"张子衿听了诺澜的诉说，受到触动也流下了眼泪。

"子衿，你将来一定会很幸福的。"诺澜擦去了眼角的泪水说道。

"未来到底是什么，我还不知道。"张子衿说道。

"你这么美丽善良又聪明可爱，天上神灵的本意就是让世间所有善良的好人都得到幸福。"诺澜说道。

"好啊，那我们就相信天上神灵的安排……"张子衿说道。

张子衿与诺澜一边说着话一边织锦，织机上，渐渐显现出一面大唐旗帜的模样，锈红色的织锦上渐渐出现了一条金色龙的图像。

天亮了，清晨的阳光照亮了枝头，树林中传出一片叽叽喳喳的鸟的鸣叫声，一群小鸟在树枝上蹦跳着，然后扑棱着翅膀飞出了树林，来到驼镇的集市上开始觅食，阳光也随之照亮了驼镇。

驼镇的集市上虽不如往日繁华，但依然熙熙攘攘，完全没有一点大战将至的气氛。战争毕竟是国家和军人的事，普通平民只关心每日的生计，不管有没有战争灾难，人们首要的事情就是要活下去。

张子瀚与回鹘人集合好了队伍要去驼镇外例行巡查。

这时，石大人骑马来到了这里，张子瀚赶紧上前向石大人打招呼。

"石大人，这么早出来有事吗？"张子瀚问道。

"许久没有出来了，今天的天气不错，我想出来转转。"石大人的心情不错，自从与突厥人谈妥之后，他觉得自己现在一身轻松，心中所有的纠结与担忧也都一扫而光。

"大人对驼镇的未来有没有什么担忧？"张子瀚试探着问道。

"我对驼镇的未来丝毫没有什么担忧，这里从一片荒芜发展成如今的规模，就是一个奇迹。虽然驼镇在这片疆域就是块巴掌大的地方，但只要我们好好经营，将来也能自成气候。"石大人显得很有底气。可这会儿他还不想跟张子瀚说出他已经答应与突厥人合作的事。毕竟他是唐人，如果此人识时务愿意继续留在驼镇，他还会重用他。

"大人有何打算？"张子瀚想进一步摸清石大人的想法。

"我想将来修建一个新的集市，再建更多的商铺，还有客栈，要吸引和容纳更多的人，再把通往驼镇的驿道修建得更为宽阔平坦，让往来的驼队出入更为便利。将来这里也不会再称为驼镇了，要重新起一个名字，这里的规模将会成倍地扩大，成为西域一个重要的商业交易市场，成为拥有众多人口的城市。"石大人对驼镇的未来充满了想象和期待。

"大人是否想过，如果事与愿违，遇到战乱将会如何？"张子瀚继续问道。

"战乱很快就会过去，只要我们能够看准时机、顺应天意，也可利用战乱获得利益。所以一时的战乱对我们来说并非坏事。"石大人觉得他走出的这一步棋应该稳操胜券。

这时，街道上的人群突然出现了混乱，石大人立刻警觉起来。

只见一队响马押着一个头上套着黑布袋的人走了过来。独眼一见到石大人立刻下马走上前说道："大人，我们抓到了一个大唐的奸细。"

张子瀚听到此话心中一惊。

石大人说道："打开，让我看看这是个什么人。"

一个响马上前拉掉了套在那人头上的黑布袋，只见那个被绑着的人正是秦子安。

张子瀚一看顿时大惊！

石大人认出了此人，冷冷说道："把这个人带回去再说。"

昨天晚上，秦子安骑马驰出驼镇之后，一路向前奔去，在离开驼镇一段距离后，他的心里才踏实下来。秦子安拿起水囊喝了口水，然后继续策马前行，就在这时，他的马突然扑倒，连人带马陷入一个猎捕野兽的陷阱中，秦子安从马上摔下昏了过去。当他醒来的时候，发现自己已被绑了起来，几个人打着火把，火光映衬出了独眼的一张脸。

独眼早已防备有人还会逃出驼镇，所以他悄悄差人在这里设置了陷阱，凡是逃过驼镇关隘的人都躲不过这道陷阱。当他知道有人逃出了驼镇，便立刻带人来到这里，果然他设下的陷阱起到了作用，他抓住了这个想要逃走的人。独眼认出此人就是跟那个唐人一伙的。他断定此人就是大唐奸细，他立刻想到要把这个奸细交给突厥人，转念一想，既然石大人已与突厥人合作，不如带回去让石大人把这两个唐人一起除掉。

独眼与张子瀚来到了石府大堂。

独眼紧跟在石大人的身后说道："大人，不能再心软了，只要让我对这个大唐奸细用刑，我一定会让他说出实情。"

张子瀚立刻说道："大人，这是我的兄弟，我们一起从大唐长安来到西域，人各有志，即便我的兄弟成为唐军，唐军的敌人是突厥，他绝不会做出伤害大人的事，切不可听信他人谗言。"

石大人看着他们并不答话。

独眼赶紧又说道："大人，不能再相信这个唐人说的话了，他表面上跟着大人，其实暗中已与唐军大营取得联系，他根本就没有把大人放在眼里。大人，唐人跟咱们不是一条心，大人不能再上他的当了。"独眼知道这是最好的机会，绝不能再让这个唐人得逞了。

石大人看着他们还是没有说话。

独眼又说道："大人，这个唐人对我们驼镇已经了如指掌，一旦他们将唐军带到驼镇，他们就会里应外合将我们驼镇拿下。我跟随大人十年了，我可以把心掏出来给大人看，我对大人的忠诚天地可以做证，而此人却背叛了大人，今天大人一定要给我一个公道。"独眼有些急了，他的声音也高了许多。

"我最恨的就是奸细，把那个人拉出去杀了。"石大人终于说了话。

"慢，大人，我有话说。"张子瀚站在了石大人面前。

"子瀚，我自认为待你不薄，这件事我不能再听你的了。"石大人的口气十分强硬。

"大人，请容我把话说完再动手不迟。"张子瀚坚持道。

"大人，不能再相信这个人了，他们可是一伙的。"独眼已经拔出了刀。

"你还有什么就说吧。"石大人看着张子瀚冷冷地说道。

"大人请看这是什么。"张子瀚从怀里掏出两样东西放在石大人的面前。

一块是突厥军的狼头腰牌，一个是银质的狼头器物。

"大人，这个人背着大人已经与突厥人勾结在了一起，他把大人的一切都出卖给了突厥人。他才是真正的奸细，他已表示要为突厥人效忠尽力。突厥人承诺他一统西域后，将会让他替代大人成为驼镇的主人。难道这就是他所说的对大人一心一意？这就是他所说的对大人的忠诚天地可以做证？"张子瀚说得义正词严。

独眼看到张子瀚拿出的器物，又听到张子瀚说的话，顿时傻了。

石大人看到那两样东西一下就明白了，原来他在地库中没有找到的那件银质器物竟让独眼私下送给了突厥人。此人竟如此有心机，还敢在背后与突厥人勾搭，就是一条喂不熟的狗，更像是一条狡猾的狐狸。石大人手里拿着那个银质器物，他的眼睛紧紧瞪着独眼，独眼立刻心虚了。

"大人，大人……小人只是一时糊涂，不过小人已经补过，为大人重新制作了一个更好的器物，大人要饶过小人……"独眼的心已经彻底乱了。

石大人原想如果这个唐人张子瀚真的背叛了他，那就只有忍痛舍弃，借此机会将张子瀚与这个唐人一起除掉，以免后患，现在他反倒觉得这个唐人为人诚实、行事仗义，不会做出这等事来。而这个跟随自己多年的独眼，竟然做出如此下贱的事，而且有据可证。石大人并不在乎一件器物，他在乎的是对自己的欺骗和背叛，他向来生性多疑，最痛恨的就是背叛自己的人。石大人曾救过独眼的命，他对独眼的忠诚没有过怀疑，甚至自己的珍宝都由他来掌管。没想到独眼竟敢背着自己与突厥人私下交往，他怎么会有这么大的胆量，难道突厥人真的给他许愿将来要让他代替自己成为驼镇的主人？石大人看着这个卑贱的小人，胸中的怒火猛烈地燃烧起来。

独眼知道自己再也解释不清了，他与突厥人的事情已经败露，现在后悔已经来不及了，独眼觉得自己的命运太悲惨了，刚刚感到有了转机又完了，怕是等不到出头的那一天就要惨死在石大人的手上。现在唯有向石大人求饶，留下这条命。

"大人……大人，小人绝对没有出卖大人，大人千万不要听信这个唐人，小人只是为大人着想，盼望大人能够早日与突厥人联手……小人绝没有背叛大人啊……"独眼不停地说着。

"我对你如此器重信任，你竟如此阴险下贱，竟然胆大包天敢把我的东西私下送与突厥人，还敢说这不是背叛？"石大人说道。

"他背着大人讨好巴结突厥人，以为有突厥人为他撑腰，将来就可以替代石大人……"张子瀚说道。

独眼一听恼羞成怒："你……你要毁了我，我先杀了你……"独眼拔出刀向张子瀚刺去。

石大人突然回身猛然抽出刀用刀背打在独眼的手腕上，独眼手中的刀落到地上。石大人又将刀尖顶在独眼的脖颈上。

独眼大惊："大人……饶命啊……"

石大人的手腕轻轻一抖，刀锋已将独眼胸前的衣袍划成几片，只见一块刻有狼头印记的腰牌从他的腰间滑落下来掉在地上，发出了清脆的响声。石大人看到那是一块突厥人的腰牌。

独眼立刻双腿跪在地上不断磕头："大人，大人，看在小人多年跟随大人的分上，饶了小人一命啊……

石大人的脸上闪过了一丝笑意，然后突然沉下脸，回手一刀挥下，只听独眼一声惨叫倒在地上，一股鲜血喷出，溅了石大人一身。石大人一招手，两个响马立刻上来将独眼拖走了。石大人若无其事地用布擦拭着刀上的血迹。

张子瀚惊诧不已……

石大人轻声说道："不管是谁，胆敢背叛我，这就是下场。"

夜晚的驼镇，传来了一阵犬吠声。清冷的月光洒在街道上，这时，出现了几个人影，快速向前走去。

回鹘人带着几个人来到了地牢，几个响马挡住了他们，回鹘人上前说道：

"奉大人之令，这里由我们接管了，你们可以走了。"

突然，出现了一群拿着火把的响马，将他们给围了。

其中一个响马指着回鹘人说道："我们大人早已料到你们会来，已经在这儿给你们备好了房间，谁都别想走了。"

回鹘人立刻抽出了刀。

响马们也都抽出了刀。

一个响马喊道："弟兄们，大人有令，抓住他们，就有重赏！"

突然，那个响马的手举了起来，只见他的脖子上横着一把刀，身后站着一个人，正是张子瀚。

张子瀚低声说道："让他们都把刀放下，就饶你不死。"

响马立刻说道："弟兄们，都把刀放下。"

那些响马都把刀放在了地上。

张子瀚又低声说道："去，把门打开。"

响马说道："大人，我们没有钥匙。"

张子瀚与回鹘人来到了牢门口，回鹘人上前用刀砍断了铁索，打开了牢门。张子瀚走进去喊道："子安，你在哪儿？"

黑暗中传来了秦子安的声音："子瀚，我在这儿。"

回鹘人拿来火把，照亮了牢房，只见秦子安被绑在一根柱子上。张子瀚刚要上前，秦子安急切地说道："子瀚，你们千万别过来，他们在我的前面安放了机关陷阱。"

回鹘人用刀逼迫一个响马向前，响马不得不向前走去，果然踩翻了踏板掉进了陷阱。

张子瀚上前用刀斩断了绑在秦子安身上的绳索，将秦子安救了下来。

张子瀚急切地询问秦子安如何，秦子安表示没事。张子瀚要带他回去，秦子安说时间紧迫要赶紧走。

张子瀚让秦子安套上一件响马的衣服，他将回鹘人拉到一旁交代他一定要把秦子安带出驼镇并护送到唐军大营。

"大人放心，我一定送到。"回鹘人说道。

"子瀚，我还有一句话要告诉你。"秦子安忽然转身说道。

"请说。"张子瀚说道。

"我若发生了什么不幸，你要设法将消息送到烽燧处，那里会有唐军的巡防骑兵。"秦子安说道。

"子安，我不允许你说这样的话。"张子瀚紧紧握住秦子安的手说道。

"子瀚，你保重，我们后会有期。"秦子安与张子瀚紧紧拥抱了一下。

清冷的月光下，回鹘人与秦子安打马冲出了驼镇。

天渐渐亮了，一束阳光照进了银匠的窗户，银匠终于完成了石大人委托制作的那件银质器物。银匠的手上是一个栩栩如生的雪豹，雪豹的身上镶嵌着许多颗晶莹剔透的钻石，雪豹的两只眼睛是两颗蓝色的钻石，雪豹的周身在阳光的照射下闪烁着高贵的光芒。

石大人坐在铺着雪豹皮的榻上面色平静，可他的内心感到极其纠结扭曲，他就像个赌徒一样，将自己所有的赌注押在了突厥人一面，可是突厥人却收买他的手下，还承诺要让此人替代自己。此事不能就此了结，一定要查出个究竟。

突厥人崇拜的是狼，并以狼为自己的精神象征。石大人天性孤傲，他把自己想象成一头雪豹，雪豹不屑与任何动物为伍，孤独而高贵，智慧而勇猛。一只狼不会构成威胁，只有群狼才会形成力量。而雪豹却不同，即便是一头雪豹也具有强大的威慑力量。这时，有人来报，银匠来了。

银匠佝偻着身子走进了大堂，石大人冷冷地看着银匠。

银匠将手中的一个布包交到了石大人的手上。石大人打开布包，露出了银质的雪豹，石大人立刻被这雪豹精美绝伦的造型和精湛的手艺吸引住了。

"这是你做的？"石大人问道。

"嗯……"银匠点了点头。

"你的手艺真是不错。"石大人不由得赞叹道。

银匠的脸上浮现出了笑容。

"你完成了一件我想要的东西，我该如何报答你？"石大人说道。

银匠微笑着点了点头，又从怀里拿出了一件器物，是一件银质的狐狸，狐狸的造型极为生动，制作也极其精美。

"这是给那位大人的。"银匠用手捂住了自己的一只眼睛说道。

石大人知道了银匠的意思，这只狐狸属于独眼。石大人的脸色沉了下来。

在石大人看来，如此精美的器物只能属于高贵的人，其他低贱的人都不配拥有，而银匠还想着那个独眼，这让石大人的心里极其不悦。他看着佝偻着身子站在那里的银匠，心里不禁泛起了一个恶毒的念头，长相如此丑陋的人不该拥有这样手艺，拥有这种手艺的人也不该在这世上存活下去。

银匠佝偻着身子微笑着看着石大人，他在等着石大人的赏赐。

石大人拿起一只皮质的袋子扔了过去："这是给你的赏赐。"

银匠双手接住，解开袋子上的皮绳，看到里面装的全是珍贵的宝石。银匠的眼睛顿时亮了，他开始仔细地数着里面的宝石……

石大人默默地走到他的身后，将一把刀插进了他的后心，银匠佝偻着身子向前扑倒，手里的袋子掉在地上，宝石撒了一地……

秦子安与回鹘人出了驼镇不停地奔驰着，直到两匹马已累得气喘吁吁，他们来到了一片起伏的山地，隐约可见远处的烽燧了。

秦子安勒住马，让回鹘人赶紧回去，回鹘人说，大人交代要送他到唐军大营。秦子安坚决不同意，他不放心张子瀚，若是石大人开始怀疑张子瀚，那么他的处境就会很危险。

秦子安对回鹘人说道："现在张子瀚的处境也很危险，他一个人要面对很多麻烦，你赶紧回去，那里也需要你。"

回鹘人一听不再争辩，说道："那就让我再送你一程，就到那里。"回鹘人用手指着远处的烽燧说道。

"好吧。"秦子安说道。

秦子安与回鹘人打马向烽燧处驰去。

黄昏时分，天边的太阳已经滑向大地，刺眼的阳光也变得柔和起来，天上没有云彩，在阳光的作用下，天空中呈现出了不断变幻的色彩，各种颜色相互渗透、相互交错，展显出时光的流逝。

大地一片辽阔苍茫，一座由生土造就的烽燧矗立在大地上，经过多年的阳光照射与无情的风沙侵蚀，整个烽燧已经荒废残破，在天空的映衬下，既显得有些突兀，又有些悲壮的意味。

大地上没有明确的风向，远处的荒漠上不时腾起一阵烟柱，那是一阵阵旋风带动地上的沙尘向上升腾时形成的景象。

两匹马从远处奔驰过来。

秦子安与回鹘人在距烽燧不远处告别。

"就此别过。"秦子安在马上拱手说道。

"一路保重。"回鹘人在马上手扶着胸口躬身说道。

秦子安打马向烽燧处驰去，回鹘人目送着秦子安远去，他看着秦子安的身影就要融化到一片夕阳的余晖之中。回鹘人刚要掉转马头时，忽然看到从远处旋出一阵黑色的旋风，再仔细观瞧，发现那不是黑色旋风，而是一队穿着黑色盔甲的突厥骑兵。回鹘人瞪大了眼睛吃惊地看到，这些突厥骑兵已经向秦子安冲去，紧接着，那里腾起了一片沙尘……

回鹘人立刻打马向前驰去……

当秦子安发现这些突厥骑兵时已经晚了，那些突厥骑兵飞速而至将秦子安围在当中，秦子安拔出了刀准备拼死一搏。突厥骑兵围着秦子安开始慢慢聚拢，然后开始围绕秦子安奔驰起来，一个个突厥骑兵挥舞着刀打马从秦子安的身边飞速掠过，霎时间扬起了一阵沙尘。秦子安举刀向前刺去，一个突厥骑兵被秦子安刺于马下。突然，斜刺里冲来一个突厥骑兵挥刀砍伤了秦子安的臂膀。秦子安忍着剧痛将手上的刀向那突厥骑兵投去，刀插在了那个突厥骑兵的后心，突厥骑兵滚落马下。这时，更多的突厥骑兵冲了过来，一阵乱刀劈下，秦子安身上连中数刀，身上衣袍已经被渗出的鲜血染红了，他骑在马上眼睛凝视着前方，身子晃了晃，从马上摔下倒在地上，扬起了一阵红色的尘埃……

天边夕阳的余晖将大地染成了一片锈色。

第二十章　胜利

夕阳下的西域山地，尘土漫卷。

突厥大军从地平线出现，长枪旌旗如丛林一般。突厥铁甲骠骑军的将士身穿黑色铠甲，金属头盔上高耸着一道黑色鬃毛，合上面甲看上去就像一头狼。每一匹战马的头上都戴着面甲，身上披着甲衣。突厥士兵擂响了羊皮鼓，吹响了长长的铜号，大军向前行进，大地随之震颤。

突厥的铁甲骠骑军到了。

一股旋风突然而至，卷起了地上的尘土和杂草，向空中飞去。支撑篷布的木杆都被风刮倒了，破旧的篷布在风中狂舞。唯一剩下的一根木杆在风中顽强挺立着，挂在上面的一块破布被风吹得猛烈摇摆，木杆开始颤抖起来，摇摇欲坠，就像一面象征失败的旗帜。驼镇的集市上空无一人，任凭这股旋风窜来窜去。

驼镇一夜之间变得萧瑟了，集市广场上已经没有了小贩的叫卖声，也没有人在此交易了。平日宰杀牛羊的棚子已经倒塌，土墙上有一个牛的头骨，地上还有血的痕迹。那些为了躲避战乱到此的难民也都消失不见了，人们预感到即将来临的战争都纷纷离去。天空中飘浮着细小的沙尘，看上去一片昏黄，空气也显得凝重而苦涩，似乎还弥漫着一种血腥的气味。

大食人领着石大人沿着空无一人的街道走来，推开一扇门走进了地下赌场。

独眼躺在那里，他的头上缠满了白布，只露出一只眼睛和两个出气的鼻孔。他失去了一只耳朵。

石大人走到独眼的跟前冷冷地问道："怎么样，伤好些了吗？"

独眼睁开眼睛看到了石大人，他立刻翻身起来跪在了石大人的脚下。

"感谢大人不杀之恩，感谢大人不杀之恩，今后小人的这条命就是大人的……"独眼忙不迭地说道。

"你以为你背着我在驼镇干的这些事我不知道？告诉你，在这驼镇，没有我不知道的事情，就是一只老鼠在地上打了个洞，我都知道这只老鼠藏在哪里。"石大人对这一点很自信，没人能逃过他的眼睛。

看到大食人恭敬地站在石大人的身后，独眼心里一下就明白了，原来是这个大食人出卖了他，他背地里做的一切石大人都了如指掌。

"大人，小人没有做对不起大人的事，这个赌场还有妓院的收入也都归大人，小人就是为大人暂时保管。"独眼赶紧表白。

"你跟了我这么多年，我如此信任你，你竟敢背叛我，就是把你千刀万剐了都不冤枉。"石大人一想到此就怒火中烧，但还是心软了一下，在他挥刀劈向独眼的一瞬间将刀锋偏了一点，只削掉了他的一只耳朵，留下了他的这条命。

"是，是，小人该死，小人该死。"独眼知道自己的这条命到现在还活着就是天大的幸事。

"就是养一条狗，狗都知道要忠实于主人。你竟连一条狗都不如。"石大人面无表情地说道。

"是，是，我就是大人的一条狗，不……我连一条狗都不如，都怨小人一时糊涂，小人再也不敢背叛大人了……"独眼不停地说着。

"你该知道，我最恨的就是背叛我的人，既然你做出了这样的事，不杀你我的心里也过不去，取你一只耳朵就当是杀了你，留着你这条命是念及旧情，给你个教训，你知道今后该怎么办了。"石大人低头看着伏在地上的独眼说道。

"感谢大人，感谢大人……"独眼双手捧着石大人的脚不停地磕着头。

"起来说话。"石大人说道。

"请大人吩咐，小人的这条命就在大人的手里，小人愿意为大人赴汤蹈火。"独眼直起身子说道。

石大人拿出了一张羊皮地图："这是一幅周围的地形图，你去想办法把这个交给突厥人，在图上我做出了标记和说明，这对于突厥与大唐战事的胜败至关重要，这也是突厥人想要的东西。"

"明白了，大人。"独眼立刻双手接过了那个羊皮地图。

"你应该知道如何把这送给突厥人。"

"明白，明白……小人一定送到。"独眼忽然感到身心一阵轻松，他终于又得到石大人的信任了。

"去吧。"石大人说道。

石大人为突厥与大唐的战事考虑了很久，他拟订出一个作战方案，就是选择一处开阔地带作为最终的决战之地，这样可以发挥突厥铁甲骠骑军的作用。他亲率自己的人马装作突厥军袭扰唐军，再将大唐大军引诱到这一地带，突厥大军只在正面进行防御，并且战且退，当唐军继续追击时，调遣一支突厥军绕到唐军后面将其退路切断，同时命令突厥铁甲骠骑军从两侧杀出，突入唐军，将其分割为两段，使其首尾不顾，唐军必将大乱。这时，前后的突厥大军再冲杀过来，一战便可将唐军彻底击溃，即便留有残余流寇，也可慢慢剿灭，不足为患。

石大人将这些想法在图中做了详尽标注，他相信突厥可汗如果按照这样的战术安排，一战便可将唐军彻底击溃，实现一统西域的大业。此事关系重大，也关系到自己的前途命运，无论如何，先帮助突厥人战胜了大唐再说。他思索了一下，此事只有让独眼去完成。

张子瀚闭目盘坐在房舍中，他的眼前显现出了西域的战场，他仿佛看到了滚滚而来的突厥大军，长枪旌旗如丛林一般。这时，他似乎又看到了在山地中行进的大唐军队，疾驰前行似离弦之箭。

张子衿与诺澜走了进来。

张子衿看到了哥哥奇怪的样子问道："哥哥，你这是怎么了？"

张子瀚睁开了眼睛："哦……我没事。"

"哥哥，给你看一样东西。"张子衿与诺澜拿出了用丝绸织锦制作出的一面大唐旗帜，锈红色的旗帜上是一条金黄色飞翔的应龙。

"真是太好了，子衿，你真了不起！"张子瀚由衷地赞美道。

"这是我与诺澜一起完成的。"张子衿说道。

"辛苦了，诺澜。"张子瀚看着诺澜说道。

"大人不必客气。"诺澜轻声说道。

"哥哥，诺澜说得对，我们如同一家人，不必这么客套。"张子衿的心里已将诺澜当作亲人了。

这时，突然门开了，一身灰土的回鹘人从外面冲了进来急切地说道："大人，不好了，出事了。"

"出了什么事，你慢慢说。"张子瀚感到一阵紧张。

"大人，秦大人被突厥人给杀害了。"回鹘人沉痛地说道。

张子瀚一听这话，他感到了一阵晕眩，身子晃了晃，回鹘人赶紧上前扶住了张子瀚。

张子衿与诺澜一听也都惊愕了。

在回鹘人的叙述中，张子瀚的眼前仿佛出现了当时的情景。

秦子安只身与突厥骑兵厮杀着，最后被突厥骑兵围在了中间，乱刀砍倒……

张子瀚感到胸口难受，他用手抓着胸口，不断咳嗽着，竟咳出了一口鲜血。张子瀚难以承受如此打击，晕厥了过去。

突厥大营，突厥可汗与突厥谋士在一起。突厥可汗坐在精美的波斯地毯上吃着烤肉，身边卧着一条猎犬。

"尊敬的可汗，这个石大人性情狂傲，难以驯服，此人现在就如此贪得无厌，恐怕将来也不会完全顺从于我们。"突厥谋士说道。

"你以为我要依靠这个人？如果我们强大的突厥帝国还要靠一个响马赢得战争，那将如何让我们的史官记载这件伟大的战事，这也会让世人耻笑我们。"突厥可汗吃着烤肉说道。

"可汗的意思是……"突厥谋士说道。

"大战之际，我做的就是不能让他倒向大唐，让我们多个麻烦，待我们战胜大唐，顺手就拿下驼镇，此人若肯降服，就给他留条活命，若还如此傲慢无礼，就将他一起除掉。"突厥可汗说道。

"明白了可汗。"突厥谋士说道。

"等我们一统了西域，将会建立一个新的强大的帝国，我将会改写历史，我将成为这片疆域的唯一的王者，没有人可以撼动我的王者的地位。"突厥可汗拿起一块烤肉递给了身旁的猎狗。

突厥谋士立刻伏地叩拜："恭祝尊贵、伟大、唯一的可汗成为最伟大的君王。"

张子瀚从晕厥中惊醒了，他忽然意识到秦子安没有把那幅地图送到唐军大营交给苏将军。一想到此，他的心中不免焦虑起来。

诺澜看出了张子瀚的焦虑问道："大人，有什么事吗？"

"诺澜，你画的那幅地图呢？"张子瀚问道。

"在这儿。"诺澜拿来了那幅地图。

"现在需要有人将这幅地图送到唐军大营。"张子瀚说道。

"我去，请大人交给诺澜吧。"诺澜说道。

"我也去。"张子衿说道。

张子瀚想了想说道："好吧，诺澜，子衿，你们立刻前去这个烽燧处，那里会有唐军巡防骑兵接应，路上一定要多加小心，遇到唐军就说要将此图亲手交与苏将军。之后你们就在唐军大营歇息，不要再回到这里了。"张子瀚叮嘱道。

"明白了，请大人放心，诺澜一定完成此事。"诺澜与张子衿走了出去。

诺澜和张子衿刚走出去，一个响马走了进来。他告诉张子瀚，石大人请他过去议事。张子瀚的心中一惊，他不知道这会儿石大人叫他会发生什么事。

张子瀚心中忐忑地来到了石大人的大堂，大食人也在那里。

"子瀚兄弟，明天准备好你的人马，我们要干活了。"石大人说道。

"好的，我们要去哪里干活？"张子瀚问道。

"明天你跟着我走，到时候你听我的调遣就是了。"石大人不想把话说透。

"知道了。"张子瀚心里明白，不必再追问下去了。

"子瀚兄弟，我一直把你当作我可以信任的兄弟，虽然你来自大唐，可在我这儿就是我的人，我能做到的就是与你分享我所有的财富与我的未来，你明白我的意思了吗？"石大人的话里有话。

"明白了，我会听命于大人。"张子瀚知道自己唯有这样做，到时候再见机行事。

"好，我们要做的就是要让战乱远离驼镇，守住了驼镇也就守住了我们的未来。"石大人说道。

"明白了。"张子瀚说道。

"谁都不愿意身陷战争，可战争又牵扯到了利益。战争就是杀人，利益就是交换，我们没有别的路可以选择，只能顺势而为。"石大人像是说给张子瀚听，又像是说给自己。

张子瀚看着石大人没有答话。

石大人又说道："子瀚兄弟，别的话我也不说了，希望你不要让我失望。"

"大人放心，我知道该怎么做。"张子瀚也说出了自己想说的话。

"你回去准备一下，明天早上我们集合所有的人马出发。"石大人说道。

"明白了。"张子瀚答道。

"好久没有活动一下筋骨了，也该活动活动了。"石大人又说道。

黄昏时分，诺澜与张子衿来到了一片干枯的河滩，两匹马已经累得气喘吁吁。诺澜回身看到疲惫的张子衿，提议下马歇一会儿。

张子衿感到口喝难忍，这时她发现挂在马背上的水囊不见了。诺澜见状将自己的水囊递给了她。张子衿努力回忆着一路上经过的地方，她忽然想到一定是在穿过一片胡杨林的时候，水囊被树枝给挂掉了。

"我想起来了，水囊是让树枝给挂掉了，咱们离要去的地方还有多远啊？"张子衿担心剩下的水不够了。

"这儿离烽燧已经不远了，天黑之前我们一定能赶到。"诺澜说道。

独眼带着几个响马在烽燧处躺着，他们一直没有见到突厥人，便在此等候。

独眼命人拿出吃的东西，响马在一旁点着篝火。独眼无心吃喝，他用手摸着自己失去一只耳朵的地方，有些黯然伤神。

独眼不知道自己的命运该向哪里转变，石大人是自己的恩人，可也是一个恶魔。他临出驼镇的时候，不由自主地去了一趟银匠那里，自从银匠把他当作亲人之后，他也觉得银匠与自己有了某种血缘关系。可当他来到银匠那里，发现银匠不在了。之后听手下说银匠给石大人做了一件极其精美的银质雪豹，石大人非常满意，之后就把银匠杀了。独眼忽然有些想不通了，既然石大人满意银匠的手艺，为何还要了他的性命。独眼联想到了自己，目前的境况自己无论怎么做都不会让石大人满意的。早晚有一天他也会是银匠的下场，不如就此投了突厥人，也就不再整日担惊受怕了。

独眼出来得太匆忙，他积攒的那些财宝一件也没有带出来，不过与自己的这条命来比，那些财宝就算不得什么了。只要留下这条命，今后还有机会得到财宝。这点道理独眼还是明白的。

旷野上的太阳又大又圆，独眼看着太阳慢慢滑落到地平线一半的时候，一个响马指着远处说道："大人你看，有人来了。"

独眼瞪起一只眼睛看到远处有两匹马向这里驰来。独眼立刻来了精神，站起身迎了过去。

当两匹马驰到近前时，独眼没有看到希望中的突厥人，而是两个女人，一个是曾经的奴隶诺澜，一个是唐人的妹妹。

"给我拿下！"独眼命令道。

响马们立刻冲上来将诺澜与张子衿从马上拉下绑了起来。

响马从诺澜的身上搜到了那幅画在丝绸上的地图，交给了独眼。独眼看着地图上面标注的符号，他的一只眼睛瞪了起来："原来你们是唐人的奸细，你们想把这份情报交给唐人。"

独眼狞笑了起来，他正愁自己没有什么见面礼交给突厥人，没想到这两个女人自己送上门来了。

石大人坐在大堂的火炉旁，炉子里的火光照亮了他的脸。石大人用一把短刀拨了拨炉子里的木炭，火焰又向上蹿了起来。

石大人闭上眼睛想象着自己的未来……

石大人身穿华贵的长袍，头上戴着镶满宝石的王冠，手里握着雪豹形象的权杖。两边都是向他躬身施礼的人。石大人缓步走上铺着雪豹皮的王位。众人向他高举双手欢呼致意，石大人向众人挥手致意，他感到很满意。忽然，他觉得自己坐得有些不舒服，低头发现自己的屁股下面竟有一把短刀，他拿起那把短刀向远处投去，只见短刀飞速划过一道曲线然后在空中又旋转着向自己飞来，石大人有些不相信，不等他反应，这把短刀直插进了他的胸膛，他用手捂着胸口，鲜血不断涌了出来，他看到所有的人都已散去，自己再也支撑不住，从王位上摔落下来……

石大人惊醒了过来，他眼前的篝火已奄奄一息。

夜晚的旷野上燃烧着一堆篝火，独眼等人坐在篝火旁。

独眼抓住了这两个女人，忽然觉得精神也为之一振，虽然这两个女人都貌美如花，可他现在对女人一点兴趣都没有，他要耐心地等着突厥人来，将这两个大唐奸细交给突厥人，这样突厥与大唐没有开战之前，他便立了一功。

不远处，诺澜与张子衿被绑在一起，旁边有响马看守着。

"我们该怎么办啊？"张子衿小声问道。

"不要惊动他们，我们找机会想办法逃走。"诺澜从地上捡起了一块尖利的石头，悄悄磨着绑在手上的绳子。

那个响马倒在地上睡了过去。

天渐渐亮了，云层很低，翻卷着涌向大地，从云中洒下了一片细碎的雪粒，雪粒越来越密集，霎时间，大地就像给铺洒上了一层白色的沙粒。天地变得白茫茫一片。

诺澜与张子衿的身上也落下了一层细碎的雪粒。

诺澜终于用石头磨断了手腕上的绳子，她又悄悄解开了张子衿手腕上的绳子。诺澜与张子衿刚要逃走，一个响马走了过来，她们佯装原来被绑的样子。响马看到这两个女人没什么动静，便走到近前，刚要动手，诺澜突然从他的腰上抽出短刀，刺进了他的腹部，响马瞪着眼睛看着这个女人，一声不吭地倒了下去。

越来越浓的雾霭遮蔽了一切，眼前的景物都变得影影绰绰。

一阵马蹄声由远而近，独眼立刻起身循着声音的方向看去，眼前只有一片苍茫的雾霭，什么也看不见。

独眼挥手大喊着："我们在这里，我们在这里……"

突然一声马的长鸣划破了雾霭，只见一队人马向这里奔驰而来，独眼立刻迎了上去。

骑在马上的人一身盔甲，独眼看不清他的脸："大人，我们从驼镇来，是来给大人送情报的。"独眼将那个皮囊递到了骑马人的手上。

骑马人接了过去看到了皮囊上的狼头纹样。

独眼又说道："大人，我们还抓到了两个大唐奸细。"

几个响马立刻将诺澜与张子衿拉到了近前。

骑在马上的人看了看诺澜与张子衿，又看了看独眼与几个响马，突然他指着独眼说道："来人，把他们都给我绑了。"

几个人立刻上前将独眼与几个响马绑了起来。

独眼急得大喊道："大人，误会了，我们是专程前来投靠你们突厥的。"

骑在马上的人下马走到诺澜与张子衿的跟前看着，他伸手抓起了张子衿的手，张子衿使劲挣脱开，挥手打去，此人一把抓住了张子衿的手腕，然后慢慢摘掉了头盔，张子衿看到此人竟是嘉帕尔。

"嘉帕尔，怎么是你？"张子衿有些惊诧地问道。

"子衿，诺澜，我正准备去驼镇找你们，你们怎么会在这里？"嘉帕尔问道。

"嘉帕尔，我和诺澜要去唐军大营，没想到在这儿遇到了这个恶人。"张子衿指着独眼说道。

"嘉帕尔，你赶紧带着子衿去驼镇，我有要事要去唐军大营。"诺澜急切地说道。

"可是你一个人去太危险了……"嘉帕尔有些担心。

"时间来不及了，大人交代，必须要尽快把这幅地形图送到苏将军手上。"诺澜想到了张子瀚临走时的嘱托。

"请稍等一下。"嘉帕尔叫来两名疏勒将士让他们一路护送。

"诺澜，我也跟你一起去。"张子衿说道。

"子衿，现在不知道大人那里怎么样了，你赶紧随嘉帕尔去驼镇与大人会合，那里也需要你们。我一个人可以完成这件事。"诺澜说完话拉过一匹马，上马便向远处驰去。

两名疏勒将士打马跟随诺澜而去。

张子瀚与回鹘人带着队伍跟随石大人出了驼镇行进在山谷中。

石大人骑在马上腰身挺直、面色冷峻。

张子瀚率领队伍跟在后面，他回头看到自己的这些人马，想起了昨天晚上的情景……

夜晚，回鹘人将他手下的弟兄都聚集起来，张子瀚看着这些由难民训练出来的队伍，众人也都看着张子瀚。

张子瀚说道："弟兄们，我是唐人，来自大唐长安，到此是要为我的父兄报仇雪恨，是突厥人杀害了我的父兄。现在我终于醒悟了，这场战争不仅是为了我个人的恩怨，而是正义与邪恶之间的较量。如果想保护自己的家园不被损坏，保护自己的家人不被杀戮，那就只有一条路：将这邪恶的势力彻底铲除掉。"

众人都看着张子瀚。

张子瀚继续说道："大唐是为了这片疆域的和平与富庶，突厥是为了劫掠和霸占这片疆域。我要尽全力帮助大唐打败突厥，不惜牺牲自己的生命。大战在即，如愿意留下的，我欢迎；若愿离去的，我也绝不勉强。"

众人都看着张子瀚没有说话。

"我愿意留下跟随大人打败突厥。"回鹘人站了出来说道。

"我们也愿意跟随大人。"众人也都纷纷说道。

"好，从明天起，我们要随时做好战斗的准备，听我的指挥，见机行事。"张子瀚说道。

嘉帕尔遣散了那几个响马，将捆绑的独眼押在马上，嘉帕尔与张子衿带着这支队伍向驼镇的方向走去。天地依然一片苍茫。

疏勒属于大唐安西都护府所辖治的重镇，疏勒国也得到了安西都护府唐军大营的通告，唐军将与突厥军决战，昭告西域诸国派兵协助，捍卫大家共同的家园。嘉帕尔决定带领疏勒的将士参战。嘉帕尔在安西都护府见到了唐军首领苏将军，苏将军令他前去驼镇与张子瀚会合，以便策应张子瀚协助唐军按计划实施作战方略。嘉帕尔领命带着一队疏勒将士向驼镇的方向驰来，不想在半路上遇到诺澜与张子衿落入独眼的手中，正好将她们解救下来。

嘉帕尔与张子衿骑马并行。

"子衿姑娘，你哥哥现在情况如何？"嘉帕尔问道。

"我们出来的时候，哥哥还在驼镇。"张子衿说道。

"我现在就去驼镇见你哥哥。"

"嘉帕尔，你为什么不早点来？你要是能早点来就好了，你知道吗？子安哥已经被突厥人杀害了。"张子衿说着眼泪快要流下来了。

"对不起，对不起……"嘉帕尔也感到了愧疚。

"现在说这些还有什么用，你总说话不算话，你说过要来看我，可从没有兑现你的承诺……"张子衿说道。

"子衿姑娘，我这次来了就不走了，我们要与唐军一起战胜突厥人。"嘉帕尔说道。

这时，独眼有意让马放慢了脚步落在队伍后面，悄悄翻身滚落到马下。他躲进了一道土沟，将头紧贴在地上。过了一会儿，他抬起头来，看到队伍已走远，便用一块尖利的石头磨断了绑在手上的绳子，落荒而逃。

诺澜与几个疏勒将士催马来到一处高地，突然看到迎面奔驰而来一队人马，雾气中分不清是谁，等他们来到近前才发现这是一队突厥骑兵，突厥骑兵也发现了诺澜他们，立刻围了上来。

诺澜与疏勒将士都抽出了刀，准备拼死一搏。突厥骑兵迅速将诺澜与疏勒将士围在了中间。一个突厥骑兵纵马向前，他伸出了刀示意诺澜等人将手中的刀放下。诺澜放下了刀，突厥骑兵发现这竟是一个女人，他收起刀，纵马向诺澜走去。诺澜的一只手偷偷从腰间摸出一把匕首突然扬手甩去，匕首正中突厥骑兵的咽喉，突厥骑兵翻身落马，其余的突厥骑兵立刻挥刀冲来。

诺澜与疏勒将士举刀迎上，就在这时，冲到面前的几个突厥骑兵突然中箭落马，诺澜看到他们身后出现了一队唐军骑兵。唐军挥刀冲来，剩余的几个突厥骑兵见状赶紧掉转马头仓皇逃走。

唐军并不追赶，一个唐军校尉勒住了马问道："你们是什么人？怎么会在此地？"

诺澜立刻上前答道："我来自驼镇，要将一份地图送交唐军大营。"

唐军校尉说道："那好，就将此图交予我们吧。"

诺澜说道："不，我要亲手交予苏将军。"

独眼跌跌撞撞地一路奔逃，不时地回头看看身后有无人追赶，好在没有人发现。独眼好不容易爬上了一个土坡，已累得气喘吁吁，他坐在地上，解开了自己的衣袍，露出了里面穿着的突厥军的铠甲，这还是他上次从死去的突厥士兵身上扒下来的。他临走时套上了这身铠甲，既然已经铁了心要投靠突厥，他就不打算再回去了，除非石大人已经不在。

　　独眼闭上眼睛想象着自己的未来。独眼身穿突厥人的服装，站在突厥的大帐中，突厥谋士将他介绍给了突厥可汗，突厥可汗将一个铸有狼头标识的铜质印符交给了他，独眼上前双手接过。突厥谋士告诉他，突厥可汗已将驼镇赏赐予他，今后他就是驼镇的主人。独眼立刻跪倒在地，向突厥可汗连连磕头拜谢。

　　这时，独眼隐约听到了马蹄声，他睁开眼睛向远处瞭望着，眼前依旧是白茫茫一片，看不到人影。独眼又把头贴在地面上，这次他明确地感到了大地的震颤，他清晰地听到了急促的马蹄声。他又抬起头向远处望去，只见有几匹马从雾霭中向这里驰来。

　　独眼摸不清是哪儿的人，不敢再像上次一样莽撞了。他弯下了身子，抽出了刀，用一只眼睛监视着由远而近的人马。这回他看清了是突厥骑兵，他们穿着黑色的铠甲疾驰而来。独眼的心中立刻充满了激动与喜悦，他站起身张开双臂向那些突厥骑兵呼喊着："我在这里，请把我带走……"

　　那些突厥骑兵看到远处土堆上站着一个身材短粗、长相怪异的人在挥着手中的刀，突厥人有些迟疑，担心受到埋伏。他们又看到此人穿着突厥人的铠甲，但此人绝不是突厥人，突厥人不会长成这样。一个突厥骑兵拿出了弓弩……

　　独眼站在高处向飞驰而至的突厥骑兵挥着手走来，突然，从突厥骑兵处射出了一支箭镞，直插在他的胸口，接着又有几支箭镞射来，独眼的身上连中数箭，他的腿一软跪了下去，手里的刀落下插在地上。独眼感到自己就要完了，他的一只眼睛看着空茫的前方，嘴里喃喃道："突厥人也不是什么好东西……"

　　突厥骑兵迅速地从他的身边疾驰而去。

　　独眼的身子晃了晃倒了下去，身体顺着土坡滚落下去。

　　唐军校尉领着诺澜来到了唐军行营大帐，见到了苏将军。

　　"苏将军，我这儿有件东西要交予将军。"诺澜呈上了那幅地形图。

　　"哦，怎么是一位姑娘？"苏将军不禁问道。

　　"秦大人已遭突厥人杀害，张大人叮嘱让诺澜将此图亲手交予苏将军。"诺澜说道。

　　苏将军神色凝重地令人将此图展开。

　　苏将军看到，地形图上清晰地描绘着峡谷、驿道、山地、荒漠……他仔细看着那些标注的符号和说明，了解了张子瀚的战术构想。可当他发现通往峡谷要经过一片荒漠的丘陵地带，便意识到大军在此行进无法隐蔽，一旦被突厥人发现，遭到突厥大军的攻击，将会极为被动，甚至前功尽弃。一想到此，苏将军不禁皱起了眉头。

　　李将军看出了苏将军的忧虑，上前说道："大人，此峡谷设伏虽好，但末将认为有诸多不便，我大军携带辎重若想通过此地域很难不被突厥人发现，一旦被察觉，我们将会在无任何依托的情势下与突厥军决战，这对我们极为不利。即便通过了此地，这个峡谷两侧山峰十分陡峭，恐怕我军辎重也很难运抵山顶，完成预定的设伏。"

　　这时，赵将军上前说道："大人，纵览这片疆域，唯有这个峡谷最适宜设伏，一旦诱使突厥大军进入这一峡谷，他们便很难脱逃，我军全力攻击，必使其遭受灭顶之灾。至于如何通过这片荒漠丘陵地带不被发现，末将以为，可将大军分散为多队人马，借夜色的掩护同时渗透，每队多派前哨轻骑，一旦发现突厥人立刻将他们引开，确保我大军迅速通过。至于辎重输送问题，依然可将整体拆卸为散件，每个士兵携带一件，运至山顶再做组装。只要我们按照这张图中所标注的路线行进，定能完成设伏。"

　　苏将军看着地形图又说道："我大军要想到达此地需轻装长途跋涉，只可随身携带武器与少量干粮，如何能解决大军的水源问题呢？"

　　"大人，我知道这里有一处水源。"诺澜指着图中的一处说道。

　　"姑娘，这图上标明，这里可是一条干涸的河床，姑娘所说这里有水源，可否亲眼见过？"苏将军问道。

　　"大人，诺澜亲眼所见，那里有一处泉眼，我还喝过那里的泉水。"

　　"是否可以请姑娘带领去寻找水源？"

　　"可以。"诺澜立刻答道。

　　"诸将听令。"苏将军说道。

　　所有唐军将领站了起来。

　　"诸位将军率本部人马即刻出发，一切按计行事，遇事要果断处置，切不可拖延时间，各队人马力争明日黄昏到达指定位置，完成战役部署。"

　　"得令。"诸位将军齐声答道。

　　起风了，风掠过夜晚的戈壁大漠，带起了大漠上的沙尘，整个夜空中都弥漫着一片沙尘，一轮圆月从云层中浮现，散发着昏黄的月光，天地笼罩在一片昏黄的光晕中，一切景物都似真似幻。

　　诺澜带领唐军在夜幕的掩护下快速行进。一队唐军迎面遇到了一队突厥骑兵，唐军校尉带领人马迅速冲上与突厥人厮杀起来，然后佯装败退，将突厥骑兵引开，突厥骑兵立刻追击。其余唐军各部迅速越过荒漠丘陵地带，继续向前快速挺进。

唐军大队来到一片干涸的河道，苏将军传令大队休息，不准生火造饭。唐军士兵吃着随身携带的干粮。诺澜在乱石中寻找着水源，她趴在石滩上仔细倾听有无流水的声音，什么都没有听见。诺澜继续向前寻找，可还是什么都没有发现，诺澜有些绝望了。

诺澜沿着河道的乱石继续向前走去，她努力回忆着当初发现泉水的地方，可是夜幕中她无法辨别方向。诺澜走着走着，忽然听到前面出现一个轻微的响动，她立刻拿出短刀，声音来自不远处的一丛苇草，只见一只野兔从苇草中蹿了出去。诺澜赶紧来到那里，她看到了在苇草中间有一水潭，水潭静静地映衬着她焦虑的面容，诺澜的脸上出现了笑意。

疲惫的唐军将士得到了水源补给，立刻起身继续前行。苏将军来到诺澜身边向她表示了感谢，并告诉她后面的路极其危险，随时可能与突厥人遭遇。为了她的安全，苏将军要派人护送她去安西都护府。诺澜说她要回驼镇找张子瀚，苏将军立刻答应。

"姑娘，见到张子瀚请转告他，如有可能，让他设法协助唐军将突厥大军引入峡谷。"苏将军说道。

"明白了，将军。"诺澜答道。

夜色中，诺澜打马向驼镇的方向驰去。

嘉帕尔与张子衿一路奔波终于来到了驼镇外的关隘，嘉帕尔不敢贸然进入，派人前去打探。打探的人回来说关隘并无人把守。嘉帕尔带队进入驼镇，发现这里已成为一座空镇。石大人与张子瀚都不在，响马也都消失了。

嘉帕尔立刻带队出了驼镇，他要去寻找张子瀚的踪迹。

天亮时，天空中弥漫的沙尘降落了下来，天空显得一片苍白。石大人与张子瀚带队来到了一片嶙峋突兀的山地，这里耸立着许多巨大的土堆，这些土堆被千百年来的风吹蚀成千奇百怪的形状，风在其中流动穿梭，发出令人恐怖的声音，就像是魔鬼出没的地方。

这时，只见一个浑身灰土的人骑马来到这里，那人下马跌跌撞撞地走来，几个响马立刻上前将这个人带到石大人的近前，那人揭开裹在头上的围巾，抖落浑身的尘土，露出了一张缠着布条的面孔，此人竟是独眼。

石大人也很奇怪："你怎么会在这儿？"

张子瀚看到独眼也愣住了。

独眼来到石大人面前跪在地上："大人，大人，我们全都上当了。突厥人不可信，唐人更不可信，就是这个唐人，他把我们出卖了。"独眼指着张子瀚说道。

"为什么？"石大人问道。

"这个唐人派他的妹妹和那个曾行刺大人的女人给唐军送情报，被我抓到了。"独眼说道。

"人呢？"石大人问道。

"小人正要将她们带回去，没想到又遇到了一伙疏勒国的人，把她们给劫走了，还把小人给绑了，小人好不容易才脱逃出来。"

"你见到突厥人了吗？"石大人问道。

"大人，我身上的伤就是突厥人留下的，幸亏这身铠甲，不然我早就没命了。"独眼说道。

石大人两眼盯着张子瀚："他说的可是真的？"

张子瀚迎着石大人的目光："石大人，我身为大唐之人，必定为大唐而战。"

石大人抽出了刀："没想到你也背叛我，出刀吧。"

张子瀚站在那里没有动。

石大人怒吼道："我让你出刀！"

张子瀚说道："这片疆域为我大唐所辖，突厥自恃强大企图称霸，大唐与突厥之战就是正义与邪恶的角斗。石大人为一己私欲与突厥勾结和我大唐为敌。自古正邪势不两立，子瀚的所作所为是为了正义。为了大唐的锦绣江山，为了众人的和平安宁，子瀚唯有一条路，就是不惜牺牲性命，也要战胜突厥。"

"这世上哪有什么正义与邪恶，只有欲望和利益。既然你辜负了我的期望，背叛了我，今天就做个了断吧。你我之间，只有一个人可以活着从这里走出去！"石大人冷冷地说道。

石大人此时感到自己就像一头孤独愤怒的野兽，唯有杀掉此人才能缓解心头的仇恨。

"既然如此，子瀚唯有拼死一搏。"张子瀚凛然说道。

石大人挥刀向张子瀚劈来，张子瀚赶紧闪躲，石大人回手又是一刀，刀锋划破了张子瀚的臂膀，鲜血渗出了衣衫。

这时独眼也举刀冲来，回鹘人立刻举刀迎上，两人战在一起。

张子瀚连续躲闪，石大人刀刀紧逼，张子瀚不得不出刀迎上，一阵刀光闪烁，张子瀚与石大人激战在一起，一时难分胜负。

独眼不是回鹘人的对手，他从腰间摸出一把匕首向回鹘人投去，回鹘人躲过了匕首，一刀刺进独眼的腹部，独眼双手握着刀锋，慢慢倒下。

回鹘人赶来协助张子瀚对付石大人，石大人毫无畏惧，越战越勇。

石大人的刀法诡异，左冲右突，毫无惧色。他一刀向张子瀚劈来，张子瀚举刀迎上。石大人又翻转手腕，刀锋向张子瀚的咽喉处刺来，张子瀚连忙仰身躲闪。石大人侧身一脚踢到张子瀚的胸口，张子瀚顺着土坡滚落下去。这时，回鹘人的刀锋已到了石大人的头顶，石大人突然侧身举刀迎上。就在两刀相碰时，石大人的手腕一抖，刀锋偏转从回鹘人的刀下划过，直刺进回鹘人的胸膛。石大人一手握着刀，另一只手一推，回鹘人倒下了。

张子瀚看到回鹘人死在石大人的手里，怒吼着举刀向石大人冲来，石大人侧身躲开张子瀚的刀锋。张子瀚又挥刀劈来，石大人连续躲闪，张子瀚不顾一切地不断劈杀。石大人突然举刀迎上，隔开了劈来的刀锋，举刀向张子瀚胸前刺来。张子瀚躲过刀锋挥刀划破了石大人的手腕，石大人手中的刀飞了出去。张子瀚举刀向石大人冲来，石大人等张子瀚冲到近前，突然转身，回手又从腰间抽出一把刀挥去，刀锋划伤了张子瀚的大腿，鲜血顿时流了出来。张子瀚有些站不稳了，一条腿跪在了地上。这时，石大人的脸上出现了一丝笑意，他拿着刀逼近了张子瀚，猛然举起了刀……

就在这时，只见石大人的身后有一人冲来，是诺澜，她将手中的刀直向石大人的后心刺来。石大人听到耳后的风声立刻转身用刀隔开了诺澜手中的刀，轻轻一挑，将诺澜手里的刀打掉。石大人一脚踢倒了诺澜，诺澜翻滚着倒在一块石头旁，石大人几步冲到跟前举刀向诺澜劈去。突然，石大人手中的刀停在了空中，他的身子僵硬住了，他转过身看到了身后站着的张子瀚。

就在石大人举刀劈向诺澜时，张子瀚将手中的刀向前投去，那刀直插进石大人的后心处。

石大人直挺挺地倒了下去。

诺澜与张子瀚相互搀扶着站了起来。

"诺澜，你怎么样？"张子瀚看着诺澜问道。

"我没事。"诺澜答道。

张子瀚与诺澜相视片刻，两人紧紧拥抱在一起。张子瀚浑身战栗，诺澜的眼睛里涌出了泪水。

张子瀚猛然推开诺澜问道："诺澜，你见到苏将军了吗？"

诺澜说道："我见到了苏将军，一切都在按计划进行，苏将军让大人设法协助唐军将突厥大军引入峡谷。"

这时，远处驰来了一队人马，张子瀚立刻拿起了刀。

这队人马迅速到了近前，只见嘉帕尔与张子衿从马上跳下奔了过来。

"哥哥。"张子衿一下扑到张子瀚的怀里。

"子衿，你怎么样？"张子瀚问道。

"哥哥，我没事。"张子衿说道。

"大人，我奉苏将军之命前来听从大人的调遣。"嘉帕尔上前说道。

"好，我们走。"张子瀚说道。

一队唐军将士与一队突厥骑兵在山地相遇，立刻开始厮杀，唐军不敌突厥军开始撤退，突厥军在后面紧紧追赶。唐军越过一片山地，突然，前面出现了一队突厥铁甲骠骑军，唐军将士举刀向前冲去，突厥铁甲骠骑军迎面向前冲来。一阵狂风袭来，卷起了一片沙尘。待到沙尘落下，突厥铁甲骠骑军已经冲了过去，大地上躺着一片尸体，唐军将士全部阵亡。

山谷中旌旗猎猎，这里集结着突厥大军。

突厥可汗与突厥谋士走出了大帐。

突厥可汗挥手向突厥士兵说道："英勇的突厥将士们，你们的身上流淌着我们祖先高贵的血液，它将赋予你们无比强大的力量，没有人可以阻挡你们前进的脚步，你们是我们突厥人的骄傲。我是突厥尊贵、伟大、唯一的可汗，我得到了神灵的启示，我将带领你们征服所有不愿臣服于我们的人，我们将成为这片疆域的主人。我们必将战胜敌人，取得伟大的胜利！

突厥将士呼喊着："胜利……胜利……胜利……"

这声音响彻山谷，久久回荡……

突厥大军浩浩荡荡地行进在山谷中……

一个突厥士兵前来报告："报告，前面山谷发现了一队人马。"

突厥谋士问道："这队人马打出的是什么旗帜。"

突厥士兵说道："是突厥的旗帜。"

突厥谋士："好，这一定是石大人的人马，传令下去，大军跟上。"

张子瀚带领着一队人马高举着突厥的旗帜在山地中行进……

张子瀚回头问道："怎么样了？"

嘉帕尔说道："突厥大军已经跟上了。"

"好的。"张子瀚带领着人马向峡谷中冲去。

峡谷中，唐军士兵沿着陡峭的山路将拆卸的武器零件扛上了山顶，他们在山顶组装成了一个个火箭发射装置。

唐军士兵往火箭发射装置中装填着绑着火药的箭镞……

山顶上，苏将军与唐军将领在查看地形。

一个唐军骑兵奔驰而至从马上滚落下来："报，我军派出引诱突厥大军的人马已被突厥军围歼，无一人生还。"

"知道了，下去吧。"苏将军闻听心情沉重。

这时，又有一唐军骑兵冲来滚落马下："报，我们在山口处发现有一队人马向这里驰来，他们的身后紧跟着突厥大军。"

苏将军一听立刻命令道："通告各营将士，务必隐蔽埋伏，待突厥大军完全进入峡谷后，听到号令，开始攻击，切记不可提前暴露。"

"明白！"唐军将领答道。

"战鼓擂响，全军将士发起攻击，有胆敢临阵后退者，不勇猛向前杀敌者，斩！"

"明白！"唐军将领答道。

张子瀚带着队伍已冲进峡谷山口。

后面跟着的突厥大军也来到峡谷山口。

突厥谋士打马上前拦住了突厥可汗。

突厥谋士说道："可汗，慢。"

突厥可汗勒住了马问道："怎么了？"

突厥谋士指着远处说道："可汗你看，前面峡谷两侧山势陡峭，我大军一旦进入，唐军若在两侧设伏，我们可就被动了……"

突厥可汗抬头看去，只见峡谷中的山石呈现为红色，天空中有一只秃鹫在凌空翱翔，突厥可汗也犹豫了。

此时，来到峡谷中的张子瀚勒住了马："嘉帕尔，突厥军跟进来了吗？"

"突厥人没有跟进来。"嘉帕尔说道。

"嘉帕尔，你带人继续向前，我回去看看。"张子瀚说完便掉转马头向他的队伍喊道："弟兄们，我们必须将突厥人引入峡谷，为此我们要不惜牺牲自己的性命，如不愿跟我杀敌者，可以让开，愿意与我杀敌者跟我冲出去！"

"我们愿意跟随大人杀敌！"众人喊道。

"好，换上大唐的旗帜，跟我杀出去。"张子瀚一马当先冲了出去。

众人也都掉转马头跟随张子瀚向山口冲去。

突厥可汗在峡谷山口处正在犹豫不决,突然看到一骠人马高举着一面大唐的旗帜从峡谷中冲了出来,张子瀚跃马直向突厥可汗冲来。

突厥谋士有些狐疑地说道:"难道石大人的人马这么快就被唐军灭了?"

突厥可汗立刻怒目圆睁:"大唐军队只有这么几个人就敢冲击我大军,看来他们是不想活了。铁甲骠骑军在哪儿?"

铁甲骠骑将军答道:"铁甲骠骑军在。"

"立刻出击,将这些不知死活的唐军杀个干净!"突厥可汗命令道。

"可汗大人且慢,你看这些人只有大唐的旗帜,并无唐军的装束,一定是些冒充唐军的草寇,不如先让弓弩手将其灭了再说。"突厥谋士在一旁说道。

"弓弩手准备!"突厥可汗命令道。

"是!"突厥将领答道。

张子瀚带领着队伍已经冲到突厥大军近前,突然,突厥骑兵闪开,露出了突厥的弓弩手。突厥将领挥手,密集的箭镞射出,张子瀚的队伍中多人中箭落马。张子瀚用刀抵挡着射来的箭镞,依然奋力向前。他身后的人不断中箭落马,张子瀚继续向突厥可汗冲去。

"谁去把这个人杀了!"突厥可汗吼道。

突厥军中立刻有一将领带领一队人马迎上。张子瀚与这个突厥将领战在一起,他挥刀挡开突厥将领手里的长矛,侧身在马身的一侧,就在两马交错时,张子瀚猛然从马的另一侧挺身跃起,挥刀将突厥将领斩于马下。

突厥骑兵围住了张子瀚,张子瀚的一把刀上下翻飞,寒光闪烁。突厥兵在张子瀚的刀下纷纷落马。

突厥可汗怒吼道:"铁甲骠骑军给我杀,我要把他们杀得片甲不留!"

突厥的铁甲骠骑军像一股黑色的旋风向前冲去。

张子瀚见状立刻掉转马头,他看到自己的身后只有几个浑身血污的人了。

张子瀚喊道:"我们走……"

突厥可汗挥刀指向了前方,突厥大军也开始向前冲去。

"可汗大人,不可莽撞……"突厥谋士企图挡住突厥可汗,可是已来不及了,突厥大军像洪水一般向峡谷中涌去。

一支箭镞带着呼哨射来,手持大唐旗帜的人中箭倒下,张子瀚打马飞身来到近前,从那人手上接过那面大唐旗帜挑在一杆长矛上。

突厥铁甲骠骑军冲杀过来,张子瀚手下剩余的几人都惨死在突厥铁甲骠骑军的长矛下。

张子瀚打马向峡谷中奔驰而去，突厥大军紧紧跟随。

山崖上的唐军严阵以待，他们看见突厥大军已拥入了峡谷。

苏将军看到了前面高举着大唐旗帜的张子瀚，他浑身血污，不断催马向前。

张子瀚的马终于一头栽倒在地上，张子瀚也被摔了出去。

突厥的铁甲骠骑军已经追杀过来……

山顶上的苏将军挥下手中令旗。

一队唐军从侧翼冲出，截断了突厥人的退路。

突然，突厥可汗听到一声炮响，这炮声惊天动地，他抬头看见一只在天空翱翔的秃鹫径直从空中落下掉在地上。突厥可汗大吃一惊。

这时，只见两侧山崖上竖起了无数面大唐旗帜。从山上飞出了无数的陶罐，陶罐落地粉碎，洒出了装在里面的火油。

唐军士兵用火把点燃火箭发射器的导火索捻，火焰迅速燃烧，点燃了绑在箭镞上的火药装置，所有的箭镞带着火焰向突厥大军射来。突厥士兵纷纷中箭倒地，火星引着了火油，形成了一片火海。

突厥可汗大喊道："不好，我们中了唐军的埋伏，赶紧撤出去……"

突厥可汗的喊声已经被淹没了，没有人能够听到。

此时，突厥的铁甲骠骑军受到火箭的攻击，纷纷中箭落于马下。

唐军的火箭发射器不断地将燃烧的火箭射向突厥大军，突厥大军已经溃不成军，乱作一团。

张子瀚无力地靠在一个土堆后面，他浑身血污，已精疲力竭。这时，一个人来到了他的身边，张子瀚举起了刀，一看竟是诺澜。诺澜与张子瀚手持着刀背靠背坐在一起。

峡谷中一片混乱，到处都是烈焰和浓烟，突厥谋士张开双臂企图挡住溃逃的突厥兵。突然一支带着火焰的箭镞飞来，射入突厥谋士的胸口，他瞪着一双眼睛仰面倒了下去。

突厥可汗挥刀砍倒了几个溃逃的突厥兵，突然他被身后拥来的突厥兵推倒在地，更多的突厥士兵踩着他的身体逃去。

突厥可汗就这样被自己人踩踏而亡。

山顶上，苏将军挥动令旗，唐军擂响战鼓，唐军将士呐喊着从两侧的山崖上冲杀下来……

唐军将士个个奋勇，人人当先，喊杀声响彻峡谷。

张子瀚与诺澜看到唐军冲来，脸上露出了笑容，他们的手紧紧握在一起。

这场唐军与突厥军的战斗直杀得太阳西沉，峡谷中腾起一片烟尘，遮住了天边的太阳。

峡谷中血流成河，堆满了马匹、武器与突厥士兵的尸体。峡谷两侧的山顶上飘扬着大唐的旗帜。

唐军吹响了胜利的号角，一轮血红的太阳从天边滑落下去。

大唐大军终于战胜了突厥大军，获得了胜利。

尾　声

　　太阳照亮了一片金黄色的胡杨林。已经生长了千百年的胡杨树形态各异，茂密的枝叶中传来了一片鸟的鸣叫声。

　　张子瀚与张子衿在林中空地摆上了父亲与哥哥的牌位，他们焚香祭拜。

　　张子瀚喃喃道："父亲，哥哥，我与子衿来看你们了，虽然你们已经身在异域，但你们的灵魂可以安然回家了。"

　　唐军大营。

　　一个唐军士兵进到大帐："报，有人求见将军。"

　　苏将军："快请。"

　　张子瀚、张子衿、诺澜、嘉帕尔走进了大帐。

　　苏将军起身相迎。

　　张子瀚上前拱手道："张子瀚拜见苏将军。"

　　苏将军："子瀚，免礼。"

　　张子瀚双手奉上了哥哥的佩刀与唐军校尉的腰牌。

　　唐军大营外，大唐的旗帜在风中猎猎飘扬……

　　公元七世纪末叶，大唐在西域大胜突厥，统一了西域的疆土。随后，西突厥汗国灭亡。

　　大唐西域的疆域图，渐渐显现出西域广袤的大地。

　　张子瀚身穿唐军校尉铠甲骑马在西域大地上驰骋着……

　　张子瀚实现了自己的意愿，他继承了父兄的遗志，成为安西都护府的一名唐军校尉。

疏勒国的都城，正在举行嘉帕尔太子迎娶张子衿的婚礼庆典。
嘉帕尔太子终于获得了张子衿的爱情，迎娶大唐女子张子衿为疏勒国王妃。

诺澜骑马奔驰在西域的河谷中，河道上溅起一串白色的水花……
诺澜继续只身游走于西域，多处时有她的传说。

大唐长安城里，粟特人那耶整理好了货物，驼队开始上路，满载着丝绸的驼队浩浩荡荡，那耶与他的同伴们坐在骆驼上弹奏着欢快的乐曲……

从此，这条连接东西方的丝绸之路，步入和平与繁荣时期。